조지프 러디어드 키플링

26 세계문학 단편선

조지프 러디어드 키플링

이종인 옮김

H
현대문학

차례

백 가지 슬픔의 문

The Gate of the Hundred Sorrows

내가 한 파이스*로 천국에 갈 수 있다면
왜 당신이 나를 부러워하겠소?
아편 흡연자의 속담

　이것은 내 작품이 아니다. 나의 친구이며 백인과 인도인 혼혈아인
가브랄 미스퀴타가 죽기 6주 전에 달이 지고 아침이 오는 시간에 내
게 말해 준 것이다. 내 질문에 그가 대답하면서 그의 입에서 나온 말
을 내가 기록한 것이다. 그 말은 이러하다.

　그것은 와지르 칸 모스크에서 직선거리로 백 야드 이내에 있는, 구
리 장인의 비좁은 통행로와 담배 파이프 자루 상인들의 지구 사이에
있다. 나는 그 누구에게도 이 정도로까지 말해 준 적이 없다. 하지만
이 도시에 대해서 지리를 잘 아는 이가 있다면 어디 한번 그 문을 찾
아보라고 말하고 싶다. 설사 당신이 그 통행로를 백 번 찾아간다고 해

* 인도의 옛 동전.

도 전보다 더 잘 알게 되지는 않을 것이다. 우리는 과거에 그 통행로를 가리켜 '검은 연기 통로'라고 불렀으나 물론 현지인들이 부르는 지명은 전혀 다르다. 짐을 실은 당나귀는 그 비좁은 벽 사이를 통과하지 못한다. 어느 지점에 도달하면, 가령 그 문 바로 앞에 도착하면, 툭 튀어나온 현관 때문에 사람들은 옆으로 돌아가야 한다.

그건 실제로는 문이 아니라 집이다. 풍칭 노인이 5년 전에 처음 이 집을 소유했다. 그는 캘커타에서 한때 신발 장수였다. 그곳에서 술에 취해 아내를 살해했다고 말들 한다. 그런 이유로 그는 시장의 럼주를 버리고 그 대신에 검은 연기에 빠지게 되었다. 나중에 그는 북부로 올라와 이 문을 자신의 집으로 삼았는데 이곳에서 당신은 평화롭고 느긋하게 흡연할 수 있다. 그러니까 그곳은 푸카, 즉 아편 흡연 집이었는데 도시 전역에 있는 답답하고 땀내 나는 찬두 카나스* 같은 싸구려 집은 아니었다. 그렇다. 노인은 자신의 사업을 잘 알았고 중국인답지 않게 언제나 깨끗했다. 그는 애꾸눈에 몸집이 왜소하고 키가 5피트밖에 안 되는 사람이었는데 양손의 중지는 모두 잘려 나가고 없었다. 그렇지만 그는 내가 본 사람 중에서 검은 알약을 가장 솜씨 있게 말아 대는 사람이었다. 연기에 취한 흔적은 거의 내보이지 않았다. 그는 밤이나 낮이나 혹은 낮이나 밤이나 조심하는 것을 최고로 쳤다. 나도 그걸 5년이나 해서 그 누구보다 잘 만다고 할 수 있었지만, 풍칭에 비하면 어린애에 지나지 않았다. 그러나 노인은 돈에 독했다. 아주 독했다. 그건 내가 이해할 수 없는 부분이었다. 그가 죽기 전에 상당한 돈을 모았다고 들었는데 이제 그의 조카가 그 돈을 다 차지했다. 그리

* 아편 소굴로서, 찬두는 아편의 추출 및 준비를 말하고 카나스는 집 혹은 방이라는 뜻이다.

고 노인은 중국으로 돌아가 땅에 묻혔다.

　노인은 2층의 큰 방을 썼는데 그곳에 그의 최고 손님들이 모여들었고 방은 언제나 새로 산 핀처럼 깨끗했다. 그 방의 한쪽 구석에는 거의 풍칭처럼 못생긴 풍칭의 신상神像이 서 있었는데 그 신상의 코밑에서는 언제나 향 줄기들이 타오르고 있었다. 그러나 아편 파이프의 향기가 짙어지면 그 향 줄기 냄새는 맡을 수가 없었다. 신상 맞은편에는 풍칭의 번드레한 관이 있었다. 그는 그 관을 마련하느라고 상당히 많은 돈을 썼다. 새로운 손님이 그 문을 찾아오면 언제나 그 관으로 인도되었다. 관은 검은 옻칠이 되어 있었고 붉은색과 황금색 글씨가 그 위에 쓰여 있었다. 나는 풍칭이 멀리 중국에서 그 관을 샀다는 얘기를 들었다. 그 말이 사실인지 아닌지는 알지 못하나 내가 저녁에 그 집을 처음 찾아가면 그 관의 발치에다 내 매트를 펼쳤다는 것은 안다. 그곳은 한적한 곳이었고 비좁은 통행로에서 불어오는 산들바람이 가끔 창문을 타고 넘어 들어왔다. 매트 이외에 방 안에는 다른 가구들이 없었다. 오로지 그 관과, 오래되고 반들반들 닦여진 녹색, 청색, 자색이 섞인 신상이 있을 뿐이었다.

　풍칭은 왜 그 집을 '백 가지 슬픔의 문'이라고 불렀는지 우리에게 말해 주지 않았다(그는 내가 아는 한 발음하기 가장 어려운 괴상한 이름을 사용하는 중국인이었다. 대부분의 이름들은 화려했다. 이것은 캘커타에서 확인할 수 있다). 우리는 그 이유를 직접 찾아보곤 했다. 검은 연기는 만약 당신이 백인이라면 아주 강한 영향을 미친다. 그러나 황인은 체질이 다르다. 아편은 그에게 별로 영향을 미치지 못한다. 그러나 백인과 흑인은 상당히 큰 피해를 입는다. 물론 아편 흡연이 담배를 처음 피울 때처럼 별로 영향을 미치지 못하는 사람들도 있다. 그들은 자연스럽게 잠이 드는 것처럼 잠시 졸다가, 그다음 날 아침이면 거뜬하게 일을 나갈 수 있다. 나도 처음 아편을 시작했을 때는 그랬다. 그러나 5년 동안 꽤 꾸준하게 아편을 빨다 보니 이제는 달라졌다. 아그라 쪽에 살던 나이 든 고모가 한 분 있었는데, 그분이 돌아가시면서 내게 재산을 약간 남겨 주었다. 덕분에 한 달에 약 60루피가 확보되었다. 60루피가 많은 돈은 아니다. 나도 한때 그러니까 수백 년 전은 된 것 같은데 한 달에 3백 루피를 벌었고 그 외에 캘커타에서 대형 목재 공사장에서 일하면서 부정한 부수입을 올린 적도 있었다.

　나는 목재 공사장에서 오래 일하지 않았다. 검은 연기는 다른 일들을 많이 하도록 허용하지 않는다. 나는 아편에 별 영향을 받지는 않았지만, 남들이 그러하듯이 나 또한 내 목숨을 구하자고 하루의 일을 하지는 않았다. 아무튼 나는 60루피가 필요하다. 풍칭 노인이 살아 있을 때 그는 나 대신 돈을 인출해서 절반은 생활비로 내게 주고(나는 식사를 아주 조금 한다), 나머지 절반은 그가 가졌다. 나는 낮이든 밤이든 아무 때나 자유롭게 그 집에 드나들 수 있었고 마음 내키는 대로 그곳에서 아편을 흡입하고 잘 수가 있었다. 그래서 노인이 절반을 가져도 신경 쓰지 않았다. 나는 노인이 그걸로 상당한 수입을 올렸다는 것을 안다. 하지만 그건 문제가 아니다. 내게는 그 어떤 것도 별로 문제가 되지 않는다. 게다가 돈은 달이 바뀌면 언제나 따박따박 나온다.

　그 집이 처음 문을 열었을 때 거기서 만나는 사람은 열 명이었다. 우선 나와 두 명의 바부*가 있었다. 이 바부들은 아나르쿨리의 어느 곳에서 공무원으로 일하다가 곧 잘려서 돈을 낼 수가 없었다(낮에 일

* 영어를 쓸 줄 아는 인도인 서기 혹은 영국 물이 든 인도인.

12

을 해야 하는 사람은 장기간 검은 연기를 할 수가 없다). 또 풍칭의 조카인 중국인, 상당히 돈이 많은 시장 여자*, 맥 뭐라고 하는 영국인 놈팡이가 있었다. 이자의 이름은 잊어버렸는데 엄청 아편을 빨아 댔지만 돈은 한 푼도 내지 않았다(이자가 변호사였을 때 캘커타의 어떤 재판에서 풍칭의 목숨을 살려 주었다고 한다). 그 외에 나처럼 유라시안인 마드라스에서 온 남자, 인도-영국인 혼혈아 여자, 그리고 북부에서 왔다는 두 명의 남자가 있었다. 이 두 명은 페르시아인, 아프가니스탄인 아니면 그 비슷한 사람이었을 것이라고 생각한다. 그중에서 이제 살아남은 자는 다섯인데 그래도 정기적으로 이 집에 들른다. 나는 두 명의 바부는 어떻게 되었는지 모른다. 하지만 시장 여자는 이 집을 여섯 달 정도 다니다가 죽었다. 나는 풍칭이 그녀의 팔찌와 코 반지를 챙겼다고 생각하지만 확실하지는 않다. 영국인 놈팡이는 아편 이외에 술도 고래였는데 갑자기 쓰러져 죽었다. 페르시아인 한 명은 오래전 모스크 근처의 커다란 벽 옆에서 밤중에 싸움에 말려들었다가 살해되었다. 그 후 경찰은 그 벽에 장기瘴氣가 가득하다며 그 벽을 폐쇄해 버렸다. 경찰은 죽은 페르시아인을 벽 아래에서 발견했다. 그래서 나, 중국인, 우리가 멤사히브**라고 부르는 혼혈 여자(그녀는 과거 한때 풍칭과 살았다), 다른 유라시안, 그리고 남은 페르시아인 이렇게 다섯이 남았다. 멤사히브는 이제 아주 늙어 보인다. 나는 아편 흡연 집이 처음 문을 열었을 때 그녀가 젊은 여자였을 것이라고 생각한다. 하지만 우리는 그것 때문에 아주 늙어 버렸다. 다들 수백 살씩 먹은 것이다. 그 집에서는 시간을 헤아리기가 아주 어렵다. 게다가 내

---

* 창녀를 의미한다.
** 인도 사람이 유럽 기혼녀에게 쓰는 경칭이며 남자에 대한 경칭은 사히브이다.

게는 시간이 그리 중요하지 않다. 나는 달이면 달마다 새롭게 60루피를 인출할 수 있는 것이다. 아주 오래, 오래전에 나는 한 달에 3백 루피를 벌었고 그 외에 캘커타에서 대형 목재 공사장에서 일하면서 부정한 부수입도 올렸다. 또 정식은 아니지만 마누라라는 것도 있었다. 하지만 그녀는 죽었다. 사람들은 내가 검은 연기에 도취하여 그녀를 죽여 버렸다고 말한다. 어쩌면 내가 그랬을지도 모르지만 그건 아주 오래전이기 때문에 별로 중요하지가 않다. 언젠가 내가 이 집에 처음 왔을 때 나는 그걸 미안하게 생각한 적도 있었다. 하지만 그런 느낌은 오래전에 끝나 버렸고 나는 달이면 달마다 새롭게 60루피를 인출하여 꽤 행복하다. **술에 취한 것처럼** 행복한 것은 아니고, 언제나 평온하고 위로를 얻고 만족한다는 말이다.

내가 어떻게 아편을 빨게 되었느냐고? 그건 캘커타에서 시작되었다. 처음에는 맛이 어떤지 알아보려고 내가 손수 말아 보았다. 그리 깊숙이 빠지지 않았는데도 마누라가 그 무렵에 죽은 것 같다. 아무튼 나는 여기에 흘러들었고 풍청을 알게 되었다. 정확하게 어떻게 그리 되었는지 기억이 나지 않는다. 그가 내게 이 집에 대해서 말해 주었고 나는 그곳에 갔고 그러다가 그때 이후 그 집에서 벗어나지 못하게 되었다. 진심으로 하는 말인데, 풍청의 시절에는 그 집이 근사한 곳이었다. 그곳에서 편안하게 쉴 수가 있었고 깜둥이들이 가는 찬두 카나스와는 전혀 달랐다. 그래, 깨끗하고, 조용하고, 혼잡하지 않은 곳이었다. 물론 우리 열 명과 노인 이외에 다른 사람들도 있었다. 그러나 우리는 언제나 따로 매트를 사용했고 속을 채운 모직 베개를 썼다. 그 베개는 구석에 놓인 관과 마찬가지로 검은 용과 붉은 용 뭐 그 비슷한 것들이 장식되어 있었다.

아편 파이프를 석 대 피우고 나면 베개의 용들이 서로 움직이면서 싸우기 시작한다. 나는 수많은 밤 동안에 그 싸움을 구경했다. 나는 그런 식으로 내 연기의 양을 조절했고, 이제 열두 대를 피워야 용들이 움직인다. 게다가 그 파이프들은 매트와 마찬가지로 찢어지고 더러워졌으며, 풍칭 노인은 죽었다. 그는 이태 전에 죽었는데 내게 파이프를 하나 주었다. 나는 언제나 그놈을 사용한다. 은제 파이프인데 기괴한 짐승들이 컵 바로 아래 있는 연기 받아들이는 병의 위아래를 기어가는 놈이다. 그 전에는 아주 자그마한 구리 컵, 녹색의 빨부리가 달린 커다란 대나무 줄기를 사용했다. 대나무 파이프는 지팡이보다 약간 굵은데 아주, 아주 부드럽게 빨렸다. 대나무가 연기를 빨아 올리는 까닭이다. 은은 그렇지 못해서 가끔씩 속을 청소해 주어야 하는데 이게 정말 귀찮다. 그래도 노인을 생각해서 이놈을 사용한다. 그는 나한테서 상당한 돈을 벌었음이 틀림없다. 하지만 그는 언제나 내게 깨끗한 매트와 베개를 주었고, 또 어디에도 뒤지지 않는 좋은 물건을 내놓았다.

그가 죽자 조카 친링이 그 집을 인수하고 그것을 '삼유당三有堂'이라고 불렀으나, 우리는 언제나 그곳을 '백 가지 슬픔의 문'이라고 불렀다. 조카는 일을 아주 엉성하게 하기 때문에 멤사히브가 그를 도와주어야 한다고 생각한다. 그녀는 과거에 노인과 살았던 것처럼 지금은 그 조카와 산다. 두 사람은 온갖 종류의 천한 사람들과 깜둥이들을 들이고 있고 또 검은 연기는 예전처럼 좋지가 않다. 나는 내 파이프에서 태운 겨를 자꾸만 발견한다. 만약 노인 생전에 이런 일이 벌어졌더라면 그는 창피해서 죽어 버리려 했을 것이다. 게다가 흡연실은 청소하는 법이 없고, 매트는 가장자리가 찢겨 있거나 뜯어져 나갔다. 관은 노인을 따라 다시 중국으로 돌아갔고 그 안에 두 온스의 연기가 넣어졌다. 노인이 황천 가는 길에 필요할지 몰라서였다.

신상도 예전처럼 코밑에서 향 줄기를 불태우는 일이 그리 많지 않다. 그것은 죽음처럼 확실히 불길한 조짐이다. 신상은 갈색으로 변했는데 아무도 돌보지 않는다. 그건 멤사히브의 소행임을 나는 알고 있다. 친링이 신상 앞에서 금박 입힌 종이를 태우려 하자 그녀가 돈 낭비라며 말렸다. 또 그가 향 줄기를 아주 천천히 태워도 신상은 그 차이를 알지 못할 것이라고 조언했다. 그래서 이제 향 줄기에는 풀이 잔뜩 묻어 있고 그걸 태우는 데 반 시간이나 걸리고 냄새마저도 고약했다. 물론 흡연실의 냄새도 덩달아서 더러워졌다. 저들이 이런 지저분한 짓을 하면 사업이 잘될 리가 없다. 신상은 그게 마음에 들지 않는 것이다. 나는 그것을 볼 수 있었다. 밤늦게 신상은 때때로 청색, 녹색, 적색 등—풍칭이 살아 있을 때와 마찬가지로—온갖 괴상한 색깔로 변색하면서 눈알을 굴려 댔고 악마처럼 두 발을 쿵쿵거렸다.

나는 왜 그 집을 떠나서 시장통에 있는 나의 자그마한 방에서 조용히 아편을 흡연하지 않는지 잘 모르겠다. 만약 내가 가 버린다면 친링은 십중팔구 나를 죽일 것이다. 그가 지금 나의 60루피를 인출하고 있으니까. 게다가 이사는 너무 번거롭고 나는 이곳을 아주 좋아하게 되었다. 물론 이 집은 볼품이 없다. 노인 생시의 그 집은 분명 아니지만 그래도 나는 이 집을 떠나지 못한다. 나는 많은 사람이 이 집에 왔다가 가 버리는 것을 보아 왔다. 또 많은 사람이 흡연실의 매트 위에서 죽는 것을 보아 왔기에 이제 한데에 나가서 죽는 것이 두려워진 것인지도 모른다. 나는 사람들이 괴상하다고 부를 만한 것들을 보아 왔다. 그러나 당신이 검은 연기를 들이마시고 있으면 그 연기를 제외하고는 그 어떤 것도 괴상하지 않다. 설사 연기가 괴상하다고 하더라도 그건 중요한 문제가 아니다. 풍칭은 데리고 있는 사람들에게 각별하게 대했고 지저분하게 죽어서 문제 될 만한 자들은 받아들이지 않았다. 하지만 저 조카는 그의 절반도 따라가지 못한다. 그는 어디에서나 그가 '일류' 업소를 유지하고 있다고 떠벌리고 다닌다. 사람들을 조용히 받아들이지도 못하고 또 풍칭이 했던 것처럼 사람들을 편안하게 해 주지도 못한다. 그런 허세 섞인 나발 때문에 이 집이 예전보다 조금 더 알려지기는 했다. 특히 깜둥이들 사이에서 말이다. 풍칭의 조카는 더 이상 백인, 그리고 말이 난 김에 혼혈인을 이 집에 들이지 못한다. 그는 물론 나와 멤사히브와 다른 유라시안, 이렇게 세 사람을 데리고 있어야 한다. 우리는 붙박이이다. 하지만 그는 우리에게 아편한 대를 공짜로 주는 법이 절대로 없다.

나는 조만간 이 집에서 죽을 것이다. 페르시아인과 마드라스 남자도 이제 심하게 몸을 떨고 있다. 저들은 애를 시켜서 파이프에 불을 붙여야 한다. 나는 언제나 나 혼자 힘으로 그걸 해 왔다. 아마도 나는 저들이 나보다 앞서서 죽는 걸 지켜보게 될 것이다. 하지만 내가 멤사히브나 친링보다 더 오래 살 거라고 생각하지는 않는다. 여자들은 검은 연기를 하면 남자들보다 더 오래 버틴다. 그리고 친링은 싸구려 아편을 빨지만 노인의 피를 상당히 많이 물려받았다. 시장 여자는 죽기 이틀 전에 자기가 언제 갈 것인지 그 시간을 알았다. 그녀는 속을 멋지게 채운 베개를 베고서 깨끗한 매트 위에서 죽었다. 그리고 노인은 그녀의 파이프를 신상 바로 위에다 걸어 주었다. 노인은 언제나 그녀를 좋아했다고 나는 생각한다. 그래도 그는 그녀의 팔찌를 챙겨서 가졌다.

나는 시장 여자처럼 죽고 싶다. 깨끗하고 시원한 매트 위에서 좋은 물건이 담긴 파이프를 입에 문 채로. 나는 갈 때가 되었다고 느끼면, 친링에게 이런 물건들을 요구할 것이다. 그리고 그는 원하는 만큼 오랫동안 달마다 나오는 나의 60루피를 따박따박 인출할 수 있을 것이다. 물건들이 오면 나는 조용하고 편안하게 등을 대고 누워서 검은 용과 붉은 용들이 최후의 대전을 벌이는 것을 지켜보리라. 그다음에는……

하지만 그것은 문제가 되지 않는다. 이제 내게는 그 어떤 것도 그리 중요하지 않다. 단지 친링이 검은 연기 속에다 겨를 집어넣지 않았으면 좋겠다.

'무서운 밤의 도시'

"The City of Dreadful Night"

축축하고 답답한 더위가 땅의 표면을 담요처럼 덮고 있어서 애초부터 잠들기란 틀린 일이었다. 매미들은 더위를 부채질하고 있었고 소리치는 자칼들은 매미들을 닦달했다. 어둡고 공허하고 메아리치는 집에 조용히 앉아서 죽은 공기를 휘젓는 펀카*를 쳐다보는 것도 고역이었다. 그래서 밤 열 시경에 나는 산책용 단장을 마당 한가운데에 세워 놓고 그것이 어디로 쓰러지는지를 살펴보았다. 그것은 '무서운 밤의 도시'로 들어가는 달빛 밝은 도로를 직접 가리켰다. 단장이 떨어지는 소리는 산토끼를 놀라게 했다. 그놈은 산토끼 굴에서 튀어나와 버려진 무슬림 매장지로 달려갔다. 그곳에서는 7월의 무심한 장마에 의

* 천장에 매달아 끈으로 움직이는 인도의 큰 야자 잎 부채.

해 노출된 턱 없는 두개골과 끝이 닳아 버린 정강이뼈들이 비로 홈이 파인 땅속에서 진주층처럼 빛났다. 후덥지근한 공기와 무거운 흙은 망자들마저도 시원함을 찾아 벌떡 일어서게 만들었다. 산토끼는 계속 달려가다가 연기에 그을린 램프 파편이 신기하다는 듯이 냄새를 맡았고, 이어 위성류 나무 덤불의 그늘 속으로 사라져 버렸다.

힌두 사원의 그늘 아래에 있는 돗자리 짜는 사람의 오두막에는 수의를 두른 시체들처럼 누워 잠자는 사람들로 가득했다. 그들의 머리 위 하늘에는 단 한 번도 깜빡이지 않는 달의 눈이 빛을 뿜고 있었다. 어둠은 잠시 시원해진 듯한 착각을 불러일으켰다. 그러나 공중에서 내려오는 빛의 물결이 시원하다는 생각은 할 수가 없었다. 물론 햇볕처럼 뜨겁지는 않지만 그래도 아주 무더웠고 이미 무거운 공기를 가열시켜 사람이 감당할 수 없는 수준으로 몰고 갔다. '무서운 밤의 도시'로 들어가는 길은 잘 닦아 놓은 쇠막대기처럼 직선이었고, 도로의 양옆에 놓인 침대 틀에는 많은 사람이 각양각색의 자세로 시체처럼 누워 잠들어 있었다. 모두 170명의 남자들이었다. 어떤 사람들은 흰옷을 수의처럼 두른 채 입을 꼭 다물고 있었고, 어떤 사람은 기이한 달빛 아래 흑단 같은 알몸을 드러내 놓고 있었다. 그들은 턱을 쩍 벌리고 등을 대고 누웠는데, 다른 사람들로부터 멀찍이 떨어져 있었고 그 몸뚱어리는 은처럼 하얀색인가 하면 재처럼 회색이었다.

"한 문둥이가 잠들어 있다. 그리고 나머지 사람들은 피곤한 쿨리, 하인들, 작은 가게 주인들, 근처의 말 매어 놓은 곳에서 온 마부들이다. 그 광경은 라호르 시로 들어가는 주 입구인데, 그것은 아주 무더운 8월의 밤이었다." 이것이 거기서 보이는 모든 것이었다. 하지만 결코 사람들이 볼 수 있는 전부는 아니었다. 달빛의 마술은 어디에서나 펼쳐졌고 세상은 무서울 정도로 변해 있었다. 알몸을 드러낸 채 시체처럼 누워 있는 사람들의 기다란 열列은, 힌두 사원의 뻣뻣한 은제 조각상의 옆에 펼쳐졌는데, 그것은 결코 쳐다보기에 유쾌한 광경은 아니었다. 그들은 모두 남자들이었다. 그렇다면 여자들은 질식할 것 같은 흙벽돌 오두막에서 형편이 허락하는 대로 아주 불편한 잠을 청해야 하는 것일까? 키 작은 흙벽돌 지붕에서 흘러나오는 답답해하는 어린아이의 칭얼거림은 그 질문에 답을 해 주었다. 어린아이들이 있는 곳이 곧 그들을 돌보아야 하는 어머니가 있는 곳이리라. 이처럼 찌는 듯이 무더운 밤에는 아이들을 돌보아 주어야 하는 것이다. 검고 작은 총알 같은 머리가 지붕의 갓돌 위에서 밤을 내다보고 있었고, 처참할 정도로 가느다란 갈색 발이 배수구 파이프 위로 내밀어져 있었다. 유리 팔찌의 찰랑거리는 소리가 날카롭게 들려왔다. 난간 위로 여자의 팔이 잠깐 보이더니 아이의 가늘고 작은 목을 휘어잡았고 아이는 항의를 하면서 뒤로 잡아당겨져 침대 틀의 피신처로 물러갔다. 아이의 가늘고 새된 비명은 입에서 튀어나오는 즉시 걸쭉한 공기 속에서 사라져 버렸다. 심지어 이 땅의 아이들조차도 너무 무더워 제대로 울 수가 없었다.

더 많은 시체. 더 멀리 펼쳐진 달빛 환한 하얀 도로. 길가에 잠들어 있는 낙타 떼. 빨리 달아나서 순간적으로만 보이는 자칼, 마구를 등에 인 채 잠들어 있는 수레 끄는 조랑말. 달빛 속에서 놋쇠 장식을 반짝거리는 시골 수레들, 그리고 더 많은 시체. 곡식 수레가 기울어져 있는 곳에서는, 나무줄기, 톱질한 통나무, 두 그루의 대나무와 몇 줌의 이엉 등이 그림자를 던졌고, 땅은 그런 그림자들로 뒤덮였다. 그들은 누워 있었다. 어떤 사람은 양팔을 포갠 채 땅 위에 엎드려 있었다. 어떤 사람은 개처럼 웅크리고 자고 있었다. 어떤 사람은 두 손을 머리 위로 치켜 올려 깍지를 끼고 있었다. 어떤 사람은 곡식 수레 한쪽으로 내던져진 축 처진 마대 자루처럼 누워 있었다. 또 어떤 사람은 달빛을 환히 받으며 추켜세운 양 무릎에 이마를 처박고 있었다. 그들이 코라 도 제대로 골 수 있다면 그건 위안이 될 터였다. 그러나 그들은 코를 골지 않았고 단 한 가지 점만 빼놓고 그들은 영락없는 시체의 모습 그대로였다. 홀쭉하게 여윈 개들이 그들의 냄새를 맡더니 곧 사라져 버리는 것이었다. 여기저기에서 자그마한 아이가 아버지의 침대 틀 위에 누워 있었고, 어김없이 보호하는 팔이 그 아이의 몸을 두르고 있 었다. 그러나 대부분의 경우 아이들은 옥상에서 어머니와 함께 잤다. 노란 피부에 하얀 이를 가진 아이들을 갈색 신체의 무리들 사이에 맡 겨 놓기에는 안심이 안 되는 것이었다.

델리 게이트 입구에서 사람을 질식시키는 뜨거운 바람이 불어오자 나는 이 시간에 '무서운 밤의 도시'로 들어가겠다는 생각을 포기했다. 그곳은 벽으로 둘러쳐진 도시가 밤낮없이 내뿜는, 동물성이든 식물성 이든, 아주 고약한 냄새들로 가득한 땅이다. 도시의 성벽 밖에 있는 큰 바나나 나무와 오렌지 나무의 미동도 없는 숲속 공기는 오히려 이 도 시와 비교하여 시원하게 느껴질 정도이다. 오늘 밤 이 도시 안에 있는 모든 병든 사람과 어린아이를 신께서 보호해 주시기를! 집들의 높은 담벼락은 야만적인 열기를 내뿜었고, 옆쪽의 이름 없는 계곡에서는 미지근한 바람이 불어오는데, 그 더운 바람은 들소에게 독이 될 것이 었다. 하지만 들소들은 신경 쓰지 않는다. 한 무리의 들소 떼가 텅 빈 대로를 유유히 행진한다. 때때로 걸음을 멈추고 곡물 가게의 닫힌 차 단기에 코를 들이면서 거기에다 범고래처럼 거칠게 숨을 내뿜는다.

이어 정적이 흐른다. 그것은 대도시의 야간 소음으로 가득한 정적이다. 현악기 소리 같은 게 희미하게, 아주 희미하게 들려온다. 저기 먼 위쪽에서 어떤 사람이 창문을 열었고, 문틀의 덜거덕거리는 소리가 텅 빈 거리 아래쪽으로 메아리친다. 그 지붕들 중 한 곳에서는 물 담뱃대에 불이 잘 붙어 있다. 그 담뱃대가 불꽃을 내뿜는 동안, 남자들은 부드럽게 이야기를 한다. 조금 더 멀어지자 그 이야기하는 소리가 더 뚜렷해진다. 어떤 가게의 밀어 여는 셔터들 사이에서 한 줄기 빛이 흘러나온다. 그 안에서, 짧은 턱수염을 기르고, 눈이 충혈된 가게 주인이 조면기로 누른 목면 다발들 사이에서 회계 장부를 맞추고 있다. 하얀 옷을 입은 세 명의 친구들이 그와 함께 있는데 가끔 무슨 말인가 건넨다. 먼저 가게 주인이 장부에 기재를 하고, 그런 다음 뭔가 말을 해 준다. 이어 주인은 오른손의 손등으로 땀이 흐르는 이마를 닦아 낸다. 가게들이 다닥다닥 들어선 거리의 더위는 살인적이다. 가게 내부의 더위는 거의 견디지 못할 정도일 것이다. 하지만 장부 맞추는 작업은 계속된다. 장부에 기입하기, 뭔가 우물우물 말하는 소리, 그리고 손등으로 이마의 땀 닦아 내기, 이런 동작들이 시계의 톱니바퀴처럼 정밀하게 반복된다.

와지르 칸 모스크로 가는 길 위에서 한 경찰관이 터번도 쓰지 않은 채 누워서 잠을 자고 있다. 한 줄기 달빛이 그의 이마와 두 눈을 비추지만 그는 미동도 하지 않는다. 시간은 자정에 가깝고 열기는 점점 더 강해지고 있다. 모스크 앞의 탁 트인 광장에도 시체들이 가득하다. 그곳을 지나가는 사람은 그들을 밟지 않으려고 조심해야 한다. 달빛이 채색 에나멜로 장식된 모스크 정면을 비추자 그곳에 넓고 비스듬한 줄무늬들이 형성된다. 사원 석조 장식의 틈새와 빈 공간에 내려앉아 각자 꿈을 꾸고 있던 비둘기들이 땅딸막하면서도 자그마한 그림자를 던진다. 하얀 옷을 입은 유령들이 짚자리에서 피곤한 모습으로 일어나서 사원 건물의 깊숙한 내부로 바삐 달려간다. 모스크의 작은 탑 꼭대기까지 올라가서 이 도시를 내려다보는 게 가능할까? 아무튼 한번 시도해 볼 만한 가치가 있었고 계단의 문은 잠겨 있지 않을 가능성이 많았다. 실제로 그것은 잠겨 있지 않았다. 하지만 수위가 달빛에 얼굴을 내맡긴 채 그 계단의 문턱에 누워 자고 있었다. 다가오는 발걸음 소리를 듣고서 그의 터번에서 쥐가 튀어나왔다. 그는 툴툴거리더니 잠시 눈을 떴다가 몸을 반대쪽으로 돌려서 다시 잠이 들었다. 나선형 계단의 어둡고 반들거리는 벽에는 지난 10년 동안의 맹렬한 인도 여름의 열기가 녹아들어 있었다. 계단을 절반쯤 올라가니 살아 있고, 따뜻하고, 게다가 깃털을 가진 어떤 것이 버티고 있었다. 그것은 코를 골았다. 내가 다가가는 발걸음 소리에 떠밀려 계단 위쪽으로 하나씩 하나씩 올라간 그것은 마침내 맨 꼭대기까지 날아가서, 그제야 노란 눈을 가진 화를 내는 솔개임이 밝혀졌다. 수십 마리의 솔개가 이 작은 탑과 다른 탑, 그리고 저 아래 돔에서 자고 있었다. 이 높이에는 한 점 시원하고 덜 무더운 바람이 있었던 것이다. 그 바람에 원기를 얻은 나는 '무서운 밤의 도시'를 내려다보았다.

도레라면 이 광경을 멋지게 그렸으리라! 졸라라면 탁월하게 묘사했으리라! 달빛 속에서 또 달의 그림자 속에서 수천 명의 사람들이 잠자고 있는 저 광경을. 옥상에는 남자들, 여자들, 아이들이 가득했고 공기 중에는 뭔지 알 수 없는 소음이 미만彌滿했다. '무서운 밤의 도시' 사람들은 불안하게 뒤척거렸는데 그것은 조금도 놀라운 일이 아니었다. 오히려 그들이 숨을 쉴 수 있다는 게 놀라웠다. 만약 당신이 저 중생을 자세히 들여다본다면, 저들이 환한 대낮의 군중 못지않게 불안을 느낀다는 것을 알 수 있으리라. 그러나 소란은 가라앉아 있었다. 어디에서나, 강력한 달빛 아래에서, 이리저리 뒤척이는 사람들, 침대 틀을 이리저리 움직이며 다시 균형을 맞추는 잠든 사람들을 볼 수 있으리라. 모든 집의 구덩이 같은 안뜰에서도 역시 같은 동작을 볼 수 있으리라.

사정없는 달빛은 그 모든 것을 보여 준다. 도시 바깥의 들판도 보여 주고, 도시의 성벽 밖에서 흘러가는 사람 손등 정도 너비의 라비 강도 보여 준다. 마지막으로 모스크의 작은 탑 바로 아래에 있는 옥상에서 반짝거리는 한 줄기 자그마한 은빛도 보여 준다. 어떤 불쌍한 영혼이 잠에서 깨어나 불붙은 듯 뜨거운 몸에다 한 주전자의 물을 내리붓고 있는 것이다. 위에서 아래로 떨어지는 물소리가 희미하게 귀에 들려온다. '무서운 밤의 도시'의 저 멀리 떨어진 구석에서는 두세 명의 남자들이 역시 몸에 물을 뿌리고 있다. 그 물은 일광 반사의 신호처럼 반짝거린다. 자그마한 구름이 지나가면서 달의 얼굴을 가리자, 도시와 그 주민들—방금 전만 해도 흑백으로 묘사된 사람들—이 검은색과 더 짙은 검은색의 덩어리로 변해 버린다. 그렇지만 불안해하는 소음은 계속된다. 그것은 더위에 압도당한 대도시의 한숨이고, 헛되이 안식을 찾는 사람들의 탄식이다. 집의 옥상에서 자는 것은 하층계급의 여자들뿐이다. 아직도 몇 개의 램프가 반짝거리는, 격자창 속의 규방에서는 더위의 고문이 어떠할 것인가? 저기 아래 사원의 안뜰에서 발걸음 소리가 들린다. 그는 진실한 신자인 무에진*이다. 하지만 그는

* 무슬림 예배당의 탑에서 기도 시간을 알리는 사람.

여기에 한 시간 전에 와서 신자들에게 기도가 밤잠—어차피 도시에 찾아오지 않는 잠—보다 더 낫다는 것을 알려 주었어야 했다.

　무에진은 작은 탑의 문을 잠시 만지작거리더니 어디론가 사라졌다. 그리고 황소 같은 고함—거대한 저음의 천둥—이 그가 작은 탑의 꼭대기에 도착했음을 알렸다. 물이 줄어든 라비 강의 강둑에 이르기까지 모든 사람이 그 고함 소리를 들었으리라! 사원의 안뜰에 울려 퍼지는 그 소리는 아주 우렁찼다. 구름이 옆을 스쳐 지나가면서 하늘을 배경으로 검게 윤곽을 드러내는 그의 모습을 보여 주었고 그의 넓은 가슴은 깊은 폐활량을 자랑하며 우렁찬 고함 소리와 함께 솟아올랐다. "알라는 위대하시다." 이어 잠시 정적이 흐르다가 황금 사원 쪽의 또 다른 무에진이 소리쳤다. "알라는 위대하시다." 그 외침 소리가 모두 네 번 반복되었다. 침대 틀에서는 이미 십여 명의 남자들이 일어나 있었다. "알라 이외에는 신이 없다고 증언합니다." 한밤중에 수십 명의 남자들을 침대 틀에서 일어나게 만드는 그 신앙의 선언은 얼마나 멋진 외침인가! 다시 한 번 무에진은 자신의 열광적인 목소리에 도취하여 몸을 흔들면서 같은 말을 크게 소리쳤다. 이어 멀리 또 가까이에서, 밤공기가 "무하마드는 알라의 예언자이시다"라는 외침을 실어 보냈다. 무에진은 저 멀리 떨어진 지평선을 상대로 도전의 말을 외쳐 대는 것 같았다. 지평선 위에서는 여름 번개가 칼집을 벗어난 칼처럼 춤을 추고 있었다. 도시의 모든 무에진이 합세하여 소리쳤고 옥상 위의 몇몇 남자들은 무릎을 꿇기 시작했다. 긴 정적이 흐르다가 마침내 마지막 외침 소리가 터져 나왔다. "알라는 자비로우시다." 이어 목면 다발을 내리치는 조면기의 팔처럼, 정적이 밤공기 위에 내려왔다.

　무에진은 턱수염 속에서 불평을 하며 어두운 계단을 걸어 내려갔다. 그는 입구의 아치를 지나서 사라졌다. 이어 '무서운 밤의 도시'에는 숨 막히는 정적이 흘렀다. 작은 탑의 솔개들은 다시 잠이 들어 전보다 더 크게 코를 골았다. 후덥지근한 바람이 산발적으로 불어와 맥없는 소용돌이를 일으켰고 달은 지평선 쪽으로 기울어져 갔다. 탑의 난간에 양 팔꿈치를 걸치고 앉아서 새벽이 올 때까지 더위로 고통받는 저 소굴을 내려다보며 생각에 잠길 수 있다. '저기 아래에 있는 사람들은 어떻게 살까? 그들은 무슨 생각을 할까? 그들은 언제 잠에서 깨어날까?' 물 주전자로 더운 몸 위에 물 끼얹는 소리가 좀 더 났다. 나무 침대 틀을 그늘 쪽으로 이동시키는 삐걱거리는 소리도 희미하게 났다. 현악기의 조잡한 가락이 멀리 떨어진 거리 때문에 희석되어 슬픈 탄식처럼 들린다. 그리고 저 먼 하늘에서 천둥이 한 번 낮게 으르렁거렸다. 모스크의 안뜰에서, 아까 내가 작은 탑 위로 올라올 때 문턱을 가로막고 자고 있던 수위가 잠 속에서 가위 눌린 듯, 양손을 머리 위로 번쩍 치켜 올리더니 뭐라고 중얼거렸고 다시 손을 내렸다. 솔개들의 코 고는 소리—그들은 과식한 인간들처럼 코를 곤다—를 자장가 삼아 나도 잠시 불안한 선잠에 빠져들었다. 시간은 새벽 세 시였고 공기는 약간, 아주 약간 시원해졌다. 가끔 방랑하는 개가 짖어대는 연가戀歌 이외에 도시는 이제 완전한 정적 속으로 빠져들었다. 죽음처럼 깊은 잠 이외에는 아무것도 없다.

그 시간 이후 여러 주週의 어둠을 농축시켜 놓은 듯한 어둠이 지나갔다. 달은 이제 졌다. 개들도 잠잠해졌다. 나는 새벽의 첫 빛을 보고서 집으로 돌아갈 생각을 했다. 또다시 급히 다가오는 발걸음의 소음. 새벽 기도가 시작될 예정이었고 나의 밤새우기는 끝났다. "알라는 위대하시다! 알라는 위대하시다!" 동쪽이 회색으로 밝아 왔고 곧 밝은 노란빛이 되었다. 마치 무에진이 불러온 듯, 새벽바람이 불어왔다. 마치 한 사람인 양 '무서운 밤의 도시'는 일제히 침대 틀에서 일어나 다가오는 새벽을 향해 얼굴을 돌려 댔다. 생기가 되돌아오면서 소리도 되살아났다. 먼저 낮은 속삭임이 생겨났고 이어 깊은 저음의 흥얼거림이 있었다. 우리는 소리가 나는 곳이 온 도시의 주민들이 잠자는 옥상이라는 것을 기억해야 한다. 오래 미뤄진 수면의 채무 상환 요구로 인해 내 눈꺼풀은 무겁게 내려왔다. 나는 작은 탑에서 내려와 안뜰을 통과하여 광장으로 나아갔다. 그곳의 사람들은 잠에서 깨어나 침대 틀을 정리하고 아침 물담뱃대에 대해서 의논했다. 잠시 서늘했던 공기는 사라져 버리고 다시 처음처럼 무더워졌다.

"관대하신 사히브, 옆으로 조금 비켜 주시겠습니까?" 이것은 무엇인가? 남자들이 어깨에 멘 어떤 것이 반광半光 속에서 지나가고 있었고 나는 옆으로 비켜섰다. 한 여자의 시체가 강가의 화장터로 내려가는 중이었다. 그리고 옆에 있던 구경꾼이 말했다. "저 여자는 한밤중에 더위 때문에 죽었어요." 그래서 이 도시는 밤의 도시인가 하면 죽음의 도시이기도 하다.

모로비 주크스의 기이한 사건

The Strange Ride of Morrowbie Jukes

살아 있거나 죽었거나
—이것 이외에 다른 길은 없다.

원주민의 속담

이 이야기는 지어낸 것이 아니다. 주크스는 예전부터 존재해 온 것으로 알려진 마을에 우연한 경로로 굴러떨어지게 되었다. 그리고 그는 거기에 다녀온 유일한 영국인이다. 그와 비슷한 제도적 마을이 한때 캘커타 교외에도 있었다고 한다. 또 이런 이야기도 있다는 것이다. 당신이 대 인도 사막의 가운데에 있는 비카네르의 중심으로 들어가면, 어떤 마을이 아니라 읍을 발견할 수 있는데 그곳에서는 죽은 것도 아니고 산 것도 아닌 자들이 그들의 본부를 설립해 놓고 있다는 것이다. 그러나 동일한 사막에 아주 멋진 도시도 있다고 한다. 이 도시는 부유한 고리대금업자들이 큰돈(너무나 막대한 재산이어서 그 소유주는 그들을 보호해 줄 강력한 정부의 손도 믿지 못해 물 없는 사막으로 피신하는 것이다)을 번 후에 은퇴해 오는 도시이다. 그곳에서 그들은 화려한 C 자 스프링이 달린 2두 사륜마차를 몰고, 아름다운 여자들을 사들이고, 황금과 상아와 민턴 타일과 진주층眞珠層으로 그들의 궁전을 장식한다. 이런 상황이니 나는 주크스의 이야기가 진실이 아니라고 할 이유가 없다. 그가 토목 기사에, 각종 토목 계획이나 거리 측정을 잘하는 머리 좋은 사람이기는 하나, 상상으로 뭔가를 고안해 낼 그런 위인은 되지 못한다. 그는 자신의 합법적인 일을 하는 것만으로도 더 많은 돈을 벌 수 있다. 그는 얘기를 하면서 내용을 바꾼 적이 없었고, 자신이 부당한 대우를 받았다고 생각하는 부분에 도달하면 크게 흥분하면서 화를 냈다. 그는 처음에 이 이야기를 있는 그대로 적어 놓았으나 후에 여러 부분을 손보면서 도덕적 명상을 도입했다. 다음은 그가 써 놓은 이야기이다.

처음에 그것은 사소한 발열發熱로부터 시작되었다. 나는 일 때문에 곽파탄과 무바라크푸르 사이에 있는 캠프에서 몇 달을 보내야 했다. 그곳에 출장 나간 불운을 겪은 사람이라면 잘 알겠지만 그곳은 황량한 사막지대이다. 내가 부리는 쿨리들이 다른 작업조보다 더 신경을 돋우는 자들은 아니었으나, 내가 맡은 토목 일은 엄청나게 신경을 써야 하는 일이었고, 그래서 설사 내가 사내답지 못한 우울증에 빠지는 기질이었다고 할지라도 우울증에 빠질 겨를이 없었다.

1884년 12월 23일 나는 몸에 약간 열이 오르는 것을 느꼈다. 당시 하늘에는 보름달이 떠 있었고 그래서 내 텐트 주위의 모든 개가 달을 보고 짖어 댔다. 두세 마리씩 모여 있는 개들은 나를 미치게 만들었다. 며칠 전에 나는 시끄럽게 짖어 대는 개 한 마리를 총으로 쏴서 그 시체를 나의 텐트 문에서 약 50야드 떨어진 지점에다 공포의 본보기로 걸어 놓았다. 그러나 그의 친구들은 그걸 보고 서로 싸워 대더니 마침내 그 시체를 다 먹어 치웠다. 그리고 더욱 기세등등해져 감사를 바치는 찬송을 짖어 댔다.

발열에 수반되는 가벼운 현기증은 사람에 따라 다르게 작용한다. 나의 짜증은 잠시 뒤에 저녁 내내 가장 크게 울어 대고 가장 먼저 도망치는 커다란 점박이 개를 죽이려는 굳건한 결단으로 바뀌었다. 떨리는 손과 현기증 나는 머리 때문에, 나는 총을 두 번이나 쏘았으나 그놈을 맞히지 못했다. 그러다가 가장 좋은 계획은 그놈을 야외로 내몬 다음 장창으로 해치우는 것이라는 생각이 불현듯 떠올랐다. 이것은 물론 신열이 있는 환자의 절반쯤 정신 나간 계획이었다. 하지만 그 당시에는 아주 실용적이고 그럴듯한 계획이라고 생각했던 게 기억난다.

그래서 나는 마부를 시켜 포르닉에게 안장을 얹어서 내 텐트 뒤로 조용히 데려오게 했다. 그 조랑말을 대령했을 때 나는 말의 머리 곁에서 개가 다시 한 번 큰 소리로 짖어 대면 말에 올라 달려 나갈 준비를 갖추었다. 그런데 포르닉은 이틀 동안 말뚝에 매여 있었다. 밤공기는 청명하면서도 쌀쌀했다. 나는 길고 날카로운 창으로 무장하고 있었다. 나는 그 창으로 그날 오후에 이 게으른 말을 슬쩍 흥분시키기도 했다. 그러니 말은 달려가자고 하면 아주 빠르게 달려 나갈 터였다. 그리하여 말이 일직선으로 재빨리 내달리면서 텐트는 순식간에 뒤로 멀어졌고 우리는 아주 빠른 속도로 부드러운 사막 지역을 날아갈 듯 내달렸다. 곧 우리는 도망치는 개를 지나쳤고 내가 왜 말을 타고 장창으로 무장했는지 그 이유조차도 잊어버렸다.

신열의 정신착란과 공기를 가르는 빠른 움직임의 흥분이 나의 나머지 감각을 빼앗아 갔음이 틀림없었다. 나는 등자에서 우뚝 서 있었던 것, 나의 미친 내달리기를 차분히 내려다보던 크고 하얀 달을 향해 장창을 휘둘렀던 것, 내 곁을 휙휙 스쳐 지나가는 낙타가시나무 덤불을 향해 욕설을 내뱉었던 것 등을 희미하게 기억한다. 한두 번은 포르닉의 목 쪽으로 몸을 수그려서 글자 그대로 박차에 간신히 매달려 있기도 했다. 이것은 그다음 날 아침 말의 몸에 생긴 표시로 알 수 있었다.

그 불쌍한 말은, 달빛 환한 광대무변의 사막 지역을 귀신 쌘 동물처럼 내달렸다. 그다음에, 내가 기억하기로, 우리 앞의 땅이 갑자기 솟아올랐고 우리가 그 꼭대기로 올라가면서 나는 저 아래에서 은빛 막대기처럼 빛나는 수틀레지 강의 강물을 보았다. 이어 포르닉은 아주 힘들게 숨을 내쉬며 나아갔고 우리는 어떤 보이지 않는 등성이에서 그 아래로 굴러떨어졌다.

나는 의식을 잃었음이 틀림없었다. 다시 의식을 회복했을 때는 부드러운 하얀 모래 더미 위에 엎드려 있었기 때문이다. 그리고 내가 굴러떨어진 등성이의 가장자리 위로 새벽이 동터 오고 있었다. 빛이 점점 더 강해지자 나는 말발굽 형태의 모래 분화구 밑바닥에 내려와 있다는 것을 깨달았다. 그 분화구의 한쪽은 수틀레지 강의 사주沙洲 쪽으로 직접 열려 있었다. 내 몸의 신열은 완전히 사라졌고 머리에 약간의 어지럼증이 있는 것을 제외하고는 지난밤 등성이에서 굴러떨어진 후유증은 느끼지 못했다.

몇 야드 떨어진 곳에 서 있던 포르닉은 당연히 아주 피곤해했지만 전혀 다치지 않았다. 폴로 경기에 사용되는 것과 똑같은 말안장은 충격으로 말의 배 밑으로 들어가 있었다. 내가 안장을 바로잡는 데에는 시간이 좀 걸렸지만, 그러는 과정에서 어리석게도 굴러떨어졌던 그 장소를 자세히 관찰할 기회를 얻었다.

다소 지루해질 위험이 있기는 하지만 그래도 나는 이 장소를 좀 자세히 묘사할 생각이다. 그 특이한 장소에 대한 정확한 이해가 절대로 필요하고 그것이 독자들로 하여금 다음에 벌어지는 사건들을 좀 더 구체적으로 이해하게 만들어 줄 것이기 때문이다.

내가 앞에서 이미 말했듯이, 가파른 모래벽들이 약 35피트 높이로 솟아 있는 말발굽 형태의 모래 분화구를 상상해 보기 바란다(모래 등성이의 기울기는 65도 정도로 생각된다). 이 분화구 바닥에는 길이 약 50야드에 폭 약 30야드(가장 넓은 곳)의 평평한 땅이 있고, 그 땅의 중심에는 아주 조잡한 우물이 있다. 그 분화구 바닥의 가장자리를 따라서, 바닥 땅에서 약 3피트 되는 곳에 83개의 반원형, 난형, 네모형, 다면형 등의 구멍들이 파여 있었고 그 구멍의 너비는 3피트 정도 되었다. 자세히 살펴보니 각 구멍은 표류목과 대나무 등으로 내부를 조심스럽게 보강했고, 그 구멍의 입구 위로는 기수의 모자챙같이 앞으로 약 2피트 내민 널빤지가 달려 있었다. 그 구멍들에 사람이 들어 있는지는 알 수가 없었으나 그 반원형으로부터 엄청나게 고약한 악취가 풍겨져 나오고 있었다. 내가 일찍이 인도의 마을들을 많이 돌아다녀 봤으나, 이처럼 심한 악취는 맡아 본 적이 없었다.

나처럼 캠프로 돌아가고자 안달이 난 포르닉에 올라타고서 나는 출구가 어디 있는지 알아보기 위해 말발굽의 밑동 근처로 달려갔다. 그들이 누구인지 모르겠으나 그곳의 주민들은 밖에 나와 볼 생각은 전혀 하지 않는 듯했고 나는 혼자서 궁리하는 수밖에 없었다. 나는 맨 처음 그 가파른 모래언덕으로 포르닉을 달려 보고서 내가 다시 그 분화구 바닥으로 떨어진다는 것을 발견했다. 명주잠자리가 희생 제물을 잡아들이는 것과 똑같은 방식이었다. 말이 발걸음을 내디딜 때마다 모래가 위에서 수 톤 규모로 흘러내려서, 저 아래 구멍들 앞부분을 장식하는 널빤지 위로 일제사격처럼 우수수 떨어졌다. 우리는 두 번 더 쓸데없는 돌진을 시도해 보았으나 그때마다 바닥으로 굴러떨어지면서 모래 더미에 파묻혀 거의 질식사할 뻔했다. 그래서 나는 할 수 없이 강둑 쪽으로 시선을 돌리게 되었다.

여기는 모든 것이 수월해 보였다. 모래언덕들은 강가까지 완만하게 내려와 있었고 사주와 얕은 곳이 많아서 내가 포르닉을 그곳으로 달리게 하여 좌우를 잘 살피면서 건넌다면 모래 땅이 아닌 굳건한 땅으로 돌아갈 수 있을 것 같았다. 내가 포르닉을 그쪽으로 달리게 하려는 순간, 강 쪽에서 희미한 소총 소리가 났고 그와 동시에 총알은 '쉿' 소리를 내면서 포르닉 머리 가까운 곳으로 떨어졌다.

그 총알의 의미는 너무나 분명한 것이었다. 그건 표준 규정의 마티니-헨리제 '말뚝'이었다. 약 5백 야드 전방의 강상에는 자그마한 배가 정박하고 있었다. 그 배의 앞머리에서 아침 공기 중으로 흘러나오는 가느다란 연기는 총알이 어디서 날아왔는지 내게 보여 주었다. 일찍이 점잖은 신사가 이런 곤경에 빠져 본 적이 있었을까? 삼면을 둘러싸고 있는 모래언덕들은 내가 비자발적으로 찾아오게 된 이 장소로부터 도망치는 것을 허용하지 않았다. 그리고 강변 일대에서 어정거리면 곧바로 배에 탄 원주민으로부터 총알 세례를 받았다. 그래서 나는 엄청 화가 났다.

또 다른 총알이 날아오자 나는 쓸데없는 짓은 하지 않는 게 좋겠다고 판단을 했다. 나는 황급히 퇴각하여 말발굽 쪽으로 갔다. 그곳에는 총성에 놀란 65명의 주민이 구멍에서 밖으로 나와 있었다. 그 구멍에 사람이 안 사는 줄 알았는데 대부분 들어차 있었던 것이다. 나는 구경꾼 무리에 둘러싸인 나 자신을 발견했다. 약 40명의 남자와 20명의 여자 그리고 다섯 살이 채 되지 않았을 법한 어린아이 한 명이었다. 그들은 모두 힌두 탁발승을 연상시키는 연어 빛 색깔의 옷 하나만을 걸치고 있었다. 나는 일견 그들이 세상에 염증을 느끼는 한 무리의 파키르*인 줄 알았다. 그들의 지저분함과 혐오스러움은 필설로 다할 수 없는 것이었고, 구멍에서 지내는 그들의 삶이 어떨지 짐작이 되어 저절로 몸이 부르르 떨렸다.

현지의 자치 정부가 사히브에 대한 원주민들의 존경심을 상당 부분 없애 버린 그 당시에도, 나는 하급자들로부터 어느 정도 예우를 받는 데 익숙해져 있었다. 나는 그들에게 다가가면서 당연히 그들이 내게 인사를 해 오리라 기대했다. 아니, 그런 인사가 있기는 했지만 그건 내가 바라던 것이 아니었다.

그 거지 같은 무리들은 실제로는 나를 비웃었다. 그런 비웃는 소리는 두 번 다시 듣고 싶지 않다. 내가 그 가운데로 걸어가는 동안 그들은 킥킥거렸고, 소리쳤고, 휘파람을 불었으며, 아우성을 쳐 댔다. 그들 중 어떤 자들은 땅에 엎드려 발버둥 치는 등 고약한 모습으로 즐거움을 표시했다. 곧 나는 포르닉에서 내려 그날 아침의 모험에 말할 수 없는 분노를 느끼며 내게서 가장 가까이 있는 자들을 힘을 다해 구타하기 시작했다. 그 불쌍한 자들은 내 주먹에 구주희의 핀 볼처럼 쓰러졌고 웃음소리는 자비를 비는 울음소리로 바뀌었다. 아직 매를 맞지 않은 자들은 내 무릎에 양팔을 감으면서 온갖 조잡한 언어로 살려 달라고 애원했다.

그런 혼란 속에서 내가 막 그처럼 손쉽게 분노를 표출한 데 대해

---

* 힌두교의 고행자.

부끄러움을 느끼기 시작한 순간, 내 어깨 뒤에서 새된 목소리의 영어가 들려왔다. "사히브! 사히브! 저를 모르시겠습니까? 사히브, 전신電信 담당자 궁가 다스입니다."

나는 재빨리 몸을 돌려 그렇게 말하는 자를 쳐다보았다.

궁가 다스(물론 나는 그의 실명을 말하는 데 조금도 망설임을 느끼지 않는다)는 내가 4년 전에 데카니 브라만으로 알았던 자인데 펀자브 정부에서 칼시아 정부에 파견 나온 인력이었고 그곳의 체신부 지점을 담당했다. 내가 그를 마지막으로 보았을 때, 그는 쾌활하고 배가 톡 튀어나온 공무원이었고 영어로 신통치 못한 말장난을 부리는 놀라운 능력을 갖고 있었다. 이 특징 때문에 그가 전신 담당자로서 내게 해 준 서비스를 잊어버린 지 오랜 뒤에도 여전히 그를 기억했다. 힌두인이 영어 말장난을 한다는 것은 아주 희귀한 일이었다.

그러나 이제 그 남자는 알아보지 못할 정도로 변해 있었다. 카스트의 특징, 톡 튀어나온 배, 푸른빛 도는 회색 각반, 유들유들한 언변 등은 모두 사라졌다. 나는 말라비틀어진 해골 같은 몸매, 터번을 쓰지 않은 맨머리, 덕지덕지 달라붙어 있는 머리카락, 쑥 들어간 대구 같은 눈을 쳐다보았다. 왼쪽 뺨에 있는 초승달 같은 상처가 아니었더라면 나는 그를 알아보지 못했을 것이다. 하지만 그건 틀림없는 궁가 다스였다. 아무튼 그것만으로도 감사해야 할 일이었다. 적어도 그날 내가 겪은 일의 의미를 영어로 말해 줄 수 있는 현지인을 만난 것이니까.

내가 그 비참해진 자를 붙들고서 이 분화구에서 탈출할 수 있는 방법을 말해 달라고 요구하는 동안, 군중은 좀 떨어진 곳으로 물러갔다. 그는 새로 깃털을 뽑은 까마귀를 손에 들고 있었고 내 질문에 대한 대답으로 구멍들 앞을 나란히 달리는 약간 높은 모래 단으로 올라가서, 그곳에서 아무 말 없이 불을 피우기 시작했다. 마른 벤트 잡초, 모래 양귀비, 표류목 따위가 재빨리 불타올랐다. 나는 그가 평범한 유황 성냥으로 불을 붙이는 걸 보고서 상당한 위안을 얻었다. 불이 환히 타오르자, 까마귀 고기는 그 앞에서 나무 꼬챙이에 꿰어졌고, 궁가 다스는 서론은 생략하고 본론으로 들어갔다.

"선생님, 사람은 딱 두 종류가 있습니다. 산 사람과 죽은 사람. 죽으면 죽은 거고, 살아 있으면 계속 사는 겁니다."(여기서 까마귀 고기는 그의 주의를 필요로 했다. 불에 계속 구워지면 다 타서 재가 될 우려가 있었다.) "만약 당신이 집에서 죽어서 화장하기 위해 가트*로 데려왔는데 죽지 않는다면, 그때는 여기로 오는 겁니다."

악취 나는 마을의 정체가 이제 분명해졌다. 내가 알고 있거나 읽어서 알고 있는 온갖 기괴하고 무시무시한 얘기들은 방금 전前 브라만이 해 준 것에 비하면 시시한 거였다. 16년 전 내가 봄베이에 처음 도착했을 때 나는 한 방랑하는 아르메니아인으로부터 인도의 어떤 마을 얘기를 들은 적이 있었다. 정신착란이나 근육 경직으로부터 회복된 불행한 힌두인들이 그 마을로 보내어져 죽기만을 기다린다는 것이었다. 나는 당시 여행자의 황당무계한 소설이라고 생각하면서 크게 웃어 버린 것이 기억난다. 모래 함정의 바닥에 앉아 있자니, 시원하게 돌아가는 편카, 하얀 옷을 입은 하인들, 노란 얼굴의 아르메니아인 등 왓슨 호텔의 기억이 사진처럼 생생하게 내 머릿속에서 떠올랐다. 나는 크게 웃지 않을 수 없었다. 그 두 장소의 대조가 너무나 극명했던 것이다!

* 강가의 계단식 화장장.

지저분한 고기를 내려다보던 궁가 다스는 기이하다는 표정으로 나를 쳐다보았다. 힌두인은 별로 웃지 않았고, 그가 사는 곳은 웃음을 유도하는 환경이 아니었다. 그는 엄숙한 표정으로 까마귀 고기를 나무 꼬챙이에서 빼내 역시 엄숙한 표정을 지으며 먹었다. 이어 그는 이야기를 계속했는데 나는 그의 말투를 그대로 전한다.

　"콜레라 전염병이 나돌면, 환자는 완전히 죽기도 전에 화장터로 보내집니다. 그런데 강변으로 나오면 차가운 공기 덕분에 환자가 살아납니다. 만약 그가 약간 살아 있다면 그의 코와 입을 진흙으로 틀어막아 완전히 죽게 만듭니다. 조금 더 생기가 있으면 더 많은 흙을 바릅니다. 하지만 그보다 더 생기가 있을 경우에는 화장터에서 다른 곳으로 데려갑니다. 나는 너무 생기가 펄펄해서 그들이 내게 가하려는 그 무엄한 짓에 대하여 항의했습니다. 그 당시 나는 브라만이었고 자부심 높은 사람이었습니다. 이제 나는 죽은 사람이 되어 이 까마귀―여기서 그는 잘 익은 가슴뼈를 쳐다보면서 우리가 만난 이래 처음으로 약간의 감정을 표시했다―고기와 그 외의 다른 것들을 먹습니다. 그들은 내가 너무 생생한 것을 보고서 화장용 홑이불에서 나를 떼 내어 일주일간 약을 주었고 그리하여 나는 완전 살아났습니다. 그러자 그들은 나에게 두 사람을 붙여서 나를 내 고향에서 오카라 주재소까지 기차에 실어 보냈습니다. 오카라 주재소에서 다른 환자 두 명이 합류했고, 그들은 밤중에 우리 세 명을 낙타에 실어서 오카라 주재소에서 이곳까지 수송해 왔습니다. 그리고 제일 먼저 나를 저 모래언덕에서 아래쪽으로 굴려 떨어트렸고 나머지 두 사람도 그런 식으로 여기에 도착했습니다. 나는 2년 반 전부터 여기에서 살았습니다. 한때 나는 브라만에, 자부심 높은 사람이었지만 지금은 까마귀 고기를 먹습니다.”

“탈출할 방법은 없고?”

“전혀 없습니다. 내가 여기 처음 왔을 때 여러 번 실험을 해 봤고 다른 사람들도 그렇게 했지만 우리는 언제나 머리 위로 쏟아져 내리는 모래에 굴복해야 했습니다.”

“그랬을 테지.” 내가 이 지점에서 끼어들었다. “하지만 강 쪽은 열려 있어. 그런데 총알 세례를 피해야 하니, 혹시 밤중에는—”

나는 이미 대략적인 탈출 방법을 세워 두었는데 이기심이 본능적으로 발동하여 그것을 궁가 다스에게 털어놓지 않았다. 그러나 그는 내가 떠올리기는 했으나 말하지 않은 생각을 이미 짐작하고 있었다. 그는 조롱하는 껄껄 웃음을 낮고 길게 웃어 버림으로써 나를 아주 놀라게 했다. 그 웃음은 상급자의 것이었지 결코 동급자의 것은 아니었다.

“그렇게는 안 될 겁니다.”—그는 딱 한 번 선생님이라는 말을 썼고 그다음부터는 생략했다—“그런 식으로는 도망을 칠 수 없어요. 뭐, 시도는 해 볼 수 있겠지요. 나도 해 보았습니다. 딱 한 번.”

내가 헛되이 맞서 싸우려 했던 이름 없는 공포의 감각이 나를 완전히 압도해 버렸다. 오래 식사를 안 한 데다—이제 거의 오전 열 시였고 나는 전날 가벼운 점심을 먹었을 뿐이었다—모래언덕을 넘어가려고 무리하게 시도한 것이 겹쳐져서 나는 극도로 피곤해졌다. 그 여파로 나는 잠시 미친 사람처럼 행동했다고 생각한다. 나는 모래 등성이로 내 몸을 내던졌다. 욕설과 기도를 차례로 내뱉고 말하면서 분화구의 바닥을 뛰어다녔다. 나는 강변의 사초들 사이로 기어갔으나 그때마다 내 주위의 모래 바닥을 때리는 총탄 세례에 신경질적인 공포와 고뇌를 느끼며 뒤로 물러섰다. 혐오스러운 군중들 사이에서 미친개처럼 죽어 버릴 수는 없는 노릇이었기 때문이다. 그리하여 힘이 빠지고 헛소리를 내지르며 우물 가장자리의 연석 위로 쓰러졌다. 하지만 아무도 나의 그런 광포한 행위를 조금도 신경 쓰지 않았다. 나는 지금도 그 순간을 생각하면 온 얼굴이 화끈거린다.

두세 명의 남자들이 우물에서 물을 길어 가면서 나의 헐떡거리는 몸을 밟고 지나갔다. 하지만 그들은 분명 이런 일에 익숙한 듯했고 나한테 낭비할 시간 여유가 없었다. 궁가 다스는 불씨를 모래로 잘 묻어 두고서 미지근한 물 반 컵을 내 머리 위에 부어 주는 성의를 보였다. 그것은 당연히 내가 무릎을 꿇고 감사해야 할 배려였지만, 그는 시종 내가 사주를 처음 건너려고 했을 때 나에게 퍼부었던 그 냉소적이고 색색거리는 웃음을 계속 웃고 있었다. 그래서 나는 거의 절반쯤 기절한 상태로 정오까지 누워 있었다. 하지만 결국에는 사람인지라 배가 고파졌고 이제 나의 자연스러운 보호자로 여기게 된 궁가 다스에게 그 사실을 말했다. 바깥 세계에서 현지인들을 상대할 때의 충동적 행동에 따라서 나는 호주머니에 손을 집어넣어 4안나를 꺼냈다. 처음에는 그 팁이 너무 어리석게 보여서 나는 막 돈을 도로 집어넣으려 했다.

그러나 궁가 다스가 소리쳤다. "그 돈을 내게 주세요. 가지고 있는 걸 다 줘요. 안 그러면 사람들의 도움을 받아서 우리는 당신을 죽일 겁니다!"

영국 사람의 첫 번째 충동은 자기 호주머니 속의 물건을 보호하려는 것이다. 그러나 잠시 생각해 보니 그것은 어리석은 행동이었다. 그는 나를 편안하게 해 줄 수 있는 힘을 가지고 있었고 또 그의 도움으로 내가 결국에는 이 분화구에서 도망치게 될지도 몰랐다. 나는 내 주머니에 있던 돈을 그에게 다 주었다. 9루피, 8안나, 5파이였다. 캠프에 있을 때에 팁을 주려고 언제나 호주머니에 돈을 넣어 가지고 다닌 까닭이었다. 궁가 다스는 그 동전을 꽉 움켜잡더니 남루한 허리 가리개에다 감추면서 누가 우리를 보지 않는지 주위를 둘러보았다.

"**이제** 내가 당신에게 먹을 것을 주겠습니다." 그가 말했다.

내 돈이 그에게 어떤 즐거움을 주었는지 나는 알 수가 없다. 그게 그를 즐겁게 했으니, 즉시 돈을 내준 것을 그리 섭섭하게 생각하지 않았다. 내가 거절했더라면 그는 틀림없이 나를 살해하려 들었을 것이기 때문이다. 들짐승의 소굴에서 벌어지는 일에 대하여 항의를 할 수는 없는 노릇이다. 그리고 이 친구들은 들짐승보다 더 천한 존재였다. 내가 궁가 다스가 마련해 준 음식—거친 차파티와 지저분한 우물물 한 컵—을 먹는 동안, 사람들은 전혀 호기심을 보이지 않았다. 일반적으로 인도 마을 사람들은 아주 호기심이 많은데도 말이다.

나는 그들이 나를 경멸한다는 생각도 들었다. 아무튼 그들은 나를 아주 싸늘한 무관심으로 대했고, 궁가 다스도 그에 못지않게 나빴다. 나는 그 끔찍한 마을에 대하여 그에게 질문을 퍼부었고 아주 불만족스러운 대답을 들었다. 내가 얻어들은 정보에 의하면, 그 마을은 아주 오래전부터 존재해 왔다. 그래서 나는 그 마을이 백 년 이상은 되었으리라 짐작했다. 그 오랜 세월 동안 아무도 이 마을에서 탈출하지 못했다고 한다(여기서 나는 양손으로 내 허리춤을 세게 누르며 나 자신을 다잡으려 했다. 맹목적인 공포에 사로잡혀 아까와 같은 미친 짓을 하며 분화구 주위를 또다시 뛰어다니지 않기 위해서였다). 그는 탈출 불가능하다는 점을 강조하고 내가 얼굴을 찌푸리는 것을 보는 데서 사악한 즐거움을 느꼈다. 내가 어떻게 해도 그는 그 신비스러운 '그들'이 누구인지 말해 주지 않을 것이었다.

"그렇게 명령이 내려온 겁니다." 그가 대답했다. "나는 그 명령에 불복한 사람을 보지 못했어요."

"내 하인들이 내가 실종되었다는 걸 알면 추적에 나설 거야." 내가 대답했다. "내 자네에게 약속하지만 이런 곳은 지구상에서 싹 사라져야 해. 내가 자네에게 문명이 무엇인지 보여 주지."

"당신의 하인들은 여기에 가까이 오기도 전에 갈가리 찢겨 죽어 버릴 겁니다. 게다가, 나의 좋은 친구, 당신은 이미 죽었어요. 물론 그건 당신의 잘못이 아닙니다. 하지만 당신은 죽었고 **그리고** 매장된 겁니다."

불규칙한 간격을 두고서 음식물이 땅 쪽에서 반원형 쪽으로 투입된다는 얘기를 나는 들었다. 그러면 주민들은 그것을 얻기 위해 들짐승처럼 싸웠다. 어떤 주민은 죽음이 다가오는 것을 느끼며 자신의 소굴로 들어가 거기서 죽었다. 시체는 때때로 구멍에서 꺼내어져 모래 속에 내던져지거나 아니면 그 자리에서 부패되도록 내버려졌다.

'모래 속에 내던져진다'라는 표현이 내 주의를 사로잡았다. 그래서 나는 궁가 다스에게 그런 조치가 전염병을 가져오지 않는지 물어보았다.

"그건," 그가 또다시 색색거리는 웃음소리를 내면서 말했다. "앞으로 직접 보게 될 겁니다. 당신은 그런 걸 관찰할 시간이 많이 있을 겁니다."

나는 다시 한 번 얼굴을 찌푸려서 그를 즐겁게 했고, 황급히 대화를 이어 나갔다. "그럼 자네는 여기서 어떻게 하루하루를 살아 나가나? 뭘 하나?" 그 질문은 아까와 똑같은 대답을 이끌어 냈다. 단지 다음과 같은 정보가 추가되었다는 것만이 달랐다. "이곳은 당신네 유럽인의 천국과 비슷합니다. 장가드는 일도 시집가는 일도 없습니다."

궁가 다스는 미션 스쿨에서 교육을 받았고, 그 자신이 인정하는 것처럼 '현명한 사람답게' 종교를 바꾸었더라면, 지금 그의 몫이 되어 버린 살아 있는 무덤을 피할 수도 있었을 것이다. 하지만 나와 함께 있는 한, 그는 행복한 것처럼 보였다.

여기 지배적인 인종의 대표자인 한 사히브가 어린아이처럼 무기력해져서 그의 현지 이웃의 자비에 완전히 내맡겨져 있는 것이다. 교묘하면서도 느긋한 방식으로 그는 나를 괴롭히기 시작했다. 마치 학생이 꼬챙이에 꿰인 풍뎅이의 고뇌를 관찰하며 재미있는 반 시간을 보내는 것, 혹은 흰담비가 막다른 구멍에서 토끼의 목에 올라타서 느긋한 시간을 보내는 것과 비슷했다. 그와 대화를 나눈 결과, '그 어떤 종류의' 탈출도 불가능하고, 나는 죽을 때까지 여기 머물다가, 죽으면 '모래 속으로 내던져져야 한다'는 것이었다. 이 거주지에 어떤 새로운 사람이 도착하여 이미 저주받은 사람이 그 사람과 대화를 나눈다면, 궁가 다스가 오후 내내 나와 주고받은 것과 비슷한 대화를 나눌 것이라고 나는 짐작했다. 나의 모든 정력은 거듭하여 나를 압도해 오는 설명 불가능한 공포와 싸우는 데 바쳐졌다. 그 느낌은 영국해협을 건널 때 엄습해 오는 저 압도적인 뱃멀미와 비슷했다. 하지만 나의 고뇌는 정신적인 것이어서 무한한 공포를 안겨 주었다.

시간이 흘러가면서 주민들이 오후의 햇살을 받기 위해 다들 구멍 바깥으로 나왔다. 해는 이제 분화구의 입구에서 기울어지고 있었다. 그들은 조그마한 무리를 이루며 모여 있었고 내 쪽으로는 시선조차 보내지 않았다. 내 판단에 오후 네 시쯤 되었을 때, 궁가 다스가 일어서서 잠시 그의 소굴로 들어가 양손에 살아 있는 까마귀를 들고 나왔다. 그 비참한 새는 아주 형편없고 참혹한 상태였으나 주인을 전혀 두려워하지 않는 것 같았다. 궁가 다스는 이 덤불에서 저 덤불로 이동하여 강변으로 조심스럽게 다가가서 마침내 배의 사선射線 바로 앞에 있는 부드러운 모래 더미에 도착했다. 배에 있는 사람들은 그를 신경 쓰지 않았다. 여기서 그는 걸음을 멈추더니 손목을 솜씨 좋게 두 번 놀려서 새의 양 날개를 등 뒤에서 묶어 놓았다. 당연히 까마귀는 그 즉시 비명을 내지르며 발톱으로 공중을 휘저었다. 몇 초 뒤 그 비명 소리는 수백 야드 떨어진 사주에 있던 들까마귀의 시선을 사로잡았다. 까마귀들은 그곳에서 시신 비슷해 보이는 것을 살펴보고 있었다. 여섯 마리의 까마귀가 무슨 일인지 알아보려고 즉시 날아왔다가 날개가 묶인 새를 공격했다. 덤불에 납작 엎드려 있던 궁가 다스는 나보고 조용히 있으라는 신호를 보냈다. 하지만 나는 그것이 불필요한 경고 조치라고 생각했다. 잠시 뒤, 내가 어떻게 된 것인지 살펴보기도 전에 비명을 내지르는 불쌍한 새를 공격하던 들까마귀가 그 새의 발톱에 붙잡혔고, 이어 궁가 다스가 들까마귀의 날개를 재빨리 뒤로 접어 묶어서 유인하는 새 옆에 놓아두었다. 나머지 까마귀들도 호기심을 억제하지 못한 듯했고, 그리하여 궁가 다스와 내가 덤불로 퇴각하기도 전에 두 마리의 들까마귀가 공중에 높이 쳐든 유인 새들의 발톱에 걸려들었다. 그렇게 하여 사냥—내가 그 행위에 이런 고상한 이름을 붙일 수 있다면—이 계속되어 궁가 다스는 일곱 마리의 까마귀를 잡았다. 그중 다섯 마리는 즉시 죽여 버렸고 나머지 두 마리는 다른 날 똑같은 작전에 사용하려고 아껴 두었다. 나는 음식을 확보하는 이 신기한 방식에 깊은 인상을 받았고 궁가 다스의 놀라운 솜씨를 칭찬했다.

"이건 별거 아닙니다." 그가 말했다. "내일이면 당신이 나를 위해 이걸 해야 합니다. 당신은 나보다 튼튼하니까요."

그런 차분하면서도 오만한 태도는 나를 적잖이 놀라게 했다. 그래서 나는 단호하게 대답했다. "뭐라고, 이 형편없는 악당? 내가 왜 자네에게 돈을 주었다고 생각하나?"

"좋아요." 그가 별로 감흥 없이 대답했다. "어쩌면 내일은 아닐지 모르고, 모레나 그다음 날도 아닐지 모르지요. 하지만 결국에는 그리고 여러 해 동안 당신은 까마귀를 잡고 또 까마귀를 먹어야 합니다. 그리고 잡아먹을 까마귀라도 있는 것에 대하여 당신의 유럽 하느님에게 감사해야 할 겁니다."

나는 그런 불손한 대꾸를 한 자를 간단히 목 졸라 죽일 수도 있었다. 하지만 그 상황에서는 분노를 억누르는 것이 최선이라고 판단했다. 한 시간 뒤 나는 까마귀를 먹었고 궁가 다스가 말한 것처럼 먹을 까마귀가 있다는 데 대하여 하느님에게 감사했다. 나는 결코 그날 저녁의 식사를 잊지 못할 것이다. 온 주민이 그들의 소굴 바로 앞에 있는 단단한 모래 단에 쭈그리고 앉아서 쓰레기와 마른 사초들을 태우는 모닥불을 쳐다보았다. 한번 이들을 데려가려다 결정타를 먹이는 것이 좌절된 죽음은 이제 그들로부터 저만치 떨어져 있는 것 같았다. 주민은 대부분이 세월의 무게로 휘어지고 비틀어지고 마모된 늙은 남자였고, 여자들은 모든 면에서 운명의 세 여신*만큼이나 나이를 먹었다. 그들은 작은 무리를 이루어서 낮고 굴곡 없는 목소리로 대화를

---

* 사람의 운명의 실을 뽑아 내는 클로토, 그 길이를 정하는 라케시스, 그것을 끊는 아트로포스를 가리키는데, 이 세 여신은 제우스의 딸이다.

나누었다(그들이 무슨 얘기를 하는지는 오로지 하느님만이 알 일이다). 우리의 하루를 아주 불쾌하게 만드는, 현지인들이 내지르는 높고 새된 목소리와는 아주 좋은 대조를 이루었다. 오전에 나를 사로잡았던 갑작스러운 분노가 가끔씩 그들 중의 남자나 여자를 사로잡았다. 그는 욕설과 저주를 내뱉으며 가파른 모래언덕을 공격했다가 좌절하고 피를 흘리며 구멍 앞의 모래 단 위로 쓰러졌고 그다음에는 사지를 제대로 움직이지 못했다. 다른 사람들은 이런 일이 벌어질 때 눈 하나 깜짝하지 않았다. 그들은 동료의 그런 시도가 아무 소용 없다는 것을 너무나 잘 알고 또 그런 일이 반복되는 데 대하여 지겨움을 느꼈다. 나는 그날 저녁 이런 분노의 분출을 네 번이나 보았다.

궁가 다스는 나의 상황을 아주 사무적인 관점에서 바라보았고, 우리가 식사를 하는 동안—나는 지금 그때를 회상하면 웃음을 터트리지만 당시에는 엄청난 고통을 느꼈다—그가 나를 위해 계속 '일해 주는' 조건을 제시했다. 내가 준 9루피와 8안나는 하루 3안나의 요율을 적용하면 앞으로 51일간, 대략 7주간 식사를 제공해 줄 수 있는 돈이라고 그는 말했다. 그는 그 정도 기간에 대해서는 기꺼이 식사를 대령할 수 있다고 했다. 그러나 그다음부터는 나 자신이 직접 조달해야 한다는 것이었다. 추가로 팁을 내놓는다면—그러니까 내 부츠를 벗어 준다면—그는 자기 옆의 모래 구멍을 이용하게 해 주고 또 잠자리에 사용할 마른 풀을 가능한 한 많이 제공해 주겠다는 것이었다.

"좋아, 궁가 다스." 내가 대답했다. "첫 번째 조건에는 흔쾌히 동의하겠네. 하지만 내가 자네를 당장 때려죽이고 자네가 가진 모든 것(이 순간 나는 두 마리의 귀중한 까마귀를 생각했다)을 빼앗으려고 마음먹는다면 얼마든지 그렇게 할 수 있으므로, 내 부츠를 자네에게 벗어 주는 건 거절하겠네. 그리고 나는 내 마음대로 구멍을 선택하겠네."

그건 과감한 대응이었고 나는 그게 성공하는 것을 보고서 흐뭇했다. 궁가 다스는 즉시 어조를 바꾸면서 내 부츠를 빼앗으려던 의도를 취소했다. 그 당시 이런 대화는 내게 전혀 이상하게 들리지 않았다. 국가 공무원이 되어 이미 13년이나 토목 기사로 근무한 내가 이처럼 차분하게, 어떻게 보면 나를 현재 보호해 주고 있는 사람을 죽여 버리겠다고 위협했다는 사실이 말이다. 하지만 나는 벌써 세상을 떠나온 지가 몇 세기는 되는 듯한 기분이었다. 현재의 나의 존재에 대해서도 그렇지만, 그때에도 그 저주받은 거주지에서는 최강자의 논리 이외에는 다른 법률이 없다고 확신했다. 그 살아 있는 죽은 사람들은 그들을 내다 버린 세상의 모든 법률을 그들 뒤에다 내버린 것이었다. 그러니 나의 생존을 위해서는 나의 폭력과 경계심 이외에는 믿어 볼 것이 없다고 확신했다. 불운에 빠진 '미뇨네트'호*의 선원들만이 나의 이런 심리 상태를 이해해 줄 것이었다. '현재로서,' 나는 스스로 따져 보았다. '나는 이 비참한 자들을 여섯 명은 상대할 힘을 가지고 있다. 따라서 성공 여부는 확신하지 못하지만 나 자신이 이곳에서 탈출할 수 있을 때까지 나를 위해 힘과 건강을 반드시 지켜야 한다.'

이런 결심으로 힘을 얻은 나는 가능한 한 많이 먹고 마셨고 궁가 다스에게 내가 그의 주인 노릇을 하겠다는 의도를 알렸다. 만약 조금이라도 불복종의 기미를 보이면 내가 가할 수 있는 유일한 징벌—갑

---

* 1884년 7월, 바다에서 난파한 미뇨네트호의 선원 세 명은 쪽배를 타고 배를 탈출했으나 물을 미처 갖고 오지 못했다. 그들은 캐빈 보이(배에서 심부름하는 소년)의 목을 따서 그 피를 마셨다. 그들은 나중에 살인죄 선고를 받았다.

작스럽고 난폭한 죽음—을 내릴 것임을 알렸다. 이렇게 조치한 직후 나는 잠을 자러 갔다. 그 전에 궁가 다스는 나에게 마른 벤트 잡초를 두 아름이나 건네주었다. 나는 그것을 그의 구멍 옆에 있는 구멍에다 밀어 넣고 구멍 안쪽으로 먼저 발부터 집어넣었다. 그 구멍은 모래 더미를 약 9피트 안쪽으로 파고 들어간 것이었는데 약간 아래쪽으로 기울어져 있었으며, 안쪽에 나무를 대어서 보강을 한 것이었다. 강변을 바라보는 구멍에서 나는 초승달의 달빛 아래 천천히 흘러가는 수틀레지 강을 볼 수 있었고 잠을 청하기 위해 최선을 다했다.

그날 밤의 공포를 나는 평생 잊지 못할 것이다. 나의 소굴은 딱 관 하나의 크기였고, 양옆은 무수히 많은 맨살의 접촉으로 인해 반들반들 닳아져서 느끼한 기름기가 느껴졌고, 거기에 더하여 아주 고약한 냄새를 풍겼다. 나처럼 흥분한 심리 상태에 있는 사람은 아무리 잠을 청해도 도저히 잠을 잘 수가 없었다. 밤이 깊어지자 그 반원형 지역은 저기 강변 쪽에서 올라온, 무수히 많은 불결한 악마가 각자의 구멍 속에 누운 불운한 자들을 사정없이 비웃고 있었다.

개인적으로 나는 그리 상상력이 풍부한 사람이 되지 못하는데—대부분의 기사가 그러하다—하지만 그날 밤 나는 그 어떤 여자 못지않게 신경질적 공포를 온몸에 느꼈다. 그러나 30분 정도 지난 후에 나는 또다시 탈출의 가능성을 차분히 검토해 볼 수 있었다. 가파른 모래벽을 넘어서 탈출하는 것은 불가능했다. 나는 이것을 이미 오전 중에 확인했다. 그렇다면 밤중에 달빛을 이용하여 총격의 위험을 안전하게 이겨 낼 수 있을지도 몰랐다. 분화구는 너무나 공포가 가득하여 나는 그곳을 떠날 수만 있다면 그 어떤 위험도 마다하지 않을 생각이었다. 강변으로 살금살금 다가가 지옥 같은 배가 거기 없다는 것을 발견했을 때의 나의 기쁨을 한번 상상해 보라. 이제 몇 걸음만 더 나아가면 나의 자유가 거기에 있었다!

말발굽의 왼쪽 뿔 기슭에 있는 첫 번째 얕은 사주까지 걸어가서 그걸 건너가면 분화구의 측면으로 방향을 틀 수 있을 것이고 그러면 곧장 내륙으로 들어설 것이었다. 나는 단 한 순간도 망설이지 않고 궁가 다스가 까마귀를 유혹하던 그 덤불까지 걸어가서 그 너머의 부드럽고 하얀 모래 쪽으로 걸어갔다. 그러나 건조한 풀덤불에서 한 걸음 떼어 놓는 순간 탈출의 희망이 얼마나 무망한 것인지를 깨닫게 되었다. 내 발밑에서 엄청난 힘으로 모래가 나를 잡아당기고 있었던 것이다. 다음 순간, 내 다리는 이미 무릎까지 빨려 들어갔다. 달빛 속에서 그 모래 지역은 나의 실망감을 보면서 악마 같은 즐거움으로 흔들흔들하는 것 같았다. 나는 공포와 탈진으로 땀을 흘리며 내 몸을 빼내어 바로 뒤의 덤불로 돌아와 얼굴을 땅바닥에 깔며 엎드렸다.

그 반원형 지역으로부터 탈출할 방법이 유사流砂에 의해 완전 차단되어 있었다!

내가 거기에 얼마나 오래 엎드려 있었는지 잘 기억이 나지 않는다. 하지만 나는 마침내 내 귀에 들려오는 궁가 다스의 악의 섞인 껄껄 웃음소리에 깨어났다. "가난한 자의 보호자여(그 악당은 영어를 사용하고 있었다), 당신의 집으로 돌아가라고 말씀드리고 싶습니다. 여기에 누워 있는 것은 건강에 안 좋아요. 더욱이 배가 돌아오면 당신은 총질을 당할 겁니다." 그는 새벽의 희미한 빛 속에서 우뚝 선 채 나를 내려다보며 스스로 껄껄 웃어 댔다. 그자의 목을 잡고서 유사 속으로 던져 넣고 싶은 충동을 억누르면서 나는 시무룩한 표정으로 그를 따라 구멍 앞의 모래 단까지 걸어왔다.

갑자기 내가 물었다. 나는 말을 하면서도 그게 참 한심한 질문이라는 생각이 들었다. "궁가 다스, 내가 **어쨌든** 빠져나가지 못할 거라면 배는 무슨 필요가 있나?" 나는 아주 고통스러운 난관에 빠져 있으면서도, 이미 잘 보호된 강변을 지킨다고 하면서 총알을 사용하는 것은 낭비라고 생각했던 게 기억난다.

궁가 다스는 다시 한 번 껄껄 웃더니 대답을 했다. "그들은 낮 동안에만 배를 유지합니다. **길이 있다는 걸**, 보여 주기 위해서이지요. 우리는 당신과 함께 오래 여기에서 살게 되기를 희망합니다. 여기서 몇 년을 보내면서 튀긴 까마귀 고기를 오래 먹다 보면 이곳도 즐거운 곳이 됩니다."

나는 온몸이 마비되고 무기력한 상태로 내게 배정된 냄새 나는 구멍으로 돌아와 잠에 떨어졌다. 한 시간쯤 뒤에 나는 날카로운 비명 소리에 잠을 깼다. 그것은 고통받는 말이 내지르는 날카로우면서 높은 비명 소리였다. 그 소리를 들어 본 사람은 평생 잊지 못할 것이다. 나는 구멍에서 빠져나오는 데 좀 어려움을 느꼈다. 바깥으로 나왔을 때 나의 불쌍한 포르닉이 모래밭 위에 죽어 나자빠져 있는 것을 발견했다. 그들이 말을 어떻게 죽였는지 나는 짐작하지 못했다. 궁가 다스는 말이 까마귀보다는 낫다고 말했다. "최대 다수의 최대 행복이라는 정치적 격언이 있지 않습니까? 주크스 씨, 우리는 이제 공화국입니다. 당신은 저 말의 일정 부분을 당신 몫으로 챙길 수 있습니다. 당신이 원한다면 우리는 감사의 쪽지도 돌릴 수 있습니다. 내가 그걸 제안할까요?"

그렇다. 우리는 정말로 공화국이었다! 분화구의 바닥에 갇혀서 먹고, 싸우고, 잠자고 그러다가 마침내 죽게 되는 들짐승들의 공화국!

나는 그 어떤 항의도 시도하지 않았고 단지 멍하니 앉아서 내 앞의 그 끔찍한 광경을 응시했다. 내가 이것을 쓰는 것보다 더 빠른 시간 안에, 포르닉의 시신은 불결하거나 무관심한 방식으로 분배되었다. 남자들과 여자들은 그 고기를 구멍 앞의 모래 단으로 가져가서 아침 식사를 준비했다. 궁가 다스는 나의 아침을 준비했다. 모래벽에 달려들어 피곤해질 때까지 시도해 보려는 충동이 또다시 나를 엄습해 왔고 나는 있는 힘을 다해서 그 충동을 억눌러야 했다. 궁가 다스는 기분 나쁠 정도로 즐거워했고 그래서 나는 마침내 그가 내게 또다시 말을 걸어오면 그가 앉아 있는 자리에서 목 졸라 죽여 버리겠다고 소리쳤다. 이것은 그를 침묵시켰으나, 마침내 침묵이 견딜 수 없을 지경이 되자 나는 그에게 뭔가 말해 보라고 지시했다.

"당신은 저 페링기처럼 죽을 때까지 여기서 살아야 합니다." 그가 씹고 있던 연골 조각 너머로 나를 쳐다보며 냉정하게 말했다.

"뭐라고, 다른 사히브가 있었다고, 이 돼지야? 어서 말해 봐. 내게 거짓말을 늘어놓지는 말고."

"그는 저기에 있었어요." 궁가 다스는 나의 구멍에서 왼쪽으로 네 구멍 떨어진 곳에 있는 구멍을 가리켰다. "당신이 직접 가서 볼 수 있을 겁니다. 그는 당신이나 내가 앞으로 죽게 될 것과 마찬가지 방식으로 구멍 안에서 죽었어요. 여기에 있는 모든 남자와 여자 그리고 어린이도 그런 식으로 죽겠지요."

"이봐, 그에 대해서 자네가 알고 있는 걸 다 말해 봐. 그는 누구였나? 그가 언제 여기에 왔고 또 언제 죽었나?"

그 질문은 나로서는 허약함을 드러내는 것이었다. 궁가 다스는 비죽 웃더니 대답했다. "당신이 내게 뭔가 주지 않는다면 말하지 않겠어요."

내가 어디에 와 있는지를 떠올리고서 나는 곧바로 그자의 미간을 주먹으로 강타하여 그를 한순간 깜짝 놀라게 만들었다. 그는 즉시 모래 단에서 내려와 징징거리고 아첨하고 울면서 내 발을 감싸려 했고 나를 아까 가리켰던 구멍으로 데려갔다.

"나는 그 신사에 대해서는 잘 몰라요. 이 사실에 대해서는 당신의 하느님이 나의 증인이 되어 주실 겁니다. 그는 당신처럼 탈출하려고 안간힘을 다했어요. 우리가 그를 말리려고 할 수 있는 건 모두 다 했지만 그는 배에서 날아온 총알을 피하지 못했어요. 그는 여기를 맞았어요." 궁가 다스는 홀쭉 들어간 배를 가리키며 땅으로 쓰러지는 시늉을 했다.

"그래서 그다음은? 어서 말해!"

"그래서, 그래서, 주인님, 우리는 그를 그의 집으로 데리고 가서 물을 주고 상처에 습포를 붙여 주었어요. 그는 자신의 집에서 누워 있다가 숨이 끊어졌습니다."

"얼마나 오래 있었는데?"

"상처를 입고서 한 30분쯤 되었을 거예요. 나는 비슈누를 증인으로 삼겠습니다." 그 비참한 자가 소리쳤다. "나는 그를 위해 모든 것을 다 해 주었어요. 가능한 것은 모두 다 해 주었단 말입니다!"

그는 땅으로 몸을 내던지더니 내 양발을 잡았다. 하지만 나는 궁가 다스의 자선에 대해서 의심이 들었고 엎드려 호소하는 그를 발로 걸어차 내던졌다.

"자네는 그가 가진 것을 다 빼앗았겠지. 하지만 나는 1~2분 사이에 다 알아낼 수 있어. 그 사히브는 여기에 얼마나 오래 있었나?"

"근 1년 반쯤 있었어요. 나는 그가 미쳐 버렸다고 생각합니다. 가난한 자의 보호자여, 내 맹세를 들어 주세요. 내가 그의 물건을 단 하나도 건드리지 않았다는 얘기를 믿어 주어야 합니다. 주인님께서는 어떻게 하실 작정입니까?"

나는 궁가 다스의 허리춤을 꽉 잡고서 그를 그 비어 있는 구멍 앞의 모래 단에다 내던졌다. 그러면서 그 불쌍한 동료 죄수가 18개월 동안 이 끔찍한 공포를 어떻게 견뎠을까를 생각했다. 또 배에 총을 맞은 채, 저 구멍에서 쥐처럼 죽어 간 단말마의 고통도 생각했다. 궁가 다스는 내가 그를 죽일 거라고 생각했는지 처량하게 소리쳤다. 신선한 고기를 먹고서 힘이 넘치는 나머지 주민들은 미동도 하지 않고 우리를 쳐다보았다.

"궁가 다스, 저 안으로 들어가라." 내가 말했다. "그 안에 있는 시신을 꺼내 와."

나는 이제 공포로 속이 메슥거려 기절할 것 같았다. 궁가 다스는 모래 단에서 내려와 커다란 소리로 울부짖었다.

"하지만 사히브, 나는 브라만입니다. 높은 카스트의 브라만이라고요. 당신의 영혼, 당신 아버지의 영혼을 두고서 비는데, 제발 나에게 이 일을 시키지 말아 주세요!"

"브라만이든 아니든, 나의 영혼이든 내 아버지의 영혼이든 빨리 저 안에 들어가서 꺼내 와!" 나는 그의 어깨를 잡고서 그를 머리부터 구멍 안으로 밀어 넣은 뒤 그의 몸을 발로 걷어차 집어넣었다. 이어 나는 모래 위에 앉으면서 양손으로 내 얼굴을 가렸다.

몇 분 뒤에 나는 살랑거리는 소리와 삐걱거리는 소리를 들었다. 이어 궁가 다스가 흐느끼면서 숨 막혀 하는 목소리로 혼잣말을 했다. 이어 부드러운 털썩 소리가 났고 나는 눈을 떴다.

건조한 모래는 그 구멍 안에 맡겨진 시체를 황갈색 미라로 변모시켰다. 나는 궁가 다스에게 내가 미라를 점검하는 동안 저만치 멀찍이 서 있으라고 말했다. 그 시신은 많이 얼룩이 지고 또 해어진 올리브그린의 사냥복을 입고 있었는데, 어깨에는 가죽 패드가 달려 있었다. 서른에서 마흔 사이의 남자였고 중키에다 밝은 모래 색깔의 머리, 기다란 콧수염, 그리고 거칠고 손질하지 않은 턱수염 등이 특징이었다. 왼쪽의 위쪽 어금니는 사라져 없었고 오른쪽 귀의 일부분이 떨어져 나갔다. 왼쪽 손의 두 번째 손가락에는 반지가 끼어져 있었는데 황금 바탕에 방패 모양의 혈석이 상감되어 있었고, B. K. 혹은 B. L로 읽을 수 있는 이니셜이 새겨져 있었다. 오른손의 세 번째 손가락에는 똬리를 튼 코브라 모양의 은반지가 끼워져 있었는데 아주 낡고 또 변색된 것이었다. 궁가 다스는 구멍에서 꺼낸 사소한 물건들을 내 발치에다 내려놓았다. 나는 손수건으로 내 얼굴을 가리면서 그 물건들을 살펴보았다. 그 불운한 남자의 신원 확인에 혹시 도움이 될지 몰라서 그 물건의 리스트를 다음과 같이 작성해 보았다.

1. 브라이어 나무 파이프의 대통, 가장자리가 톱니 모양. 아주 낡고 검게 변색되어 있음. 대통과 대의 연결 부분은 줄로 묶여져 있음.
2. 두 개의 특허받은 레버식 열쇠. 열쇠의 홈 부분은 파손.
3. 손잡이에 거북 껍데기를 입힌 주머니칼. 은제 혹은 니켈. 이름 적는 부분에는 B. K.라는 이니셜이 있음.
4. 봉투, 소인은 읽을 수가 없고, 빅토리아 시대의 우표가 붙어 있고, '미스 Mon⋯'(나머지 부분은 판독 불가)—'ham⋯nt'라는 주소가 적혀

있음.

5. 인조 악어가죽 수첩과 연필. 첫 45페이지는 백지. 4, 5페이지는 판독 불가. 나머지 15페이지에는 종종 '라트 싱글'로 호칭된 L. 싱글턴 부인, S. 메이 부인 그리고 때때로 제리 혹은 잭으로 호칭된 '가미슨', 이렇게 세 사람에 관한 개인적 메모가 들어 있음.

6. 소형 사냥칼의 손잡이. 날은 일부 부러져서 짧아졌음. 다이아몬드 형태로 잘라 낸 쇠뿔인데 손잡이 끝부분에 회전 이음새와 고리가 있음.

내가 지금 여기 목록을 작성한 것처럼 현장에서 그 물품들의 재고 파악을 했다고 생각하지 말기 바란다. 제일 먼저 나의 주의를 사로잡은 것은 수첩이었고 나는 그것을 나중에 찬찬히 살펴볼 목적으로 내 호주머니에 집어넣었다. 나머지 물품들은 안전을 위해 내 구멍으로 이관했고, 거기서 그 물품의 목록을 찬찬히 작성했다. 이어 나는 시신으로 다시 돌아와서 궁가 다스에게 그 시신을 강변까지 운송하는 것을 도우라고 명령했다. 우리가 이 작업을 하는 동안 시신의 사냥복 호주머니에서 낡은 갈색 탄환의 발사된 탄피가 흘러나와 내 발치에 떨어졌다. 궁가 다스는 그것을 보지 못했다. 나는 사람들이 탄피를, 그것도 '갈색'은 다시 사용할 수 없으므로 사냥할 때 가지고 다니지 않는다는 것을 생각했다. 달리 말하면 그 탄피는 분화구 안에서 탄환을 발사했기 때문에 생긴 것이었다. 따라서 분화구 어딘가에 총이 있다는 얘기가 되었다. 나는 궁가 다스에게 거의 물어볼 뻔했으나 그가 거짓말을 늘어놓을 것이라고 생각하여 자제했다. 우리는 시신을 덤불 옆의 유사 지역 가장자리에 내려놓았다. 나는 시신을 그 지역으로 밀어 넣어 모래 속에 삼켜지게 할 생각이었다. 그것이 내가 생각할 수 있는 유일한 매장 방법이었다. 나는 궁가 다스에게 멀찍이 떨어져 있으라고 명령했다.

이어 나는 조심스럽게 시체를 유사 위에다 올려놓았다. 그렇게 하면서—시체는 엎드린 상태였다—나는 해지고 썩어 버린 카키 사냥복을 일부 찢어 냈는데 등에 끔찍한 구멍이 나 있는 것을 발견했다. 나는 이미 건조한 모래가 시체를 미라로 만들었다고 언급했다. 잠시 살펴보니 그 벌어진 구멍은 총상에 의해 생긴 것이었다. 총구를 등에 가까이 댄 상태에서 발사했음이 틀림없었다. 사냥복은 구멍이 나 있지 않았으므로 순간적으로 발생한 죽음 이후에 입힌 것이었다. 그 불쌍한 남자의 죽음에 관한 비밀은 그 순간 내게 환히 드러났다. 분화구의 어떤 사람—아마도 궁가 다스—이 그 자신의 총으로 그를 쏘았던 것이다. 그리고 그 총은 갈색 탄환을 사용하는 것이었으리라. 그러니 죽은 사람은 배의 총알 세례를 무릅쓰고 탈출하려고 했던 게 아니었다.

나는 황급히 시신을 모래 속으로 밀어 넣었고 그것은 몇 초 사이에 시야에서 사라졌다. 나는 그것을 쳐다보면서 몸을 부르르 떨었다. 나는 멍하고 정신없는 상태로 수첩을 살펴보기 시작했다. 얼룩지고 변색된 종잇조각이 수첩 뒷면의 접힌 부분에 끼어져 있다가, 내가 페이지들을 펼쳐 보는 순간 땅에 떨어졌다. 그 내용은 이러했다. **까마귀 덤불에서 바깥으로 넷, 왼쪽으로 셋, 바깥으로 아홉, 오른쪽으로 둘, 뒤로 셋, 왼쪽으로 둘, 바깥으로 열넷, 왼쪽으로 둘, 바깥으로 일곱, 왼쪽으로 하나, 뒤로 아홉, 오른쪽으로 둘, 뒤로 여섯, 오른쪽으로 넷, 뒤로 일곱.** 그게 무슨 의미인지 나는 알지 못했다. 나는 마른 벤트 잡초 위에 앉아서 그 종이를 내 손가락 사이에서 돌리면서 생각에 잠기는 바람에, 궁가 다스가 바로 내 뒤에 서 있다는 것도 의식하지 못했다. 그는 두 눈이 번들거렸고 양손은 앞으로 내밀고 있었다.

"그것을 이해했습니까?" 그가 숨을 헐떡이는 목소리로 말했다. "내게 그 수첩을 좀 보여 주지 않겠습니까? 그걸 돌려 드리겠다고 맹세합니다."

"뭘 이해한다는 거야? 뭘 돌려주고?" 내가 물었다.

"당신이 지금 손에 들고 있는 거 말입니다. 그것은 우리 두 사람을 도와줄 겁니다." 그는 흥분하여 몸을 떨면서 새의 발톱 같은 기다란 두 손을 앞으로 내밀었다.

"나는 그것을 발견할 수가 없었습니다." 그가 계속 말했다. "그는 그것을 그의 몸에 감추고 다녔습니다. 그래서 내가 그를 쏘았어요. 그렇지만 나는 그걸 찾아낼 수가 없었어요."

궁가 다스는 총알에 대한 그의 거짓말을 까맣게 잊어버리고 있었다. 나는 그의 말을 차분히 듣고만 있었다. 살아 있는 죽은 자들과 함께 어울리다 보면 도덕심은 둔탁해지는 것이다.

"도대체 자네는 무슨 소리를 지껄이는 거야? 내가 뭘 자네한테 주기를 바라는 거야?"

"수첩 속에 있던 종잇조각. 그건 우리 두 사람을 도와줄 수 있어요. 오, 어리석은 사람! 어리석은 사람! 그것이 우리에게 무엇을 해 줄지 모른단 말입니까? 우리는 도망칠 수 있어요!"

그의 목소리는 거의 비명 수준으로 높아졌고 그는 흥분하여 내 앞에서 춤을 추었다. 나 또한 탈출의 가능성에 동요되었다는 사실은 인정하겠다.

"이 종잇조각이 우리를 도와준다고? 그게 무슨 소리야?"

"그걸 크게 읽어 봐요. 크게 읽어 봐요! 제발 크게 읽어 보라고요."

나는 그렇게 했다. 궁가 다스는 즐겁게 듣고 있더니 손가락으로 모래밭에다 불규칙한 선을 그었다.

　"자 이제 보세요! 그건 개머리판 없는 총신의 길이를 가리키는 거예요. 나는 그런 총신을 갖고 있어요. 내가 까마귀를 잡은 곳에서 그런 총신이 네 개나 나왔어요. 직선으로 나가는 곳이죠. 내 말을 이해하겠어요? 그리고 왼쪽으로 셋. 아! 이제 그 남자가 밤이면 밤마다 그걸 계산하던 게 기억나요. 이어 밖으로 아홉. '밖으로'는 유사를 건너 북쪽으로 가기 전의 직선거리를 말하는 거예요. 내가 그를 죽이기 전에 그가 그렇게 말했어요."

　"만약 자네가 이걸 모두 알고 있다면 왜 전에 탈출을 시도하지 않았나?"

　"나는 그걸 알지 **못했어요**. 그가 1년 반 전에 그 작업을 한다고 내게 말했어요. 강의 배가 사라지고 난 다음에 그는 그 작업을 밤마다 계속했지요. 유사 지역을 안전하게 건너는 방법을 말이에요. 그러다가 우리가 함께 탈출할 수 있다고 말했어요. 나는 그가 측정 작업을 다 끝내고 나서 어느 날 밤 나를 뒤에 남겨 두고 혼자 탈출할까 봐 두려웠어요. 그래서 그를 쏘았습니다. 게다가 한번 여기 들어온 사람이 탈출하는 것은 바람직하지 않아요. 오로지 나만이 할 수 있고 나는 브라만이에요."

　탈출의 희망이 궁가 다스의 카스트 의식을 다시 소생시켰다. 그는 벌떡 일어나 주위를 걸으며 격렬한 몸짓을 했다. 마침내 나는 그를 달래서 침착한 어조로 말하도록 유도했고, 그는 이 영국인이 밤낮없이 6개월 동안 유사 지역을 건너가는 방법을 구석구석 샅샅이 조사했다는 것을 말해 주었다. 말발굽의 왼쪽 뿔 측면에서 방향을 틀어서 강변으로부터 20야드 지점까지 걸어가는 것은 아주 쉬운 일이라고 그 영국인이 자주 말했다는 것이다. 그렇지만 궁가 다스가 그 자신의 총으로 그를 죽였을 때 그는 이 정도로 충분히 유사 지역의 탐사 작업을 끝내지는 못한 상태였다.

나는 탈출의 가능성을 알고서 너무나 기쁜 나머지 궁가 다스와 열렬히 악수를 했고, 바로 그날 밤으로 탈출을 시도하기로 결정했다. 오후 내내 시간이 지나가기를 기다리는 것은 아주 지루한 일이었다.

내 짐작으로 밤 열 시쯤 되어, 달이 분화구의 입술 위로 막 떠올랐을 때, 궁가 다스는 거리를 측정할 총신들을 들고서 구멍에서 빠져나왔다. 다른 비참한 주민들은 그들의 구멍으로 돌아간 지 벌써 오래였다. 경비 배는 이미 몇 시간 전에 강 하류로 내려가 없었고, 까마귀 덤불 옆에는 우리뿐이었다. 총신을 든 궁가 다스는 우리의 길잡이가 될 종잇조각을 땅에 흘렸다. 나는 그것을 회수하기 위해 황급히 허리를 숙였는데, 그렇게 하면서 그자가 내 목덜미를 총신으로 세게 후려칠지 모른다는 생각이 들었다. 그리하여 내가 급히 몸을 돌렸을 때는 이미 늦었다. 나는 목덜미 근처에 강타를 맞았음이 틀림없었다. 내가 의식을 잃고 유사 지역의 가장자리에 쓰러졌기 때문이다.

내가 의식을 되찾았을 때 달은 내려가고 있었고, 나는 뒷머리에 무지막지한 고통을 느꼈다. 궁가 다스는 사라졌고 나의 입에는 피가 가득했다. 나는 다시 엎드리면서 제발 큰 고통 없이 죽게 해 달라고 빌었다. 그때 내가 앞에서 언급한 엄청난 분노가 나를 사로잡았고, 나는 분화구의 벽 쪽을 향해 비틀거리며 걸어갔다. 누군가가 나를 나지막하게 부르는 것 같았다. "사히브! 사히브! 사히브!" 아침에 하인이 나를 부르는 바로 그 소리였다. 내가 정신착란을 일으킨 게 아닐까 생각하고 있는데, 내 발치에 모래 한 줌이 떨어졌다. 나는 위를 올려다보았고 내려다보고 있는 반원형의 머리를 보았다. 그는 내 사냥개들을 돌보는 개잡이 청년 둔누였다. 그는 내 시선을 사로잡자 손을 들어 올려 밧줄을 보여 주었다. 나는 좌우로 몸을 움직이면서 그 밧줄을 아래로 던지라는 신호를 보냈다. 그것은 단단히 묶은 두 갈래 가죽 편카 줄로써 고리가 맨 끝에 있었다. 나는 그 고리를 내 머리 위로 올려 아래로 내리며 양팔 밑에서 묶었다. 둔누는 뭐라고 소리쳤고 나는 고개를 숙인 채 나의 몸이 가파른 모래언덕 위로 당겨져 올라가는 것을 느꼈다. 그다음 순간 나는 분화구가 내려다보이는 모래언덕 위에서 숨을 헐떡이며 절반쯤 기절한 상태인 나 자신을 발견했다. 달빛 속에서 얼굴이 완전 회색인 둔누는 여기 있지 말고 빨리 나의 텐트로 돌아가자고 호소했다.

둔누는 포르닉의 발자국을 따라 분화구까지 14마일이나 되는 거리를 추적해 온 듯하다. 그는 되돌아가서 나의 하인들에게 사정을 말했으나 그들은 백인이든 흑인이든 일단 저 무서운 죽은 자의 마을에 굴러떨어진 사람의 일에 간섭하는 것을 차갑게 거절했다. 그러자 둔누는 두 가닥 편카 밧줄을 준비하여 나의 조랑말을 타고 분화구로 되돌아와서 방금 말한 것처럼 나를 그곳에서 끄집어냈다.

수두의 집에서

In the House of Suddhoo

왼쪽이든 오른쪽이든 한 번의 돌팔매 거리,
우리가 다니는 잘 정돈된 길에서
괴상하고 야생인 세계까지는.
오늘 밤, 추렐*, 귀신, 드진**, 정령 들이
우리와 함께 동행할 것이로다.
우리가 아주 오래된 땅에 도착했으므로.
그곳은 어둠의 힘이 설쳐 대는 곳.

「황혼에서 새벽까지」

    탁살리 문 근처에 있는 수두의 집은 2층이고 오래된 갈색 나무로
조각해 넣은 네 개의 창문이 있으며 그 위에는 편평한 지붕이 있다. 2
층 창문들 사이의 회반죽에 새겨진 다섯 개의 다이아몬드 같은 다섯
개의 붉은 손바닥 프린트로 그 집을 금방 알아볼 수 있다. 식료품상인
바그완 다스, 도장 파는 업무로 생계를 벌어들인다고 말하는 남자가
아내들, 하인들, 친구들 그리고 추종자의 무리들과 함께 아래층에서
산다. 2층의 방 두 개는 한때 자누와 아지준 그리고 어떤 군인이 영국
인의 집에서 훔쳐서 자누에게 준 검은색과 밤색이 섞인 자그마한 테
리어 개가 살았다. 오늘날엔 자누만이 2층 방에서 살고 있다. 수두는

---

* 아이를 낳다가 죽은 여자의 사악한 유령.
** 이슬람 신화 속 정령. 천사보다 하위에 있는 영.

거리에서 자는 때를 제외하고는 보통 옥상에서 잔다. 그는 추운 날씨에도 가끔 페샤와르로 가는데, 그곳에는 그의 아들이 에드워드 문 근처에서 골동품을 팔고 있다. 아들 집에 있을 때는 진짜 흙 지붕 밑에서 잠을 잔다. 수두는 내 친한 친구이다. 그의 사촌의 아들이 내 추천 덕분에 주재소의 큰 회사에서 으뜸 메신저의 자리를 잡았기 때문이다. 수두는 하느님이 가까운 장래에 나를 부총독으로 만들어 줄 것이라고 말한다. 나는 그의 예측이 그대로 실현되기를 바란다. 그는 아주, 아주, 나이 든 사람이어서 머리는 완전 하얗고 이는 거의 다 빠졌다. 그는 정신이 희미해질 정도로 오래 살았고, 페샤와르에 있는 아들에 대한 사랑을 제외하고는 그 모든 것을 다 초월했다. 자누와 아지준은 카슈미르 사람이고 도시의 여자들인데 그들의 직업은 아주 오래되었으면서도 다소간 명예로운 것이었다. 그러나 아지준은 북서부 출신의 의학생과 결혼하여 바레일리 근처에서 아주 의젓한 생활을 하게 되었다. 바그완 다스는 남의 돈을 갈취하고 또 간통을 하는 자이다. 그는 매우 부자이다. 도장을 파서 생계를 이어 간다고 하는 남자는 아주 가난한 척한다. 이렇게 해서 당신에게 수두의 집에 사는 네 명의 주요 입주자들을 설명했다. 그리고 나는 맨 나중에 등장하여 사태를 설명하는 코러스에 지나지 않는다. 그러니 나는 그리 중요한 인물이 아니다.

　수두는 똑똑하지 않다. 도장을 판다고 시늉을 내는 자가 그들 중에서 가장 똑똑하다. 바그완 다스만이 거짓말을 할 줄 안다. 단 자누는 예외이다. 그녀는 또한 아름답기까지 한데 그것은 어디까지나 그녀의 일일 뿐이다.

　페샤와르에 있는 수두의 아들은 수종에 걸렸고 늙은 수두는 심란해졌다. 도장 파는 자는 수두의 근심 걱정에 대해서 이야기를 들었고 그것을 이용했다. 그는 시대의 발전상을 잘 아는 사람이었다. 그는 페샤와르의 친구에게 부탁하여 수두 아들의 건강을 매일 전보로 알려오게 했다. 그리고 여기에서 이야기가 시작된다.

어느 날 저녁 수두 사촌의 아들이 내게 메시지를 전했다. 수두가 나를 만나 보고 싶어 한다는 것이었다. 그는 너무 늙고 쇠약하여 직접 나를 만나러 올 수가 없기에 내가 그를 찾아와 준다면 수두의 가문에 영원한 영광을 부여하는 것이라는 말도 전해 왔다. 나는 수두의 집으로 갔다. 하지만 당시 수두가 좀 부유하다는 것을 알고 있었으므로, 그가 에카*보다는 좀 나은 것을 보내 주리라 예상했다. 무더운 4월 저녁에 장래의 부총독을 도시까지 오라고 하면서 이처럼 마구 흔들리는 에카를 보내다니 좀 실망스러웠다. 게다가 에카는 빨리 달리지도 못했다. 우리가 요새의 주문主門 근처에 있는 란지트 싱 무덤의 문 바로 앞에 수레를 세운 것은 아주 어두워진 후였다. 여기에 수두가 있었고, 그는 내가 이처럼 왕림해 주다니 내 머리가 아직 검은 동안에 반드시 부총독 자리에 오르게 될 것이라고 말했다. 이어 우리는 별빛 아래에서 날씨, 나의 건강 상태, 후주리 바그의 밀 작황 등에 대하여 약 15분 동안 얘기를 나누었다.

수두는 마침내 본론을 꺼냈다. 그는 자누가 말해 주었다며 이런 얘기를 했다. 마술이 언젠가 인도의 여제女帝를 죽일지 모른다는 우려 때문에 마술을 금지하는 시르카르**의 명령이 내려왔다는 것이다. 나는 그런 법률은 전혀 몰랐다. 하지만 뭔가 흥미로운 일이 벌어질 것 같았다. 그래서 정부가 마술을 금지하기는커녕 그것을 적극 권장한

* 조랑말 한 마리가 끄는 스프링이 달리지 않은 수레.
** 정부.

다고 대답했다. 정부의 가장 높은 관리들도 그것을 실천하고 있다고 말이다(재정 보고서가 마술이 아니라면, 무엇이 마술이겠는가!). 나는 이런 격려의 말도 덧붙였다. 만약 자두*를 곧 실시할 거라면 그것을 아무런 거리낌 없이 용납하고 또 지원할 것이다. 그것이 사람들이 말하는 불결한 자두가 아니라 깨끗한 자두라면 더더욱 반대할 이유가 없다고 말이다. 시간이 좀 흐른 다음에야 비로소 수두는 그것 때문에 나를 오라고 했다고 시인했다. 이어 그는 몸을 흔들고 떨면서 도장 파는 사람이 가장 깨끗한 부류의 마술사라고 말했다. 그는 날마다 수두에게 페샤와르에서 병을 앓고 있는 아들의 소식을 전해 주는데, 그 소식이 번개보다 더 빠르며, 또 나중에 도착하는 편지에 의해 늘 검증이 된다는 것이었다. 그는 또한 수두에게 아들의 건강이 아주 위태로워서 깨끗한 자두에 의해서만 그 재액을 피해 갈 수 있다고 말했다고 한다. 그러자 나는 상황이 어떻게 돌아가는지 파악하고서 나 또한 서양식의 자두를 약간 알고 있으므로, 그의 집으로 찾아가서 모든 것이 알맞게 질서정연하게 진행되는지 살펴보아 주겠노라고 대답했다. 우리는 함께 출발했다. 가는 길에 수두는 이미 도장 파는 자에게 1백 루피와 2백 루피 사이의 돈을 지불했다고 말했다. 그리고 그날 밤의 자두는 2백 루피가 더 들 것이라고 부연했다. 아들이 처한 위험이 너무나 크기 때문에 그 정도면 싼값이라고 수두는 말했다. 하지만 나는 그가 진심으로 그렇게 말한다고 보지 않았다.

우리가 도착했을 때 집 앞의 등은 모두 꺼져 있었다. 나는 도장 파는 자의 가게에서 흘러나오는 끔찍한 소리를 들었다. 그것은 누군가

* 마술.

가 신음하면서 자신의 영혼을 토해 내는 듯한 소리였다. 수두는 온몸을 떨었고 2층으로 올라가는 동안 자두가 이미 시작되었다고 내게 말했다. 자누와 아지준은 우리를 층계참에서 맞이하면서 2층에는 달리 공간이 없으므로 그들의 방에서 자두가 진행 중이라고 말했다. 자누는 자유로운 사고방식을 가진 여자이다. 그녀는 자두가 수두의 돈을 우려내기 위한 구실이며, 도장 파는 자는 죽으면 지옥에 갈 것이라고 속삭였다. 수두는 공포와 노령으로 거의 울음을 터트리기 직전이었다. 그는 반광이 켜진 방 안을 서성거리면서 아들의 이름을 계속 불렀고 아지준에게 도장 파는 자가 집주인의 경우에는 비용을 좀 깎아 주어야 하는 것이 아니냐고 말했다. 자누는 나무로 조각해 넣은 내닫이 창의 우묵한 공간으로 나를 잡아당겼다. 널빤지는 위로 들어 올려졌고 방들은 자그마한 기름 램프로 희미하게 밝혀져 있었기 때문에 내가 가만히 있다면 들킬 염려는 없었다.

곧 아래층에서 신음 소리가 멈추었고 우리는 계단으로 올라오는 발걸음 소리를 들었다. 그것은 도장 파는 자였다. 테리어가 짖어 대고 아지준이 쇠사슬을 만지작거리는 동안 그는 문밖에 멈춰 섰고 수두에게 등을 후 불어서 끄라고 말했다. 그러자 자누와 아지준이 갖고 있는 두 대의 후카*에서 나오는 빨간 불 이외에 방 안은 칠흑처럼 어두워졌다. 도장 파는 자가 방 안으로 들어왔고 나는 수두가 방바닥에 투신하면서 신음을 내지르는 소리를 들었다. 아지준은 숨을 멈추었고 자누는 몸을 부르르 떨면서 침상 쪽으로 물러섰다. 짤랑거리는 금속성의 소리가 났고 이어 바로 옆의 땅에서 창백한 청록색 불꽃이 치

* 담뱃대.

솟았다. 순간적으로 그 불빛은, 테리어 개를 무릎 사이에 끼고서 방의 구석으로 밀려나 있는 아지준을 보여 주었다. 양손을 깍지 낀 자누는 침상에 앉아서 몸을 앞으로 숙이고 있었다. 그리고 엎드린 채 떨고 있는 수두와 도장 파는 자도 보였다.

나는 그 도장 파는 자 같은 사람은 다시 보지 않기를 바란다. 그는 허리춤까지 알몸이었고, 내 손목 굵기의 하얀 재스민 화관을 이마에 두르고 있었다. 허리에는 연어 색깔의 허리춤 천을 둘렀으며, 양 발목에는 발찌를 차고 있었다. 이런 장신구들은 그리 겁을 주지는 못했다. 나를 식은땀 흘리게 한 것은 그 남자의 얼굴이었다. 첫째, 그 얼굴은 청회색이었다. 둘째, 두 눈은 뒤로 까올려져 오로지 흰자위만 보였다. 셋째, 얼굴은 낮 동안에 아래층의 돌아가는 선반旋盤 앞에 앉아 있는 그 날렵하고 기름 번질거리는 악당의 얼굴과 일치한다는 것 이외에는 영락없는 악마의 얼굴이었다. 그는 방바닥에 엎드려 양팔을 등 뒤로 돌려서 교차시켰다. 그는 마치 양팔을 결박당한 채로 쓰러진 사람 같은 모습이었다. 그의 머리와 목만이 방바닥에서 솟아오른 유일한 부분이었다. 그 머리는 신체와 완전 직각을 이루고 있어서 공격에 나서기 직전의 코브라 대가리 같았다. 그것은 아주 괴기했다. 방 한가운데의 진흙 바닥에는 깊고 커다란 놋쇠 대야가 놓여 있었는데 그 가운데에는 창백한 청록색 빛이 야간등처럼 떠돌았다. 그 대야 주위로 그 남자는 세 번을 포복하며 돌았다. 그가 어떻게 그런 동작을 했는지 알수 없었다. 나는 그의 등 근육이 척추를 따라 파도처럼 퍼지다가 다시 부드럽게 떨어지는 것을 보았으나 그 외의 다른 동작은 보지 못했다. 천천히 감겼다가 다시 퍼지는 등 근육을 제외하고, 그의 머리만이 신체에서 유일하게 살아 있는 부분 같았다. 침상에 앉은 자누는 1분에

70번씩 호흡했다. 아지준은 두 손으로 얼굴을 가렸다. 늙은 수두는 그의 하얀 턱수염에 낀 흙을 만지작거리면서 혼자서 울고 있었다. 그 광경이 무서웠던 건, 그 기어가는 뱀 같은 것이 아무런 소리도 내지 않았기 때문이다. 오로지 기어갈 뿐이었다! 이것이 10분간 지속되는 동안 테리어 개는 징징거렸고, 아지준은 몸을 떨었으며, 자누는 숨이 막혔고, 수두는 울었다.

나는 목 뒤의 머리카락이 거꾸로 서고 심장이 실내 냉각기의 노처럼 방망이질 치는 것을 느꼈다. 다행스럽게도, 도장 파는 자가 가장 인상적인 술수를 부려서 자신의 속셈을 드러내는 바람에 나는 다시 평온해질 수 있었다. 그는 저 형언하기 어려운 3회 반복의 포복을 실시하고 나서 머리를 방바닥에서부터 가장 멀리 떨어지도록 솟구쳐 오르게 하더니 콧구멍으로 불길을 뿜어냈다. 하지만 당시에 나는 그 콧김으로 불 뿜어내기 트릭의 요령을 알고 있었으므로—나 자신도 그 기술을 발휘할 줄 알았다—마음이 다시 평온해졌다. 그 마술은 사기였다. 그가 분위기를 더욱 진작시킬 생각을 하지 않고 그 포복만 계속했더라면, 내가 그 행사를 어떻게 생각했을지 나도 잘 모르겠다. 두 여자는 불길이 솟구치자 비명을 내질렀다. 이어 도장 파는 자의 머리는 아래로 떨어졌고 턱은 바닥에 내려와 쿵 하고 소리를 냈다. 그는 양팔을 교차시킨 채 시체처럼 조용히 엎드려 있었다. 약 5분 동안 방안에는 정적이 흘렀고, 청록색 화염은 서서히 사그라들었다. 자누는 허리를 숙이며 짧은 양말을 바로잡았고 아지준은 벽으로 고개를 돌린 채 테리어 개를 양팔에 안았다. 수두는 한 팔을 기계적으로 자누의 후카 쪽으로 뻗었고 그녀는 발로 그것을 방바닥 건너편으로 밀어 주었다. 누워 있는 몸 바로 위의 벽에는 우표딱지 형태의 여왕과 왕세자의 화려한 초상화가 걸려 있었다. 두 분은 그 연기를 내려다보고 있었고 내 생각에 그 의식의 기이한 분위기를 더욱 높여 주었다.

침묵이 견딜 수 없게 되자 그는 몸을 뒤집어서 대야에서 떨어져 방의 옆쪽으로 가서 등을 대고 누웠다. 대야에서는 희미하게 "퐁" 하는 소리—물고기가 미끼를 잡아챌 때 나는 바로 그 소리—가 났고 대야 중앙의 녹색 빛이 되살아났다.

나는 대야를 쳐다보다가 물속에서 위아래로 부침하는 현지인 아기의 건조하고 쪼그라들고 위축된 머리를 보았다. 뜬 눈, 벌어진 입, 말끔히 밀어진 머리였다. 그것은 아주 갑작스럽게 나타났기 때문에 방금 전의 포복 의식보다 더 괴이하게 보였다. 우리가 뭐라고 말할 겨를도 없이 그 머리는 말하기 시작했다.

최면당한 채로 죽어 가는 사람의 목소리를 서술한 포의 소설*을 읽었다 하더라도, 당신은 그 머리에서 나오는 무서운 목소리를 절반도 이해하지 못할 것이다.

각 단어 사이에는 1~2초의 간격이 있었고, 종소리의 음질처럼 그 목소리에는 "땡, 땡, 땡" 하는 음색이 있었다. 그 소리는 마치 자기 자신을 향해 말하는 것처럼 천천히 울려 퍼졌고 그런 식으로 몇 분이 흘러가자 나는 식은땀을 없앨 수 있었다. 이어 멋진 해결안이 내 머릿속에 떠올랐다. 나는 문턱 가까이 누워 있는 남자의 몸을 쳐다보았고 양어깨와 결합되는 목구멍 부분의 근육이 일정하게 움직이는 것을 보았다. 그 움직임은 보통 사람의 정상적인 호흡과는 아무런 상관이 없는 동작이었다. 그것은 우리가 때때로 책자에서 읽게 되는 이집트

* 에드거 앨런 포의 단편소설 「최면 중의 계시」를 가리킨다.

가신상家神像의 정교한 재생산이었다. 그 목소리는 우리가 일찍이 들어 보지 못했던 영악하면서도 괴기한 복화술이었다. 그동안 그 머리는 대야의 옆면을 "찰싹, 찰싹, 찰싹" 치면서 말을 하고 있었다. 그 목소리는 엎드린 채 울고 있는 수두에게 그의 아들의 질병과 그날 밤까지의 용태를 말해 주었다. 나는 페샤와르 전보의 일자별 내용을 그처럼 충실하게 전하는 도장 파는 자의 용의주도함을 존경하지 않을 수 없었다. 그 목소리는 유능한 의사들이 아들의 목숨을 구하기 위해 밤낮없이 뛰고 있다고 말했다. 또 대야 속의 머리를 하인으로 부리고 있는 유능한 마술사에게 복비를 두 배로 지불한다면 그 아들은 마침내 회복될 것이라는 말도 했다.

예술적 관점에서 볼 때 여기서 실수가 발생했다. 죽었던 라자루스가 살아 돌아와 사용했을 법한 목소리로 복비를 두 배 요청한다는 것은 어리석은 짓이었다. 남성적 지능의 소유자인 자누는 나와 마찬가지로 그 요청의 어리석음을 곧바로 꿰뚫어 보았다. 나는 그녀가 이렇게 말하는 것을 들었다. "아슬리 나힌! 파레이브!"* 경멸을 담은 나지막한 목소리였다. 그녀가 그렇게 말한 순간, 대야의 빛은 죽어 버렸고 머리는 더 이상 말하지 않았으며 우리는 방문이 경첩 위에서 삐걱거리며 닫히는 소리를 들었다. 이어 자누는 성냥을 긁어서 램프를 켰고 우리는 머리, 대야, 도장 파는 자가 사라져 버린 것을 발견했다. 수두는 두 손을 비틀어 대면서 누구에게라고 할 것도 없이 이런 설명을 했다. 설사 그의 영원한 구제가 그 돈에 달려 있다 하더라도 그는 또 다른 2백 루피를 만들어 낼 수는 없다는 것이었다. 아지준은 방의 한

---

* "진짜가 아니야! 가짜야!"라는 뜻.

구석에 히스테리 상태로 서 있었고, 자누는 차분하게 침상에 앉아서 그 모든 것이 '사기'일 가능성을 얘기했다.

나는 내가 아는 한 도장 파는 자의 자두 방식에 대하여 설명해 주었다. 하지만 그녀의 주장은 그보다 한결 간단했다. "보답을 요구하는 마술은 진정한 마술이 아니에요"라고 그녀는 말했다. "우리 어머니는 효과 있는 유일한 사랑의 마법은 사랑의 마음으로 당신에게 말해지는 마법뿐이라고 했어요. 저 도장 파는 자는 거짓말쟁이고 악마예요. 하지만 나는 그 어떤 것도 말하거나 행동하거나 또 남을 시켜서 행동하게 할 수는 없어요. 왜냐면 부니아*인 바그완 다스에게 빚을 졌거든요. 두 개의 금반지와 두꺼운 발찌를 사느라고요. 나는 그의 가게에서 식료품을 사야 해요. 도장 파는 자는 바그완 다스의 친구여서 어쩌면 내 음식에 독을 넣을지도 몰라요. 바보의 자두가 열흘 동안 진행되었고 수두에게 매일 밤 상당한 루피의 돈을 내놓도록 강요했어요. 도장 파는 자는 전에 검은 암탉, 레몬, 만트라 등을 사용했어요. 전에는 오늘 밤 같은 것을 보여 주지 않았어요. 아지준은 바보고 곧 푸르다나신**이 될 거예요. 수두는 체력과 정신력이 모두 희미해요. 자 이제 보세요! 나는 수두가 살아 있는 동안 그에게서 상당한 루피를 얻어 내고 또 그가 죽은 후에도 좀 얻을 수 있기를 바랐어요. 그런데 봐요. 그는 저 악마와 암탕나귀의 후손인 도장 파는 자에게 모든 것을 써 버리고 있어요!"

여기서 내가 말했다. "그런데 뭣 때문에 수두가 나를 이 일에 끌어들였을까요? 나는 도장 파는 자에게 말해서 돈을 다시 게워 놓도록

---

* 인도인 상인.
** 인도 등지에서 여성을 남성이 못 보도록 가리는 커튼 뒤의 사람.

할 수 있습니다. 이 모든 게 어린아이의 얘기요 수치요 또 바보 같은 짓입니다."

"수두는 나이 든 아이예요." 자누가 말했다. "그는 70년을 옥상에서 살아왔고 암염소처럼 어리석어요. 그가 당신을 여기에 끌어들인 것은 자신이 시르카르의 법을 위반하지 않았는지 확인하기 위해서예요. 여러 해 전에 그 법률의 쓰라린 맛을 보았거든요. 그는 저 도장 파는 자의 발톱에서 나온 때도 숭배해요. 저 암소를 먹는 자*는 수두가 아들을 찾아가는 걸 금지했어요. 수두가 법률이나 전신에 대해서 무엇을 알겠어요? 나는 저 아래층의 거짓말하는 짐승에게 수두의 돈이 매일 흘러 들어가는 걸 그냥 지켜보기만 해야 했어요."

자누는 두 발로 방바닥을 쾅쾅 차면서 화가 나서 거의 울어 버릴 지경이었다. 수두가 방구석에서 담요를 뒤집어쓰고 우는 동안, 아지준은 그의 어리석게 노망난 입에 담뱃대를 물려 주려고 애를 썼다.

이제 상황은 이렇게 되었다. 나는 부지불식간에 인도 형법 420조에서 금지한, 위계에 의한 금전 사취를 시도한 도장 파는 자를 도와주고 사주한 혐의를 받게 되었다. 나는 완전 속수무책이었다. 경찰에 신고할 수도 없었다. 어떤 증인이 나의 진술을 뒷받침해 주겠는가? 자누는 그 증언을 단호하게 거절했고, 아지준은 바레일리 근처에서 사는 베일 쓴 여인, 즉 이 거대한 인도에서 사라진 여인이나 다름없었다. 나는 내 마음대로 법을 해석하여 도장 파는 자에게 말을 걸 수도 없었다. 수두는 내 말을 믿지 않을 뿐만 아니라, 이런 조치를 취하면

---

* 도장 파는 자에 대한 욕설로 '저 빌어먹을 놈' 정도의 뜻이다. 힌두교에서는 소고기 섭식이 금지되어 있다.

부니아에게 빚을 져서 꼼짝도 못 하는 자누는 결국 독살을 당하게 될 것이라고 나는 확신했기 때문이다. 수두는 망령 난 노인이다. 우리가 만날 때마다 수두는 시르카르는 검은 마술을 금지하는 것이 아니라 지원한다는 나의 바보 같은 농담을 중얼거렸다. 그의 아들은 이제 건강해졌다. 그러나 수두는 완전히 도장 파는 자의 영향력 아래에 들어가 있고 이자의 조언은 그의 인생에서 벌어지는 모든 일을 규제한다. 자누는 그녀 자신이 수두에게서 빼앗아 내기를 희망했던 돈이 날마다 도장 파는 자의 손에 들어가는 것을 보면서 날마다 더욱 화가 나고 심술궂게 되었다.

그녀는 감히 진상을 말할 용기가 없기 때문에 결코 말하지 않을 것이다. 만약 어떤 일이 벌어져서 그녀를 막지 않는다면, 도장 파는 자는 5월 중순에 표면적으로는 콜레라—실제로는 하얀 비소 가루—에 의해 죽게 될 것이다. 이렇게 하여 나는 수두의 집에서 벌어질 살인을 알기만 할 뿐 아무 말도 하지 못한다.

무하마드 딘의 이야기

The Story of Muhammad Din

누가 행복한 사람인가? 그의 집에서 가정의 편안함을 느끼는 사람,
먼지를 뒤집어쓴 어린아이가 뛰어오르고 떨어지고 우는 것을 보는 사람.

「무니찬드라」*, 피터슨 교수 번역

그 폴로 공은 낡은 것이어서, 금이 가고, 찢어지고, 그리고 쑥 들어
간 것이었다. 그것은 벽난로 위의 파이프대 사이에 놓여 있었는데, 벽
난로는 키드마트가르**인 이맘 딘이 나를 위해 청소해 주었다.

"주인님께서는 이 공이 필요하십니까?" 이맘 딘이 공손하게 물었다.

주인은 그것을 그리 대단하게 여기지 않았다. 하지만 폴로 공이 키
드마트가르에게 무슨 소용일까?

"주인님께서 허락하신다면, 제게 어린 아들이 있습니다. 그놈이 이
공을 보고서 가지고 놀고 싶어 해요. 제가 필요한 것은 아닙니다."

그 누구도 뚱뚱하고 늙은 이맘 딘이 그 폴로 공을 가지고 놀고 싶

---

* 산스크리트어로 된 힌두교 경전으로 '성인들의 찬가'라는 뜻이다.
** 인도의 영국인 가정의 남자 급사.

어 한다고 생각하지 않으리라. 그는 그 찌그러진 공을 가지고 베란다로 나갔다. 곧 너무 기뻐서 내지르는 폭풍 같은 소리가 터져 나왔고 자그마한 두 발이 깡충깡충 뛰는 소리, 공이 털-털-털 하며 땅에서 튀어 오르는 소리가 들렸다. 분명 어린 아들은 그 보물을 확보하기 위해 문밖에서 기다리고 있었을 것이다. 하지만 아이는 어떻게 그 공을 보았을까?

그다음 날 사무실에서 평소보다 30분 먼저 퇴근해 온 나는 식당에 자그마한 친구가 들어와 있는 것을 알게 됐다. 자그마하고 통통한 아이였는데 토실한 배를 절반쯤 가리는 우스꽝스러운 셔츠를 입고 있었다. 그 애는 엄지손가락을 입 안에 집어넣은 채 혼자 노래를 흥얼거리며 사진들을 살펴보면서 방 안을 돌아다녔다. 분명 그 애는 이맘의 '어린 아들'이었다.

그 애는 물론 그 방 안에 들어올 이유가 없었다. 하지만 발견 사항들에 너무나 몰두한 나머지 문턱에 들어서는 나를 의식하지 못했다. 나는 방 안으로 들어섰고 아이를 너무 놀라게 하여 거의 기절하게 만들었다. 그는 숨 막혀 하면서 방바닥에 털썩 주저앉았다. 그의 눈은 크게 떠졌고 동시에 입도 크게 벌어졌다. 나는 무슨 일이 벌어지려는지 알고서 그 방에서 황급히 나왔고, 이어 내가 무슨 명령을 내리기도 전에 길고 메마른 비명 소리가 하인들의 숙소에까지 울려 퍼졌다. 10초도 안 되어 이맘 딘이 식당에 나타났다. 이어 절망에 빠진 흐느낌이 솟구쳐 올랐고, 나는 그 방으로 다시 돌아가 어린 죄인을 질책하는 이맘 딘을 발견했다. 아이는 셔츠를 눈물 찍어 내는 손수건으로 사용하고 있었다.

"이 애는" 이맘 딘이 근엄하게 말했다. "아주 나쁜 애입니다. 틀림없이 잘못해서 감옥에 가게 될 겁니다." 참회하는 자에게서 다시 비명 소리가 터져 나왔고, 이맘 딘은 나에게 아주 구구절절한 사죄를 했다.

"아이에게 말해 주세요." 내가 말했다. "사히브는 화나지 않았다고. 아이를 어서 데려가세요." 이맘 딘은 내 용서를 죄인에게 전했고, 이 제 셔츠를 줄처럼 목에 두르고 있던 아이는 비명이 흐느낌으로 잦아 들었다. 부자는 문 쪽으로 걸어갔다. "이 애의 이름은" 이맘 딘은 그 이름이 범죄의 일부라도 되는 양 말했다. "무하마드 딘이고 아이에 불 과합니다." 당장의 위험에서 자유롭게 된 무하마드 딘은 아버지의 품 안에서 고개를 돌리더니 심각한 어조로 말했다. "제 이름이 무하마 드 딘인 것은 맞습니다. 하지만 사히브, 저는 아이가 아니라 남자입니 다!"

그날 이후 나와 무하마드 딘의 교제가 시작되었다. 그는 그 후 두 번 다시 식당에 들어오는 일이 없었다. 하지만 마당이라는 중립의 땅 에서 우리는 아주 엄숙하게 인사를 교환했다. 하지만 우리의 대화는 그가 "살람, 사히브" 하고 말하면 내가 "살람, 무하마드 딘" 하고 대 답하는 것이 전부였다. 내가 사무실에서 퇴근하여 돌아오면, 그 자그 마한 하얀 셔츠와 통통한 어린 몸뚱어리는 몸을 숨기고 있던 담쟁이 가 둘러쳐진 격자창 그늘에서 불쑥 일어서곤 했다. 나는 날마다 이곳 에다 내 말을 매어 놓았고, 그래서 아이에 대한 인사를 거르거나 어색 하게 인사를 하는 법이 없었다.

무하마드 딘은 친구가 없었다. 그 아이는 집 안팎을 돌아다니거나 피마자 덤불을 들락거리거나 하면서 뭔지 모르지만 그 스스로 알아 서 놀았다. 어느 날 나는 마당 저 아래쪽에 그 아이가 손수 만들어 놓 은 작품을 발견했다. 그는 땅속에다 폴로 공을 절반쯤 묻어 놓고 그 주위에 여섯 송이의 시든 금송화 꽃을 원형으로 꽂아 놓았다. 그 원형 밖에는 붉은 벽돌 조각과 깨어진 도자기 조각을 교대로 사용하여 만든 조잡한 네모꼴이 있었다. 그리고 그 모든 것을 다시 자그마한 흙의 둑이 두르고 있었다. 우물 가장자리에 있던 급수 하인이 그 어린 건축가를 변호하면서, 어린아이의 장난에 지나지 않으며 내 마당을 별로 망쳐 놓지도 않았다고 해명했다.

나는 그 순간이든 나중이든 그 아이의 작품을 망칠 생각이 조금도 없었다. 그러나 그날 저녁 정원을 산책하다가 나는 무심결에 그 작품을 밟고 말았다. 그래서 금송화 꽃, 흙의 둑, 부러진 비눗갑 조각 등을 회복 불가능할 정도로 파괴해 버렸다. 그다음 날 아침 나는 그 폐허 위에서 슬피 울고 있는 무하마드 딘을 발견했다. 누군가가 그에게 사히브는 정원을 망쳐 놓은 그 애에게 아주 화가 나 있다고 잔인하게 말한 다음, 계속 욕을 하면서 그 쓰레기들을 흩뜨려 버렸다. 무하마드 딘은 약 한 시간에 걸쳐서 흙의 둑과 도자기 조각들을 말끔히 치웠고, 내가 사무실에서 퇴근해 오자 사죄하는 눈물 젖은 얼굴로 "살람, 사히브" 하고 말했다. 나는 애가 우는 경위를 급히 알아냈고, 이어 이맘 딘은 무하마드 딘에게 사히브의 특별한 호의로 마당에서 마음대로 놀 수 있다는 얘기를 전했다. 그러자 아이는 크게 기뻐하면서 금송화와 폴로 공 건축물을 무색하게 만드는 더 멋진 건물의 도면을 땅에다 그리기 시작했다.

그 후 몇 달 동안 그 통통하고 어린 괴짜는 피마자 숲과 땅바닥에서 그만의 궤도를 그리면서 놀았고, 늘 멋진 왕궁을 건설했다. 상여꾼들이 내던진 시든 꽃들, 물살에 닦인 조약돌, 깨진 유리 조각, 그리고 내 닭들에게서 뽑은 깃털 따위를 가지고 그런 건축물을 지었다. 그 아이는 언제나 혼자였고 부드럽게 흥얼거리며 노래를 불렀다.

어느 날 그가 세우는 마지막 건축물에 알록달록한 조개껍데기가 투입되었다. 나는 무하마드 딘이 그 조개껍데기를 이용하여 평소보다 더 화려한 건축물을 지으려 한다고 생각했다. 나의 예상은 틀리지 않았다. 그는 한 시간 가까이 깊이 생각했고 그의 흥얼거림은 환희의 노래로 바뀌었다. 이어 그는 흙에다 표시를 하기 시작했다. 이번 것은 틀림없이 아주 멋진 왕궁이 될 터였다. 평면도 상에서 길이가 2야드에 폭이 1야드나 되었기 때문이다. 하지만 그 왕궁은 결코 완성되지 못했다.

그다음 날 나는 마찻길 입구에서 무하마드 딘을 보지 못했고 퇴근길에서도 "살람, 사히브" 소리를 듣지 못했다. 나는 그 인사에 익숙해져 있었으므로 그것이 없자 심란해졌다. 그다음 날 이맘 딘은 아이가 열병을 좀 앓고 있으며 키니네가 필요하다고 내게 말했다. 아이는 그 약을 얻었고 또 영국인 의사가 왕진을 왔다.

"이 녀석은 영 체력이 없어." 의사가 이맘 딘의 숙소에서 나서면서 말했다.

일주일 뒤, 나는 그 일을 피하려고 상당히 노력했으나 무슬림 매장지로 가는 길에 이맘 딘을 만났다. 그는 어린 무하마드 딘의 시신을 싼 하얀 천을 양팔에 안고서 걸어갔고 한 친구가 그 뒤를 따라갔다.

경계 너머로

Beyond the Pale

사랑은 카스트를 개의치 않고 상심의 침대에서 잠드는 것도 마다 않네.
나는 사랑을 찾아 나섰다가 나 자신을 잃어버렸다네.

힌두 속담

사람은 무슨 일이 벌어져도 그 자신의 카스트, 인종, 동류同類를 고수해야 한다. 백인은 백인끼리 흑인은 흑인끼리 어울리도록 하라. 그러면 그 어떤 난관도 정상적인 사물의 구도 안에 들어가게 되고, 갑작스럽고 낯설고 예기치 못한 것이라는 느낌은 사라지게 된다.

이것은 점잖은 일상적 사회의 안전한 한계를 자의적으로 벗어났다가 크게 대가를 치른 어떤 남자의 이야기이다.

그는 첫째로 너무 많이 알았고 둘째로 너무 많은 것을 보았다. 그는 현지인의 생활에 너무 깊은 관심을 보였다. 하지만 그는 앞으로 다시는 그런 짓을 하지 않을 것이다.

도시의 중심 깊은 곳, 지타 메기의 부스티* 뒤에는 아미르 나트의 비좁은 통행로가 있다. 이 통행로는 막다른 벽에서 끝나는데, 거기에는 쇠창살 창문이 달려 있다. 통행로의 앞쪽에는 외양간이 있고 통행로의 양쪽 벽은 창문이 없다. 수체트 싱이나 가우르 찬드는 여자 식구가 세상을 내다보는 것을 일절 허용하지 않는다. 만약 두르가 차란이 이들과 같은 의견을 가지고 있었더라면 그는 오늘날 훨씬 더 행복한 사람이 되었을 것이고, 어린 비세사는 여전히 두 손으로 빵을 주무를 수 있었을 것이다. 그녀의 방에선 쇠창살 창문을 통해 비좁고 어두운 통행로가 내다보였다. 통행로에는 해가 드는 법이 없고 물소들만이 가끔 푸른 진흙 속에서 허우적거렸다. 그녀는 열다섯 살 정도 된 과부였고 밤낮없이 애인을 보내 달라고 기도를 올렸다. 그녀는 혼자 사는 것이 못마땅했으므로.

어느 날 한 남자가—그의 이름은 트레자고였다—목적 없이 방랑하다가 아미르 나트의 협곡으로 들어왔다. 그가 물소 떼를 지나서, 가득 쌓여 있는 소의 사료 더미를 발견한 직후였다.

이어 그는 비좁은 통행로가 막다른 골목에서 끝나는 것을 보았고 쇠창살 창문 뒤에서 가녀린 웃음소리가 흘러나오는 것을 들었다. 저 오래된 『아라비안나이트』가 실용적으로 큰 도움이 된다는 것을 아는 트레자고는 그 창문으로 다가가 「하르 디알의 연가」라는 시를 속삭였는데 그것은 이렇게 시작된다.

남자가 이글거리는 태양을 마주 보고 똑바로 서 있을 수 있는가?
연인이 사랑하는 사람 앞에서 그렇게 할 수 있는가?
만약 내 다리가 후들거린다면, 오 내 심장 중의 심장이여,

* 구역.

당신의 아름다움에 눈먼 나를 비난할 수 있겠는가?

그러자 창문 뒤에서 여자 팔찌가 찰랑거리는 소리가 들려오고 그
녀의 작은 목소리는 연가의 제5연을 노래 불렀다.

오호! 통재라! 하늘의 문이 닫히고 구름이 모여들어 장마를 준비할 때
달이 어떻게 수련을 향해 자신의 사랑을 말할 수 있으리오?
저들은 내 사랑을 빼앗아 그녀를 말 떼에 태워 북쪽으로 보내 버렸네.
그리하여 내 마음은 족쇄로 가득 채워지게 되었네.
이제 활 쏘는 사람을 불러 준비하도록 하라—

그 목소리는 갑자기 멈추었고 트레자고는 아미르 나트의 통행로에
서 물러 나오면서 세상에 어떤 여자가 저처럼 완벽하게 「하르 디알의
연가」에 수창酬唱할 수 있단 말인가, 하고 생각했다.

다음 날 아침 그가 사무실로 출근하려 하는데 한 늙은 여자가 그의
개 수레에다 물건 한 꾸러미를 던졌다. 그 꾸러미에는 깨어진 유리 팔
찌의 절반, 피처럼 붉은 색깔의 다크 꽃 한 송이, 소의 사료인 부사 한
줌, 그리고 열한 알의 소두구小豆蔲*가 들어 있었다. 그 꾸러미는 편지
였다. 보낸 사람을 위태롭게 만드는 난처한 종이 편지가 아니라, 무고
하면서도 이해하기 어려운 연인의 편지였다.

앞서 말한 것처럼 트레자고는 이런 것들을 너무 많이 알았다. 다른
영국인들은 이런 '물건 편지'를 번역하지 못할 것이었다. 트레자고는

* 생강의 일종.

그 사소한 물건들을 사무실 문서통의 뚜껑 위에다 올려놓고 그 뜻을 해석하기 시작했다.

부서진 유리 팔찌는 인도 전역에서 힌두인 과부를 의미한다. 왜냐하면 그녀의 남편이 죽을 때, 여자의 팔찌는 손목에서 부서지기 때문이다. 트레자고는 그 작은 유리의 뜻을 금방 알아보았다. 다크 꽃은 거기에 부수되는 물건에 따라 '욕망하다', '오다', '쓰다' 혹은 '위험하다' 등의 뜻을 지닌다. 하나의 소두구는 '질투'를 의미하지만 이것이 물건 편지에서 여러 개가 있으면 시간을 나타내는 숫자가 된다. 여기에 더하여 향, 응유, 사프란 등을 보내어 장소를 표시한다. 따라서 이 메시지를 직역하면 '한 과부—다크 꽃과 부사—열한 시'가 된다. 부사 한 줌을 보고서 트레자고는 분명하게 깨달았다. 이런 종류의 편지는 본능적 지식에 많이 기대고 있는데, 그는 부사가 그가 아미르 나트의 통행로에서 우연히 발견한 커다란 소 사료 더미를 가리킨다는 걸 알았다. 그렇다면 이 메시지는 과부인 쇠창살 창문 뒤에 있던 사람이 보내온 것임이 틀림없었다. 그리하여 메시지를 의역하면 이렇게 된다. "부사 더미가 있는 통행로의 한 과부가 당신이 열한 시에 오기를 바란다."

트레자고는 그 물건들을 벽난로 속에다 던져 넣으며 웃음을 터뜨렸다. 그는 동양의 남자들은 오전 열한 시에 창문 밑에서 구애를 하지 않으며, 또 동양 여자들이 일주일 전에 미리 시간 약속을 하지 않는다는 것을 알았다. 그래서 그는 바로 그날 밤 열한 시에 남녀 공동으로 사용하는 숄인 부르카를 뒤집어쓰고 아미르 나트의 통행로를 찾아갔다. 도시의 종소리가 그 시각을 알리자 쇠창살 창문 뒤의 작은 목소리가 「하르 디알의 연가」 중 파탄 소녀가 하르 디알에게 돌아오라고 호소하는 그 시행을 노래 불렀다. 그 노래는 힌두 속어로 되어 있어서 정말 아름다웠다. 영어로 번역하면 그 애끓는 한탄을 전할 수가 없으나 아무튼 이런 내용이다.

옥상에 혼자 올라가 북쪽으로 시선을 돌리며
하늘에 번쩍거리는 번개를 보았다오—
당신이 북쪽에 남긴 족적의 웅장함이여.
내 사랑, 내게 돌아와요, 안 그러면 나는 죽어요!

내 발밑에는 조용한 시장통이 보여요—
저기 더 먼 아래쪽에는 낙타들이 엎드려 있어요—
당신이 공격한 낙타 떼와 포로들.
내 사랑, 내게 돌아와요, 안 그러면 나는 죽어요!

내 아버지의 아내는 늙어서 해가 갈수록 가혹해져요.
나는 이 집안의 고된 일을 혼자 다 하고 있다오.
내 빵은 슬픔이요 내 음료는 눈물이에요.
내 사랑, 내게 돌아와요, 안 그러면 나는 죽어요!

노래가 그치자 트레자고는 쇠창살 아래로 다가가서 속삭였다. "나 여기 왔습니다."

비세사는 보기에 아름다운 여인이었다.

그날 밤은 많은 이상한 일의 시작 혹은 아주 황당한 이중생활의 시작이었고, 오늘날 트레자고는 혹시 그 모든 것이 꿈이 아니었을까 하고 때때로 의아해한다. 비세사 혹은 물건 편지를 던졌던 그녀의 나이든 시녀가 벽의 벽돌 창문으로부터 쇠창살을 뜯어냈다. 그리하여 창문은 안으로 밀려 들어가면서 네모난 문틀만 남겨 놓았고, 건장한 남자라면 충분히 기어올라 그 안으로 들어갈 수 있었다.

낮 동안 트레자고는 사무실의 일상적인 업무를 수행하거나 방문복을 입고서 주재소의 숙녀들을 방문했다. 그러면서 그 여자들이 불쌍한 어린 비세사를 알고 있다면, 그와 그녀의 관계를 얼마나 지나야 알게 될까 생각했다. 밤이 되어 온 도시가 잠잠해지면 그는 나쁜 냄새가나는 부르카를 뒤집어쓰고 산책에 나섰고, 지타 메기의 부스티를 순찰했고 이어 잠든 소 떼와 죽은 벽들 사이에 있는 아미르 나트의 비좁은 통행로로 들어섰다. 그리고 마지막으로 비세사와 고르게 숨을 내쉬며 자고 있는 늙은 시녀에게 도달했다. 그 시녀는 두르가 차란이 여동생의 딸에게 배정해 준 자그마하고 앙상한 방의 문 앞에서 잠들어 있는 것이었다. 두르가 차란이 누구이고 무엇을 하는지 트레자고는 알아보지 않았다. 왜 그가 발각이 되어 칼침을 맞지 않았는지 그는 단 한 번도 생각해 보지 않았다. 마침내 그의 미친 짓이 끝날 때까지. 그리고 비세사…… 하지만 이 얘기는 나중에 나온다.

비세사는 트레자고에게 끝없는 즐거움이었다. 그녀는 새처럼 무지했다. 그녀는 그녀의 방에까지 흘러 들어온 외부 세계의 소문들을 아주 엉뚱하게 이해하고 있었다. 그런 엉뚱한 생각은 혀 짧은 소리로 그의 이름—크리스토퍼—을 발음하려는 태도만큼이나 그를 즐겁게 했다. 그 이름의 첫음절을 그녀는 언제나 제대로 발음하지 못했다. 그리고 그녀는 장미 잎 같은 양손으로 마치 그 이름을 내팽개치는 듯한 우스운 동작을 잠깐 해 보인 뒤, 트레자고 앞에 무릎을 꿇고 엎드리면서 영국 여인이 하듯이, 정말로 그가 그녀를 사랑하는지 물었다. 트레자고는 이 세상의 그 누구보다 그녀를 더 사랑한다고 맹세했다. 그건 사실이었다.

이런 우행이 한 달쯤 지속된 후에 그의 다른 생활에서 긴급한 상황이 발생하여 트레자고는 예전부터 알고 지내던 어떤 여자에게 특히 신경을 써 주게 되었다. 이런 종류의 일은 그의 동족에 의해 목격되고 또 논의될 뿐만 아니라 약 150명의 현지인들에 의해서도 목격되어 입방아에 오르는 것은 당연한 일이었다. 트레자고는 이 여자와 함께 산책하고 또 야외 음악당에서 이야기를 나누었고 또 한두 번 함께 마차를 탔다. 그는 이것이 그가 더 소중하게 여기는 파격적이고 비상한 생활에 영향을 미치리라고는 단 한 번도 생각해 보지 않았다. 그러나 그 소식은 예의 그 신비한 방식으로 이 입에서 저 입으로 흘러 다니다가 마침내 비세사의 늙은 시녀가 듣고서 그것을 비세사에게 말해 주었다. 그녀는 이 소식을 듣고 너무나 충격을 받아 집안일을 엉터리로 하다가 두르가 차란의 아내로부터 두드려 맞았다.

일주일 뒤 비세사는 그 바람피우기에 대하여 트레자고에게 따졌다. 그녀는 은근하게 말하는 법을 몰랐고 노골적으로 말했다. 트레자고는 웃음을 터트렸고 비세사는 그 작은 발, 금송화같이 가벼운 발, 그의 한 손바닥 위에 올라설 수도 있을 법한 그 발을 마구 탕탕 굴렀다.

동양의 열정과 충동에 대해 쓰인 글들은 상당히 과장되고 또 간접적으로 편집된 것이나, 그중 소수는 진실이다. 영국인 남자가 그 소수의 진실을 발견했을 때, 그것은 그 자신의 영국인 생활에서 발견하는 그 어떤 열정 못지않게 놀라운 것이었다. 비세사는 크게 화를 내며 고래고래 소리를 질렀고 만약 트레자고가 그들 사이에 끼어든 외국인 멤사히브와 당장 헤어지지 않는다면 죽어 버리겠다고 위협했다. 트레자고는 그녀에게 상황을 설명해 주려고 했고 또 비세사가 이 일을 서양의 관점에서 보아야 한다는 것을 이해시키려 했다. 비세사는 몸을 꼿꼿하게 세우더니 잘라 말했다. "난 이해할 수 없어요. 난 오로지 이것만 알아요. 사히브, 내가 당신을 내 심장보다 더 소중하게 여긴 것이 잘못된 일이에요. 당신은 영국인이에요. 나는 그저 검은 여자일 뿐이지요."―그녀는 조폐국의 금괴보다 더 아름다웠다―"그리고 나는 검은 남자의 과부고요."

이어 그녀는 흐느껴 울면서 말했다. "하지만 내 영혼과 내 어머니의 영혼을 걸고, 난 당신을 사랑해요. 내게 무슨 일이 있더라도 당신에게 피해가 돌아가는 일은 없게 할 거예요."

트레자고는 그 어린 여자에게 설명을 하고, 그녀를 위로해 주고자 했으나, 그녀는 비합리적일 정도로 동요하면서 심란해했다. 그들 사이의 관계를 끝내는 것 이외에 그 어떤 것도 그녀를 만족시키지 못했다. 그녀는 그에게 즉시 떠나 달라고 요구했다. 그래서 그는 할 수 없이 물러 나왔다. 그가 창문 밖으로 뛰어내리기 직전에 그녀는 그의 이마에 두 번 키스했고 그는 의아한 생각을 하면서 집으로 돌아왔다.

한 주가 흘러갔고 이어 3주가 흘러가도 비세사로부터 연락이 없었다. 트레자고는 단절이 꽤 오래간다고 생각하고 3주 만에 다섯 번째로 아미르 나트의 통행로를 찾아가면서 쇠창살 창문의 문턱에 노크를 하면 혹시 응답이 있을지 모른다고 희망했다. 그는 실망하지 않았다.

하늘에는 초승달이 떠 있어서 달빛 한 줄기가 아미르 나트의 협곡에 흘러들었고 그가 노크하자 뒤로 젖혀진 창문을 비추었다. 그 검은 어둠으로부터 비세사는 달빛을 향해 두 팔을 내뻗었다. 양손은 손목 부분에서 절단되어 사라졌고 이제 그 그루터기가 거의 나아가고 있었다.

이어 비세사는 양팔 사이로 고개를 숙이며 흐느껴 울었고, 방 안에 있던 누군가가 야생동물처럼 툴툴거리더니 어떤 날카로운 물체—단검, 장검 혹은 창—가 부르카를 쓴 트레자고를 찔러 왔다. 그 타격은 그의 몸통을 찌르지는 못했으나 사타구니의 근육을 파고들었고 그 상처로 인해 그는 평생 약간 절뚝이며 걷게 되었다.

다시 쇠창살 창문이 내밀어졌다. 집 안에서는 아무런 기척도 없었다. 오로지 한 조각 달빛만이 높은 벽과 그 뒤의 아미르 나트 통행로의 어둠을 비출 뿐이었다.

트레자고가 기억하는 그다음 일은 그가 그 무자비한 벽들 사이를 미친 사람처럼 분노하고 소리 지르면서 비틀비틀 걸어가다가 동틀 무렵에 강가에 나와 있는 자신을 발견하고, 부르카를 내던져 버리고 맨머리로 집으로 돌아갔다는 것이다.

비극의 진상이 무엇이었는지 트레자고는 오늘날까지 알지 못한다. 비세사가 원인 모를 절망의 발작을 일으켜 모든 것을 말해 버린 것인지, 아니면 그 밀회가 발각되어 사실대로 말하라며 고문을 당한 것인지. 혹은 두르가 차란이 그의 이름을 알아내고 또 그와 비세사 사이에 무슨 일이 벌어졌는지 알고서 그렇게 했는지. 뭔가 끔찍한 일이 벌어졌고, 그 일의 진상이 과연 무엇인지 트레자고는 한밤중에 깨어서 깊이 명상하다가 새벽을 맞는 일이 가끔씩 있었다. 이 사건의 특별한 점은 그가 두르가 차란의 집의 현관이 어디에 있는지 잘 모른다는 것이다. 그것은 두세 집이 공동으로 사용하는 안뜰 쪽으로 열려 있을 수도 있고 지타 메기 부스티의 문들 중 하나의 뒤쪽에 있을 수도 있었다. 트레자고는 정확히 알 수가 없었다. 그는 비세사 ―불쌍하고 어린 비세사 ―를 되찾아 올 수 없었다. 그는 현지인 각자의 집이 무덤처럼 보호되고 또 알 수 없는 도시에서 그녀를 잃어버렸다. 그리고 아미르 나트의 통행로 쪽으로 열린 쇠창살 창문은 벽으로 막혀 버렸다.

그러나 트레자고는 정기적으로 그 통행로를 방문하며, 아주 예의 바른 사람으로 인정되고 있다.

그에게는 특별한 점이 없다. 승마 부작용으로 오른쪽 다리가 약간 뻣뻣한 것 이외에는.

드라이 와라 요우 디

Dray Wara Yow Dee

> 그 남편은 질투로 격분하여
> 복수하는 날에 조금도 사정을 보지 않는다.
>
> **「잠언」 6장 34절**

　사히브, 아몬드와 건포도? 카불에서 온 포도? 혹은 사히브가 나를 따라오기만 한다면 아주 진귀한 조랑말? 사히브, 그는 13년 3개월 되었고, 폴로 경기를 하고, 수레를 끌고 다니며, 여자를 데리고 다녀요. 거룩한 쿠르셰드와 축복받은 이맘이여, 그러고 보니 그는 사히브 자신이네요! 내 가슴은 따뜻해지고 내 눈은 시원해져요. 당신은 결코 피곤을 느끼지 않으시기를! 티라 강의 물이 시원하듯이 먼 곳에 있는 친구 또한 그러하지요. 이 저주받은 땅에서 **당신은** 무엇을 하고 있습니까? 사히브, 델리의 남쪽에 널리 퍼진 말을 알고 있습니까? "남자는 배신자이고 여자는 매춘부이다." 그것은 명령이었습니까? 아후! 튼튼하며 항명을 할 수 있기 전까지 명령은 명령입니다. 오 나의 형제, 나의 친구여, 우리는 상서로운 시간에 만났습니다! 당신의 영혼과 마음과 집이 모두 편안합니까? 우리는 길일에 서로 이렇게 만났군요.

내가 당신과 함께 갈 거냐고요? 당신의 은혜는 넓고 크군요. 저택 단지에 말을 매는 장소가 있습니까? 나는 말 세 필과 짐 보따리들과 말을 돌보는 소년이 있어요. 게다가 경찰이 나를 말 도둑으로 본다는 사실을 기억하세요. 이 저지대 개자식들이 말 도둑에 대해서 뭘 압니까? 카말이 줌루드의 문들을 망치로 쳐부수고—그는 사기꾼이었지요—대령의 말들을 밤새 다 서리해 버린 페샤와르의 그날을 기억하십니까? 카말은 이제 죽었지만, 그의 조카가 그 일을 맡아서 계속하고 있고 카이바르 민병대가 경계를 철저히 하지 않는다면 말들은 계속 사라질 겁니다.

신의 평화와 그 예언자의 은총이 이 집과 그 안에 있는 모든 것에 내리기를! 샤피즈 울라, 그 점박이 암말을 나무 밑에 매어 두고 물을 길어 오세요. 말들이 햇빛은 견딜 수 있겠지만 말허리에 두른 펠트 천은 두 겹으로 하세요. 아니에요, 나의 친구여, 말들을 살펴보는 수고는 하지 마세요. 말들에 대해서 많은 것을 아는 바보 장교들에게 팔아 버릴 거니까. 암말은 새끼를 배어 몸이 무겁고, 회색 말은 사납고 버릇없는 악마 같은 놈이고 그리고 암갈색 말은, 아무튼 당신은 말들을 평가하는 요령을 잘 알고 계시지요. 나는 말들이 팔리면 푸비로 가거나 아니면 페샤와르의 계곡으로 돌아갈 겁니다.

오 내 마음의 친구여, 당신을 다시 보게 되어 기쁩니다. 나는 이 말들과 관련하여 장교 사히브들에게 하루 종일 고개를 숙이고 거짓말을 해 왔습니다. 그래서 내 입은 정직한 말을 하기를 바라고 있습니다. 아우그르! 식사 전에는 담배가 좋지요. 나한테 합류하지 마세요. 우리는 우리 고향에 있는 게 아니니까. 베란다에 앉아서 내 옷을 여기에 좀 펼쳐 둘게요. 하지만 먼저 나는 좀 마시겠습니다. 감사하는 마음을 늘 갚아 주시는 신의 이름으로 세 번! 이것은 달콤한 물입니다. 눈이 녹아서 만들어진 셰오란의 물처럼 달콤하군요.

북부에서는 코다 바크슈와 다른 사람들이 모두 만족했습니다. 야르 칸은 쿠르디스탄에서 말들을 가지고 내려왔는데—총 63두였는데 그 중 절반이 짐을 수송하는 조랑말이었습니다—카슈미르 세라이에서 노골적으로 말했습니다. 당신네 영국인들이 대포를 보내어 이 지역의 아미르를 지옥으로 보내야 한다고. 카불 노상에 유료 검문소가 **열다섯** 군데나 있다는 것이지요. 다카에서 그는 이제 모든 검문소를 통과했나 보다 하고 생각했는데, 야르 칸은 지사에게 발크 종마들을 모두 빼앗겼답니다! 그것은 엄청나게 불공정한 처사였고 야르 칸은 화가 나서 온몸이 뜨거웠습니다. 그리고 다른 사람들 얘기를 해 보자면 이렇습니다. 서기 마부브 알리는 아직도 푸비에 있으면서 뭔가를 기록하고 있습니다. 투글루크 칸은 코하트 경찰서 일과 관련하여 감옥에 있습니다. 파이즈 베그는 연말에 나의 형제인 당신에게 줄 보카리오트 벨트를 가지고 왔으나 당신이 어디로 갔는지 아무도 알지 못했습니다. 당신이 뒤에 남긴 소식이 없었으니까요. 사촌들은 곽파탄 근처에서 정부용 수레를 끌 노새를 키우는 새 사업을 시작했습니다. 그리고 시장에는 어떤 사제에 대한 얘기가 나돌고 있습니다. 아주 재미있는 얘기지요! 자 들어 보세요—

사히브, 왜 그걸 묻습니까? 내 옷은 길 위의 먼지 때문에 더럽혀졌습니다. 내 눈은 뜨거운 햇볕 때문에 슬퍼졌습니다. 내 발은 지저분한 물에 씻었기 때문에 부어올랐고, 내 뺨은 여기 음식이 시원치 않아서 쑥 들어갔습니다. 당신의 돈을 주겠다니 당치도 않은 말씀이십니다!

내가 그 돈을 가지고 뭘 하겠습니까? 나는 부자입니다. 그리고 당신을 내 친구라고 생각했습니다. 하지만 당신도 다른 사람들과 똑같이 사히브일 뿐이군요. 어떤 남자가 슬픈가? 그에게 돈을 줘, 라고 사히브들은 말합니다. 그가 불명예를 당했다고? 그에게 돈을 줘, 라고 사히브들은 말합니다. 그의 머리가 잘못되었다고? 그에게 돈을 줘, 라고 사히브들은 말합니다. 이렇게 말하는 게 사히브들입니다. 그런데 심지어 당신도 그들과 비슷하군요.

아닙니다, 암갈색 말의 발을 보지 마세요. 내가 당신에게 말의 다리를 살펴보는 요령을 가르쳐 준 게 후회되는군요. 발덧이 났다고요? 그게 뭐 어떻습니까? 길들이 험해요. 암말도 발덧이 났다고요? 사히브, 그 말은 이중의 부담을 안고 있습니다.

자, 이제 당신에게 비오니 내게 떠나가도 좋다는 허락을 내려 주십시오. 사히브는 제게 커다란 은혜와 영광을 내려 주었습니다. 또 저 말들이 훔친 것이라는 믿음도 우아하게 표명했습니다. 그렇다면 나를 타나에 보내야 속 시원하겠습니까? 청소부를 불러서 내가 도마뱀 인간에게 끌려가도록 할 생각입니까? 나는 사히브의 친구입니다. 나는 당신 집의 그늘에 앉아 물을 마셨고 당신은 내 얼굴을 시원하게 해 주었습니다. 이제 뭐 더 할 일이 남아 있습니까? 사히브는 내게 8안나를 주어서 그 상처에 고약을 바르고 모욕을 완성할 생각입니까?

나의 형제여, 나를 용서하십시오. 나는 이제 내가 무슨 말을 하는지 모릅니다. 그렇습니다, 나는 당신에게 거짓말을 했습니다! 나는 내 머리에 먼지를 뒤집어쓸 것입니다. 나는 아프리디 부족 사람입니다! 말들은 계곡에서 이곳까지 너무 많이 걸어오는 바람에 발덧이 났고, 내 눈은 침침하며 내 몸은 잠을 못 자서 아프고, 내 심장은 슬픔과 수치로 메말라져 있습니다. 그것이 나의 수치라면, 정의의 시행자이신 신과—알라 알 무미트에 의하여—나의 복수가 집행될 것입니다!

우리는 이전에도 마음을 털어놓고 얘기한 적이 있습니다. 우리는 같은 그릇에 오른손을 담그며 식사를 했고 당신은 내게 형제같이 대해 주었습니다. 그래서 나는 파탄 사람처럼 거짓말과 배은망덕으로 당신에게 되갚았습니다. 이제 들어 보세요! 영혼의 슬픔이 너무 무거워 도저히 견딜 수 없을 때 그 영혼은 말에 의해서 어느 정도 위안을 얻습니다. 더욱이 진정한 남자의 마음은 우물과 같습니다. 고백의 조약돌이 그 안에 퐁당 빠지면 더 이상 보이지 않습니다. 나는 계곡에서부터 여기까지 천리만리를 걸어서 왔습니다. 내 가슴속에서는 지옥의 유황불이 활활 타오르고 있었습니다. 왜? 아, 당신은 우리의 관습을 그리도 빨리 잊어버렸나요? 돈이라면 마누라도 딸도 다 팔아먹는 이 남부의 사람들과 함께 살다 보니? 나와 함께 북부로 가서 다시 한 번 사나이들 사이에서 삽시다. 이 일이 끝나고 내가 당신을 부르면 함께 돌아갑시다. 계곡에는 배나무 과수원에 온통 꽃이 피었어요. **여기는** 먼지와 악취를 풍기는 하수구일 뿐입니다. 그곳 오디나무들 사이에서는 상쾌한 바람이 불어와요. 개울에는 눈 녹은 물들이 반짝거리고 카라반이 위로 가고 아래로 내려가면서 고개의 낮은 곳에서는 백 개의 모닥불이 피어올라요. 텐트의 못은 망치의 코에 응답하고 저녁연기가 은은히 공기 중에 퍼지는 가운데 짐말은 다른 짐말에게 높은 소리로 울어 대지요. 북부는 지금이 아주 좋아요. 나와 함께 돌아갑시다! 우리 부족 사람들에게로 갑시다! 어서 와요!

나의 슬픔은 어디에서 오는 걸까요? 여자가 아니라면 남자가 그의 가슴을 쥐어뜯으며 천천히 타오르는 불에 노심초사할 이유가 있을까요? 내 친구여, 웃지 마세요. 당신에게도 그런 때가 곧 닥쳐오리니. 그녀는 아바자이 여자였고 나는 우리 마을과 고르 남자들 사이의 불화를 막아 보기 위해 그녀를 내 아내로 맞아들였습니다. 내가 더 이상 젊지 않다고? 내 턱수염에 반백이 섞였다고? 사실입니다. 내가 결혼할 필요가 없었다고? 아닙니다. 나는 그녀를 사랑했습니다. 라흐만이 뭐라고 말했습니까? "그 가슴에 사랑을 맞아들이는 자는 오로지 어리석음을 저지르는 것이고 **그 외에 다른 것은 없다.** 그 눈빛으로 여자는 당신을 눈멀게 한다. 그 눈꺼풀과 눈꺼풀의 떨림으로 여자는 당신을 포로로 잡아들여 결코 석방해 주지 않는다. **그 외에 다른 것은 없다.**" 당신은 아미르의 우즈베크족들 사이에서 개최되는 핀디 캠프의 양 굽는 노래를 기억하고 있습니까?

아바자이족은 개들이고 그들의 여자는 죄악의 하인입니다. 그녀의 부족들 중에 그녀의 애인이 있었습니다. 하지만 그 사실에 대하여 그녀의 아버지는 아무 말도 하지 않았습니다. 나의 친구여, 당신의 기도 중에 나를 위해 그자에게 저주를 내려 주시오. 나는 파크르에서 이샤에 이르기까지 기도를 올릴 때마다 아바자이족인 다우드 샤의 이름을 저주합니다. 나에게 불명예스러운 짓을 저지르고, 내 이름을 왜소한 말리칸드 부족 여자들 사이에서 웃음거리로 만들어 놓고서도, 그자의 머리는 아직 목에 붙어 있고, 손은 아직 손목에 붙어 있습니다.

나는 결혼 후 두 달이 지나갈 무렵 힌두스탄으로 들어가 체라트에 갔습니다. 나는 실제로는 열이틀 가 있을 생각이었지만 열닷새 있다가 오겠다고 말했습니다. 나는 그녀를 시험하기 위해 이렇게 했습니다. "능력 없는 사람을 믿지 말라"라는 말도 있지 않습니까. 해가 지고서 계곡을 혼자 올라가고 있을 때 나는 내 집의 문에서 노래를 부르는 남자의 목소리를 들었습니다. 그가 부르는 노래는 〈드라이 와라 요우 디〉, 즉 '셋이 하나일러라'였습니다. 그 소리를 듣는 순간 단단한 밧줄이 내 심장을 묶어 버렸고 모든 악마가 그 밧줄을 견딜 수 없을 정도로 세게 잡아당기는 것 같았습니다. 나는 언덕길 위로 소리 없이 다가갔습니다. 그러나 내 화승총의 퓨즈가 비에 젖어서 나는 멀리서 다우드 샤를 죽일 수가 없었습니다. 더욱이 나는 여자도 함께 죽일 생각이었습니다. 그는 노래를 부르며 내 집 문밖에 앉아 있었고 곧 여자가 그 문을 열었습니다. 나는 바위들 사이에서 기어가며 접근했습니다. 나는 손에 칼을 쥐고 있었습니다. 하지만 내 발아래에서 돌덩어리가 흘러내렸고 두 연놈은 언덕 쪽을 내려다보았습니다. 그자는 화승총을 내팽개치고 나의 분노를 피하여 달아났습니다. 그자는 제 몸 안에 있는 목숨이 달아날 것을 두려워했던 것입니다. 하지만 여자는 내가 그 앞에 우뚝 서서 이렇게 소리칠 때까지 꼼짝하지 않았습니다. "오 여인이여, 자네가 내게 한 건 이 무슨 짓인가?" 그 여자는 내 생각을 알고 있기나 한 것처럼 조금도 두려워하지 않고 웃음을 터트렸습니다. "이건 사소한 일이에요. 나는 그를 사랑해요. 그리고 당신은 밤중에 살그머니 다가오는 개 같은 소도둑이에요. 어서, 나를 쳐요!" 그렇지만 오, 나의 친구여, 나는 아직도 그녀의 아름다움에 눈이 멀어서 이렇게 말했습니다. "당신은 두렵지 않나?" 그녀가 대답했습니다. "전혀. 내가 죽지 않을까 봐 두려울 뿐." 그러자 내가 말했지요. "겁이 없군." 그녀는 고개를 숙였고 내가 목뼈를 세게 치자 그 머리가 내 발밑에 떨어졌어요. 우리 부족의 분노가 내게 엄습해 왔고 나는 가슴을 칼로 마구 그어 댔어요. 그리고 왜소한 말리칸드 부족의 남자들에게 그

범죄를 알리기 위해 그 여자의 시체를 카불 강으로 흘러드는 수로에 내던졌어요. 드라이 와라 요우 디! 드라이 와라 요우 디! 머리 없는 시체, 빛이 없는 영혼, 나 자신의 어두운 심장, 이 셋은 하나일러라, 하나일러라!

그날 밤 나는 지체하지 않고 고르로 가서 다우드 샤의 소식을 물었어요. 사람들은 말했어요. "그는 말을 사기 위해 푸비로 갔어요. 당신은 그를 어떻게 할 생각입니까? 마을들 사이에는 평화가 찾아왔어요." 내가 대답했습니다. "그래요! 그건 배신의 평화이고 악마 아탈라가 구렐에게 보여 주는 사랑이지요." 이어 나는 마을의 문에 총을 세 번 쏘고 웃음을 터트린 다음 내 길을 갔습니다.

내 마음의 형제이며 친구여, 그 시간에 내 머리 위에 떠 있는 달과 별들도 핏빛이었습니다. 내 입 안은 마른 흙이 가득한 느낌이었습니다. 나는 빵을 쪼개어 먹지도 않았고 내 음료수는 내 얼굴 위에 떨어지는 고르 계곡의 빗물이었습니다.

푸비에서 나는 간이침대 위에 걸터앉아 있는 서기 마부브 알리를 발견했습니다. 나는 당신네의 법률에 따라 내 무기를 포기했습니다. 그러나 조금도 슬퍼하지 않았습니다. 나는 나의 이 두 손으로 다우드 샤를 죽여 버리겠다고 결심했으니까. 건포도 더미를 찢어 놓는 것처럼. 마부브 알리는 이렇게 말했어요. "다우드 샤는 지금쯤 황급히 페샤와르로 갔을 거야. 그리고 델리로 가는 길에 말들을 사들일 거야. 요즘 봄베이 트럭 회사가 트럭 떼기로 말들을 사들인다고 말들 하거든. 트럭당 여덟 필씩." 그건 맞는 말이었어요.

그때 나는 사냥이 간단한 일이 아니라는 걸 알았어요. 그자는 나의 분노를 피하고 또 목숨을 건지기 위해 국경을 넘어 당신의 땅으로 들어가 버렸으니까. 하지만 과연 그자가 그런 식으로 목숨을 건질 수 있을까요? 내가 이렇게 팽팽히 살아 있는데? 그가 북쪽의 도라로 가서 설원 지대로 들어가든, 남쪽으로 가서 흑수 지대로 들어가든 나는 그자를 쫓아갈 겁니다. 남자 애인이 여자 애인을 죽도록 쫓아다니는 것처럼. 그자를 붙잡으면 나는 부드럽게—아주 부드럽게!—내 품에 안으면서 말할 겁니다. "자네가 그처럼 잘난 짓을 했으니 이제 대가를 지불해야지?" 다우드 샤는 콧구멍에 숨이 붙어 있는 상태로는 그 품 안에서 벗어나지 못할 것입니다. 아우그르! 물 주전자는 어디에 있습니까? 나는 임신 첫 달의 암말처럼 목이 마릅니다.

당신의 법률! 당신의 법률이 내게 대체 뭐란 말입니까? 말들이 달리면서 싸울 때 경계 말뚝을 신경이나 씁니까? 알리 무스지드의 솔개들이 고르 쿠트리의 그늘 밑에 썩은 고기가 있다고 해서 망설이겠습니까? 그들은 경계 따위는 따지지 않습니다. 나의 사냥도 신이 기뻐하는 곳에서 끝날 것입니다. 여기 나의 고장이든 아니면 지옥에서든 세 개는 하나일 뿐입니다.

내 가슴의 슬픔을 공유하는 분이여, 이제 내 말을 들어 주세요. 내가 그 사냥에 대해서 말씀드릴 터이니. 나는 푸비에서 페샤와르로 갔습니다. 내 적을 찾아서 페샤와르의 거리를 집 없는 개처럼 이리저리 헤매고 다녔습니다. 한번은 커다란 광장의 수도관에서 입을 씻고 있는 그를 보았다고 생각했는데 내가 다가가니 그는 사라졌습니다. 아마도 그자였을 겁니다. 내 얼굴을 보고서 황급히 도망쳤으니까.

시장의 한 여자는 그자가 노우셰라로 갔을 거라고 말했습니다. 내가 말했습니다. "오 상냥한 분이여, 다우드 샤가 당신을 방문했습니까?" 그러자 그녀가 대답했습니다. "그렇습니다." 내가 말했어요. "나는 그를 기꺼이 만나 보고 싶습니다. 우리는 친구인데 헤어진 지 2년이 되었습니다. 비오니, 나를 여기 창문 차단기의 그늘 아래 숨게 해 주십시오. 나는 그가 올 때까지 기다리겠습니다." 그러자 여자가 말했어요. "오 파탄 사람이여, 내 눈을 한번 들여다보세요!" 나는 몸을 돌려 그녀의 가슴 쪽으로 허리를 숙이면서 그녀의 눈을 들여다보았고 이어 내가 신의 진실만 말하고 있다고 맹세했습니다. 하지만 그녀는 대답했어요. "친구는 그런 눈빛으로 친구를 기다리지 않아요. 신과 예언자에게는 거짓말을 할 수 있어도 여자에게는 거짓말을 하지 못해요. 그러니 가세요! 나 때문에 다우드 샤에게 피해가 발생하는 일은 없을 거예요"

당신의 경찰에 대한 두려움만 아니었더라면 그 자리에서 그 여자를 목 졸라 죽여 버리고 싶었습니다. 하지만 그렇게 할 수 있다 하더라도 사냥이 끝나 버리게 되니 곤란한 일이었습니다. 나는 웃음을 터트리며 그 자리를 떴습니다. 그 여자는 밤중에 창살 가로대 밖으로 고개를 내밀어 내가 길 아래쪽으로 내려갈 때까지 나를 조롱했습니다. 그 여자의 이름은 자문입니다. 내가 그자와의 결산을 끝내면 나는 페샤와르로 다시 돌아와 더 이상 그녀의 미모 때문에 남자들이 그녀를 탐하는 일이 없게 만들어 놓을 생각입니다. 그 여자는 자문이 아니라 나무들 중에서도 병신 나무인 아크가 될 것입니다. 호! 호! 그녀는 아크가 될 겁니다.

페샤와르에서 나는 말과 포도, 아몬드, 건조시킨 과일을 샀습니다. 내가 방랑하는 이유를 이런 식으로 정부에 알려 놓으면 도로상에서 아무런 지장을 받지 않기 때문입니다. 그러나 노우셰라로 가 보니 그자는 이미 다른 곳으로 가 버렸고 나는 어디로 가야 할지 막막했습니다. 나는 노우셰라에서 하루를 머물렀는데 밤중에 내가 말들 사이에서 자고 있을 때 한 '목소리'가 찾아와 나의 귀에다 대고 말했습니다. 나는 엎드려서 악마의 잠을 자고 있었는데 그 목소리는 아마도 악마의 목소리였을 겁니다. "남쪽으로 가라. 그러면 다우드 샤를 만날 것이다." 나의 형제이며 친구 중의 친구인 분이여, 들어 보세요! 이 얘기가 너무 깁니까? 아무튼 나로서는 아주 멀고 긴 여행이었습니다. 나는 푸비에서 이곳까지 천리만리를 걸어왔습니다. 노우셰라에서 나의 안내자는 그 목소리와 복수의 일념뿐이었습니다.

나는 우톡으로 갔습니다. 하지만 그건 내게 아무런 지장도 주지 않았습니다. 호! 호! 남자는 아무리 곤란을 겪고 있다 해도 생각을 정반대로 돌려 볼 수 있는 거지요. 우톡은 내게 전혀 우톡[지장]이 아니었습니다. 나는 커다란 암석을 때리는 물소리를 제압하는 그 목소리를 들었습니다. "오른쪽으로 가라." 그래서 나는 핀디게브로 갔습니다. 이 무렵 나는 잠을 거의 자지 못했습니다. 아바자이 여자의 머리통은 밤이나 낮이나 내 눈앞에서 어른거렸고 심지어 그 머리통이 내 두 발 사이로 떨어져 내리기도 했습니다. 드라이 와라 요우 디! 드라이 와라 요우 디! 불, 재, 나의 잠자리, 이 셋이 모두 하나였습니다!

이제 나는 시알코트로 다니는 거래상들의 겨울 행로로부터 아주 멀리 벗어나 있었고 철도와 군 막사 옆의 큰 도로를 따라 아주 남쪽으로 내려왔습니다. 하지만 내게서 하얀 암말을 산 핀디게브 군부대의 한 사히브가 있었는데, 그는 다우드 샤가 말들을 가지고 샤푸르로 갔다고 내게 말해 주었습니다. 그때 나는 목소리의 경고가 옳다는 것을 알았고, 재빨리 소금 언덕 쪽으로 갔습니다. 마침 젤룸 강은 홍수가 났는데 나는 기다릴 수가 없었고 그래서 강을 건너다가 밤색 종마가 강물에 떠내려가 익사해 버렸습니다. 여기서 신은 내게 좀 모질게 대했습니다. 내가 그 짐승을 잃어버려서 그렇다는 게 아니라, 나의 추격을 방해했기 때문입니다. 내가 강의 오른쪽 둑에서 말들을 도강시키려고 재촉하는 동안, 다우드 샤는 왼쪽 둑에 있었습니다. 알기아스! 알기아스! 우리가 새벽빛에 왼쪽 둑에 올라섰을 때, 내 암말의 발굽이 그가 피운 모닥불의 뜨거운 재를 흩어 놓을 정도로 우리는 바싹 추격해 들어갔습니다. 하지만 그자는 또다시 달아났습니다. 죽음의 공포를 느낀 그자의 발이 아주 빨랐던 것입니다. 나는 직선거리를 따라서 샤푸르에서 남하했습니다. 나는 내 권리인 복수의 기회를 놓칠까 봐 감히 곁눈질을 할 겨를이 없었습니다. 샤푸르에서 나는 젤룸 강을 우회했습니다. 그자가 레치나 사막을 피해 갈 것이라고 보았기 때문입니다. 곧 사히왈에서 나는 장, 사문드리, 구게라로 가는 길로 접어들었고 밤중에 점박이 암말은 몽고메리로 가는 철도 울타리와 나란히 달리게 되었습니다. 그 장소는 오카라였는데, 아바자이 여인의 머리통이 내 양발 사이의 모래 위에 놓여 있었습니다.

거기서 나는 파질카로 갔습니다. 사람들은 말을 그곳까지 데리고 오다니 미쳤다고 말했습니다. 그 목소리는 나와 함께 있었고 나는 미친 것이 **아니라**, 다우드 샤를 발견하지 못해 피곤할 뿐이었습니다. 라니아나 바하두르가르에서는 그를 발견하지 못할 것이라고 해서, 나는 서쪽으로부터 델리에 들어왔고 그곳에서도 그를 발견하지 못했습니다. 나의 친구여, 나는 방랑하던 도중에 이상한 것을 많이 보았습니다. 말들이 봄이 되면 마구 뛰어노는 것처럼 레치나 사막에서 악마들이 뛰어노는 것을 보았습니다. 모래 구멍에서 드진들이 서로 소리쳐 부르는 것을 들었습니다. 나는 그들이 내 앞을 지나가는 것도 보았습니다. 사람들은 매우 현명하지만, 악마나 말들에 대해서 모든 것을 알지는 못합니다. 호! 호! 나의 신비한 얘기에 웃음을 터트리는 당신에게 나는 말합니다. 나는 체나브 강의 사주에서 대낮에 홀쩍홀쩍, 껑충껑충 뛰어오르며 놀고 있는 악마들을 보았습니다. 내가 무서워했느냐고요? 나의 형제여, 사람의 욕망이 어떤 한 가지에만 집중되어 있으면, 그는 신도 사람도 악마도 두려워하지 않습니다. 만약 나의 복수가 실패한다면, 나는 소총 개머리판으로 천국의 문을 박살 내 버릴 겁니다. 혹은 내 칼을 들고 지옥까지 들어가 다우드 샤의 시신을 관장하는 지옥지기를 찾아갈 것입니다. 증오처럼 깊은 사랑이 있을까요?

말하지 마세요. 당신 머릿속의 생각을 압니다. 내 눈의 흰자위가 흐려졌다고요? 손목의 피가 어떻게 뛰노느냐고요? 내 살 속에는 광기가 없어요. 나를 잡아먹고 있는 욕망의 열기가 가득할 뿐입니다. 들어 보세요!

델리 남쪽의 고장은 내가 잘 알지 못합니다. 따라서 내가 어디로 갈지 말할 수 없습니다. 그러나 나는 많은 도시를 지나왔습니다. 나는 내가 남쪽으로 가야만 한다는 것을 압니다. 말들이 더 이상 나아가지 못할 때 나는 땅 위에 드러누워 낮이 되기를 기다립니다. 여행 중에 나는 자지 못했습니다. 그건 아주 큰 부담이었습니다. 내 형제여, 중단을 모르는 각성의 사악함에 대해서 알고 있습니까? 그럴 경우 내 몸의 뼈들은 잠을 못 자 아프고, 관자놀이의 피부는 피곤하여 지끈거립니다. 그런데도 잠을 자지 못해요. 잠이 안 온다고요. 드라이 와라 요우 디! 드라이 와라 요우 디! 태양의 눈, 달의 눈, 내 불안한 눈, 이 셋이 하나일러라, 하나일러라!

내가 이름을 잊어버린 도시가 있습니다. 거기서 밤중에 목소리가 나를 불렀어요. 그게 열흘 전입니다. 그것은 또다시 나를 속였어요.

나는 하미르푸르라는 곳에서 이곳으로 왔고, 놀랍게도 여기서 당신을 만나 위로를 얻고 우정을 쌓게 되었습니다. 이것은 좋은 징조입니다. 당신의 얼굴을 바라보는 즐거움으로 인해, 내 발에서 피로가 사라지고, 오랜 여행에 따르는 슬픔이 잊혔습니다. 또한 내 가슴은 평화롭습니다. 이제 끝이 가까워졌음을 아는 까닭입니다.

나는 이 도시에서 북쪽으로 올라가는 다우드 샤를 발견할 수 있을 겁니다. 봄이 오면 산간 지방 사람들은 산간 지역으로 돌아갑니다. 과연 그가 우리 고장의 언덕을 구경할 수 있을까요? 그 전에 내가 그를 따라잡을 겁니다! 나의 복수는 이제 안전합니다! 신께서는 나의 주장을 받아들여 그분의 손안에 그자를 잡고 계십니다. 내가 다우드 샤를 잡을 때까지 그자에게는 아무런 일이 벌어지지 않을 겁니다. 나는 아직도 숨이 멀쩡하게 붙어 있는 그자를 재빨리 단칼에 죽여 버릴 겁니다. 석류는 알맹이를 껍질로부터 갑자기 떼어 낼 때 가장 달콤합니다. 복수는 대낮에 벌어질 겁니다. 내가 그자의 얼굴을 빤히 바라볼 수 있을 때 내 즐거움은 극치에 도달할 것입니다.

내가 그 문제를 완결 짓고 나의 명예가 깨끗해졌을 때 나는 법률의 저울을 관장하는 신에게 감사를 올리고 잠이 들 겁니다. 밤부터 그다음 날 낮까지 그리고 다시 밤까지 잠을 잘 겁니다. 그 어떤 꿈도 나를 괴롭히지 않을 겁니다.

그리고 이제, 나의 형제여, 내 얘기는 끝났습니다. 아히! 아히! 알기아스! 아히!

슈샨의 유대인들

Jews in Shushan

내가 최근에 사들인 집 안 가구는 무엇보다도 불안정했다. 조금만 건드려도 의자는 다리가 벌어졌고 테이블은 상판이 흔들거렸다. 이처럼 부실한 물건들이었지만 그래도 대금은 지불해야 되었다. 현지 경매인의 대리자이며 대금 징수자인 에프라임은 고지서를 들고서 베란다에서 기다렸다. 무슬림 하인은 '에프라임, 야후디', 즉 유대인 에프라임이 왔다고 알렸다. 인간의 형제애를 믿는 사람은, 나의 하인 엘라히 부크슈가 엄청난 경멸을 표시하며 그 하얀 이 사이로 두 번째 말*을 내뱉는 태도를 한번 보아 두는 것이 좋으리라. 에프라임은 그 개인적인 태도가 너무나 온유하여 저런 사람이 어떻게 대금 징수자가 되

* '야후디'.

었을까 의문이 들 정도이다. 그는 너무 잘 먹인 양¥을 연상시켰고 목소리는 그의 그런 모습과 딱 어울렸다. 그의 얼굴에는 어린아이처럼 감탄하는 표정이 고정불변의 가면같이 새겨져 있었다. 만약 당신이 그에게 대금을 지불하면 그는 즉시 당신의 부유함에 대해 감탄할 것이다. 만약 다음에 오라고 돌려보내면 그는 당신의 냉정함에 당황할 것이다. 그의 무서운 동포를 그처럼 닮지 않은 유대인도 없다.

에프라임은 천으로 만든 슬리퍼를 신고 짧고 헐렁한 겉옷을 입었는데 그 옷은 너무나 엉뚱하고 황당한 무늬가 새겨져 있어서 가장 용감한 영국 장교라도 두려움을 느끼며 그 무늬를 피하려고 할 것이다. 그의 말투는 아주 느리고 신중했으며 그 누구에게도 불쾌감을 주지 않으려고 아주 조심하는 기색이었다. 여러 주가 흘러간 뒤에야 비로소 에프라임은 그의 친구들에 대하여 내게 말해 주었다.

"슈샨에 사는 우리 사람들은 여덟 명입니다. 우리는 열 명이 될 때까지 기다리고 있어요. 그러면 공회당 신청을 하여 캘커타로부터 허가를 받을 수 있어요. 현재는 공회당이 없어요. 그래서 나, 오로지 나만이 우리 사람들의 사제 겸 푸주한을 맡아 보고 있어요. 나는 유다 부족입니다. 그렇게 생각할 뿐 확신은 하지 못해요. 나의 아버지는 유다 부족 출신이었어요. 우리는 공회당을 세우기를 간절히 소망합니다. 나는 그 공회당의 사제가 될 겁니다."

슈샨은 인구 1만을 헤아리는 인도 북부의 큰 도시이다. 이 여덟 명의 선민들은 그 도시 한가운데 갇혀 있으며 시간이나 우연이 그들에게 정해진 숫자를 채워 주기를 기다리고 있다.

슈샨의 유대인 여덟 명은 에프라임의 아내 미리엄, 그들의 어린 두 아이, 부부의 친척이 남긴 고아 소년, 백발노인인 에프라임의 삼촌 자크라엘 이스라엘, 그의 아내 헤스터, 쿠치에서 온 유대인 히엠 벤저민, 그리고 사제 겸 푸주한인 에프라임이다. 그들은 대도시의 외곽에 있는 한집에 같이 산다. 그 집은 쓰레기 더미 위에 세워져 있다. 초석과 썩은 벽돌 더미, 암소 떼, 물을 먹기 위해 강가로 내려오는 동물들이 만들어 내는 먼지 기둥 따위가 주변 풍경이다. 저녁이면 도시의 아이들이 연을 날리기 위해 이 쓰레기장으로 나온다. 에프라임의 두 아들은 멀찍이 떨어진 집의 지붕에서 그 놀이를 구경하기만 할 뿐 내려와서 그 놀이에 끼어들려고 하지 않았다. 그 집의 뒤에는 벽돌로 둘러쳐진 조그마한 공간이 있다. 그 안에서 에프라임은 유대인의 관습에 따라 일용할 고기를 준비했다. 한번은 그 네모꼴 공간의 문이 내부의 격렬한 갈등으로 인해 갑자기 열리는 바람에 푸주한 일을 하는 온유한 대금 징수자의 모습이 드러난 적이 있었다. 그의 콧구멍은 벌름거렸고, 입술은 이 위로 말려 올라갔으며, 양손은 절반쯤 돌아 버린 양을 거세게 잡고 있었다. 그는 헐렁한 겉옷이나 천으로 된 슬리퍼와는 전혀 상관없는 괴상한 옷을 입었고 입에는 칼을 물고 있었다. 그가 벽돌 공간 안에서 양과 거칠게 씨름하는 동안, 그의 호흡은 걸쭉한 흐느낌처럼 터져 나왔고 그의 성격은 완전히 바뀐 것 같았다. 신성한 푸주 작업이 끝나자 그는 그 벽돌 공간의 문이 열려 있는 것을 보고서 황급히 닫았으며 그 과정에서 그의 손은 그 문의 나무에 붉은 표시를 남겼다. 이러는 동안 그의 아이들은 바로 옆 옥상에서 겁먹어서 동그랗게 뜬 눈으로 그 광경을 내려다보았다. 종교적 임무를 수행하느라고 바쁜 에프라임의 모습은 두 번 다시 보고 싶지 않은 것이었다.

슈샨에 여름이 와서 동물들의 발로 다져진 쓰레기장의 땅을 쇠같이 단단하게 만들었고 또 도시에 질병을 가져왔다.

"질병은 우리를 건드리지 않을 거야." 에프라임이 자신 있게 말했다. "겨울이 오기 전에 우리는 공회당을 가지게 될 거야. 내 형과 형수와 조카들이 캘커타에서 오기로 되어 있어. **그러면** 나는 공회당의 사제가 될 거야."

자크라엘 이스라엘 노인은 무더운 저녁에는 밖으로 기어 나와 쓰레기 더미 위에 앉아서 시체들이 들것에 실려 강가로 내려가는 것을 구경했다.

"질병은 우리 가까이 오지 않을 거야." 자크라엘 이스라엘이 힘없는 목소리로 말했다. "우리는 하느님의 사람이기 때문이야. 그리고 내 조카는 우리 공회당의 사제가 될 거야. 남들이야 죽든 말든." 그는 집으로 다시 기어 들어가 이교도의 세계로부터 격리되기 위해 문을 닫아 걸었다.

그러나 에프라임의 아내 미리엄은 창문을 통하여 들것에 실려 강가로 내려가는 시체들을 내다보고서 두렵다고 말했다. 에프라임은 앞으로 생기게 될 공회당의 희망으로 그녀를 위로했고, 그리고 평소처럼 대금을 징수하러 다녔다.

어느 날 밤 어린 두 아들이 죽었고 그다음 날 아침 일찍 에프라임에 의해 매장되었다. 그 죽음은 시청 보고서에 기록되지도 않았다. "슬픔은 언제나 나의 것입니다"라고 에프라임은 말했다. 그가 볼 때 이것만으로도 대규모에, 번성하고, 아주 잘 다스려지는 제국의 위생 규정을 무시해 버릴 충분한 이유가 되었다.

에프라임과 그 아내의 호의에 의지하여 살아온 고아 소년은 조금도 고마워할 줄 모르는 악당임이 틀림없었다. 그 소년은 보호자들에게 돈을 좀 달라고 애걸한 다음, 그 돈을 가지고 목숨을 건지기 위해 그 고장에서 도망쳤다. 아이들이 죽은 지 일주일 뒤에 미리엄은 밤중에 침대를 떠나 아이들을 찾기 위해 그 고장을 정처 없이 헤매며 돌아다녔다. 그녀는 모든 숲 뒤에서 아이들이 우는 소리를 들었고 모든 들판의 물웅덩이에서는 아이들이 빠지는 소리를 들었다. 그녀는 간선도로의 수레꾼에게 그녀로부터 어린아이들을 훔쳐 가지 말아 달라고 애원했다. 아침에 해가 떠올라 그녀의 맨머리에 강하게 내리쬐었고 그녀는 차갑고 축축한 농작물로 변신하여 땅에 누웠으며 다시는 돌아오지 않았다. 히엠 벤저민과 에프라임이 이틀 밤 동안 그녀를 찾아다녔으나 허사였다.

에프라임의 얼굴에 새겨진 어린아이처럼 감탄하는 표정은 더욱 깊어졌다. 하지만 그는 곧 설명을 찾아냈다. "여기 우리 사람들은 너무 적고 이곳 사람들은 너무나 많습니다." 그가 말했다. "아마도 우리의 하느님이 우리를 잊어버리신 것 같습니다."

도시 외곽의 집에서 자크라엘 이스라엘 노인과 헤스터는 그들을 수발해 주는 사람이 없다며 불평했고 미리엄이 그들의 종족에 충실하지 못했다고 말했다. 에프라임은 밖으로 나가 대금을 징수했고, 저녁이면 히엠 벤저민과 함께 담배를 피웠는데, 어느 새벽에 벤저민은 제일 먼저 에프라임에게 진 빚을 갚은 다음 죽었다. 자크라엘 이스라엘과 헤스터는 빈집에 하루 종일 우두커니 앉아 있었고, 저녁에 에프라임이 돌아오면 노인의 무기력한 울음을 울다가 지쳐서 잠이 들었다.

일주일 뒤 에프라임은 옷과 취사도구를 넣은 무거운 보따리를 힘겹게 메고서 노인과 노파를 인도하여 기차역으로 갔다. 그곳의 소음과 혼잡은 노인들을 훌쩍거리게 만들었다.

"우리는 캘커타로 돌아갑니다." 에프라임이 말했고, 그의 소매에 헤스터가 꼭 매달려 있었다. "거기에는 우리 사람들이 많이 있습니다. 여기 우리 집은 비었어요."

그는 헤스터를 도와 차량으로 들어가게 한 후에 내게 고개를 돌리며 말했다. "여기에 우리 사람이 열 명만 되었다면 나는 사제가 되었을 거예요. 우리의 하느님이 우리를 잊어버리신 게 틀림없어요."

풍비박산된 공동체의 나머지 사람들은 남쪽으로 가기 위해 기차역에서 출발했다. 한편 역사의 서가에 있는 책들을 넘겨 보던 한 장교는 〈열 명의 어린 흑인 소년들〉을 휘파람으로 불었다.

하지만 그 곡조는 장송 행진곡처럼 엄숙했다.

그것은 슈샨의 유대인들을 위한 만가輓歌였다.

왕이 되려 한 남자

The Man Who Would Be King

그가 가치 있는 사람이라면
군주에게는 형제요 거지에게는 친구일러라.*

위에서 인용한 율법은 공정한 삶의 행동 방식을 규정한 것이지만 이행하기는 쉽지 않다. 나는 거지의 친구 노릇은 여러 번 했는데 우리는 서로가 가치 있는 사람인지는 알아내지 못했다. 나는 군주의 형제 노릇은 해 보지 못했다. 하지만 한때 진정한 왕이 되었을 뻔한 사람과 인척 관계 비슷한 것을 맺었고, 군대, 법정, 세수, 국가 정책 등 왕국의 이양을 약속받았다. 하지만 지금은 나의 왕이 죽어 버린 것을 크게 안타까워하는 신세이다. 그래서 만약 왕관을 원한다면 내가 그것을 직접 사냥해야 한다.

모든 것은 마우에서 아즈미르로 가는 철도 차량에서 시작되었다.**

* 키플링의 시 「향연의 밤」에서 따온 구절.

예산이 부족하여 1등석의 절반 값인 2등석으로도 여행하지 못하고, 아주 시설이 열악한 중간석을 타야 되었다. 여기에는 방석 같은 것도 없고 승객들 또한 중간적 존재로서 유라시안이거나 현지인들이었다. 장거리 야간 여행을 하기에는 지저분하기 짝이 없으나, 술에 취한 부랑자들은 중간석을 흥미로워했다. 중간석 이용객들은 식음료 차량에서 물건을 사지 않는다. 그들은 보따리나 냄비에 음식을 가지고 다니고 현지인 사탕 과자 판매자로부터 사탕을 사고, 또 길옆의 물을 마신다. 이 때문에 무더운 날씨에는 중간석 이용자들이 열차 차량에서 죽어 나가며, 그 어떤 날씨가 되었든 경멸받기는 매일반이다.

내가 탄 중간석은 우연찮게도 나시라바드에 도착할 때까지는 비어 있었다. 그곳에 도착하니 와이셔츠를 입은 덩치 크고 검은색 눈썹이 짙은 신사가 차량에 올라탔고, 중간석 승객들의 관습에 따라서 시간을 보냈다. 그는 나처럼 방랑자이며 부랑자였으나 위스키에 대해서 세련된 취향을 갖고 있었다. 그는 그가 보았거나 행한 사건들, 그가 침투해 들어간 제국의 오지들, 그가 단 며칠간의 음식을 얻기 위해 목숨을 걸었던 모험들에 대해서 말해 주었다.

"만약 인도가 당신이나 나 같은 사람들, 다음 며칠 동안의 양식이 어디에 있는지 모르는 까마귀 같은 사람들로 가득하다면, 이 땅은 7천만 명의 세금을 지불하는 것이 아니라 7억 명의 세금을 지불해야 할 겁니다." 나는 그의 턱과 입을 쳐다보면서 그의 말에 동의하고 싶은 심정이었다.

** 이 철도 노선은 키플링이 1887년에 우다이푸르로 가기 위해 이용했던 노선이다. 키플링은 당시 《파이오니어》 신문의 기자였는데 라지푸타나 원주민 국가의 현황 보고를 위해 출장을 나갔다.

우리는 정치에 대해서 이야기했다. 그건 부랑자 세계의 정치에 관한 것이었는데 윗가지와 회반죽을 부드럽게 다듬는 일이 없는 밑바닥의 관점에서 바라보는 정치였다. 우리는 또 우편 업무에 대해서도 논의했는데, 이 친구가 아즈미르로 가는 다음 역에서 전보를 보내고 싶어 했기 때문이다. 그 역은 인도에서 서쪽으로 여행할 경우 봄베이-마우 선으로 갈라지는 분기점이었다. 내 친구는 8안나밖에 없었는데 그 돈은 저녁 식사용이었다. 나 또한 앞서 말한 예산 부족으로 인해 돈이 없었다. 더욱이 나는 오지로 들어가는 중이었고, 거기 가면 재무부와 접촉을 할 예정이었지만 그곳에도 전신 사무소 같은 것은 없었다.

"우리는 역장을 협박하여 외상으로 전보를 보낼 수도 있을 겁니다." 내 친구가 말했다. "하지만 그렇게 되면 당신과 나에 대한 신원 조회가 들어갈 것이고 나는 요사이 양손에 문제가 가득합니다. 당신은 요 며칠 사이에 이 노선을 타고 여행할 계획이라고 하지 않았습니까?"

"열흘 안에요." 내가 말했다.

"그걸 여드레 안에 할 수 없겠습니까?" 그가 말했다. "내 업무가 좀 긴급해서 말입니다."

"당신만 괜찮다면 나는 열흘 안에 당신의 전보를 보내드리겠습니다." 내가 말했다.

"지금 생각해 보니 전보가 그 친구를 데려다줄 수 있으리라는 생각이 들지 않는군요. 지금 사정이 이래요. 그는 23일에 봄베이를 향해 델리를 떠날 겁니다. 그건 그가 23일 밤경에 아즈미르를 통과하게 된다는 얘기죠."

"하지만 나는 인도 사막으로 들어가는데요." 내가 설명했다.

"그건 오히려 잘되었습니다." 그가 말했다. "당신이 조드푸르 지역으로 들어가려면 마르와르 교차점에서 기차를 갈아타야 합니다. 반드시 이렇게 해야 돼요. 그런데 그는 24일 이른 아침에 봄베이 우편열차를 타고서 마르와르 교차점에 들어오게 됩니다. 그 시간에 교차점에 갈 수 있겠습니까? 당신한테 그리 불편한 일도 아닐 겁니다. 이 중부 인도 주 정부들로부터 부수입을 좀 올릴 수 있으리라 봅니다. 당신이 《오지인奧地人》*이라는 신문의 특파원인 척하고 있지만 말입니다."

"당신은 그 수법을 써먹어 보았나요?" 내가 물었다.

"여러 번 써먹었지요. 하지만 현지 주민들이 곧 정체를 알아보게 돼요. 그러면 당신이 그들의 배에 칼을 찔러 넣기도 전에 국경으로 강제 추방이 되어 버리지요. 하지만 여기 내 친구 얘기를 좀 합시다. 나는 그에게 구두로 내게 앞으로 벌어질 일을 **반드시** 전해야 돼요. 안 그러면 그는 어디로 가야 할지 막막하게 됩니다. 당신이 중부 인도에서 적시에 나와서 마르와르 교차점에서 내 친구와 접촉하여 이렇게만 말해 준다면 나는 정말로 당신에게 큰 신세를 졌다고 생각할 겁니다. '그는 한 주 동안 남쪽으로 갔다.' 그는 이 말뜻을 이해할 겁니다. 그는 붉은 턱수염을 기른 키 큰 남자인데 아주 멋쟁이지요. 당신은 2등석 칸에서 수화물을 주위에 놔두고 신사처럼 잠든 그를 발견하게 될 겁니다. 하지만 두려워하지 마세요. 창문을 내리고 이렇게 말하세요. '그는 한 주 동안 남쪽으로 갔다.' 그러면 놀라 잠에서 깰 겁니다. 이건 그 지역에서 당신의 시간을 이틀만 단축하면 되는 겁니다. 나는 서부로 가는 낯선 사람으로서 당신에게 요청합니다." 그가 힘주어 말했다.

* 오지인은 《파이오니어》 신문의 별명이다.

"당신은 어디에서 왔습니까?" 내가 물었다.

"동부에서 왔습니다." 그가 말했다. "부디 당신이 그 메시지를 틀림없이 그에게 전해 주기를 바랍니다. 나의 어머니와 당신의 어머니를 위해서."

영국인들은 어머니의 기억을 상기시킨다고 해서 별로 태도가 부드러워지지는 않으나, 앞으로 차차 밝혀질 이유들로 인해 나는 그의 말에 동의하는 것이 적절하다고 생각했다.

"이것은 사소한 일이 아닙니다." 그가 말했다. "그 때문에 당신에게 좀 해 달라고 부탁하는 겁니다. 그리고 이제 당신이 해 주리라는 것을 알게 되었습니다. 마르와르 교차점의 2등석 칸과 그 안에서 잠자고 있는 붉은 털 남자. 금방 기억할 겁니다. 나는 다음 역에서 내립니다. 나는 그가 오거나 내가 원하는 것을 보내올 때까지 거기서 기다릴 겁니다."

"그를 만나게 되면 당신의 메시지를 전하겠습니다." 내가 말했다. "당신의 어머니와 나의 어머니를 위하여 당신에게 조언을 한마디 하고 싶습니다. 《오지인》의 특파원 행세를 하면서 중부 인도 주 정부를 접촉하지 말기 바랍니다. 진짜 특파원이 이 근방에서 활동 중이므로 그건 좀 문제를 일으킬 것 같아요."

"감사합니다." 그가 간단히 말했다. "그 개자식은 언제 떠나간답니까? 그가 여기서 내 일을 한다고 해서 내가 굶고 있을 수는 없잖아요. 나는 여기 데굼베르 라자*를 찾아가서 그의 아버지의 과부에 대해서 따질 생각입니다. 그는 좀 놀라게 될 겁니다."

* 태수.

"그가 아버지의 과부에게 어떻게 했는데요?"

"그녀를 들보에 매달아 놓고 붉은 고추를 잔뜩 먹이고 슬리퍼로 때려서 죽게 했습니다. 내가 직접 그 사실을 알아냈습니다. 나는 주 정부로 쳐들어가서 그 사실을 말하면서 입막음 돈을 뜯어낼 수 있는 유일한 사람입니다. 그들은 나를 독살시키려 하겠지요. 내가 초르툼나에서 갈취를 했을 때 그렇게 하려 했던 것처럼. 아무튼 당신은 마르와르 교차점에서 내 메시지를 전달할 거죠?"

그는 한적한 길옆의 역에서 내렸고 나는 생각에 잠겼다. 신문사의 특파원을 사칭하고서 모종의 사건을 폭로하겠다고 위협하며 소규모 현지 주 정부로부터 돈을 뜯어내는 사람들이 있다는 얘기를 여러 번 들었다. 하지만 그런 사람을 실제로 만난 적은 없었다. 그들은 힘들게 살았고 대개 아주 갑작스럽게 죽었다. 현지 주 정부들은 그들의 괴상한 통치 방식을 폭로할지도 모르는 영국 신문사들을 정말로 두려워했다. 그래서 특파원들을 샴페인으로 녹여 버리거나 아니면 사두마차에 태워 환대함으로써 그들의 얼을 빼놓았다. 현지 정부가 압정과 범죄를 일정 범위 내에 묶어 놓고 또 통치자들이 마약이나 음주 또는 1년 내내 거동을 못 할 정도의 와병 등 결정적 하자가 없는 한, 영국인들이 그들의 내정에 대하여 전혀 신경 쓰지 않는다는 것을 통치자들은 잘 알지 못했다. 내륙의 오지들은 상상조차 하지 못할 잔인함이 벌어지는 지구상의 어두운 장소로서, 한쪽에서는 철도와 전신주가 달리지만, 다른 한쪽에서는 하룬 알 라시드*의 시절이 그대로 유지되고 있었다. 나는 기차에서 내려 현지의 여러 왕들을 상대로 일을 보았고

---

* 764?~809, 아바스 왕조의 제5대 칼리프로서 『아라비안나이트』에서 위대한 지배자로 등장하는 인물.

여드레 만에 인생의 여러 가지 변화들을 겪었다. 때때로 나는 예복을 입고서 군주와 정치가들과 어울리면서 크리스털 잔으로 술을 마셨고 은제 그릇으로 밥을 먹었다. 또 땅바닥에 주저앉아 나무 잎사귀로 만든 식판에 놓인 형편없는 음식을 허겁지겁 먹기도 했다. 시냇물을 떠서 마시고 내 하인과 똑같은 양탄자에 누워 자기도 했다. 그런 것이 모두 하루 일과 중에 들어 있었다.

이어 나는 약속한 대로 해당되는 날에 대인도 사막으로 갔고 그날 밤 우편열차는 나를 마르와르 교차점에 내려놓았다. 그곳에서는 출발 시간이 일정하지 않은 소규모 현지인 관리의 열차가 조드푸르까지 운행되었다. 델리에서 오는 봄베이 우편열차는 마르와르에서 잠깐 정차했다. 그 열차가 들어오는 순간, 나는 승강장으로 황급히 달려가서 열차 차량을 확인할 정도의 시간밖에 없었다. 그 열차에는 2등석 칸이 단 하나가 있었다. 나는 창을 열고서 아주 붉은 턱수염을 기른 남자가 여행용 무릎 덮개로 절반쯤 몸을 가린 채 누워 있는 것을 발견했다. 그 깊이 잠든 남자는 내가 찾던 사람이었고 나는 그의 옆구리를 부드럽게 찔러 댔다. 그는 툴툴대며 깨어났고 나는 램프 불빛에 그의 얼굴을 보았다. 크고 빛나는 얼굴이었다.

"또 차표 검사인가요?" 그가 말했다.

"아니요." 내가 말했다. "그가 한 주 동안 남쪽으로 갔다는 걸 말해주기 위해 왔습니다. 그는 한 주 동안 남쪽으로 갔어요!"

그 순간 기차는 다시 움직이기 시작했다. 붉은 턱수염 남자는 두 눈을 비벼 댔다. "그는 한 주 동안 남쪽으로 갔다." 그가 반복했다. "평소의 그답게 뻔뻔스럽군요. 혹시 내가 당신에게 무엇을 주어야 한다고 말하지는 않던가요. 내가 줄 게 없어서 말입니다."

"그런 말은 없었습니다." 나는 그렇게 말하고 열차에서 내려 붉은빛이 어둠 속에서 사라져 가는 것을 보았다. 바람이 모래를 불어 날렸기 때문에 날씨는 아주 추웠다. 나는 타고 온 열차 칸—이번에는 중간석이 아니었다—에 올라 잠이 들었다.

만약 그 붉은 턱수염 남자가 내게 1루피를 주었더라면 나는 그 다소 기이한 사건의 기념물로 그것을 간직했을 것이다. 하지만 내 임무를 완수했다는 것이 나의 유일한 보상이었다.

나중에 나는 이런 생각을 했다. 내가 우연히 알게 된 그 두 사람이 작당을 하여 신문사의 특파원을 사칭한다면 아무 좋은 일이 생길 리가 없고 또 중부 인도나 남부 라지푸타나의 소규모 주 정부를 협박하여 돈을 뜯어내려 했다면 그들은 심각한 어려움에 봉착했을 것이라고. 그래서 나는 그들을 강제 추방시킬 가능성이 있는 사람들에게 그들의 인상착의를 자세히 말해 주는 수고를 아끼지 않았다. 그래서 나중에 내 수고가 보답을 받았다는 것을 전해 들었는데, 그들이 데굼베르 경계지에서 실제로 추방되었다는 것이었다.

이어 나는 평소의 모습으로 되돌아갔고, 신문의 제작 이외에는 왕들도 사건들도 없는 내 사무실로 복귀했다. 신문은 온갖 종류의 사람들을 다 끌어당기는 바람에 고유의 업무에 지장을 받았다. 어떤 때는 제나나* 선교 업무를 담당하는 여성들이 찾아와서, 접근 불가능한 마을의 뒷골목 빈민굴을 찾아가 기독교인들이 선물을 나눠 주는 것을 절대 보도하지 말아 달라고 편집자에게 간청했다. 부대의 지휘권을 맡지 못한 대령들은 신문사에 죽치고 앉아서 연공 대 능력이라는

* 인도의 규방 혹은 하렘.

주제로 열 편 혹은 열두 편 혹은 스물네 편으로 구성된 논문들의 시리즈 개요를 설명했다. 어떤 선교사들은 우리 신문사의 논설에서 편애받고 있는 형제 선교사들에 대한 비난과 욕설의 수단이 왜 그들에게는 제공되지 않는지 그 이유를 알고 싶어 했다. 공연 성과가 부진한 이동 극단은 신문의 광고료를 낼 수 없는 이유를 들이대면서 뉴질랜드나 타히티에서 돌아오는 길에 이자까지 붙여서 광고료를 납부하겠다고 설명했다. 펀카를 잡아당기는 기계, 차량 연결기, 깨어지지 않는 칼, 마차의 차축 등을 발명한 사람들은 호주머니에 그 제품의 시방서를 넣어 와서 몇 시간이고 눌어붙어 제품 선전을 했다. 마시는 차를 제조하는 회사들은 신문사를 찾아와 신문사 펜을 들고서 그들이 앞으로 내놓을 제품에 대하여 자세하게 설명했다. 무도위원회의 총무들은 그들이 지난번 개최한 멋진 무도회를 충실하게 보도해 줄 것을 요구했다. 어떤 이상한 여자들은 치마를 살랑거리며 들어와 이렇게 말했다. "여성용 명함을 **지금 즉시** 백 장 인쇄해 주세요." 그런 것이 편집인의 당연한 임무인 듯이 말하는 것이었다. 신문사가 위치한 간선도로를 우연히 걷게 된 부랑자는 하나같이 신문사에 들어와 교정 요원으로 취직시켜 달라고 요구하는 것을 잊어버리는 법이 없었다. 이런 일이 벌어지는 와중에도 전화벨은 미친 듯이 울려 대고, 대륙에서 왕들은 살해되었고, 제국들은 이렇게 말했다. "당신은 또 다른 사례일 뿐이야." 그리고 글래드스톤 씨*는 영연방에 유황불을 내려야 한다고 요구했고, 어린 현지인 카피 보이는 "카-피 차이-하-예(카피가 필요해요)"라고 피곤한 벌처럼 소리쳤다. 하지만 준비해야 할 신문 지면

* 진보당 소속의 영국 총리였는데 키플링이 싫어했다.

은 대부분 모드레드의 방패처럼 비어 있었다.*

하지만 그것은 한 해의 가장 바쁠 때의 일이었다. 나머지 여섯 달 동안에는 아무도 찾아오지 않았다. 온도계의 지표는 점점 더 올라가더니 유리 눈금의 맨 위에까지 도달했고, 사무실은 독서등 이외에는 불을 껐고, 인쇄기는 열을 받아 만질 수가 없었으며, 언덕 주재소들에서 벌어진 흥미로운 사건들이나 부고 기사 이외에는 아무도 글을 쓰지 않았다. 그러나 전화는 소리를 내는 공포였다. 사람들에게 잘 알려진 남녀 인사의 갑작스러운 죽음을 알려 오기 때문이었다. 그러면 마치 옷처럼 달라붙는 무더운 더위에도 불구하고 기자는 책상에 앉아 이런 글을 쓰는 것이다. "쿠다 잔타 칸 지구는 질병 비율이 약간 상승했다고 보고해 왔다. 이런 질병의 발생은 그 성격상 산발적인 것이며, 지구 당국의 적극적인 노력 덕분에 거의 끝나 가는 상태에 있다. 그러나 우리는 그에 따른 죽음을 보도하게 된 것을 유감으로 생각하는 바이다" 등등.

그러다가 질병이 실제로 창궐하는데, 그런 때에는 관련 기사를 보도하지 않으면 않을수록 정기 구독자들의 평화를 위해서 좋았다. 그러나 제국과 왕들은 전과 마찬가지로 이기적인 방식에 따라 오락을 추구하고, 감독자는 일간신문은 24시간마다 발간되어야 한다고 생각한다. 그리고 나름대로 오락을 즐기면서 언덕 주재소에 사는 사람들은 이렇게 말한다. "어머나! 왜 신문은 좀 더 재기발랄하지 못할까? 여기서는 멋진 일이 많이 벌어지고 있는데."

그것은 한 달의 어두운 절반에 해당하는 시기였고, 광고에서도 말

---

* 모드레드의 방패는 '죽음처럼 창백한'이란 뜻인데, 앨프리드 테니슨의 시 「가레스와 리네트」의 409행에서 가져온 것이다.

하고 있듯이, "평가를 하기 위해서는 체험을 해야 하는 것"이었다.

이처럼 아주 사악한 계절에 신문사는 토요일 밤에—그러니까 런던 신문사의 기준에 따르면 일요일 오전에—그 주의 마지막 호를 준비 중에 있었다. 이것은 아주 괜찮았는데 왜냐하면 신문이 조판 작업에 들어간 직후에 새벽의 온도계는 30분 동안 화씨 96도에서 거의 84도*까지 내려가, 그 시원함 속에서—풀밭에서는 84도가 얼마나 시원한지 아마도 잘 모를 것이다—아주 피곤한 기자는 열기에 의해 다시 깰 때까지 잠들 수가 있기 때문이었다.

토요일 저녁에 신문을 혼자서 조판하는 것은 나의 즐거운 임무였다. 왕, 궁정 신하, 귀족의 애첩이 죽거나 혹은 어떤 공동체가 사망하여 새로운 헌법을 갖게 된다면, 혹은 이런 사람들이나 사회가 지구의 반대편에서 어떤 중요한 일을 한다면, 신문은 관련 사건의 전보를 기다리면서 가능한 한 늦게까지 조판 작업을 미뤄야 하는 것이다.

칠흑처럼 어둡고 아주 무더운 6월 밤이었는데 서쪽에서 불어오는 뜨거운 바람 '루'는 바싹 마른 나무들을 흔들어 대면서 비가 곧 뒤따라 올 것 같은 시늉을 했다. 가끔 뜨거운 물 같은 한 줄기 빗방울이 먼지 위로 떨어져 개구리처럼 팔짝 뛰어오르기는 했지만, 그 지겨운 세상에 살고 있는 우리는 그것이 한갓 시늉에 지나지 않는다는 것을 알았다. 사무실보다는 인쇄실이 약간 시원해서 나는 그 방에 앉아 있었다. 그동안 조판용 활자들은 계속 덜그럭거렸고, 쪽독새는 창문에서 울어 댔고, 거의 알몸인 조판공은 이마에 흐르는 땀을 닦아 내면서 물을 달라고 했다. 우리의 최종 조판 작업을 미루게 만들고 있던 그 소

* 섭씨 28도.

식이 무엇이었든 그것은 아직 오지 않았다. '루'는 그치고 조판 작업은 거의 다 끝났는데도 말이다. 온 세상이 무더위 속에서 정지한 채 그 입술에 손을 갖다 대고 사건의 발생을 기다렸다. 나는 간간이 졸면서 과연 전보가 축복인지 의아했고 또 이 죽어 가는 사람, 혹은 갈등하는 사람들이 그런 지연에 의해서 발생하는 불편을 조금이나 알고 있는지 의문이 들었다. 더위와 근심 이외에는 긴장을 만들어 낼 특별한 이유가 없었으나, 시곗바늘이 새벽 세 시를 가리키고, 인쇄기가 회전 조절용 바퀴를 두세 번 굴리면서 모든 준비가 완료되었음을 알리며 어서 인쇄 지시를 내리기를 재촉해 오자, 나는 거의 비명을 내지르고 싶은 심정이었다.

이어 인쇄기가 커다란 소리를 내며 돌아가면서 한밤의 정적을 갈가리 찢어 놓았다. 내가 자리에서 일어나 인쇄실에서 나오려 하는데 하얀 옷을 입은 두 남자가 내 앞에 우뚝 섰다. 첫 번째 남자가 "그 사람이다!"라고 말했고, 두 번째 남자가 "정말 그런데!" 하고 화답했다. 그들은 동시에 인쇄기의 소음 못지않은 커다란 웃음을 터트리면서 그들의 이마를 닦아 냈다. "길 건너편에서 사무실의 불이 켜져 있는 것을 보았습니다. 우리는 다른 데보다 좀 시원한 도랑에서 자고 있었지요. 그러다가 여기 내 친구에게 말했어요. '저기 사무실이 열려 있어. 우리를 데굼베르 주에 들어가지 못하게 한 저 사람을 찾아가서 말이나 붙여 보세.'" 둘 중 키가 작은 남자가 말했다. 그는 내가 마우행 기차에서 만났던 사람이었고 그의 친구는 마르와르 교차점에서 접선했던 붉은 턱수염 남자였다. 키 작은 남자의 짙은 눈썹과 다른 남자의 턱수염을 못 알아본다는 것은 불가능했다.

나는 불쾌했다. 일을 마쳤으므로 빨리 잠들고 싶었지, 부랑자들과 언쟁을 하고 싶지는 않았던 것이다. "용건이 뭡니까?" 내가 물었다.

"시원하고 편안한 사무실에서 30분 동안 당신과 대화를 나누고 싶습니다." 붉은 턱수염이 말했다. "우리는 술을 좀 마시고 **싶습니다**. 피치, 계약은 아직 발효되지 않았어. 그러니 의아하게 생각할 필요 없어. 하지만 우리가 진정으로 원하는 건 조언입니다. 우리는 돈을 원하지 않아요. 그저 우리에게 호의를 좀 베풀어 달라는 겁니다. 당신이 데굼베르 현지 정부 건으로 우리에게 불리한 조치를 했다는 걸 알아냈으니까."

나는 두 사람을 인쇄실에서 데리고 나와 사방 벽에 지도가 걸려 있는 사무실로 데려갔다. 붉은 털 남자는 양손을 비벼 댔다. "우리가 찾던 게 여기 있는데." 그가 말했다. "우리가 제대로 찾아왔어. 자, 선생님, 여기 나의 형제 피치 카네한을 소개합니다. 그리고 **저는** 대니얼 드래벗 형제입니다. 우리의 직업에 대해서는 말을 하지 않을수록 좋다고 생각합니다. 우리는 지금까지 온갖 것을 다 해 보았으니까요. 군인, 선원, 조판공, 사진사, 교정 요원, 거리의 설교사 그리고 신문사가 필요로 할 때에는 《오지인》의 특파원 노릇 등을 했습니다. 카네한은 술에 취하지 않았고 저도 마찬가지입니다. 우리를 한번 쳐다보면 그건 분명하게 알리라 봅니다. 그러면 당신이 우리의 말허리를 끊어 버릴 일도 없고요. 우리는 당신의 시가를 하나씩 집어서 불을 붙여 보이겠습니다."

나는 그 테스트를 지켜보았다. 두 사람은 맨 정신이었고 그래서 나는 그들에게 미지근한 위스키와 소다수를 건네주었다.

"아주 좋군요." 짙은 눈썹의 카네한이 콧수염에서 거품을 닦아 내며 말했다. "댄, 내가 좀 말할게. 우리는 주로 걸어서 인도 전역을 돌아다녔습니다. 우리는 보일러공, 기관사, 소규모 계약업자 같은 것을 했으며, 인도가 우리 같은 사람들을 수용할 수 있을 정도로 크다고 보지 않게 되었습니다."

신문사 사무실은 확실히 그들을 수용할 정도로 크지 못했다. 큰 테이블에 앉아 있는 드래벗의 턱수염은 방 안을 절반쯤 채웠고 카네한의 어깨가 나머지 절반을 채웠다. 카네한이 계속 말했다. "이 나라는 절반도 개발이 되지 못했습니다. 이 나라를 다스리는 자들이 손도 대지 못하게 하기 때문이지요. 그들은 이 나라를 통치하는 데에만 온 시간을 다 쓰고 있습니다. 삽을 들거나, 바위를 쪼개거나, 석유를 탐사하거나 뭐 그 비슷한 일을 하려고 하면 정부는 반드시 이렇게 말하지요. '내버려 둬. 우리가 통치를 해야 하니까.' 그래서 어쩔 수 없이 우리는 그걸 내버려 두고, 사람들이 붐비지 않고 또 스스로 독립할 수 있는 다른 곳으로 가기로 결정했습니다. 우리는 소인이 아니기 때문에 술을 빼놓고는 두려워하는 게 없습니다. 그리고 이 문제와 관련하여 계약을 맺었습니다. 그래서 우리는 왕이 될 수 있는 곳으로 가려 합니다."

"우리만의 권리를 갖춘 왕." 드래벗이 중얼거렸다.

"물론 그래야겠지요." 내가 말했다. "당신들은 땡볕 아래 방랑을 했습니다. 오늘 밤은 다소 무더운 밤인데 하룻밤 자면서 그 생각을 미루어 보는 게 어떻겠습니까? 내일 다시 오십시오."

"우리는 술을 마시지도 일사병에 걸리지도 않았습니다." 드래벗이 말했다. "우리는 그 생각을 지난 반년 동안 잠자면서도 해 왔어요. 그리고 책과 지도를 살펴보면서 두 명의 튼튼한 남자가 사-라-왁* 노릇

---

* 사라왁은 제임스 브룩을 가리키는데 브룩은 1841년 보르네오 사라왁의 태수가 되었다.

을 할 수 있는 곳이 이 세상에 딱 한 군데가 있다는 걸 알아냈어요. 거긴 카피리스탄*입니다. 내가 알기로 아프가니스탄의 오른쪽 맨 윗부분에 있는 땅입니다. 페샤와르에서 3백 마일밖에 떨어지지 않은 곳이지요. 그곳 사람들은 32개의 이교도 우상을 모시고 있는데, 우리는 각자 33번과 34번의 우상이 될 겁니다. 험준한 산간지대인데 그 고장의 여자들은 아주 아름답지요."

"하지만 그건 계약에서 금지된 사항인데." 카네한이 말했다. "여자와 술은 안 돼, 대니얼."

"그게 우리가 아는 전부입니다. 아무도 그곳에 들어가지 않았습니다. 그들은 서로 잘 싸워요. 그처럼 싸움이 자주 벌어지는 곳에서는 병사들을 훈련시킬 줄 아는 사람이 왕이 되는 겁니다. 우리는 그 지역으로 가서 그곳의 왕을 만나면 이렇게 물을 겁니다. '당신은 적들을 정복하길 바랍니까?' 그러면 우리는 그에게 병사들을 훈련시키는 법을 가르쳐 줄 겁니다. 이어 현재의 왕을 쫓아내고 그의 왕위를 빼앗아서 왕조를 설립하는 겁니다."

"당신은 국경에서 50마일을 들어가기도 전에 온몸이 갈가리 찢기게 될 겁니다." 내가 말했다. "그 고장으로 가려면 아프가니스탄을 통과해야 돼요. 그곳은 산맥과 높은 봉우리와 빙하로 가득 찬 고장입니다. 그 어떤 영국인도 그곳을 통과한 적이 없어요. 그곳 사람들은 완전 짐승입니다. 설사 당신이 그곳에 도착한다 해도 아무것도 하지 못할 겁니다."

---

* 카피리스탄은 힌두 쿠시 아프가니스탄의 북동부에 있는 오지인데, 다신교를 믿는 여러 부족들이 살고 있었다. 그러나 이 작품이 발표되고 난 직후인 1895~1896년에 아프가니스탄의 에미르에 의하여 정복되어 이슬람 지역이 되었다.

"그럴 가능성이 크지요." 카네한이 말했다. "당신이 우리를 상당히 미친 사람들로 생각해 주신다면 오히려 기쁘겠습니다. 우리는 그 고장에 대하여 알고 또 관련 글을 읽고 지도를 보기 위하여 당신을 찾아왔습니다. 우리를 바보라고 욕해도 좋으니 지도를 좀 보여 주십시오." 그는 서가로 몸을 돌렸다.

"진심으로 하는 말입니까?" 내가 물었다.

"그렇습니다." 드래벗이 부드럽게 말했다. "당신이 가지고 있는 큰 지도를 보여 주십시오. 설사 카피리스탄이 모두 공백으로 나와 있다고 할지라도. 또 당신이 가진 책도 좀 보여 주세요. 우리가 그리 높은 교육을 받지는 못했습니다만 읽을 수는 있습니다."

나는 32마일에서 1인치 단위에 이르는 대형 인도 지도를 펼쳤고, 『브리태니커 대백과사전』의 INF-KAN 권을 꺼내어 그보다 훨씬 작은 변경 사진들을 보여 주었다. 두 남자는 그 지도들을 열심히 들여다보았다.

"여기를 봐!" 드래벗이 엄지손가락으로 지도를 가리키며 말했다. "자그달락까지 가는 길은, 피치와 내가 좀 알고 있어요. 우리는 로버츠의 군대*와 함께 그곳에 간 적이 있어요. 우리는 자그달락에서 방향을 틀어서 라그만 지역을 통과해야 됩니다. 그러면 높이 1만 4천 피트나 1만 5천 피트 정도 되는 산간 지방에 들어서게 되는데 거기는 아주 춥습니다. 하지만 지도상에서는 그리 멀게 보이지 않는군요."

나는 그에게 탐험가인 존 우드가 저술한 『옥수스 강의 자원들』이라는 책을 내밀었다. 카네한은 『브리태니커 대백과사전』을 열심히 들여

---

* 제2차 아프간 전쟁(1878~1880) 때 영국군은 프레더릭 로버츠 경의 지휘를 받았다.

다보고 있었다.

"그들은 여러 부족이 뒤섞여 있어요." 드래벗이 생각에 잠긴 목소리로 말했다. "그 부족들의 이름을 아는 것은 우리에게 도움이 되지 않아요. 부족이 많을수록 그들은 서로 싸울 것이고 그럴수록 우리는 더 좋아요. 자그달락에서 이상까지라. 흐음!"

"그러나 그 고장에 대한 정보는 모두 단편적이고 부정확해요." 내가 항의했다. "그 고장에 대해서 정확히 아는 사람은 아무도 없어요. 여기에 『통합 서비스 편람』이 있어요. 벨류*가 하는 말을 잘 읽어 보세요."

"벨류, 흥!" 카네한이 말했다. "댄, 그들은 냄새나는 이교도 부족들인데, 여기 이 책은 그들이 우리 영국인과 관련이 있다고 그러네."

나는 두 사람이 래버티**의 책, 우드의 책, 지도들 그리고 『브리태니커 대백과사전』을 열심히 들여다보는 동안 담배를 피웠다.

"당신은 기다릴 필요가 없습니다." 드래벗이 정중하게 말했다. "이제 새벽 네 시입니다. 당신이 잠자러 간 후에 우리는 여섯 시 전에 이곳을 떠나겠습니다. 종잇조각 하나 훔쳐 가지 않겠습니다. 더 이상 앉아 있지 마십시오. 우리는 해를 끼치지 않는 광인들입니다. 만약 당신이 내일 저녁 세라이에 나오신다면 우리는 당신에게 작별 인사를 할 겁니다."

"둘 다 바보로군요." 내가 대답했다. "당신들은 국경에서 퇴짜를 맞거나 아프가니스탄에 발을 들여놓는 순간 갈가리 찢겨 죽을 겁니다.

---

* 헨리 월터 벨류를 가리키는데, 『우리의 펀자브 경계 지역, 다양한 부족들에 대한 간명한 안내』라는 저서가 있다.
** 헨리 조지 래버티 소령을 말하며, 『아프가니스탄과 발루치스탄 노트』(1888)라는 저서가 있다.

돈이나 추천장이 필요하다면 다음 주 쯤에 당신들을 도와 드릴 수도 있습니다."

"고마운 제의입니다만, 다음 주면 우리는 열심히 일을 하고 있을 겁니다." 드래벗이 말했다. "겉보기처럼 왕 노릇하기가 그리 쉽지 않습니다. 우리가 왕국에 질서를 수립하면 그다음에는 당신에게 연락을 드리지요. 그곳으로 올라와서 우리가 통치하는 데 도움 좀 주시지요."

"두 광인이 이런 계약을 맺었겠습니까?" 카네한이 차분히 자부심을 내보이며 손때 묻은, 반으로 접힌 종이쪽지 한 장을 내밀었다. 거기에는 이런 내용이 적혀 있었다. 나는 그것을 기이한 물건이라고 생각하여 그 자리에서 복사했다.

당신과 나 사이에 맺어진 이 계약은 하느님의 이름으로 다음 사항을 증명한다.

(하나) 당신과 나는 이 문제 즉 카피리스탄의 왕이 되는 문제를 해결한다.

(둘) 당신과 나는 이 문제가 해결될 때까지 그 어떤 술, 그 어떤 흑인, 백인, 황인 여자를 가까이하지 않을 것이다. 이 둘을 가까이할 경우 서로에게 피해를 줄 수 있기 때문이다.

(셋) 우리는 위엄과 분별을 중시하며 행동에 나설 것이고 우리 중 어느 하나가 위험에 처하면 도울 것이다.

당신과 나는 이 날짜로 서명했다.

피치 텔리아페로 카네한
대니얼 드래벗
실직 중의 두 신사

"마지막 세 번째 조항은 불필요한 겁니다." 카네한이 약간 얼굴을 붉히며 말했다. "하지만 그걸 넣음으로써 좀 더 그럴듯하게 보여요. 이제 당신은 방랑자가 어떤 사람인지 알았을 겁니다. 댄, 우리는 인도를 벗어날 때까지는 방랑자야. 우리가 진지하지 않다면 이런 계약에 서명했겠습니까? 우리는 인생을 위태롭게 만드는 그 두 가지는 멀리해 왔습니다."

"당신들이 이 바보 같은 모험을 계속하려고 한다면 더 이상 인생을 즐기지 못하게 될 겁니다. 이 사무실에다 불을 지르지 마십시오." 내가 말했다. "그리고 아홉 시 전에 떠나세요."

나는 지도를 살펴보면서 계약서 뒤에다 뭔가 노트를 하던 그들을 남겨 두고 사무실에서 나왔다. "내일 세라이에 꼭 나오세요." 그들이 작별 인사로 한 말이었다.

쿰하르센 세라이는 북쪽에서 온 낙타와 말 떼가 짐을 부리고 또 싣는 커다란 정방형 광장인데 온갖 사람이 몰려드는 시궁창이다. 중앙 아시아의 모든 민족과 인도 전역의 사람들 대부분을 여기서 만나 볼 수 있다. 발크족과 보카라족이 여기서 뱅골과 봄베이 사람들을 만나 서로 눈과 이빨을 뽑으려 애쓴다. 당신은 쿰하르센 세라이에서 조랑말, 벽옥, 페르시아 새끼 고양이, 안장 뒤쪽에 매다는 자루, 지방 꼬리양*과 사향을 살 수가 있다. 그 외에 온갖 것을 아주 싼값에 사들일 수 있다. 오후에 나는 두 친구가 과연 말대로 행동하는지 아니면 거기서 술 취해 드러누워 자는지 살펴보러 갔다.

끈 쪼가리와 넝마를 걸친 한 사제가 어린아이들의 종이 팔랑개비

---

* 꼬리뼈 양쪽에 지방이 많은 식육용 양.

를 진지한 표정으로 비틀어 대면서 내게 다가왔다. 그의 뒤에는 진흙 장난감을 담은 상자의 무게에 눌려서 몸을 앞으로 숙인 하인이 따라왔다. 두 사람은 두 마리의 낙타에 짐을 싣고 있었고 세라이의 주민들은 웃음을 터트리며 그들을 쳐다보았다.

"저 사제는 미쳤어요." 한 말 거래상이 내게 말했다. "그는 아미르에게 장난감을 팔기 위해 카불로 간대요. 저자는 영광스럽게 높이 들어올려지거나 아니면 머리가 잘릴 거예요. 오늘 아침에 여기에 와서는 그때부터 미친 짓을 하고 있어요."

"정신없는 자들은 하느님의 보호를 받습니다." 뺨이 쑥 꺼진 우즈베크인이 엉터리 힌디어로 중얼거렸다. "그들은 미래의 사건들을 미리 보여 줍니다."

"그들이 과연 고개 그늘에서 나의 카라반이 신와리족에 의해 약탈당하리라는 것을 미리 보여 줄 수 있을까?" 라지푸타나 무역상의 에우수프자이 대리인이 툴툴거리며 말했다. 이 거래상은 최근에 국경을 넘다가 노상강도들을 만나 물건을 죄다 털리는 바람에 그 불운이 시장의 비웃음거리가 된 바 있었다. "이봐요, 사제, 당신은 어디서 와서 어디로 갑니까?"

"나는 로움*에서 왔습니다." 사제가 팔랑개비를 흔들며 말했다. "바다를 건너온 백 가지 귀신들의 숨결에 불려서 로움으로부터 왔소이다! 오, 도둑, 강도, 거짓말쟁이여, 돼지, 개, 위증자에게 피르 칸**의 축복이 있기를! 누가 하느님의 보호받는 자***를 북쪽으로 데려가서, 한시

---

* 이스탄불.
** 피르 칸은 정치와 종교 양 분야의 지도자를 가리키는데 피르는 성인의 후예를 말하고, 칸은 부족의 지도자이다.
*** 미친 사람.

도 가만히 있지 않고 돌아가는 이 부적을 아미르에게 팔 것인가? 자신의 카라반에 자리를 내주는 자는, 그 낙타가 안장에 쓸린 상처가 없고, 그 아들들은 병에 걸리지 않으며, 그 아내들은 남편이 출장 나간 중에 정절을 지키리라. 나는 은제 뒤꿈치가 달린 황금 슬리퍼를 신은 루스의 왕*을 슬리퍼로 때리고자 하는데 누가 나를 도와줄 것인가? 피르 칸의 보호가 그의 일들에 내리기를!"

"페샤와르에서 카불로 가는 카라반이 스무 날 안에 떠납니다, 후즈루트**." 에우수프자이 무역상이 말했다. "내 낙타들도 함께 따라갑니다. 당신도 함께 가서 우리에게 축복을 내려 주십시오."

"나는 지금 당장 떠나야 해요!" 사제가 소리쳤다. "나는 날개 달린 낙타를 타고 출발하여 하루 만에 페샤와르에 갈 겁니다! 호! 하자르미르 칸." 그가 하인에게 소리쳤다. "낙타를 밖으로 내와. 내가 먼저 내 낙타에 올라타겠다."

낙타가 무릎을 꿇자 그는 그 등에 올라탔고 내게 고개를 돌리며 소리쳤다. "사히브, 당신도 길을 따라 조금만 걸어오십시오. 내가 당신에게 부적을 팔겠습니다. 당신을 카피리스탄의 왕으로 만들어 줄 부적을."

그러자 한 가닥 이해의 빛이 내 머릿속을 뚫고 들어왔다. 나는 세라이를 빠져나가는 두 마리 낙타를 따라갔고 탁 트인 길에 들어서자 사제가 멈춰 섰다.

"당신은 이걸 어떻게 생각하십니까?" 그가 영어로 말했다. "카네한은 그들의 말을 할 줄 몰라요. 그래서 그를 내 하인으로 만들었습니

* 러시아인들의 차르.
** 선생님.

다. 아주 멋진 하인이지요. 내가 이 나라를 14년 동안 방랑한 것이 나름 효과가 있었습니다. 내가 저들의 말을 잘하지 않습니까? 우리는 페샤와르에서 카라반에 합류하여 자그달락까지 갈 겁니다. 그런 다음 낙타를 주고서 당나귀로 바꿀 수 있는지 알아볼 겁니다. 그리고 카피리스탄으로 바로 들어가는 거지요. 오 주님, 아미르를 위한 팔랑개비를! 여기 낙타 주머니 밑으로 손을 넣어서 무엇이 느껴지는지 한번 살펴보십시오."

나는 마르티니 소총의 개머리판을 느낄 수 있었는데* 그것은 여러 개 있었다.

"스무 정입니다." 드래벗이 침착하게 말했다. "팔랑개비와 진흙 장난감 밑에 그거 스무 정과 탄약이 들어 있어요."

"당신이 이 물건들을 가져가다가 적발되지 않기를!" 내가 말했다. "마르티니 소총은 파탄인들 사이에서는 그 무게만큼의 은 가치와 맞먹습니다."

"총 1천5백 루피의 자본이 이 두 마리 낙타 등에 실린 물건에 투자되었습니다. 1루피 1루피, 애원하고, 빌리고, 훔쳐서 만든 것이지요." 드래벗이 말했다. "우리는 잡히지 않을 겁니다. 정규 카라반과 함께 카이바르를 통과할 겁니다. 누가 불쌍한 미친 사제를 건드리겠습니까?"

"필요한 건 모두 갖추었습니까?" 내가 깜짝 놀라며 물었다.

"아직은. 하지만 곧 갖추게 될 겁니다. 우리에게 당신의 소박한 기념품을 하나 주십시오, **형제여**. 당신은 어제 우리를 도와주었고 또 지

---

* 개머리판에다 장전하는 방식인 마르티니-헨리 소총은 1871년에서 1888년까지 영국군에 의해 사용되었다.

난번에 마르와르에서도 도움을 주었습니다. 다들 말하듯이, 내 왕국의 절반은 당신에게 드리겠습니다." 나는 회중시계의 장식용 사슬에서 자그마한 부적용 나침반을 떼어 내어 사제에게 건네주었다.

"잘 있어요." 드래벗이 조심스럽게 손을 내밀며 말했다. "앞으로 오랫동안 영국인과 악수를 하는 것은 이게 마지막일 듯싶습니다. 카네한, 그와 악수하게." 두 번째 낙타가 내 곁을 지나가자 그가 소리쳤다.

카네한은 허리를 숙여서 나와 악수했다. 이어 낙타는 먼지 나는 길을 지나갔고 나는 혼자 남아서 의아한 생각을 떨쳐 낼 수가 없었다. 내 눈은 그들의 변장에서 어떤 결점도 찾아내지 못했다. 세라이에서 목격한 광경은 그들이 현지인의 마음을 꿰뚫고 있다는 것을 보여 주었다. 그러므로 카네한과 드래벗이 발각되지 않고 아프가니스탄을 관통할 가능성이 상당히 컸다. 하지만 그 너머로 들어가면 그들은 죽음, 아니 무섭고 확실한 죽음을 맞이하게 될 것이었다.

열흘 뒤에 한 현지인 특파원이 페샤와르의 목격담을 전해 왔는데 편지 말미를 이렇게 끝맺었다. "여기에서는 어떤 미친 사제 덕분에 많이들 웃었습니다. 그 사제는 보카라의 아미르 전하에게 사소한 장식품과 더 별 볼 일 없는 장난감을 팔겠다고 주장했어요. 그게 훌륭한 부적이라고 하면서. 그는 페샤와르를 통과하여 카불로 가는 '두 번째 여름' 카라반에 합류했어요. 상인들은 즐거워했는데 이런 미친 자들이 행운을 가져다준다고 믿기 때문이었지요."

그렇다면 그 두 사람은 국경을 넘어간 것이었다. 나는 그들을 위해 기도해 주고 싶은 심정이었지만 그날 밤 유럽에서 진짜 왕이 죽는 바람에 황급히 부고 기사를 작성해야 되었다.

세상의 바퀴는 동일한 단계들을 거듭하여 통과해 나갔다. 여름이 지나가면 겨울이 왔고, 왔는가 하면 가 버렸다. 일간신문은 계속 나왔고 나는 그 신문사에 계속 근무했다. 그리하여 세 번째 여름의 어느 무더운 밤, 신문의 야간 호가 발간되어야 했고 나는 전에도 그러했듯이 지구의 반대편에서 뭔가 긴급한 뉴스가 타전되어 오기를 긴장하며 기다리고 있었다. 지난 2년 동안 몇몇 위대한 사람들이 사망했고, 인쇄 기계는 더욱 요란한 소리를 내며 돌아갔고, 사무실 마당의 나무들은 몇 피트 더 자라났다. 하지만 차이는 거기까지였다.

나는 인쇄실로 들어가 앞에서 이미 묘사한 과정을 거쳐 가고 있었다. 그 불안한 긴장은 2년 전보다 더 강해졌고 나는 더위를 더 예민하게 느끼고 있었다. 새벽 세 시에 나는 소리쳤다. "인쇄 시작!" 그리고 인쇄실에서 나와 퇴근하려고 하는데, 내 의자 쪽으로 사람 비슷한 형상이 슬며시 다가왔다. 그는 허리가 깊숙이 굽어져 몸이 거의 두 겹이 되었고 머리는 어깨에 깊이 파묻혀 있었으며 곰처럼 한 발 한 발 앞으로 내디디고 있었다. 나는 그가 걷는 것인지 기는 것인지 잘 분간이 되지 않았다. 그 넝마를 입은 징징거리는 목소리의 불구자는 내 이름을 부르며 마침내 돌아왔다고 말했다. "나에게 술 한 잔을 주실 수 있겠습니까?" 그가 칭얼거렸다. "제발, 저에게 술 한 잔을 주십시오!"

나는 사무실로 들어갔고 남자는 고통의 신음 소리를 내며 따라와, 나는 램프를 켰다.

"나를 모르시겠습니까?" 그가 의자에 털썩 앉으며 헐떡이는 목소리로 말했다. 그는 회색 머리카락으로 뒤덮인 머리를 램프 쪽으로 돌려서 쭈글쭈글해진 얼굴을 내게 보여 주었다.

나는 그를 찬찬히 살펴보았다. 과거 한때 나는 코 위에까지 내려오는 1인치 두께의 검은 눈썹을 본 적이 있었지만 도무지 그 눈썹을 어디서 보았는지 기억이 나지 않았다.

"나는 당신을 모릅니다." 내가 그에게 위스키를 건네주며 말했다. "나를 찾아온 용건이 뭡니까?"

그는 독한 위스키를 한 모금 꿀꺽 마시더니 질식할 듯한 더위에도 불구하고 몸을 부르르 떨었다.

"나는 되돌아왔습니다." 그가 같은 말을 반복했다. "나는 카피리스탄의 왕이었습니다. 나와 드래벗은 왕관을 쓴 왕이었습니다! 이 사무실에서 우리는 그 문제를 해결하기로 결정했고 당신은 그때 우리에게 책들을 보여 주었습니다. 나는 피치, 피치 텔리아페로 카네한이고 당신은 그때 이래 이 사무실을 지키고 있군요. 오 주님!"

나는 깜짝 놀랐고 그 감정을 그대로 표현했다.

"그건 진실입니다." 카네한이 건조한 웃음을 웃으며 넝마에 싸인 자신의 두 다리를 쓰다듬었다. "복음처럼 진실입니다. 우리는 머리에 왕관을 두른 왕이었습니다. 나와 드래벗은. 아, 불쌍한 댄. 내가 그토록 간청을 했는데도 내 말을 듣지 않더니만."

"위스키를 드세요." 내가 말했다. "그리고 천천히 하세요. 처음서부터 끝까지 당신이 기억할 수 있는 것은 뭐든지 다 내게 말해 주세요. 당신은 낙타를 타고서 국경을 통과했습니다. 드래벗은 미친 사제로, 당신은 그의 하인으로 변장을 하고서. 그건 기억나십니까?"

"나는 미치지 않았습니다. 하지만 곧 그렇게 될 겁니다. 물론 그건 기억하고 있습니다. 나를 계속 쳐다봐 주세요. 안 그러면 내 말이 흩어져 버릴 것 같습니다. 내 눈을 계속 쳐다보시고 아무 말도 하지 마세요."

나는 몸을 앞으로 약간 숙이면서 그의 얼굴을 찬찬히 쳐다보았다. 그는 한 손을 테이블에 내려놓았고 나는 그 손목을 잡았다. 그것은 새의 발톱처럼 비틀어져 있었고 손등에는 거칠고, 붉은, 다이아몬드 형의 상처가 있었다.

"아니요. 거긴 보지 마세요. **나를** 보세요." 카네한이 말했다. "그건 나중에 말씀드리지요. 하지만 제발 저를 혼란스럽게 만들지 마세요! 나와 드래벗은 그 카라반과 함께 떠나면서 온갖 종류의 장난질을 하여 일행을 즐겁게 했습니다. 저녁이 되어 사람들이 식사를 준비하면 드래벗은 우리 모두를 웃겼습니다. 물론 현지인식의 저녁 식사였지요…… 그들은 무엇을 했겠습니까? 그들은 불꽃으로 작은 불을 피웠고 그것이 드래벗의 턱수염을 태우는 바람에 우리는 모두 웃음을 터트렸습니다. 거의 죽을 정도로 웃었지요. 드래벗의 커다란 붉은 턱수염을 태워 들어가는 작은 붉은 불꽃이었습니다. 아주 우스웠어요." 그의 눈은 잠시 내 눈을 벗어났고 바보 같은 미소를 지었다.

"당신은 그 카라반과 함께 자그달락까지 갔지요." 내가 짐작하며 말했다. "그 모닥불을 피운 후에 말입니다. 자그달락에선 방향을 바꾸어 카피리스탄으로 들어가려 했나요?"

"아닙니다. 우리는 그렇게 하지 않았습니다. 무슨 말씀을 하고 있는 겁니까? 우리는 자그달락 전에 방향을 바꾸었습니다. 도로 사정이 좋다는 얘기를 들었기 때문이지요. 하지만 그 길은 우리의 두 마리 낙타가 갈 수 있을 정도로 좋은 건 아니었습니다. 카라반을 떠났을 때 우리는 먼저 옷을 다 벗어 버렸습니다. 드래벗은 우리가 이교도가 되어야 한다고 말했지요. 왜냐하면 카피르 사람들은 무슬림이 그들에게 말을 거는 걸 허용하지 않기 때문입니다. 그래서 우리는 그 중간에 옷을 갈아입었고 대니얼 드래벗은 내가 일찍이 본 적도 없고 또 기대한 적도 없는 모습을 보여주었습니다. 그는 턱수염을 절반쯤 불태웠고, 어깨 위로 양가죽을 둘러멨고 머리를 일정한 패턴으로 깎았습니다. 그는 내 머리도 면도해 주었고 또 내가 이교도처럼 보이도록 괴상한 옷을 입으라고 시켰습니다. 그곳은 아주 험준한 산간 지역이었고 그 산에 가로막혀 우리의 낙타는 더 이상 앞으로 나아가지 못했습니다. 그곳 사람들은 키가 크고 얼굴이 거무튀튀했는데, 가까이 가서 관찰해 보니 서로 염소처럼 싸웠습니다. 카피리스탄에는 염소들이 많습니다. 그리고 그 산간 지역 사람들은 염소들만큼이나 평화를 지키지 못했습니다. 그들은 늘 싸웠고 상대방에게 밤중에 잠잘 기회를 주지 않았습니다."

"위스키를 좀 더 드십시오." 내가 아주 천천히 말했다. "카피리스탄으로 들어가는 험한 도로 때문에 더 이상 낙타를 사용할 수 없게 되자 당신과 대니얼 드래벗은 어떻게 했습니까?"

"누가 무엇을 했느냐고요? 거기에는 드래벗과 함께 움직이는 피치 탤리아페로 카네한이라는 사람이 있었습니다. 제가 그에 대하여 당신에게 말씀드릴까요? 그는 그곳의 한데에서 죽었습니다. 올드 피치는 다리에서 거칠게 밀려나 그 아래 공간으로 아미르에게 팔아먹겠다고 한 그 팔랑개비처럼 흔들리고 빙글빙글 돌면서 떨어졌습니다. 아니, 그건 반 페니 동전 세 개를 주면 두 개를 살 수 있는 팔랑개비였지요. 아니면 내가 크게 착각하여 큰 상처를 입었거나…… 그러다가 그 낙타는 더 이상 소용이 없게 되었습니다. 그래서 피치는 드래벗에게 말했어요. '우리의 머리가 잘리기 전에 제발 이곳에서 벗어나자.' 그런 다음 그들은 산중에서 낙타를 죽여 버렸습니다. 특별히 먹을 것이 없었기 때문이지요. 하지만 먼저 총과 탄약이 든 상자를 내려놓고 나서 그렇게 했지요. 그런데 때마침 두 남자가 노새 네 마리를 몰고서 나타났어요. 드래벗은 그들에게 다가가 그들 앞에서 춤을 추면서 노래를 불렀어요. '내게 노새 네 마리를 파시오.' 그러자 첫 번째 남자가 말했어요. '당신이 노새를 살 수 있을 정도로 부자라면, 강도를 당하기에도 좋은 사람이겠지.' 하지만 그 남자가 칼을 빼기도 전에 드래벗은 그의 무릎으로 그 남자의 목을 꺾어 버렸고, 나머지 남자는 놀라서 달아났습니다. 그래서 카네한은 낙타 등에서 내렸던 소총 상자를 노새에다 실었고, 두 사람은 그 아주 추운 산간 지방으로 들어갔습니다. 그 길은 사람 손등 정도의 넓이였어요."

그는 잠시 말을 멈추었고 나는 그에게 그가 통과한 지방의 특징이 기억나느냐고 물었다.

"나는 가능한 한 순서대로 말할 생각이에요. 하지만 내 머리는 예전처럼 좋지가 않아요. 그들이 드래벗이 죽은 경위를 더 잘 듣게 해 준다면서 내 머리에다 못을 박아 넣었기 때문이에요. 그곳은 험준한 산간 지방이었고 노새들은 말을 잘 안 들었고 주민들은 서로 떨어져서 외롭게 살았어요. 두 사람은 올라갈 때는 계속 올라가다가 내려올 때는 계속 내려갔습니다. 카네한은 드래벗에게 그렇게 크게 노래 부르거나 휘파람을 불지 말라고 통사정했어요. 무서운 산사태를 불러올까 봐 두려워한 거지요. 그러나 드래벗은 왕이 노래를 부르지 못한다면 왕이 될 자격이 없다면서, 노새들의 엉덩이를 철썩 때렸고 추운 열흘 동안 그런 걸 전혀 신경 쓰지 않았어요. 우리는 온 사방이 산으로 둘러싸인 아주 평평한 계곡에 도착했어요. 노새들은 거의 죽을 지경이 되었기 때문에 이제 식용으로 쓰는 것 이외에는 별 도움이 되지 않을 듯하여 죽였어요. 우리는 소총 상자 위에 걸터앉았고 탄창을 가지고 홀수와 짝수 알아맞히기 놀이를 했어요.

그때 활과 화살을 가진 열 명의 남자가 계곡으로 달려 내려와 역시 활과 화살을 가진 스무 명의 남자를 추격했어요. 그 싸움은 정말 대단했어요. 그들은 당신이나 나보다 더 얼굴이 흰 사람들이었고 노란 머리카락에다 덩치가 아주 좋았어요. 드래벗은 소총을 꺼내면서 말했어요. '이제 사업이 시작되었군. 우리는 저 열 명의 남자들을 위해 싸울 거야.' 그는 두 자루의 소총으로 스무 명의 남자들을 쏘았어요. 그들 중 한 남자가 드래벗이 앉아 있는 바위에서 2백 야드 떨어진 지점에 있었는데 총을 맞고 쓰러졌어요. 다른 남자들은 도망치기 시작했고 카네한과 드래벗은 상자 위에 앉아서 계곡 위아래를 살피며 적당한 사거리에서 그들에게 총질을 해 댔어요. 그다음 우리는 눈밭을 달려온 열 명의 남자들에게 갔는데 그들이 우리에게 자그마한 화살을 쏘았어요. 드래벗이 그들의 머리 위로 공포를 쏘자 그들은 모두 납작 엎드렸어요. 이어 그는 그들에게 다가가 그들을 발로 걷어차더니 일으켜 세워 돌아가며 악수를 하고서 친한 척했어요. 그는 그들을 불러서 그 상자를 들고 가게 했고 이미 왕이라도 된 양 온 세상을 향하여 손짓을 했어요. 그들은 상자를 들고서 그를 안내하여 계곡을 가로질러 가더니 언덕으로 올라가 꼭대기에 있는 소나무 밭으로 갔어요. 그곳에는 여섯 기基의 돌로 만든 우상들이 세워져 있었어요. 드래벗은 그 중 가장 큰 우상—그들은 그것을 임브라라고 불렀어요—앞에 소총과 탄약을 내려놓고 아주 경건한 자세로 그의 코로 우상의 코를 비벼 댔고, 그 우상의 머리를 쓰다듬으며 그 앞에서 인사를 했어요. 이어 부족민들에게 몸을 돌리더니 이렇게 말했어요. '좋았어. 나는 이제 알았어. 이 오래된 우상들은 다 내 친구야.' 이어 그는 입을 벌리고서 아래쪽을 가리켰어요. 그러자 첫 번째 남자가 음식을 가져왔는데 그는 '안돼' 하고 말했어요. 두 번째 남자가 음식을 가져와도 역시 안 된다고 했어요. 마지막으로 마을의 늙은 사제 중 하나인 족장이 음식을 가져오자 그는 '좋아' 하고 아주 거만하게 말하더니 그 음식을 천천히 먹었어요. 이렇게 하여 우리는 아무런 어려움 없이 첫 번째 마을에 들어섰습니다. 마치 우리가 하늘에서 떨어진 것처럼. 하지만 우리는 저 빌어먹을 밧줄 다리 아래로 굴러떨어졌고, 그런 일이 벌어진 이후에는 웃을 일이 별로 없어져 버린 겁니다."

"위스키를 좀 더 마시고 계속 말하세요." 내가 말했다. "그게 당신이 첫 번째 마을에 들어간 경위입니다. 그 뒤에 어떻게 왕이 되었나요?"

"나는 왕이 아니었습니다." 카네한이 말했다. "드래벗이 왕이었지요. 황금 왕관을 머리에 쓴 그는 잘생긴 남자였습니다. 그와 카네한은 그 마을에 머물렀고 매일 아침 드래벗은 오래된 임브라 우상 옆에 앉았어요. 그러면 사람들이 그에게 다가와 경배했습니다. 그것은 드래벗의 명령이었습니다. 그러자 많은 사람들이 계곡으로 들어왔고 카네한과 드래벗은 그 남자들이 어디에 와 있는지 알기도 전에 소총으로 그들을 쏘아 맞혔어요. 그런 다음 계곡으로 내려가 반대편 언덕 위로 올라가서 첫 번째 마을과 똑같은 두 번째 마을을 발견했어요. 그곳 사람들은 납작 엎드렸고 드래벗이 말했어요. '당신의 두 마을 사이에 무엇이 문제인가?' 그러자 주민들은 당신이나 나처럼 얼굴이 하얀 어떤 여자가 납치되어 갔다고 말했어요. 드래벗은 그 여자를 첫 번째 마을에 돌려주었고 죽은 사람들을 헤아려 보니 여덟 명이었어요. 각각의 망자를 위하여 드래벗은 땅에다 우유를 조금 붓고 팔랑개비처럼 그의 팔을 흔들어 댔어요. '자, 이제 됐어' 하고 그가 말했어요. 이어 그와 카네한은 두 마을 족장의 팔을 붙잡고 계곡으로 내려가 창으로 계곡에다 선을 긋는 방법을 가르쳐 주었어요. 그런 다음 그 선의 양쪽 땅에서 나온 흙덩어리를 족장에게 각각 하나씩 주었어요. 그러자 모든 주민이 계곡 아래로 내려와 악마처럼 소리를 질렀어요. 이어 드래벗이 말했어요. '가서 땅을 파고 열매를 맺고 번성하라.'* 그들은 그 말뜻을 알지 못했으나 그렇게 했어요. 이어 우리는 그들에게 빵, 물, 불, 우상 등을 가리키는 그들의 단어를 물었고, 드래벗은 각 마을의 사제를 우상 앞으로 데려가서, 그**가 거기 앉아 주민들을 재판하라고 하면서 만약 일이 잘못되면 사제는 총살당한다고 말했어요.

다음 주에 그들은 모두 계곡의 땅을 꿀벌처럼 열심히 일구었어요. 사제들은 주민들의 불평을 모두 듣고서 드래벗에게 그 내용을 손짓 발짓으로 보고했어요. '이건 시작일 뿐이야.' 드래벗이 말했어요. '저들은 우리가 하느님인 줄 알아.' 그와 카네한은 스무 명의 장정을 뽑아서 그들에게 소총을 다루는 법, 4열 종대를 형성하는 법, 횡대로 전진하는 방법 등을 가르쳤고 그들은 그렇게 하는 것을 재미있게 여겼고 또 그 요령을 알아들을 정도로 똑똑했어요. 이어 그는 파이프와 담배쌈지를 꺼내서 각 마을에 하나씩 남겨 두고 다음 계곡에서는 어떤 조치를 취해야 할지 알아보러 나섰어요. 거기는 암반 지대여서 아주 작은 마을만 하나 있었어요. 그래서 카네한이 말했어요. '저들은 저 위쪽 계곡으로 보내 경작을 시켜야겠어요. 그들을 그리로 데려가서 전에 차지하지 못한 땅을 줍시다.' 그들은 가난한 부족이었고 그래서

* 구약성경 『창세기』 8장 17절.
** 사제.

우리는 그들을 새 왕국으로 편입시키기 전에 어린 염소의 피를 그들에게 뿌렸어요. 그건 사람들에게 강한 인상을 심어 주기 위한 것이었지요. 그래서 그들은 조용히 정착했고 카네한은 드래벗에게 돌아갔어요. 그는 당시 또 다른 계곡에 진출해 있었는데 그곳은 온통 눈과 얼음과 산뿐이었어요. 거기에 사람은 없었고 그래서 우리가 조직한 군대는 겁을 먹었어요. 드래벗은 병사들 중 한 명을 총살했고 계속 탐사를 해 나가다가 마침내 어떤 마을에 살고 있는 사람들을 발견했어요. 군대는 그곳 사람들에게 죽고 싶지 않다면 화승총 따위는 쏘지 않는 게 좋다고 설명했어요. 그 부족은 화승총을 갖고 있었으니까. 우리는 그 마을의 사제와 친구가 되었고 나는 군대의 병사 두 명과 함께 혼자 그곳에 머물면서 남자들에게 훈련 방법을 가르쳤어요. 그러자 우레와 같이 큰 소리를 내는 높은 족장이 북소리와 뿔피리 소리를 울리며 눈밭을 가로질러 왔어요. 새로운 신이 나타나 주변에서 돌아다닌다는 얘기를 들었기 때문이죠. 카네한은 눈밭에서 반 마일 정도 떨어진 그들에게 조준 사격을 하여 그들 중 한 명을 쓰러트렸어요. 이어 족장에게 메시지를 보냈어요. 그도 죽고 싶지 않다면 내게 다가와 나와 악수를 하고 무기를 다 버려라. 족장은 혼자서 왔고 카네한은 그와 악수를 하면서 드래벗이 한 것처럼 양팔을 흔들어 댔어요. 그 족장은 크게 놀라면서 내 눈썹을 만졌어요. 이어 카네한은 혼자서 족장을 찾아갔고 손짓 발짓으로 미워한 적이 있느냐고 물었어요. '있습니다' 하고 족장이 말했어요. 이어 카네한은 그 사람들 중에서 똑똑한 자들을 뽑았고 군대의 병사 두 명에게 그들을 훈련시키라고 지시했어요. 2주 후에 그들은 지원병들 못지않게 작전을 잘 수행하게 되었어요. 그래서 그는 족장과 함께 산꼭대기에 있는 커다란 평원으로 진군했습니다. 족장의 부하들은 곧 그 마을로 쳐들어가 점령했어요. 우리는 세정의 마르티니 소총으로 적들을 향해 일제사격을 했지요. 그래서 우리는 그 마을을 점령했고 적장에게 내 상의의 옷 조각 하나를 건네주면서 말했어요. '내가 올 때까지 점령하고 있으라.'* 그건 성경의 말씀이나 다름없었어요. 나는 그들에게 나의 위력을 상기시키기 위하여 나와 군대가 1천8백 야드 떨어진 지점에 왔을 때, 눈밭 위에 서 있는 족장의 근처에다 총알을 발사했습니다. 그러자 모든 사람이 납작 엎드리더군요. 이어 나는 드래벗이 있는 곳에다 땅을 통하든 바다를 통하든 가리지 않고 편지를 보냈어요."

그의 생각의 흐름을 끊을지 모르는 위험에도 불구하고 나는 중간에 끼어들었다. "그곳에서는 어떻게 편지를 씁니까?"

"편지? 아, 편지! 그건 줄 편지인데 우리는 펀자브의 눈먼 거지로부터 그 요령을 배웠습니다."

나는 사무실에 어떤 눈먼 사람이 찾아온 것을 기억해 냈다. 그는 그 나름의 철자법에 의하여 나뭇가지 주위에다 감은 줄과 매듭진 나뭇가지 등을 가지고 찾아왔었다. 그는 며칠 후 혹은 몇 시간 후에 그가 당초 나뭇가지에 줄을 감으면서 들었던 문장을 재생산해 냈다. 그는 알파벳을 열한 개의 원시적 소리들로 축소시켰다. 그는 내게 그 요령을 가르쳐 주려 했으나 나는 이해하지 못했다.

"나는 그 편지를 드래벗에게 보냈습니다." 카네한이 말했다. "이 왕국이 너무 커져서 내가 다루기에는 힘드니 어서 돌아오라는 내용이었습니다. 그런 다음 나는 사제들이 어떻게 하고 있는지 알아보기 위

---

* 신약성경 『누가복음』 19장 13절.

해 첫 번째 마을로 돌아갔습니다. 우리가 족장의 마음을 얻어서 점령하게 된 마을의 이름은 바슈카이였고, 첫 번째 마을의 이름은 에르헤브였습니다. 에르헤브의 사제들은 일을 잘해 나가고 있었으나, 땅에 대해서는 많은 미제 건수가 있어서 내게 보여 주려 했습니다. 그리고 다른 마을에서 온 일부 남자들은 밤새 화살을 쏴 댔습니다. 나는 밖으로 나가서 그 마을을 정찰한 다음, 1천 야드 거리에서 네 발의 총격을 가했습니다. 그렇게 해서 내가 쏠 수 있는 탄환을 다 쏴 버렸고 나는 드래벗을 기다렸습니다. 그는 이미 출장을 나간 지 두세 달이 되었습니다. 나는 주민들을 조용하게 안정시켰습니다.

어느 날 아침 북소리와 뿔피리 소리가 악마처럼 요란한 가운데, 댄 드래벗이 그의 군대와 수백 명의 추종자들을 거느리고 언덕 아래로 행진해 왔습니다. 가장 놀라운 것은 그의 머리에 거대한 황금 왕관이 씌워져 있다는 것이었습니다. '이봐, 카네한.' 대니얼이 말했어요. '이건 엄청난 사업이야. 우리는 가질 만한 가치가 있는 엄청나게 큰 나라를 소유하게 되었어. 나는 세미라미스 여왕이 낳은 알렉산더의 아들이야.* 자네는 내 손아래 동생이고 역시 왕이기도 하지! 이건 우리가 일찍이 보아 온 것 중에서 가장 큰 거야. 나는 군대와 함께 지난 6주 동안 행진하며 싸웠고 50마일 범위 내의 모든 작은 마을이 기뻐하며 나를 따랐어. 그보다 나는 이 사업의 핵심을 거머쥐었지. 자네가 보다시피 왕관을 썼어! 그리고 자네한테도 왕관을 하나 주지. 나는 슈라는 곳에서 왕관을 두 개 만들라고 지시했어. 그곳은 암석 속에 황금이 많이 들어 있는 것이 마치 양의 허리통에 수이트**가 많은 것하고 똑같

* 즉 고대 영웅들의 후손이라는 뜻이며 세미라미스는 고대 바빌론의 아시리아 여왕을 말한다.
** 양의 콩팥, 허리통 근처의 풍부한 지방.

아. 나는 황금을 많이 보았고 절벽에서는 발부리에 걷어차이는 게 벽옥이야. 그리고 강변의 모래에는 석류석이 많아. 또 어떤 자는 내게 호박琥珀 한 덩어리를 가져왔어. 모든 사제를 소집해. 그리고 여기 자네의 왕관을 받게.'

부하들 중 한 사람이 검은 털로 짠 가방을 열었고 나는 왕관을 머리에 썼습니다. 너무 작고 무거웠지만 영광을 위해서 썼습니다. 그건 두드려 편 황금이었는데 무게는 5파운드였고 원통형이었습니다.

'피치, 우리는 이제 더 이상 싸우면 안 돼.' 드래벗이 말했습니다. '그래서 크래프트*가 하나의 대안이라고. 그러니 나를 좀 도와주게!' 그리고 그는 내가 바슈카이에 남겨 둔 바로 그 족장을 앞에 내세웠습니다. 우리는 나중에 그를 빌리 피시라고 불렀습니다. 예전에 볼란 고개의 마크 기차역**에서 탱크 기관차를 몰던 빌리 피시 비슷하게 생겼기 때문이죠. '그와 악수를 하게.' 드래벗이 말했어요. 나는 악수를 했지만 곧 손을 놓을 뻔했어요. 빌리 피시가 내게 크래프트식 손잡기***를 해 왔기 때문이죠. 나는 아무 말도 안 하고 그에게 직인 크래프트 손잡기를 해 보았어요. 그는 똑같은 방식으로 반응해 왔습니다. 나는 우두머리 손잡기를 시도해 봤는데 거기에는 반응하지 않더군요. '그는 직인 크래프트인데!' 내가 댄에게 말했어요. '그가 그 단어를 이해하나?' '이해해.' 댄이 말했어요. '모든 사제도 이해하지. 그건 기적이야! 족장들과 사제들은 우리의 것과 똑같은 방식으로 동료 크래프트 집회소를 운영할 수 있어. 그들은 암석에다 표시를 해 두었어. 하지만

* 동업자 조합으로 영국의 프리메이슨 조합을 가리킨다.
** 마크는 볼란 고개에서 퀘타로 가는 노선상에 있던 역 이름.
*** 프리메이슨식의 악수.

제3급*에 대해서는 알지 못해. 나는 이 크래프트의 신이면서 최고 우두머리야. 나는 제3급의 집회를 열려고 해. 그러면 우리는 그 어떤 집회에서도 마을의 수석 사제와 족장들을 진급시킬 수 있어.'

'그건 규정에 어긋나는데.' 내가 말했어요. '회원들의 인증 없이 집회를 여는 건 말이야. 자네도 알다시피 우리는 그 어떤 집회에서도 보직을 맡은 적이 없어.'

'이건 대가다운 정책이야.' 드래벗이 말했어요. '이건 나라를 운영하는 것이 내리막길에서 사륜마차를 굴리는 것보다 더 쉽다는 뜻이야. 우리는 여기서 멈추고서 조회에 나설 수 없어. 그러다간 저들이 우리에게 반란을 일으킬 거야. 내가 데려온 족장만 40명인데 그들의 공로에 따라 승진이 될 거야. 이들은 마을에 머무르게 하고 우리는 집회를 열도록 해야 돼. 임브라 신전은 집회소가 될 거야. 여자들에게는 자네가 시범을 보여서 휘장을 만들게 하라고. 나는 오늘 밤 족장들의 모임을 개최하고 내일은 집회를 열 거야.'

나는 다리품을 꽤 팔았지만 이 크래프트 조직이 우리에게 큰 영향력을 준다는 것을 몰라볼 바보는 아니었어요. 나는 사제들의 가족들에게 각급의 휘장을 만드는 방법을 가르쳐 주었어요. 그리고 드래벗의 휘장은 푸른색 가장자리를 둘렀고, 천이 아니라 하얀 가죽에다 벽옥 덩어리로 계급을 표시한 것이었어요. 우리는 신전의 가장 큰 네모난 돌을 최고 우두머리의 의자로 삼았어요. 직인들의 의자로는 작은 돌을 사용했고, 검은 포도鋪道 위에 하얀 네모꼴을 페인트로 칠했어요. 그런 식으로 해서 모든 것을 질서정연하게 만들었어요.

---

* 프리메이슨의 제3급으로 제1급인 도제, 제2급인 직인, 제3급인 우두머리의 세 위계 중 우두머리master mason에 해당한다.

그날 밤 큰 모닥불을 피워 놓고 언덕 측면에서 벌어진 모임에서 드래벗은 이렇게 선언했어요. 그와 나는 하느님이고 알렉산더의 아들들이며 크래프트의 최고 우두머리인데 카피리스탄을 좋은 나라로 만들기 위해 왔다, 모든 사람이 평화롭게 먹고 조용히 마시는 그런 나라. 특히 우리 두 사람에게 복종하는 그런 나라. 이어 족장들이 앞으로 나와 우리와 악수를 했는데 그들은 털이 많고 하얗고 또 피부색이 백색이어서 우리는 옛 친구들과 악수를 하는 것 같았어요. 우리는 그들에게 우리가 인도에서 알았던 친구들의 이름을 부여했어요. 빌리 피시, 홀리 딜워스, 피키 커간 등. 커간은 내가 마우에 있을 때 시장市場의 관리인으로 일했던 사람이었지요.

가장 놀라운 기적은 그다음 날 밤 집회에서 벌어졌어요. 늙은 사제들 중 한 사람이 우리를 계속 쳐다보았는데 나는 불안했어요. 왜냐하면 우리는 의례를 우물쩍 넘겨야 했는데 나는 그들이 무엇을 알고 있는지 몰랐어요. 늙은 사제는 바슈카이 마을 너머의 지역에서 온 낯선 사람이었어요. 드래벗이 여자들이 만들어 준 휘장을 두르는 순간, 늙은 사제는 야유의 고함 소리를 내지르면서 드래벗이 앉은 돌을 뒤집어엎으려 했어요. '이제 모든 것이 끝났다'라고 나는 말했어요. '인증이 없는 크래프트는 이렇게 될 수밖에 없어.' 그렇지만 드래벗은 눈하나 깜짝하지 않았어요. 심지어 열 명의 사제들이 합세하여 최고 우두머리의 의자, 즉 임브라의 돌을 뒤집어엎는데도 태연했어요. 늙은 사제는 검은 흙을 제거하기 위해 그 돌의 밑바닥을 손으로 문지르기 시작했어요. 곧 그는 다른 사제들에게 최고 우두머리의 표시, 즉 드래벗의 휘장에 새겨진 표시가 그 돌에도 새겨져 있는 것을 보여 주었어요. 심지어 임브라 신전의 사제들도 그런 표시가 거기 있는지 알지 못했어요. 늙은 사제는 드래벗의 발치에 엎드려서 그 발에 키스를 했어요. '또다시 행운이야.' 드래벗이 집회소에서 나를 쳐다보며 말했어요. '이건 사라진 표시인데 아무도 왜 그것이 사라졌는지 그 이유를 알지 못한다는군. 우리는 이제 전보다 더 안전해.' 이어 그는 소총의 개머리판을 공으로 삼아 땅을 탁탁 치면서 말했어요. '나 자신의 노력과 피치의 도움으로 내게 부여된 권위에 의하여, 나 자신을 이미 모母집회에서 카피리스탄 프리메이슨의 최고 우두머리 겸 피치와 함께 카피리스탄의 공동 왕으로 선언하노라!' 이윽고 그는 그 자신의 왕관을, 나는 내 것을 머리에 썼습니다. 나는 수석 감독자가 되었고 우리는 함께 아주 거창하게 집회를 거행했습니다. 그것은 놀라운 기적이었습니다! 사제들은 집회소의 첫 두 단계를 통과할 때에는 아무 말이 없었습니다. 마치 그들에게 기억이 되돌아온 것 같았습니다. 그 후에 피치와 드래벗은 먼 마을들의 최고 사제와 족장 등 유지급 인사들을 승진시켰습니다. 빌리 피시가 첫 번째였는데 그는 너무 겁을 먹어서 제정신이 아니더군요. 정해진 의례를 따른 것은 아니었지만 우리의 목적에 잘 봉사했습니다. 우리는 유지들 중 열 명 정도만 승진을 시켰습니다. 제3급이 너무 흔해져서는 안 되기 때문이었지요. 나머지 사람들은 승진을 시켜 달라고 아우성이었습니다.

'앞으로 6개월이 지나가면,' 드래벗이 말했어요. '우리는 또 다른 집회를 열어서 여러분이 어떤 실적을 올렸는지 살펴볼 겁니다.' 이어 마을 상황을 물었는데 그들이 서로 싸우는 일에 싫증이 났고 또 피곤함을 느낀다는 것을 알았어요. 그들은 자기들끼리 싸우지 않을 때에는 무슬림하고 싸웠어요. '그들이 우리 나라를 침입해 오면 싸워야 합니다.' 드래벗이 말했어요. '당신네 부족의 남자 열 명당 한 명을 뽑아서 국경 수비대를 조직하십시오. 수비대 2백 명을 한꺼번에 이 계곡으로 보내어 군사훈련을 받도록 하세요. 올바른 행동만 한다면 그 누구도 총에 맞거나 창에 찔리는 일은 없을 겁니다. 당신들은 백인들, 즉 알렉산더의 아들들*이고 다른 평범한 흑인 무슬림과는 다르기 때문에 나를 속이지 않으리라 봅니다. 당신들은 나의 사람입니다. 그리고 하느님의 힘으로,' 그는 마지막에는 영어로 말했어요. '당신들을 가지고 멋진 나라를 만들 겁니다. 안 그러면 나는 그 과정에서 죽어 버릴 겁니다!'

그 후 여섯 달 동안 우리가 한 일을 모두 말씀드릴 수는 없습니다. 드래벗은 내가 그 의도를 알지 못하는 일을 많이 했기 때문입니다. 나는 못 했지만 그는 그들의 말을 금방 배웠습니다. 나의 일은 사람들이 경작하는 것을 도와주고, 가끔 군대를 이끌고 출정하고, 다른 마을들은 어떻게 하고 있는지 감독하고, 그 고장을 험난한 땅으로 만드는 협곡들 사이에 밧줄 다리를 놓도록 시키는 것 등이었습니다. 드래벗은 내게 아주 친절하게 대해 주었습니다. 하지만 그가 그 붉은 턱수염을 잡아 뽑으면서 소나무 숲속을 방황할 때에는 그가 계획을 세우는 중이라는 걸 알 수 있었습니다. 나는 조언은 하지 못하고 명령만 대기했습니다.

그러나 드래벗은 사람들 앞에서 내게 불손한 행동을 한 적이 없었어요. 그들은 나와 군대를 두려워했으나 댄을 사랑했어요. 그는 사제와 족장들의 가장 좋은 친구였습니다. 누구나 고충 사항을 가지고 언덕을 건너서 그에게 올 수 있었으며, 그는 그 고충자의 말을 잘 듣고

* 프리메이슨의 신화에서 알렉산더 대왕은 한때 프리메이슨의 최고 우두머리로 숭배되었다.

서 네 명의 사제들을 불러 모아 조치해야 할 사항을 의논했습니다. 작은 마을들에서 전투를 벌여야 할 상황이 되면, 그는 바슈카이의 빌리피시, 슈의 피키 커간, 우리가 카푸젤룸—그의 실제 이름과 상당히 유사한 이름—이라고 불렀던 늙은 족장 등을 불러서 의논을 했습니다. 바슈카이, 슈, 카와크, 마도라의 네 사제들은 그의 추밀원*을 형성했습니다. 그들은 내게 마흔 명의 병력과 소총 스무 자루 그리고 벽옥을 휴대한 예순 명의 남자를 보내어 고르반드 지역으로 들어가 수제 마르티니 소총을 사 오도록 시켰습니다. 그 총은 카불에 있는 아미르의 공장에서 제작된 것들인데, 아미르의 헤라티 연대에서 흘러나왔습니다. 그 연대는 벽옥만 준다면 그들 입 안의 이도 팔아먹었습니다.

나는 고르반드에서 한 달가량 머물렀고, 주지사에게 내가 가지고 간 벽옥 바구니에서 가장 좋은 놈을 입막음 돈으로 주었습니다. 또 그 연대의 대령에게도 좀 더 뇌물을 주었지요. 그리하여 우리는 1백 정 이상의 수제 마르티니 소총과, 사거리 6백 야드의 코하트 제자일** 1백 정을 입수했습니다. 그리고 마흔 명의 장정이 들고 가야 하는 질 나쁜 탄환도 손에 넣었습니다. 나는 그 무기들을 가지고 돌아와 족장들이 내게 보낸 병력에게 나눠 주고 그들을 훈련시켰습니다. 드래벗은 너무 바빠서 이런 일들을 보살필 수가 없었고 우리가 맨 처음 만들었던 군대가 나를 도와주었습니다. 우리는 군사훈련을 시킬 수 있는 병력 5백 명을 배출했고 무기를 제대로 다룰 줄 아는 병력 2백 명을 양성했습니다. 심지어 그 나선형 수제 소총들도 그들에게는 기적이었습니다. 드래벗은 거창하게 탄약 보관소와 공장에 대해서 말했고 겨울

---

* 국왕 자문기관.
** 길고 무거운 아프간 머스킷 총.

이 닥쳐올 때 소나무 숲속을 방황하며 생각이 많아졌습니다.

'나는 국가를 만드는 것만으로는 성에 차지 않아.' 그가 말했어요. '나는 제국을 만들 거야! 이 사람들은 흑인이 아니야. 그들은 영국인이야! 그들의 눈과 입을 보라고. 그들이 서 있는 모습을 보라고. 그들은 집에서도 입식 의자에 앉아. 그들은 말하자면 사라진 부족이야. 그들은 잘 자라서 이제 영국인이 되었다고. 만약 사제들이 겁먹지 않는다면 나는 내년 봄에 인구 조사를 할 거야. 이 구릉 지역에는 저런 사람들이 2백만 명은 될 거야. 마을마다 어린아이들이 가득해. 250만 국민에 25만 명의 전사라. 그것도 모두 영국인! 그들에겐 약간의 소총과 군사훈련만 시키면 돼. 러시아가 인도를 쳐들어오려고 할 때, 25만 명의 전사가 러시아의 오른쪽 측면을 치고 들어갈 수가 있는 거야! 이봐, 피치,' 그가 턱수염을 한입 가득 씹으면서 말했어요. '우리는 황제가 될 거야. 이 지구상의 황제! 브룩 태수는 우리에 비하면 젖먹이에 지나지 않지. 나는 인도 총독도 나와 동급으로 취급할 거야. 총독에게 열두 명—내가 잘 아는 사람들—의 영국인을 파견하여 나의 통치를 돕게 하라고 요청할 거야. 우선 세골리에 사는 연금 상사 맥레이가 있지. 그는 내게 저녁 식사를 여러 번 대접했고 그의 아내는 내게 바지를 한 벌 주었어. 또 퉁후 감옥의 소장인 동킨이 있지. 만약 내가 인도에 있다면 알아볼 수 있는 사람이 수백 명은 돼. 총독은 나를 위해 그렇게 해 줄 거야. 나는 봄이 되면 사람을 보내 이런 인사들을 내게 좀 보내 달라고 요청할 거야. 그리고 프리메이슨의 대집회소에 편지를 보내어 내가 이곳에서 최고 우두머리로 수행한 일을 인준해 달라고 요청할 거야. 그런 다음 인도의 현지인들이 마르티니 소총을 사용하면서 폐기하게 된 스나이더 총*을 모두 보내 달라고 할 거야. 그 총들은 비록 낡았지만 여기 산간지대의 전투에는 아주 유용할 거야. 열두 명의 영국인 그리고 아미르의 영지를 통하여 조금씩 들여오는 10만 정의 스나이더 소총. 우선 1년에 2만 정 정도만 들여온다면 나는 만족할 거야. 그러면 우리는 제국이 되는 거야. 모든 것이 제대로 돌아가면 나는 이 왕관—현재 내가 쓰고 있는 왕관—을 무릎 꿇고 빅토리아 여왕에게 바칠 거야. 그러면 여왕은 이렇게 말하겠지. '일어나라, 대니얼 드래벗 경.' 아, 그건 정말로 멋질 거야. 멋질 거라고! 하지만 바슈카이, 카와크, 슈 그리고 나머지 곳들에서 해야 할 일이 너무나 많아.'

'그게 뭔데?' 내가 물었어요. '이 가을에는 훈련시킬 병력들이 들어오지 않아. 저기 짙은 검은 구름을 보라고. 저 구름은 눈을 불러올 것 같아.'

'그게 아니야.' 대니얼이 내 어깨를 세게 잡으며 말했어요. '나는 자네에게 반대하는 말은 하고 싶지 않아. 자네처럼 나를 따라다니면서 오늘날의 나를 만드는 데 기여한 사람은 없으니까 말이야. 자네는 제1급의 총사령관이고 사람들은 자네를 알아. 하지만 이건 큰 나라야. 피치, 자네는 때로 내가 도움을 얻기를 원하는 곳에서 도움을 주지 못해.'

'그럼 자네의 그 빌어먹을 사제들한테 가게!' 나는 그런 말을 한 것을 후회했어요. 내가 사람들을 훈련시키고 또 그가 요구한 것을 다 해주었는데도 대니얼이 그처럼 잘난 척하는 말을 하는 건 나를 아주 기분 나쁘게 했어요.

---

* 엔필드-스나이더는 개머리판에서 탄환을 장전하는 소총인데 1863년에서 1871년까지 영국 군에게 지급되었다가 그 후 마르티니-헨리 소총으로 대체되었다.

'피치, 시비 걸지 마.' 대니얼은 욕을 하지는 않았어요. '자네도 왕이고 이 왕국의 절반은 자네 거야. 하지만 피치, 우리는 이제 우리보다 더 똑똑한 사람들이 필요해. 그런 사람 서너 명을 확보하여 우리의 대리인으로 각 지역에 파견해야 한다고. 이건 아주 큰 나라고, 나는 언제나 올바른 일만 하도록 지시를 내릴 수가 없고 또 내가 하고 싶은 일을 다 할 수 있을 정도로 시간이 많지도 못해. 게다가 지금 겨울이 다가오고 있다고.' 그는 왕관의 황금처럼 붉은, 그 턱수염의 절반을 입 안으로 집어넣으면서 말했어요.

'미안해, 대니얼,' 내가 말했어요. '나는 내가 할 수 있는 것은 다 했어. 나는 사람들에게 군사훈련을 가르치고 또 귀리를 쌓아 올리는 방법을 가르쳤어. 나는 고르반드에서 양철로 만든 수제 소총들도 들여왔어. 나는 자네가 무슨 말을 하는지 알아. 왕들은 늘 그런 식으로 압박을 받는다는 걸 말이야.'

'또 다른 문제도 있어.' 드래벗이 위아래로 걸으면서 말했어요. '겨울이 다가오고 있고, 이 사람들은 별문제를 일으키지 않고 있어. 그들이 준동하면 어떻게 해 볼 수 없겠지만, 지금 안정되어 있으니 난 아내가 필요해.'

'제발 여자 문제는 잊어버려!' 내가 말했어요. '비록 내가 어리석기는 하지만 우리는 할 수 있는 일을 모두 다 했어. 우리의 계약을 기억하고 여자는 건드릴 생각조차 하지 말게.'

'그 계약은 우리가 왕이 될 때까지만 유효한 거야. 우리는 이미 왕이 된 지 몇 달이나 되었어.' 드래벗이 한 손으로 왕관의 무게를 달면서 말했어요. '피치, 자네도 아내를 두어야 해. 잘생기고 키 크고 살집 좋은 여자로 말이야. 그래야 겨울을 따뜻하게 보낼 수가 있어. 저들은 영국 여자들보다 더 예뻐. 우리는 그중에서 제일 예쁜 여자를 고를 수 있어. 그들은 뜨거운 물에다 한두 번 삶기만 하면 치킨과 햄처럼 아주 말쑥하게 되어서 나올 거라고.'

'나를 유혹하려 들지 말게.' 내가 말했어요. '우리가 지금보다 더 안정이 될 때까지 나는 여자라면 손도 대지 않을 거야. 나는 두 사람 몫의 일을 해 왔고 자네는 세 사람 몫의 일을 해 왔어. 이제 잠깐 쉬면서 우리가 아프간 지역에서 더 좋은 담배를 들여오고 또 좋은 술도 얻을 수 있겠는지 알아보자고. 하지만 여자는 안 돼.'

'누가 **여자** 얘기를 했어?' 드래벗이 말했어요. '나는 **아내**를 말한 거야. 왕을 위해 왕자를 낳아 줄 왕비 말이야. 가장 튼튼한 부족 출신의 왕비를 두면 그 부족이 자네와 피를 나눈 형제가 돼. 그들이 자네 곁을 지켜 주고 사람들이 자네에 대해서 생각하는 것과, 사람들의 일들에 대하여 자네에게 말해 준다고. 그게 내가 원하는 거야.'

'내가 선로공船路工이었을 때 모굴 세라이에서 같이 살았던 벵골 여자 기억나나?' 내가 말했어요. '그 여자는 내게 좋은 일을 많이 해 주었지. 내게 현지어도 가르쳐 주고 이런저런 것을 가르쳐 주었어. 그런데 그 뒤에 어떻게 되었나? 그녀는 역장의 하인과 눈이 맞아 내 월급 절반을 훔쳐서 달아났어. 그러던 여자가 다두르 교차점에서 혼혈아를 하나 달고 나타나서 뻔뻔스럽게도 내가 그녀의 남편이라고 말했어. 그것도 철로 대기소에서 모든 기관사가 듣는 데서 말이야!'

'그런 시절은 이미 지나갔어.' 드래벗이 말했어요. '이 여자들은 자네나 나보다 더 살색이 희다고. 나는 다가오는 겨울 몇 달을 위해 반드시 왕비가 있어야겠어.'

'댄, 마지막으로 부탁하는데, 그렇게 하지 마.' 내가 말했어요. '그건 우리에게 피해만 입힐 거야. 성경에도 왕들은 여자에게 정력을 쏟아서는 안 된다고 되어 있어.* 특히 새로 수립한 왕국에 할 일이 아주 많을 때는 말이야.'

'피치, 마지막으로 대답하는데, 난 왕비를 둘 거야.' 드래벗이 말했어요. 그리고 그는 소나무 숲속을 걸어갔는데 마침 햇빛이 그의 왕관과 턱수염에 비치는 바람에 커다란 붉은 악마처럼 보였어요.

그러나 아내를 얻는 것은 댄이 생각하는 것처럼 그리 쉬운 일이 아니었어요. 그는 그 안건을 자문 회의에 내놓았고 아무도 대답을 하지 않다가 마침내 빌리 피시가 여자들에게 물어보는 게 좋겠다고 대답했어요. 드래벗은 고관들을 모두 질책했어요. '내가 뭐 잘못된 거 있나?' 그가 우상 임브라 옆에 서서 소리쳤어요. '내가 개야? 아니면 자네들 처녀의 남편감으로 부족한 사람이야? 내가 이 나라 전역에 내 손의 그림자를 드리우지 않았나? 누가 지난번의 아프간 침공을 막아냈나?' 그 일을 한 것은 실제로는 나였지만 드래벗은 너무 화가 나서 기억하지 못했어요. '누가 당신들의 소총을 들여왔나? 누가 다리들을 보수했나? 누가 돌에 새겨진 표시를 한 최고 우두머리였나?' 그가 말했어요. 그는 손으로 집회 때면 앉는 바윗덩어리를 내리쳤어요. 그리고 추밀원 회의는 언제나 크래프트 집회처럼 열렸어요. 빌리 피시는 아무 말도 하지 않았고 다른 사람들 역시 마찬가지였어요. '댄, 진정하게.' 내가 말했어요. '여자들에게 먼저 물어보게. 본국에서도 그렇게 하지 않나. 이 사람들도 거의 영국인이야.'

'왕의 결혼은 국가의 대사야.' 댄이 엄청 화를 내며 말했어요. 나는

---

* 구약성경 『잠언』 31장 3절.

그가 사리에 맞지 않는 일을 밀어붙이고 있다고 생각하기 때문에 더 화를 낸다고 느꼈어요. 그는 자문 회의실을 나가 버렸고 다른 사람들은 땅바닥을 내려다보며 가만히 앉아 있었어요.

'빌리 피시,' 내가 바슈카이의 족장에게 말했어요. '여기서 뭐가 문제지? 진정한 친구에게 직언을 좀 해 주게.'

'당신도 알다시피,' 빌리 피시가 말했어요. '어떻게 사람인 제가 모든 것을 알고 있는 당신에게 말씀을 드리겠습니까? 어떻게 인간의 딸이 하느님 혹은 악마와 결혼할 수 있겠습니까? 그건 옳지 않아요.'

나는 성경에도 그와 비슷한 게 있다는 걸 기억했습니다.* 하지만 그들이 우리를 그처럼 오래 보고서도 여전히 우리를 하느님으로 생각하고 있다니, 나로서는 그들을 깨우쳐 줄 수도 없었습니다.

'하느님은 그 어떤 것도 할 수가 있어.' 내가 말했어요. '만약 왕이 어떤 여자를 좋아한다면 그 여자를 죽게 하지는 않을 거야.'

'그 여자는 죽어야 할 겁니다.' 빌리 피시가 말했어요. '이 산간지대에는 온갖 종류의 하느님과 악마들이 있습니다. 가끔씩 어떤 여자가 그들 중 하나와 결혼을 하면 그녀는 더 이상 보이지 않았어요. 게다가 당신 두 사람은 돌에 새겨진 표시를 알고 있습니다. 오로지 신들만이 그것을 알아요. 우리는 당신들이 우두머리의 표시를 보여 주기 전까지만 해도 당신들이 인간이라고 생각했어요.'

나는 그 순간 첫 번째 회합에서 우두머리 메이슨의 진정한 비밀이라는 게 별거 아님을 설명해 주었더라면 좋았을 걸 하는 생각이 들었어요. 하지만 나는 아무런 말도 하지 않았어요. 그날 밤 언덕을 절반

---

* 구약성경 『창세기』 6장 3절.

쯤 내려간 지점에 있는 작고 검은 사원에서는 뿔피리 소리가 들려왔어요. 나는 어떤 여자가 죽을 듯이 소리치는 것을 들었어요. 사제들 중 하나가 내게 그녀가 왕과 결혼할 여자라고 귀띔해 주었어요.

'그런 헛소리는 받아들이지 않겠어' 하고 댄이 말했어요. '나는 당신들의 관습에 참견하지는 않겠어. 하지만 내 아내를 반드시 취해야겠어.'

'저 여자는 약간 두려워하고 있습니다.' 사제가 말했어요. '자기가 곧 죽을 거라고 생각하기 때문에, 사람들이 저 아래 사원으로 데려가 힘을 북돋아 주고 있는 중입니다.'

'그럼 그녀를 부드럽게 북돋아 주도록 해.' 드래벗이 말했어요. '안 그러면 내가 자네를 소총 개머리판으로 북돋아 줄 테니까. 그러면 다시는 그런 대접을 받고 싶지 않을 거야.' 댄은 입술을 핥았고 깊은 밤까지도 이리저리 걸으면서 내일 아침이면 얻게 될 아내를 생각했어요. 나는 결코 마음이 편안하지 않았어요. 낯선 땅에서 여자를 상대해야 한다는 것은 대관식을 스무 번 한 왕이라고 할지라도 아주 위험스러운 것이었으니까요. 나는 아침 일찍 일어났습니다. 드래벗은 자는 중이었지요. 나는 사제들이 자기들끼리 나지막하게 속삭이는 모습을 보았어요. 족장들도 그들끼리 모여 있었는데 가끔 곁눈질로 나를 쳐다보았습니다.

'피시, 무슨 일이야?' 나는 바슈카이 족장에게 물었습니다. 그는 털옷을 입고 있었는데 아주 멋지게 보였습니다.

'올바르게 말하는 건지 모르겠습니다.' 그가 말했어요. '하지만 당신이 왕한테 말해서 이 결혼이라는 비합리적인 처사를 취소하게 한다면, 그건 왕과 나와 당신에게 큰 도움이 될 것입니다.'

'나도 그렇게 생각해.' 내가 말했어요. '빌리, 자네는 우리에 대항하여 또 우리를 위해 싸운 적도 있으니 이미 알 걸세. 왕과 나는 전능하신 하느님이 창조한 두 명의 훌륭한 인간에 지나지 않네. 내 자네에게 단언하지만 그뿐일세.'

'그럴지도 모르지요.' 빌리 피시가 말했어요. '만약 그렇다면 아주 유감입니다.' 그는 머리를 모피 외투에 처박고 한 1분 정도 생각에 잠기더니 말했어요. '왕이여, 당신이 인간이든 신이든 악마든, 나는 오늘 당신 편을 들겠습니다. 나는 부하 스무 명이 있는데 그들은 나를 따를 겁니다. 우리는 바슈카이로 물러가서 폭풍우가 지나갈 때까지 기다릴 겁니다.'

지난밤에 눈이 약간 내려서 모든 것이 하얗게 변했어요. 하지만 하늘에 떠 있는 짙은 구름은 점점 더 북쪽에서 이쪽으로 내려왔습니다. 드래벗은 왕관을 머리에 쓰고 밖으로 나왔고 양팔을 흔들고 발로 땅을 쾅쾅 차면서 전보다 더 의기양양한 자세를 보였어요.

'댄, 마지막으로 하는 말인데, 그 계획을 포기하게.' 내가 나지막하게 말했어요. '여기 빌리 피시가 그러는데 싸움이 벌어질 거라고 해.'

'나의 신하들 사이의 싸움!' 드래벗이 말했어요. '별거 아니야. 피치, 자네도 아내를 얻지 않는다면 자넨 바보야. 여자는 어디에 있나?' 그가 수탕나귀의 울음처럼 커다란 목소리로 말했어요. '족장과 사제를 전원 소집하도록 해. 그리고 황제에게 그의 아내 될 여자가 적당한 사람인지 보여 주도록 해.'

그들을 불러올 필요도 없었습니다. 그들은 소나무 숲의 한가운데에 있는 공지에 모여서 그들의 소총과 장창에 기대어 서 있었습니다. 여러 명의 사제들이 사원으로 내려가서 그 여자를 데려왔고 뿔피리 소

172

리는 죽은 자도 깨울 만큼 요란했습니다. 빌리 피시는 주위를 배회하면서 가능한 한 대니얼 가까이 붙어 있었습니다. 그의 뒤에는 화승총을 든 부하 스무 명이 도열했어요. 여자는 천천히 올라왔는데 크고 건장한 여자로서 순은과 벽옥으로 온몸을 치장했으나 죽음처럼 창백했고 매 순간 뒤따라오는 사제들을 돌아다보았어요.

'저 여자면 되겠어.' 댄이 그녀를 쳐다보며 말했어요. '여자여, 무엇을 두려워하는가? 와서 나에게 키스하라.' 그는 그녀의 어깨에 양팔을 둘렀어요. 그녀는 두 눈을 질끈 감고 약간의 비명 소리를 내지르더니 댄의 붉은 턱수염 쪽으로 얼굴을 내렸어요.

'이 미친년이 내 목을 깨물었어!' 그가 손으로 목을 부여잡으며 말했어요. 그리고 그의 손은 피로 붉게 물들었어요. 빌리 피시와 두 명의 화승총 부하가 댄의 어깨를 부여잡으며 그를 바슈카이 구역으로 잡아당겼어요. 그 순간 사제들은 그들의 말로 크게 외쳤어요. '신도 악마도 아니고 인간일 뿐이다!' 나는 깜짝 놀랐어요. 한 사제가 정면에서 나를 채찍으로 내리쳤기 때문이죠. 그의 뒤에 있던 군대는 바슈카이 사람들에게 사격하기 시작했어요.

'하느님 맙소사!' 댄이 소리쳤어요. '이건 도대체 무슨 의미야?'

'뒤로 물러서요! 뒤로 와요!' 빌리 피시가 말했어요. '파괴와 반란이 벌어진 거예요. 우리는 할 수만 있다면 바슈카이로 달아나야 해요.'

나는 정규 군대의 내 부하들에게 명령을 내리려 했어요. 하지만 아무 소용이 없었어요. 그래서 나는 영국제 마르티니 소총으로 무차별 발포했고 세 명을 연속으로 쏴 죽였어요. 그 계곡은 소리 지르고 비명을 내지르는 사람들로 가득 찼고 모든 사람이 고래고래 소리를 질렀어요. '신도 악마도 아니고 인간일 뿐이다!' 바슈카이 부대는 신의가 있어서 모두 빌리 피시의 곁을 지켰어요. 하지만 그들의 화승총은 카불에서 들여온 개머리판 장착식 소총에는 상대가 되지 않았어요. 그들 중 네 명이 쓰러졌어요. 댄은 너무나 화가 나서 황소처럼 소리를 내질렀어요. 빌리 피시는 사람들 앞으로 달려 나가려는 그를 말리느라 애를 먹었어요.

'우리는 상대가 되지 않아요.' 빌리 피시가 말했어요. '언덕 아래로 도망쳐야 해요! 온 마을이 우리에게 저항하고 있어요.' 화승총 부하들은 달아났고 우리는 드래벗의 고집에도 불구하고 계곡 아래로 내려갔어요. 그는 미친 듯이 욕을 퍼부으며 자기가 왕이라고 소리쳤어요. 사제들은 우리에게 큰 돌을 굴려 내렸고 정규 군대는 마구 총을 쏘아 댔어요. 댄, 빌리 피시, 나를 빼고서 계곡 아래까지 살아서 도착한 사람은 여섯 명뿐이었어요.

이어 그들은 총격을 중지했고 사원에서 커다란 뿔피리 소리가 울렸어요. '빨리 가야 해요. 제발. 우리는 여기서 빨리 벗어나야 해요!' 빌리 피시가 말했어요. '저들은 우리가 바슈카이에 도착하기도 전에 모든 마을에 전령을 보낼 거예요. 나는 거기 가면 당신들을 보호할 수 있으나 여기에서는 아무것도 할 수가 없어요.'

내 생각에 댄은 그 순간부터 머리가 돌아 버린 것 같아요. 그는 창에 찔린 돼지처럼 위아래를 응시했어요. 그러더니 언덕 위로 혼자 올라가 맨손으로 사제들을 죽여 버리겠다고 소리쳤어요. 그가 그렇게 할 수 있다는 것이었어요. '나는 황제야.' 대니얼이 말했어요. '내년에 나는 여왕의 기사가 될 거야.'

'좋아, 댄.' 내가 말했어요. '하지만 시간이 있을 때 우리를 따라와야 해.'

'이건 자네 잘못이야.' 그가 말했어요. '자네의 군대를 더 잘 감시하지 않은 잘못이라고. 군대 내에 반역 모의가 있었는데 자네는 그걸 몰랐던 거야. 자네는 빌어먹을 기관사, 선로공, 선교사의 사냥개에 지나지 않아!' 그는 바위에 걸터앉아 나에게 생각해 낼 수 있는 모든 욕설을 퍼부었어요. 이런 반란을 가져온 것은 그의 어리석은 조치 때문이었지만, 나는 너무 낙담하여 그런 욕설을 신경 쓸 겨를이 없었어요.

'미안해, 댄.' 내가 말했어요. '하지만 현지인들은 예측할 수가 없어. 이 일은 우리의 57이야.* 우리가 바슈카이로 돌아간다면 이로부터 뭔가 교훈을 얻을 수 있을 거야.'

'좋아. 그럼 바슈카이로 가자고.' 댄이 말했어요. '그리고 맹세하지만 내가 여기에 다시 돌아오면, 이 계곡을 싹 쓸어버릴 거야. 그래서 모포에 벌레 하나도 남아 있지 않게 할 거야!'

우리는 낮 동안, 그리고 밤 동안에도 꼬박 걸었어요. 댄은 눈밭 위를 터벅터벅 걸으면서 턱수염을 씹으며 혼잣말을 중얼거렸어요.

'여기서 벗어날 희망은 없습니다.' 빌리 피시가 말했어요. '사제들은 마을들에 전령을 보내 당신들이 인간일 뿐이라고 알렸을 겁니다. 왜 사태가 좀 더 안정될 때까지 신 노릇을 계속하지 않았습니까? 나는 죽은 목숨입니다.' 빌리 피시는 그렇게 말하고 눈밭에 털썩 엎드리더니 그의 신들에게 기도를 올리기 시작했어요.

다음 날 아침 우리는 아주 험준한 땅에 들어섰습니다. 온통 올라가고 내려가는 땅뿐이었고 평지는 전혀 없었고 음식도 없었습니다. 여섯 명의 바슈카이 남자들은 뭔가 물어보고 싶은 듯이 빌리 피시를 계

---

* 57은 1857~1859년 동안에 벌어진 세포이 즉, 인도 군대의 대영對英 반란을 가리킨다.

속 쳐다보았지만 막상 입을 열어 말하지는 않았습니다. 정오에 우리는 눈이 덮인 편평한 산꼭대기에 도착했습니다. 우리가 그 평지를 막 올라서자 그 한가운데에서 군대가 자리를 잡고 대기하고 있었습니다!

'전령들이 아주 빨리 달려갔군요.' 빌리 피시가 약간 허탈한 웃음을 웃으며 말했습니다. '저들은 우리를 기다리고 있습니다.'

서너 명의 병사가 적진에서 총을 쏘기 시작했고 유탄이 대니얼의 정강이에 박혔습니다. 그러자 그는 정신이 들었습니다. 그는 눈밭 저편의 군대를 살펴보았고 우리가 그 고장에 반입해 온 소총을 들고 있는 것을 보았습니다.

'우린 끝났어.' 그가 말했어요. '저들은 영국인이야. 자네를 이 지경으로 끌고 온 것은 나의 엉뚱한 생각 때문이었어. 빌리 피시, 돌아가, 자네의 부하들을 데리고. 자네는 자네가 할 수 있는 것을 다 했어. 자, 어서 달아나라고. 카네한,' 그가 말했어요. '나와 악수를 하고 빌리와 함께 떠나게. 어쩌면 저들은 자네를 죽이지 않을지 몰라. 나는 혼자 가서 저들을 맞이하겠네. 사태를 이렇게 만든 건 나니까. 나, 왕이니까!'

'이봐, 지옥에나 가, 댄!' 내가 말했어요. '난 자네와 함께 여기 있을 거야. 빌리 피시, 자네는 빨리 퇴각하게. 우리 두 사람이 저들을 만나겠네.'

'나는 족장이오.' 빌리 피시가 아주 조용한 목소리로 말했어요. '나는 당신들과 함께 있겠소. 대신 나의 부하들은 가도록 하겠소.'

바슈카이 부하들은 두 마디도 더 기다리지 않고 곧바로 달아났습니다. 댄과 나와 빌리 피시는 눈밭을 걸어서 북이 울리고 뿔피리가 소리내는 곳으로 걸어갔습니다. 아주 추웠어요. 정말 추웠지요. 나는 지금도 뒤통수에 그 추위를 느낍니다. 내 뒤통수에는 혹이 나 있어요."

펀카를 움직이는 쿨리들은 이미 잠자러 갔다. 두 기의 등유 램프가 사무실 안을 밝혔고, 내 얼굴에는 땀이 흘러내렸고, 내가 몸을 앞으로 숙이자 땀이 압지押紙 위로 떨어졌다. 카네한은 몸을 심하게 떨었고 나는 그의 정신이 나가 버리는 것이 아닌가 걱정되었다. 나는 내 얼굴을 닦아 내고 그의 못쓰게 된 양손을 다시 한 번 잡은 뒤 물었다. "그래서 그다음은 어떻게 되었습니까?"

내가 잠시 한눈을 팔자 이야기의 흐름이 약간 끊어졌다.

"뭐라고 말씀하셨습니까?" 카네한이 구슬픈 목소리로 물었다. "그들은 아무 소리도 내지 않고 세 사람을 체포했습니다. 눈밭에는 아무런 속삭임 소리도 들리지 않았습니다. 왕이 그의 몸에 손을 댄 첫 번째 사람을 때려서 눕히고 올드 피치가 그들을 향해 마지막 한 발까지 탄환을 모두 소진하며 총을 쏴 댔는데도 그들은 아무런 소리도 내지 않았습니다. 이자들은 너무나 조용했습니다. 그들은 포위망을 가까이 조여 왔고 정말이지 그들의 털옷에서는 냄새가 심하게 났습니다. 우리의 좋은 친구였던 빌리 피시라는 남자가 있었습니다, 선생님, 그들은 그 자리에서 마치 돼지처럼 그의 목을 땄습니다. 왕은 피 묻은 눈을 발로 걷어차며 말했어요. '이거 투자한 만큼 아주 멋진 보답을 받는구먼. 그래 다음은 또 뭐야?' 그러나 선생님, 피치, 피치 텔리아페로는, 두 친한 친구들 사이에서 털어놓는 건데, 머리가 돌았습니다. 아니, 선생님, 그는 돌지 않았습니다. 그러나 왕은 실제로 머리가 돌았습니다. 저 교활한 밧줄 다리 위에서 말입니다. 제게 종이 자르는 칼을 하나 보여 주십시오, 선생님. 그 다리는 이런 식으로 기울어져 있었습니다. 그들은 그를 눈밭 위로 1마일쯤 걸어가게 했습니다. 그리고 거기 협곡에 걸친 밧줄 다리가 있었고 그 밑에는 강이 흐르고 있었습니다. 당신은 아마도 이런 다리를 보았을 겁니다. 그들은 황소처럼 뒤에서 그를 찔러 댔습니다. '빌어먹을 놈들!' 왕이 말했어요. '내가 신사처럼 죽을 수도 없다는 거야?' 그는 피치에게 고개를 돌렸습니다. 피치는 어린아이처럼 울고 있었습니다. '피치, 내가 자네를 이 지경으로 만들었어.' 그가 말했어요. '행복하게 살던 자네를 꼬여서 카피리스탄에서 죽게 만들었어. 자네는 얼마 전만 해도 황제 군대의 총사령관이었지. 피치, 나를 용서한다고 말해 주게.' '용서하네.' 피치가 말했어요. '자유로운 상태에서 전적으로 용서하네, 댄.' '피치, 악수를 하세.' 그가 말했어요. '나는 이제 가네.' 그는 좌고우면하지 않고 똑바로 앞을 향해 걸어갔어요. 어지럽게 출렁대는 밧줄 다리의 중간쯤에 도착했을 때, '이 개자식들아, 어서 잘라라' 하고 그가 말했어요. 그들은 밧줄을 잘랐고, 올드 댄은 팔랑팔랑 돌면서 2만 마일 아래로 떨어져 내렸어요. 그가 바닥의 물을 치는 데에는 반 시간이나 걸렸으니까요. 나는 그의 몸이 바위 옆에 떨어진 걸 보았어요. 황금 왕관은 그 바로 옆에 있었지요.

하지만 그들이 두 소나무 사이에서 피치에게 무슨 짓을 했는지 아십니까? 선생님, 그들은 그를 십자가형에 처했어요. 피치의 두 손이 그걸 보여 주지요. 그들은 그의 손과 발에다 나무못을 사용했어요. 그런데 그는 죽지 않았어요. 그는 거기에 매달려서 소리를 질러 댔고 그들은 다음 날 그를 내렸어요. 그가 죽지 않은 게 기적이라고 말했어요. 그들은 그를 내려서—그들에게 아무런 해를 입히지 않은 불쌍한 올드 피치—그들에게 그 어떤……"

그는 몸을 좌우로 흔들더니 비통하게 울음을 터트렸고 상한 양손으로 두 눈을 닦아 내더니 약 10분 동안 어린아이처럼 신음했다.

"그들은 잔인하게도 그를 사원으로 데려가서 밥을 주었어요. 그가 인간인 대니얼보다는 더 신을 닮았다고 하면서 말이에요. 이어 그를 눈밭에다 내놓더니 집으로 가라고 했어요. 피치는 약 1년 만에 집으로 돌아왔습니다. 도중에 구걸을 했으나 아주 안전했습니다. 왜냐하면 대니얼 드래벗이 앞서 걸으면서 이렇게 말했기 때문입니다. '자, 가자고, 피치. 우리가 하는 일은 멋진 일이야.' 산들은 밤이면 춤을 추었고 또 피치의 머리 위로 쓰러져 내리려 했으나 댄이 그의 머리를 붙잡아 주었고 피치는 허리를 깊숙이 수그린 채 걸어갔습니다. 그는 댄의 손을 놓지 않았고 댄의 머리를 놓지 않았습니다. 그들은 사원에서 선물로 그것을 그에게 주었습니다. 다시는 오지 말라는 경고라고 하면서. 왕관은 순금이었고 피치는 굶주리고 있었지만 결코 그 왕관을 팔려 하지 않았습니다. 선생님, 당신은 드래벗을 아시지요? 당신은 올바르고 존경받을 만한 형제 드래벗을 아시지요! 자 이제 그를 보십시오!"

그는 굽은 허리에 차고 있던 넝마 쪼가리를 더듬어서 은실로 장식된 검은 말총 주머니를 꺼냈다. 그리고 그것을 흔들어서 내 테이블 위에다 뭔가를 올려놓았다. 그것은 건조해지고 쭈글쭈글해진 대니얼 드래벗의 머리였다! 이미 오래전에 램프 불빛을 바래게 한 아침의 햇빛이 그 붉은 턱수염과 쑥 들어간 눈먼 눈들을 비추었다. 또한 카네한이 쭈그러든 관자놀이에 부드럽게 올려놓은, 미가공 未加工의 벽옥들이 박힌 무겁고 둥그런 황금 관을 비추었다.

"자네도 이제 늙었군." 카네한이 말했다. "그가 살아 있을 때의 모습 그대로의 황제입니다. 머리에 왕관을 쓴 카피리스탄의 왕이지요. 한때 군주였던 불쌍한 대니얼이지요!"

나는 몸을 부르르 떨었다. 여러모로 손상이 되기는 했지만 마르와르 교차점에서 만났던 그 남자의 머리를 알아볼 수 있었다. 카네한은 일어서서 가려고 했다. 나는 그를 제지하려 했다. 그는 밖에 나가 걸어 다닐 정도의 상태가 되지 못했다. "이 위스키 병을 가져가게 해 주십시오. 그리고 약간의 돈을 주세요." 그가 헐떡이며 말했다. "나는 한때 왕이었습니다. 나는 행정 차관을 찾아가서 내 건강이 회복될 때까지 양로원에 넣어 달라고 부탁할 생각입니다. 아니요, 감사합니다. 나는 당신이 마차를 불러올 때까지 기다릴 수 없습니다. 나는 남부—마르와르—에 긴급한 볼일이 있습니다."

그는 어기적거리며 사무실에서 나가 행정 차관의 집이 있는 쪽으로 걸어갔다. 그날 정오에 나는 아주 무더운 몰 지역을 걸어 내려갈 일이 있었다. 거기서 나는 허리가 구부정한 남자가 하얀 흙투성이의 길가를 걸어가고 있는 것을 보았다. 그는 손에 모자를 들고 있었고 본국 거리의 가수들처럼 구슬프게 몸을 흔들어 대고 있었다. 거리에는 사람이 하나도 없었고 그 어떤 집에서도 그의 인기척 소리를 듣지 못했다. 그는 머리를 좌우로 흔들면서 콧노래를 흥얼거렸다.

"사람의 아들이 전쟁에 나섰네.

황금 관을 얻기 위해.

그의 피처럼 붉은 깃발이 멀리 흔들리네—

그의 뒤를 따르는 자 누구인가?"*

* 이 노래는 R. 허버 주교의 찬송가인데 『고대와 근대의 찬송가』의 no. 439으로 수록되어 있다.

나는 더 이상 들으려 하지 않고 그 불쌍한 사람을 내 마차에 태워 가까운 선교 지부로 데려갔고 이어 정신병원에 이첩되도록 조치했다. 그는 나와 함께 있을 때 그 노래를 두 번 더 불렀으나 내가 누구인지 전혀 알아보지 못했다. 나는 계속 노래를 부르는 그를 선교 지부에 맡기고 나왔다.

　이틀 뒤 나는 정신병원의 원장에게 그의 안부를 물었다.

　"그는 일사병으로 고통받다가 입원이 되었습니다. 그는 어제 아침 일찍 죽었습니다." 원장이 말했다. "그가 한낮에 땡볕 속에서 맨머리로 반 시간이나 있었다는 게 사실입니까?"

　"예." 내가 말했다. "혹시 그가 죽었을 때 신변에 뭔가 가지고 있지는 않았나요?"

　"그런 건 모르겠는데요." 원장이 말했다.

　그리하여 그 문제는 거기서 끝났다.

짐승의 표시

The Mark of the Beast

당신의 신들과 나의 신들
—당신은 혹은 나는, 어떤 신이 더 힘이 센지 알고 있는가?
현지인의 속담

수에즈의 동쪽으로 가면 섭리의 직접적인 통제는 중단된다고 한다. 그곳에 사는 사람은 아시아의 신들과 악마들의 힘에 넘겨지게 되고, 영국 국교의 섭리는 영국인의 경우에만 한하여 산발적이고 제한적인 감독권을 행사하게 된다는 것이다.

이런 이론은 인도에서 생활하면서 느끼게 되는 불필요한 공포에 대해 설명해 준다. 그것은 나의 이야기를 설명하는 데에도 적용될 수 있다.

나의 친구로서 경찰청에 근무하는 스트릭랜드는 그 누구 못지않게 인도의 현지인들에 대해서 잘 아는 사람인데 이 이야기 속의 사건들을 증언해 줄 수 있다. 우리의 의사인 더무아즈도 스트릭랜드와 내가 본 것을 목격했다. 그가 드러난 증거만을 가지고 내린 추론은 아주 부정확한 것이었다. 그 의사는 현재 죽었다. 그는 다소 기이한 방식으로 죽음을 맞이했는데, 그에 대해서는 다른 데에서 이미 서술한 바 있다.

플리트는 인도에 왔을 때 약간의 돈을 가지고 있었고 다람살라에서 가까운 히말라야 산간지대에 약간의 토지를 소유했다. 그 부동산은 삼촌이 물려준 것이었고 그는 그 재산을 관리하기 위해 인도에 왔다. 그는 키가 크고, 뚱뚱하고, 친절하면서도 온순한 사람이었다. 현지인에 대한 그의 지식은 물론 얼마 되지 않았고, 그는 현지어의 어려움에 대해서 불평했다.

그는 주재소에서 신년을 보내기 위해 산간지대에 있는 그의 집에서 말을 타고 왔고, 스트릭랜드의 집에서 머물렀다. 신년 전야에 클럽에서는 대규모 만찬회가 개최되었고 당연히 그날 밤에는 술들을 많이 마셨다. 사람들이 제국의 전역에서 답지했기 때문에 그들은 소란스럽게 놀아야 할 권리가 있었다. 변경 지역에서는 한 무리의 붙박이 참석 인사들을 보내왔다. 이들은 1년 동안 백인의 얼굴은 스무 명을 볼까 말까 했다. 그들이 술을 마실 수 있는 인근 요새의 만찬장에 가려면 말을 타고 15마일을 달려가야 했고 그것도 키베레족의 총알 세례를 무릅써야 했다. 그들은 주재소가 제공하는 확실한 보안의 혜택을 즐기면서, 정원에서 발견된 움츠린 고슴도치를 가지고 당구를 쳐보려는 기행을 저질렀으며, 그들 중 한 명은 게임 표시기를 입에 물고 방 안을 돌아다녔다. 남부에서는 여섯 명 정도의 농장주들이 답지하여 아시아 최고 거짓말쟁이를 상대로 '허풍'을 떨었고, 그 거짓말쟁이는 모든 얘기를 제압하는 아주 멋진 얘기를 해 주려고 애를 썼다. 모든 사람이 그 만찬회에 참석했고 전반적으로 친목이 도모되었으며 지난 한 해에 벌어진 사상자 숫자에 대한 점검이 있었다. 술을 아주 많이 마신 밤이었고 우리는 폴로 챔피언 컵에다 우리의 발을 집어넣고, 머리는 별 모양의 훈장들 사이에 둔 채로 〈올드 랭 사인〉을 불렀으며, 우리 모두가 소중한 친구라고 맹세했던 기억이 난다. 그리고 우리들 중 일부는 그곳을 떠나 버마를 합병하러 갔고, 일부는 수단 강 지역에 총격을 개시하려 했고, 일부는 수아킴 외곽의 치열한 전투에서 퍼지족들로부터 총격을 당했다. 일부는 별 모양의 훈장과 메달을 받았고 일부는 신통치 못하게도 결혼을 했으며 또 일부는 그보다 더 못한 짓을 했다. 그리고 우리들 중 나머지 사람들은 쳇바퀴에 그대로 매인 채 충분치 못한 경험을 바탕으로 돈을 벌려고 애썼다.

플리트는 그날 밤 셰리주와 쓴 맥주로 시작하여 디저트가 나올 때까지 계속 샴페인을 마셨다. 이어 위스키 정도의 도수가 있는 강하고 쌉쌀한 카프리 포도주를 마셨고 그다음에는 커피와 함께 베네딕틴*을, 당구의 타격 강도를 높인다고 소다수를 탄 위스키를 너덧 잔 마셨다. 그리고 새벽 두 시 반에는 도수 높은 맥주를 마셨고 마지막은 브랜디로 장식했다. 따라서 그가 새벽 세 시 반에 만찬장에서 서리가 낀 화씨 14도의 날씨 속으로 나왔을 때 그는 쿵쿵 기침하는 말에게 크게 화를 냈고 무리하게도 점프하여 말안장에 올라타려고 시도했다. 말은 너무 피곤하여 그냥 마구간으로 보내졌다. 그래서 스트릭랜드와 내가 플리트를 집까지 걸어서 데리고 가는 호위 무사단을 형성했다.

우리가 가는 길은 시장을 통과했는데, 그 시장은 원숭이 신神인 하누만을 모신 자그마한 신전 바로 옆에 있었다. 하누만은 사람들의 존경을 받는 주요 신들 중 하나였다. 모든 사제가 나름대로 가치가 있듯

---

* 프랑스산 리큐어.

이 모든 신은 강점을 가지고 있었다. 나는 개인적으로 하누만을 중시하고, 또 이 신이 보호해 주는 산간지대의 덩치 큰 회색 원숭이들을 친절하게 대했다.

신전에는 불이 켜져 있었다. 우리는 그 신전을 지나가면서 사람들이 거기 모여 찬송가를 부르는 소리를 들었다. 현지인의 신전에서 사제들은 밤중에 매시간 일어나 그들이 모시는 신에게 경배를 바쳤다. 우리가 그를 말릴 겨를도 없이 플리트는 신전 계단을 달려 올라가더니 두 사제의 등을 쓰다듬고서 이어 그가 피우던 시가 끝부분의 재를 붉은 하누만 석상의 이마에 거세게 비벼 댔다. 스트릭랜드는 그를 만류하려 했으나 플리트는 그 자리에 주저앉아 엄숙하게 말했다.

"저걸 보았나? 짐승의 표시를 말이야! **내가** 저렇게 표시했지. 멋지지 않아?"

곧 신전은 시끌벅적 소란스러워졌고 신들을 모욕하는 결과가 무엇인지 잘 아는 스트릭랜드는 뭔가 심상치 않은 일이 벌어질 것 같다고 말했다. 그는 경찰관이라는 지위, 그 고장에서의 장기 체류, 현지인들과 널리 사귀려는 마음가짐 등으로 인해 사제들에게 잘 알려져 있고, 그래서 갑자기 벌어진 그 일에 아주 우울해했다. 플리트는 신전 바닥에 주저앉아 움직이지 않으려 했다. 그는 '저 오래된 하누만'이 아주 부드러운 베개가 되어 줄 거라고 말했다.

이어 느닷없이 한 실버맨이 신상 뒤의 빈 공간에서 앞으로 나왔다. 그는 그 혹독한 추위 속에서도 알몸이었고, 그의 몸은 광택을 없앤 은처럼 은은하게 빛났다. 그는 성경에서 말하는 '눈처럼 흰 문둥이'였다. 게다가 그는 벌써 여러 해 동안 문둥이 노릇을 해 와서 그 병이 아주 심하게 퍼졌기에 얼굴도 없었다. 우리 두 사람은 플리트를 일으켜 세우려고 허리를 숙였다. 그리고 신전은 갑자기 땅에서 솟아난 듯한 사람들로 점점 더 비좁아지고 있었다. 그때 실버맨이 우리의 양팔 아래로 달려와 수달의 울음과 똑같은 소리를 내면서 플리트의 몸을 움켜잡더니, 우리가 미처 그를 뿌리치기도 전에 플리트의 가슴에다 그의 머리를 들이박았다. 이어 그는 한쪽 구석으로 물러가더니 주저앉아 야옹 하는 소리를 계속 냈고, 군중은 신전의 모든 문을 봉쇄했다.

사제들은 실버맨이 플리트를 건드리기 전까지는 크게 화를 냈다. 하지만 실버맨의 공격 다음에는 다소 진정이 되는 듯했다.

몇 분간의 정적이 흐른 뒤 사제들 중 하나가 스트릭랜드에게 다가와 완벽한 영어로 말했다. "당신의 친구를 데려가시오. 그는 하누만에게 몹쓸 짓을 했으나, 하누만은 그렇게 하지 않았소." 대중은 나아갈 공간을 터 주었고 우리는 플리트를 데리고 도로에 나왔다.

스트릭랜드는 크게 화를 냈다. 우리 세 사람이 칼을 맞을 뻔했다고 말했다. 그는 플리트가 아무런 부상을 당하지 않고 빠져나올 수 있었던 것을 별들에게 감사해야 한다는 말도 했다.

플리트는 누구에게도 감사 표시를 하지 않았다. 그는 침대에 누워 자고 싶다고 말했다. 그는 아주 취했다.

우리는 계속 걸어갔고 스트릭랜드는 크게 화가 나 있었지만 아무 말도 하지 않았다. 그러다가 갑자기 플리트가 격렬하게 몸을 떨면서 오한을 일으켰다. 그는 시장의 냄새가 너무 역겹다고 말했고 왜 도살장이 영국인 숙소 가까운 곳에다 설치되도록 허가가 났는지 모르겠다고 중얼거렸다. "피 냄새가 나지 않아?" 플리트가 말했다.

우리는 마침내 그를 침대에 뉘었는데 막 새벽이 동터 오고 있었다. 스트릭랜드는 나에게 위스키소다를 한 잔 더 하자고 말했다. 술을 마시면서 그는 신전에서 벌어진 일을 거론하며 참으로 당황스럽다고 말했다. 스트릭랜드는 현지인들의 신비스러운 방식에 현혹되는 것을 아주 싫어했는데, 그의 일이 현지인들의 무기를 가지고 그들을 제압하는 것이었기 때문이다. 그는 아직 이렇게 하는 데 성공하지는 못했으나, 앞으로 15년 내지 20년 정도면 다소 진전을 볼 수 있을 것이라고 말했다.

"그들은 우리에게 야옹 할 것이 아니라 공격해야 마땅해." 그가 말했다. "난 그게 무슨 의미인지 모르겠어. 난 그게 조금도 마음에 들지 않아."

나는 신전의 관리 위원회가 그들의 종교를 모욕한 우리들을 형사 고발할 것이라고 말했다. 인도 형법에는 플리트의 죄상에 딱 부합하는 조항이 있었다. 스트릭랜드는 그들이 그렇게만 해 주기를 바란다고 말했다. 나는 그곳을 떠나기 전에 플리트의 방을 한번 둘러보았는데 그는 오른쪽으로 누워서 왼쪽 가슴을 긁고 있었다. 나는 춥고, 우울하고, 불쾌한 상태로 오전 일곱 시에 침대에 들었다.

오후 한 시에 나는 플리트의 머리 상태가 어떤지 알아보기 위해 스트릭랜드의 집까지 말을 타고 갔다. 아마도 상당히 머리가 아플 거라고 상상했다. 플리트는 아침 식사를 하고 있었는데 상태가 안 좋아 보였다. 그는 요리사가 설구워진 고기 조각을 내놓지 않았다고 욕을 하는 등 신경질을 부리고 있었다. 술을 많이 마시고 그다음 날에 날고기를 먹을 수 있는 남자는 그리 많지 않았다. 내가 플리트에게 그 사실을 말하니 그는 웃음을 터트렸다.

"이 지방에는 이상한 모기들이 사나 봐." 그가 말했다. "나는 여러 번 물렸는데 오로지 한 군데만 물렸어."

"어디 그 물린 자국을 좀 보세." 스트릭랜드가 말했다. "오전 중에 좀 가라앉았을지 몰라."

날고기를 요리하는 동안, 플리트는 셔츠를 열어서 왼쪽 가슴에 난 표시를 보여 주었다. 그것은 표범의 가죽에서 볼 수 있는 둥그런 검은 얼룩무늬—대여섯 개의 불규칙한 반점이 원형으로 배치되어 있는 것—의 완벽한 모형이었다. 스트릭랜드가 들여다보더니 말했다. "아침에는 분홍색이었는데 이제는 검은색인데."

플리트는 거울로 달려갔다.

"이런!" 그가 말했다. "지저분한데. 이게 뭐지?"

우리는 대답할 수가 없었다. 곧 붉은 색깔에 육즙이 가득한 날고기 요리가 들어왔고 플리트는 아주 공격적인 자세로 세 조각을 먹어 치웠다. 그는 오른쪽 어금니만으로 고기를 먹었고, 고기를 우적우적 씹으면서 고개를 오른쪽 어깨 위로 돌렸다. 식사를 마쳤을 때, 자신이 이상하게 행동했다는 느낌이 들었는지 그가 미안하다는 듯한 어조로 말했다. "평생 이렇게 배고파 본 적이 없는 것 같아. 나는 타조처럼 씹지도 않고 먹었어."

아침 식사 후에 스트릭랜드가 내게 말했다. "가지 마. 여기 있어. 밤까지."

내 집이 스트릭랜드의 집에서 3마일 정도밖에 안 떨어져 있기 때문에 그런 부탁은 좀 어리석게 보였다. 하지만 스트릭랜드는 고집했고 그가 뭐라고 말을 하려는데 플리트가 부끄러운 표정을 지으면서 또다시 배가 고프다고 말했다. 스트릭랜드는 사람을 내 집으로 보내 침구와 말을 가져오게 했고, 이어 우리 세 사람은 말 타고 나갈 때까지 시간을 보내기 위해 스트릭랜드의 마구간으로 내려갔다. 말을 좋아하는 사람은 말을 둘러보는 일을 결코 지겨워하지 않는다. 승마 애호가들은 이런 식으로 시간을 보낼 때 서로에게서 말에 대한 정보와 또 말과 관련된 거짓말들에 대한 지식을 얻는 것이다.

마구간에는 말이 다섯 필 있었다. 나는 우리가 말들을 둘러보던 그 순간에 벌어진 광경을 결코 잊지 못할 것이다. 말들은 갑자기 미쳐 버린 것 같았다. 앞발을 들고 비명을 내질렀으며 말뚝을 잡아 뜯을 기세였다. 땀을 흘리고 몸을 떨고 또 눈물을 흘리면서 공포로 제정신이 아니었다. 스트릭랜드의 말들은 주인과 개들을 잘 알고 있었기 때문에 그런 반응은 아주 기이한 것이었다. 우리는 말들이 공포로 인해 무슨 짓을 저지를지 몰라서 마구간에서 나왔다. 이어 다시 들어간 스트릭랜드가 고개를 돌려서 나를 불렀다. 말들은 여전히 겁을 먹고 있었지만 우리가 말을 '어르면서' 위로해 주는 것은 그대로 내버려 두었고 또 머리를 우리의 가슴에 내려놓기도 했다.

"말들은 **우리**를 두려워하는 게 아니야." 스트릭랜드가 말했다. "여기 아우트리지가 그런 심정을 말로 해 줄 수 있다면 내 3개월치 봉급을 내놓겠네."

그러나 아우트리지는 말을 할 수가 없었고, 주인에게 다가서면서 콧김을 내불었을 뿐이다. 말들이 뭔가 설명할 것이 있지만 그렇게 할 수 없을 때 내보이는 행동이었다. 우리가 마구간 안에 있을 때 플리트가 다가왔고 말들은 그를 보자마자 새로이 겁을 집어먹고서 광란하기 시작했다. 우리는 마구간에서 발길질을 당하지 않고서 물러 나온 것에 만족해야 되었다. "말들은 자네를 좋아하지 않는군, 플리트." 스트릭랜드가 말했다.

"말도 안 되는 소리." 플리트가 말했다. "내 암말은 개처럼 나를 따라." 그는 암말에게로 갔다. 그의 말은 놓아기르는 마구간 안에 있었다. 그가 가로장을 내리고 마구간으로 들어서는 순간, 말은 펄쩍 놀라며 그를 쳐서 눕히더니 정원 쪽으로 달려갔다. 나는 웃음을 터트렸으나 스트릭랜드는 즐거워하지 않았다. 그는 양손으로 콧수염을 잡고서 마치 잡아 뽑을 것처럼 수염을 잡아당겼다. 플리트는 말을 잡으러 갈 생각은 하지 않고 하품을 한 번 쩍 하더니 졸린다고 말했다. 그는 잠 자러 집 안으로 들어갔는데 그건 신년 초하루를 보내는 방식으로는 아주 어리석은 짓이었다.

스트릭랜드는 나와 함께 마구간에 앉아서 플리트의 행동에서 이상한 점을 눈치채지 못했느냐고 물었다. 나는 그가 짐승처럼 음식을 먹는다고 말했다. 하지만 이것은 우리처럼 세련되고 고상한 사회에서 멀리 떨어진 산간지대에서 혼자 살다 보니 생겨난 습관일 수도 있다고 부연했다. 하지만 스트릭랜드는 즐거워하지 않았다. 나는 그가 내 말을 귀 기울여 들었다고 생각하지 않는다. 그가 이어서 한 말은 플리트의 가슴에 난 표시에 대한 것이었기 때문이다. 나는 그게 딱정벌레에 의해 생긴 것일 수도 있고 새로 생긴 모반母斑인데 이제야 눈에 띈 것일 수도 있다고 대답했다. 우리 두 사람은 시각적으로 불쾌한 반점이라는 데 동의했고 스트릭랜드는 나의 대답이 어리석다고 지적했다.

"자네에게 지금 내가 생각하고 있는 걸 말해 줄 수는 없어." 그가 말했다. "그러면 자네는 나를 미친 사람이라고 할 테니까. 하지만 자네가 할 수만 있다면 앞으로 며칠 동안 나와 좀 지내 줘야겠네. 자네가 플리트를 관찰해 주기를 바라. 하지만 내가 결심을 하기 전까지는 자네 생각을 내게 말하지는 마."

"나는 오늘 밤에 외식을 해야 하는데." 내가 말했다.

"그건 나도 그래." 스트릭랜드가 말했다. "플리트도 마찬가지고. 그가 아직 마음을 바꾸지 않았다면 말이야."

우리는 담배를 피우며 정원을 산책했고 파이프가 다 탈 때까지 아무런 말도 하지 않았다. 우리는 친구였고, 또 얘기를 하면 좋은 담배 맛을 망치기 때문이었다. 이어 우리는 플리트를 깨우러 갔다. 그는 완전히 깨어 있었고 방 안에서 불안하게 서성이고 있었다.

"저기, 날고기를 좀 더 먹었으면 좋겠네." 그가 말했다. "좀 가져다 줄 수 있겠나?"

우리는 웃음을 터트리며 이렇게 말했다. "가서 옷을 갈아입게. 조랑말이 곧 도착할 거야."

"좋아." 플리트가 말했다. "날고기를 좀 먹고 나서 가겠네. 꼭 날고기여야 하네."

그는 진심인 것 같았다. 시간은 오후 네 시였는데 우리는 한 시에 아침을 먹었다. 그런데도 플리트는 아까부터 줄곧 날고기 타령을 하고 있는 것이었다. 이어 그는 승마복을 갈아입고 베란다로 나갔다. 그의 조랑말—암말은 아직 잡아 오지 못했다—은 그가 가까이 다가오지 못하게 했다. 세 말이 모두 겁에 질려 있어서 도저히 장악이 되지 않았고 마침내 플리트는 집에 남아서 식사나 좀 더 하겠다고 말했다. 스트릭랜드와 나는 의아한 생각을 하면서 승마를 나갔다. 우리가 하누만 신전을 지나갈 때 실버맨이 밖으로 나와서 우리에게 야옹 하고 소리를 냈다.

"저자는 신전의 정규 사제가 아니야." 스트릭랜드가 말했다. "나는 저자를 붙잡아 와야겠다는 생각을 하고 있어."

그날 저녁 경마 코스를 달리는 우리 말들은 활력이 없었다. 말들은 굼떴고 마치 경기를 완주한 말처럼 피곤하게 움직였다.

"아침 식사 후의 공포가 말들에게 엄청난 충격을 준 것 같아." 스트릭랜드가 말했다.

그건 그가 승마 내내 입에 올린 말이었다. 한두 번 그는 혼자서 욕설을 중얼거렸으나 그건 말을 한 것이라 볼 수 없었다.

우리는 저녁 일곱 시에 어둠 속에서 돌아왔고 숙소에 불이 켜져 있지 않은 것을 발견했다. "내 하인들은 다 부주의한 악당들이야!" 스트릭랜드가 말했다.

내 말은 마찻길에 있는 어떤 것을 보고서 앞발을 쳐들었고 플리트가 내 말의 코앞에서 일어섰다.

"정원에서 기어가다니, 뭘 하고 있는 건가?" 스트릭랜드가 물었다.

하지만 두 말이 너무 빨리 달리는 바람에 우리는 말에서 떨어질 뻔했다. 우리는 마구간 옆에서 말을 내려 플리트에게 돌아왔다. 그는 오렌지 덤불 밑에서 두 발과 두 손으로 기어가고 있었다.

"자네 도대체 뭐가 잘못된 건가?" 스트릭랜드가 물었다.

"아무것도 잘못된 게 없어. 전혀." 플리트가 아주 빠르고 걸쭉하게 대답했다. "나는 정원을 손질하고 있어. 화초도 돌보고. 흙냄새가 그렇게 좋을 수가 없어. 나는 밤새 산책을, 장거리 산책을 나갈 생각이야."

그때 나는 뭔가 크게 잘못되었다는 것을 깨달았다. 그래서 스트릭랜드에게 말했다. "난 오늘 외식하지 않을 걸세."

"잘되었네!" 스트릭랜드가 말했다. "자, 플리트, 어서 일어서게. 거기 있다간 열병에 걸릴 거야. 집 안으로 들어가서 식사를 하세. 그리고 램프도 켜야지. 우리는 모두 집에서 식사를 할 거야."

플리트는 마지못해 일어서서 이렇게 말했다. "램프는, 램프는 켜지

마. 여기가 훨씬 더 좋아. 우리 밖에서 식사를 하면서 설구운 고기 조각을 많이 먹자고. 연골이 붙어 있는 피 묻은 놈으로."

북인도의 12월 저녁은 너무나 춥기 때문에 플리트의 제안은 황당무계한 것이었다.

"안으로 들어와." 스트릭랜드가 엄숙하게 말했다. "어서 안으로 들어오라고."

플리트는 따라 들어왔고 램프에 불을 켰을 때, 우리는 그의 온몸이 발끝에서 머리끝까지 흙투성이라는 것을 발견했다. 그는 마당에서 마구 뒹굴었던 게 틀림없었다. 그는 불빛을 멀리하면서 그의 방으로 갔다. 그의 두 눈은 쳐다보기가 처참했다. 뭐라고 할까, 두 눈의 내부가 아니라, 그 뒤에서 초록빛이 번쩍였고 아랫입술은 축 처졌다.

스트릭랜드가 말했다. "오늘 밤 뭔가 큰일이 벌어질 것 같아. 자네는 승마복을 갈아입지 말게."

우리는 플리트가 다시 나타나기를 기다렸고 그동안 저녁 식사를 주문했다. 우리는 플리트가 그의 방 안에서 움직이는 소리를 들었지만 거기에 불빛은 없었다. 곧 그 방에서 길게 늘어지는 늑대의 외침 소리가 들려왔다.

사람들은 피가 차가워지고 머리카락이 곤두선다, 라는 표현을 아주 가볍게 말하고 또 쓴다. 하지만 그런 느낌과 표현은 그리 쉽게 사용해서는 안 되는 것이다. 내 심장은 칼을 맞은 것처럼 멈췄고 스트릭랜드의 얼굴은 식탁보처럼 하얘졌다.

그 외침 소리는 반복되었고 들판 저 너머의 다른 외침에 의해 복창되었다.

그것은 도금한 지붕을 공포의 도가니로 몰아넣었다. 스트릭랜드는 플리트의 방으로 달려갔다. 나도 따라갔고 우리는 창문으로 빠져나가는 플리트를 보았다. 그는 목구멍 깊숙한 곳에서 짐승 소리를 내고 있었다. 우리가 그에게 소리치자 그는 대답을 하지 못했다. 대신 침을 뱉었다.

나는 그다음에 어떤 일이 벌어졌는지 정확히 기억하지 못한다. 하지만 스트릭랜드가 V 자 모양의 장화 벗는 기구나 그 비슷한 것을 가지고 플리트를 제압한 듯하고 그러지 않았더라면 나는 그의 가슴에 걸터앉지 못했을 것이다. 플리트는 말을 하지 못하고 으르렁거리기만 했는데 그건 사람이 아니라 짐승의 소리였다. 플리트라는 인간의 영혼은 하루 종일 짓눌려 있다가 밤이 되면서 죽어 버린 것 같았다. 우리는 한때 플리트였던 짐승을 상대하고 있는 중이었다.

그 일은 인간의 합리적 경험 범위를 벗어나는 것이었다. 나는 '공수병'이라고 말하고 싶었으나 그 말을 내뱉을 수가 없었다. 그게 거짓말임을 아는 까닭이었다.

우리는 펀카 줄로 쓰는 가죽 줄로 이 짐승의 몸과 두 팔과 두 발을 단단히 묶었다. 그리고 구둣주걱을 입에다 물렸는데, 주걱은 잘 사용하기만 하면 훌륭한 재갈이 되었다. 이어 그 짐승을 식당 안으로 끌고 가서 사람을 보내 더무아즈 의사에게 즉시 왕진을 와 달라는 요청을 전했다. 우리가 전령을 보내고서 한숨 돌리고 있는 사이에 스트릭랜드가 말했다. "이건 조짐이 좋지 않아. 게다가 의사가 해결할 수 있는 일이 아니야." 나는 그가 진실을 말하고 있다고 생각했다.

짐승은 머리 하나는 자유로웠기 때문에 그걸 좌우 전후로 마구 돌려 대고 있었다. 그 방 안에 들어온 사람들은 우리가 늑대의 생가죽을 벗기려 한다고 생각했을 것이다. 하지만 그런 가죽은 가장 혐오스러운 장식품이 될 것이었다.

스트릭랜드는 주먹으로 턱을 추켜세운 채 앉아서 방바닥에서 꿈틀거리는 그 짐승을 내려다보았으나 아무런 말도 하지 않았다. 싸움을 벌이는 도중에 셔츠가 찢어져서 왼쪽 가슴에 난 검고 둥그런 반점이 보였다. 그것은 물집처럼 툭 튀어나와 있었다.

아무 말 없이 그 짐승을 바라보는 가운데 우리는 집 밖에서 수달 암컷이 우는 듯한 소리를 들었다. 우리는 벌떡 일어섰다. 스트릭랜드는 어떤지 몰라도 나는 메스꺼움을 느꼈다. 그것은 실제적이면서도 신체적인 메스꺼움이었다. 우리는 '피너포어'호*의 선원들이 그렇게 했듯이 그것이 고양이라고 서로에게 말했다.

더무아즈 의사가 도착했고 그 키 작은 남자는 의사답지 않게 크게 놀랐다. 의사는 안됐지만 그것이 공수병의 사례이고 거기에는 치료약이 없다고 말했다. 완화제는 고통만 더 연장시킬 뿐이라는 것이었다. 짐승은 이제 입가에 게거품을 물고 있었다. 우리는 더무아즈에게 플리트가 과거에 개한테 한두 번 물린 적이 있다고 말해 주었다. 테리어를 여섯 마리나 기르고 있는 사람은 가끔씩 개한테 물리는 것이다. 더무아즈는 아무런 도움도 줄 수가 없었다. 그는 단지 플리트가 공수병으로 죽어 가고 있다고 진단을 내렸을 뿐이다. 짐승은 구둣주걱을 입 밖으로 내뱉었기 때문에 이제 비명을 지르고 있었다. 더무아즈는 환자의 죽음을 확신한다면서 곧 숨이 넘어갈 것이라고 말했다. 그는 선량한 사람이었고 우리와 함께 남아 있겠다고 말했다. 하지만 스트릭랜드는 그 호의를 거절했다. 그는 더무아즈의 신년을 망치고 싶지 않

---

* 〈피너포어호〉는 길버트(1836~1911)와 설리번의 코믹 오페라 제목.

았다. 그는 의사에게 플리트의 사인을 일반 대중에게 알리지 말라고 요청했다.

그래서 더무아즈는 크게 동요하면서 자리를 떴다. 그를 싣고 가는 수레바퀴의 소음이 잦아들자 스트릭랜드는 속삭이는 어조로 의심나는 점들을 말했다. 그것들은 너무나 황당무계하여 감히 큰 소리로 말할 수가 없었다. 스트릭랜드의 믿음을 그대로 받아들이고 그것을 인정하기에는 너무나 수치스러워서 믿지 않는 척했다.

"설사 실버맨이 하누만 신상을 모욕한 플리트에게 마술을 걸었다고 하더라도, 그 징벌이 이처럼 빨리 나타날 수는 없어."

내가 이렇게 속삭이는 동안 집 밖에서 고함 소리가 다시 터져 나왔고 그 짐승은 새롭게 경련을 일으키며 거칠게 꿈틀거렸는데 우리는 그 짐승을 결박한 가죽 끈이 끊어지는 게 아닌가 하여 두려웠다.

"자, 조심하게!" 스트릭랜드가 말했다. "만약 저런 경련이 여섯 번 발생한다면 나는 임의로 법 집행을 할 생각이야. 나는 자네에게 나를 도와 달라고 명령하네."

그는 그의 방으로 들어가서 몇 분 뒤에 낡은 엽총의 총신들, 낚싯줄 하나, 두꺼운 줄, 무거운 목제 침대 틀 등을 들고 나왔다. 나는 짐승이 비명 소리를 지르고 2초 만에 경련을 반복했고, 이제 힘이 현저하게 약해졌다고 보고했다.

스트릭랜드는 중얼거렸다. "하지만 그자는 생명을 앗아 갈 수는 없어! 생명을 앗아 갈 수는 없다고!"

나는 이런 말을 하지 말까, 하고 생각했으나 그래도 했다. "그건 고양이일지 몰라. 아니 고양이임이 틀림없어. 만약 실버맨이 책임이 있다면 어떻게 감히 여기에 올 수가 있을까?"

스트릭랜드는 나무를 벽난로 옆에 두고, 총신들을 난로의 불길 속에 집어넣었다. 꼰 실은 테이블 위에 펴 놓았으며, 산책용 단장을 둘로 쪼갰다. 또 거기에는 바다낚시에 사용하는 것과 똑같은 쇠줄로 보강한 낚싯줄 한 야드가 있었다. 그는 그 줄의 양쪽을 묶어서 올가미를 만들었다.

이어 그가 말했다. "어떻게 하면 그자를 사로잡을 수 있을까? 그자를 다치지 않게 하면서 생포해야 돼."

나는 신의 섭리를 믿으면서 폴로 경기용 막대기를 손에 쥐고 밖으로 살그머니 나가서 집 앞에 있는 숲으로 쳐들어가자고 말했다. 지금 저 소리를 내고 있는 사람 혹은 동물은 야경꾼처럼 집 주위를 계속 돌고 있었다. 그러니 우리는 덤불에서 매복하고 있다가 그가 다가오면 그를 때려눕히면 좋겠다고 제안했다.

스트릭랜드는 이 제안을 받아들였다. 우리는 화장실 창문을 통해 앞쪽 베란다로 나가서 마찻길을 건너 덤불 속으로 들어갔다.

우리는 달빛 속에서 문둥이가 집의 한쪽 구석을 맴돌고 있는 모습을 보았다. 그는 완전 알몸이었고 때때로 야옹 소리를 내다가 자신의 그림자와 함께 춤추기 위해 멈추어 섰다. 그것은 보기 흉한 광경이었다. 불쌍한 플리트가 저 지저분한 자 때문에 이런 타락의 곤경으로 떨어졌다는 것을 생각하면서 나는 모든 의심을 물리치고 스트릭랜드를 도와주기로 결심했다. 뜨겁게 불에 달군 총신에서 꼰 실로 만든 올가미—이걸로 저자의 허리와 머리를 두 번 감아서 결박할 생각이었다—에 이르기까지, 그리고 필요하다면 저자에게 가해야 할 고문 등에 적극 협조할 마음을 먹었다.

문둥이는 앞쪽 현관 앞에서 잠시 멈추어 섰고 우리는 막대기를 휘두르며 그자에게 달려들었다. 그자는 놀라울 정도로 힘이 세었고 우리는 그자가 달아나는 게 아닐까, 혹은 우리가 생포하기도 전에 부상을 당하는 게 아닐까 걱정되었다. 우리는 문둥이들이 허약한 존재라고 생각했으나 그것은 부정확한 것이었다. 스트릭랜드는 그자의 다리를 세게 쳐서 쓰러지게 했고 나는 내 발로 그자의 목을 세게 눌렀다. 그는 미친 듯이 야옹 소리를 냈고, 나의 승마 장화를 통해서도 그의 살은 깨끗한 사람의 살이 아니라는 걸 느낄 수 있었다.

그는 손과 뭉툭한 발로 우리를 공격했다. 우리는 개 채찍 줄로 만든 올가미를 그의 겨드랑이에 씌워서 그를 질질 끌고 홀을 지나 짐승이 누워 있는 식당으로 들어갔다. 거기서 우리는 그자를 여행 가방 끈으로 묶었다. 그는 도망칠 생각은 하지 못하고 계속 야옹 소리를 냈다.

우리가 그자를 짐승에게 들이댔을 때, 그 광경은 형언하기 어려울 정도로 처참했다. 짐승은 마치 스트리크닌*에 중독된 것처럼, 몸을 뒤로 활처럼 둥그렇게 접으면서 아주 가련한 모습으로 신음 소리를 냈다. 그 외에 여러 가지 일이 벌어졌으나 그 일들은 여기에 묘사할 수가 없다.

"내 생각이 맞았던 것 같아." 스트릭랜드가 말했다. "이제 저자에게 이 짐승을 치료해 달라고 하자고."

하지만 문둥이는 야옹 소리만 낼 뿐이었다. 스트릭랜드는 손에다 타월을 감고서 불 속에서 달궈진 총신을 꺼냈다. 나는 두 동강 낸 산책용 단장의 절반을 낚싯줄 올가미로 고정시키고서 그걸로 문둥이를 쿡쿡 찔러 스트릭랜드의 침대 틀 쪽으로 가게 했다. 나는 그때 남녀노

---

* 취어초과 식물의 열매에서 채취되는 맹독성 알칼로이드.

소가 마녀를 산 채로 불태우는 광경에 왜 매혹되는지 그 이유를 이해했다. 짐승은 방바닥에서 계속 신음을 내지르고 있었다. 비록 실버맨은 얼굴이 없으나, 그 얼굴을 대신하는 민판 위에서 엄청나게 무서운 느낌이 흘러가는 게 보였다. 그것은 뜨거운 열의 파도가, 가령 총신 같은 빨갛게 달군 쇠를 통과하는 것처럼 흘러갔다.

스트릭랜드는 잠시 두 손으로 그의 두 눈을 가렸고 우리는 작업에 돌입했다. 이 부분은 여기에 기록하지 않는다.

새벽이 밝아 오면서 문둥이는 말을 하기 시작했다. 그때까지 그자의 야옹 소리는 만족스럽지가 못했다. 짐승은 피곤하여 기절했고 집 안은 아주 조용했다. 우리는 문둥이를 묶은 줄을 풀어 주고서 짐승에게서 악령을 제거하라고 명령했다. 그자는 짐승에게 기어가서 그 왼쪽 가슴에다 손을 내려놓았다. 그게 전부였다. 이어 그는 얼굴을 바닥에 대더니 흐느껴 울었고 그러면서 숨을 들이쉬었다.

우리는 짐승의 얼굴을 관찰했고 플리트의 영혼이 두 눈으로 들어오는 것을 보았다. 이어 그의 이마에서 땀이 솟아났고 두 눈은—그것은 인간의 눈이었다—감겼다. 우리는 한 시간을 기다렸으나 플리트는 여전히 잠을 잤다. 우리는 그를 그의 방으로 데려갔고 문둥이에게는 가라고 했다. 우리는 침대 틀, 그의 알몸을 덮을 침대 틀 위의 시트, 우리가 그를 만질 때 사용한 장갑과 타월, 그의 몸에 올가미로 사용했던 채찍 등을 그에게 주었다. 그는 몸에 시트를 둘렀고 아무런 말도 야옹 소리도 없이 이른 아침에 밖으로 나갔다.

스트릭랜드는 얼굴의 땀을 닦아 내고 앉았다. 멀리 도시에서 울리는 야간 공 소리가 일곱 시를 알렸다.

"정확하게 24시간이군!" 스트릭랜드가 말했다. "나는 까딱 잘못했더라면 경찰관 자리에서 쫓겨나는 건 물론이고 정신병원에 영구 감금될 뻔했어. 자네는 우리가 제정신이라고 생각하나?"

빨갛게 달군 총신은 방바닥에 떨어져서 카펫을 그을리고 있었다. 그 냄새는 아주 고약했다.

그날 아침 열한 시에 우리는 함께 플리트를 깨우러 갔다. 우리는 그의 가슴에 생겼던 검은 표범 반점이 사라진 것을 보았다. 그는 아주 졸리고 피곤한 표정이었으나 우리를 보는 순간 이렇게 말했다. "야, 자네들! 새해를 축하하네. 술을 섞어 마시면 안 되겠어. 난 거의 죽을 뻔했어."

"자네의 덕담에 감사하네. 하지만 시간이 꽤 흘렀어." 스트릭랜드가 말했다. "오늘은 정월 이튿날의 오전이야. 자네는 꼭 24시간을 잔 거지."

문이 열렸고 키 작은 더무아즈 의사가 고개를 들이밀었다. 걸어 들어온 그는 우리가 플리트의 시신을 수습하고 있다고 생각했다.

"간호사를 데리고 왔습니다." 더무아즈가 말했다. "간호사가 여기 들어와서…… 필요한 조치를 해 주리라 생각합니다."

"그러시죠." 플리트가 침대에 앉은 채 쾌활하게 대답했다. "간호사들을 데려오세요."

더무아즈는 아무 말도 하지 못했다. 스트릭랜드는 그를 데리고 밖으로 나가 진단에 착오가 있었던 듯하다고 설명했다. 더무아즈는 계속하여 침묵했고 황급히 그 집을 떠났다. 그는 자신의 직업적 명성에 손상이 갔다고 생각하면서 그 회복을 개인의 특수한 문제로 치부하려 했다. 스트릭랜드 또한 밖으로 나갔다. 그는 집으로 돌아와서 하누만 신전에 갔다 왔다고 말했다. 신상의 오염에 대하여 보상하기 위해 서였는데, 백인이 일찍이 신상을 만진 적이 없었다는 엄숙한 얘기와, 그*가 망상 때문에 괴로워하는 모든 미덕의 화신이라는 얘기를 들었다. "자네는 어떻게 생각하나?" 스트릭랜드가 물었다.

"이 세상에는 우리의 철학으로는……"** 내가 말했다.

그러나 스트릭랜드는 그 인용문을 싫어했다. 그는 내가 그걸 너무 써먹어서 식상하다고 말했다.

지난밤의 일 못지않게 나를 무섭게 한 또 다른 기이한 일이 벌어졌다. 플리트가 옷을 갖춰 입고 식당에 들어와 코를 킁킁거리며 냄새를 맡았다. 그는 냄새를 맡을 때 코를 벌름거리는 괴상한 습관이 있었다. "여기, 아주 고약한 개 냄새가 나는데." 그가 말했다. "자네는 저 테리어 개들을 좀 더 잘 간수해야 되겠어. 스트릭, 유황을 사용해 보게."

하지만 스트릭랜드는 대답하지 않았다. 그는 의자 등을 꽉 붙잡더니 갑자기 놀라운 히스테리에 빠져들었다. 강인한 사람이 히스테리를 부리는 모습은 보기에 끔찍했다. 그러다가 나는 그 방 안에서 우리가 플리트의 영혼을 위해 실버맨과 싸웠고 영국인으로서 영원히 부끄러워할 만한 짓을 했다는 생각이 들었다. 나는 스트릭랜드 못지않게 부끄러움도 느끼지 못할 정도로 웃음을 터트리고 숨이 막혀 하고 또 콜록콜록했다. 플리트는 우리가 갑자기 미쳐 버렸다고 생각했다. 우리는 그 방 안에서 저질러진 행동을 그에게 말해 주지 않았다.

몇 년 뒤 스트릭랜드가 결혼을 하고 아내를 위해 교회에 다니는 모

---

* 스트릭랜드.
** 셰익스피어의 『햄릿』 1막 5장에 나오는 말로서 전문은 이러하다. "이 세상에는 우리의 철학으로는 도저히 상상조차 하지 못할 별별 일이 다 있다네."

임의 일원이 되었을 때 우리는 그 사건을 담담하게 다시 점검했고 스트릭랜드는 그것을 일반 대중 앞에 알리는 것이 좋겠다고 생각했다.

나는 이렇게 기록한 것이 그 신비로움을 말끔히 해소할 것이라고 보지 않는다. 첫째로, 아무도 이런 불쾌한 스토리를 믿어 주지 않을 것이고, 둘째로, 올바른 정신을 가진 사람들은 이교도의 신들은 돌과 놋쇠에 지나지 않으며 그 신들을 목석 이상의 존재로 대접한다면 그 건 비난받아 마땅한 짓이라고 생각하기 때문이다.

길가의 코미디

A Wayside Comedy

모든 일에는 때와 심판이 있으므로
인간의 불행이 그를 무겁게 짓누른다.

『전도서』 8장 6절

　운명과 인도 정부는 카시마 주재소를 하나의 감옥으로 만들었다. 거기서 지금 고통받고 있는 불쌍한 영혼들을 도울 길이 없으므로 나는 이 글을 쓰는데, 인도 정부가 감동하여 그곳의 유럽인들을 산지사방으로 흩어 보내기를 바란다.

　카시마는 사방이 도세리 산들로 둘러싸여 있는데 그 산들의 꼭대기는 모두 암반이 비쭉 솟아 있다. 봄이면 장미가 불붙는 듯하다. 여름이면 장미는 죽어 버리고 산에서 뜨거운 바람이 불어온다. 가을이면 땅에서 올라오는 하얀 안개가 물처럼 온 사방을 덮어 버리고, 겨울이면 서리가 어리고 부드러운 것은 죄다 파괴하여 땅에다 흩어 버린다. 카시마에는 풍경이라고는 하나밖에 없다. 완전히 평평한 초지와 경작지가 도세리 산의 청회색 덤불까지 뻗어 있을 뿐이다.

오락이라고는 도요새와 호랑이 사냥밖에 없다. 그러나 호랑이들은 오래전에 그들의 소굴에서 내쫓기어 바위 동굴로 도망쳤으며 도요새들은 1년에 딱 한 번 찾아올 뿐이다. 카시마에서 가장 가까운 주재소인 나르카라는 도로에서 143마일 떨어져 있다. 그곳에는 최소한 열두 명의 영국인이 살고 있지만 카시마 사람들은 그곳에 찾아가는 법이 없다. 그들은 병풍처럼 둘러쳐진 도세리 산들의 동그라미 안에서 머문다.*

카시마 사람들은 밴수이덴 부인이 해를 입힐 의도가 전혀 없다는 것을 안다. 하지만 모든 사람이 그녀, 오로지 그녀 때문에 마을에 고통이 찾아왔다는 것도 안다.

기사인 볼트와 볼트 부인 그리고 커렐 대위는 이것을 안다. 이 세 사람은 카시마에 거주하는 영국인들이다. 그 외에 전혀 중요하지 않은 밴수이덴 소령과 아주 중요한 밴수이덴 소령 부인 또한 그러하다.

당신은 이해하지 못하겠지만 여론이 형성되지 않는 감추어진 소공동체에서는 모든 법률이 약화된다는 것을 기억해야 한다. 한 남자가 주재소에서 완벽하게 외로움을 타게 되면 그는 사악한 방식에 떨어지는 모험을 감수한다. 이 위험은 인구가 배심원 숫자인 열두 명으로 늘어날 때까지 그 늘어나는 숫자만큼 곱하기가 된다. 그 후에는 공포와 그에 따르는 절제가 시작되고 인간의 행동은 덜 괴기하고 덜 불안정하게 된다.

밴수이덴 부인이 도착하기 전까지는 카시마에 한적한 평화가 있었다. 그녀는 매력적인 여인이었고, 모든 곳에서 모든 사람이 그렇게 말

---

* 카시마, 도세리 산, 나르카라는 모두 허구의 지명이다.

했다. 그럼에도 불구하고 혹은 그것 때문에(운명은 변덕스러우니까), 그녀는 오로지 한 사람, 남편인 밴수이덴 소령만 사랑했다. 만약 그녀가 못생겼거나 우둔하다면 그러한 부인의 사랑은 카시마 사람들에게 가상한 일이었을 것이다. 그러나 그녀는 아직 햇빛이 들이비치기 전의 호수 색깔 같은 차분한 회색 눈빛을 가진 아름다운 여인이었다. 일단 그 눈을 한 번 본 남자들은 도대체 저 여자는 어떻게 생긴 여자인지 의아해지면서 자꾸만 쳐다보고 싶어지는 것이다. 그 눈은 남자를 매혹시켰다. 여성들은 "그녀가 못생긴 얼굴은 아니지만 너무 심각한 체해서 오히려 분위기 망치는 여자"라고 말들 했다. 하지만 그녀의 심각함은 자연스러웠다. 웃는 것은 그녀의 습관이 아니었다. 그녀는 스쳐 지나가는 사람들을 그냥 바라보면서 일상생활을 영위할 뿐이었다. 그러나 여자들은 남자들이 그녀에게 홀딱 넘어가 마치 여신처럼 숭배하는 태도를 아주 못마땅하게 생각했다.

그녀는 자신이 카시마에 미친 해악을 알았고 또 그것을 아주 미안하게 생각했다. 그러나 밴수이덴 소령은 왜 볼트 부인이 일주일에 세 번씩이나 다회茶會에 빠지는지 그 이유를 알지 못했다. "주재소에 여자라곤 딱 두 명인데, 좀 더 자주 만나야 하는 거 아니야" 하고 밴수이덴 소령은 말했다.

밴수이덴 부인이 사교와 오락이 있는 저 멀리 떨어진 곳에서 떠나오기 훨씬 전에, 커렐은 볼트 부인이 이 세상에서 그 자신에게 점지된 딱 하나의 여인임을 발견했다. 당신은 감히 그들을 비난해서는 안 된다. 카시마는 천국 혹은 저승이나 다름없는 구중심처九重深處였고 도세리 산은 그들의 비밀을 잘 감추어 주었다. 볼트는 그 문제를 전혀 알지 못했다. 그는 한 번에 2주씩 캠프에 출장 나가 있었다. 그는 냉정하고 둔탁한 남자였고 볼트 부인이나 커렐은 그를 연민하지 않았다. 그들은 카시마를 그들의 집으로, 서로를 아주 소중한 사람으로 여겼다. 그 당시 카시마는 에덴동산이었다. 볼트가 출장길에서 돌아오면 커렐의 어깨를 툭 치면서 "오랜 친구" 하고 불렀고 세 사람은 함께 저녁 식사를 했다. 하느님의 심판이 나르카라 혹은 해안까지 내달리는 철도처럼 멀리 떨어져 있던 그 당시에 카시마는 행복했다. 그러나 정부는 밴수이덴 소령을 카시마에 발령 냈고 그와 함께 그의 아내가 따라왔다.

카시마의 예절은 사막 섬의 그것과 아주 유사했다. 어떤 낯선 이가 그곳에 던져지면, 모든 사람이 해안으로 나가서 그를 환영했다. 카시마 사람들은 나르카라 도로 가까운 석축 플랫폼에 모여서 밴수이덴 부부를 위한 다회를 열었다. 그 예식은 공식 모임이었고 그들을 주재소의 권리와 특혜로부터 해방시켰다. 밴수이덴 부부는 새 집에서 자리를 잡자 카시마 사람들을 위해 집들이 행사를 개최했다. 그 후 주재소의 오래된 관습에 따라 카시마 사람들은 부부의 집을 자유롭게 드나들었다.

이어 장마가 왔다. 아무도 캠프에 갈 수가 없었고 나르카라 도로는 카순 강에 의해 범람되었고, 컵같이 생긴 카시마의 목초지에서 소들은 무릎 높이의 빗물을 건너가야 되었다. 도세리 산에서 구름들이 내려와 모든 것을 뒤덮었다.

장마가 끝나자 아내를 대하는 볼트의 태도가 바뀌었고 눈에 띄게 사랑이 넘쳤다. 부부는 결혼한 지 12년이었는데 그런 변화는 볼트 부인을 놀라게 했다. 부인은 느닷없이 배우자로부터 자상한 대접을 받는 여자의 증오심을 가지고 남편을 증오했고, 이런 자상함에도 불구하고 남편에게 큰 잘못을 저질렀다. 더욱이 그녀는 감당해야 할 또 다른 고민거리가 있었다. 그건 그녀 자신의 재산인 커렐을 감시하는 일이었다. 장마는 두 달 동안 도세리 산과 그 밖의 많은 것을 감추어 주었다. 그러나 장마가 끝나자 볼트 부인은 그녀가 소중히 여기는 남자 중의 남자인 테드—그녀는 과거에 볼트가 듣지 않는 곳에서는 커렐을 테드라고 불렀다—가 동맹의 고리로부터 슬금슬금 빠져나가고 있는 것을 발견했다.

"저 밴수이덴 년이 그를 사로잡았어" 하고 볼트 부인은 혼자 중얼거렸다. 그러나 볼트가 출장을 나가자 그녀는 지나치게 열성적인 테드의 알랑거리는 언사 앞에서 자신의 그런 생각에 눈물을 흘렸다. 카시마의 슬픔은 사랑만큼이나 행운의 소관 사항이었는데 시간의 경과처럼 그 슬픔을 약화시켜 주는 것도 없기 때문이었다. 볼트 부인은 확신을 하지 못했기 때문에 의심을 일절 입 밖에 내지 않았다. 그녀는 무슨 일이 되었든 확신하기 전에는 조치를 취하지 않는 성격이었다. 그 때문에 그녀는 아무런 조치도 취하지 않았다.

볼트는 어느 날 저녁 집으로 돌아와서 응접실의 문기둥에 기대어 콧수염을 씹고 있었다. 볼트 부인은 꽃병에 꽃을 갈아 넣었다. 카시마에도 문명의 허세는 있는 것이다.

"여보," 볼트가 조용히 말했다. "당신은 나를 사랑하오?"

"무척." 그녀가 웃으며 말했다. "그건 왜 물어요?"

"난 진지하게 말하고 있는 거야." 볼트가 말했다. "나를 사랑해?"

볼트 부인은 꽃을 떨어트리고 홱 돌아섰다. "솔직한 대답을 원하세요?"

"물론이지. 그래서 물었잖아."

볼트 부인은 5분 동안 아무런 오해가 없도록 낮고 평평한 목소리로 또렷하게 말했다. 삼손이 가자에서 이교도 신전의 기둥을 무너트렸을 때*, 그는 사소한 일을 한 것에 불과했다. 한 여인이 의도적으로 자신의 집 기둥을 뿌리째 뽑아 버린 것에 비하면 말이다. 아주 조심성 많은 아내인 볼트 부인에게는 행동을 자제하도록 권하는 현명한 여자 친구가 없었다. 그녀는 볼트의 가슴을 내리쳤는데 그녀의 가슴이 커렐에 대한 의심으로 병들어 있는 데다 장마 기간 동안 혼자서 그 줄기차게 내리는 비를 쳐다보기가 너무나 지겨웠던 것이다. 그녀의 갑작스러운 발언에는 계획이나 목적 따위는 없었다. 그냥 입에서 말이 줄줄 흘러나왔다. 볼트는 호주머니에 양손을 집어넣은 채 문기둥에 기대어 그 말을 들었다. 말이 끝나자, 볼트 부인은 코로 한 번 심호흡을 하더니 눈물을 터트렸고, 그는 크게 웃으면서 바로 앞의 도세리 산들을 똑바로 쳐다보았다.

"그게 전부야?" 그가 말했다. "고마워. 난 정말 알고 싶었어."

"이제 어떻게 할 거예요?" 여자가 흐느끼는 사이에 물었다.

"뭘 할 거냐고! 아무것도 안 해. 내가 왜 행동에 나서야 해? 커렐을 죽이거나 당신을 본국으로 돌려보내거나 아니면 이혼 절차를 밟기 위해 휴가를 얻을 거냐고? 나르카라까지 가는 데에는 마차로도 이틀이 걸려." 그는 다시 웃음을 터트리더니 이어서 말했다. "**당신이 무엇을 해야 할지 말해 주지. 내일 커렐을 저녁 식사에 초대하도록 해. 아니 목요일이 좋겠군. 그래야 당신이 짐을 쌀 시간이 있을 테니까. 그런 다음 그 친구와 도망치도록 해. 내 약속하는데, 나는 추적에 나서**

* 구약성경 『판관기』 16장 21~30절.

지 않을 거야."

그는 헬멧을 집어 들고 응접실 밖으로 나갔다. 볼트 부인은 달빛이 방바닥에 스며 들어올 때까지 한자리에 앉아서 생각하고, 생각하고, 또 생각했다. 그녀는 한순간의 충동을 못 이겨서 집구석을 폭삭 꺼지게 하려고 최선을 다했으나 집은 무너져 내리지 않았다. 게다가 그녀는 남편을 이해할 수가 없었고 그래서 두려웠다. 쓸데없이 진실을 털어놓은 우행이 그녀의 가슴을 쳤고 그녀는 커렐에게 이런 내용의 편지를 보내기가 창피했다. "내가 미쳐서 모든 것을 다 말했어요. 남편은 내가 당신과 함께 달아나도 좋대요. 목요일에 마차를 준비하세요. 우린 저녁 식사 후에 달아날 수 있어요." 이러한 절차는 너무 냉정한 것 같아 그녀의 마음에 들지 않았다. 그래서 그녀는 집에 가만히 앉아서 생각에 잠겼다.

저녁때 볼트는 창백하고 피곤하고 수척한 상태로 산책에서 돌아왔다. 부인은 그의 번뇌에 감동되었다. 그리고 저녁이 깊어 가자 그녀는 참회 비슷한 슬픔의 말을 했다. 볼트는 깊은 명상에서 벗어나더니 이렇게 대답했다. "아, **그거**! 난 그건 생각하고 있지 않았어. 그래, 커렐은 도망치자는 말에 어떻게 반응했어?"

"그를 만나지 못했어요." 볼트 부인이 말했다. "어머나! 그게 전부예요?"

그러나 볼트는 듣고 있지 않았고 그의 말은 꿀꺽하고 침 삼키는 소리와 함께 끝나 버렸다.

그다음 날은 볼트 부인에게 아무런 위안도 가져다주지 않았다. 커렐은 나타나지 않았고, 전날 밤 5분간의 광기에 사로잡혀 그녀가 예전의 폐허로부터 구축하기를 희망했던 새로운 생활은 조금도 더 가까이 다가와 있지 않았다.

볼트는 아침 식사를 하고서 그녀에게 베란다에 있는 그녀의 아랍 조랑말을 돌보라고 말한 뒤 밖으로 나갔다. 아침은 그렇게 지나갔고 정오가 되자 그 긴장은 도저히 견뎌 낼 수가 없었다. 볼트 부인은 울 수가 없었다. 지난밤에 이미 울 만큼 울었고 이제는 혼자 있고 싶지 않았다. 어쩌면 밴수이덴 부인이 그녀에게 말을 걸어 줄지도 몰랐다. 대화는 가슴을 열어 주기 때문에 그 여자와 함께 있으면 다소간의 위안을 얻을 수도 있었다. 그녀는 주재소에서 유일한 다른 여자였다.

카시마에는 방문 시간이 일정하게 정해져 있지 않았다. 누구나 마음 내킬 때 아무 때나 들를 수 있었다. 볼트 부인은 커다란 테라이 모자를 쓰고 지난 주 《퀸》을 빌리기 위해 밴수이덴 부부의 집으로 걸어갔다. 두 집은 붙어 있었고 그녀는 차도를 걸어 올라간 것이 아니라 선인장 울타리 사이의 틈을 이용하여 뒤쪽에서 그 집에 접근했다. 그녀는 응접실을 통과하면서 응접실 문을 가린 푸르다* 뒤에서 자기 남편의 목소리를 들었다.

"정말이라니까요! 내 영혼과 명예를 걸고 말하는데, 그녀는 나를 사랑하지 않아요. 그녀가 지난밤에 내게 말했어요. 밴수이덴이 당신과 함께 있지 않았다면 지난밤에 말했을 거예요. **그녀** 때문에 당신이 내게 아무런 할 말이 없다면 당신은 마음을 놓아도 돼요. 상대는 커렐이에요—"

"뭐라고요?" 밴수이덴 부인이 신경질적인 작은 웃음을 터트리며 말했다. "커렐! 아, 그럴 리가 없어요! 당신네 부부는 뭔가 끔찍한 실

* 커튼을 말하는데 힌두나 무슬림 가정에서 여인들의 방을 구분하는 데 쓰인다.

수를 하고 있는 거예요. 어쩌면 당신이—당신이 화를 냈거나 오해를 했거나, 뭐 그랬을 거예요. 사태는 당신이 말한 것처럼 그렇게 잘못되었을 **리가 없어요.**"

밴수이덴 부인은 남자의 호소를 피하기 위해서 방어 전술을 바꾸었고, 필사적으로 그가 곁가지 문제에 집중하도록 유도했다.

"뭔가 착오가 있었을 거예요." 그녀가 고집했다. "그건 얼마든지 올바르게 고쳐 놓을 수 있어요."

볼트는 음울하게 웃었다.

"커렐 대위일 리가 없어요! 그는 내게 당신 아내에게는 조금도 관심이 없다고 말했어요, 볼트 씨. 아, 내 말을 **좀** 들어요! 관심 없다고 말했어요. 아니, 맹세했어요." 밴수이덴 부인이 말했다.

푸르다가 살랑거렸고 그녀의 말은 중단되었다. 거기에 눈 밑에 커다란 둥근 그림자가 진 작고 마른 여자가 들어섰다. 밴수이덴 부인은 깜짝 놀라며 일어섰다.

"금방 뭐라고 했어요?" 볼트 부인이 물었다. "저 남자는 신경 쓰지 말아요. 테드가 당신에게 뭐라고 말했나요? 당신에게 뭐라고 했어요? 그가 뭐라고 했느냐고요?"

밴수이덴 부인은 질문하는 여자의 고뇌에 압도되어 소파에 털썩 주저앉았다.

"그가 말하기를, 그가 말한 것을 정확하게 기억하지는 못해요. 하지만 그 말뜻은 이해했는데, 그러니까, 하지만 볼트 부인, 그건 좀 이상한 질문 아니에요?"

"**제발** 그가 말한 것을 좀 들려주시겠어요?" 볼트 부인이 같은 말을 되풀이했다. 심지어 호랑이도 곰에게 새끼를 빼앗기면 그런 식으로 펄쩍 뛰어오를 것이다. 밴수이덴 부인은 마음이 착한 여자일 뿐이었다. 그녀는 절망에 빠진 목소리로 말하기 시작했다. "그러니까, 그는 당신에게는 조금도 관심이 없다고 했어요. 그런 관심을 가질 이유가 전혀 없다는 거였어요. 그게 전부예요."

"당신은 그가 내게 관심 없다는 걸 **맹세했다고** 말했어요. 그게 사실인가요?"

"예." 밴수이덴 부인이 아주 나지막하게 말했다.

볼트 부인은 서 있던 자리에서 한순간 동요하더니 기절하며 앞으로 쓰러졌다.

"내가 당신에게 뭐라고 했습니까?" 볼트는 마치 대화가 끊어지지 않은 것처럼 말했다. "당신 눈으로 직접 보셨지요. 그녀는 **그를** 좋아합니다." 그 순간 빛이 그의 둔탁한 정신 속에 스며들기 시작했고 그는 계속 말했다. "그리고 그—**그가** 당신에게 뭐라고 말했습니까?"

그러나 설명이나 열정적인 호소를 들어 줄 마음이 없던 밴수이덴 부인은 쪼그려 앉아 볼트 부인을 내려다보고 있었다.

"오, 지독한 사람!" 그녀가 소리쳤다. "**모든** 남자가 다 그래요? 어서 그녀를 내 방으로 들이는 데 좀 도와줘요—그녀의 얼굴이 탁자에 부딪혀서 찢어졌어요. 난 커렐 대위를 미워해요. 자, 그녀를 조심스럽게 일으켜 세워요. 가! 가요!"

볼트는 그의 아내를 밴수이덴 부인의 침실로 들여 놓았고 부인의 분노와 혐오가 들이닥치기 전에 서둘러 그 집에서 빠져나왔으나 전혀 뉘우치지 않았고 오히려 질투심에 불타올랐다. 커렐은 밴수이덴 부인을 상대로 구애 행각을 벌여 왔던 것이다. 커렐이 볼트에게 한 것 같은 엄청난 잘못을 과연 밴수이덴에게 할 수 있을까. 볼트는 밴수이덴 부인이라면 그녀가 사랑했던 남자가 배신한 것을 발견하고서 기절까지 했을까, 하고 상상하는 자기 자신을 발견했다.

볼트가 이런 생각을 하고 있는데 커렐이 길에서 말을 타고 가볍게 달려와 말을 세우며 쾌활한 어조로 말을 걸어왔다. "안녕하시오. 평소처럼 밴수이덴 부인을 상대로 노닥거리다 왔습니까? 근엄한 유부남으로서는 좀 심한 거 아니오? 볼트 부인이 뭐라고 하겠습니까!"

볼트는 고개를 쳐들고서 천천히 말했다. "아, 이 거짓말쟁이!" 커렐의 얼굴이 변했다. "뭐라고요?" 그가 재빨리 물었다.

"별거 아니오." 볼트가 말했다. "내 아내가 당신에게 두 사람이 언제든 마음 내키는 대로 도망칠 수 있다는 얘기를 해 주지 않던가요? 아내는 상황을 있는 그대로 나에게 설명해 주었소. 당신은 내게 진정한 친구였더군. 오랜 친구, 커렐, 그렇지 않소?"

커렐은 신음을 했고 '만족'시켜 줄 의향이 있다는 일종의 바보 같은 말을 꺼내려고 했다.* 하지만 그 여자에 대한 그의 관심은 이미 죽어 버렸고 장마 중에 완전히 사라져 버렸기에 커렐은 그런 황당하고 무분별한 짓을 한 그 여자에게 내심 욕을 퍼부었다. 그 여자와의 관계는 천천히 없던 걸로 하는 게 가장 손쉬운 길이었을 텐데, 이제 그는 갑자기 똥바가지를—그 순간 볼트의 목소리가 그를 일깨웠다.

"내가 당신을 죽인다고 만족을 얻을 것 같지 않소. 당신도 나를 죽인다고 해서 만족을 얻지는 못하리라 확신하오."

이어 그가 당한 피해와는 영 어울리지 않는 싸울 듯한 목소리로 볼트가 덧붙였다.

---

* 여기서 만족은 오쟁이 진 남편에게 결투를 받아 줌으로써 모욕을 보복할 기회를 주는 것이다.

"그런데 당신이 한 여자를 얻었다면 그 여자와 끝까지 갈 생각이 없었다는 건 유감이군. 당신은 **그 여자에게도** 진정한 친구였겠지?"

커렐은 심각한 얼굴로 그를 오래 노려보았다. 상황은 점점 그의 손에서 벗어나고 있었다.

"무슨 뜻입니까?" 그가 말했다.

볼트는 질문자에게보다는 그 자신에게 대답하듯 말했다. "내 아내가 방금 밴수이덴 부인의 집으로 건너왔소. 그런데 당신은 밴수이덴 부인에게 엠마를 전혀 사랑하지 않았다고 말했다면서요? 나는 당신이 평소처럼 거짓말을 했으리라 생각하오. 밴수이덴 부인이 당신과 무슨 상관이며 당신이 그녀와는 무슨 상관이오? 딱 한 번만이라도 진실을 말해 보시오."

커렐은 얼굴 하나 찌푸리지 않고 그 이중의 모욕을 받아들이면서 또 다른 질문을 했다. "계속 말해 보시오. 그래서 무슨 일이 벌어졌나요?"

"엠마는 기절을 했소." 볼트가 간단히 말했다. "자, 여길 보세요. 그래 밴수이덴 부인에게 무슨 말을 했소?"

커렐은 웃음을 터트렸다. 볼트 부인은 그 멋대로 놀리는 혓바닥으로 그의 계획을 파괴해 버렸다. 하지만 커렐은 그를 비행이 폭로된 불명예스러운 남자라고 깔보는 볼트에게 상처를 입힘으로써 보복할 수 있었다.

"그녀에게 무슨 말을 했느냐고? 남자가 무엇 때문에 그런 거짓말을 할까? 내가 크게 틀리지 않았다면 당신이 말했던 것과 상당히 비슷한 것을 내가 말했다고 생각하오."

"나는 진실을 말했어." 그가 또다시 커렐보다는 그 자신을 상대로 말했다. "엠마는 나를 싫어한다고 내게 말했어. 그녀는 나에 대해서 권리가 없어."

"아니요! 그렇지 않다고 생각하오. 당신은 그녀의 남편이오. 그래 당신이 정떨어진 마음을 밴수이덴 부인의 발밑에 바치니까 그녀가 무엇이라고 대답합디까?"

커렐은 그 질문을 던지면서 자신이 거의 도덕군자가 된 느낌이 들었다.

"그건 중요하다고 생각하지 않소." 볼트가 대답했다. "그건 당신하고 상관없는 문제요."

"상관있어요! 내 말하는데 그게 상관—" 커렐이 후안무치하게 말을 시작했다.

그 말은 볼트의 입에서 튀어나온 커다란 웃음소리에 끊어졌다. 커렐은 잠시 말이 없더니 그 또한 안장에서 몸을 흔들어 대면서 크고 길게 웃어 젖혔다. 그것은 불쾌한 소리였다. 나르카라 도로의 길고 하얀 길의 가장자리에 멈춰 선 두 사람은 즐거움 없는 즐거움으로 웃었다. 카시마에는 낯선 사람들이 없었는데, 안 그랬더라면 그들은 도세리 산들에 갇혀 있는 바람에 유럽 인구 절반이 돌아 버렸다고 생각했을 것이다. 웃음은 갑자기 끝났고, 커렐이 먼저 말을 꺼냈다.

"그래, 당신은 어떻게 할 생각이오?"

볼트는 도로 위쪽과 산들을 쳐다보았다. "아무것도 안 할 생각이오." 그가 조용히 말했다. "그래 봐야 무슨 소용이겠소? 무슨 일을 하려 해도 여긴 너무 황량한 곳이오. 우리는 예전의 생활을 그대로 살아가야 해요. 나는 당신을 개자식에 거짓말쟁이라고 부를 수 있겠지만 욕을 한없이 할 수는 없어요. 게다가 내가 당신보다 훨씬 나은 사람이라는 생각이 들지 않아요. 우리는 여기서 빠져나갈 수 없어요. 할 일이 뭐가 있겠어요?"

커렐은 쥐굴 같은 카시마를 한번 둘러보고는 아무 대답도 하지 않았다. 피해를 당한 남편이 그 멋진 얘기를 계속했다.

"자, 계속 달려가서 원한다면 엠마에게 말을 하시오. 정말이지 당신이 무엇을 해도 나는 신경 쓰지 않겠소."

그는 재빨리 앞서 걸어갔고 커렐은 멍하니 그의 등을 쳐다보았다. 커렐은 볼트 부인에게도 또 밴수이덴 부인에게도 가지 않았다. 그가 말안장에 앉아 생각에 잠겨 있는 동안 조랑말은 길가의 풀을 뜯었다.

다가오는 수레의 바퀴 소리가 그의 정신을 일깨웠다. 밴수이덴 부인이, 이마가 찢어진 채 수척하고 창백한 볼트 부인을 수레로 데려다주는 중이었다.

"잠깐만, 서 줘요." 볼트 부인이 말했다. "나는 테드에게 할 말이 있어요."

밴수이덴 부인은 그 말을 따랐고 볼트 부인이 개가 끄는 이륜 수레의 흙받기에 손을 내려놓으며 몸을 앞으로 숙이자, 커렐이 말했다.

"볼트 부인, 당신의 남편을 금방 만났습니다."

더 이상의 설명이 필요 없었다. 그 남자의 눈은 볼트 부인이 아니라 그녀의 친구에게 고정되어 있었다. 볼트 부인은 그 눈빛을 보았다.

"그에게 말해요!" 그녀가 옆에 있는 부인에게 몸을 돌리며 애원했다. "아, 그에게 말해요! 당신이 내게 금방 했던 말을 그에게 해 줘요. 당신이 그를 미워한다고 말해 줘요. 그에게 미워한다고 말해 줘요!"

그녀는 몸을 앞으로 숙이면서 구슬프게 울었으나, 대위는 무표정한 얼굴로 앞으로 약간 나서며 말을 다잡았다. 밴수이덴 부인은 얼굴이 새빨갛게 되면서 수레 고삐를 놓아 버렸다. 그녀는 이런 볼썽사나운 설명의 현장에 끼어들고 싶지 않았다.

"난 그 일과는 아무런 관련이 없어요." 그녀가 차갑게 말했다. 하지만 볼트 부인의 흐느낌이 그녀를 압도했고 그녀는 할 수 없이 커렐에게 말했다. "커렐 대위님, 난 무슨 말을 해야 할지 모르겠어요. 당신을 뭐라고 불러야 할지도 모르겠어요. 난 당신이 아주 치욕스럽게 행동했다고 생각해요. 그녀는 탁자에 부딪혀서 이마가 찢어졌어요."

"아프지 않아요. 그건 아무것도 아니에요." 볼트 부인이 약한 목소리로 말했다. "**그건** 중요하지 않아요. 당신이 내게 말한 것을 그에게 말해 줘요. 당신이 그를 좋아하지 않는다고 말해 줘요. 오, 테드, 당신은 그녀의 말을 믿을 거죠?"

"볼트 부인은 당신이 한때 그녀를 좋아했다는 것을 내게 알려 주었습니다." 밴수이덴 부인이 계속 말했다.

"쳇!" 커렐이 야비하게 말했다. "볼트 부인은 먼저 남편을 좋아하는 게 더 좋았을 뻔했습니다."

"그만둬요!" 밴수이덴 부인이 말했다. "먼저 내 말을 들어요. 나는 신경 쓰지 않아요. 당신과 볼트 부인에 대해서 아무것도 알고 싶지 않아요. 하지만 내가 당신을 증오한다는 걸 **당신이** 알아주었으면 해요. 난 당신이 비열한 사람이라고 생각해요. 그리고 앞으로 당신과 **다시는** 말을 하지 않을 거예요. 내가 당신을 어떻게 생각하는지는 더 이상 말하고 싶지 않아요. 당신네—남자들이란!"

"난 테드와 말하고 싶어요." 볼트 부인이 신음하듯 말했으나, 이륜 수레는 앞으로 달려갔고 커렐은 수치를 당한 채 길가에 남겨졌고, 볼트 부인에 대한 분노로 속이 설설 끓었다.

그는 밴수이덴 부인이 그녀의 집으로 되돌아갈 때까지 기다렸고, 그녀가 볼트 부인이라는 부담으로부터 해방되었으므로, 다시 한 번 자신과 자신의 행동이 야비하다고 생각하는지 묻고 싶었다.

저녁때면 나르카라 도로의 플랫폼에서 카시마 사람들이 만나서 차를 마시고 그날에 벌어진 사소한 일들을 얘기하는 것이 하나의 관습이었다. 밴수이덴 소령과 그의 부인은 그들이 기억하는 한 사상 처음으로 집회소에 아무도 나와 있지 않은 것을 발견했다. 쾌활한 소령은 주재소 사람들이 아마도 아픈 것 같다는 아내의 아주 합리적인 의견에도 불구하고 두 채의 집을 방문하여 그 주민들의 안부를 물었다.

"저녁에 집에 앉아 있다니!" 소령이 크게 화를 내며 볼트 부부에게 말했다. "그건 절대 안 될 일이오! 이 뭐요? 우린 단합을 해야 돼요, 여기서는 다 한 식구라니까! 당신들은 밖으로 나와야 **해요**. 커렐도 그렇고. 난 그에게 밴조를 가지고 오라고 하겠소."

정직한 소박함은 엄청난 힘이고 죄의식을 소화시켜 주는 약이기 때문에 카시마 사람들이 모두 밖으로 나왔고 심지어 밴조도 따라왔다. 소령은 온 얼굴에 함박 미소를 지으며 그들을 포옹했다. 그가 활짝 웃자 밴수이덴 부인은 잠시 눈을 치켜뜨고 온 카시마 사람들을 쳐다보았다. 그 눈빛의 의미는 명확했다. 밴수이덴 소령은 아무것도 몰라야 한다는 것이었다. 그는 도세리 산들이 감옥이 되어 주는 그 행복한 가정의 국외자로 남아야 되었다.

"커렐, 자네는 영 형편없이 노래를 부르는구먼." 소령이 사실대로 말했다. "그 밴조를 내게 건네주게."

그리고 그는 하늘에 별들이 총총 나와서 모든 카시마 사람이 저녁을 먹으러 갈 때까지 고문하듯이 노래를 불러 댔다.

그것이 카시마의 새로운 생활의 시작이었다. 그것은 어느 날 저녁 때 볼트 부인이 혀를 잠깐 잘못 놀려 시작된 생활이었다.

밴수이덴 부인은 소령에게 진실을 말하지 않았다. 남편이 부담스러운 환대를 유지해야 한다고 자꾸만 고집했기에 그녀는 어쩔 수 없이 커렐과는 말을 하지 않겠다는 맹세를 깨트렸다. 공손하고 관심 있는 듯한 외양을 꾸밀 수밖에 없는 그녀의 대화는 볼트의 가슴에 질투와 둔탁한 증오를 불 질렀고 또한 그의 아내의 가슴에도 그와 비슷한 정서를 불러일으켰다. 볼트 부인은 밴수이덴 부인이 테드를 그녀에게서 빼앗아 갔으므로 부인을 미워했고, 또 다소 기이한 방식으로 부인이 테드를 증오한다고 해서 부인을 더 미워했다. 이 점에 대해서는 볼트보다는 볼트 부인의 눈이 더 분명하게 보았다. 씩씩한 대위이고 명예로운 남자인 테드는 한때 사랑했던 여자를 주먹으로 때려서 침묵시키고 싶을 정도로 미워하는 게 가능하다는 것을 알았다. 무엇보다도 그는 볼트 부인이 그녀 자신의 소행이 잘못되었다는 것을 깨닫지 못하는 것에 대하여 충격을 받았다.

볼트와 커렐은 우정을 과시하며 함께 호랑이 사냥도 나갔다. 볼트는 그들의 관계를 아주 만족스러운 바탕 위에 올려놓았다.

"당신은 악당이야." 그가 커렐에게 말했다. "나는 나 자신에 대해서 갖고 있던 자존심은 다 잃어버렸어. 하지만 당신이 나와 함께 있으면 당신이 밴수이덴 부인과 함께 있지 못하고 또 엠마를 비참하게 만들지 못한다는 점은 확신할 수 있어 좋아."

커렐은 볼트가 무슨 말을 하든 다 참았다. 때때로 그들이 사흘간 함께 사냥 여행을 떠나면 소령은 아내에게 볼트 부인을 찾아가 놀다 오라고 권했다. 그러면 밴수이덴 부인은 이 세상에서 남편과 함께 있는 것이 가장 좋다면서 그 제안을 거부했다. 그녀가 애교스러운 자세로 그에게 매달리는 모양새로 보아 그녀는 진실을 말하고 있는 것 같았다.

그리고 소령은 늘 이렇게 말했다. "이처럼 작은 주재소에서 우리는 모두 화목하게 살아야 해요."

매애, 매애, 검은 양

Baa Baa, Black Sheep

매애, 매애, 검은 양,
너는 양털을 가지고 있니?
예, 예, 선생님, 세 보따리 가득.
한 보따리는 주인님, 또 한 보따리는 마나님에게 드리고,
저기 길 아래에서 울고 있는 어린 소년에겐 안 줄 거예요.

유아원노래

첫 번째 보따리

내가 내 아버지의 집에 있었을 때
나는 더 좋은 곳에 있었다.

그들은 펀치를 침대에 누이고 있었다. 아야와 하말*과, 붉은색과 황금색 터번을 쓴 몸집 큰 수르티 소년인 미타였다. 이미 모기장 안에 들어가 있는 주디는 거의 잠들어 있었다. 펀치는 저녁 식사 때까지 자지 않고 깨어 있는 것이 허용되었다. 지난 열흘 동안 많은 특혜가 펀치에게 부여되었다. 그의 세계를 구성하는 사람들은 대체로 불쾌한 그의 행동 방식과 짓거리들을 커다란 사랑으로 감싸 안았다. 그는 침대의 가장자리에 앉아서 맨다리를 도전적으로 흔들어 댔다.

"펀치 바바**는 굿나잇 할 건가요?" 아야가 은근하게 말했다.

"아니," 펀치가 말했다. "펀치 바바는 호랑이가 되어 버린 라니의 이

---

* 아야는 보모, 하말은 짐꾼을 뜻한다.
** '아기'란 뜻.

야기를 듣고 싶어. 미타가 얘기해 주면, 하말은 문 뒤에 숨어 있다가 필요한 때에 호랑이 소리를 내는 거야."

"그러면 주디 바바가 깨어날 텐데요." 아야가 말했다.

"주디 바바는 깨어났어." 모기장 안에서 작은 목소리가 말했다. "델리에는 라니가 살았어요. 어서 말해, 미타." 그리고 주디는 다시 잠이 들었고 미타는 그 이야기를 시작했다.

펀치가 그처럼 수월하게 아무 저항도 받지 않고 그 이야기를 시킨 적은 일찍이 없었다. 그는 오랫동안 생각에 잠겼다. 하말은 스무 가지 다른 목소리로 호랑이 소리를 냈다.

"중지!" 펀치가 권위 있는 목소리로 말했다. "왜 아빠는 방 안에 들어와서 내게 엔진의 통통 거리는 소리를 들려주지 않는 거야?"

"펀치 바바는 멀리 떠나가요." 아야가 말했다. "한 주만 더 있으면 내 머리카락을 잡아당길 펀치 바바는 더 이상 여기 없어요." 그녀는 부드럽게 한숨을 내쉬었다. 그 집의 아들은 그녀의 가슴에 아주 소중한 존재였기 때문이다.

"기차를 타고 가우츠 강 위쪽으로?" 펀치가 침대에 우뚝 서서 말했다. "라니 호랑이가 살고 있는 저 먼 나식까지?"

"어린 사히브, 금년에는 나식까지 가지 않아요." 미타가 그를 어깨에 올려 태우며 말했다. "코코넛 나무들이 자라는 바다로 내려가, 커다란 배를 타고 바다를 건널 거예요. 바바는 미타를 벨라이트로 데려갈 건가요?"

"너희들을 모두 데리고 갈 거야." 펀치가 미타의 강력한 팔뚝 위에서 소리쳤다. "미타와 아야와 하말과, 정원의 비니와 뱀 사람 캡틴 사히브도 다 같이 가자."

"사히브의 배려가 정말 크세요." 그렇게 말하는 미타의 목소리에는 조롱의 기운이 전혀 어려 있지 않았다. 미타가 어린아이를 침대에 다시 내려놓았고, 문턱에서 달빛을 맞으며 앉아 있던 아야는 파렐의 로마 가톨릭교회에서 부르는 것 같은 끝없는 찬송가를 부르면서 아이를 잠재웠다. 펀치는 곧 몸을 동그랗게 말고서 잠이 들었다.

다음 날 아침 주디는 유아실에 쥐가 들어왔다고 소리쳤고 그래서 펀치는 그 멋진 소식을 그녀에게 말해 주는 것을 잊어버렸다. 하지만 말해 주지 않은 것은 별로 문제 될 것이 없었다. 주디는 겨우 세 살이고 말해 줘도 무슨 소린지 모를 것이기 때문이다. 그러나 펀치는 다섯 살이었다. 그는 영국으로 가는 것이 나식으로 가는 여행보다 훨씬 더 멋지리라는 것을 알았다.

아빠와 엄마는 브로엄 마차*와 피아노를 팔았고 집을 해체하고, 식사에 사용하는 도자기 그릇의 비용을 깎았고, 록클링턴 소인이 찍힌 편지 묶음을 두고서 장시간 논의를 했다.

"가장 나쁜 것은 그 어떤 것도 확신을 하지 못한다는 거야." 아빠가 콧수염을 잡아당기며 말했다. "편지들 자체는 훌륭하고 또 조건들도 그럴듯해."

'가장 나쁜 점은 아이들이 내게서 떨어져서 자라야 한다는 거예요' 하고 엄마는 생각했다. 하지만 그것을 입 밖에 내어 말하지는 않았다.

"우리는 수백 건 중의 한 건일 뿐이야." 아빠가 씁쓸하게 말했다. "하지만 여보, 당신은 앞으로 5년 안에 귀국하게 될 거야."

---

* 말 한 필이 끄는 사륜마차.

"펀치는 그때면 열 살이 되겠군요. 주디는 여덟 살이 되고. 아, 그건 정말 길고도 긴 시간일 거예요! 그리고 우리는 애들을 낯선 사람들 손에 맡겨야 해요."

"펀치는 쾌활한 애야. 그 애는 어디를 가나 친구들을 사귈 수 있을 거야."

"그리고 누가 우리 주디를 사랑하지 않을 수 있겠어요?"

그들은 밤늦게 유아실의 작은 침대 앞에 서 있었다. 나는 엄마가 소리 죽여 울고 있었다고 생각한다. 아버지가 방에서 나간 후 엄마는 주디의 침대 옆에 무릎을 꿇고 앉았다. 아야는 그녀를 보고서 멤사히브가 사랑하는 자녀를 낯선 이에게 맡기는 일이 없도록 해 달라고 기도를 올렸다.

엄마의 기도는 약간 비논리적인 것이었다. 그것을 요약하면 이러하다. "낯선 사람들이 나만큼이나 내 아이들을 사랑하고 또 잘해 주기를 비옵나이다. 그리고 **저로** 하여금 아이들의 사랑과 신임을 영원히 간직하도록 해 주소서. 아멘." 펀치는 잠을 자면서 팔을 긁었고 주디는 약간 신음 소리를 냈다.

그다음 날 그들은 모두 바다로 갔다. 그곳 아폴로 반더*에서 약간 소란이 있었다. 펀치는 미타가 함께 가지 않는다는 것을 발견했고 주디는 아야가 뒤에 남는다는 것을 알았기 때문이다. 그러나 펀치는 미타와 아야의 눈물이 마르기도 전에 P. & O. 해운 회사의 거대한 증기선 밧줄, 도르래, 증기 파이프 등 신기한 것들이 너무 많다고 생각했다.

"돌아와요, 펀치 바바." 아야가 말했다.

---

* 인도의 연안선.

"돌아와요." 미타가 말했다. "그리고 부라(어른) 사히브가 되어요."

"그래." 펀치가 아버지의 양팔에 안겨 번쩍 치켜 들린 채로 작별의 손짓을 하며 말했다. "그래, 나는 돌아올 거야. 나는 부라 사히브가 될 거야. 바하두르(정말로)!"

첫날이 끝나 갈 무렵 펀치는 영국에 어서 내리자고 요구했다. 그는 그 땅이 아주 가까이 있다고 확신했다. 그다음 날 상쾌한 미풍이 불어왔으나 펀치는 심하게 뱃멀미를 했다. "내가 봄베이로 다시 돌아가면," 펀치가 뱃멀미에서 회복하자 말했다. "나는 육로로 갈 거야. 브룸가리*를 타고서. 이건 아주 고약한 배야."

스웨덴인 갑판장이 펀치를 위로했고 여행이 계속되면서 그는 의견을 수정했다. 바라볼 것, 만져 볼 것, 질문을 해야 할 것 따위가 너무 많아서 펀치는 아야와 미타와 하말을 거의 잊어버렸고, 그의 두 번째 언어인 힌두어의 몇 안 되는 단어들도 어렵사리 기억했다.

그리고 주디는 더 심했다. 증기선이 사우샘프턴에 도착하기 전날 엄마는 그녀에게 아야가 보고 싶지 않냐고 물었다. 주디의 푸른 두 눈은 그녀의 자그마한 과거를 삼켜 버린 바다를 돌아다보았고 주디는 말했다. "아야! 무슨 아야?"

엄마는 주디 때문에 눈물을 흘렸고 펀치는 의아하게 생각했다. 바로 그때 펀치는 처음으로 주디가 엄마를 잊어버리지 않게 해 달라는 엄마의 열정적인 간청을 듣게 되었다. 주디가 아주 어리고, 또 엄마가 지난 4주 동안 매일 밤 선실에 들어와서 펀치가 〈아들, 내 영혼〉이라고 이름 붙인 신비한 노래를 불러 주며 그들을 잠재웠기 때문에, 펀치

* 마차.

는 엄마가 하는 말이 무슨 소리인지 이해하지 못했다. 그러나 그는 의무를 다하려고 노력했다. 엄마가 선실을 나가자 그는 주디에게 말했다. "주, 너는 엄마를 기억하니?"

"물론 기억하지." 주디가 말했다.

"그럼 **언제나** 엄마를 기억하도록 해. 안 그러면 나는 붉은 머리의 선장 사히브가 내게 오려 준 종이 오리들을 너에게 주지 않을 거야."

그래서 주디는 언제나 '엄마를 기억하겠다'고 약속했다.

펀치에게 똑같은 엄마의 명령이 여러 번, 아주 여러 번 내려졌고, 동시에 아버지도 이런 주장을 거듭하여 말함으로써 어린 펀치를 어리둥절하게 했다.

"펀치, 넌 빨리 글 쓰는 법을 배워야 해." 아빠가 말했다. "그러면 너는 봄베이에 있는 우리에게 편지를 쓸 수 있어."

"편지보다 아빠 방에 들어가면 되잖아." 펀치가 말했고 아빠는 목이 메었다.

그 당시 아빠와 엄마는 언제나 목이 메었다. 만약 펀치가 주디에게 '기억'하지 않는다고 야단을 치면 그들은 목이 메었다. 펀치가 사우샘프턴 숙소의 소파에서 기어 다니며 보라색과 황금색으로 그의 장래를 스케치하면 그들은 목이 메었다. 주디가 입술을 들이밀며 키스를 해 달라고 해도 그들은 목이 메었다.

여러 날 동안 네 사람은 지구상의 방랑자였다. 펀치에게는 명령을 내릴 사람들이 없었고, 주디는 너무 어려 아무것도 못 했으며, 아빠와 엄마는 심각한 표정에 정신이 산만한 채로 목이 메었다.

"어디에," 짐을 꼭대기에 얹는 혐오스러운 사륜마차에 싫증이 나서 펀치가 소리쳤다. "**어디에** 우리의 브룸 가리가 있는 거야? 이건 소리가 너무 나서 얘기를 할 수가 없어. 우리가 떠나오기 전 마차 세우는 곳에 있을 때, 나는 인베라리티 사히브에게 물어보았어. 왜 그가 마차 안에 있느냐고. 그는 그게 자신의 마차라고 대답했어. 그래서 내가 말했어. '그럼 그 마차 당신에게 드릴게요.' 나는 인베라리티 사히브를 좋아하거든. 그리고 물어보았어. '당신은 창문 옆에 있는 잡아 흔드는 고리에다 두 발을 집어넣을 수 있어요?' 그는 못 넣는다면서 웃음을 터트렸어. 나는 그 고리에다 내 발을 집어넣을 수 있어. 봐! 아, 엄마는 또 우네! 내가 이렇게 하면 안 된다는 것을 몰랐어."

펀치는 사륜마차의 손잡이 고리에서 발을 뺐고 문이 열리자, 그는 무수한 짐들과 함께 땅에 내려섰다. 그곳은 문에 '다운 로지'라는 옥호屋號를 달고 있는 근엄한 소규모 빌라의 문 앞이었다. 펀치는 몸을 꼿꼿이 세우면서 그 집을 못마땅한 시선으로 바라보았다. 그 집은 모래 많은 길 위에 세워져 있었고 차가운 바람이 반바지를 입은 그의 다리를 간질이며 지나갔다.

"다른 데로 가요." 펀치가 말했다. "이건 그리 예쁜 집이 아니에요."

그러나 엄마와 아빠와 주디는 마차에서 내렸고 모든 짐이 그 집 안으로 들어갔다. 문턱에는 검은 옷을 입은 여자가 건조하고 갈라진 입술을 벌리면서 크게 웃고 있었다. 그녀의 뒤에는 키가 크고 깡마르고 회색이면서 한쪽 다리를 저는 남자가 있었고 그의 뒤에는 검은 머리에 유들유들한 겉모습의 열두 살 소년이 있었다. 펀치는 그 세 사람을 살펴보았고 겁 없이 앞으로 나아갔다. 봄베이에서 그가 베란다에서 놀고 있을 때 손님이 찾아오면 늘 그렇게 행동했었다.

"안녕하세요?" 그가 말했다. "나는 펀치입니다." 하지만 그들은 모두 짐을 바라보고 있었다. 단 그 회색 남자는 펀치와 악수를 하고서 "영리한 어린 친구군"이라고 말했다. 상자들을 이리저리 돌리면서 부딪치는 소리가 났고 펀치는 식당의 소파 위에 웅크리고 앉아서 주위의 물건들을 살펴보았다.

"나는 이 사람들을 좋아하지 않아." 펀치가 말했다. "하지만 신경 쓸 거 없어. 우리는 곧 옮겨 갈 거니까. 우리는 전에도 계속 옮겨 다녔으니까. 우리가 **빨리** 봄베이로 돌아갔으면 좋겠어."

그의 소원은 결실을 맺지 못했다. 엿새 동안 엄마는 틈틈이 울었고 검은 옷을 입은 여자에게 펀치의 모든 옷을 보여 주었다. 그런 임의로운 태도에 펀치는 분개했다. "어쩌면 저 여자는 새로운 백인 아야인지 몰라." 그는 생각했다. "나는 저 여자를 앤티 로사라고 불러야 한다는데, 저 여자는 **나를** 사히브라고 부르지 않네. 그냥 펀치라고 해." 그가 주디에게 속을 털어놓았다. "앤티 로사가 뭐야?"

주디는 알지 못했다. 그녀도 펀치도 앤트*라고 하는 동물에 대하여 들어 본 적이 없었다. 그들이 아는 세계는 아빠와 엄마였다. 그들은 모든 것을 알았고 모든 것을 허용했으며 모든 사람을 사랑했다. 심지어 펀치가 일주일마다 손톱을 깎은 후에 봄베이 동물원에 가서 손톱에다 흙을 가득 묻히고 와도 그를 사랑했다. 펀치는 심란해하는 아버지가 슬리퍼로 두 번 내리치는 사이에 자신의 손가락 '끝부분이 너무 새로운 느낌이 들어서' 그렇게 했노라고 설명했다.

뚜렷하게 그 이유를 설명할 수는 없었지만, 펀치는 자신이 그 검은 옷을 입은 여자와 검은 머리카락의 소년을 상대할 때 부모님을 앞세우는 것이 현명하겠다고 생각했다. 그는 그 여자와 소년이 마음에 들

---

* aunt, 아주머니.

지 않았다. 그는 '해리 아저씨'라고 불러 주면 좋겠다고 말한 그 회색 남자는 좋아했다. 둘은 만날 때마다 서로 인사를 했고 회색 남자는 위아래로 까닥거리는 삭구가 달린 작은 배를 그에게 보여 주었다.

"이건 '브리스크'호의 모형이야. 이 작은 배는 나바리노 해전*이 벌어진 그날 적에게 심하게 노출되었지." 회색 남자는 그런 말을 하면서 명상에 잠겼다. "펀치, 나중에 함께 산책하면서 나바리노에 대해서 네게 얘기해 주지. 너는 저 배를 만져서는 안 돼. 왜냐하면 저건 '브리스크'호이기 때문이야."

앞으로 여러 번 나가게 되는 산책의 첫걸음을 떼어 놓기 훨씬 이전에 2월의 어느 추운 새벽에 펀치와 주디는 잠에서 깨어나 작별 인사를 했다. 그리고 이 넓은 세상의 많은 사람 중에 하필이면 아빠와 엄마가 그 시간에 둘 다 울었다. 펀치는 아주 졸렸고 주디는 심술이 나 있었다.

"우리를 잊지 마." 엄마가 애원했다. "오, 나의 어린 아들, 우리를 잊지 마. 그리고 주디가 잘 기억하도록 보살펴 줘."

"난 주디에게 기억하라고 말했어." 펀치가 몸을 비틀면서 말했다. 아버지의 턱수염이 그의 목을 찔렀기 때문이다. "나는 주디에게 열 번—마흔 번—1만 1천 번 말했어. 하지만 주는 너무 어려. 애잖아. 그치?"

"그래." 아빠가 말했다. "아주 어린 애지. 넌 주디에게 잘해 줘야 해. 그리고 빨리 글을 읽고 쓰는 법을 배워. 그리고—그리고—그리고……"

펀치는 침대에 다시 돌아갔다. 주디는 곧 잠이 들었고 아래쪽에서

---

* 나바리노 해전은 1827년 10월 20일에 벌어진 그리스 독립전쟁의 한 전투이며, 나바리노는 그리스 펠로폰네소스 반도의 남서부에 있는 만이다.

는 마차가 덜거덕거리는 소리가 들려왔다. 아빠와 엄마는 가 버렸다. 바다 건너에 있는 나식으로 간 것은 아니었다. 물론 그보다 훨씬 가까운 곳으로 갔고 그래서 그들은 돌아올 것이었다. 그들은 만찬회에 참석한 후에도 돌아왔고, 아빠는 '더 스노우스'라는 곳에 갔다가 돌아왔고, 그리고 엄마는 아빠와 펀치와 주디와 함께 머린 라인스에 있는 인베라리티 아주머니의 집에도 함께 갔다 왔다. 그러니 그들은 확실히 다시 돌아올 것이었다. 그래서 펀치는 아침이 될 때까지 잠이 들었는데, 아침이 되자 검은 머리 소년이 그를 만나서 아빠와 엄마는 봄베이로 돌아갔다는 정보를 알려 주며 그와 주디는 다운 로지에서 '영원히' 머물러야 한다고 말했다. 펀치는 앤티 로사가 그 사실을 부인해 주기를 바라며 눈물을 흘리는 가운데 호소했다. 그러나 그녀는 해리가 진실을 말했고, 펀치는 앞으로 침대에 들어갈 때 반드시 옷을 단정하게 개어 놓아야 한다고 지시했다. 펀치는 밖으로 나가 주디와 함께 서럽게 울었고, 주디의 머리에 이별의 의미를 각인시켰다.

성인 남자가 섭리에 의해 버림을 받고 신의 호의를 박탈당한 채 아무런 도움, 위로, 동정도 없이 완전히 새롭고 낯선 세계에 내던져졌을 때, 그는 절망을 느낄 것이다. 또 그 절망이 사악한 삶, 그 체험에 대한 기록, 혹은 자살이라는 좀 더 만족스러운 행위 등으로 표출되었을 때, 그것은 일반적으로 상당히 강력한 인상을 남길 것이다. 그러나 자신이 그와 비슷한 상황에 내던져진 것을 알게 된 어린아이는 하느님을 저주하지도 못하고 죽지도 못한다. 아이는 코가 붉어지고 눈이 따가워지고 머리가 아파질 때까지 비명을 내지른다. 펀치와 주디는 잘못한 것이 조금도 없는데 그들의 세계를 잃어버렸다. 그들은 홀에 퍼져 앉아 울었다. 검은 머리카락의 소년은 멀리서 쳐다보기만 했다.

배의 모형은 아무 소용이 없었다. 회색 남자가 펀치에게 배의 삭구를 원하는 대로 올렸다 내렸다 해도 좋다고 허가했지만 큰 위로가 되지 못했다. 주디는 주방에 자유롭게 드나들 수 있는 허가를 받았다. 그들은 봄베이로 가 버린 아빠와 엄마를 원했고 그들의 슬픔이 지속되는 한 거기에는 아무런 대책이 없었다.

눈물이 잦아들자 집 안은 다시 아주 조용해졌다. 앤티 로사는 아이들이 '진이 빠질 때까지 다 울게 내버려 두는 것'이 더 좋다고 판단을 내렸고, 소년은 학교에 가 버렸다. 펀치는 방바닥에서 고개를 쳐들었고 슬픈 표정으로 냄새를 맡았다. 주디는 거의 잠이 들어 있었다. 3년이란 짧은 세월은 그녀에게 슬픔을 견뎌 내는 충분한 지식을 제공해 주지 않았다. 공중에는 멀리서 울려오는 둔탁한 꿍음이 있었다. 그 꿍음은 반복되었다. 펀치는 봄베이에 있을 때 몬순 계절에 들려오는 그 소리를 알고 있었다. 그것은 바다였다. 봄베이로 가려면 먼저 건너가야 하는 바다.

"빨리, 주!" 그가 소리쳤다. "우리는 바다 가까이 있어. 나는 그 소리를 들을 수 있어. 들어 봐! 저게 엄마 아빠가 간 곳이야. 우리가 시간 맞추어 가면 따라잡을 수 있을지 몰라. 엄마 아빠는 우리 없이 갈 생각은 아니었을 거야. 단지 잊어버렸을 뿐이야."

"그래." 주디가 말했다. "잊어버린 것뿐이야. 우리 바다로 가자."

현관문은 열려 있었고 정원 문도 열려 있었다.

"여긴, 아주 아주 큰 곳이야." 그가 길 아래쪽을 조심스럽게 내려다보며 말했다. "그래서 우리는 길을 잃을 수도 있어. 하지만 **내가** 어떤 사람을 발견해서 그에게 우리를 우리 집까지 데려다 달라고 할 거야. 내가 봄베이에서 했던 것처럼."

그는 주디의 손을 잡았고 둘은 모자도 쓰지 않은 채 바다의 소리가 나는 쪽으로 달려갔다. 다운 빌라는 넓게 퍼진 새로 지은 집들 중 거의 마지막에 있었다. 그 주택 단지 옆에는 벽돌이 쌓인 들판과 히스*가 있었는데, 히스에선 집시들이 가끔 야영을 했고 또 록클링턴 위수 포병대가 훈련을 하기도 했다. 그곳은 사람들이 별로 다니지 않았고, 아이들은 멀리 야영을 나간 군인들의 자녀로 간주되었다. 30분 동안 두 아이의 피곤한 다리는 히스, 감자 밭, 사구 등을 헤매고 돌아다녔다.

"나 너무 힘들어." 주디가 말했다. "게다가 엄마가 화를 낼 것 같아."

"엄마는 **절대** 화를 내지 않아. 내 생각에 아빠가 표를 끊는 동안에 엄마가 바다에서 지금 기다리고 있을 거야. 우리는 엄마 아빠를 찾아내 함께 갈 수 있어. 주, 앉아서는 안 돼. 조금만 더 가면 우리는 바다에 도착할 거야. 주, 네가 앉아 버리면 나는 너를 찰싹할 거야!" 펀치가 말했다.

그들은 또 다른 사구를 넘어갔고 낮은 조수 때의 회색 바다를 보았다. 해변에는 수백 마리의 게들이 옆으로 기어갔지만 아빠와 엄마의 자취는 보이지 않았고 바다에 배가 떠 있지도 않았다. 수 마일 또 수 마일 앞으로 모래와 먼지뿐이었다.

그리고 '해리 아저씨'가 우연히 흙투성이에 아주 외로워하는 그들을 발견했다. 펀치는 눈물을 흘렸고 '작은 게'를 가지고 주디의 관심을 끌어 보려 했으나, 주디는 무정한 수평선을 쳐다보며 "엄마, 엄마!" 하고 소리 지르다가 다시 "엄마!" 하고 외쳤다.

* 광야.

두 번째 보따리

아아, 오오, 우리는 생이별을 당한 영혼이어라!
넓고 넓은 하늘 아래 수많은 사람 중에서
우리는 한때 큰 희망을 품었으나 이제 거의 희망이 없고
한때 가장 많이 믿었으나 이제는 거의 믿음이 없노라.
「무서운 밤의 도시」

이때까지 검은 양 얘기는 한 마디도 나오지 않았다. 그는 나중에 나
오는데, 검은 머리의 소년 해리가 주로 그의 등장에 큰 책임이 있었다.
주디—누가 어린 주디를 사랑하지 않으랴?—는 특별 허가를 받아
주방에 드나들 수 있었고 그로부터 앤티 로사의 마음에 쏙 들게 되
었다. 해리는 앤티 로사의 외아들이었고 펀치는 그 집안의 가외 소년
이었다. 그나 그의 작은 일에 대하여 특별 배려는 없었고 그는 소파
에 드러눕는 것이 금지되었으며, 이 세상의 탄생이나 장래 희망에 대
한 그의 생각을 설명하는 것도 금지되었다. 소파에 드러눕는 것은 게
으른 행위인 데다 소파를 상하게 하며, 어린 소년은 말이 많아서는 안
된다는 것이 그 이유였다. 아이들에게는 일방적인 지시가 있을 뿐이
며, 그 지시는 아이들의 도덕을 함양하기 위한 것이라는 설명도 있었

다. 봄베이 집에서는 의심할 나위 없는 독재자였던 펀치는 어떻게 하다가 자신이 이 새로운 생활에서 완전 무명 인사로 추락했는지 이해하지 못했다.

해리는 식탁 너머로 손을 뻗어서 그가 원하는 것을 가져갈 수 있었다. 주디는 자기가 원하는 것을 손으로 가리켜 가질 수 있었다. 그러나 펀치는 그 두 가지 모두 해서는 안 되었다. 엄마와 아빠가 떠나간 후 여러 달 동안, 회색 남자는 그의 커다란 희망이며 후원자였다. 그리고 펀치는 주디에게 '엄마를 기억하라'고 말하는 것을 잊어버렸다.

이러한 의무 불이행은 양해할 만한 것이었다. 그동안 그는 앤티 로사에 의해 아주 인상적인 두 가지 사항을 소개받았기 때문이다. 하나는 신이라는 추상적 개념이었는데 그는 앤티 로사의 다정한 친구이며 우군이었다. 그는 어디에 있는지 잘 알 수 없으나 뜨거운 주방 레인지 뒤에서 살고 있는 것으로 짐작되었다. 다른 하나는 알 수 없는 점과 표시가 가득한 지저분한 습자 책이었다. 펀치는 늘 모든 사람에게 잘해 주려고 애썼다. 그래서 천지창조 이야기를 그가 기억하는 인도 동화들과 연결시켜서 그 결과를 주디에게 말해 줌으로써 앤티 로사를 화나게 만들었다. 그것은 죄악, 엄중한 죄악이었고 펀치는 15분 이상 야단을 맞았다. 그는 무엇이 죄악인지 알지 못했으나 그런 잘못을 되풀이하지 않으려고 조심했다. 하느님은 그가 하는 말을 모두 듣고 있고 또 크게 화를 내고 있다고 앤티 로사가 말했기 때문이다. 만약 그 말이 사실이라면 왜 하느님은 내게 직접 그 말을 하지 않을까, 하고 펀치는 생각하면서 그 문제를 마음에서 지워 버렸다. 후에 그는 주님이 이 세상에서 앤티 로사보다 더 무서운 존재라는 것을 알게 되었다. 그는 배경에 가만히 서 있으면서 회초리의 매질 횟수를 세는 존재였다.

하지만 그건 나중 얘기고 당시에는 신앙보다 읽기가 훨씬 더 심각한 문제였다. 앤티 로사는 테이블에 앉아서 A와 B를 합치면 ab가 된다고 말했다.

"왜요?" 펀치가 물었다. "A는 에이고 B는 비일 뿐이에요. 왜 그게 ab가 된다는 거지요?"

"내가 너한테 그렇게 된다고 말했으니까." 앤티 로사가 대답했다. "그리고 너는 그렇게 발음해야 돼."

펀치는 그렇게 발음했고, 한 달 동안 그의 의지와는 다르게 그 습자책을 힘들게 배웠으나 그 의미는 전혀 이해하지 못했다. 그러나 대체로 혼자 산책을 나가던 해리 아저씨는 유아실로 자주 들어와서 펀치를 데리고 산책을 나가겠다고 말했다. 그는 별로 말이 없었지만 펀치에게 록클링턴 전역을 보여 주었다. 흙으로 된 제방과 뒤쪽의 작은 만의 모래에서 시작하여 배들이 정박한 커다란 항구, 망치 소리가 조용할 날이 없는 조선소, 해군 용품을 파는 가게들, 그리고 해리 아저씨가 부상 연금을 수령하는 사무실의 반들거리는 놋쇠 카운터 등을 보여 주었다. 아저씨는 석 달에 한 번 푸른 쪽지를 갖고 가서 그것을 금화로 바꾸어 왔다. 펀치는 또한 그의 입으로 직접 나바리노 전투 이야기를 들었다. 함대의 선원들은 전투 후 사흘 동안 기둥처럼 귀가 멀어서 오로지 손짓으로만 의사소통을 할 수 있었다고 한다. "그건 대포의 소음 때문에 그렇게 되었지." 해리 아저씨가 말했다. "그리고 포탄의 파편이 내 몸 안 어딘가에 박혀 있어."

펀치는 호기심을 느끼며 그를 쳐다보았다. 그는 포탄 파편이 무엇인지 조금도 알지 못했고, 그가 아는 포탄이라는 것은 그 자신의 머리보다 더 큰 조선소의 대포알뿐이었다. 해리 아저씨는 그런 대포알을 어떻게 몸 안에 지니고 있다는 것일까? 그는 물어보기가 부끄러웠고 또 해리 아저씨가 화를 낼까 봐 두려웠다.

펀치는 그 이전에는 잘 몰랐으나 어느 날 분노—진짜 분노—가 무엇인지 알게 되었다. 해리가 펀치의 그림물감을 가져다가 배를 그렸는데 펀치가 항의했다. 그러다 해리 아저씨가 현장에 나타나 '낯선 사람들의 자녀들'인가 뭐라고 말하면서 막대기로 검은 머리 소년의 어깨를 때렸고 소년은 결국 울면서 비명을 내질렀다. 그러나 앤티 로사가 나타나서 자기 자식에게 잔인하게 대한다면서 해리 아저씨를 나무랐고 펀치는 신발 끝까지 몸을 떨었다. "그건 내 잘못이 아니야." 펀치가 소년에게 설명했다. 그러나 해리와 앤티 로사는 그의 탓이라고 말했고 펀치가 밀고를 했다고 보았다. 그리하여 그 후 한 주 동안 해리 아저씨와 같이 산책을 하지 못했다.

그러나 그 주는 펀치에게 커다란 즐거움을 가져다주었다.

그는 세 곱절로 지겨워질 때까지 같은 문장을 반복하여 외웠다. "고양이는 매트 위에 있고 쥐가 들어왔습니다."

"이제 나는 진짜로 글을 읽을 수 있어" 하고 펀치는 말했다. "나는 앞으로 이 세상의 어떤 책이든 읽어 낼 거야."

그는 습자 책을 그의 학교 책들을 보관하는 찬장에 넣어 두었는데 우연하게도 표지가 없는 《샤프 매거진》이라는 멋진 책을 발견하게 되었다. 그 첫 페이지에는 아주 놀라운 그리핀의 그림이 있었고 그 밑에는 시가 있었다. 그리핀은 독일의 한 마을에서 매일 양 한 마리를 가져왔는데, 그러던 어느 날 한 남자가 '언월도偃月刀'를 들고 와서 그리핀을 둘로 베어 버렸다는, 내용이었다. 언월도가 무엇인지 도저히 알 길이 없었지만 그리핀이라는 것이 있었고 그 이야기는 지겨운 매트 위의 고양이보다는 한결 나은 얘기였다.

"이것은," 펀치가 말했다. "사물들을 의미하는 것이고, 이제 나는 세상에 있는 모든 것에 대해서 알게 될 거야." 그는 의미는 조금도 알지 못한 채 햇빛이 사라질 때까지 그 잡지를 읽었고, 앞으로 전개될 새로운 세계를 얼핏 엿보게 되어 흥분으로 전율했다.

"언월도가 뭐예요? 작은 암양*이 뭐예요? 부대 찬탈자가 뭐예요? 녹색의 초원이 뭐예요?" 그는 잠자리에 들 무렵 흥분하여 상기된 표정으로 깜짝 놀라는 앤티 로사에게 물었다.

"기도를 하고 잠이 들도록 해." 그녀가 대답했다. 그것은 그때나 그 이후에나 펀치가 이 독서라는 새롭고 즐거운 경험과 관련하여 그녀로부터 이끌어 낸 반응의 전부였다.

"앤티 로사는 하느님과 그 비슷한 것들만 알 뿐이야." 펀치가 말했다. "해리 아저씨가 말해 줄 거야." 그다음 산책 길에서 해리 아저씨도 별 도움을 줄 수 없다는 게 밝혀졌다. 그러나 아저씨는 펀치가 말하도록 허용했고 심지어 벤치에 앉아서 그리핀에 대한 이야기를 들어 주기도 했다. 또 다른 산책 길에서는 역시 다른 이야기들이 펀치의 입에서 흘러나왔다. 그 집에는 아무도 펼쳐 보지 않는 낡은 책들이 많이 있었고 펀치는 계속 그것들을 읽었기 때문이다. 시리즈 숫자가 매겨져 있는 『프랭크 페얼리』**에서 시작하여, 테니슨이 익명으로 《샤프 매거진》에 기고했던 초기의 시편들, 화려한 색채를 자랑하지만 무슨 애

---

* 구약성경 『사무엘 하』 12장 3절에 나오는 것으로 가난한 사람의 가장 소중한 것.
** 『프랭크 페얼리』(1850)는 프랜시스 에드워드 스메들리(1818~1864)의 대표 소설인데 스포츠, 로맨스, 모험 등이 가득한 작품으로 주인공의 이름이기도 하다.

기인지 알기 어려운 1862년 대박람회 카탈로그, 『걸리버 여행기』의 낱장 페이지들에 이르기까지 다양하게 많았다.

펀치는 서투른 글씨로 봄베이에 편지를 쓸 수 있게 되자 지금으로 '이 세상의 모든 책'을 보내 달라고 요구했다. 아빠는 이 소박한 요구를 다 들어줄 수가 없어서 『그림 동화집』과 한스 안데르센 동화집 한 권을 보내왔다. 그거면 충분했다. 혼자 내버려 둔다면 펀치는 그 어떤 시간이 되었든 그 자신의 꿈나라로 들어갈 수 있었다. 앤티 로사와 그녀의 하느님, 해리와 그의 괴롭힘, 같이 놀아 달라는 주디의 요청 등이 미치지 못하는 저 먼 나라로.

"방해하지 마, 책 읽고 있잖아. 주방에 가서 놀아," 펀치가 투덜댔다. "거기 앤티 로사한테나 가 봐." 주디는 두 번째 이가 나고 있어서, 짜증이 났다. 주디는, 펀치한테 다가온 앤티 로사에게 일렀다.

"나는 책을 읽고 있었어요." 펀치가 설명했다. "책을요. 나는 읽고 싶어요."

"너는 겉꾸밈으로 그렇게 하고 있을 뿐이야." 앤티 로사가 말했다. "그래, 어디 두고 보자. 하지만 지금은 주디와 놀도록 해. 그리고 앞으로 일주일 동안 책을 펼치지 마."

주디는 분노로 속이 타고 있는 펀치와 즐거운 놀이 시간을 보내지 못했다. 그런 금지 행위의 밑바닥에는 쩨쩨함이 있었는데 그게 펀치를 괴롭혔다.

"그건 내가 좋아하는 거야." 그가 말했다. "앤티 로사가 그걸 알고 나한테 못 하게 한 거야. 울지 마, 주. 그건 네 탓이 아니야. 제발 울지 마. 안 그러면 그 여잔 내가 너를 울린 줄로 알 거야."

주는 착하게 눈물을 닦아 냈고 둘은 유아실로 보내졌다. 그것은 반지하 방이었는데 점심 식사 후 앤티 로사가 잠자는 동안 정기적으로 그곳에 가야 했다. 그녀는 위장병 때문에 와인—그러니까 찬장에 있는 병에 든 것—을 마셨고, 때때로 잠이 들지 못하면 유아실로 내려와 두 아이가 실제로 놀고 있는지 감독했다. 이제 벽돌, 나무 굴렁쇠, 구주희, 도자기 그릇 같은 건 영원히 그를 즐겁게 하지 못했다. 책만 펼치면 눈앞에 동화의 나라가 나타나는 상황에서는 더욱 그러했다. 때때로 펀치는 주디에게 책을 읽어 주거나 끝없는 이야기들을 해 주다가 들켰다. 그건 법의 눈으로 보면 범죄 행위였고 주디는 앤티 로사가 다른 곳으로 데려갔으며, 펀치는 혼자 놀도록 지시를 받으면서, "네가 놀고 있는 것을 내가 엿듣고 있으니 확실히 해"라는 말을 들었다.

그것은 그리 즐거운 일이 아니었다. 그는 즐겁게 노는 듯한 소리를 내야 했기 때문이다. 마침내 그는 무한한 꾀를 발휘하여 좋은 대처 방안을 생각해 냈다. 테이블의 네 다리 중 세 다리만 장난감 벽돌로 괴어 놓고 나머지 한 다리는 방바닥을 찧도록 하는 것이다. 그러면 그는 한 손으로 테이블을 눌렀다 났다 하면서 다른 한 손으로는 책을 쥐고 읽을 수가 있었다. 그는 이렇게 계속하다가 어느 불운한 날 앤티 로사가 갑자기 들이닥치는 바람에 들켜 버렸고 '거짓말을 실천하고 있다'라는 야단을 맞았다.

"만약 네가 그런 짓을 할 정도로 나이 들었다면," 식사 후에 언제나 기분이 최악인 그녀가 말했다. "너는 매를 맞아도 좋을 만큼 나이가 든 거야."

"하지만 나는—나는 짐승이 아니에요!" 펀치가 깜짝 놀라며 말했다. 그는 해리 아저씨와 막대기를 생각하고서 얼굴이 창백해졌다. 앤티 로사는 등 뒤에 가벼운 회초리를 감추고 있었고 펀치는 그 자리에서 어깨에 매질을 당했다. 그것은 그에게 하나의 계시였다. 방문은 잠가졌고 그는 울면서 참회를 하도록 강요당했고 또 그 자신의 인생 복음을 써야만 했다.

앤티 로사는 그의 반박에 여러 채찍으로 그를 매질하는 권력을 가졌다. 그것은 부당하고 잔인했으며 엄마와 아빠가 옆에 있었더라면 결코 용납하지 않을 것이었다. 앤티 로사가 암시한 것처럼, 그들이 비밀 지시를 내렸다면 그는 버림받은 아이나 다름없었다. 펀치는 앞으로 앤티 로사의 비위를 맞추는 것이 좋겠다고 생각했지만, 그와 무고한 문제들에 있어서도 그는 '과시'하는 죄를 저질렀다고 비난을 받았다. 가령 낯선 신사—그의 삼촌이 아니라 해리의 삼촌—에게 그리펀과 언월도, 그리고 프랭크 페얼리가 타고 다니는 틸버리 마차 등에 대해서 느닷없이 물어봄으로써 방문객들 앞에서 '과시'를 했다는 것이었다. 사실 그런 것들은 그가 정말로 알고 싶은 아주 중요한 사항들이었다. 그러니 이제 앤티 로사를 좋아하는 척하는 방법은 통하지 않았다.

이런 순간이면, 해리는 방 안으로 들어와 저만치 서서 방 한쪽 구석에 쓰러져 짐짝같이 된 펀치를 혐오하는 눈빛으로 쳐다보았다.

"너는 거짓말쟁이야. 어린 거짓말쟁이." 해리가 아주 유들유들한 목소리로 말했다. "너는 우리와 얘기할 자격이 되지 못하기 때문에 여기 내려와서 차를 마셔야 하는 거야. 너는 어머니가 허락할 때까지는 다시는 주디에게 말을 걸어서는 안 돼. 너는 그 애를 타락시킬 거야. 너는 하인들과 함께 놀아야 할 애야. 엄마가 그랬어."

펀치를 두 번째 눈물의 고뇌에다 빠트린 후에 해리는 2층으로 올라가 펀치가 아직도 반항하고 있다는 소식을 전했다.

해리 아저씨는 식당에 불안한 자세로 앉아 있었다. "하, 참, 로사."

그가 마침내 말했다. "저 애를 좀 가만 내버려 둘 수 없어? 내가 산책을 데리고 나가면 아주 착한 녀석이었다고."

"해리, 당신과 함께 있을 때에는 일부러 좋은 애인 척하는 거예요." 앤티 로사가 말했다. "난 무척 두려워요. 저 애가 집안의 검은 양이 되는 게 아닐까 해서요."

해리는 그 말을 듣고서 장차 써먹기 위해 머릿속에 간직해 두었다. 주디는 울다가 그녀의 오빠는 울어 줄 만한 가치가 없는 녀석이라는 설명과 함께 그만 울라는 지시를 받았다. 그날 저녁은 펀치가 2층의 구석진 방에 돌아가는 것으로 결론이 났다. 그 방에서는 앤티 로사의 협량한 마음이 소유하고 있는 온갖 끔찍한 지옥의 이미지들이 펀치에게 드러날 것이라는 말과 함께.

그중에서도 가장 슬픈 것은 주디가 눈을 동그랗게 뜨면서 비난의 눈빛을 보내오는 것이었다. 그러면 펀치는 깊은 부끄러움의 계곡으로 내려가 잠이 들었다. 그는 해리와 한 방을 썼는데, 온갖 고문이 자행되리라는 것을 알고 있었다. 한 시간 반 동안 그는 거짓말을 한 동기에 대하여 그 어린 신사의 심문에 답변을 해야 되었다. 그것은 중대한 거짓말이었고 이미 앤티 로사에 의하여 그에 상응하는 징벌이 내려진 터였다. 그렇지만 펀치는 해리가 적당하다고 생각하여 내 주는 종교적 지시를 아주 고마워하는 마음으로 받아들인다고 고백해야 되었다.

그날로부터 이제 검은 양이라는 별명을 갖게 된 펀치의 추락이 시작되었다.

"한 가지 사항에서 믿음직스럽지 못하면 모든 사항에서 믿음직스럽지 못한 거야"라고 앤티 로사는 말했고 해리는 검은 양의 교화가 자신의 손에 맡겨졌다고 생각했다. 해리는 밤중에 그를 잠에서 깨워 왜 그가 이토록 거짓말을 잘하느냐고 이유를 물었다.

"몰라." 펀치는 대답했다.

"그렇다면 벌떡 일어나 하느님에게 새로운 마음을 내려 달라고 빌어야 하지 않겠니?"

"응."

"그럼, 침대에서 일어나 기도를 해!" 그러면 펀치는 보이는 혹은 보이지 않는 세상에 대하여 마음속에 한없는 분노를 품고서 침대에서 일어났다. 그는 언제나 곤란한 문제에 빠져들었다. 해리는 펀치가 하루 중에 한 일에 대하여 기막히게 반대 심문하는 기술을 갖고 있었고, 그것은 졸리는 데다 분노하는 펀치로 하여금 대여섯 개의 모순되는 대답을 하도록 유도했다. 그러면 해리는 그다음 날 아침 앤티 로사에게 그런 모순 사항들을 보고했다.

"하지만 그건 거짓말이 **아니었어요**." 펀치는 그렇게 말을 시작했다. 그런 다음 힘들게 설명을 하려 들면 결국에는 좀 더 희망 없는 엉망진창으로 빠져들었다. "나는 낮 동안에 기도를 **두 번** 하지는 않았다고 말했어요. 하지만 그건 화요일 얘기였어요. 나는 **한 번** 했어요. 난 그걸 알아요. 하지만 해리는 내가 아예 안 했다고 말하는 거예요." 이렇게 말을 하다 보면 그 긴장은 눈물을 유발했고 펀치는 모욕을 당하고서 테이블에서 물러가라는 지시를 받았다.

"전에는 이렇게 나쁘지 않았잖아." 주디는 검은 양의 비행 리스트를 듣고서 겁먹은 목소리로 말했다. "왜 이렇게 나쁘게 된 거야?"

"모르겠어." 검은 양은 대답했다. "나는 나쁘지 않아. 단지 내가 정신 나갈 정도로 괴롭힘을 당하고 있을 뿐이야. 나는 내가 한 것을 알

아. 그래서 그걸 말하려고 했을 뿐이야. 그런데 해리는 언제나 그걸 약간 다르게 말하고 앤티 로사는 내가 하는 말은 전혀 믿지 않아. 오, 주! **너까지** 나를 나쁘다고 말하지 마."

"앤티 로사는 오빠가 나쁘다고 했어." 주디가 말했다. "어제 목사님이 여길 찾아왔을 때에도 같은 말을 했어."

"앤티 로사는 왜 집 바깥의 모든 사람에게 내 얘기를 하는 거야? 그건 공평하지 않아." 검은 양이 말했다. "내가 봄베이에 있을 때, 나쁜 짓을 하면—여기처럼 일부러 만들어진 나쁜 게 아니라, 정말 나쁜 짓을 하면—엄마는 아빠에게 말하고, 아빠는 내게 알고 있다고 말하고 그걸로 끝이었어. **바깥** 사람들은 알지도 못했어. 심지어 미타도 알지 못했다고."

"난 기억이 안 나." 주디가 안타까운 목소리로 말했다. "난 그때 너무 어렸어. 엄마는 나를 좋아한 것처럼 오빠도 좋아했지?"

"물론 그랬지. 그건 아빠도 마찬가지고 모든 사람이 마찬가지였어."

"앤티 로사는 나를 더 좋아해. 그녀는 오빠가 시런이고 검은 양이래. 그리고 나는 가능한 한 오빠랑 얘기하지 않는 게 좋대."

"늘? 나랑 얘기해서는 안 된다고? 정해진 기간 이외에도?"

주디는 슬픈 표정으로 고개를 끄덕였다. 검은 양은 절망하며 고개를 돌렸고 주디의 양팔이 그의 목을 감았다.

"펀치, 신경 쓰지 마." 그녀가 속삭였다. "나는 전과 똑같이 오빠한테 말을 걸 거야. 나의 오빠니까. 비록 앤티 로사가 오빠를 나쁘다고 말하고 또 해리가 오빠를 어린 겁쟁이라고 말하지만. 해리가 그러는데 내가 오빠의 머리카락을 잡아당기면 오빠가 울 거라고 했어."

"그럼 잡아당겨 봐." 펀치가 말했다.

주디가 살짝 잡아당겼다.

"더 세게 잡아당겨. 네가 할 수 있는 힘껏! 자! 네가 아무리 세게 당겨도 나는 신경 쓰지 않아. 네가 전처럼 나한테 말을 걸어 준다면, 나는 네 마음대로 언제나 내 머리카락을 잡아당기게 해 줄 거야. 하지만 해리가 나타나 내 곁에 서서 너한테 내 머리카락을 잡아당기라고 말한다면, 나는 울어 버릴 거야."

그래서 두 아이는 키스와 함께 밀약을 맺었고 검은 양의 심장은 환호작약했다. 그리고 아주 조심을 하고 또 의도적으로 해리를 피함으로써 그는 잘한다는 소리를 들었고 일주일 동안 방해받지 않고 독서하는 것이 허용되었다. 해리 아저씨는 그를 산책 길에 데려 나갔고 자상한 말로 위로하면서 결코 그를 검은 양이라고 부르지 않았다. "펀치, 넌 이렇게 산책하는 게 좋을 거야"라고 그는 말하곤 했다. "자, 좀 앉자꾸나. 피곤하구나." 그의 발길은 이제 그를 해변이 아니라 감자밭 가운데 있는 록클링턴 공동묘지로 데려갔다. 여러 시간 동안 그 회색 남자는 비석 위에 앉아 있었고 그동안 검은 양은 비문을 읽었다. 그런 다음 해리 아저씨는 한숨을 내쉬며 집으로 돌아왔다.

"난 곧 저기에 눕게 될 거야." 어느 겨울날 저녁 그가 검은 양에게 말했다. 묘지 대문의 불빛 아래에서 그의 얼굴은 닳아빠진 은화처럼 창백했다. "앤티 로사에게는 말하지 마."

한 달 뒤, 그는 오전 산책이 절반도 안 끝났을 때에 갑자기 돌아서더니 집으로 터벅터벅 걸어갔다. "로사, 나를 침대에 뉘어 줘." 그가 중얼거렸다. "나는 마지막 산책을 나갔다 왔어. 포탄 파편이 마침내 명중이 되었나 봐."

그들은 그를 침대에 뉘었고 2주 동안 중병의 그림자가 집을 덮쳤다. 검은 양은 아무런 제지도 받지 않고 마음대로 오갈 수 있었다. 아빠는 그에게 새로운 책들을 보내 줬고 그는 조용히 있으라는 지시를 받았다. 그는 그 자신의 세계로 침잠했고 완벽하게 행복했다. 심지어 밤중에도 그의 행복은 방해를 받지 않았다. 그는 침대에 누워서 여행과 모험의 이야기들을 마음대로 상상할 수 있었고 그동안 해리는 아래층에 가 있었다.

"해리 아저씨가 죽으려고 해." 이제 거의 매일 앤티 로사와 함께 사는 주디가 말했다.

"난 정말 가슴이 아파." 검은 양이 진지하게 말했다. "아저씨는 내게 오래전에 그 말을 했어."

앤티 로사는 그 대화를 들었다. "그 사악한 혓바닥은 어쩔 수가 없구나." 그녀는 화난 목소리로 말했다. 그녀의 두 눈 주위에는 푸른 원들이 돋아나 있었다.

검은 양은 유아실로 물러가서 『꽃들처럼 올라오라』*를 이해는 못하지만 깊은 흥미를 느끼며 읽었다. 그는 그 '죄 많은 내용' 때문에 그 책을 펴 들지 말라는 지시를 받았으나, 우주의 결속이 붕괴되는 중이었고 앤티 로사는 깊은 슬픔을 느끼고 있었다.

"그녀가 불행해서 나는 오히려 잘되었어." 검은 양이 말했다. "하지만 그건 거짓말이 아니야. 난 알고 있었어. 아저씨가 얘기하지 말라고 내게 그랬어."

그날 밤 검은 양은 깜짝 놀라며 잠에서 깨어났다. 해리는 그 방에 있지 않았다. 아래층에서는 흐느껴 우는 소리가 들려왔다. 이어 나바

* 로다 브로턴(Rhoda Broughton, 1840~1920)이 쓴 장편소설.

리노 전투의 노래를 부르는 해리 아저씨의 목소리가 어둠을 뚫고 들려왔다.

"우리의 선도선은 아시아
알비온 그리고 제노아!"

"아저씨가 좋아지고 있나 봐." 그 노래를 17절까지 다 알고 있는 검은 양은 생각했다. 하지만 그런 생각을 하면서 그의 작은 심장은 얼어붙었다. 그 목소리는 한 옥타브 높아졌고 갑판장의 파이프처럼 찢어지는 소리를 냈다.

"그리고 그다음에는 사랑스러운 로즈와
그녀의 화공선인 필로멜이 바싹 따라붙었지.
그리고 작은 배 브리스크는 크게 노출되었어.
그날 나바리노에서."

"그날 나바리노에서, 해리 아저씨!" 검은 양은 뭔지 모를 어떤 것에 대해 엄청난 흥분과 공포를 느끼며 크게 소리쳤다.

문이 열리고, 앤티 로사가 계단 위쪽으로 소리쳤다. "조용히 해! 제발 조용히 해, 이 작은 악마. 해리 아저씨가 **돌아가셨어!**"

세 번째 보따리

여행은 연인들의 만남으로 끝나는데
모든 현명한 사람의 아들은 그걸 안다네.

"이제 내게 무슨 일이 벌어질지 의아한데." 검은 양은 그런 생각을 했다. 때는 중산층 집안의 장례식에서만 보이는 반야만적 의례가 끝나고 검은 상복을 입은 앤티 로사가 정상적인 생활로 되돌아왔을 때였다. "그녀가 보기에 나쁜 어떤 일을 내가 했다고는 생각하지 않아. 하지만 곧 하게 되리라 봐. 그녀는 해리 아저씨의 사망 이후에 기분이 나쁘고 해리 또한 그래. 그러니 나는 유아실에 죽치고 있는 게 좋겠어."

불행하게도 펀치의 계획과는 다른 일이 벌어졌다. 그를 해리가 다니는 초등학교에 보내기로 결정된 것이었다. 이것은 오전에 해리와 함께 걸어가야 한다는 뜻이었고, 어쩌면 오후에도 함께 걸어와야 할지도 몰랐다. 하지만 그 중간에 자유를 누릴 수 있다는 전망은 매혹

적이었다. "해리는 내가 한 일을 다 일러바치겠지. 하지만 난 아무 짓도 하지 않을 거야." 검은 양이 말했다. 이런 덕성스러운 결심과 함께 그는 학교에 갔으나, 해리의 사전 보고가 이미 펀치보다 앞 달려갔고, 따라서 학교생활은 큰 부담이었다. 그는 학우들을 살펴보았다. 어떤 아이들은 불결했고, 어떤 아이들은 사투리로 말했으며, 많은 아이가 H 자를 발음하지 않았고, 두 명의 유대인과 한 명의 흑인이 있었다. 그리고 어떤 애들은 얼굴이 아주 까맸다. "저건 후브시인데." 검은 양이 혼잣말을 중얼거렸다. "미타조차도 후브시를 비웃곤 했어. 난 여기가 적합한 장소라고 생각하지 않아." 그는 적어도 한 시간 이상은 분노했으나, 그러다가 그가 어떤 설명을 해도 앤티 로사는 '과시'라고 해석할 것이고 또 해리는 급우들에게 그런 식으로 말하리라고 생각했다.

"학교는 어땠니?" 앤티 로사가 그날 늦게 물었다.

"아주 멋진 곳이라고 생각해요." 펀치가 조용히 말했다.

"녀가 검은 양의 성격을 아이들에게 미리 알려 주었으리라 생각하는데." 앤티 로사가 해리에게 말했다.

"아, 예." 검은 양의 도덕을 검열하는 자가 말했다. "그 애들은 쟤에 대해 잘 알아요."

"만약 내가 아버지와 함께 있었다면," 급소를 찔린 검은 양이 말했다. "나는 그 애들과 말도 하지 않았을 거예요. 아버지가 못 하게 했을 거예요. 그 애들은 가게에서 살아요. 나는 그들이 가게로 들어가는 걸 보았어요. 거기서 그 애들의 아버지가 살면서 물건을 팔아요."

"네가 잘나서 그런 학교는 못 다니겠다는 거냐?" 앤티 로사가 씁쓸한 미소를 지으며 말했다. "검은 양, 그 애들이 너한테 말을 걸어 주는 것을 고맙게 여겨야 해. 어린 거짓말쟁이를 아무 학교나 받아 주는 게 아니야."

해리는 검은 양의 신중치 못한 발언을 아주 적극적으로 써먹었다. 그 결과 후브시를 포함하여 여러 명의 아이들이 펀치의 머리를 때리면서 인간의 평등성을 주장하고 나섰고, 앤티 로사가 펀치에게 해 준 말은, "그처럼 건방지더니 쌤통이다"라는 것이었다. 그래서 그는 자신의 생각을 말하지 않는 게 좋다는 걸 배웠고 조금이나마 마음의 평화를 얻기 위해 해리의 책을 대신 들어 주는 등 해리의 비위를 맞추려고 애썼다. 그의 일상생활은 결코 즐겁지 않았다. 그는 일요일을 제외하고 오전에는 아홉 시에서 열두 시까지, 그리고 오후에는 두 시에서 네 시까지 학교에서 시간을 보내야 했다. 저녁이면 유아실에 보내어져 그다음 날의 숙제를 준비해야 되었고 매일 밤 해리의 반대신문을 견뎌 내야 했다. 그는 주디를 거의 보지 못했다. 그녀는 아주 종교적이었는데 여섯 살의 나이에는 종교를 전적으로 받아들이기가 쉬운 법이었다. 주디는 검은 양에 대한 자연스러운 사랑과, 그 어떤 잘못도 하지 않는 앤티 로사에 대한 사랑 사이에서 심한 고통을 당했다.

그 수척한 여인은 주디의 사랑을 이자 붙여 갚아 주었고, 그래서 주디는 그런 사랑에 힘입어 감히 검은 양의 징벌을 경감해 달라고 요청하기도 했다. 학교에서 학과 공부에 실패하면 일주일 동안 교과서 이외의 책은 읽지 못하는 징벌이 내려졌다. 해리는 그런 실패 사례를 희희낙락하며 보고했다. 더욱이 검은 양은 잠자리에 들 무렵 해리에 의해 학과를 복습할 것을 강요당했다. 해리는 대체로 펀치의 눈물을 터트리는 데 성공했고, 그런 다음에는 그다음 날에 대한 아주 어두운 전망을 말해 주면서 위로하는 척했다. 해리는 스파이, 못된 장난꾼, 심문자 그리고 앤티 로사의 대리 집행자였다. 그는 이런 여러 보직을 놀라울 정도로 잘 수행했다. 이제 해리 아저씨가 죽었기 때문에 그의 조치에 대하여 항소할 수도 없었다. 검은 양은 학교에서 자존심을 지키는 것이 허용되지 않았다. 집에서는 완전히 신용을 잃어버렸고 그래서 하녀들—다운 로지에서는 그들이 자주 바뀌었는데 하녀들도 거짓말쟁이였기 때문이다—이 보여 주는 연민을 고맙게 여겨야 할 정도였다. 하녀로 새로 온 제인이나 엘리자는 한 달이 채 되기도 전에 앤티 로사의 입에서 이런 평가의 말을 들었다. "너는 검은 양과 한 배를 타기에 딱 좋은 애로구나." 하녀들은 해리를 가리켜 '마스터 해리'라고 불렀고, 주디는 '미스 주디'라고 했다. 그러나 검은 양은 검은 양 이외의 다른 이름으로 불린 적이 없었다.

시간이 흐를수록 아빠와 엄마의 기억이 매주 일요일 앤티 로사가 보는 데서 그들에게 편지를 써야 하는 불쾌한 일과 겹쳐지면서, 검은 양은 자신이 아주 어린 시절에 어떤 삶을 살았는지 잊어버렸다. "봄베이에 대해서 기억하려고 애써 봐"라는 주디의 호소도 그의 기억을 촉진하지 못했다.

"난 기억이 안 나." 그가 말했다. "난 가끔 명령을 내리고 엄마가 나에게 키스해 주었다는 것만 알아."

"오빠가 착하게 굴면 앤티 로사가 키스해 줄 거야." 주디가 호소했다.

"에이! 난 앤티 로사의 키스를 받고 싶지 않아. 아마 내가 먹을 것을 더 얻어 내기 위해 그런 짓을 한다고 말할걸?"

주가 지나서 달이 되었고 이어 방학이 왔다. 그러나 방학 전에 검은 양은 심각한 죄를 지었다.

'검은 양은 감히 반격하지 못하니까 그의 머리를 치라'고 해리가 격려한 여러 명의 소년들 중에 나머지 아이들보다 더 질 나쁜 아이가 있었다. 그 애는 해리가 옆에 있지 않은 불운한 순간에 검은 양을 때렸다. 그 주먹질은 아팠고 그래서 검은 양은 온 힘을 다하여 되는대로 반격했다. 그 소년은 바닥에 쓰러지더니 징징 울었다. 검은 양은 그 자신의 행동에 깜짝 놀랐다. 그러나 그가 깔고 앉은 소년의 몸이 아무런 저항을 하지 못하자, 미친 듯한 분노 속에서 양손으로 그 아이를 흔들어 대다가 목을 조르기 시작했다. 그는 정말로 그 아이를 죽일 생각이었다. 곧 소동이 벌어졌고 해리와 다른 아이들은 검은 양을 그 아이의 몸에서 떼어 냈다. 검은 양은 해리에게 맞으면서 집으로 갔지만 그래도 기분은 좋았고 날아갈 것 같았다. 앤티 로사는 외출 중이었다. 그녀가 돌아올 때까지 해리는 검은 양에게 살인의 죄악에 대해서 설교했다. 그는 그것이 카인의 죄악이라고 말했다.

"왜 그 아이와 공정하게 싸우지 않았어? 왜 그 아이가 쓰러졌을 때 마구 때렸어, 이 비열한 놈아?"

검은 양은 해리의 목덜미를 쳐다보았고 이어 식탁에 놓여 있는 칼을 보았다.

"모르겠어." 펀치가 피곤한 어조로 말했다. "넌 언제나 그 아이를 내게 붙여 놓았고 또 내가 엉엉 울면 나를 비겁한 놈이라고 몰아붙였어. 앤티 로사가 돌아올 때까지 나를 좀 가만히 내버려 둘 수 없어? 네가 나는 맞아야 한다고 말하면 그녀는 나를 때릴 거야. 그러니 모두 됐잖아."

"그건 모두 잘못됐어." 해리가 선생처럼 말했다. "너는 그 애를 거의 죽일 뻔했어. 그가 죽는다고 해도 놀라운 일이 아니야."

"그가 죽을지도 모른다고?" 검은 양이 말했다.

"그럴 수도 있지." 해리가 말했다. "그러면 너는 교수형을 당하고 지옥으로 가게 돼."

"좋아." 검은 양이 식탁 칼을 움켜쥐면서 말했다.

"그렇다면 난 지금 **너를** 죽일 거야. 너는 온갖 말을 다 하고 또 온갖 짓을 다 했어. 나도 무슨 일이 벌어질지 모르겠어. 넌 한시도 나를 내버려 둔 적이 없어. 그러니 나는 **무슨 일이** 벌어지든 신경 쓰지 않아!"

그는 칼을 들고 해리에게 달려들었다. 해리는 2층 방으로 달아나면서 앤티 로사가 돌아오면 이 세상에서 가장 무서운 매질을 당할 것이라고 을러댔다. 검은 양은 손에 칼을 든 채 계단 밑동에 앉아서 해리를 죽이지 못한 것에 대하여 눈물을 흘렸다. 하녀가 주방에서 나와서 칼을 빼앗고 그를 위로했다. 그러나 검은 양은 도저히 위로를 받을 수 있는 상태가 아니었다. 그는 앤티 로사에게 심한 매질을 당할 것이었다. 이어 해리의 손에 또다시 구타를 당할 것이었다. 그런 다음 주디는 그에게 말하는 것이 금지될 것이었다. 이어 학교에서 오늘 얘기가 돌아다닐 것이고 그리고—

거기에는 도와주는 사람도 신경 써 주는 사람도 없었다. 이 상황에서 벗어나는 가장 좋은 방법은 죽음뿐이었다. 칼로 몸을 찌르자니 아플 것 같았다. 1년 전에 앤티 로사는 물감을 빨아먹으면 죽는다는 말을 그에게 해 준 적이 있었다. 그는 유아실로 내려가서 못 쓰게 된 〈노아의 방주〉 그림을 꺼내서 그 안에 있는 동물들에게 입혀진 물감을 가능한 한 많이 빨아먹었다. 아주 지독한 맛이 났지만, 그는 앤티 로사와 주디가 돌아왔을 때 노아의 비둘기를 아주 깨끗하게 빨아먹은 상태였다. 그는 1층으로 올라가 그들을 맞이하면서 말했다. "앤티 로사, 나는 학교에서 한 아이를 거의 죽일 뻔했어요. 그리고 해리도 죽이려고 했어요. 그러니 하느님과 지옥에 대한 설교를 끝낸 다음, 나를 심하게 때려서 이 문제를 끝내 주시겠어요?"

해리가 고자질한 공격 얘기는 악마에게 홀린 자의 행위 이외에는 설명할 길이 없었다. 검은 양은 먼저 앤티 로사에게 심한 매질을 당했고 이어 완전 위축된 상태에서 해리에게 구타를 당했다. 그리고 그는 가족 기도 모임에서 제인과 함께 간절한 기도의 대상이 되었다. 제인은 식료품 찬장에서 식은 고기만두를 훔쳐 먹은 죄였는데, 그녀의 죄악이 은총의 옥좌 앞에 고해지자 소리 내어 크게 훌쩍거렸다. 검은 양은 온몸이 아프고 뻣뻣했지만 의기양양했다. 왜냐하면 그날 밤 그는 죽어 버릴 것이었고 그 지겨운 사람들로부터 완전 해방될 것이었기 때문이다. 그러면 그는 해리에게 용서를 청하지 않아도 될 것이고, 잠자리에 들 무렵 해리의 반대신문을 당하지 않아도 될 것이며, '어린 카인'이라는 기분 나쁜 소리도 듣지 않을 것이었다.

"나는 매질을 당했어." 그가 말했다. "나는 다른 짓도 했어. 나는 내가 무슨 짓을 하든지 신경 쓰지 않아. 해리, 만약 오늘 밤 네가 나한테 무슨 말을 하려고 하면, 나는 일어나서 너를 죽이려고 할 거야. 그러니 좋다면 지금 나를 죽여."

해리는 빈 방에 잠자러 갔고, 검은 양은 죽으려고 자리에 누웠다.

〈노아의 방주〉 제작자는 그들의 동물이 어린아이의 입 속으로 들어갈 것을 예상하여 그에 알맞게 물감 칠을 한 것 같았다. 어제와 똑같은 피곤한 아침이 창문 사이로 동터 왔고 검은 양은 그 자신이 아무런 이상도 없다는 것을 발견하고 한없는 부끄러움을 느꼈다. 그렇지만 앞으로 극단의 경우에는 해리에 대하여 자기 자신을 지킬 수 있다는 걸 알게 되어 한결 마음이 가벼웠다.

그가 방학 첫날 아침에 아래층으로 내려가자 이런 소식이 그를 기다리고 있었다. 해리, 앤티 로사, 주디는 브라이턴으로 놀러 갈 것이고, 검은 양은 집에 하녀와 함께 남아 있어야 한다는 것이었다. 그의 어제 발작은 앤티 로사의 계획에 아주 잘 맞아 들어가는 것이었다. 필요 없는 아이를 뒤에 남겨 두고 가는 훌륭한 구실을 제공했다. 봄베이의 아빠는 어린 죄인의 필요를 때맞추어 짐작한 것처럼 그 주에 새책 소포를 보내 주었다. 이 책들과, 숙식을 제공받는 하녀 제인과 함께, 검은 양은 한 달 동안 혼자 있을 수 있게 되었다.

그 책들은 딱 열흘을 끌어 주었다. 하루 열두 시간씩 삼켜 버리는 바람에 너무 빨리 소진된 것이었다. 그리고 아무것도 하지 않는 나날이 시작되었다. 이런저런 꿈을 꾸거나, 상상의 군대를 계단 위아래로 행진시키거나, 계단의 난간 숫자를 헤아리거나, 모든 방의 길이와 너비를 손바닥으로 재어 보거나—아래로 50뼘이고, 가로로는 30뼘 그리고 다시 위로 50뼘—했다. 제인은 많은 친구를 사귀었다. 그녀의 부재에 대하여 아무런 얘기도 하지 않겠다는 검은 양의 다짐을 받고 나서, 그녀는 날마다 장시간 외출했다. 검은 양은 석양의 햇빛이 주방에서 식당으로 그리고 다시 2층의 그의 방까지 퍼져 나가다가 결국 짙은 회색이 되는 것을 지켜보았고, 이어 주방 화로로 내려가서 그 불빛에 책을 읽었다. 그는 혼자이고 또 원하는 대로 마음껏 책을 읽을 수 있다는 사실이 행복했다. 그러나 나중에 그는 창문 커튼의 그림자, 문들의 덜커덕거림, 셔터들의 삐걱거리는 소리가 무서웠다. 그는 마당으로 나가 보았고, 월계수 덤불의 살랑거리는 소리 또한 무서웠다.

그는 앤티 로사, 해리, 주디 세 사람이 온갖 뉴스를 가지고 돌아왔을 때 기뻤다. 주디는 선물을 한 보따리 안고 있었다. 누가 충성스럽고 어린 주디를 사랑하지 않을 수 있겠는가? 그녀가 즐겁게 지저귀는 소리에 보답하기 위하여 검은 양은 현관문에서 계단 첫 번째 층계참까지의 거리가 184손뼘이라는 것을 주디에게 알려 주었다. 그는 혼자 힘으로 그것을 알아냈다.

이어 예전의 생활이 다시 시작되었다. 그러나 약간의 차이가 있었는데 새로운 죄악이 추가된 것이었다. 그의 다른 비행에 더하여 검은 양은 이제 또 다른 아주 어눌한 짓을 했다. 그는 이제 말뿐만 아니라 행동도 믿을 수가 없는 존재였다. 그는 손을 대는 것마다 쏟아지게 했고, 손을 내뻗으면서 유리잔을 쓰러트렸으며, 분명 닫혀 있는 문에다 이마를 찧었다. 그의 세상에는 온 사방에 회색 아지랑이가 끼어 있다. 마침내 검은 양은 펄럭거리는 커튼을 보아도 귀신같이 생겼다고 느꼈고, 훤한 대낮에도 이름 없는 공포에 사로잡혔는데, 알고 보면 그것은 옷걸이 위에 걸린 윗옷들에 지나지 않았다.

방학이 왔다가 갔고, 검은 양은 많은 사람을 보았으나 그 얼굴이 다 똑같다고 생각했고, 때때로 구타를 당했으며, 거의 모든 경우에 해리로부터 고문을 당했다. 주디는 좋은 일이든 궂은일이든 오빠의 변호에 나섰다가 앤티 로사의 분노를 스스로 뒤집어쓰기도 했다.

한 주, 한 주가 끝없이 이어졌고 아빠와 엄마는 완전히 잊혔다. 해리는 학교를 졸업하고 은행 지점의 서기가 되었다. 그의 존재로부터 해방된 검은 양은 즐거운 독서의 자유를 빼앗겨서는 안 되겠다고 결심했다. 그래서 그는 학교에서 실패를 해도 모든 것이 잘되어 가고 있다고 보고했다. 그는 앤티 로사를 속이는 게 아주 쉽다는 것을 깨닫고서 그녀에 대하여 커다란 경멸감을 느꼈다. '그녀는 내가 거짓말을 안

할 때에는 나보고 어린 거짓말쟁이라고 하더니, 이제 막상 거짓말을 하니까 그걸 알지 못하는군' 하고 검은 양은 생각했다. 전에 앤티 로사는 그 혼자서는 결코 생각해 내지 못할 사소한 교활함과 술수를 그가 부렸다고 비난했었다. 그녀 자신이 그에게 가르쳐 준 지저분한 지식 덕분에, 그는 그녀에게 그것을 고스란히 되갚을 수 있었다. 그 집에서는 그의 가장 순수한 동기, 약간의 애정을 바라는 그의 자연스러운 동경을, 더 많은 빵과 잼을 얻으려는 욕망으로 해석했고 또 낯선 사람들에게 잘 보이려는 그의 태도를 해리를 뒷전으로 밀어내려는 엉큼한 술수라고 판단했다. 그런 집이므로 그의 속이기 작업은 수월했다. 앤티 로사는 특정 종류의 위선은 꿰뚫어 보았으나 모든 위선을 알아내는 것은 아니었다. 그는 어린아이의 재치를 그녀의 재치에 맞세웠고 그리하여 더 이상 매질을 당하지 않았다. 달이 갈수록 학교 교과서를 읽는 것이 더 힘들어졌고 큰 활자의 이야기 책 페이지들도 눈앞에서 춤을 추었고 어둠침침했다. 그래서 검은 양은 그의 주위에 떨어진 그림자들 속에서 깊은 생각에 잠겼고, 세상으로부터 그 자신을 단절시켰다. '사랑스러운 해리'에 대하여 끔찍한 징벌을 발명해 내거나, 앤티 로사에게 둘러씌울 또 다른 기만의 복잡한 거미줄을 짜느라고 골몰했다.

그러다가 대참사가 벌어졌고 거미줄은 파괴되었다. 모든 것을 미리 내다본다는 것은 불가능했다. 앤티 로사는 검은 양의 학과 성적에 대하여 친히 문의를 해 보았고 깜짝 놀랄 만한 정보를 입수했다. 식사가 부족하여 식은 고기를 훔친 하녀의 절도를 단죄할 때의 그런 즐거운 심정으로 그녀는 검은 양의 비행을 하나씩 하나씩 조사해 들어갔다. 서가에서 추방되는 것을 피하기 위하여 그는 여러 주, 여러 주 동안,

앤티 로사, 해리, 하느님 그리고 온 세상을 바보로 만들어 왔다! 그것은 너무도 끔찍한 죄악이었고, 완전 타락해 버린 영혼의 증거였다.

검은 양은 그 대가를 계산해 보았다. "한 번 크게 매질을 하고서 그녀는 내 등에 '거짓말쟁이'라는 카드를 붙이겠지. 전에 그랬던 것처럼. 해리는 나를 때리고 나를 위해 기도를 하겠지. 그녀 또한 기도 시간에 나를 위해 기도를 하고 내가 악마의 자식이라고 말한 다음, 내가 외워야 할 찬송가를 말해 주겠지. 하지만 나는 읽을 것을 다 읽었어. 그리고 그녀는 그걸 결코 알지 못할 거야. 그녀는 그동안 모든 걸 다 알고 있었다고 말할 테지. 그렇다면 그녀는 늙은 거짓말쟁이야" 하고 그는 말했다.

사흘 동안 검은 양은 그의 방에 갇혀 있었고 단단히 마음의 준비를 했다. "두 번 매질을 당해야 하겠지. 한 번은 학교에서 한 번은 여기 집에서. 학교 것이 더 아프겠지." 그가 그런 생각을 하는 동안에 그 징벌이 떨어졌다. 그는 학교에서 유대인과 후브시가 지켜보는 가운데, 집에 가짜 성적 보고서를 가져간 끔찍한 범죄 때문에 매질을 당했다. 그는 똑같은 이유로 집에서 앤티 로사에게 매질을 당했고 이어 플래카드가 꺼내졌다. 앤티 로사는 그것을 그의 어깨 사이에다 바느질로 꿰맸고 그 상태로 동네를 한 바퀴 돌고 오라고 명령했다.

"만약 나한테 그걸 하라고 시키면," 검은 양이 아주 차분하게 말했다. "나는 이 집을 불태우고 어쩌면 당신을 죽일지도 몰라요. 내가 당신을 죽일 수 있을지 모르겠어요. 당신은 뼈뿐이니까. 하지만 시도해 보겠어요."

이런 신성모독의 발언 이후에 그 어떤 징벌도 내려지지 않았다. 아무튼 검은 양은 달려들 각오를 하고 있었다. 앤티 로사의 바싹 마른 목구멍을 꽉 움켜쥐고 매 맞아서 떨어질 때까지 놓지 않겠다고. 어쩌면 앤티 로사는 겁먹었을 수도 있었다. 죄악의 밑바닥에 도달한 검은 양이 새로운 무모함으로 그 자신을 단련하고 있었으니까.

이런 갈등의 와중에 바다 건너에서 다운 로지를 찾아온 방문객이 있었다. 그는 아빠와 엄마를 알고 있었고 펀치와 주디를 돌아봐 달라는 부탁을 받았다. 검은 양은 응접실에 들어가서 도자기가 진설된 단단한 다탁茶卓을 들이받았다.

"천천히, 천천히, 어린 친구." 방문객이 검은 양의 얼굴을 햇빛 쪽으로 천천히 돌리면서 말했다. "이 말뚝의 큰 새는 뭐지?"

"무슨 새요?" 검은 양이 물었다.

방문객은 검은 양의 두 눈을 한참 동안 들여다보더니 갑자기 말했다. "이런, 이런! 이 어린 친구는 거의 눈멀 지경이야!"

그는 아주 사무적인 방문객이었다. 그는 자신이 책임진다면서 검은 양은 엄마가 집에 올 때까지 학교에 가지도 말고 책을 펴 보지도 말라고 지시를 내렸다. "너도 알다시피 그녀는 3주 후에는 여기에 올 거야." 그가 말했다. "나는 인베라리티 사히브야. 젊은이, 너를 이 사악한 세상에 소개한 사람이지. 너는 그동안 시간을 멋지게 활용한 것 같군. 넌 앞으로 아무것도 하면 안 돼. 그렇게 할 수 있겠나?"

"예." 펀치가 멍한 표정으로 대답했다. 그는 엄마가 곧 온다는 것을 알고 있었다. 그러면 또다시 매질을 당할 가능성이 있었다. 아빠가 함께 오지 않는다니 얼마나 다행인가. 앤티 로사는 최근에 그가 어른 남자에게 매질을 당해야 마땅하다고 말했다.

그 후 3주 동안 검은 양은 절대로 아무것도 해서는 안 된다는 지시를 받았다. 그는 유아실로 내려가 망가진 장난감들을 보면서 시간을 보냈는데, 그 장난감들에 대해서도 엄마에게 해명을 해야 될 것이었다. 앤티 로사는 나무배가 망가져도 그의 두 손을 회초리로 때렸다. 하지만 그 죄악은 앤티 로사가 아주 음울하게 암시한 다른 비행들에 비하면 아무것도 아니었다.

"네 어머니가 와서 내가 해 줄 얘기를 다 듣는다면 그녀는 너를 아주 적절하게 평가하게 될 거야." 그녀는 음울하게 말했고, 주디를 철저히 감시했다. 그 어린 소녀가 오빠를 위로하려다가 어린 영혼을 위태롭게 만들지 않게 하려는 것이었다.

그리고 엄마는 부드러운 흥분으로 상기된 채 사륜마차를 타고 왔다. 아 멋진 엄마! 그녀는 경박하다 싶을 정도로 젊고, 아름다웠다. 은은하게 상기된 양 뺨, 별처럼 빛나는 두 눈, 그 다정한 목소리. 엄마가 두 팔을 내뻗어 가슴에 안으려고 하지 않아도 어린아이들은 그 목소리만으로도 충분히 친근감을 느낄 만했다. 주디는 엄마에게 곧장 달려갔으나 검은 양은 망설였다.

이 멋진 여자는 '겉꾸밈'일까? 그녀가 그의 비행을 알면 양팔을 내뻗지 않을 수도 있었다. 혹시 그를 껴안음으로써 그녀는 검은 양으로부터 뭔가를 얻어 내려는 게 아닐까? 아니 그의 사랑과 신임만을 원하는 것일까? 그러나 검은 양은 알 수가 없었다. 앤티 로사는 물러갔고 엄마는 두 남매 사이에 무릎을 꿇고 앉아서 절반은 울고 절반은 웃었다. 5년 전 펀치와 주디가 눈물을 흘렸던 바로 그 현관에서.

"그래, 얘들아, 나를 기억하겠니?"

"아니." 주디가 솔직하게 말했다. "하지만 '하느님, 아빠와 엄마를 축복해 주세요' 하고 매일 밤 말했어."

"약간 기억해." 검은 양이 말했다. "내가 엄마한테 매주 편지를 쓴

거 기억해. 그건 과시하기 위한 것이 아니었어. 하지만 그 뒤에 오는 것 때문이었어."

"그 뒤에 오는 것? 얘야, 그 뒤에 오는 게 뭔데?" 이어 엄마는 그를 다시 가슴에 끌어안았다. 그는 비스듬히 아주 어색한 자세로 다가왔다. "포옹에 익숙하지 않구나, 너는." 날카로운 어머니 영혼이 말했다. "하지만 딸애는 익숙해."

'그 애는 너무 어려서 아무에게도 피해를 주지 않아요' 하고 검은 양은 생각했다. '그리고 내가 동생에게 널 죽이겠다고 말하면 그 애는 겁을 먹을 거예요. 하지만 앤티 로사는 어떻게 대답할지 모르겠는걸.'

긴장된 늦은 저녁 식사가 있었고 그 끝에 엄마는 주디를 데려가서 온갖 사랑스러운 말들과 함께 침대에 뉘었다. 신의 없는 어린 주디는 이미 앤티 로사에게 배신하는 태도를 보였다. 앤티 로사는 그것을 아주 씁쓸하게 여겼다. 검은 양은 방에서 나가기 위해 일어섰다.

"와서 내게 굿나잇 하고 말하렴." 앤티 로사가 쭈글쭈글한 뺨을 내밀며 말했다.

"뭐라고요!" 검은 양이 말했다. "난 키스해 본 적이 없어요. 난 과시하지 않을 거예요. 내가 한 행동을 저 여자에게 말하세요. 그리고 그녀가 뭐라고 하는지 봅시다."

검은 양은 문틈으로 천국을 얼핏 엿보았다가 다시 잃어버린 느낌으로 침대에 올랐다. 30분 뒤에 '그 여자'가 그에게 허리를 굽히고 내려다보았다. 검은 양은 오른팔을 들어 올렸다. 어둠 속에 찾아와 그를 때리려 한다는 것은 공평하지 못했다. 심지어 앤티 로사도 그런 짓은 하지 않았다. 하지만 주먹은 내려오지 않았다.

"당신은 과시하고 있는 건가요? 나는 앤티 로사가 당신한테 말한 것 이상으로는 말해 주지 않을 거예요. 그녀가 모든 것을 알고 있지는 않아요." 검은 양은 그의 목에 둘러진 두 팔 때문에 있는 힘을 다해 분명하게 말했다.

"오, 내 아들―나의 어린, 어린 아들! 그건 내 탓이야. 나의 탓이라고, 얘야. 우리가 어떻게 그걸 피할 수 있었겠니? 나를 용서해, 펀치." 그 목소리는 흐느끼는 속삭임으로 잦아들었고 뜨거운 눈물이 검은 양의 이마에 떨어졌다.

"그 여자가 당신도 울게 만들었나요?" 그가 물었다. "당신은 제인이 우는 걸 보아야 해요. 하지만 당신은 좋아요. 그런데 제인은 타고난 거짓말쟁이예요. 앤티 로사가 그랬어요."

"조용히 해, 펀치, 조용! 얘야, 그렇게 말하지 마. 나를 조금이라도 사랑하려고 애써 봐. 조금이라도. 넌 내가 그 사랑을 얼마나 원하는지 모를 거야. 펀치 바바, 내게로 돌아와! 난 너의 어머니야. 네 어머니라고. 나머지 것은 신경 쓰지 마. 그래, 알아. 다 알고 있어. 그건 이제 중요하지 않아. 펀치, 너는 나를 조금이라도 사랑해 줄 수 있겠니?"

아무도 그를 비웃지 않는다는 걸 확신한다면, 열 살의 덩치 큰 남자아이라도 놀라울 정도로 그런 애정의 표현을 견디어 낼 수 있다. 검은 양은 전에 아무것도 아닌 존재였다. 그런데 이제 이 아름다운 여인이 그―검은 양, 악마의 자식, 꺼지지 않는 지옥불의 계승자―를 마치 작은 신인 양 대하고 있는 것이었다.

"어머니, 나는 당신을 아주 좋아해요." 그가 마침내 속삭였다. "나는 어머니가 돌아와서 기뻐요. 하지만 앤티 로사가 어머니에게 모든 걸 말해 주었다고 확신하세요?"

"모든 걸 말해 주었어. 하지만 그게 이제 무슨 소용이니? 그러나"―

그 목소리는 절반은 울고 절반은 웃고 있었다—"펀치, 이 불쌍한, 절반은 눈이 먼 내 아들. 넌 그게 좀 어리석었다고 생각하지 않니?"

"**아니요.** 그렇게 하면 매질을 피할 수 있었어요."

엄마는 몸을 떨었고 어둠 속에서 멀어져 갔으며 아빠에게 긴 편지를 썼다. 다음은 내용의 요약이다.

…… 주디는 귀엽고 통통한 어린 새침데기예요. 그 여자를 존경하고 또 자신의 종교적 믿음만큼이나 엄숙한 태도를 보이고 있어요. 겨우 여덟 살이에요, 잭! 말총으로 만든 웃기는 걸 자신의 허리 받이라고 말하고 있어요! 나는 방금 그것을 불태웠고 내가 편지를 쓰는 지금 그 애는 내 침대에서 잠이 들었어요. 그 애는 곧 내게 다가올 거예요. 펀치는 잘 이해를 하지 못하겠어요. 그 애는 영양 상태는 좋은데, 너무 걱정을 한 나머지 자그마한 기만의 대응책을 세웠는데 저 여자는 그걸 지독한 죄악으로 부풀려 말하고 있어요. 여보, 당신은 우리의 어린 시절이 기억나지 않으세요? 주님에 대한 두려움이 종종 거짓의 시작이라는 걸. 나는 오래지 않아 펀치를 내 편으로 끌어올 거예요. 나는 아이들을 시골로 데리고 가서 나를 더 잘 알게 만들 생각이에요. 나는 전반적으로 만족하고 있어요. 또 당신이 귀국하면 더욱 만족할 거예요. 그러면 하느님 감사합니다, 우리는 마침내 한 지붕 아래 모여서 살게 되는 거예요!

석 달 뒤 더 이상 검은 양이 아닌 펀치는 그가 실제적이고, 생생하고 사랑스러운 어머니의 소유자임을 발견했다. 그 어머니는 그의 누나이며 위로자이며 친구였다. 또 아버지가 집에 돌아올 때까지 그가 그녀를 보호해야 한다고 생각했다. 보호자의 역할에는 기만이 더 이상 어울리지 않았다. 사람이 그 어떤 것도 아무런 의심 없이 할 수 있을 때에, 기만이 무슨 소용이 있겠는가?

"저 도랑으로 걸어가면 엄마는 크게 화를 낼 거야." 주디가 대화를 계속하며 말했다.

"엄마는 절대 화를 내지 않아." 펀치가 말했다. "엄마는 '넌 어린 파갈*이야' 하고 말할 거야. 그런 소리를 듣는 건 좋지 않지만, 아무튼 네게 보여 줄게."

펀치는 도랑으로 걸어갔고 무릎까지 흙이 묻었다. "엄마, 엄마." 그가 소리쳤다. "난 온몸이 아주 지저분해졌어! 정말로."

"그럼 빨리 옷을 갈아입어, 정말로!" 어머니의 낭랑한 목소리가 집 안 가득 울려 퍼졌다. "그리고 어린 파갈 노릇은 그만해!"

"봐! 내가 얘기했지." 펀치가 말했다. "이제 모든 게 달라졌어. 우리는 엄마가 우리를 떠나간 적이 없는 것처럼 다시 엄마의 애들이 되었어."

오 펀치, 전적으로 그렇게 되는 것은 아니지. 왜냐하면 어린 입술이 증오, 의심, 절망의 씁쓸한 물을 아주 많이 들이마셨을 때에는, 이 세상의 모든 사랑으로도 그 경험을 완전히 없애 버리지는 못하기 때문이야. 사랑이 어두워진 두 눈을 잠시 빛 쪽으로 돌려놓고 또 믿음이 없는 곳에서 믿음을 가르쳐 주기는 하겠지만.

---

* 멍청이.

그린하우 언덕의 추억

On Greenhow Hill

사랑의 낮은 목소리에 그녀는 근심 없는 귀를 기울이네.
그녀의 손은 그의 장미 같은 손가락들 사이에 놓였으나
아주 차가운 손. 그녀는 몸을 돌리거나 들으려 하지 않네.
그러나 옆으로 돌린 얼굴로 그녀의 길을 갔네.
형체 없고 음울한, 창백한 죽음이 앙상한 손을 들어
그의 사이프러스 화관을 내밀며 손짓하자 그녀는 따라갔네.
그리하여 사랑은 혼자 남아 방황하게 되었네.
그가 아무리 불러도 머무르려 하지 않던 그녀는
죽음의 첫 번째 속삭임에 일어나서 가버렸네.

「경쟁자들」

"오헤, 아흐메드 딘! 샤피즈 울라 아후! 바하두르 칸, 너희들은 어디에 있나? 내가 그랬던 것처럼 텐트 밖으로 나와서 영국인들을 상대로 싸우자. 너희들의 동족을 죽이지 마라. 내게로 와라!"

현지인 연대에서 탈영한 자가 캠프 외곽에서 낮게 포복하다가 간간이 총을 쏴 댔고 이어 옛 동료들에게 탈영하라고 소리치고 있었다. 비와 어둠으로 길을 헷갈린 그는 영국인 캠프를 찾아와서 외침과 총질로 병사들을 심란하게 만들었다. 영국인 병사들은 하루 종일 도로 건설 작업에 시달려서 아주 피곤했다.

오더리스는 리어로이드의 발치에서 자고 있었다. "저자는 뭐야?" 그가 걸걸한 목소리로 말했다. 리어로이드는 코를 골았고 스나이더 총알이 그들의 텐트 벽을 뚫고 들어왔다. 병사들은 욕을 했다. "저 빌어먹을 탈영병 놈은 아우란가바디스 현지인 연대 소속이었어." 오더리스가 말했다. "야, 누가 일어나서 저놈한테 엉뚱한 곳에다 대고 소리치고 있다고 좀 말해 줘."

"이봐, 그냥 계속 자." 문 가장 가까운 곳에서 화를 내고 있던 멀배니가 말했다. "난 지금 일어나서 저놈한테 자세히 설명할 수가 없어. 게다가 밖에는 비가 와서 공구들을 적시고 있다고."

"네가 할 수 없는 게 아니라, 하기 싫은 거겠지. 넌 키만 컸지 한없이 게으르고, 맥없고, 한심한 자야. 저놈이 소리치는 걸 좀 들어 보라고!"

"저놈을 상대로 무슨 설명을 해? 저 돼지 같은 놈을 총 쏴서 없애 버려. 계속 잠을 설치게 만들잖아!" 또 다른 목소리가 말했다.

한 장교가 화난 목소리로 소리쳤고 비에 젖은 보초병이 어둠 속에서 소리쳤다.

"장교님, 아무 소용이 없습니다. 그를 볼 수가 없어요. 그자는 저 아래 언덕 어디에 숨어 있습니다."

오더리스는 모포를 제치고 일어섰다. "장교님, 제가 저놈을 해치워 버릴까요?" 그가 물었다.

"아니야." 장교가 대답했다. "그냥 누워 있어. 나는 전초 부대가 하루 종일 총질하는 걸 원하지 않아. 그에게 제대로 찾아가서 자기 친구들이나 쏘라고 해."

오더리스는 잠시 생각했다. 이어 텐트 밖으로 머리를 내밀고서, 버스 차장이 장애물을 지적하는 듯한 어조를 흉내 내며 말했다. "좀 더 위쪽이야, 저기! 좀 더 위쪽이라고."

병사들은 웃음을 터트렸고 그 웃음은 바람을 타고 탈영병에게 전달되었다. 그는 자신이 실수했다는 것을 깨닫고 반 마일쯤 떨어진 곳에 있는 소속 연대를 괴롭히러 갔다. 그는 총알 세례를 받았다. 아우란가바디스 연대는 자신들의 군기를 모욕한 그자에 대해서 크게 화를 내고 있었다.

"이제 제대로 되어 가는군." 오더리스가 멀리서 스나이더 소총의 총소리가 울려 퍼지는 것을 듣고 고개를 텐트 안으로 들이밀며 말했다. "하지만 하느님 맙소사, 저자는 살아 있을 자격이 없어. 나의 달콤한 잠을 이런 식으로 망쳐 놓았으니."

"그럼, 내일 오전에 밖으로 나가서 저자에게 총을 쏴." 장교가 거칠게 말했다. "이제 조용히 해. 병사들, 어서 빨리 자도록 해."

오더리스는 느긋한 한숨을 작게 내뱉으며 자리에 누웠고, 2분 사이에 텐트의 캔버스 천을 두드리는 빗소리와 모든 것을 포섭하는 원초적인 리어로이드의 코 고는 소리 이외에는 아무런 소리도 나지 않았다.

부대는 히말라야 산의 앙상한 산등성이에 자리 잡고 있었고 지난 일주일 동안 유격대가 찾아와 그들과 합류하기를 기다렸다. 밤중에 탈영병과 그의 친구들이 내지르는 소리는 여간 성가신 것이 아니었다.

아침이 되자 병사들은 따뜻한 햇볕에 몸을 말리고, 흙이 묻은 옷을 깨끗하게 털었다. 그날은 현지인 연대가 도로 작업에 투입되는 날이었고 정규 연대는 휴식을 취하는 날이었다.

"나는 가서 저 탈영병 놈을 기다렸다가 잡을 생각이야." 오더리스가 총기 소제를 끝내면서 말했다. "그는 매일 저녁 다섯 시만 되면 수로를 따라서 올라와. 우리가 저기 북쪽으로 가서 오후가 될 때까지 기다리면 그를 잡을 수 있어."

"자네는 피에 굶주린 자그마한 모기야." 멀배니가 공중에다 푸른 구름을 뿜어내며 말했다. "하지만 자네와 함께 갈 생각이야. 족은 어디에 있나?"

"믹스드 피클스와 함께 나갔어. 자신을 대단한 사수射手로 생각하고 있다니까." 오더리스가 경멸하는 어조로 말했다.

믹스드 피클스는 명사수들로만 구성된 소부대로서, 적이 너무 건방지게 나올 때 근처 산에서 적들을 소탕하는 업무를 맡았다. 이 부대는 하급 장교들에게 병사들을 지휘하는 기회를 주었으나, 적에게 큰 피해를 입히지는 못했다. 멀배니와 오더리스는 캠프에서 슬슬 걸어 나와서 도로 작업을 하러 가는 아우란가바디스 병사들을 지나쳤다.

"자네들 오늘 땀깨나 흘리겠군." 오더리스가 사람 좋게 말했다. "우리는 자네들의 탈영병을 잡으러 가는 길이야. 그런데 지난밤에 그자를 잡지 못했지?"

"아니. 그 돼지는 우리를 조롱하다가 사라졌어. 나는 그놈에게 한 방을 쐈어." 한 사병이 말했다. "그놈은 내 사촌이니, 우리의 불명예를 씻어 내야 마땅했는데. 아무튼 자네들은 행운이 있기를 비네."

그들은 오더리스가 선도하는 가운데 아주 조심스럽게 북쪽 언덕으로 향했다. 그가 말한 대로 "이것은 장기적인 작업이고 내가 반드시 해야만 하는 일이기 때문"이었다. 그는 자신의 총에 열정적인 헌신을 바치는 병사였다. 내무반 보고서에 의하면 그는 밤마다 총을 반납할 때 그 총에다 입을 대고 키스를 한다는 것이었다. 그는 돌격과 백병전은 우습게 보았다. 그런 작전이 불가피할 때, 그는 멀배니와 리어로이드 사이에 끼어들면서 그들뿐만 아니라 그 자신을 위해서 대신 좀 해 달라고 요구했다. 그들은 그를 실망시키지 않았다. 그는 끊어진 사냥 길을 찾아내려는 사냥개처럼 북쪽 언덕의 숲속을 빠른 걸음으로 걸어갔다. 마침내 그는 만족스러운 지점을 찾아냈고, 부드러운 솔잎 등성이에 엎드렸다. 그곳은 저 아래의 수로와 그 너머의 황량한 갈색 산등성이를 내려다보는 곳이었다. 나무들은 향기 어린 어둠을 만들어 냈고 그 정도 공간이면 연대 병력도 외부의 따가운 햇볕으로부터 보호받을 수 있었다.

"여기는 숲의 꼬리 부분이야." 오더리스가 말했다. "그는 저기 저 수로를 타고 올라와. 그게 엄폐를 해 주거든. 우린 여기서 대기하자고. 여긴 또 먼지도 별로 없어."

그는 향기 없는 하얀 바이올렛 꽃 더미에다 코를 처박았다. 그 꽃들에게 제철이 지난 지 이미 오래라고 말해 주는 사람은 아무도 없었다. 그래서 꽃들은 소나무 숲의 짙은 그늘 속에서 난만하게 피어 있었다.

"여긴 아주 적당한 곳이야." 그가 뽐내며 말했다. "총알을 날려 보내기에 아주 적절한 공간이라고! 멀배니, 사거리가 어느 정도일 거라고 보나?"

"7백 야드. 아니 그보다 약간 못 미칠지도 모르지. 공기가 너무 희박해서."

북쪽 언덕의 후면에서 탕! 탕! 탕! 하는 소총 일제사격 소리가 났다.

"저 빌어먹을 믹스드 피클스 놈들이 쓸데없이 총질을 하고 있네! 온 동네 사람들을 겁먹게 하잖아."

"저들은 대열 한가운데에서 조준 사격 연습을 하고 있어." 꾀가 많은 남자, 멀배니가 말했다. "탈영병은 저기 붉은 암석을 넘어올 거야. 자, 빨리!"

오더리스는 소총의 가늠자를 6백 야드에다 맞추고 발사했다. 총알은 암석 밑부분의 용담 꽃 더미 옆에서 풀썩 먼지를 일으켰다.

"저 정도면 좋은데!" 오더리스가 가늠자 거리를 약간 내리면서 말했다. "자네도 소총 가늠자를 내 총에 맞추어서 약간 내리도록 해. 자네는 언제나 좀 높게 쏘는 경향이 있어. 하지만 제일 첫 발은 내가 쏘는 거야. 오 주님, 정말 아름다운 오후네."

일제사격 소리는 더 커졌고 숲속에는 사람들의 발걸음 소리가 들려왔다. 두 사람은 조용히 엎드려 있었다. 영국군은 움직이거나 소리치는 것은 무조건 쏘고 보는 경향이 있었기 때문이다. 이어 리어로이드가 나타났다. 그의 상의는 총알이 스쳐 지나가는 바람에 찢어져 있었는데 그 자신도 그게 부끄러운 모양이었다. 그늘 솔잎 위로 재빨리 엎드리면서 숨을 몰아쉬었다.

"피클스의 저 빌어먹을 정원사 놈이 그랬어." 그가 찢어진 부분을 매만지며 말했다. "내가 거기 있는 줄 알면서도 오른쪽으로 쐈다고. 그게 누군지 알았더라면 그자의 가죽을 확 찢어 놓았을 거야. 내 상의 좀 보라고!"

"믿을 만한 명사수의 실력이 저 정도군. 7백 야드 거리에서 안정된 자세로 파리도 쏠 수 있게끔 훈련을 시켜 놓았지만, 1마일 밖에서 뭐를 보거나 들으면 그 순간 마구 쏘아 버리니. 즉, 그 빌어먹을 놈의 사격 조에서 잘 빠져나왔어. 여기 우리와 함께 있어."

"나는 빌어먹을 바람이 부는 상황에서 빌어먹을 나무 우듬지를 향해 총을 쏘았지." 오더리스가 껄껄 웃으며 말했다. "내가 나중에 너한테 총 쏘는 시범을 보여 주지."

그들은 솔잎 위에 엎드려 빈둥거리면서 흘러 들어오는 햇빛에 몸을 맡겼다. 믹스드 피클스는 사격을 중단하고 캠프로 돌아갔고 숲에는 이제 몇 마리의 겁먹은 원숭이들만 남게 되었다. 정적 속에서 수로를 흘러가는 물소리가 언성을 높이면서 어리석게도 바위를 상대로 대화를 시도했다. 가끔 3마일 떨어진 지점에서 들려오는 발파 소리는 아우란가바디스가 도로 건설 작업에 어려움을 겪고 있다는 것을 말해 주었다. 세 사람은 가만히 엎드려서 느긋한 휴식을 취하며 미소를 지었다. 곧 리어로이드가 파이프를 뻑뻑 빨던 가운데 입을 열었다.

"저거 괴상한데―저기 있는―탈영한 친구 말이야."

"그자는 내가 해치워 버린 다음에 보면 더 괴상하게 보일 거야."오더리스가 말했다. 그들은 속삭이는 어조로 말했다. 숲속의 정적과 웃고 싶은 욕망이 그들을 짓눌렀기 때문이다.

"틀림없이 탈영한 이유가 있을 거야. 그렇지만, 모든 사람이 그를 죽여야 할 만한 이유가 있다고 보기는 어려워."멀배니가 말했다.

"아마도 거기에는 여자가 개입되어 있을 거야. 남자는 여자 때문에 때로는 아주 황당한 짓을 한다니까."

"병사들은 대부분 여자들 때문에 입대를 하지. 그렇다고 해서 탈영까지 시켜야 할 이유는 없을 것 같은데."

"그래. 여자들 때문에 입대를 하지. 그 여자들의 아버지 때문이기도 하고."리어로이드가 헬멧을 깊숙이 눌러쓴 채 부드럽게 말했다.

오더리스는 무섭게 눈썹을 찌푸렸다. 그는 계곡을 내려다보고 있다. "만약 여자 문제로 그랬다면 나는 그놈을 두 번 쏠 거야. 두 번째 총알은 바보 노릇을 한 데 대한 문책이야. 그런데 너는 아주 감상적이 되었는데? 아까 총 맞아 죽을 뻔해서 그런 거야?"

"아니. 나는 과거에 이미 벌어진 일을 생각하고 있었어."

"무슨 일이 벌어졌기에 풀밭 뒤쪽의 송아지처럼 그렇게 음매거리며 스탠리가 곧 죽여 버릴 저 탈영병에 대하여 그런 긴 변명을 늘어

놓고 있어, 이 재수 없는 화상아. 작은 친구, 이제 한 시간만 더 기다려 보라고. 자, 죽, 어서 말해 봐. 달을 보고서 감미롭게 짖어 대듯이. 너는 지진이나 총알 세례를 받아야만 입을 여는군. 자 말해 보라고, 돈 후안! 로타리우스 리어로이드의 사랑 사건에 대해서! 스탠리, 너는 저 아래 계곡을 열심히 감시하고 있어."

"저기 저 너머 언덕 보이지." 리어로이드는 고향 요크셔의 황야를 생각나게 하는 히말라야 산록의 한 자그마한 언덕을 쳐다보았다. 그는 동료들보다는 자기 자신에게 말하듯이 중얼거렸다. "그래, 럼볼즈 황야는 스킵턴 마을을 내려다보고 있지. 그리고 그린하우 언덕은 페이틀리 브리그를 내려다보고 있어. 너희들은 그린하우 언덕에 대해서 들어 본 적이 없을 거야. 하지만 저기 저 황량한 들판 너머로 하얀 길이 구불구불 돌아 나가고 있는 게, 고향 언덕과 비슷하구면. 아주 비슷해. 피신처로 삼을 만한 나무는 한 그루도 없이 황야에 또 황야가 이어지지. 그곳엔 판석 지붕의 회색 집들이 있고, 댕기물떼새가 울고, 황조롱이가 여기의 저 솔개들처럼 이곳저곳을 날아다니지. 그리고 그 추위! 바람은 칼처럼 사람들의 살을 파고들었지. 그린하우 언덕 사람들은 말이야, 뺨과 코끝의 빨간 색깔, 바람 때문에 가늘게 뜬 푸른 눈으로 금방 알아볼 수 있어. 대부분 광부들인데 언덕 기슭에서 납을 파내거나 들쥐처럼 광맥을 찾아서 땅속을 탐사하지. 그건 내가 일찍이 경험해 본 것 중에서 가장 험한 광산 작업이었어. 우물에 씌운 지붕같이 생긴, 삐걱거리는 나무 권양기에 올라타고서 밧줄의 중간쯤에서 갱도로 들어간다고. 한 손으로는 진흙 덩이에다 박아 넣은 양초를 들고서 갱도 옆면에 붙지 않도록 조심하고, 다른 한 손으로는 밧줄을 꼭 잡아야 해."

"3자 1조로군." 멀배니가 말했다. "거기 공기는 좋았겠지."

리어로이드는 그 말을 신경 쓰지 않았다.

"그렇게 내려가면 평탄한 지점이 나와. 그곳에서부터는 1마일 정도의 구불구불한 갱도를 네발로 기어가야 해. 그러면 리즈 시청처럼 큰 동굴 같은 곳이 나와. 거기서 양수기가 물을 뽑아 올리는 가운데 땅속으로 채광 작업을 해 들어가는 거야. 광산 작업 외에도 참으로 괴상한 고장이야. 그 언덕에는 자연 동굴들이 많았고 강과 개울들은 고향 사람들이 구멍이라고 부르는 곳으로 쑥 들어갔다가 몇 마일 떨어진 지점에서 다시 올라왔지."

"너는 거기서 무엇을 했는데?" 오더리스가 물었다.

"당시 나는 젊은 청년이었고 석탄과 납 광석을 수송하는 말들을 담당했어. 하지만 내가 지금 얘기하려는 시점에서는 커다란 집수갱集水坑에서 일하는 마차 팀의 일원이었어. 나는 원래 그 고장 사람은 아니야. 집에서 약간의 문제가 있어서 거길 가게 되었는데 처음엔 거친 사람들과 어울렸어. 어느 날 밤 나는 술을 마셨는데 내가 감당할 수 있는 것보다 더 많이 마셨어. 아니면 그 맥주가 아주 질이 나쁜 거였던지. 하지만 당시에는 질 나쁜 맥주라는 걸 별로 보지 못했어." 그는 머리 뒤로 팔을 뻗어서 하얀 바이올렛 꽃을 한 아름 움켜쥐었다. "그래, 내가 마실 수 없는 맥주, 내가 피울 수 없는 담배, 내가 키스할 수 없는 여자는 보지 못했어. 우리는 그렇게 술을 마시다가 집으로 바삐 돌아간 것 같아. 그러다가 술친구들을 다 놓쳐 버리고, 엉성하게 쌓아 올린 돌벽 위로 기어 올라가다가 그 돌들과 함께 고랑에 처박혀서 팔을 부러트렸어. 하지만 그런 사정을 분명하게 의식한 건 아니었어. 내가 등부터 먼저 땅에 떨어지면서 의식을 잃었기 때문이지. 정신을 차려

보니 아침이었고, 나는 제시 로언트리의 집 나무 의자 위에 누워 있더라고. 리자 로언트리는 앉아서 바느질을 하고 있었고. 나는 온몸이 아팠고 내 입은 석회 가마 같았어. 그녀는 내게 사기 컵에 담은 물을 가져다주었어. 그 컵에는 '리즈로부터의 선물'이라는 글귀가 황금 문자로 새겨져 있었지. 나는 그 글자를 그 후로도 많이 보았어. '당신은 워바텀 의사 선생님이 오실 때까지 거기 조용히 누워 있어야 해요. 팔이 부러져서 아버지가 의사를 불러오라고 사람을 보냈어요. 아버지는 일하러 가다가 당신을 발견하고 업어서 여기 데려왔어요.' 그녀가 말했어. '아, 그랬군요.' 내가 말했어. 나는 너무 창피해서 눈을 감았어. '아버지는 일하러 나가신 지 세 시간이 되었어요. 아버지는 광차鑛車를 대신 몰 사람을 알아보라고 사람들에게 말하겠다고 했어요.' 시계는 째깍거렸고 벌이 한 마리 집 안으로 들어와 물방아처럼 내 귀에서 돌아가기 시작했어. 그리고 그녀는 물을 한 잔 더 주고서 베개를 손보아주었어. '당신은 젊으니까 이처럼 술을 마실 수 있겠지만, 앞으로 다시는 그러지 않을 거죠?' '예.' 내가 말했어. 그녀가 내 귓속의 물방아를 멈추어만 준다면 다시는 안 마시겠다고 했지."

"그래, 아플 때에는 여자의 간호를 받는 게 최고야!" 멀배니가 말했다. "대가리를 좀 다쳐도 그런 간호를 받을 수 있다면 그런 희생은 오히려 싼 거야."

오더리스는 얼굴을 찌푸리며 계곡을 내려다보았다. 그는 평생 동안 여자의 간호라고는 받아 보지 못했다.

"그러고 있는데 워바텀 의사가 말을 타고 왔고 제시 로언트리도 의사와 함께 있더라고. 그는 공부를 많이 한 의사였지만 말은 가난한 사람들하고 똑같이 하더군. '이봐, 그래 무슨 흥분되는 일이 있다고 자네의 그 두꺼운 머리를 깨트렸나?' 그는 내 몸을 다 만져 보았어. '다른 데는 뼈가 부러지지 않았어. 평소보다 심하게 타박상을 입은 것뿐이야. 그래도 얼마나 다행이야.' 의사는 그런 식으로 말하더니 나를 계속 욕했어. 하지만 제시의 도움을 받아 가면서 내 팔을 조심스럽게 바로잡아 주었어. '제시, 이 멍청한 청년을 여기서 잠시 쉬게 해 주게.' 그는 줄로 내 팔을 단단히 고정시킨 뒤 약을 주었어. '저 친구는 큰 문제는 없겠지만 자네하고 리자가 좀 돌봐 주게. 젊은 친구, 자네는 실직 상태가 될 거야.' 의사가 말했어. '병가를 두 달 정도 타야 할 걸세. 정말 바보 같은 짓을 했다고 생각하지 않나?'"

"하지만 지위가 높든 낮든 젊은이가 바보 아닌 적이 있었는지 알고 싶은데." 멀배니가 말했다. "어리석음은 지혜로 가는 유일한 안전 통로야. 난 그래 봤지."

"지혜!" 오더리스가 턱을 쳐들고 두 동료를 쳐다보면서 빙그레 미소 지었다. "자네 두 사람은 정말 대단한 솔로몬일세."

리어로이드는 조용히 말을 계속했고 그의 두 눈은 꼴을 씹는 황소처럼 차분했다.

"그렇게 해서 나는 리자 로언트리를 알게 되었어. 그녀가 부르곤 했던 노래―아니, 언제나 불렀던 노래―는 저기 지금 보이는 저 너머의 언덕처럼 그린하우 언덕을 내 눈앞에 떠올리게 해. 그녀는 나한테 베이스 음성으로 노래 부르는 법을 가르쳐 주겠다고 했지. 제시와 그녀가 노래를 부르는 예배당에 함께 가서 배우라고 했어. 그녀의 아버지는 그곳에서 바이올린을 연주했지. 늙은 제시는 참 괴상한 사람이었어. 음악에 미친 사람이었는데 내 팔이 다 나으면 큰 바이올린을 연주하라고 했지. 그건 제시의 것이었는데 커다란 케이스에 넣어져 대형 벽시계 옆에 세워져 있었지. 예배당에서 그걸 연주하던 윌리 새터스웨이트는 문기둥처럼 귀가 먹었고 그게 제시를 열나게 했어. 제시는 윌리에게 박자를 제대로 맞추는 걸 가르쳐 주기 위해 바이올린 활로 그의 머리를 내리치기도 했어.

하지만 그 모든 일에도 불길한 장애물이 있었어. 그걸 가지고 온 자는 검은 상의를 입은 자였어. 원시 감리교파 목사가 그린하우에 들르면 언제나 제시의 집을 찾아왔어. 그리고 그 목사는 처음서부터 나를 주목했어. 나를 구제해야 할 영혼으로 보았고 반드시 구제하겠다는 생각이었어. 동시에 그는 리자 로언트리의 영혼도 열심히 구제하려고 해서 나의 질투를 불러일으켰어. 그 불길한 자를 죽이고 싶은 생각이 든 게 여러 번이었어. 이런 식으로 상황이 흘러가다가 어느 날 나는 술병이 재발했어. 나는 리자한테서 돈을 빌려서 술을 마시러 갔어. 그리고 며칠 후 내 꼬리를 다리 사이에 감은 채 돌아왔어. 리자를 다시 보기 위해서. 하지만 제시는 그 목사—그자의 이름은 아모스 바라클루인데—와 함께 있었어. 리자는 아무 말도 안 했지만 그 하얀 얼굴에 홍조가 살짝 떠올라 있었어. 제시는 내게 정중히 대하려고 애쓰면서 이렇게 말했어. '이봐, 그렇게 해서는 안 되는 거야. 자네는 앞으로 어떻게 할지 선택해야 돼. 내 딸 돈을 빌려 가지고 그걸로 술 마시러 간 사람은 우리 집 문턱을 넘어와선 안 돼. 입 닥쳐, 리자.' 그녀가 돈을 빌려 가는 것은 언제나 환영이고 또 내가 그 돈을 갚지 않을 걸로 보지 않는다며 나를 두둔하려 들자 제시가 소리쳤어. 그 순간 제시가 화를 내는 걸 보고서 목사가 끼어들었어. 두 사람은 나를 엄청 닦아세웠어. 하지만 그들의 날카로운 혀보다는 아무 말도 안 하고 쳐다보기만 하는 리자 때문에 나는 생활 태도를 고쳐야겠다고 결심했어.”

“무엇 때문에?” 멀배니가 소리쳤다. 이어 자신을 자제하면서 그가 부드럽게 말했다. “알았어! 알았어! 확실히 성처녀는 모든 종교의 어머니지. 아니, 대부분의 여인이 그래. 남자들이 잘 눈여겨보면 여자는 경건한 마음이 아주 강하다는 걸 알 수 있지. 나라도 그런 상황이라면 개과천선했을 걸세.”

“하지만,” 리어로이드가 얼굴을 붉히며 말했다. “나는 진심이었어.”

오더리스는 그 순간 탈영병을 쏴 죽여야 한다는 본업에 열중하고 있었으므로 상황이 허락하는 범위 내에서 커다랗게 웃음을 터트렸다.

“좋아, 오더리스, 너는 웃음을 터트리겠지. 하지만 너는 이 바라클루라는 목사를 몰라. 얼굴이 하얀 키 작은 녀석인데, 숲속에서 영리한 새들을 불러낼 정도로 목소리가 좋고 또 사람들로 하여금 전에 친구로 사귄 자는 모두 살아 있는 사람이 아니라고 여기게 만드는 재주를 갖고 있지. 너는 그를 보지 못했어. 그리고 리자 로언트리도 보지 못했지. 리자 로언트리…… 그 목사와 그녀의 아버지 못지않게 리자가 내게 영향을 주었어. 그들은 진심으로 내가 착한 사람이 되기를 바랐어. 나는 나 자신이 부끄러웠고 그래서 사람들이 말하는 개과천선한 사람이 되었어. 내가 기도 모임에 나가고 예배에 참가하고 또 반 모임에도 나가다니 잘 상상이 되지 않았어. 하지만 나 자신을 위해서는 아무것도 빌지 않았어. 사람들이 예배당에서 크게 소리를 치며 기도했어. 가령 너무 말라서 곧 죽을 것처럼 보이고, 허리를 깊이 꺾으며 기침하던 나이 든 새미 스트로더는 ‘즐겁다! 즐겁다!’ 하고 노래 불렀어. 육두마차를 타고 지옥에 가는 것보다 석탄 바구니에 올라타서 천국에 가는 게 더 즐겁다는 듯이. 그는 앙상한 손을 내 어깨 위에 올려놓으며 말했어. '이 바보야, 그걸 못 느껴? 못 느끼느냐고?' 어떤 때 나는 그걸 느꼈지만 어떤 때는 느끼지 못했어. 그래서 이게 도대체 어떻게 된 일이지 하고 생각했어."

"그게 인간의 영원한 본성이지." 멀배니가 말했다. "게다가 난 네가 원시 감리교 신자의 재목이 아니라고 생각해. 그건 새로 생긴 교파라고. 나는 오래된 교회를 신봉하지. 그건 모든 것의 어머니고, 나아가 아버지기도 하지. 내가 호놀룰루, 노바 잼브라, 케이프 카옌 등 그 어디에서 죽더라도 나는 언제나 나야. 그래서 옆에 신부가 있다면 나는 똑같은 종파, 똑같은 말씀, 똑같은 성유를 받게 돼. 마치 교황이 베드로 성당의 지붕에서 내려와 나를 전송하는 것과 비슷하다고. 이 교회에서는 높고 낮은 것도 없고 넓고 깊은 것도 없으며 거리와 차이도 없어. 난 그게 마음에 들어. 하지만 내 말 잘 들어. 이 교회는 심약한 사람을 위한 교회가 아니야. 어떤 사람이 자기가 해야 할 일을 제대로 하지 않으면 교회는 그의 신체와 영혼을 가져가 버려. 아버지가 돌아가실 때가 기억이 나는데, 석 달을 앓다가 무덤으로 가셨지. 그런데 그때 얼핏 생각난 게 연옥에서의 시간을 10분만 면제받을 수 있다 하더라도 우리들 앞으로 모아 둔 저금을 기꺼이 내놓으셨을 것 같았어. 아버지는 정말 할 수 있는 건 다 했지. 그래서 오래된 교회를 상대하려면 강인한 사람이 필요하다고 말하는 거야. 바로 그런 이유 때문에 그 교회에는 많은 여자가 몰려들어. 이게 또 하나의 수수께끼지."

"그런 걸 걱정해 봐야 무슨 소용이야?" 오더리스가 말했다. "그 모든 걸 재빨리 발견하거나 아니면 발견하지 않아도 되는 거야." 그는 개머리판에서 탄환을 꺼내 손바닥에 올려놓았다. "여기 군종 신부가 한 분 나오셨네." 그가 독성의 검은 탄환을 마리오네트처럼 고개 숙이게 하

288

면서 말했다. "그는 해가 지기 전에 우리에게 뭐가 뭔지 그리고 진리가 무엇인지 다 말해 줄 거야. 그래 족, 그다음은 어떻게 되었나?"

"사람들이 놀라서 펄쩍 뛰고 또 나의 면전에서 문을 걸어 잠그는 게 하나 있었는데 그건 나의 개 블래스트*였어. 광산용 폭약이 가게 주인의 집에서 터지면서 한배의 강아지 새끼들 중 유일하게 살아남은 놈이었어. 사람들은 이 개의 소행 못지않게 그 이름도 싫어했어. 블래스트는 만나는 개마다 싸움을 벌였지. 하지만 얼굴에 검은 점과 분홍 점이 있는 아주 좋은 개였어. 한 귀는 사라졌고 바구니에 든 채 쇠 천장을 통해 반 마일은 좋이 날아갔으니 한쪽 옆구리도 성치 않았어.

사람들은 개가 너무 세속적이고 또 저속하다며 그 개를 포기하라고 말했어. 개 한 마리 때문에 천국에 못 들어가서 되겠느냐면서. '아닙니다,' 하고 나는 말했어. '만약 천국 문이 우리 둘이 들어갈 만큼 넓지 못하다면 우리는 헤어질 수 없으므로 그 문밖에서 멈추겠습니다.' 하지만 목사는 블래스트 편이 되어 주었어. 그는 처음부터 그 개를 좋아했으니까. 이거 때문에 내가 목사를 좋아하게 된 것 같아. 또 몇몇 사람이 개의 이름을 블레스**로 바꾸라고 했을 때에도 들어주려 하지 않았어. 그래서 우리 둘은 교회의 정식 멤버가 되었지. 하지만 나처럼 젊은 사람이 세속의 모든 흔적, 가령 육체와 악마와 그 외의 모든 것을 끊어 버리기가 쉽지 않았어. 그래도 나는 오랫동안 교회 생활을 했어. 과거에 일요일이면 마을 끝에 서서 다리 아래를 내려다보며 개울에 침을 뱉던 청년들이 나한테 소리쳤어. '이봐, 리어로이드,

* blast, '폭발'이라는 뜻이 있다.
** bless, 축복.

언제 설교할 거야? 우리가 그걸 들으러 가려고 하는데.' '입 닥쳐, 그는 오전이라 하얀 가운을 아직 안 입었어.' 다른 청년이 소리쳤어. 나는 일요일 옷의 호주머니에 두 손을 집어넣고 주먹을 꽉 잡으면서 나 자신에게 말했어. '만약 오늘이 월요일이고 내가 원시 감리교 신자가 아니라면 저놈들을 마구 두드려 패 주었을 텐데.' 내가 싸울 수 있는 데도 싸우지 못한다는 거, 그건 아주 어려운 일이었어."

멀배니가 이해한다는 듯이 툴툴 소리를 냈다.

"그래서 노래 부르기, 연습, 반 모임, 제시가 내 무릎 사이에 놓으라고 한 커다란 바이올린 등으로 인해 나는 제시 로언트리의 집에서 상당히 많은 시간을 보냈어. 나도 그 집에 자주 갔지만 목사는 더 자주 가는 것 같았어. 노인과 젊은 여자는 둘 다 그를 맞이하는 걸 좋아했어. 그는 상당히 멀리 떨어진 페이틀리 브리그에서 살았지만 자주 왔어. 아니 매일 오는 것 같았어. 나는 어느 면에서는 다른 청년들 못지 않게 그를 좋아하거나 더 좋아했지만, 다른 면에서는 온 마음을 다해서 그를 미워했어. 우리는 고양이와 생쥐처럼 서로를 쳐다보았지만 아주 공손하게 대했어. 나는 행동을 조심하지 않을 수 없었어. 그가 나에게 공정하고 개방적인 태도로 나왔기 때문에 나도 그를 공정하게 대해야 했어. 가끔 그자의 목을 비틀어 죽이고 싶은 생각만 들지 않는다면 그는 아주 좋은 친구였어. 그가 제시의 집에서 떠나갈 때면 나는 점점 더 그를 많이 바래다주게 되었어."

"그를 집까지 바래다주었다는 말이지?" 오더리스가 물었다.

"응. 우리 요크셔에서는 친구를 바래다주는 것이 하나의 관습이야. 나는 그가 되돌아오기를 바라지 않았어. 그 또한 내가 되돌아가기를 원하지 않았어. 그래서 우리는 페이틀리까지 함께 걸어갔고, 이어 그가 다시 나를 바래다주는 식으로 계속하다 보니 새벽 두 시까지 언덕과 계곡 사이를 시계추처럼 왔다 갔다 했어. 리자의 창문에서 불이 꺼지고 오랜 뒤까지 말이야. 우리는 둘 다 그 창을 노려보면서도 겉으로는 달을 쳐다보는 척했지."

"그랬군!" 멀배니가 끼어들었다. "그렇지만 공격해 들어오는 찬송가꾼에게는 당해 낼 재간이 없어. 그들은 십중팔구 거만을 떨면서 온갖 우아한 얘기를 다 한다고. 그러다가 나중에 실수를 저지르는데 알고 보면 여자 문제야."

"그건 네가 잘못 생각한 거야." 리어로이드가 주근깨 낀 양 뺨을 붉히며 말했다. "내가 리자를 먼저 알았어. 그거면 충분하다고 생각했어. 그런데 그 목사는 끈질긴 친구더라고. 제시가 강력한 그의 우군이었고 여자 신도들은 리자에게 시끄럽게 되풀이하여 말했어. 나처럼 별 볼 일 없는 방탕자에다가 발뒤꿈치에는 싸움만 좋아하는 개를 달고 다니는 자에게 잘 대해 주다니 참 마음이 착하다. 그렇게 해서 나를 잘 선도하고 또 내 영혼을 구제한다면 더욱 좋은 일이다. 하지만 그녀가 자신에게 피해를 입혀서는 안 된다는 거였어. 사람들은 부자가 거만하고 거드름을 잘 피운다고 말하지. 하지만 교회에 다니는 가난한 사람들의 무쇠같이 질긴 자부심을 당해 낼 건 아무것도 없어. 그 자부심이라는 건 그린하우 언덕의 바람처럼 쌀쌀해. 아니, 더 쌀쌀하지. 그건 변하지 않으니까. 그런데 이제 와서 가만히 생각해 보니 그들이 가장 참아 줄 수 없는 일은 자발적으로 군대에 가는 일이었어. 성경에는 싸움이 많이 나오고 또 육군에는 감리교 신자들이 많아. 하지만 교회 사람들 하는 말을 들어 보면, 군인이 된다는 건 목 매달리는 것 다음으로 나쁜 일이야. 그들은 집회에서 내내 싸움 얘기만 해.

새미 스트로더는 기도를 하다가 말이 막히면 '주님과 기드온의 칼'*을 노래 불러. 그들은 언제나 정의의 갑옷을 입고** 신앙을 위하여 선한 싸움을 싸워.*** 그래서 그들은 자원입대하려는 어떤 청년을 위해 기도 집회를 열고서 거의 그의 귀가 멀 정도로 만류를 해 대는 바람에, 그는 모자를 움켜쥐고 그 집회에서 달아나야 했어. 그들은 일요 학교를 개최하여 나쁜 짓을 하는 청소년에 대해서 들었다 났다 해. 일요일에 새 둥지를 터는 것, 평일에 학교에 안 가고 농땡이 치는 것, 레슬링, 투견, 토끼몰이, 술 마시기 등을 좋아하는 것 따위를 비난하다가, 맨 마지막으로 묘비에 비명을 새기는 것처럼, 그가 황야를 달려가서 마침내 입대 신청을 했다고 통탄하는 거야. 그들은 모두 심호흡을 하면서 물 마시는 암탉처럼 눈을 위로 들어 올려."

"그건 왜 그럴까?" 멀배니는 자신의 허벅지를 탁 하고 내려치면서 물었다. "하느님의 이름으로 그건 왜 그런 거야? 나도 그런 현상을 목격했어. 그들은 속이고 사기 치고 거짓말하고 중상모략하고 또 그보다 50배는 더 나쁜 50가지 행동을 해. 그렇지만 그들의 셈법으로 가장 나중에 오고 가장 나쁜 것은 군대에 가서 복무하는 거야. 그건 어린아이들의 얘기처럼 유치한 거야. 주위에서 헛것을 보면서 그게 진짜인 줄 안다고."

"쳇, 선한 싸움을 선하게 싸우는 것 좋아하시네. 그들은 우리가 신경 쓰지 않으면 조용한 곳을 골라서 싸움질을 해. 그들의 싸움은 참 대단하지! 완전 타일 위의 고양이들이야. 누가 부르면 즉각 달려온다

---

* 구약성경 『판관기』 7장 18절.
** 신약성경 『에베소서』 6장 11절과 『고린도후서』 6장 7절.
*** 신약성경 『디모데전서』 6장 12절.

고. 그 런던의 등 넓은 자들에게 단 하루라도 도로 작업을 하면서 땀을 흘리고 또 밤중에 비를 맞게 할 수 있다면 내 한 달치 봉급을 내놓겠어. 그들은 그 후에는 수작을 계속할 수 있어. 우리가 우리의 일을 계속하는 것처럼. 난 전에 말이야, 지저분한 마부들이 가득 들어 찬 람베스의 무허가 술집에서 쫓겨난 적이 있어." 오더리스가 맹세한다면서 말했다.

"어쩌면 네가 술에 취했겠지." 멀배니가 위로하듯 말했다.

"그렇지 않았어. 마부들이 취했지. 나는 여왕의 제복을 입고 있었다고."

"나는 그 당시 군인이 될 생각을 별로 하지 않았어." 리어로이드가 맞은편의 황량한 언덕을 계속 쳐다보면서 말했다. "하지만 그런 종류의 얘기가 내 머릿속에 씨앗을 심어 놓았어. 교회 사람들은 좋은 점도 있지만 반대로 홱 돌아서는 경우도 많았지. 하지만 나는 리자 때문에 교회에 계속 다녔어. 제시가 조직하고 있던 오라토리오에서, 리자는 나보고 베이스 부분을 맡으라고 하면서 내게 노래 부르는 법을 가르쳐 주었지. 그녀는 개똥지빠귀처럼 노래를 불렀어. 그래서 우리는 근석 달 동안 밤마다 계속 연습했어."

"난 오라토리오가 뭔지 알아." 오더리스가 입을 비죽거리며 말했다. "그건 일종의 군종 신부의 노래인데, 가사는 성경에서 다 뽑아 온 거고 할렐루야 코러스가 들어 있지."

"대부분의 그린하우 언덕 사람들은 이런저런 악기를 연주했어. 그리고 아주 큰 목소리로 노래를 불러서 몇 마일 밖에서도 들릴 지경이었지. 그들은 그 소리를 너무나 좋아해서 남들이 들어 주든 말든 신경 쓰지 않았지. 목사는 플루트를 연주하지 않을 때에는 고음부를 노래했어. 내가 큰 바이올린을 잘 다루지 못하자 그들은 나를 윌리 새터스웨이트에게 붙여서 그가 연주해야 할 때가 되면 그의 팔꿈치를 건드려서 알려 주는 역할을 맡겼어. 올드 제시는 그렇게 행복할 수가 없었어. 그는 지휘자 겸 제1바이올린 연주자고 또 리드 싱어고 바이올린 활로 박자를 맞추었어. 그는 그 활로 테이블을 가볍게 내리치다가 갑자기 소리쳤어. '자, 이제 모두 조용히. 내 차례야.' 그리고 그는 정면으로 몸을 돌리면서 얼굴은 자부심의 땀이 흘러내리는 채, 테너 솔로 부분을 노래했어. 하지만 그는 코러스에서 제일 멋있었어. 머리를 흔들고 팔을 풍차처럼 흔들면서 얼굴이 검붉게 될 때까지 노래를 불렀지. 제시는 대단한 가수였어.

그런데 말이야, 나는 리자 로언트리를 빼놓고는 그들에게 별 볼 일 없는 존재였어. 나는 집회 장소에서, 오라토리오 연습에서 오랜 시간 조용히 앉아서 그들이 하는 얘기만 들었어. 그 일은 처음부터 이상했지만 시간이 갈수록 더 이상해졌지. 나는 점점 더 그 공간에 갇혀서 이게 뭔가 하고 생각하는 시간이 많아졌어.

오라토리오 공연이 끝나고 늘 몸이 약했던 리자는 상태가 더 나빠졌어. 나는 워바텀 의사가 리자의 집 안에 들어가 있는 동안에, 그가 매어 놓은 말 주위를 무수히 왔다 갔다 했어. 나도 들어가서 그녀를 보고 싶었지만 들여보내 주지 않았어.

'이봐 청년, 그녀는 곧 좋아질 거야.' 의사는 그렇게 말했어. '자네는 인내심을 가져야 해.' 이어 그들은 내가 조용히 군다면 들여보내 줄 수도 있다고 했어. 아모스 바라클루 목사는 베개를 고이고 누워 있는 그녀에게 글을 읽어 주었어. 이어 차도가 조금 있자, 그들은 내게 그녀를 나무 의자에 옮기는 일을 시켰어. 그리고 날씨가 따뜻해지자 그녀는 다시 거동할 수 있게 되었어. 목사와 나와 블래스트는 그 당시 상당히 오랜 시간 같이 있었어. 어떤 면에서 우리는 좋은 친구였어. 그렇지만 그런 좋은 의도를 가지고서도 그자를 처치해 버리고 싶다는 생각을 불쑥불쑥 했어. 그런데 그가 어느 날 땅속의 창자까지 내려가 보고 싶다는 거야. 주님이 저 영원한 언덕의 얼개를 어떻게 지으셨는지 보고 싶다는 거였어. 그는 참 말하는 재주가 뛰어난 친구였지. 여기 멀배니처럼 혀끝에서 영리한 말들을 자연스럽게 굴렸어. 오로지 설교에만 신경을 썼다면 그는 훌륭한 목사가 되었을 거야. 나는 그 친구에게 광부복을 한 벌 주었는데 그 작은 친구는 그 옷 속에 완전히 파묻힌 꼴이었어. 그의 하얀 얼굴은 상의 목 부분까지 내려왔고 광부모鑛夫帽는 도깨비 얼굴처럼 보였어. 그는 허리를 숙이면서 광차의 바닥에 올라탔어. 나는 말들이 끄는 광차를 몰고서 약간 등성이진 궤도를 따라 양수기가 물을 뽑아내는 곳까지 갔어. 그곳으로 광석이 전해져 오면 광차에 넣고서 다시 궤도 아래로 내려가는 거였지. 나는 광차에 브레이크를 걸었고 그러면 말들이 뒤에서 따라왔어. 우리는 훤한 햇빛 속에서는 좋은 친구였어. 그러나 어둠 깊숙한 곳으로 들어가서 어둠을 밝혀 주는 가로등 같은 것도 없는 그 구멍에 있게 되자, 나는 갑자기 사악해진 느낌이 들었어. 나와 리자 사이에서 언제나 훼방만 놓는 그 방해물을 돌아다보는 순간, 내 종교가 나에게서 벗겨져 나가는 거였어. 사실 리자가 건강이 좋아지면 그들 둘이 결혼을 할 거라는 말이 나돌았어. 그 문제에 대해서 그녀로부터 그렇다 혹은 아니다, 라는 얘기를 들을 수가 없었어. 그는 가느다란 목소리로 찬송가를 부르기 시작했고 나는 말들을 상대로 욕설을 퍼붓는 코러스를 불렀어. 그제야 내가 그를 얼마나 미워하는지 알았어. 여기에 있는 이 자그마한 자를 나는 한 손으로 번쩍 집어 들어서 가스탱의 구리 구멍으로 처박을 수 있었어. 그곳은 암석의 가장자리로 개울이 흘러가는 곳인데, 속삭이는 소리를 내며 깊은 바다로 떨어져서, 그린하우의 제일 긴 밧줄을 들이밀어도 바닥이 닿지 않는 곳이야."

또다시 리어로이드는 손을 앞으로 뻗어 무고한 바이올렛 꽃을 잡아 뽑았다. "그래, 그렇게 해 버리면 그는 땅속의 창자 이외에는 아무것도 보지 못하게 되는 거지. 내가 갱도를 따라서 그를 1~2마일 데리고 가다가 물을 뿌려 그의 촛불을 확 꺼 버린다면 설사 그가 할렐루야 하고 외친다 해도 아무도 듣지 못하고 또 아멘 소리도 해 주지 못할 거라고. 또 나는 제시 로언트리가 일하는 곳으로 그를 데려가게 되어 있었어. 거길 가려면 사닥다리를 타고 내려가야 하는데 그때 내가 사닥다리를 잡고 있는 그의 손을 발로 밟은 다음 내 발꿈치로 슬쩍 밀어 버린다면? 또 내가 먼저 사닥다리를 내려가서 내려오는 그를 붙잡아 내 머리 위로 날려 버릴 수도 있었어. 그러면 갱도 아래로 내려가다가 갱목에 부딪혀서 상처를 입고 마침내 저 바닥에 떨어지면 온몸의 뼈가 박살이 나겠지. 광부 빌 애플턴이 그랬던 것처럼 말이야. 그러면 페이틀리에서 걸어올 다리도 없는 거고, 리자 로언트리의 허리를 휘감을 팔도 없는 거고, 그 무엇이 되었든 다 없어지는 거잖아."

두터운 양 입술이 누런 이 위로 말려 올라갔고 그 붉어진 얼굴은 그리 보기 좋은 광경이 아니었다. 멀배니는 동정하듯이 고개를 끄덕였고 오더리스는 동료의 열정에 감응하여 소총을 어깨 위에 올려놓고 사냥 목표를 찾으며 언덕 쪽을 노려보면서 참새, 수로, 폭풍우 등에 대하여 욕설을 퍼부었다. 수로의 재잘거리며 흘러가는 소리는 리어로이드가 그의 이야기를 다시 시작할 때까지 어색한 침묵을 메워 주었다.

"그러나 그런 식으로 사람을 죽이는 건 쉬운 일이 아니었어. 나는 말들을 그 친구에게 건네주고 내 자리를 잡으면서, 양수기의 시끄러운 소리를 제압하기 위해 목사의 귀에다 대고 큰 소리로 작업장 환경을 설명하기 시작했어. 나는 그때 그가 아무것도 두려워하지 않는 것을 보았어. 램프 등이 그의 검은 눈을 보여 주자 나는 또다시 그가 나를 제압했다는 걸 알았어. 나는 블래스트보다 나을 게 없는 존재였어. 낯선 개가 안전하게 지나쳐 가는 동안, 개 줄에 묶여서 자기의 깊은 내면을 들여다보며 으르렁거리는 블래스트.

'너는 비겁자에다 바보야.' 나는 나 자신을 향해 말했어. 나는 그에게 맞서고 싶어서 나의 깊은 내면을 들여다보며 으르렁거렸어. 마침내 우리가 가스탱의 구리 구멍에 도착하자, 나는 목사를 양손으로 붙잡아서 역도하듯이 내 머리 위에 번쩍 치켜들고서 그 구멍의 가장 깊은 어둠을 보여 주었어. '자, 친구' 내가 말했어. '우리 중에 너 아니면 나야. 리자 로언트리의 상대로 말이야. 가만, 그런데 너는 왜 도무지 두려워하지 않나?' 그가 아직도 내 양팔에 부대 자루처럼 무기력하게 들려 있었기 때문에 내가 물었어. '아니, 두렵지 않아. 불쌍한 친구. 난 아무것도 모르는 자네가 걱정될 뿐이야.' 그가 말했어. 나는 그를 가장자리에 내려놓았어. 개울은 조용히 흘러갔고, 이제 제시의 집 창문으로 벌이 들어왔을 때 같은 그런 이명이 내 귀에 더 이상 들려오지 않았어. '도대체 무슨 소리야?' 내가 물었어.

'너도 이걸 알아야 한다고 생각했어.' 그가 말했어. '하지만 네게 말해 주기가 어려웠어. 리자 로언트리는 우리 두 사람 중 누구의 상대도 되지 못해. 아니, 이 세상 어떤 사람의 상대도 아니야. 워바팀 의사가 그러는데—그는 리자뿐만 아니라 리자의 어머니도 잘 아는 사람이야—그녀의 건강이 아주 나빠져서 앞으로 6개월도 살지 못한대. 그는 벌써 오래전에 그걸 알고 있었어. 진정해, 존! 진정하라고!' 그가 말했어. 그 허약한 작은 남자가 나를 뒤로 끌어내어 나를 부축해 주면서 나지막하고 침착하게 말했어. 나는 그의 얘기를 듣는 동안 내 손에 있던 한 다발의 촛불을 돌리면서 그 숫자를 세고 또 세었어. 그건 일상적인 평범한 설교였어. 하지만 아주 깊은 감동을 주었고 그가 생각했던 것보다 훨씬 남자다운 사람이라는 걸 알게 되었어. 나 자신도 깊은 충격을 받았지만 그 사람을 새롭게 알게 된 데 대해서도 충격을 받았어.

촛불이 여섯 개가 있었어. 우리는 그게 다 탈 때까지 기어가고 올라가고 했지만 나는 혼잣말을 중얼거렸어. '리자 로언트리는 6개월밖에 못 산대.' 다시 환한 햇빛 속으로 나왔을 때, 우리는 겉보기에 죽은 사람 같았어. 심지어 블래스트도 우리 뒤에 따라오면서 꼬리를 흔들지조차 못했어. 내가 리자를 다시 만났을 때 그녀는 잠시 나를 쳐다보더니 말했어. '누가 그 말을 해 주었어요? 나는 당신이 알고 있다는 걸 알아요.' 그녀는 내게 키스하면서 미소를 지으려고 했어. 나는 그만 무너져 버리고 말았지.

자네들도 알다시피, 당시에 나는 젊은 청년이었어. 늘 저만치 어른거리는 죽음은 물론이고, 인생이 무엇인지조차도 제대로 몰랐지. 그녀는 워바텀 의사가 그린하우의 공기는 너무 차가우니 다른 데로 정양을 가라고 해서, 제시의 남동생 데이비드가 공장에서 일하고 있는 브래드퍼드로 갈 거라고 했어. 나보고 남자답게, 기독교인답게 견디라고 했어. 또 나를 위해 기도해 주겠다는 말도 했고. 그래서 그들은 떠나갔고 목사는 그해 말경에 다른 구역으로 발령이 났어. 나는 그린하우 언덕에 혼자 남았지.

나는 교회에 열심히 다니려고 노력하고 또 노력했어. 하지만 그 후에는 전과 같지 않았어. 노래를 해도 열심히 귀 기울여 들으려던 리자의 목소리도 없고 사람들의 머리 사이로 그녀의 빛나는 눈을 볼 수도 없었어. 반 모임에서 사람들은 내게 무슨 일이 있었던 것이냐고 물었지만 나는 나 자신을 변명할 수 있는 말이 아무것도 없었어.

블래스트와 나는 많이 우울해했고 또 제대로 처신도 하지 못했어. 그래서 그들은 우리를 모임에서 제외했고 어떻게 우리 같은 사람을 가입시켰을까 의문을 품게 되었지. 난 그 시간을 어떻게 견뎌 냈는지 모르겠어. 겨울에 나는 광산 일을 그만두고 브래드퍼드로 갔어. 올드 제시가 작은 집들이 가득한 그 기다란 거리의 한 집에서 문을 지키고 있더군. 아이들이 둑에서 신발을 딸랑거리며 놀아서 잠든 그녀를 깨운다며 아이들을 멀리 쫓아내고 있었어.

'자네인가?' 그가 말했어. '자네는 딸애를 만나지 못해. 자네 같은 놈팡이 때문에 그 애를 깨울 수는 없지. 그 애는 급속히 나빠지고 있는데 조용히 보내 줘야지. 자네는 이 세상에 아무짝에도 쓸모가 없어. 자네는 아무리 오래 살아도 큰 바이올린을 연주하지 못할 거야. 이봐, 가, 가라고!' 그런 식으로 그는 내 면전에서 대문을 닫아 버렸어.

나는 제시를 나의 상전으로 모신 적이 없어. 하지만 그의 말이 맞는 것 같았어. 나는 읍내로 들어가서 모병 상사를 만났어. 교회 사람들이 하던 옛이야기가 내 머릿속에서 윙윙거렸어. 나는 사라져 줘야 하고 그게 나 같은 자가 걸어가야 할 정규 노선이었어. 나는 그 자리에서 입대 지원서를 냈고 입대 장려금을 받았고 내 모자에다 한 다발의 리본을 둘렀어.

그리고 다음 날 나는 데이비드 로언트리의 집을 또 찾아갔어. 제시가 문을 열러 나왔더군. '자네 또 왔나? 그 악마의 리본을 휘날리면서? 내가 늘 말했지만, 그건 자네의 본색을 보여 주는 리본일세.'

하지만 나는 그에게 애원했어. 제발 그녀에게 작별 인사만이라도 할 수 있게 해 달라고. 그러자 복도 쪽에서 여자의 목소리가 들려왔어. '아가씨가 존 리어로이드를 올려 보내라고 하는데요.' 노인은 순간적으로 옆으로 비키면서 내 팔을 아주 부드럽게 잡았어. '하지만, 존, 조용히 좀 대해 주게.' 그가 말했어. '그 애는 아주 아프니까. 자네는 언제나 좋은 친구였지.'

그녀의 눈은 빛으로 생기가 넘쳤어. 그리고 머리카락은 베개에 착 달라붙어 있더군. 양 뺨이 아주 홀쭉해져서 튼튼한 남자라도 겁을 먹을 지경이었어. '아니에요, 아버지. 악마의 리본이라니 당치 않아요. 저 리본들은 정말 예쁜걸요.' 그러더니 그녀는 양손을 뻗어 모자를 잡더니 여자들이 하는 솜씨대로 리본을 바로잡아 주었어. '아니에요, 리본이 정말 예뻐요.' 그녀가 말했어. '하지만 존, 난 당신이 빨간 군복을 입고 있는 걸 보고 싶어요. 당신은 언제나 나의 남자였기 때문이죠. 당신만이 나의 남자였고 다른 사람은 없었어요.'

그녀는 양팔을 들어서 내 목을 부드럽게 잡더니 다시 스르르 팔을 놓았어. 아마도 기절을 한 것 같았어. '자, 자네 그만 가 보게.' 제시가 말했어. 나는 모자를 집어 들고 아래층으로 내려왔어.

모병 상사가 길모퉁이의 술집에서 나를 기다리고 있었어. '자네 애인을 만나 봤나?' 그가 물었어. '예. 만나 보았습니다.' 내가 말했어. '그럼 이제 맥주를 한 쿼트* 마시세. 자네는 최선을 다해 그녀를 잊어

* 2파인트로 1.36리터.

야 하네.' 똑똑하면서도 부산한 상사가 말했어. '예, 상사님,' 내가 말했어. '나는 그녀를 잊겠습니다.' 그리고 그때 이래 나는 그녀를 잊고 있는 중이야."

그는 말을 마치자 쥐고 있던, 시들어 버린 하얀 바이올렛 꽃다발을 멀리 던졌다. 오더리스가 갑자기 무릎을 세우고 일어서면서 어깨에 소총을 걸쳐 메더니 오후의 햇빛을 받고 있는 계곡 아래쪽을 노려보았다. 그는 턱으로 개머리판을 누르면서 가늠자로 조준했는데 그 순간 오른쪽 뺨의 근육이 씰룩거렸다. 스탠리 오더리스 사병은 그의 일에 집중하고 있었다. 하얀 점 하나가 수로 위로 기어 올라오고 있었다.

"저놈을 보았나? …… 이제 잡았네."

7백 야드 저쪽에, 그리고 언덕 기슭에서 약 2백 야드 떨어진 지점에서, 아우란가바디스 현지 연대의 탈영병은 앞으로 몸을 내밀며 붉은 암석 아래쪽으로 굴러 내려오더니 아주 조용하게 엎드려 있었다. 그의 얼굴은 푸른색 용담 꽃 더미에 파묻혀 있었고, 커다란 갈까마귀는 정찰을 하기 위해 소나무 숲에서 날아왔다.

"명중인데, 작은 친구." 멀배니가 말했다.

리어로이드는 총구에서 나온 연기가 서서히 흩어지는 것을 생각에 잠긴 표정으로 지켜보다가 말했다. "아마 저 친구 문제에도 여자가 개입되어 있을 거야."

오더리스는 대답을 하지 않았다. 그는 계곡 아래쪽을 응시하면서 작품을 막 완성한 예술가 같은 미소를 지었다.

교회의 승인 없이

Without Benefit of Clergy

나의 봄이 오기도 전에 나는 가을의 수확을 거두어들였네.
내 들판은 때에 어울리지 않게 곡식으로 하얗게 되었네.
그 한 해는 나의 슬픔에 세월의 비밀을 알려 주었네.
각각의 병든 계절은 강요당하고 능욕당한 채로 누웠어라.
증감과 쇠퇴의 신비 속에서.
나는 사람들이 새벽을 보기 전에 석양을 보았네.
나는 알지 말았어야 할 것을 너무 잘 알았네.
「위험한 강물」

1

"만약 아이가 여자애라면?"

"내 생명의 주인님, 그럴 리가 없어요. 나는 무수히 많은 밤에 기도를 올렸고 또 셰이크 배들의 사당에 자주 선물을 보냈기 때문에 하느님이 우리에게 아들을 내려 주시리라는 것을 알아요. 사나이로 자라날 남자아이를. 그리 생각하고 기쁜 마음을 가지세요. 내가 그 아이를 다시 데려올 때까지 우리 어머니가 그 애의 임시 엄마가 될 거예요. 파탄 모스크의 물라*는 그 아이의 탄생 천궁도天宮圖를 점쳐 줄 거고

---

* 회교국의 율법 학자.

요. 하느님이 그 아이가 상서로운 시간에 태어나도록 축복을 주실 거예요! 그러면 당신은 나를 절대로 지겨워하지 않을 거예요. 이 당신의 노예를."

"언제부터 노예였나요, 나의 여왕이여?"

"처음부터. 이 자비가 나에게 오기까지. 내가 은을 주고 사들인 노예라는 걸 아는데 어떻게 내가 당신의 사랑을 확신할 수 있나요?"

"아니, 그건 지참금이었어. 내가 당신 어머니에게 지불했지."

"어머니는 그 돈을 묻어 두고 그 위에 하루 종일 암탉처럼 앉아 있지요. 아, 당신의 지참금 얘기라니! 나는 어린아이가 아니라 러크나우의 무희인 양 돈을 주고 거래가 되었지요."

"당신은 그 거래를 슬퍼하나?"

"슬퍼했지요. 하지만 오늘은 기뻐요. 이제 당신은 나를 사랑해 주는 것이 지겹지 않겠지요? 대답해요. 나의 왕이여."

"절대로, 절대로 지겹지 않을 거야."

"멤로그—당신과 같은 피인 백인 여자들—가 당신을 사랑할 때에도 그리하겠지요? 나는 그들이 저녁에 마차를 타고 나서는 걸 보았어요. 그들은 아주 아름다워요."

"나는 열기구를 수백 개는 보았지. 그러다가 진짜 달을 보았어. 그때부터는 더 이상 열기구를 보지 않아."

아미라는 손뼉을 치며 웃음을 터트렸다. "아주 멋진 말이에요." 그녀는 아주 근엄한 표정을 지으며 계속 말했다. "그거면 충분해요. 당신은 이제 가도 좋아요. 당신이 원한다면."

남자는 움직이지 않았다. 그는 방 안에 놓인 붉은 옻칠을 한 소파에 앉아 있었다. 방에는 푸른색과 흰색의 바닥 천, 몇 장의 양탄자 그리고 완벽한 전통 방석 한 쌍이 놓여 있었다. 그의 발치에는 열여섯 살의 여자가 앉아 있었는데 그의 눈에는 온 세상이나 다를 바 없었다. 모든 규칙과 법률로 따져 볼 때 그녀는 그처럼 소중한 존재가 될 수 없는 여자였다. 그는 영국인이었고 그녀는 2년 전에 그가 그녀의 어머니에게 돈을 주고 사들인 무슬림의 딸이었기 때문이다. 돈이 한 푼도 없던 그 어머니는 가격만 적당하다면 안 가겠다고 울부짖는 아미라를 어둠의 왕자에게도 팔아넘겼을 것이다.

그것은 가벼운 마음으로 체결된 계약이었다. 그 소녀가 완숙한 여성이 되기 전에도 그녀는 존 홀든의 생활에서 상당히 큰 부분을 차지했다. 그녀와 쭈글 할멈인 그 어머니를 위하여 그는 붉은 벽 대도시가 내려다보이는 곳에 자그마한 집을 지었다. 금송화가 안뜰의 우물 옆에서 피어나고, 아미라가 자신이 생각하는 안락함의 기준에 맞추어 자리를 잡고, 그 어머니가 불편한 주방, 멀리 떨어진 시장, 집 안의 전반적인 운영에 대하여 더 이상 불평하지 않게 되자 그 집은 그에게 가정이나 다름없게 되었다. 그의 독신자 숙소는 아무나 밤낮없이 드나들었고 그리하여 별로 사랑스러울 것도 없었다. 시내에 있는 그의 집은 달랐다. 바깥마당에서 여인들의 방으로 건너가기만 하면 되었다. 거대한 목제 대문이 그의 등 뒤에서 닫히면 그는 자신의 영토에 들어선 왕이었고 아미라는 왕비였다. 그리고 이 왕국에 세 번째 인물이 등장할 예정이었는데 홀든은 그의 도착을 다소 짜증스럽게 여겼다. 그것은 그의 완벽한 행복을 방해했다. 그 자신만의 집에 깃든 저 질서정연한 평화를 흩어 놓았다. 그러나 아미라는 그 생각만 해도 기뻐서 어쩔 줄 몰랐고 그건 그녀의 어머니도 마찬가지였다. 남자의 사랑, 그것도 백인 남자의 사랑은 기껏해야 한때의 일이었으나, 이제 두 여인은 아기의 양손으로 그 사랑을 단단히 붙잡아 둘 수 있다고 생각했다. "그렇게 되면," 아미라는 언제나 그렇게 말했다. "그는 백인 멤로그를 더 이상 사랑하지 않을 거예요. 나는 그 여자들을 증오해요. 정말 싫어요."

"그는 언젠가는 그 자신의 사람들에게 돌아갈 거야." 어머니가 말했다. "하지만 하느님의 축복으로 그 시간이 아주 멀리 떨어지게 되었어."

홀든은 아무 말 없이 소파에 앉아 미래를 생각했는데 그 생각은 그리 유쾌하지 않았다. 이중생활의 단점은 한두 가지가 아니었다. 정부는 유례없이 그에게 2주간의 특별 업무를 부여했다. 주재소에서 출장을 나가서, 병든 아내를 병상에서 간호하고 있는 다른 사람의 업무를 대신 맡으라고 했다. 구두로 이루어진 그 인사 발령에는 쾌활한 논평이 추가되었다. 타 지역으로 출장 명령을 받았지만 그가 총각이고 자유인이라는 사실이 얼마나 행운이냐는 것이었다. 그는 아미라에게 그 소식을 알렸다.

"좋지 않은 소식이군요." 그녀가 천천히 말했다. "하지만 그리 나쁜 것도 아니에요. 여기 어머니가 있으니 내게 무슨 일이 벌어지지 않을 거예요. 내가 너무 기뻐서 죽어 버리지 않는다면. 당신은 출장을 나가서 불길한 생각만 하지 마세요. 그리고 날짜가 다 차면 내 생각에, 아니 나는 확신해요. 그러면 **아이를** 당신 품에 안길 수 있을 테고 당신은 나를 영원히 사랑할 거예요. 기차가 오늘 밤 자정에 떠나지요? 이제 가세요. 나 때문에 당신의 마음을 무겁게 하지 마세요. 하지만 서둘러서 돌아올 거지요? 도중에 대담한 백인 멤로그와 대화를 나누기 위해 멈추지 않을 거지요? 내 목숨, 나에게로 빨리 돌아와 줘요."

마당을 가로질러 기둥에 매어 둔 말 쪽으로 걸어가던 홀든은 그 집을 경비하는 백발의 노집사에게, 만약 집에 무슨 일이 있으면 재빨리 소식을 전하라며 전보 양식을 건네주었다. 그리고 자신의 장례식에 참석하는 사람처럼 우울한 심정으로 홀든은 야간 우편 기차를 타고 유배지로 갔다. 그는 날이면 날마다 두려운 마음으로 전보의 도착을 기다렸고, 밤이면 밤마다 아미라의 죽음을 상상했다. 따라서 정부를 위한 그의 근무 태도는 1급의 것은 되지 못했고 동료들에 대한 태도 또한 상냥한 것은 아니었다. 2주간의 기간은 집에서 아무런 기별 없이 끝났고, 걱정 때문에 초주검이 된 홀든은 도시로 돌아와서도 클럽의 저녁 식사 때문에 귀중한 두 시간을 허비해야 되었다. 그는 클럽에서 마치 기절한 사람이 남의 목소리를 듣는 것처럼, 그가 남의 임무를 대신 맡아 잘 수행했고 또 그곳 동료들에게도 잘 대해 주었다는 의례적인 칭찬의 목소리들을 들었다. 이어 그는 심장이 입에 올라온 채 밤 공기를 가르며 집으로 말을 달렸다. 처음에는 대문을 두드리는 그의 소리에 아무런 응답이 없었다. 그가 말에게 발길질을 시키려고 막 말을 돌리는데 피르 칸이 등을 들고 나타나 말의 등자를 잡았다.

"무슨 일이 있었나?" 홀든이 물었다.

"가난한 사람들의 보호자여, 그 소식은 내 입에서 나오지 않습니다. 그러나ㅡ" 그는 좋은 소식을 전하여 보상을 받을 자격이 있는 사람처럼 흔들리는 손을 내밀었다.

홀든은 안뜰을 가로질러 갔다. 위쪽 방에는 불이 켜져 있었다. 그의 말이 문 쪽에서 가볍게 히힝거렸고 이어 그는 자그마한 새된 울음소리를 듣고서 목젖까지 피가 솟구치는 것을 느꼈다. 그것은 새로운 목소리였으나 아미라가 살아 있다는 것을 증명해 주지는 못했다.

"거기 누가 있나?" 그가 비좁은 벽돌 계단 위로 소리쳤다.

아미라가 즐거워서 소리쳤고, 노년과 자부심으로 떨리는 그 어머니의 목소리가 들렸다. "우리 두 여인과 저 사내아이—당신의 아들은—"

홀든은 액운을 피하기 위해 문턱 위에 놓아 둔 칼집 없는 단검을 밟았고, 그의 허둥대는 발꿈치는 그 칼의 손잡이 부분을 부러트렸다.

"하느님은 위대하시도다!" 아미라가 반광 속에서 나지막이 속삭였다. "당신이 이 아이의 불운을 모두 당신 머리에 거두어 가야 해요."

"알았어. 하지만 당신은 어때, 내 생명 중의 생명? 어머니, 그녀는 좀 어떻습니까?"

"저 애는 아이가 태어났다는 즐거움에 고통을 모두 잊어버렸어요. 아무런 위험도 없어요. 이제 부드럽게 말하세요." 어머니가 말했다.

"나를 안전하게 만들기 위해서는 당신만 있으면 돼요." 아미라가 말했다. "나의 왕이여, 당신은 오랫동안 외지에 나가 있었습니다. 나를 위해 어떤 선물을 가져오셨나요? 아, 아! 이번에 선물을 가져온 사람은 나예요. 봐요, 내 생명, 보세요. 세상에 이런 아이가 있었나요? 아, 나는 너무 허약해서 이 아이를 내 팔에서 치우지도 못해요."

"그럼, 쉬어. 말하지 말고. 내가 돌아왔어. 바차리[어린 여인]."

"잘 말했어요. 이제 우리 사이에는 그 어떤 것도 깨트릴 수 없는 유대 관계와 이인 삼각의 연결 줄[피차리]이 생겼어요. 보세요. 이 흐린 불빛 아래에서도 볼 수 있죠? 이 아이는 얼룩이나 흠집이 없어요. 이런 아이는 일찍이 없었어요. 야 일라! 그는 훌륭한 학자가 될 거예요. 아니 여왕의 군인이 될 거예요. 나의 생명, 내가 힘없고 병들고 피곤해도 당신은 여전히 나를 사랑할 건가요? 진실하게 대답해 주세요."

"그럼. 지금껏 그래 왔던 것처럼 내 온 영혼을 다하여 당신을 사랑해. 나의 진주여, 조용히 누워서 휴식을 취하도록 해."

"그럼, 가지 마세요. 여기 내 옆에 앉아요. 어머니, 이 집의 주인이 방석을 필요로 해요. 그걸 가져오세요." 아미라의 양팔에 안겨 있던 새 생명은 거의 알아보기 힘든 미세한 동작을 해 보였다. "아하!" 그녀가 사랑이 가득한 목소리로 말했다. "이 아이는 태어날 때부터 전사예요. 강력한 발길질로 내 옆구리를 얼마나 여러 번 찾는지 몰라요. 일찍이 이런 아이를 본 적이 있나요? 이제 이 아이는 우리의 것이에요. 당신의 것 그리고 나의 것. 아이의 머리를 한번 만져 보세요. 하지만 조심스럽게 해요. 갓난아이인 데다 남자들은 이런 일이 서투르니까."

홀든은 손가락 끝으로 아주 조심스럽게 솜털이 나 있는 아이의 머리를 만졌다.

"이 아이는 신앙심이 깊을 거예요." 아미라가 말했다. "밤중에 여기 누워서 나는 아이의 귀에다 기도문과 신앙의 맹세를 읽어 주었어요. 나의 생명, 아이를 조심스럽게 다루세요. 아이가 두 손으로 잡기도 해요."

홀든은 아이의 작은 손이 그의 손가락을 힘없이 잡고 있는 것을 발견했다. 그 느낌은 그의 전신으로 퍼져 나가다가 마침내 그의 심장에서 멈추었다. 그 이전에 그의 생각은 오로지 아미라뿐이었다. 그는 이 세상에 다른 사람도 있다는 것을 느끼기 시작했으나 그것이 영혼을 가진 진짜 아들이라는 느낌은 아직 들지 않았다. 그는 앉아서 생각에 잠겼고 아미라는 가볍게 졸았다.

"사히브, 가서 쉬세요." 그녀의 어머니가 나지막이 말했다. "당신이

여기서 밤을 새는 것은 그녀에게도 좋지 않아요. 그녀는 정양을 해야
돼요."

"알았습니다." 그가 순종적으로 말했다. "여기 루피가 있습니다. 나
의 바바가 살이 찌도록 보살펴 주고 또 필요한 물건을 사들이세요."

은화의 짤랑거리는 소리가 아미라를 깨웠다. "나는 아이의 어머니
고 고용된 사람이 아녜요." 그녀가 허약한 목소리로 말했다. "내가 돈
때문에 저 아이를 보살펴야 할까요? 어머니, 그 돈을 돌려주세요. 나
는 주인님에게 아들을 낳아 드렸어요."

그녀가 말을 마치기도 전에 깊은 졸음이 다시 그녀를 덮쳤다. 홀든
은 마음이 편안해진 채로 아주 조용히 안뜰로 내려갔다. 노집사인 피
르 칸이 즐거워서 껄껄거렸다. "이 집은 이제 완성되었습니다." 그리
고 아무런 논평도 없이 홀든의 손아귀에 군도軍刀의 손잡이를 쥐여
주었다. 그 칼은 여러 해 전 피르 칸이 경찰관으로 여왕에게 복무하던
시절에 차고 다녔던 것이었다. 매어진 염소의 울음소리가 우물의 연
석에서 울려 왔다.

"이건 왜?" 홀든이 당황하며 물었다.

"탄생의 희생 제의를 위한 것이지, 다른 게 뭐가 있겠습니까? 그렇
지 않으면 아이는 운명으로부터 보호받지 못하고 죽을 수 있습니다.
가난한 자들의 보호자는 이런 때에 하는 말을 알고 계시지요?"

홀든은 과거에 그 말을 진지하게 사용할 것이라는 생각은 전혀 하
지 못한 채 외웠었다. 그의 손에 쥐어진 차가운 군도의 느낌은 갑자기
아까 저 방 안에서 그의 손가락을 잡던 아이—그의 아들—의 손가락
힘으로 바뀌었고 그러자 상실의 두려움이 그를 휩쌌다.

"치세요!" 피르 칸이 말했다. "생명에 대한 대가를 지불하지 않고서

는 생명이 이 지상에 오지 못합니다. 보세요, 염소들이 대가리를 쳐들었습니다. 지금입니다! 한 번에 베어 버리세요!"

홀든은 자신이 무엇을 하는지 잘 모르는 상태로 염소의 목을 두 번 내리치면서 무슬림 기도를 중얼거렸다. "전능하신 이여! 내 아들을 대신하여 생명을 위한 생명, 머리를 위한 머리, 뼈를 위한 뼈, 머리카락을 위한 머리카락, 껍질을 위한 껍질을 바칩니다." 말뚝에 매인 채 기다리고 있던 말은 홀든의 승마화 위로 번지는 생피의 냄새를 맡고 씩씩거렸다.

"잘 쳤습니다!" 피르 칸이 군도를 닦으며 말했다. "당신에게는 칼잡이 정신이 려 있습니다. 나는 당신의 하인이고 또 당신의 아들의 하인입니다. 당신께서 앞으로 천 년을 사시기를…… 염소 고기는 제가 가져도 되겠습니까?" 피르 칸은 한 달 봉급만큼 더 부자가 되어 물러났다. 홀든은 안장 위에 올라타고서 저녁 무렵에 공중에 낮게 걸리는 나무 연기 사이로 말을 달려갔다. 그는 과격한 흥분에 휩싸였다가 동시에 어떤 특정한 대상이 없는데도 아주 막연히 부드러운 감정을 느꼈다. 그런 교차되는 감정으로 인해 그는 숨이 막혀 와서 불안하게 달리는 말의 목덜미에 상체를 수그렸다. '나는 평생 이런 감정을 느껴 본 적이 없어.' 그는 생각했다. '클럽에 가서 좀 진정해야 되겠는걸.'

당구 게임이 시작되었고 방 안에는 남자들이 가득했다. 불빛 환한 곳과 친구들이 있는 곳으로 어서 들어가고 싶었던 홀든은 목청껏 노래를 부르며 클럽에 들어섰다.

"볼티모어에서 걸어가다가 나는 한 여자를 만났네!"

"그랬나?" 클럽 서기가 한구석에 앉아 있다가 물었다. "그 여자는 자네의 부츠가 젖어서 번들거린다고 말해 주었나? 아니, 이런. 여보게, 이건 핀데!"

"바보 같은 소리!" 홀든이 선반에서 큐를 꺼내며 말했다. "좀 끼어도 되겠나? 이건 이슬이야. 곡식 들판을 달려왔어. 이런! 내 부츠는 진짜 엉망이군!"

> "만약 그게 딸이라면 그 애는 결혼반지를 낄 것이요,
> 만약 아들이라면 그 애는 왕을 위해 싸우겠지.
> 그의 단검, 그의 모자, 그의 자그마한 푸른색 상의,
> 그는 후갑판을 걷게 될 거야—"

"청색 위에 황색. 녹색이 다음 칠 차례." 게임 진행자가 단조로운 목소리로 말했다.

"'그는 후갑판을 걷게 될 거야'—내가 녹색인가, 진행자? '그는 후갑판을 걷게 될 거야'—이런 잘못 쳤군. '그 애의 아버지가 그랬던 것처럼!'"

"당신이 그렇게 기뻐할 만한 건수가 없다고 생각하는데요." 한 하급 공무원이 꼴사나운지 신랄하게 말했다. "당신이 샌더스를 대신하여 한 일에 대해 정부는 그리 만족하지 않고 있어요."

"본부에서 질책이 내려올 거라는 얘긴가?" 홀든이 멍한 미소를 지으며 말했다. "난 그 정도는 견딜 수 있다고 생각해."

그 얘기는 각자의 사무에 관한 새로운 이야기보따리를 풀게 했고 홀든을 진정시켰다. 그리하여 그가 어둡고 텅 빈 독신자 숙소로 돌아

가자 그의 일을 잘 아는 집사가 그를 맞이했다. 홀든은 거의 뜬눈으로 밤을 보냈으나 그의 꿈은 유쾌한 것이었다.

2

"이제 저 애는 몇 살이지?"

"야 일라! 무슨 질문이 그래요! 저 애는 이제 겨우 6주 되었어요. 오늘 밤 나의 생명인 당신과 함께 지붕으로 올라가 별들을 헤아릴 거예요. 그건 상서로운 일이에요. 저 아이는 금요일에 태양궁 아래에서 태어났어요. 우리 두 사람보다 더 오래 살고 큰 부를 누릴 거라고 내게 말해 주더군요. 내 사랑, 그보다 더 좋은 일을 우리가 바랄 수 있겠어요?"

"그보다 더 좋은 일은 없지. 그럼 지붕으로 올라가서 당신은 별을 헤아리도록 해요. 하지만 하늘에 구름이 많아서 별들을 많이 헤아리지는 못할 거요."

"겨울 장마가 늦어지고 있어요. 어쩌면 계절과 안 맞게 올지도 모르지요. 자, 별들이 다 숨어 버리기 전에 어서 올라가요. 나는 가장 좋은 보석들을 찼어요."

"당신은 그중에서도 가장 좋은 걸 잊어버렸구려."

"아이! 우리의 보석. 그 애도 같이 갈 거예요. 그 애는 아직 하늘을 본 적이 없어요."

아미라는 비좁은 계단을 타고 올라가 옥상으로 갔다. 그녀의 오른팔에 안긴 아이는 머리에 자그마한 모자를 쓰고 은으로 가장자리를 두른 모슬린을 입고 있어서 아주 화려했다. 아미라는 그녀가 소중하게 여기는 것들을 모두 걸치고 있었다. 서양의 코 화장에 해당하는, 아름다운 콧방울을 더욱 돋보이게 하는 다이아몬드 코 장식, 수지 방울 같은 에메랄드와 금 간 루비가 박힌, 이마 한가운데에 놓인 황금 장식, 부드러운 금속으로 목 주위에 고정시킨 금박 장식 고리, 장미 같은 발목뼈 위에 낮게 걸려서 짤랑대는 커브 무늬의 발찌 등이었다. 그녀는 신앙의 딸에 어울리는 녹색의 모슬린 옷을 입었고 어깨에서 팔꿈치까지, 그리고 팔꿈치에서 손목까지 명주실로 묶은 은제 팔찌가 찰랑거렸다. 팔찌의 가녀린 유리 조각 장식들은 손목 위를 가볍게 넘나들면서 그녀의 손이 아주 작다는 것을 증명했다. 그것은 그녀 나라의 장식 스타일과는 무관한 무거운 황금 팔찌였다. 그것은 홀든의 선물로서, 교묘한 유럽식 고정쇠로 고정되어 있기 때문에 더욱 그녀를 기쁘게 했다.

그들은 지붕의 낮은 백색 난간 옆에 앉아서 도시와 그 불빛을 내려다보았다.

"저기 저 아래에 있는 사람들은 행복해요." 아미라가 말했다. "하지만 우리처럼 행복하다고는 생각하지 않아요. 또 백인 멤로그도 행복하지 않아요. 당신은 어떻게 생각하세요?"

"행복하지 않다고 생각해."

"당신이 그걸 어떻게 알죠?"

"그들은 아이를 유모에게 맡겨."

"난 그런 건 보지 못했어요." 아미라가 한숨을 내쉬며 말했다. "또 보고 싶지도 않아요. 아히!" 그녀는 홀든의 어깨에 머리를 기댔다. "별을 마흔 개나 세었더니 피곤해요. 내 생명이신 내 사랑, 저 아이를 좀 보세요. 아이도 별을 세고 있어요."

아이는 동그란 눈으로 어두운 하늘을 올려다보고 있었다. 아미라 는 아이를 홀든의 양팔에 내려놓았고 아이는 울지도 않고 조용히 있 었다.

"이제 우리끼리 저 아이를 부를 때 뭐라고 부를까요?" 그녀가 말했 다. "봐요! 저 아이를 쳐다보는 게 지겨워지는 때가 있을까요? 저 아 이는 당신의 눈을 그대로 닮았어요. 하지만 입은—"

"여보, 입은 당신을 닮았구려. 그걸 나보다 더 잘 아는 사람이 있을 까?"

"저건 너무 약하게 생긴 입이에요. 아, 너무 작아요! 하지만 저 자그 마한 입술 사이에 내 가슴을 꽉 잡고 있어요. 이제 아이를 내게 주세 요. 너무 오래 엄마 품을 떠나 있었어요."

"아니야, 그냥 여기 있게 놔둬. 아직 울지도 않잖아."

"애가 울면 돌려준다고요? 아 당신이란 사람은! 애가 울면 나는 저 애가 더 귀여워져요. 아무튼, 나의 생명, 저 애에게 어떤 작은 이름을 붙여 줄 거예요?"

자그마한 아이는 홀든의 가슴에 딱 달라붙었다. 아주 힘이 없고 부 드러운 아기였다. 그 아이를 짓누를까 봐 숨도 제대로 쉴 수가 없었 다. 대부분의 현지인 가정에서 일종의 가정 수호신으로 여겨지는 조 롱 속의 녹색 앵무새가 횃대 위에서 몸을 움직이더니 졸린 날개를 퍼 드덕거렸다.

"저기에 답이 있네." 홀든이 말했다. "미안 미투가 방금 말했어. 저 애는 앵무새가 될 거야. 저 애는 준비가 되면 멋지게 말을 할 거고 주 위를 활발히 돌아다닐 거야. 미안 미투는 당신의 말, 무슬림의 말로 앵무새를 가리키는 거지?"

"왜 나를 그렇게 멀리 두려고 해요?" 아미라가 초조한 목소리로 말했다. "좀 영어 비슷한 이름이었으면 좋겠어요. 하지만 아주 영어식 이름은 말고요. 저 애는 내 것이니까."

"그럼 토타라고 하지. 상당히 영어 비슷하네."

"아, 토타. 그것도 앵무새라는 뜻이지요. 나의 주인님, 아까 제가 한 말을 용서하세요. 사실 저 애는 너무 작아서 미안 미투라는 말의 무게를 모두 감당할 수 없어요. 하지만 토타는 좋군요. 우리의 토타. 얘야, 이 자그마한 것아, 듣고 있니? 작은 애기야, 이제 너는 토타란다." 그녀는 아이의 뺨을 어루만졌고 아이는 잠에서 깨면서 울었다. 이제 아이를 엄마 품에 돌려주어야 했고 아미라는 〈아레 코코, 야레 코코〉라는 멋진 동요를 부르며 그 아이를 달랬다.

아 까마귀! 가라, 까마귀야! 아이가 자고 있지 않니.
그리고 밀림에서는 야생 자두나무가 자란다. 지천으로.
지천으로 널려 있네, 바바, 아주 지천으로 널려 있네.

야생 자두가 값이 없을 정도로 많이 널려 있다는 사실에 안도를 느낀 토타는 엄마의 품을 파고들며 다시 잠에 빠져들었다. 안뜰에 매인 두 마리의 날씬한 흰색 황소가 저녁 식사인 꼴을 꾸준히 씹고 있었다. 늙은 피르 칸은 홀든의 말 머리에 쪼그려 앉아 있었고 그의 경찰 군도는 무릎에 걸쳐져 있었다. 칸이 커다란 물파이프를 빨자 연못 속의 황소개구리가 우는 것 같은 소리가 났다. 아미라의 어머니는 아래층 베란다에 앉아서 실을 잣고 있었고, 나무 문은 닫혔고 또 빗장이 질러졌다. 도시의 부드러운 소음을 뚫고서 결혼 행렬의 음악 소리가 지붕까지 올라왔고, 한 무리의 큰 박쥐들이 낮게 걸린 달의 얼굴을 스쳐 지나갔다.

"나는 기도를 올렸어요." 아미라가 오래 뜸을 들이다가 말했다. "이렇게 두 가지를 빌었어요. 첫째, 죽음이 필요하다면 당신 대신에 내가 죽게 해 달라고요. 둘째, 아이 대신에 내가 죽게 해 달라고요. 예언자와 비비 미리엄[성모 마리아]에게 기도를 올렸어요. 두 분이 내 기도를 들어주리라 생각하세요?"

"당신의 입술에서 나오는 기도를 누가 들어주지 않겠소?"

"나는 직언을 요구했는데 당신은 돌려서 말했어요. 내 기도를 들어주실까요?"

"내가 어떻게 알 수 있겠소. 하지만 하느님은 아주 좋은 분이오."

"그 점에 대해서 나는 확신하지 못해요. 자 들어 보세요. 내가 죽거나 아이가 죽을 때 당신의 운명은 뭐예요? 살아 있다면 당신은 대담한 백인 멤로그에게 돌아갈 거예요. 같은 것은 같은 것을 부르니까."

"늘 그런 건 아니야."

"여자들은 안 돌아가요. 하지만 남자들은 달라요. 당신은 나중에 이승에서 당신네 여자에게로 돌아갈 거예요. 난 그걸 거의 참을 수 있어요. 그때 난 죽은 사람일 테니까. 하지만 당신이 죽는다면 당신은 내가 알지 못하는 어떤 낯선 곳 혹은 천국으로 가게 될 거예요."

"그게 천국일까?"

"그럼요. 누가 당신에게 해를 끼치겠어요? 하지만 우리 둘—나와 아이—은 다른 곳에 있어서 당신에게 오지 못해요. 당신 또한 우리에게 오지 못해요. 아직 아이가 태어나지 않았던 옛날에 나는 이런 걸 생각하지 않았어요. 하지만 이제는 늘 생각해요. 이건 매우 어려운 얘기예요."

"벌어질 일은 벌어지게 되어 있어. 우리는 내일은 모르지만 오늘과 우리의 사랑은 알고 있어. 우리는 지금 이렇게 행복해."

"너무 행복해서 우리의 행복을 단단히 단속하는 게 좋아요. 그리고 당신의 비비 미리엄은 내 말을 들어주어야 해요. 그분 또한 여자니까. 하지만 그분은 나를 부러워할 거예요! 남자들이 여자를 숭배한다는 것은 어울리지 않아요."

홀든은 아미라의 자그마한 질투 발작에 웃음을 터트렸다.

"어울리지 않는다고? 그럼 내가 당신을 숭배하는 것도 그런가?"

"당신이 숭배하는 사람이라고요! 그것도 나를? 나의 왕이시여, 당신의 자상한 말에도 불구하고 내가 당신의 하인, 노예, 당신 발밑의 먼지라는 걸 잘 알아요. 나는 다른 얘기는 듣고 싶지 않아요. 보세요!"

홀든이 말리기도 전에 그녀는 몸을 앞으로 수그려서 그의 발을 만졌다. 그녀는 가볍게 웃으며 다시 몸을 세우더니 토타를 가슴에 꼭 끌어안았다. 그리고 아주 야수적인 어조로 말했다.

"대담한 백인 멤로그가 내 목숨보다 세 배는 더 산다는 게 사실인가요? 그들이 늙은 여자가 되기 전에는 결혼을 하지 않는다는 게 사실인가요?"

"그들은 남들과 비슷하게 결혼을 해. 여자로 성숙했을 때."

"그건 나도 알아요. 하지만 그들은 스물다섯이 되어야 결혼한다면서요? 그게 사실인가요?"

"사실이야."

"야 일라! 스물다섯에! 제정신이 박힌 남자라면 열여덟 여자도 안 데려가려 하는데. 여자는 시간이 갈수록 나이를 먹어요. 스물다섯! 나는 그 나이가 되면 노파가 될 거예요. 게다가 저 멤로그는 늙지도 않아요. 나는 정말 그들이 미워요!"

"그 여자들이 우리와 무슨 상관이야?"

"알 수 없어요. 하지만 이건 알아요. 이 지구상에 나보다 열 살 많은 여자가 살고 있어요. 그 여자는 10년 뒤 당신에게 다가와 당신의 사랑을 나로부터 가져갈 거예요. 머리가 센 노파인 데다 토타 아들의 유모가 되어 버린 나에게서. 그건 불공평하고 사악한 거예요. 그들도 죽어야 마땅해요."

"이봐, 당신은 나이를 먹었다고 하지만 아직도 어린아이고 지금도 양팔에 번쩍 들고 계단을 내려갈 수 있을 정도야."

"토타! 나의 주인님, 토타를 돌봐 주세요! 당신은 다른 어린아이 못지않게 어리석은 사람이에요." 아미라는 토타를 품 안에 잘 간수하고 홀든의 팔에 안겨 웃으면서 계단을 들려 내려갔다. 그러자 토타는 눈을 동그랗게 뜨고서 어린 천사처럼 미소를 지었다.

그는 말이 없는 아이였다. 그 아이가 세상에 나왔다는 것을 홀든이 깨닫기도 전에, 아이는 그 도시를 내려다보는 집 안에서 황금빛 어린 신 혹은 질문을 불허하는 독재자가 되었다. 홀든과 아미라는 몇 달 동안 절대적인 행복을 누렸다. 그것은 세속으로부터 멀리 떨어져 있었고, 피르 칸이 지키는 나무 문 뒤에 꼭 갇힌 행복이었다. 낮 동안에 홀든은 자신처럼 운이 좋지 못한 사람들에게 한없는 연민을 느꼈고 주재소 모임에 나오는 많은 어머니를 즐겁게 하는 어린아이들에 대해서 깊이 공감했다. 밤이 되면 그는 아미라에게 돌아왔다. 그녀는 토타가 한 멋진 귀여운 짓들을 말해 주기 바빴다. 양손으로 박수를 쳤으며 어떤 의도와 목적을 가지고 손가락을 움직였는데 기적이나 다름없다는 것이었다. 아이는 나중에 자발적으로 낮은 침대에서 바닥으로 내려와 양발로 서서 몸을 흔들어 댔는데 숨을 세 번 쉴 정도로 오래 버텼다는 것이었다.

"애가 아주 오래 서 있어서 내 가슴은 너무 기뻐 멈추는 것 같았어요." 아미라가 말했다.

이어 토타는 동물들을 그의 친구로 삼기 시작했다. 안뜰의 황소, 자그마한 회색 다람쥐, 우물 근처의 구멍에 사는 몽구스, 앵무새 미안 미투 등이었다. 특히 앵무새는 토타가 너무나 열심히 꼬리를 잡아당겨 미안 미투는 아미라와 홀든이 도착할 때까지 소리를 질러 댔다.

"오 악당! 힘이 넘치는 아이! 이게 옥상에 사는 네 친구에게 할 짓이니? 토바, 토바! 못 써, 못 써! 하지만 나는 그를 술레이만과 아플라툰[솔로몬과 플라톤]만큼이나 현명하게 만들 마법을 알고 있어. 자봐." 아미라는 잘 장식된 가방에서 한 줌의 아몬드를 꺼냈다. "봐! 우리는 일곱을 헤아렸어. 하느님의 이름으로!"

그녀는 아주 화가 나고 기분 나쁜 미안 미투를 조롱의 꼭대기에다 올려놓고 어린아이와 그 새 사이에 앉아서 그녀의 이보다는 덜 하얀 아몬드의 껍질을 벗겼다. "나의 생명, 이게 진정한 마법이니까 웃지 말아요. 봐요! 내가 앵무새에게 절반을 주고 토타에게 절반을 주었어요." 미안 미투는 조심스럽게 부리를 움직여서 아미라의 입술 사이에 있는 자기 몫을 가져갔고 이어 그녀는 아이의 입술에 키스하면서 나머지 절반을 아이 입에 넣어 주었다. 아이는 의아한 눈빛을 지으며 그 절반을 씹어 먹었다. "나는 이걸 일주일에 일곱 번씩 매일 할 거고, 그러면 우리의 것인 저 아이는 대담한 웅변가와 학자가 될 거예요. 자,

토타, 네가 어른이 되고, 내가 백발의 노파가 될 때 너는 무엇이 될 거니?" 토타는 통통한 다리를 귀엽게 오므렸다. 그는 기어갈 수가 있었으나 한가한 얘기를 하면서 청춘의 샘을 낭비하고 싶지 않았다. 그는 미안 미투의 꼬리를 잡아당기고 싶었다.

그가 은제 혁대—은 위에 새겨진 마법의 네모꼴인데 그의 목에 매달려 있었고 그가 입은 옷의 대부분을 차지했다—의 위엄을 성취하게 되었을 때, 토타는 마당까지 비틀거리며 위태로운 여행을 했고 홀든의 말을 한번만 타 보자고 하면서 그가 가진 모든 보물을 피르 칸에게 제시했다. 마침 어머니의 어머니는 베란다에서 상인과 흥정을 하는 중이었다. 피르 칸은 눈물을 흘렸고 충성의 표시로 그 어린 발을 자신의 회색 머리 위에 올려놓은 뒤, 그 대담한 모험꾼을 어머니의 품에 다시 돌려주면서, 토타는 수염이 자라기도 전에 사람들의 지도자가 될 것이라고 장담했다.

어느 무더운 저녁, 그는 옥상에서 아버지와 어머니 사이에 앉아 도시의 소년들이 날리는 연의 끝없는 싸움을 지켜보다가, 그 자신만의 연을 요구했다. 그는 자기보다 큰 물건에 대해서는 두려움을 느꼈기 때문에 피르 칸이 대신 날려 주면 좋겠다고 했다. 홀든이 그 아이를 '불꽃'이라고 부르자, 아이는 벌떡 일어서서 그 자신의 새로이 발견된 개성을 옹호하면서 천천히 대답했다. "나는 불꽃이 아니라 남자예요."

그 항의는 홀든을 숨 막히게 했고 그리하여 토타의 장래에 대하여 곰곰 생각하게 되었다. 하지만 그는 그런 수고를 할 필요가 없었다. 그 생활의 즐거움은 너무 완벽해서 오래갈 수가 없었다. 따라서 그것은 인도의 많은 것이 그러하듯이 그들로부터 박탈되었다. 갑자기 예고도 없이. 피르 칸이 집안의 작은 주인이라고 불렀던 그 아이는 갑자

기 슬퍼졌고 그동안 고통이라고는 몰랐는데 고통을 호소했다. 겁에
질려 제정신이 아니게 된 아미라는 밤새 아이를 보살폈다. 그러나 두
번째 날에 아이의 생명은 고열로 인해 몸에서 빠져나갔다. 그것은 가
을이면 찾아오는 고열병이었다. 아이가 죽을 수 있다는 것은 생각조
차 할 수 없는 것이었다. 아미라도 홀든도 처음에는 침대 위에 누워
있는 어린아이의 시신을 믿을 수가 없었다. 이어 아미라는 벽에다 머
리를 마구 부딪치더니 마당의 우물 속으로 투신하려 했고 홀든이 완
력을 사용하여 간신히 제지했다.

홀든에게는 오로지 하나의 자비만 허용되었다. 그는 훤한 대낮에
사무실로 말 타고 달려가서 엄청나게 많은 우편물을 발견했다. 모두
그가 집중적으로 신경을 쓰면서 열심히 처리해야 할 일들이었다. 그
러나 그는 신들의 이런 자상함을 별로 고맙다고 생각하지 않았다.

3

총탄의 첫 번째 충격은 한 번 재빨리 찌르는 것에 지나지 않았다.
파괴된 신체는 10~15초가 지나서야 비로소 영혼에 항의의 신호를
보내왔다. 홀든은 그의 행복을 천천히 깨달았던 것처럼 고통도 천천
히 깨달았고 그 흔적을 반드시 감추어야 할 필요가 있었다. 처음에 그
는 가정 내에 상실이 있었고 아미라에게는 위로가 필요하다는 생각
을 했다. 그녀는 미안 미투가 토타! 토타! 토타! 하고 부를 때 머리를
치켜세운 무릎 위에 내려놓고 온몸을 떨면서 앉아 있었다. 나중에 그
의 모든 세계와 그 속에서 영위되는 일상생활이 일제히 그를 아프게

했다. 자신의 아이는 죽어 버렸는데, 저녁때 야외에서 뛰노는 아이들은 그 누가 되었든 그에게는 아픔이었다. 그런 아이들 중 하나가 그를 만지면 고통 이상의 감정이 몰려왔고 자식들의 최근 행동을 자랑하는 자상한 아버지의 이야기는 홀든의 급소를 찔러 댔다. 그는 자신의 고통을 공개적으로 선언할 수가 없었다. 그는 도움, 위로, 동정을 얻지 못했다. 아미라는 피곤한 하루의 끝에 도달하면 그를 데리고 그녀 자신을 질책하는 지옥으로 들어갔다. 그것은 아이를 잃어버린 부모에게 정해진 수순이었다. 그들은 조금만—조금만 더—주의를 했더라면 아이를 구할 수 있었으리라고 생각한 것이다.

"어쩌면," 아미라는 말하곤 했다. "내가 충분한 주의를 기울이지 못한 탓일 거예요. 그렇지 않아요? 그날 아이가 옥상에 올라가서 혼자 놀 때 햇볕이 아주 따가웠어요. 그런데 아히! 나는 머리를 땋고 있었어요. 어쩌면 태양이 아이에게 열병을 가져온 건지도 몰라요. 내가 아이에게 태양을 조심시켰더라면 아이는 살았을지도 몰라요. 아, 나의 생명, 나에게 죄가 없다고 말해 주어요! 내가 당신을 사랑하는 것 못지않게 당신도 그 애를 사랑했다는 것을 알아요. 내게 잘못이 없다고 말해 줘요. 안 그러면 나는 죽어요. 죽어 버릴 거예요!"

"아무런 잘못도 없어. 하느님 앞에서. 그 일은 이미 그렇게 되기로 기록되어 있었는데 우리가 어떻게 구제할 수 있었겠어? 벌어진 일은 이미 벌어진 거야. 여보, 그냥 흘려보내."

"그 애는 나의 심장이었어요. 매일 밤 내 두 팔이 그 애가 여기 없다고 말하는데 어떻게 그 애 생각을 그냥 흘려보내겠어요? 아히! 아히! 오 토타, 내게로 돌아와. 다시 돌아와, 예전처럼 함께 있자!"

"조용, 조용! 당신을 위해서나, 나를 위해서나. 만약 당신이 나를 사랑한다면 이제 안정을 취해야 돼."

"이걸 보면 당신이 신경 쓰지 않는다는 것을 알 수 있어요. 당신은 어떻게 그리할 수 있어요? 백인은 돌의 심장과 쇠의 영혼을 가지고 있어요. 아, 내가 동족의 남자와 결혼했더라면—비록 그가 나를 때리기는 하겠지만—외국인의 빵을 먹지는 않았을 텐데!"

"내가 외국인인가, 내 아들의 어머니?"

"그럼 뭐예요—사히브? …… 오, 용서하세요, 용서하세요. 아이의 죽음 때문에 내가 미쳐 버렸나 봐요. 당신은 내 심장의 생명이고 내 눈의 빛이며 내 목숨의 숨결이에요. 그런 당신을 비록 잠시이기는 하지만 내게서 떼어 놓았군요. 만약 당신이 가 버린다면 내가 누구에게 도움을 청하겠어요? 화내지 마세요. 분노가 발언한 것이지 당신의 종이 말한 게 아니랍니다."

"알아, 알아. 우리는 전에 셋이었다가 이제 둘이 되었지. 그러니 이제 우리가 하나 되어야 할 필요는 더 커졌어."

그들은 평소처럼 옥상에 앉아 있었다. 이른 봄이라 밤은 따뜻했고 멀리 떨어진 곳에서 올리는 천둥의 깨어진 곡조에 따라 막전幕電이 지평선 위에서 춤추고 있었다. 아미라는 홀든의 품 안을 파고들었다.

"가문 땅이 비를 바라면서 암소처럼 낮게 울고 있어요. 나는 두려워요. 우리가 별을 헤아릴 때만 해도 나는 이렇지 않았어요. 비록 연결 고리는 사라졌지만 당신은 여전히 나를 전처럼 사랑하는가요? 대답하세요!"

"우리가 함께 나눈 슬픔으로부터 새로운 연결 고리가 생겨나기 때문에 나는 당신을 전보다 더 사랑해. 그건 당신도 알고 있어."

"예, 그건 나도 알아요." 아미라가 아주 나지막하게 속삭였다. "나의 생명, 아주 힘차게 도와주는 당신에게서 그런 말을 들으니 정말 좋아요. 나는 더 이상 아이 노릇은 하지 않겠어요. 성숙한 여인이 되어 당신을 도와 드리겠어요. 들으세요! 내게 시타르를 주세요. 씩씩하게 노래를 불러 드릴 테니."

그녀는 가벼운 은박 시타르를 잡고서 위대한 영웅 라자 라살루의 노래를 부르기 시작했다. 줄을 잡은 손이 실수를 했고 곡조가 흔들리더니 멈추었다. 이어 낮은 목소리는 사악한 까마귀를 꾸짖는 동요의 곡조로 바뀌었다.

> 그리고 밀림에서는 야생 자두나무가 자란다. 지천으로.
> 지천으로 널려 있네, 바바, 아주 지천으로 널려 있네……

이어 눈물이 쏟아졌고 운명에 대한 처량한 반항이 이어지다가 그녀는 마침내 잠이 들었다. 잠자는 중에도 가벼운 신음을 내지르면서 오른팔을 밖으로 쭉 내밀었는데 마치 거기에 없는 어떤 것을 보호하려는 듯한 자세였다. 이 밤 이후에 홀든의 삶은 약간 편안해졌다. 늘 근처에서 어른거리는 상실의 고통은 그를 업무에 열중하게 만들었고 일은 하루 아홉에서 열 시간을 채워 줌으로써 그에게 보답했다. 아미라는 집 안에 홀로 앉아 깊은 생각에 잠겼으나 홀든의 마음이 편안해졌다는 것을 알고서 여인의 관습에 따라 점점 더 행복해졌다. 그들은 다시 행복의 손을 잡았지만 이번에는 아주 조심했다.

"토타가 죽은 것은 우리가 그 애를 사랑했기 때문이에요. 하느님의 질투가 우리에게 내린 거예요." 아미라가 말했다. "나는 우리에게서 액운을 물리치기 위해 창문에다 커다란 검은 항아리를 내걸었어요.

우리는 즐겁다는 주장을 해서는 안 돼요. 별들 아래에서 조용히 움직여야 해요. 하느님이 우리를 발견하지 못하도록. 이건 좋은 말이 아닌가요, 쓸데없는 사람?"

그녀는 자신의 의도가 진지하다는 것을 증명하기 위해 '사랑하는 사람'을 그렇게 바꾸어 말하면서 그 말을 힘주어 발음했다. 그러나 그런 새로운 세례식에 뒤이은 키스는 아주 사랑스러운 것이어서 그 어떤 신도 질투할 만한 것이었다. 그들은 계속 "그건 아무것도 아니야, 아무것도 아니야" 하고 말했고 모든 천상의 힘이 그 말을 들어주기를 희망했다.

그러나 그 힘들은 다른 일에 바빴다. 그들은 3천만 명의 주민들에게 4년간 풍년을 내려 주어, 사람들은 잘 먹었고 풍작은 확실했으며 출생률은 해마다 높아졌다. 행정 구역들은 인구 조밀한 땅의 평방 마일당 9백 명에서 2천 명까지 다양한 농업 인구가 활동하고 있다고 보고했다. 한 하원 의원은 중산모에 연미복을 입고 인도 전역을 방문하면서 영국 통치의 혜택을 크게 선전했고 합법적인 절차로 제정된 선거제도와 투표권의 전면적인 부여만이 유일하게 남아 있는 한 가지 필요 사항이라고 말했다. 오래 고통을 받아 온 지역 주인들은 미소를 지었고, 그 의원이 말을 멈추고 붉은 다크 나무의 꽃망울을 아주 세련된 말로 찬탄하자, 그들은 전보다 더 활짝 미소 지었다. 하지만 그 꽃망울은 어울리지 않는 시기에 꽃이 피어, 다가올 것을 미리 예고하고 있었다.

코트 쿰하르센의 행정 차관은 그날 클럽에 나와 있었는데 그가 가볍게 한 말을 홀든은 한구석에서 엿듣고서 온몸의 피가 얼어붙는 듯했다.

"그는 남의 말은 전혀 신경 쓰지 않았어. 내 평생 그처럼 놀라는 사람은 본 적이 없어. 정말, 그는 하원에 나가서 그 질문을 하려는 것 같았어. 그의 배에 같이 탄 동료 승객—그의 바로 옆에서 식사한 사람—은 콜레라로 자리에 눕더니 열여덟 시간 만에 사망했어. 이봐, 친구들, 웃지 말라고. 하원의 의원은 그 사실에 대해서 아주 화를 냈어. 하지만 실제로는 겁먹은 거야. 나는 그가 이제야 현실을 제대로 깨닫고 인도를 떠날 거라고 생각해."

"그가 제대로 깨달았으면 좋겠구먼. 그러면 그이 마음에 드는 몇몇 교구 위원들이 그들 교구 내에서 자리를 지키겠지. 하지만 이 콜레라는 무슨 소리야? 그런 질병이 나돌기에는 시기가 너무 이른데." 이익을 내지 못하는 함염지含鹽地의 감독관이 말했다.

"모르겠어." 행정 차관이 생각에 잠기며 말했다. "우린 이미 메뚜기 떼가 날아왔어. 북부 전역에서 산발적으로 콜레라가 나돌고 있어. 의례상 그걸 산발적이라고 말할 뿐이야. 다섯 군데 지역에서 춘계 곡식이 실적 미달이 났어. 그리고 아무도 장마가 언제 올지 아는 것 같지 않아. 이제 거의 3월이잖아. 사람들을 겁줄 생각은 없지만, 내가 볼 때 자연이 올해 여름에 커다란 붉은 연필을 들고 계정을 적자 처리할 것 같아."

"아, 그게 내가 휴가를 떠날 때였으면 좋겠는데!" 방 저쪽에서 어떤 목소리가 말했다.

"올해에 휴가는 별로 없고 진급이 많이 될 거야. 나는 정부를 상대로 기근 구제 작업의 리스트에다 내가 추진하는 운하 사업을 올려놓아 달라고 계속 설득하고 있어. 불길한 걸 가져오는 건 나쁜 바람이거든. 그러니 빨리 운하를 완성해야 돼."

"그럼 예전의 오래된 그 절차입니까?" 홀든이 말했다. "기근, 열병, 콜레라?"

"아니, 아니야. 일부 지역의 흉작에다 계절병이 이상하게 창궐하는 것뿐이야. 자네가 내년까지 살아 있다면 그걸 모든 보고서에서 발견할 걸세. 자네는 운이 좋은 친구야. 피해를 우려하여 타 지역으로 보내야 할 아내도 없지 않은가. 올해 언덕의 주재소에는 여자들이 가득하게 될 거야."

"시장에서 떠도는 얘기를 너무 과장하시는 게 아닌지요." 사무국의 젊은 공무원이 말했다. "제가 보기로는—"

"물론 본 것도 있겠지." 행정 차관이 말했다. "하지만, 여보게 좀 더 많이 살펴봐야 할 걸세. 그런데 나는 자네에게 할 말이—" 차관은 그를 한쪽 구석으로 데려가서 그가 소중히 여기는 운하 공사에 대하여 논의했다. 홀든은 숙소로 돌아가서 자신이 더 이상 이 세상에서 혼자가 아니라는 사실을 깨달았고 동시에 다른 사람을 위해 자신이 두려워한다는 것을 알았다. 그것은 남자의 영혼을 가장 잘 충족시켜 주는 두려움이었다.

두 달 뒤 차관이 예측한 대로, 자연이 커다란 붉은 연필을 들고 계정을 적자 처리하기 시작했다. 춘계 수확이 끝나자마자 빵을 달라는 외침이 터져 나왔고 식량 부족으로 굶어 죽는 사람이 있어서는 안 된다고 선언했던 정부는 밀을 보내왔다. 이어 동서남북의 모든 방위에서 콜레라가 찾아왔다. 그것은 신성한 사당에 모여든 50만의 순례자 모임을 덮쳤다. 많은 사람이 그들의 하느님의 발치에서 사망했다. 다른 사람들은 멀리 떨어진 땅으로 도망치면서 그 전염병의 균을 함께 가지고 갔다. 그것은 성벽 도시를 덮쳐서 하루에 2백 명을 죽였다. 사람들은 기차에 몰려들어 승하차 발판에 매달리거나 차량의 지붕에 쪼그리고 앉았다. 하지만 콜레라가 그들을 따라왔다. 그리하여 각 역에서는 죽었거나 죽어 가는 사람들을 끌어내려야 했다. 그들은 길가에서도 죽었고 영국인들이 탄 말들은 풀 속의 시체들을 보고서 뒷걸음질 쳤다. 장마는 오지 않았고, 땅은 사람들이 그 속으로 숨어서 죽음을 피하지 못하도록 쇳덩어리가 되었다. 영국인들은 아내들을 산속으로 보냈고, 근무를 하던 도중에 전선에서 사망으로 결원이 나면 그 자리를 채우라는 명령을 받았다. 홀든은 이 세상에서 가장 소중한 보물을 잃을까 봐 거의 병이 날 지경이었고, 아미라에게 어머니와 함께 히말라야 산맥으로 대피하라고 최선을 다해 설득했다.

"내가 왜 가야 해요?" 어느 날 저녁 그녀가 지붕에서 말했다.

"전염병이 돌아서 사람들이 죽어 나가고 있어. 백인 멤로그는 이미 다 대피했어."

"그들 모두가?"

"모두가. 물론 죽음을 각오하고 뒤에 남아 남편의 부아를 돋우는 일부 바보들만 빼고."

"아니에요. 뒤에 남은 여자는 나의 자매예요. 당신은 그 여자를 욕해서는 안 돼요. 나도 바보니까. 모든 대담한 멤로그가 다 가 버렸다니 기뻐요."

"내가 여인에게 말하는 거야 아니면 아기에게 말하는 거야? 산간지대로 가. 당신이 여왕의 딸처럼 갈 수 있도록 편의를 봐줄 테니까. 생각 좀 해 봐, 이 어린애야. 붉은 옻칠을 한 황소 수레에 베일과 커튼을 드리우고, 놋쇠 공작을 기둥에 붙이고, 또 붉은 천을 휘날리면서 가게 해 줄 테니까. 경비원으로 두 명의 심부름꾼을 붙여 줄게. 그리고—"

"조용히 하세요! 그렇게 말하는 당신이야말로 어린아이예요. 그런 장난감들이 내게 무슨 소용이에요? **그 애라면** 황소의 등을 두드리고 말 장식을 가지고 놀았겠지요. 그 애 때문이라면—당신은 나를 아주 영국인으로 만들었어요—나는 산속으로 갔을 거예요. 하지만 이제는 가지 않겠어요. 멤로그나 가라고 하세요."

"여보, 남편들이 아내들을 산속으로 보내고 있다니까."

"아주 좋은 얘기네요. 당신이 언제부터 내 남편이 되어 나한테 이래라저래라 하게 되었어요? 난 당신에게 아이를 딱 하나 낳아 주었을 뿐이에요. 당신이 내 영혼이 바라는 전부예요. 악이 이 조그마한 손톱—정말 작지요?—정도의 숨결로 당신에게 죽음을 내릴지 모르고, 또 설사 내가 천국에 있더라도 그걸 알아내고 말 텐데 내가 어떻게 떠나겠어요? 그리고 여기에서 당신은 이번 여름에 죽을지도—아, 아, 죽을지도—몰라요. 만약 당신이 죽어 간다면 그들은 백인 여자를 불러서 당신을 간호하라고 할 거예요. 그 여자는 마지막 순간에 내 사랑을 빼앗아 갈 거라고요!"

"하지만 사랑은 순간적으로 생겨나거나 죽음의 침상에서 생겨나는 것이 아니잖아!"

"돌 같은 심장이여, 당신이 사랑에 대하여 무엇을 알아요? 그 여자는 적어도 당신의 감사 인사를 받을 것이고, 그러면 나는 하느님, 예언자, 예언자의 어머니인 비비 미리엄의 이름으로 그런 꼴을 봐주지 못해요. 나의 주인이며 나의 사랑인 분이여, 피신하라는 어리석은 얘기는 더 이상 하지 마세요. 당신이 있는 곳에 나도 있는 거예요. 그거면 충분해요." 그녀는 그의 목에 팔을 두르고 그의 입은 손으로 가렸다.

칼의 그늘 아래에서 몰래 훔쳐 낸 행복의 순간처럼 더 완벽한 순간은 없다. 그들은 함께 앉아 웃음을 터트렸고 서로 아주 사랑스러운 별명으로 불렀는데 그것은 신들의 분노를 자아내기에 충분했다. 그들의 발 아래에 있는 도시는 그 나름의 고뇌 속에 꽁꽁 갇혀 있었다. 거리에서는 유황불이 불타올랐다. 힌두 사원들의 반원형 지붕에서는 비명과 탄식이 터져 나왔다. 이 당시 신들은 무관심했기 때문이다. 거대한 이슬람 사원에서 사람들이 예배를 올렸고 뾰족탑에서는 쉴 새 없이 기도 소리가 흘러나왔다. 사람들은 사자의 집들에서 흘러나오는 곡소리를 들었고 어떤 어머니는 잃어버린 아들의 이름을 부르며 아들을 돌려 달라고 소리쳤다. 회색빛 새벽이 오면 사람들은 죽은 자들이 도시의 성문을 통하여 밖으로 운송되는 것을 보았고, 각각의 들것에는 애도하는 사람 몇몇이 달라붙어 있었다. 그들은 서로 키스하며 몸을 떨었다.

그것은 붉은 연필로 해치우는 대규모 손실 처리였다. 땅은 크게 병들어 있었고 다소의 숨 쉴 여유가 있어야만 값싼 생명의 홍수가 다시 그 땅 위를 범람할 수 있을 것이었다. 미숙한 아버지들과 덜 발달된 어머니들의 자식들은 아무런 저항도 하지 않았다. 그들은 겁먹고 가만히 앉아서 11월이 되어 그 칼이 스스로 칼집에 도로 들어가기만을 기다렸다. 영국인들 사이에서도 결원이 발생했고 그것은 곧 채워졌다. 기근 구제, 콜레라 대피소, 의약품 분배, 약간의 위생 시설 등을 감독하는 작업이 계속 진행되었다. 상부에서 그렇게 하라고 명령이 내려왔던 것이다.

홀든은 다음번 결원이 발생할 경우 그 자리를 채울 준비를 하고 있으라는 지시를 받았다. 그는 하루에 열두 시간이나 아미라를 보지 못했다. 그녀는 세 시간 이내에 죽을 수도 있었다. 그는 석 달이나 그녀를 보지 못하거나 그녀가 죽을 때 옆에 있지 못하는 고통을 생각하고 있었다. 그는 그녀가 죽을 것이라고 확신했다. 어느 정도 확신했는가 하면, 그가 전보에서 고개를 쳐들고 문턱에 숨을 죽이고 서 있는 피르 칸을 보는 즉시 웃음을 터트릴 정도였다. "그래서?" 그가 말했다.

"밤중에 곡소리가 나고 정신이 목구멍 속에서 퍼덕거릴 때, 누가 그 것을 회복시킬 마법을 갖고 있습니까? 빨리 오십시오, 하늘에서 태어 난 분이여! 검은 콜레라입니다."

홀든은 말을 달려 그의 집으로 갔다. 하늘에는 구름이 낮고 무겁게 깔려 있었다. 오래 지연된 장마가 가까이 다가왔고 더위는 숨 막힐 지 경이었다. 아미라의 어머니가 그를 안뜰에서 만나서 슬프게 속삭였 다. "그녀는 죽어 가고 있어요. 그녀는 죽음의 품 안으로 다가가고 있 어요. 그녀는 거의 죽은 사람이나 다름없어요. 난 어떻게 해야 하지 요, 사히브?"

아미라는 토타가 태어난 방에 누워 있었다. 홀든이 들어가도 아미 라는 아무런 표시도 하지 않았다. 인간의 영혼은 아주 외로운 것이어 서, 아주 멀리 떠날 준비가 되었을 때에는 안개 같은 경계지에 그 자 신을 감추기 때문에 살아 있는 사람은 그곳까지 따라갈 수가 없다. 검 은 콜레라는 그 일을 조용히 아무런 설명도 없이 해치웠다. 죽음의 천 사가 그녀의 이마에 손을 얹은 것처럼, 아미라는 생명으로부터 밀려 나가고 있었다. 가쁜 호흡은 그녀가 두려워하거나 고통스러워한다는 것을 보여 주었지만, 눈과 입은 홀든의 키스에 반응하지 않았다. 말해 줄 수도 뭔가 해 줄 수도 없었다. 홀든은 기다리면서 고통받을 뿐이었 다. 장마의 첫 빗방울이 지붕 위에 떨어졌고 그는 건조한 도시에서 내 지르는 기쁨의 외침 소리를 들을 수 있었다.

영혼은 잠시 돌아왔고 입술을 움직였다. 홀든은 몸을 숙이면서 귀를 기울였다. "내 것은 아무것도 남기지 마세요." 아미라가 말했다. "내 머리에서 머리카락을 잘라 내지 마세요. **그 여자는** 나중에 당신에게 그걸 태우라고 할 거예요. 그 불길을 나는 느낄 수 있어요. 낮추세요! 몸을 좀 더 낮추세요! 내가 당신의 것이었고 당신에게 아들을 낳아 드렸다는 걸 기억하세요. 비록 당신이 내일 백인 여자와 결혼한다고 해도, 당신의 두 팔에 첫아들을 안아 보는 기쁨은 영원히 당신에게서 사라진 거예요. 당신의 아이가 태어나면 나를 기억하세요. 모든 사람 앞에서 당신의 이름을 이어 갈 그 아들. 그 아들의 불운은 모두 내가 대신 맡을 거예요. 나는 맹세해요—맹세해요." 그녀의 입술은 그의 귀 가까운 곳에서 움직였다. "내 사랑이여, 당신이 없으면 하느님도 없어요."

이어 그녀는 죽었다. 홀든은 아무 생각도 하지 못한 채 가만히 앉아 있었다. 그때 아미라의 어머니가 커튼을 들어 올리는 소리가 들렸다.

"그녀는 죽었습니까, 사히브?"

"죽었어요."

"그러면 나는 곡을 해야겠군요. 그다음에는 이 집의 가구 목록을 작성할 겁니다. 그건 나의 것이니까. 사히브는 그걸 다시 가져갈 생각은 아니지요? 사히브, 이건 몇 가지 안 됩니다. 게다가 나는 늙은 여자입니다. 나는 부드럽게 눕고 싶습니다."

"제발 잠시만 조용히 있어 주세요. 밖으로 나가서 내가 안 듣는 곳에서 곡을 하세요."

"사히브, 그녀는 네 시간 안에 매장을 해야 합니다."

"나는 관습을 알고 있어요. 그녀를 데려가기 전에 제가 먼저 갈 겁니다. 그 문제는 당신이 알아서 하세요. 그런데 저 침대, 그녀가 누워 있는 저 침대는—"

"아하! 붉은 옻칠을 한 아름다운 침대 말이군요. 나는 그걸 오랫동안 소망—"

"그 침대는 여기 그대로 놔둬서 내가 치우게 해 주세요. 집 안의 나머지 것들은 모두 당신 것입니다. 수레를 임차해서 모든 걸 다 가져가세요. 해 뜨기 전에 내가 놔두라고 한 것 이외에는 모두 다 치워 버리세요."

"나는 늙은 여자입니다. 적어도 며칠간은 여기 있으면서 애도를 해야 돼요. 게다가 장마가 방금 시작되었습니다. 내가 어디로 갈 수 있겠어요?"

"그게 나와 무슨 상관입니까? 나는 모든 걸 다 치우라고 말했습니다. 집 안의 가구들은 1천 루피는 됩니다. 오늘 밤 내 심부름꾼을 시켜서 당신에게 1백 루피를 갖다 드리겠습니다."

"그건 아주 작은 돈이에요. 수레 빌리는 값을 생각해 보세요."

"당신이 지금 즉시 재빨리 가 버리지 않는다면 아무것도 없게 될 겁니다. 오, 어머니, 어서 여길 떠나서 내가 망자와 함께 있게 해 주세요!"

어머니는 계단 아래로 걸어 내려갔고 집 안의 가구들을 챙기느라고 장례 절차 같은 것은 잊어버렸다. 홀든은 아미라 곁에 머물렀고 비가 지붕을 두드려 댔다. 그는 조리 있는 생각을 해 보려고 애썼으나 소음 때문에 그렇게 할 수가 없었다. 이어 네 명의 하얀 천을 두른 자들이 빗방울을 뚝뚝 흘리며 방 안으로 들어와 그들의 베일을 통하여 그를 쳐다보았다. 그들은 망자를 씻어 주는 염습하는 자들이었다. 홀든은 방에서 나와 매어 둔 말 쪽으로 향했다. 그는 아까 발목 깊이의 먼지를 밟으며 괴괴하고 숨 막히는 정적 속에서 방까지 올라왔었다. 이제는 안뜰에 빗물로 물웅덩이가 만들어져 거기서 개구리들이 노는 광경이 보였다. 노란 물의 분류가 대문 아래로 흘러내렸고 노호하는 바람은 사냥용 산탄처럼 빗줄기를 몰고 가 흙벽을 때렸다. 피르 칸은 대문 옆의 자그마한 오두막에서 떨고 있었고 매어 둔 말은 빗속에서 불안하게 뛰어오르고 있었다.

"사히브의 명령을 전해 들었습니다." 피르 칸이 말했다. "그건 아주 좋습니다. 이 집은 이제 황폐합니다. 나 또한 가야 합니다. 나의 원숭이 얼굴이 지금까지 있었던 일을 상기시킬 테니까. 침대는 내일 아침에 저 너머에 있는 주인님의 숙소에 운반해 드리겠습니다. 하지만 사히브, 기억하십시오. 그건 주인님의 초록색 상처를 후벼 파는 칼이 될 겁니다. 나는 순례를 갈 예정이어서 돈을 받지 않겠습니다. 나는 주인님의 보호 아래 살이 쪘고 이제 주인님의 슬픔은 곧 제 슬픔입니다. 나는 마지막으로 주인님의 등자를 잡습니다."

그는 양손으로 홀든의 발을 만졌고, 말은 삐걱거리는 대나무들이 하늘을 때리고, 개구리들이 일제히 울음을 울어 대는 도로로 달려 나갔다. 홀든은 비 때문에 피르 칸의 얼굴을 볼 수가 없었다. 그는 눈앞으로 손을 내밀면서 중얼거렸다.

"홀든, 이 짐승! 이 순전한 짐승!"

그의 비보는 이미 독신자 숙소에 퍼졌다. 그는 아흐메드 칸이 식사를 가지고 들어올 때 집사의 눈빛을 보고서 그 사실을 알았다. 그는 평생 동안 처음이자 마지막으로 주인의 어깨에 손을 얹고서 말했다. "사히브, 어서 드십시오. 고기는 슬픔을 이기는 좋은 보약입니다. 나 또한 슬픔을 알고 있습니다. 사히브, 더욱이 유령들은 오고 갑니다. 이건 카레를 바른 달걀입니다."

홀든은 먹을 수도 잠잘 수도 없었다. 하늘은 그날 밤 8인치의 비를 내려 보내어 땅을 깨끗이 씻어 냈다. 장맛비는 벽을 허물었고, 도로를 파괴했으며, 무슬림 매장지에 있는 얕은 무덤들을 파헤쳤다. 다음 날 내내 비가 왔다. 홀든은 그의 집에 조용히 앉아서 그의 슬픔을 생각했다. 사흘째 되는 날 아침에 그는 '리케츠, 민도니가 죽어 가고 있음. 홀든 즉시 교대 요망'이라고 적힌 전보를 받았다. 그는 떠나기 전에 그가 주인이요 남편이었던 집을 한번 둘러보겠다고 생각했다. 비가 잠시 멈추었고 축축한 땅은 증기가 피어올랐다.

그는 장맛비가 대문의 흙기둥을 파괴하고, 그의 생활을 지켜 주었던 무거운 목제 대문이 경첩에서 빠져서 너덜거리는 광경을 발견했다. 안뜰에는 풀이 3인치 높이로 자라 있었다. 피르 칸의 작은 방은 비어 있었고, 물에 젖은 이엉이 들보들 사이로 축 처져 있었다. 그 집이 지난 사흘만 비어 있었던 것이 아니라 30년 동안 비어 있었던 것처럼, 베란다에서 회색 다람쥐가 뛰놀았다. 아미라의 어머니는 곰팡이가 난 돗자리 이외에는 모든 것을 치워 버렸다. 바닥을 황급히 기어가는 작은 전갈의 틱, 틱 하는 소리가 집 안에서 나는 유일한 소리였다. 아미라의 방과 토타가 살았던 다른 방은 곰팡이가 가득했다. 옥상으로 올라가는 비좁은 계단은 비에 실려 온 진흙으로 줄무늬와 얼룩이 져 있었다. 홀든은 이 모든 것을 둘러보고 집에서 나오다가 땅 주인 두르가 다스를 길에서 만났다. 뚱뚱하고 상냥하고 하얀 모슬린을 입은 다스는 C 자형 스프링이 달린 1인승 마차를 몰고 있었다. 그는 지붕들이 어떻게 최초의 장맛비 충격을 견디어 냈는지 살펴보기 위해 그 일대의 땅을 둘러보는 중이었다.

"제가 들었는데," 그가 말했다. "당신은 여기를 더 이상 사용하지 않을 거지요, 사히브?"

"당신은 여길 어떻게 할 생각입니까?"

"글쎄요. 다시 세를 놓을 수도 있고요."

"그렇다면 출장 나가 있는 동안 계속 빌리고 싶습니다."

두르가 다스는 잠시 말이 없었다. "사히브, 여기를 더 이상 사용할 수 없습니다. 젊은 시절에는 나 또한……, 하지만 나는 오늘날 시청의 위원입니다. 하! 하! 아니, 새들이 떠나간 다음에 둥지를 그대로 유지하면 뭐합니까? 나는 저 집을 철거할 겁니다. 목재는 언제나 제값을 받고 팔 수가 있으니까. 이 집을 철거하면 시청은 원했던 대로 여길 가로질러 길을 낼 겁니다. 저기 불태우는 고갯길에서 도시의 성벽까지 이어지는 길 말입니다. 그러면 아무도 이 집이 어디에 서 있었는지 알지 못할 겁니다."

덩컨 패러니스의 꿈

The Dream of Duncan Parrenness

예전에 무서운 꿈을 자주 꾸었다고 하는 버니언 씨*와 마찬가지로, 명예로운 동인도 회사의 서기이고, 이 신이 버린 캘커타 시에서 사는 나, 덩컨 패러니스는 어떤 무서운 꿈을 꾸었다. 나의 암말 키티가 발을 절게 된 이후에 나는 그처럼 무서운 꿈을 꾸어 본 적이 없었다. 따라서 내가 그 꿈을 잊어버리기 전에 여기에다 그것을 적어 놓으려고 최선을 다했다. 그러나 2년 전 런던을 떠나온 이래 나는 잉크통보다는 칼을 더 잘 사용했으므로 펜을 잡는 일이 어색하기만 하다.

총독의 대야회(그는 매해 11월 말에 이런 파티를 연다)가 끝나자 나는 느리게 흐르고, 전혀 영국적이지 못한 후글리 강이 내려다보이

* 『천로역정』을 쓴 존 버니언(1628~1688)을 가리키며 버니언은 자서전에서 자신이 무서운 꿈을 자주 꾸었다고 말했다.

는 내 숙소로 갔다. 나는 결코 술 취하지 않은 상태는 아니었다. 서부에서의 만취는 동부에서는 대취라고 하는데,* 그래도 나는 일찍이 셰익스피어 씨가 말한 것처럼 아예 동부식으로 완전 취해 버린 것은 결코 아니었다. 비록 내가 술을 좀 마시기는 했지만, 시원한 밤바람(비록 이것이 감기와 설사를 불러일으킨다는 얘기를 듣기는 했지만)이 나의 정신을 약간 깨게 해 주었다. 나는 지난 넉 달 동안 질병으로 인해 고뇌하고 피로해졌다는 것을 기억해 냈다. 나와 함께 같은 배를 타고 동쪽으로 건너온 젊은 혈기들은 한 달 전에 '서기 건물'의 북쪽에 있는 지저분한 땅에 누워 영원으로 가 버렸다. 그때 나는 눈물을 흘리며 3월이 다시 돌아올 때까지 살아 있는 것을 허락해 달라고 하느님께 빌었다. 그러나 부끄럽게도 기도를 하면서 무릎을 꿇지는 않았다. 실제로 우리 살아 있는 사람들(우리의 숫자는 최근에 무더위로 인해 최후의 심판 앞으로 간 사람들보다 훨씬 적어졌다)은 요새의 보루 옆에서 벌어진 그날 밤의 파티에서 하느님의 이런 자비로움에 감사하면서 즐거운 시간을 보냈다. 비록 우리의 농담은 재치 넘치는 것도 아니었고 나의 어머니가 들었더라면 좋아했을 법한 그런 것도 아니었지만 말이다.

내가 자리에 누워(그보다는 침대 위에 내 몸을 내던지고) 술기운이 어느 정도 가셨을 때, 나는 그냥 내버려 두면 더 좋을 법한 천 가지 일들을 생각하느라고 잠들지 못했다. 먼저, 내가 키티 서머싯을 생각해 온 것은 오래되었지만 그녀의 상냥한 얼굴이, 마치 그림에 그려진 것처럼 내 침대 발치를 스쳐 지나갔다. 너무나 선명하여 마치 그녀의 육

---

* 서부는 영국, 동부는 인도를 말한다.

신이 내 앞에 나타난 것 같았다. 이어 그녀가 내게 돈을 벌어 오라며 나를 이 저주받은 고장으로 내몬 일이 생각났다. 돈을 벌면 더 빨리 그녀와 결혼을 할 수 있고 또 양가의 부모들도 그런 조건으로 결혼을 승낙했다. 그러다가 그녀는 자신의 맹세보다 더 좋은(혹은 더 나쁜) 생각을 하면서, 내가 배에 오른 지 3개월 만에 톰 샌더슨과 결혼했다. 이어 생각은 키티에서 밴수이덴 부인으로 흘러갔다. 그녀는 친수라에 있는 네덜란드 상관商館에서 캘커타로 이사해 온 사람인데 보랏빛이 도는 눈빛에 키가 크고 창백한 여자였다. 그녀는 우리 젊은 사람들—그중에는 상관에서 근무하는 직원들도 더러 있었는데—을 연적이 되어 서로 싸우게 만든 장본인이었다. 일부 여자들은 그녀가 남편도 없고 결혼 증명서도 없는 여자라고 말들 했다. 그러나 여자들, 특히 남들에게 무심한 선량한 삶만을 살아온 여자들은 다른 여자에게는 잔인할 정도로 모진 법이다. 게다가 밴수이덴 부인은 그들 모두보다 훨씬 아름다웠다. 그녀는 총독의 파티에서 나에게 아주 우아하게 대해 주었고 나는 모든 사람들에게 그녀의 프뢰 슈발리에*로 간주되었는데 이 프랑스어는 그보다 훨씬 나쁜 뜻을 가진 말**의 대용어代用語였다. 비록 내가 만난 지 사흘 만에 밴수이덴 부인에게 영원한 사랑을 맹세하기는 했으나 그 당시나 지금이나 내가 과연 그 여자를 눈곱만큼이라도 신경 썼는지는 의심스럽다. 하지만 나의 자존심과 캘커타의 어떤 남자도 따라올 수 없는 내 단검 솜씨 덕분에 그녀는 계속 나를 좋아했다. 그런 만큼 나는 그녀를 숭배했다고 생각한다.

　내가 기억으로부터 그녀의 보라색 빛이 도는 눈빛을 치워 버리자,

* preux chevalier, 용감한 기사.
** 샛서방.

나의 합리적인 정신은 그녀를 쫓아다닌 일에 대하여 나를 비난하고 나섰다. 나는 이 고장에서 1년을 살면서 천 가지의 나쁜 열정과 욕망의 불길로 나의 마음을 불태우고 초토화했다는 것을 깨달았다. 그리하여 이 악마의 학교에서 보낸 한 달이 곧 열 달 맞잡이로 나를 늙게 했던 것이다. 그러자 나는 잠시 어머니 생각을 했고 아주 후회스러운 마음이 들었다. 술 취한 상태에서 죄를 저질렀다고 느끼며 회개하겠다고 맹세한 것이 천 번은 더 되리라. 하지만 이후 그 맹세들은 하나씩 하나씩 모두 깨트려졌다. 내일부터 나는 영원히 정결하게 살리라, 하고 나 자신을 향해 중얼거렸다. 그리고 내가 간신히 피해 온 위험들을 생각하면서, 술기운이 아직도 강하게 남아 있던 나는 어지러움을 느끼며 웃음을 터트렸다. 온갖 형태의 멋진 사상누각들을 스페인에다 지었고 그 성채에서 보랏빛이 도는 눈빛과 달콤하면서도 느린 말투를 지닌 밴수이덴 부인과 키티 서머싯의 그림자는 언제나 여왕으로 군림했다.

마지막으로, 아주 멋지고 화려한 용기(틀림없이 헤이스팅스 총독이 내놓은 마데이라 술 덕분이리라)가 내게 생겨났고 마침내 내가 마음만 먹으면 총독, 나와브, 군주 그리고 위대한 모굴 황제가 되는 것도 그리 황당한 공상이 아니라고 생각하게 되었다. 제멋대로이고 불안정하기는 하지만 나의 새로운 왕국을 향해 상상의 첫걸음을 떼어놓으면서, 밖에서 한뎃잠을 자던 나의 하인들을 발로 걸어차서 그들이 비명을 내지르며 내 앞에서 사라지게 만든 다음, 하늘과 땅을 나의 증인으로 삼아 다음의 사실을 증언하게 하는 것이다. 동인도 회사에 근무하는 서기인 나 덩컨 패러니스는 그 어떤 사람도 두려워하지 않는다고 말이다. 하지만 달도 북극성도 나의 도전을 받아들일 생각을 하지 않는 것을 보고서 다시 누워 잠에 빠져들었다.

　나는 곧 내가 마지막으로 한 말이 두세 번 되풀이되는 것을 들으며 잠에서 깨어났다. 그리고 내 생각에 헤이스팅스 총독의 파티에서 취한 듯한 어떤 술 취한 남자가 내 방 안으로 들어오는 것을 보았다. 그는 온 세상이 자기 것인 양 떡하니 내 침대의 발치에 앉았고, 자세히 살펴보니, 그의 얼굴은 앞으로 더 늙으면 내가 갖게 될 그 얼굴이었다. 단 그 얼굴이 총독의 얼굴이나 6개월 전에 돌아가신 나의 아버지의 얼굴로 바뀔 때는 예외였다. 그것은 내게 아주 자연스럽게 보였고 술을 너무 많이 마신 당연한 결과였다. 하지만 사전 예고 없이 그렇게 불쑥 들어온 것에 너무 화가 나서 나는 다소 불손한 어조로 그에게 나가라고 말했다. 그는 나의 말에 전혀 대답을 하지 않았고, 단지 그게 달콤한 빵 조각이라도 되는 양 아까 한 말을 천천히 되풀이했다. "동인도 회사에 근무하는 서기인 나는 그 어떤 사람도 두려워하지 않는다." 이어 그는 갑자기 말을 멈추더니 내게 휙 몸을 돌리면서 나와 같은 기질을 가진 젊은이는 사람이든 악마든 두려워하지 말아야 한다고 말했다. 그리고 내가 용감한 젊은이이므로, 장수한다면 총독이 될 가능성이 있다고 덧붙였다. 하지만 이런 사실에도 불구하고 (그는 우리가 이 고장에서 영위하는 변화무쌍한 인생의 변화와 우연에 대해서 말하는 거라고 나는 짐작했다) 나는 대가를 지불해야 한다는 것이었다. 그 순간 나는 다소 술이 깼고 또 첫 번째 잠에서 거의 깨어났으므로, 그것을 술 취한 사람의 농담 정도로 보고 싶어졌다. 그래서 나는 명랑하게 말했다. "크기가 겨우 12제곱피트고 한 달에 경비가 다섯 파고다*가 들어가는 나의 왕궁을 위해 내가 어떤 대가를 지불해야 되겠소? 당신과 당신의 농담 따위는 악마에게나 가 보시오.

나는 그동안 질병으로 이미 두 배 이상 대가를 치렀소." 그 순간 불청객은 내게로 완전히 몸을 돌렸다. 그리하여 나는 달빛에 의존하여 그 얼굴의 모든 선과 주름을 볼 수 있었다. 이어 나의 숨기 어린 즐거움은 싹 달아나 버렸다. 마치 하룻밤 사이에 커다란 강의 강물이 모두 말라 버린 듯한 느낌이었다. 그 어떤 사람도 두려워하지 않는 나 덩컨 패러니스는 우리 인간의 운명이 감당할 수 있는 공포보다 더 무서운 공포에 사로잡혔다. 그 까닭은 내가 그의 얼굴에서 내 얼굴을 보았기 때문이다. 질병과 사악한 삶의 주름이 새겨지고, 표시되고, 상처로 남은 그런 얼굴이었다. 사실 나는 아주 술 취했을 때(하느님 저를 도와주소서), 거울 속에서 아주 창백하고 홀쭉하고 나이 든 내 얼굴을 본적이 있었다. 그리고 그 어떤 사람도 이런 상황이라면 나보다 훨씬 더 겁을 집어먹을 것이라고 생각했다. 나는 용기만큼은 결코 부족한 사람이 아니기 때문이다.

내가 고뇌 속에서 땀을 흘리며 약간 더 누워 이 무서운 꿈(꿈속에서도 나는 그게 꿈이라는 걸 알았다)으로부터 깨어나기를 기다리고 있으려니까, 그가 또다시 내게 대가를 치러야 한다고 말했다. 잠시 뒤 나는 그 대가를 파고다 금화나 시카 루피로 지불할 것처럼 말했다. "어느 정도의 가격을 치러야 합니까?" 내가 아주 부드럽게 말했다. "당신이 누구인지 모르지만, 제발 나를 그대로 내버려 두십시오. 나는 오늘 밤 이후 내 생활 태도를 고치겠습니다." 그는 내 말에 약간 웃었으나 그 외에는 내 말을 들었다는 동작을 취하지 않았다. "아니요. 당신 같은 용감하고 젊은 청년이 이곳 인도에서의 삶을 헤쳐 나가는 데

* 파고다 무늬의 옛 인도 금화.

348

커다란 장애가 되는 사항을 제거해 주고 싶을 뿐이오. 내 말을 믿으시오." 여기서 그는 다시 한 번 나를 빤히 쳐다보았다. "그에 대한 보상은 없소." 당시로서는 전혀 이해하지 못한 이런 시시한 이야기에 나는 깜짝 놀랐고 그다음에 나올 말을 기다렸다. 그는 아주 침착하게 말했다. "사람에 대한 믿음을 내게 반납하시오." 그러자 내가 치러야 할 대가가 얼마나 큰지 깨달았다. 그가 내게 요구한 모든 것을 반드시 가져갈 것임을 믿어 의심치 않았기 때문이다. 공포와 각성으로 인해 그날 밤 마신 술기운이 내 머리에서 싹 달아났다. 나는 그를 거칠게 불러 세웠다. 그러면서 그가 생각하는 것처럼 내가 그렇게 전적으로 나쁜 사람은 아니라고 소리쳤다. 친구들에 대해서는 그들의 가치에 따라 최대한 믿음을 부여한다고 대답했다. "만약 내 친구들 절반이 거짓말쟁이고," 내가 말했다. "또 나머지 절반이 손을 불태울 정도로 나쁜 짓을 했다고 하더라도, 나는 그 친구들에게 그 수상한 점들을 정리하라고 다시 한 번 요구할 것입니다." 나는 너무 솔직하게 말해 버린 게 아닌가 싶어 두려움을 느끼면서 말을 멈추었다. 하지만 그는 이를 전혀 의식하지 않았고 그의 손을 내 왼쪽 가슴에다 가볍게 올려놓았을 뿐이었다. 나는 잠시 그쪽 가슴이 매우 차갑다고 느꼈다. 이어 그는 좀 더 웃으면서 말했다. "여자에 대한 믿음을 내게 반납하시오." 그 순간 나는 뭔가에 찔린 것처럼 침대에서 몸을 부르르 떨었다. 그 순간 영국에 있는 나의 자상한 어머니를 생각했기 때문이다. 한순간 나는 하느님의 가장 선한 존재들에 대한 나의 믿음은 동요될 수도 없고 탈취될 수도 없다고 생각했다. 하지만 나중에 나 자신의 냉정한 시선이 나 자신에게 머물렀을 때, 나는 그날 밤 두 번째로 키티 생각을 했다. 그녀는 나를 차 버리고 톰 샌더슨과 결혼을 했다. 또 밴수이덴 부인도 생각했는데, 나는 악마 같은 자존심 때문에 그녀를 쫓아다녔으나 그녀가 키티보다 더 나쁜 여자라는 것을 알았다. 그리고 그들 중에서 가장 악질인 나는 나의 평생 과업을 완수할 목적으로 잘 치워지고 정돈된* 악마의 둑길로 춤추며 걸어 내려간 것이었다. 왜냐하면 그 둑길의 끝에는 경박한 여자의 미소가 있기 때문이었다. 그리고 나는 이 세상의 모든 여자는 키티나 밴수이덴 부인 같다고 생각했다(그들은 실제로 내게 그런 식으로 대했다). 이것은 나를 극단적인 분노와 슬픔 속으로 몰아넣었고, 나 자신의 손이 왼쪽 가슴에 다시 놓였을 때 나는 형언할 수 없이 기뻤다. 나는 더 이상 그런 우행으로 고통받지 않을 것이기 때문이었다.

이후 그는 잠시 침묵했다. 나는 그가 가 버렸거나 내가 오래전에 깨어났다고 확신했다. 그러나 그는 곧 다시 아주 부드럽게 말했다. 그가 내게서 가져간 것과 같은 그런 우행들을 소중하게 여겼다니 내가 얼마나 바보였느냐는 얘기였다. 또 그가 가기 전에 이 나라에서 성인 남자나 청년들이 몸에 지니고 다닐 것 같지 않은 몇 가지 사소한 것들을 내게 요구하겠다고 말했다. 그리하여 그는 내 심장에서 그런 것들을 가져갔다. 그러는 와중에 나는 내 눈으로 내 얼굴을 계속 바라보았다. 그는 내가 청년으로서 가지고 있던 영혼과 양심을 가능한 한 많이 가져가 버렸다. 이것은 내가 그 앞에서 당한 두 가지 고통**보다 더 심각한 손실이었다. 나는 선량하고 신실한 삶에서 멀리 벗어나 여행을 해 왔다. 비록 나 자신이 이런 글을 쓰고 있지만, 그래도 내 안에는 어

---

* 『마태복음』 12장 44절에 나오는 말로, 귀신 들기 좋은 곳을 말하는데 이것을 제목으로 삼은 키플링의 단편이 있다.
** 사람에 대한 믿음과 여자에 대한 믿음을 반납한 것.

느 정도 선량한 마음이 남아 있었다. 내가 술에서 깨었거나 병들었을 때, 그런 깨달음이 오기 전에 내가 했던 행동들을 매우 안타깝게 생각했던 것이다. 그런데 이 남아 있던 양심을 나는 모두 잃었다. 내가 앞에서 이미 말한 것처럼, 나는 내 펜으로 모든 것을 기록할 준비가 되어 있지 않다. 그래서 내가 방금 써 놓은 것이 즉각 이해되지 않을지도 모른다는 생각이 든다. 그러나 청년의 인생에서는 어떤 특정한 순간이 있다. 가령 아주 큰 슬픔과 죄악으로 인해 그의 내부에 있는 모든 소년의 정신이 불태워져 사라져 버리고 그리하여 그는 한 단계 승진하여 좀 더 슬픔이 많은 성인 남자의 상태로 격상되는 것이다. 우리가 살고 있는 인도의 대낮이 양극단을 조절해 주는 회색빛 황혼도 없이 어두운 밤으로 바뀌는 것처럼 말이다. 나의 고통이 여느 남자들의 자연스러운 성장 과정에서 찾아오는 고통보다 열 배는 더 고통스러웠다고 한다면, 나의 상태를 좀 더 분명하게 알 수 있을 것이다. 그 당시 나는 내게 닥쳐올 변화가 그처럼 어느 하룻밤 사이에 벌어질 것이라고는 감히 생각하지 못했다. 물론 그런 변화를 종종 생각하기는 했다. "대가를 치렀습니다." 나는 추워서 이를 덜덜거리며 말했다. "그러면 보상은 무엇입니까?" 이제 시간은 거의 새벽이었고 나는 동쪽의 하얀빛을 대하면서 점점 창백하고 수척해졌다. 나의 어머니는 그런 하얀빛이 귀신과 악마와 그 비슷한 것들의 통상적 수법이라고 말하곤 했다. 그는 가 버릴 것 같은 동작을 취했으나 내 말이 그를 멈춰 세웠고 그는 웃음을 터트렸다. 지난 8월에 앵거스 매칼리스터를 오른팔로 구타했을 때 내가 그런 웃음을 터트렸던 게 기억났다. 그가 밴수이덴 부인이 그렇고 그런 여자라고 말했기 때문이었다. "무슨 보상?" 그가 내 마지막 말의 말꼬리를 붙잡고 물었다. "신과 악마가 원하는 만큼 오래 살기 위한 힘을 얻었잖아. 그리고 젊은 친구, 자네가 살아 있는 동안 이게 내 선물일세." 그 말을 하고서 그는 내 손에 뭔가를 내려놓았다. 너무 어두워서 그게 무엇인지 금방 알아볼 수가 없었다. 이어 내가 고개를 쳐드니 그는 사라지고 없었다.

햇빛이 들어오자 나는 용을 쓰며 그 선물을 살펴보았다. 그건 자그마한 마른 빵 한 조각이었다.

배서스트 부인

Mrs. Bathurst

라이든의 이레니우스
3막 2장*

가우   올가미에 걸린 게 마부가 아니라 왕자님이었다면 도시에는 점성술사가 없는 셈입니다—

왕자   약탈당했어! 약탈당했어! 우리는 어제까지만 해도 멀쩡한 도시였다고.

가우   그랬지요. 하지만 나는 통치자가 아니었습니다. 점성술사도 아니고. 하지만 불칸이 지저분한 마갈궁磨羯宮의 집에서 마르스와 함께 있는 비너스를 발견했을 때 비너스의 마지막 자태를 보고서 그것을 예상했어야 마땅하다고 생각합니다. 하지만 교수형을 받을 자가 장삼이사張三李四였기 때문에 잘 잊어버리는 별들은 기록판에 그것을 올리지 않았던 것입니다.

왕자   저승! 이제 죽어야 할 자가 더 남아 있는가? 저 불쌍한 바보는 어떻게 하다가 저리 되었는가?

가우   간단히 말하면 이렇습니다. 그를 죽음으로 몰아넣은 여자는 자신이 그렇게 했다는 것을 전혀 알지 못합니다. 만약 자신이 그렇게 했다는 걸 알았다면 그녀가 먼저 죽어 버렸을 겁니다. 왜냐하면 그녀는 그를 사랑했기 때문입니다. 그를 목매다는 자는 공작의 말에 복종할 뿐이고 "목을 매달 밧줄이 어디에 있느냐?" 하고 물을 뿐입니다. 그가 우리에게 정확히 말해 주었듯이 공작은 하느님의 뜻을 집행할 뿐이고, 그 신성한 임무의 집행에 있어서 남들로부터 의문의 대상이 되고 싶어 하지 않습니다. 그리하여 우리의 손아귀에 이 불쌍한 장삼이사가 들어오게 된 겁니다. 이자의 영혼은 지금 '지옥'에 있는 '운명'의 왼쪽 소매를 부여잡고 왜 햇볕 따뜻한 벽에 붙은 파리를 철썩! 잡았다! 하고 죽이듯이 그 자신을 잡아가느냐고 따지고 있을 겁니다.

왕자   자네 겉옷을, 퍼디낸드. 이제 잠을 좀 자야겠다.

---

* 키플링의 미완성 희곡 『가우의 밤새우기』 중 3막 2장을 가리킨다. 이 희곡은 「참호의 마돈나」에서도 다시 인용된다.

퍼디낸드　그럼 주무세요…… 그 또한 그의 목숨을 사랑했나?

가우　그는 여인의 몸에서 태어났지…… 그런데 마지막에 그녀를 내버렸지. 자네의 왕자처럼. 약간의 잠을 자기 위해…… "내가 왕처럼 보여?" 그가 그의 죄수 족쇄를 덜그럭거리며 말했지—"온 사방에서 '운명'의 유혹을 받을 정도로? 온전히 나 자신이 되어 하루를 더 살려고 하다가 이제 죽어야 할 정도로." 나는 그가 '운명'과 여인의 사랑을 저주하도록 내버려 두었지.

퍼디낸드　—아, 여자의 사랑이란!

(방백) 누가 '운명'을 모르랴. 편안한 왕좌에 느긋이 앉아서 진귀한 잔칫상이나, 광대를 위해 산울타리에 은밀히 설치해 둔 토끼 덫이나 가리지 않고, 저 잔인하고 탐욕스러운 손과 눈을 가진 운명은 아주 맹렬하고 거세게 훔쳐 가는구나. 그대는 보지 못했는가, 어제 어떤 왕에게 내린 벼락을. 운명이 오랫동안 비축했던 저 벼락의 불꽃을.

내가 사이먼스 만灣에 들어온 '페리도트'호를 방문하기로 한 날은 함대 사령부가 그 배를 연안 위쪽으로 파견하기로 한 날이었다.* 내가 탄 기차가 막 만으로 들어설 때, 그 배는 막 바다 쪽으로 빠져나가는 중이었다. 나머지 함대 병력은 배에 석탄을 공급받거나 언덕 1천 피트 위쪽에 있는 사격 훈련장에 나가 있었기 때문에 나는 해안에 혼자 떨어져 점심도 못 먹고, 오후 다섯 시 전에는 케이프타운으로 돌아갈 수도 없게 되었다. 이런 난처한 상황에서 케이프타운 철도청의 조사관으로 근무하는 내 친구 후퍼를 우연히 만났다. 그는 보수補修 대상으로 지목된 기관차와 제동차의 관리를 담당하고 있었다.

---

* 사이먼스 만이 있는 사이먼스 타운은 남아프리카 주둔 영국 함대 사령부가 있는 곳이었다.

"자네가 먹을 것을 좀 준비한다면," 그가 말했다. "자네를 글렌가리프 사이딩의 제동차로 데리고 가서 예정된 기차가 들어올 때까지 함께 시간을 보내 주겠네. 거기가 여기보다 더 시원하지."*

나는 모든 물품을 다소 비싸게 파는 그리스인들로부터 음식과 음료를 샀다. 기관차는 우리를 태우고 노선 위쪽으로 2마일 정도 떨어진 사이딩으로 데려갔다. 그곳은 바람에 불려 온 모래와 그 모래에 절반쯤 파묻힌 나무 널판 승강장이 있는 땅인데, 해변의 파도로부터는 불과 1백 야드 정도 떨어져 있었고 사방으로 언덕들에 갇힌 땅이었다. 그 어떤 눈보다 더 흰, 아름답게 형성된 모래언덕들이 내륙을 향하여 물결치면서, 깨어진 돌과 건조한 관목의 갈색 및 보라색 계곡 위쪽으로 올라가고 있었다. 해안에서는 한 무리의 말레이 사람들이 두 척의 청록색 소형 배 옆에서 그물을 치고 있었다. 피크닉을 나온 사람들은 모래 평지와 건조한 언덕으로 스며드는 자그마한 강 근처에서 맨발로 춤을 추면서 소리를 질러 대고 있었다. 건조한 언덕들은 은색 모래밭에 단단히 두 발을 내리고 서서 일곱 빛깔의 바다를 내다보는 우리를 둘러쌌다. 만의 원뿔 양쪽에서는, 최고 수위 표시 바로 위에 설치된 철로가 어깨 높이의 돌무더기를 지나서 달리다가 사라졌다.

"봐, 여기서는 언제나 산들바람이 불어온다니까." 기관차가 우리를 모래 위의 사이딩에 내려놓자, 그가 한 제동차의 문을 열면서 말했다. 엘시스 피크의 산록을 후려치는 강력한 남동풍이 우리의 싸구려 맥주에 모래를 뿌려 놓았다. 곧 그는 대못으로 철해 놓은 문서 더미를 살펴보기 시작했다. 그는 북부 장기 출장에서 막 돌아온 상태였다. 그

---

* 사이딩은 철도 본선 옆에 나 있는 짧은 철로인데 이곳에 사용하지 않는 기관차와 철도 차량을 보관해 둔다.

는 멀리 로디지아에 이르기까지 파손된 철도 차량들의 현황을 점검하고 왔다. 내 눈꺼풀에 와 닿는 부드러운 바람의 무게, 그 바람이 우리가 앉아 있는 차량의 지붕과 그 위쪽의 돌무더기를 두드리는 소리, 해안의 가느다란 모래들이 바람에 불려 가는 소리, 파도 소리, 피크닉 나온 사람들이 외치는 소리, 후퍼가 서류를 뒤적이는 소리, 따뜻한 햇볕의 존재 등이 손에 들고 있는 맥주와 어우러져 나를 마법적인 졸음의 상태로 빠트렸다. 폴스 만의 언덕들이 그런 동화의 땅으로 빠져들 무렵, 나는 밖의 모래 더미에서 사람의 발걸음 소리를 들었고 철로의 연결기에서 챙그랑 하고 부딪치는 소리가 났다.

"관두지 못해!" 후퍼가 서류 작업에서 고개를 쳐들지도 않고서 소리를 꽥 질러 댔다. "저건 지저분한 말레이 꼬마 놈들의 소행이야. 저 놈들이 철도 차량에 장난질을 한다니까⋯⋯"

"애들한테 그리 모질게 굴지 말게. 철로는 아프리카에서 일반적으로 피난처 노릇을 한다니까."

"그렇게 말하니까 북부 생각이 나는데." 그가 조끼 호주머니를 만지작거리며 말했다. "불라와요 너머 완키스*에서 가져온 건데 자네에게 좀 신기할 거야. 이건 기념품 이상의 것인데―"

"옛 피난처에 사람이 들어 있네." 한 목소리가 소리쳤다. "말씨로 보아 백인이야. 자 해병대 앞으로! 어서 오게 프리치. 여기 자네의 벨몬트 맥주가 있네. 아―아―니―"

파이크로프트 씨가 코너를 돌아 제동차의 열린 문 앞으로 오자 마지막 말이 밧줄처럼 늘어졌다. 그는 나를 마주 보며 걸음을 멈췄다.

---

* 완키스는 탄광촌인데 현재는 짐바브웨에 있다.

그의 뒤에는 덩치가 큰 해병대 상사가 발뒤꿈치에 마른 해초 더미를 달고 있었고, 그의 손가락에서 신경질적으로 모래를 털어 내고 있었다.

"자네 여긴 웬일인가?" 내가 물었다. "'히에로판트'호는 해안 아래쪽으로 내려갔을 텐데?"

"우린 지난 화요일에 트리스탄 다쿠나에서 수리차 입항했다네. 우리는 선박 수리소에 들어가서 두 달 동안 보일러를 손볼 예정이야."

"이리 와서 앉으세요." 후퍼가 서류 더미를 치웠다.

"여긴 철도청의 후퍼 씨일세." 파이크로프트가 검은 콧수염을 기른 상사를 데려오는 동안 내가 설명했다.

"여긴 '아가릭'호의 프리처드 상사일세. 고참 해병이지." 그가 말했다. "우린 해변을 산책 중이었어." 거인은 얼굴을 붉히며 고개를 끄덕였다. 그가 앉자 제동차의 한 면이 꽉 찼다.

"여긴 내 친구 파이크로프트 씨야." 내가 후퍼에게 말했다. 그는 내가 예지 능력을 발휘하여 그리스인들로부터 사 온 맥주를 또 한 병 꺼내 들고 마시고 있었다.

"나 또한 맥주를 가져왔는데." 파이크로프트가 윗도리에서 레이블이 붙은 한 쿼트짜리 맥주병을 꺼내 들면서 말했다.

"야, 이거 배스네요." 후퍼가 소리쳤다.

"프리처드 덕분이었지요." 파이크로프트가 말했다. "사람들은 프리처드라면 사족을 못 써요."

"아니, 그렇지 않아." 프리처드가 부드럽게 말했다.

"물론 말을 그렇게 하는 건 아니지. 하지만 눈빛이 그걸 말해 주고 있어."

"어디서 샀어?" 내가 물었다.

"바로 저기. 코크 만에서. 그 여자는 뒤 베란다에서 양탄자를 털고 있었어. 프리츠가 모습을 드러내자마자 그녀는 집 안으로 들어가더니 저 맥주병을 담장 밖으로 던지더라고."

파이크로프트는 그 미지근한 병을 두드렸다.

"그건 착각이었어." 프리처드가 말했다. "그 여자가 나를 맥클린으로 혼동한 거야. 우린 덩치가 거의 비슷하거든."

나는 무이젠버그, 세인트 제임스, 코크 만 등지의 가장家長들이 해변에서는 맥주와 좋은 하인을 동시에 유지하기가 어렵다고 불평하는 말들을 들었는데, 그 이유를 이제 알 것 같았다. 그렇지만 그건 훌륭한 배스였고, 나는 그 관대한 하녀의 건강을 기원했다.

"그들은 군복에 매력을 느끼나 봐. 그래서 맥주를 가져오는 거지." 파이크로프트가 말했다. "나의 푸른색 군복은 근엄하기만 할 뿐 매력적이지는 않나 봐. 예복을 차려입은 프리치는 언제나 충실한 해병대원이고 그래서 테라스 위의 메리를 매혹시킨다니까.* 당연하게도 말이지."

"말했잖아, 그녀가 나를 맥클린으로 혼동했다고." 프리처드가 다시 말했다. "저 친구가 하는 말을 그대로 듣다 보면 어제만 해도 무슨 일이 있었는지 모를 겁니다."

"프리치," 파이크로프트가 말했다. "미리 경고해 두네. 우리가 서로에 대해서 알고 있는 걸 얘기하기 시작하면 우린 술집에서 곧 쫓겨나

* '테라스 위의 메리'의 원어는 purr Mary, on the terrace인데, 이는 영국 해병대의 라틴어 모토인 Per Mare, Per Terram(바다에서도, 땅에서도)을 약간 비튼 말장난으로, 여기서는 적절히 의역하였다.

게 될 거야. 여러 번 탈영을 시도한 건 말할 것도 없고―"

"정식 휴가증 없이 미귀한 것에 지나지 않아―어디 그걸 한번 증명해 보라고." 상사가 열띤 목소리로 말했다. "그 얘기를 꺼내자면 1887년의 밴쿠버 건은 어떻게 된 거야?"

"그게 뭐? 상륙하는 작은 배의 앞에서 노를 저은 사람이 누구야? 누가 보이 니븐에게……?"

"그것 때문에 당신은 군법회의에 회부되었겠죠?" 내가 말했다. 7~8명의 건장한 해군과 해병을 꾀어서 브리티시컬럼비아의 숲속으로 들어간 보이 니븐의 사건은 함대 사령부의 전설이 되었다.

"그래요, 우리는 당연히 군법회의에 회부되었지요." 프리처드가 말했다. "하지만 보이 니븐이 특이할 정도로 강인하지 않았더라면 우리는 살인죄로 재판받아야 마땅했어요. 그는 우리에게 농장을 나눠 주려고 하는 아저씨에 대해서 말했어요. 그는 또 밴쿠버 섬의 뒤쪽에서 태어났다고 말했고요. 하지만 그자는 알고 보니 버나도 복지회 출신의 멍청한 고아였더라고요!"

"그렇지만 우리는 그를 믿었지." 파이크로프트가 말했다. "나도 그랬고 자네도 그랬고 패터슨도 그랬지. 그리고 입으로 코코넛 여인과 결혼했다고 한 그 해병이 누구였지?"

"아, 존스, 스핏키드 존스였지. 그 친구 생각하지 않은 지 몇 해가 되었네." 프리처드가 말했다. "그래, 스핏키드는 그 말을 믿었지. 그리고 조지 앤스티와 문. 우리는 당시 어렸고 또 아주 호기심이 많았지."

"하지만 어느 정도 마음이 너그러웠고 남의 말을 잘 믿었지." 파이크로프트가 말했다.

"그가 곰이 나올지 모르니 일렬종대로 걸어가라고 했던 말 기억나?

파이, 그자가 고사리가 무성한 그 습지에서 방방 뛰면서 아저씨 농장의 연기 냄새를 맡을 수 있다고 하던 말도 기억해? 그런데 실은 그건 지저분하고 외딴 곳에 있는 자그마한 무인도에 지나지 않았지. 우리는 하루 만에 그 섬의 주위를 빙 돌았고 다시 해안에 묶어 놓은 우리 배로 돌아왔지. 하루 종일 보이 니븐은 그 섬을 뺑뺑 돌면서 우리보고 아저씨 농장을 찾아보라고 나발을 불었지. 그 섬의 법칙에 의하여 아저씨가 우리에게 농장을 떼어 줄 수밖에 없다고 하면서!"

"흥분하지 마, 프리치. 우린 다 믿었다니까."파이크로프트가 말했다.

"그는 책을 너무 많이 읽었어. 그는 저 섬에 상륙하여 한번 생색을 내 보자고 그런 짓을 한 거야. 하루 낮, 하루 밤을 우리 여덟 명이 보이 니븐 말만 믿고 밴쿠버 제도*의 한 무인도를 뺑뺑 돌았다니까! 그러다가 초계정이 우리 멍청한 바보 여덟 놈을 찾으러 왔지."

"그래서 어떤 벌을 받았습니까?"후퍼가 물었다.

"두 시간 동안 번개와 천둥이 계속 쳤지요. 그다음엔 진눈깨비와 돌풍, 풍랑이 이는 바다, 차갑고 고약한 날씨가 이어지다가 초계정이 출발했습니다."파이크로프트가 말했다. "그건 우리가 기대한 거였습니다. 후퍼 씨, 수병도 때로는 잘 찢어지는 가슴을 갖고 있습니다. 우리 유능한 수병과 전도유망한 해병이 보이 니븐을 잘못 지도했다는 얘기를 들었을 때는 정말 가슴이 찢어지더군요! 물론 그자는 우리를 배신하여 벌을 받지 않고 위기를 모면했습니다."

"물론 우리가 영창에서 나왔을 때 그자를 조타실에서 죽지 않을 정

---

* 영국 해군의 태평양 기지가 있는 밴쿠버 섬.

도로 패 준 것 이외에는. 파이, 최근에 그자 소식 들은 적 있어?"

"채널 함대의 신호 갑판장이라고 하지. L. L. 니븐 씨는 말이야."

"그리고 앤스티는 베닌에서 열병으로 죽었어." 프리처드가 생각에 잠기며 말했다. "문은 어떻게 되었지? 스팟키드는 이미 알고 있고."

"문? 그래 문! 내가 그를 어디서 마지막으로 보았더라……? 아, 그래, '팔라디움'호에서 근무할 때였어. 번크라나 주재소에서 퀴글리를 만났지. 그가 그러는데, 3년 전 '아스트릴드'호가 남양을 순항할 때 문이 탈주했다는 거야. 그는 언제나 탈주할 조짐을 보이는 수병이었다고 하고. 그래, 그는 너무나 조용히 사라져 버려서, 설사 항해 장교가 그렇게 할 능력이 있다고 하더라도 섬들 주위로 그를 쫓아다닐 시간이 없었다는 거야."

"장교가 그럴 능력이 없었다는 건가요?" 후퍼가 물었다.

"별로 없었나 봐요. 퀴글리에 의하면, '아스트릴드'호는 임무 수행의 절반 동안은 해안을 느린 암놈 거북이처럼 기어 다녔고, 나머지 절반은 다양한 암초들 위에서 거북이 알을 낳았다는군요. 그래서 시드니 항에 들어섰을 때, 배 밑부분의 구리 도금이 빨랫줄 위에 금방 내건 빨래 같았고, 배의 중심 부분은 크게 휘어져 있었대요. 함장은 선박 수리소에서 그 배의 수리를 영 엉터리로 해 놓았다고 욕설을 퍼부었다는군요. 후퍼 씨, 수병들은 **정말** 바다에 나가면 이상한 짓들을 해요."

"아! 나는 남을 비난하는 사람은 아닙니다." 후퍼가 말했고 또 다른 맥주를 땄다. 상사는 그 탈주 얘기를 내려놓기가 못내 아쉬운 듯했다.

"그런 일은 자꾸만 되풀이되지 않아?" 그가 말했다. "뭐야, 문은 탈주할 때 해군 생활이 이미 16년이나 되지 않았어?"

"다양한 나이대의 병사들에게 그런 일이 벌어져. 그 누구야, 자네도 알듯이……?" 파이크로프트가 말했다.

"누구 말인가?" 내가 물었다.

"자네가 물어본 친구는 18개월만 더 근무하면 연금을 받을 수 있는 사람이었지." 프리처드가 말했다. "해군 준위고 V로 시작하는 이름을 가진, 그렇지 않아?"

"하지만 공정하게 말해 보자면 그는 탈주했다고 말할 수 없어." 파이크로프트가 말했다.

"그래, 탈주가 아니었지." 프리처드가 말했다. "그건 휴가증 없이 북부로 나간, 영구 미귀였어. 그뿐이야."

"북부에?" 후퍼가 말했다. "해군에서 그의 인상착의를 유포했나요?"

"무엇 때문에요?" 프리처드가 다소 불손하게 말했다.

"탈주병은 전쟁 중에 제5열*과 같습니다. 그들은 전선에서 멀리 떨어져 있지 않아요. 나는 니아사로 가려고 하다가 솔즈베리**에서 체포된 친구를 하나 알고 있습니다. 사람들이 그러는데, 물론 나는 잘 알지 못합니다만, 그곳 니아사 호수 함대에다가는 일절 물어보지 않았다는군요. 나는 P. & O. 해운 회사의 보급 책임자가 그곳의 무장 추격함을 전적으로 지휘했다고 들었어요."

"덜덜이가 그런 식으로 탈주했다고 봐?" 프리처드가 물었다.

"확실하게 알 수는 없지. 그는 요새에 남아 일부 해군 탄약을 인수하기 위해 블룸폰테인으로 파견되었어. 우린 그가 탄약을 인수해서 트럭에다 실은 건 알고 있어. 그런 다음 덜덜이는 흔적 없이 사라졌

---

* 내부의 적.
** 현지 짐바브웨의 수도인 하라레를 가리킨다.

어. 그 무렵이거나 그 후에 말이야. 그게 넉 달 전이야. 그러니 시비의 근거는 아직도 남아 있어." 파이크로프트가 말했다.

"그의 인상착의는 어떠한가요?" 후퍼가 다시 물었다.

"그럼, 철도청은 탈주자들을 돌려주면 보상을 받습니까?" 프리처드 가 말했다.

"만약 내가 그랬다면 그런 얘기를 했겠습니까?" 후퍼가 화난 목소 리로 대꾸했다.

"당신이 너무 진한 관심을 갖고 있는 듯해서요." 프리처드 역시 날 카로운 어조였다.

"왜 그를 덜덜이라고 부릅니까?" 내가 대화의 살얼음을 풀기 위해 다른 화제를 꺼냈다. 두 남자는 서로 노려보고 있었다.

"탄약 수송을 하다가 난 사고 때문에." 파이크로프트가 말했다. "그 일을 하다가 그의 앞니 넉 대가 날아갔어. 맞지, 프리치? 그런데 틀니 가 그의 잇몸에 딱 들어맞지 않았어. 그가 말을 빨리하면 틀니가 잇몸 에서 약간 덜덜거렸지. 그래서 별명이 덜덜이가 되었어. 해군에선 그 를 '잘난 사람'이라고 불렀지. 하갑판에서 근무하는 키가 크고, 머리 가 검고, 부드럽게 말하는 버릇없는 친구를 가리키는 말이라네."

"아랫입 왼쪽에 틀니 네 개라," 후퍼가 조끼 호주머니에 손을 집어 넣으며 말했다. "혹시 문신은 없었나요?"

"이봐요," 프리처드가 자리에서 절반쯤 일어서며 말했다. "신사 양 반, 우리를 환대해 준 호의에는 감사드리지만 우리가 사람을 잘못 본 게—"

나는 도움을 요청하기 위해 파이크로프트를 쳐다보았다. 후퍼는 얼 굴이 새빨개지고 있었다.

"선수에 있는 덩치 큰 해병이 다시 한 번 돛대 부근으로 자리를 옮기기 바라네. 우리는, 신사 자격은 물론이고 서로 친구로서 계속 말할 수 있으리라 생각하네." 파이크로프트가 말했다. "후퍼 씨, 그는 당신을 법의 집행자로 생각하고 있습니다."

"제 말씀은, 어떤 신사가, 아니 여기 계신 우리 친구처럼 이런 특별하고도 **지나친** 호기심을 표시한다면—"

"프리처드 씨," 내가 끼어들었다. "후퍼 씨에 대해서는 내가 전적으로 책임을 지겠습니다."

"그리고 **자네는** 두루 사과를 하게." 파이크로프트가 말했다. "자네가 좀 거칠었어, 프리치."

"하지만 내가 어떻게—"그가 망설이며 입을 열었다.

"그 경위는 알고 싶지도 않고 신경 쓰고 싶지도 않아. 사과하게!"

거인은 당황한 표정으로 주위를 돌아다보며 거대한 손으로 우리의 손을 하나씩 잡았다.

"내가 잘못했습니다." 그가 양처럼 순한 목소리로 말했다. "내 의심은 근거 없는 것이었습니다. 후퍼 씨, 사과합니다."

"당신의 입장에서는 그렇게 생각할 수도 있지요." 후퍼가 말했다. "나라도 잘 모르는 신사가 그랬더라면 그런 반응을 보였을 겁니다. 당신만 괜찮다면 그 빅커리라는 사람 얘기를 좀 더 듣고 싶습니다. 비밀은 안전하게 지키겠습니다."

"왜 빅커리가 달아났는지—"나는 그렇게 말을 꺼내다가 파이크로프트가 빙긋이 웃는 것을 보고서 질문을 바꾸었다. "상대 여자는 누구였나?"

"그녀는 오클랜드 근처의 하우라키에서 자그마한 호텔을 경영했어." 파이크로프트가 말했다.

"저런!" 프리처드가 손으로 그의 다리를 내리치며 소리쳤다. "설마 배서스트 부인은 아니겠지!"

파이크로프트가 천천히 고개를 끄덕이자 상사는 온 얼굴이 어두워지면서 그의 경악하는 심정을 자연스럽게 드러냈다.

"내가 아는 한 그 부인이 문제의 여인일세."

"하지만 덜덜이는 유부남인데." 프리처드가 소리쳤다.

"그래. 열다섯 살 난 딸이 있지. 그는 내게 딸애 사진도 보여 주었어. 그건 그렇고, 이런 것들이 무슨 큰 차이가 있다고 보나? 나는 차이가 없다고 보거든."

"하느님 맙소사…… 배서스트 부인이……" 이어 그는 다시 소리쳤다. "파이, 자네는 자네 좋을 대로 말하게. 하지만 그게 그녀 잘못이라고는 전혀 생각할 수가 없어. 그녀는 **그런 여자**가 아니야."

"내 좋을 대로 말할 수 있다면 우선 자네가 한가한 시간에 죽을힘을 다해 일하는 어리석은 황소라고 말하겠네. 난 단지 드러난 사실만 말하려고 했어. 그렇지만 자네가 옳아. 그건 그녀의 잘못이 아니었어."

"설사 그녀의 잘못이었다고 하더라도 나를 믿게 하지는 못했을걸세." 프리처드가 대답했다.

해병대 상사가 그처럼 그녀를 믿어 주는 것이 나의 호기심을 크게 자극했다. "그건 그 정도로 해 두고요." 내가 소리쳤다. "그녀가 어떻게 생겼는지 좀 말해 줘."

"그녀는 과부였어." 파이크로프트가 말했다. "일찍 혼자되었는데 그 후 재혼을 하지 않았지. 그녀는 오클랜드 근처에 들르는 준위와 부사관들을 투숙객으로 받는 작은 호텔을 운영했어. 그녀는 언제나 검정 실크 옷을 입었고 또 그녀의 목은—"

"방금 그녀가 어떤 여자였는지 물으셨죠." 프리처드가 끼어들었다. "제가 얘기 하나 해 드리죠. 나는 1897년에 처음 오클랜드에 갔었습니다. '마로퀸'호의 임무를 마친 직후였는데 그때 막 진급이 되어서 다른 사람들과 함께 갔어요. 그녀는 우리에게 외상을 잘 주었는데 단 1페니도 못 받은 적이 없었어요. 그녀는 이렇게 말했지요. '지금 지불하세요. 아니면 나중에 내도 좋고요. 당신이 내게 피해를 입히리라 생각하지 않아요. 귀국해서 돈을 부쳐 주세요.' 여러분, 난 말이지요. 그녀가 시계 없이 상륙했다가 마지막 배에 맞추어 가야 하는 갑판장에게 그녀의 금 목걸이 시계를 호텔 바에서 끌러서 건네주는 것을 보았어요. '난 당신의 이름을 몰라요.' 그녀가 말했어요. '하지만 그 시계를 다 쓰고 나면 전방에 나를 아는 사람들이 많이 있을 거예요. 그들 중 인편을 통하여 내게 돌려주세요.' 그 목걸이 시계는 돈값을 따진다면 30파운드는 넘을 거예요. 파이, 뒷면에 푸른색 이니셜이 새겨진 그 작은 금시계 말이야. 그런데 그 당시 그녀는 내 입맛에 맞는 맥주를 들여놓고 있었어요. 이름은 슬리츠였지요. 우리가 만에 입항했을 때, 밤마다 상륙하여 그 맥주를 꽤나 축냈어요. 그래서 어느 날 밤 바에서 그녀와 단둘이 있을 때 농담을 하면서 내가 말했어요. '부인, 내가 다음번에 들를 때 이게 나의 특별한 맥주라는 걸 기억해 주세요. 당신이 나의 특별한 사람인 것처럼.'(그녀는 **그 정도** 농담은 허용했습니다!) '당신이 나의 특별한 사람인 것처럼.' 내가 말했어요. '아, 감사합니다, 프리처드 상사님.' 그녀가 말했어요. 그리고 그녀 귀 뒤의 컬 머리에 손을 갖다 댔어요. 파이, 그녀의 그런 동작, 기억나?"

"응. 기억나네." 해군이 말했다.

"그래, '감사합니다, 프리처드 상사님.' 그녀가 말했어요. '내가 해 드릴 수 있는 일은 당신이 마음이 변할 때를 대비하여 표시를 해 두는 거예요. 사실 함대 내에서는 이 맥주에 대한 수요가 그리 크지 않아요.' 그녀가 말했어요. '하지만 확실히 해 두기 위해 그걸 선반 뒤에 놔둘게요.' 그녀는 바에 있던 오래된 돌핀 시가 절단기—파이, 기억하지?—로 머리 리본을 약간 잘라 낸 뒤, 그걸로 남아 있던 네 병의 맥주에 나비매듭을 묶었어요. 그게 1897년 아니, 1896년이었어요. 1898년에 나는 '레질리언트'호를 타고 중국 주재소에 나가서 1년 내내 근무했어요. 그러다가 1901년에 '카르투지안'호를 타고서 오클랜드 만에 다시 들르게 되었어요. 물론 그동안 어떻게 지냈는지 알아보기 위해 동료들과 함께 배서스트 부인의 집을 찾아갔지요. 그녀의 사업은 여전했어요(파이, 바 옆에 있던 보도 위의 커다란 나무 생각나?). 나는 특별히 무슨 말을 하지는 않았어요(그녀에게 말을 거는 친구들이 많았지요). 하지만 그녀는 나를 단번에 알아보았어요."

"그렇게 하기 어렵지 않나요?" 내가 물었다.

"아, 잠깐만요. 내가 바에 다가가는데, '에이더,' 그녀가 조카에게 말했어요. '프리처드 상사님의 특별한 맥주 좀 내올래.' 그런데 여러분, 내가 그 부인과 악수를 하기도 전에 슬리츠 맥주 네 병이 내 앞에 대령되었어요. 각 병의 목에 그녀의 머리 리본 매듭을 달고 말이에요. 그녀는 맥주병의 코르크를 따면서 사람을 눈멀게 하는 그 눈빛으로 나를 쳐다보며 말했어요. '프리처드 상사님, 당신의 특별한 맥주에 대하여 생각을 바꾸지 않았기를 바라요.' 바로 그런 여자였습니다. 무려 5년이 지났는데도 말입니다!"

"그래도 나는 아직 그녀의 **그림이** 잘 그려지지 않는데요." 후퍼가 공감하지만 좀 더 묻는 어조로 말했다.

"그녀는—그녀는 생애 어느 때든 절름거리는 오리에게 먹이를 주는 걸 아까워하지 않았고 전갈을 무자비하게 밟아 죽이는 것을 두려워하지 않았습니다." 프리처드가 힘주어 말했다.

"그것도 좀 도움이 안 되는데요. 나의 어머니도 그런 분이었어요."

거인은 군복 속의 가슴이 크게 한 번 올라왔다 내려갔고 제동차 지붕을 쳐다보며 눈알을 굴렸다. 그때 파이크로프트가 갑자기 말했다.

"프리치, 전 세계적으로 얼마나 많은 여성과 사귀었나?"

프리처드는 얼굴을 붉혔고 17인치 두께나 되는 목의 잔털 부분까지 새빨개졌다.

"수백 명은 될 거야." 파이크로프트가 말했다. "나도 그랬으니까. 맨 처음 여자와 맨 마지막 여자를 빼놓고 그들 중 몇 명이나 기억하나? 한 번 더 만났으면 좋겠다고 생각할 정도로."

"놀랍게도 거의 없지. 아무리 머리를 쥐어짜도." 프리처드 상사가 안도하는 어조로 말했다.

"그럼 오클랜드에는 몇 번 들렀나?"

"한 번—두 번." 그가 대답했다. "10년 동안에 세 번 정도였어. 그렇지만 배서스트 부인을 만난 때는 다 기억할 수 있어."

"나도 그래. 나는 오클랜드에 딱 두 번 갔어. 그녀가 서 있는 모습, 그녀가 말한 것, 그녀가 어떻게 생긴 것 등이 다 기억나. 그게 참 신비해. 뭐, 뛰어난 미인도 아니고 그렇다고 반드시 말을 잘하는 것도 아니야. 그런데 뭔가 독특한 게 있어. 어떤 여자는 길에서 딱 한 번 걸어가다 만났는데도 남자의 기억에 오래 남아 있다고. 그렇지만 대부분의 여자는 한 달을 같이 살고서도 다음번 임무에 나가면 그 여자가 밤중에 잠꼬대를 했는지 어쨌는지도 기억이 잘 안 나."

"아," 후퍼가 말했다. "이제 그림이 좀 그려지네요. 나는 그런 특징을 가진 여자를 딱 두 명 알고 있습니다."

"그게 그들의 잘못은 아니지요?" 프리처드가 물었다.

"절대 아닙니다. 그건 확실히 알고 있습니다!"

"남자가 그런 여자에게 반해 버리면 어떻게 됩니까, 후퍼 씨?" 프리처드가 물었다.

"그는 미쳐 버리거나 아니면 목숨을 구하기 위해서라도 내빼야 할 겁니다." 후퍼가 천천히 대답했다.

"제대로 말했습니다." 상사가 말했다. "후퍼 씨, 인생의 여정에서 뭔가를 보고 깨달았군요. 나는 당신의 말에 전적으로 동감합니다." 그는 맥주병을 내려놓았다.

"그런데 빅커리가 그녀를 얼마나 자주 보았나?" 내가 물었다.

"그게 아주 신비한 구석이야." 파이크로프트가 대답했다. "나는 '히에로판트'호에서 근무하기 전까지는 그를 만나 본 적이 없어. 그런데 그 배에는 그에 대해서 잘 아는 사람이 없더라고. 그는 소위 잘난 사람이었으니까. 그는 내게 항해 중에 한두 번 오클랜드와 배서스트 부인에 대해서 말했어. 그래서 그걸 기억하게 되었지. 아무튼 내가 알기로 두 사람 사이에 상당한 거래가 있었던 것 같아. 그런데 내가 이 사건의 개요만 말하고 있다는 걸 알아주기 바라. 내가 아는 것은 간접 정보 혹은 세 단계 건너온 정보일 수도 있으니까."

"그래요?" 후퍼가 의아하다는 듯이 말했다. "당신은 그것을 직접 보았거나 들었을 텐데요."

"그래요." 파이크로프트가 말했다. "나는 한때 보고 듣는 것이 객관적 사실을 확인하는 유일한 수단이라고 생각했지요. 하지만 우리는 나이가 들어갈수록 융통성이 늘어납니다. 엔진의 실린더가 좀 늘어나서 유격遊隔이 생긴다고나 할까요…… 지난해 12월 필리스 서커스가 케이프타운에 왔을 때 그 도시에 있었습니까?"

"아니요. 북부에 나가 있었습니다." 후퍼가 화제의 변경에 약간 짜증을 느끼며 대꾸했다.

"제가 물어본 것은 그 서커스단이 '무성영화를 위한 본국 소식'이라는 과학적 성격의 새 프로를 추가했기 때문입니다."

"아, 영화 말입니까? 투우나 증기선 등의 활동사진 말하는 거지요? 나도 북부에서 그걸 봤습니다."

"내가 말하는 건 바로 그 영화의 본국 소식이지요. 2층 버스가 달리는 런던 브리지, 전쟁에 나가는 함대, 포츠머스 항에서 사열하는 해병대, 런던의 패딩턴 역에 도착하는 플리머스 급행열차 등이 나오는 활동사진 말입니다."

"아, 그거요? 그거 다 봤습니다." 후퍼가 약간 짜증 난 목소리로 말했다.

"우리 '히에로판트'호는 크리스마스 주 직전에 입항했고 그래서 휴가를 손쉽게 얻을 수 있었습니다."

"함대 기지에 들어온 병사들은 이 세상 어디보다 케이프타운에 곧 싫증을 느끼지요. 그래도 더반은 좀 자연에 가깝잖아요. 우리는 크리스마스 때 그 도시에 들른 겁니다." 프리처드가 끼어들었다.

"우리의 의사가 술꾼들에게 조언하듯이, 인도식 폭음의 신봉자가 아니기 때문에 그랬을 수도 있죠. 확실하게 말할 수는 없지만. 모잠비

크에서 소총 훈련을 한 후에 필리스 서커스는 아주 좋았습니다. 나는 입항 후 첫 2~3일은 외출을 나갈 수가 없었습니다. 잠수실의 어뢰 중위와 분규가 있었기 때문입니다. 그 방에서는 서구 국가의 자부심이 작용하여 회전의를 고장 내는 일이 발생했던 거예요. 하지만 빅커리는 목수인 리그던과 함께 상륙했습니다. 우리는 리그던을 주로 올드 크로커스라고 부르지요. 크로커스는 기중기로 인양하기 전에는 배 밖으로 나가는 법이 없는 사람이에요. 하지만 일단 외출을 나갔다고 하면 이슬에 젖어 목이 꺾인 백합이 되어서 돌아왔지요. 우리는 그날 밤 힘들게 그를 하갑판으로 내렸습니다. 하지만 그는 잠잠해지기 전에 자기 정도의 주량이나 되니까 빅커리 준위의 술친구로 맞상대할 수 있었다고 뼈 있는 말을 했지요."

"나는 '리다우터블'호에서 근무할 때 그와 함께 있었어." 상사가 말했다. "그는 아주 독특한 성격이야."

"그다음 날 밤 나는 도슨과 프래트와 함께 케이프타운에 들어갔어요. 그런데 서커스 바로 앞에서 빅커리를 만났어요. '아! 자네야말로 내가 찾던 사람이었어.' 그가 말했어요. '서커스에 들어가서 바로 내 옆에 앉게. 자 여기 특별석으로 가세!' 나는 가지 않겠다며 곧바로 뒤쪽으로 갔어요. 나의 주머니 형편상 보통석이 더 알맞았기에. '이리 와.' 빅커리가 말했어요. '내가 낼게.' 나는 특별석에서 나오는 술을 기대하며 프래트와 도슨을 내버려 두고 그리로 갔습니다. 내가 그런 뜻을 밝히자, 그가 '지금은 안 돼. 지금은 안 된다고. 나중에는 얼마든지 마셔. 지금은 술 취하면 안 돼.' 나는 램프 아래로 그의 얼굴을 보았는데 그 창백한 표정에 그만 술 생각이 싹 달아나더라고. 오해하지 마세요. 내가 겁먹었다는 건 아니고 나를 불안하게 만들었다는 뜻입니다.

왜 그런지는 모르지만 그게 내가 받은 인상이었습니다. 혹시 알고 싶다면, 그는 플리머스에 있는 약술 가게의 알코올 병에 담겨 있는 물건들을 생각나게 했어요. 아직 태어나기 전인 그 허옇고 구겨진 것 말이에요."

"파이, 자네는 동물 같은 마음을 갖고 있군." 상사가 파이프에 다시 불을 붙이며 말했다.

"어쩌면. 우리는 앞줄에 앉아 있었어. 그리고 '본국 소식'은 일찍 나오더군. 빅커리는 그 프로가 시작되자 내 무릎을 만지며 말했어. '만약 자네가 뭔가 알아보는 게 있다면, 내게 좀 말해 줘.' 이어 그는 틀니를 덜덜거렸지. 우리는 런던 브리지와 그런 것들을 보았는데 아주 흥미롭더군. 난 전에 그런 건 보지 못했거든. 기관차가 요란한 소리를 내면서 다가오는데 그 사진들이 진짜와 똑같더라고. 정말 살아 있는 활동사진이었어."

"나도 그걸 봤어요." 후퍼가 말했다. "물론 실물을 그대로 찍었으니 진짜같이 보이지요."

"이어 커다란 마법의 영사막에 패딩턴 역으로 웨스턴 메일 기차가 들어왔어요. 처음엔 빈 승강장과 그 옆에서 대기하는 짐꾼들만 보였지요. 곧 기관차가 정면으로 들어왔어요. 앞줄에 앉아 있던 여자들은 놀라서 펄쩍 뛰었지요. 기차가 곧바로 달려드는 것 같았으니까. 그리고 열차 문이 열리고 승객들이 밖으로 빠져나와 짐꾼들이 짐을 받아 들었어요. 실제하고 똑같이. 실제 상황에서는 바라보는 사람 쪽으로 사람들이 멀리서 걸어오는데, 여기서는 영사막에서 바로 튀어나와요. 난 정말 큰 흥미를 느꼈습니다. 그건 우리 모두가 마찬가지였습니다. 나는 역에서 양탄자를 가진 어떤 노인이 책을 떨어트리자 그것을 주

우려고 하는 광경을 보았어요. 이어 아주 천천히 두 명의 짐꾼 뒤에서 그물 핸드백을 들고서 좌우를 살피며 걸어 나오는 배서스트 부인이 보였어요. 10만 명의 사람들 가운데 있더라도 그 걸음걸이를 못 알아볼 수는 없어요. 그녀는 곧바로 앞쪽으로 나왔고 프리치가 말한 그 눈멀게 하는 눈빛으로 우리를 똑바로 쳐다보았어요. 그녀는 계속 걷다가 마침내 영사막 밖으로 사라졌어요. 촛불 위로 달려드는 그림자처럼. 그녀가 걸어가자 우리 뒤쪽에 앉아 있던 도슨이 소리치는 게 들렸어요. '아니, 저 사람은 배서스트 부인이잖아!'"

후퍼는 마른침을 삼키면서 집중하는 표정으로 몸을 약간 앞으로 숙였다.

"빅커리는 다시 내 무릎을 만졌어요. 그는 말기 단계의 장티푸스 환자처럼 넉 대의 틀니가 들어간 턱을 덜덜거렸어요. '확실한가?' 그가 말했어요. '확실해. 자네, 도슨이 저기서 소리치는 거 들었지? 틀림없이 그 여자야.' '난 이미 확인했어.' 그가 말했어요. '하지만 더욱 확실히 하려고 자네를 데려온 거야. 자네는 내일 나와 함께 와 주겠나?'

'기꺼이.' 내가 말했어요. '옛 친구를 만나는 것 같구먼.'

'그래, 정말 그렇지.' 그가 시계를 열면서 말했어요. '24시간에서 4분을 빼고 나면 그녀를 또 만날 수 있겠구먼. 자, 가서 술을 마시자고. 저게 자네한텐 즐거울지 모르지만 나한테는 전혀 소용이 없네.' 그는 머리를 흔들면서 다른 사람들의 발을 밟으며 밖으로 나갔는데 이미 술 취한 사람 같았어요. 나는 재빨리 한 잔 마시고 신속하게 자리로 다시 돌아올 줄 알았어요. 나는 코끼리들의 연기를 보고 싶었거든요. 그러나 빅커리는 쾌속정의 속도로 시내를 돌아다니면서 거의 3분마다 다른 바로 들어갔어요. 나는 술을 많이 마시는 사람이 아니에요.

물론 주위에는 내 모습—내가 향기로운 술기운에 취해 있는 모습—을 본 사람들이 있었을 거예요. 그는 그 잊어버리기 어려운 눈빛으로 나를 슬쩍 노려보았고요 아무튼 나는 술을 마시면 닻을 내리고 한자리에서 마시는 걸 좋아하지, 1마일당 평균 18노트 속도로 마시는 건 좋아하지 않아요. 언덕 위의 저 커다란 호텔 뒤에 있는 수조, 그걸 뭐라고 하지요?"

"몰테노 수조." 내가 말했고 후퍼가 고개를 끄덕였다.

"거기가 그가 표류해 가는 한계 지점이었어요. 우리는 거기까지 걸어가서 가든스로 다시 내려왔다가—남동풍이 불고 있었죠—선박 수리소에서 끝냈어요. 그리고 솔트 강으로 가는 길 위쪽으로 걸어갔는데, 거기에 있는 술집으로 빅커리는 땀을 뻘뻘 흘리며 들어갔어요. 그는 자신이 마시는 술을 살펴보지도 않았고 거스름돈도 쳐다보지 않았어요. 그는 술 취한 사람처럼 걸었고 억수로 땀을 흘렸어요. 왜 크로커스가 그런 고주망태가 되어 배로 돌아왔는지 그제야 이해하겠더라고요. 빅커리와 나는 두 시간 반 동안 이런 집시 행각을 계속했고요, 부대로 돌아왔을 때에는 내 몸에 건조한 원소는 단 하나도 남아 있지 않았으니까요."

"그가 뭐라고 말하던가?" 프리처드가 물었다.

"저녁 일곱 시 45분에서 저녁 열한 시 15분까지 그가 한 말이라고는 '한 잔 더 하세'뿐이었어요. 그래서 성경에도 나오듯이, 이렇게 하여 첫째 날의 오전과 저녁이 지나갔지.*…… 긴 얘기를 간단히 줄여서 말해 보자면 나는 닷새 밤 연속해서 빅커리 준위와 케이프타운으로 나

---

* 구약성경 『창세기』 1장 5절.

갔어. 그 시간에 나는 50노트의 속도로 달렸고 적도 이남의 싸구려 술을 2갤런은 마셨을 거야. 그 절차는 전혀 바뀌지 않았어. 두 사람 관람료 2실링을 내고, 5분간 무성영화를 보다가 배서스트 부인이 그물 핸드백을 들고서 그 눈멀게 하는 눈빛을 던지며 우리를 향해 걸어오는 약 45초간을 바라보다가 이어 밖으로 걸어 나가 기차 시간 될 때까지 술을 퍼마시는 거였어.”

“그래, 무슨 생각을 했습니까?” 후퍼가 조끼 호주머니에 손을 넣어 만지작거리며 말했다.

“여러 가지였지요.” 파이크로프트가 말했다. “사실을 말하자면 아직 그 일에 대해서 생각을 끝내지 못했습니다. 미친 사람? 그는 정말 미친 사람이었어요. 아마도 여러 달 동안, 혹은 여러 해 동안 그랬을 겁니다. 군에 근무하는 사람들이 다 그렇듯이, 나는 미친 사람들에 대해서 좀 압니다. 나는 수병이었을 때 미친 선장을 본 적이 있습니다. 정말 광인 제1호였지요. 그러나 다행스럽게도 수병과 선장이 동시에 미친 경우는 만나지 못했어요. 나는 지금쯤 정신병원에 가야 마땅한 선장 세 명의 이름을 말할 수도 있습니다. 하지만 그들이 꽂을대와 윈치 손잡이를 휘두르며 폭력적으로 나오지 않는 한 나는 그들의 일에 참견하지 않습니다. 딱 한 번 나는 빅커리 준위와 관련하여 그런 쪽으로 나아간 적이 있었습니다. ‘그 부인이 영국에는 무슨 일로 왔을까?’ 내가 말했어요. ‘자네가 보기에 부인은 누군가를 찾고 있는 것 같지 않아?’ 그런 질문을 할 때 우리는 가든스에 있었습니다. 불어오는 남동풍을 맞아 가며 그 미친 순례를 하던 중이었지요. ‘그녀는 나를 찾고 있어.’ 그가 가로등 밑에 멈춰 서더니 틀니를 덜덜거리며 말했어요. 그가 술을 마시지 않을 때에는 이가 술잔 위에서 덜덜거렸는데, 그는 이제 넉 대의 틀니를 무선전신 수신 인자기처럼 덜덜거렸어요. '그래, 나를 찾아 나섰다고.' 이어 그는 부드럽게 아니, 거의 다정한 목소리로 말했어요. '그러나 앞으로 파이크로프트 씨, 자네의 말을 자네 앞에 놓여 있는 술잔에만 국한시켜 주면 정말로 고맙겠네. 안 그러면, 자네에 대해서 이 세상의 모든 호의를 가지고 있다고 해도 나 자신이 살인을 저지를지도 몰라. 알겠나?' '잘 알겠네.' 내가 대답했어요. '하지만 그럴 경우에, 자네가 죽을 확률도 내가 죽을 확률과 똑같다는 점이 자네에게 좀 위안이 되겠나?' '아니, 위안이 되지 않아. 난 그게 오히려 달콤한 유혹이 아닐까 싶어 두려워.' 우리는 그때 석탄 운반차가 돌아 나오는 가든스의 끝부분에 있는 아치의 가로등 밑에 있었어요. '살인이 저질러졌다 하고—아니 살인이 시도되었다 하고—그래도 자네는 여전히 크게 불구가 되어 곧 경찰에 체포되는 건 피할 수 없을 거야. 그럼 자네가 경찰에 설명을 해야 하겠지.' '그게 차라리 낫겠어.' 그가 양손으로 이마를 닦으며 말했어요. '파이, 난 지금 상태로는 말이야, 뭘 제대로 설명할 수 있을지도 확실치 않아.' 우리가 산책하면서 한 말 중 내가 기억하는 그의 말은 이게 유일해요."

"아, 정말 미친 산책이로군!" 후퍼가 말했다. "정말 미쳤어!"

"그건 정말 지독했어요." 파이크로프트가 심각한 어조로 말했다. "하지만 서커스단이 떠나갈 때까지는 어떤 위험이 있으리라고 예상하지 않았어요. 서커스단이 가 버리면 그가 자극적인 놀이를 빼앗겼으므로 그 반작용으로 도끼를 들고 나에게 달려들지 모른다고 예상했지요. 그래서 마지막 공연이 끝나고 그 미친 산책을 끝낸 후, 혹시 준위가 선상에서 그의 미친 임무를 수행할지 몰라서 준위로부터 멀찍이 떨어져서 지냈습니다. 그래서 보초병이 내가 임무 수행 중 지나가고 있는데 덜덜이가 선장 면담을 신청했다고 해서 바싹 관심을 갖게 되었습니다. 일반적으로 준위들은 선장실에 들어가서 많은 시간을 지체하지 않지요. 하지만 덜덜이는 선장실 안에서 한 시간 이상을 있었습니다. 나는 의무감을 느껴서 그 안에서 나는 소리를 들을 수 있는 지점에 바싹 붙어 있었지요. 빅커리가 먼저 나오더니 내게 고개를 끄덕이며 미소를 지었습니다. 나는 놀라서 배 밖으로 떨어질 지경이었지요. 그의 창백한 얼굴을 닷새 밤 내내 보아 왔기 때문에 지옥보다 더한 표정 이외의 것은 발견하지 못하리라 예상했거든요. 선장은 나중에 나왔습니다. 그의 얼굴은 아무것도 보여 주지 않았습니다. 그래서 나는 선장과 8년간 함께 일하면서 배의 신호보다 그를 더 잘 안다는 키잡이한테 물어보았습니다. 램슨—이게 키잡이 이름인데—은 키를 한두 번 낮은 속도로 조종하더니 아주 걱정되는 표정으로 나를 쳐다보았습니다. '선장은 군법회의 표정을 지었는데.' 램슨이 말했어요. '누군가가 교수형을 당할 거야. 난 저런 표정을 전에 딱 한 번 보았어. '판타스틱'호에 있을 때인데 누군가가 총의 조준기를 바다에 내던진 거야.' 후퍼 씨, 조준기를 바다에 내던지는 건, 그 타락했던 시절에는 선상 반란과 똑같은 행위였습니다. 관계 당국과 《웨스턴 모닝 뉴스》의 눈길을 끌려고 그런 짓을 하는데 주로 화부火夫가 담당하지요. 당연히 키잡이의 말이 하갑판으로 전해졌고 우리는 개인적으로 자신의 자그마한 양심을 한번 돌아다보았지요. 그러나 2등 화부가 말한 것처럼, 셔츠 하나가 해병 칸에서 날아와 그 화부의 가방 안으로 들어온 것 말고는, 아무런 일도 벌어지지 않았습니다. 말하자면 선장이 '공개 처형에 참석하라'는 신호를 내보냈으나, 활대 끝에 매달린 시체는 없더란 얘깁니다. 선장은 해변에서 점심 식사를 하고 오후 세 시경에 평소의 항구 일과에 따라 배로 돌아왔습니다. 이렇게 해서 엉터리 경보를 발령한 램슨은 체면을 구겼지요. 여러 요소들을 하나로 종합한 사람은 나 파이크로프트였습니다. 빅커리가 블룸폰테인 요새에 남은 해군 탄약을 인수하기 위해 그날 저녁 북부로 떠난다는 소식을 들었을 때였지요. 빅커리 준위를 따라가서 같이 인수 작업을 하라는 명령은 내려오지 않았습니다. 그는 오로지 혼자서 떠나라는 지시를 받았던 겁니다."

해병 상사는 뭔가 알았다는 듯이 휘파람을 불었다.

"나는 그렇게 생각했습니다." 파이크로프트가 말했다. "나는 작은 배를 타고 그와 함께 상륙했고 그는 내게 주재소까지 같이 걸어가자고 했습니다. 그는 틀니를 심하게 덜덜거렸지만 그래도 행복해 보였습니다.

'자네, 이걸 알고 있나?' 그가 함대 사령부 정문 앞에 멈춰 서면서 말했어요. '필리스 서커스가 내일 저녁 우스터에서 공연을 해. 자넬 거기서 다시 한 번 볼 수 있을까? 자넨 나를 잘 참아 주었으니까 말이야.'

'이보게, 빅커리.' 내가 말했어요. '이 일은 이제 내 인내의 끝에 와 있어. 자네의 연기煙氣는 자네가 들이마시게. 난 더 이상 알고 싶지 않아.'

'자네!' 그가 말했어요. '자넨 뭘 불평할 게 있다고 그래? 자네는 그냥 구경만 하면 되었잖아. 하지만 난 그게 바로 **실제 상황**이었다고. 하지만 그건 이제 아무런 상관도 없는 일이야. 하지만 악수를 하기 전에 한 가지만 말해 주지.' 우리는 함대 사령부의 정원 정문 앞까지 와 있었어요. '기억해. 난 살인자가 아니야. 내 합법적인 아내는 내가 출항하고 나서 6주 만에 아이를 낳다가 죽었어. 적어도 그 점에 대해서 나

는 깨끗하다고.'

'그렇다면 자네가 한 행동 중에 어떤 것이 그리 고민스러웠다는 건가?' 내가 말했어요. '그 나머지 얘기는 뭔가?'

'그 나머지는 침묵이야.'* 그는 나와 악수를 했고 사이먼스 타운 주재소로 들어갈 때까지 틀니를 덜덜거렸어요."

"그는 우스터에 들러서 다시 한 번 배서스트 부인을 영사막으로 보았나?" 내가 물었다.

"그건 알려져 있지 않아. 그는 블룸폰테인으로 가서 탄약을 트럭에 실었고 그런 다음 사라졌어. 연금 수령을 18개월 남겨 놓고 사라졌어. 아니 정확하게 말하자면 탈영했어. 만약 그가 그의 아내에 대해서 한 말이 진실이라면 그는 당시에 자유로운 몸이었어. 그건 어떻게 보나?"

"불쌍한 친구!" 후퍼가 말했다. "그녀를 매일 밤 그런 식으로 만나야 하다니! 그 심정을 이해할 만해요."

"나는 그 문제와 관련하여 여러 날 밤 머리가 아플 정도로 생각을 해 보았어요."

"하지만 나는 배서스트 부인이 그런 일에 끼어들지 않았으리라고 맹세하네." 상사가 단호하게 말했다.

"맞아. 어떤 잘못이나 기만이 벌어졌다면 그건 그의 소행이었다고 나는 확신해. 내가 그의 얼굴을 닷새 밤 연속해서 보았거든. 나는 남동풍이 부는 시기에 케이프타운 시내를 돌아다니는 걸 별로 좋아하지 않아. 그 틀니가 덜덜거리는 소리가 귀에 생생하게 들리는 것 같

---

* '그 나머지는 침묵이야'는 셰익스피어의 『햄릿』 5막 2장에서 햄릿이 마지막으로 한 대사.

아."

"아, 그 이빨." 후퍼가 그렇게 말하고 다시 한 번 조끼 호주머니에 손을 넣었다. "틀니는 영구한 겁니다. 당신들은 살인 재판에서 그것에 대한 기사를 읽었을 겁니다."

"선장이 무엇을 알고 또 어떤 조치를 취했다고 보나?" 내가 물었다.

"그 방면으로는 알아보지 않았네." 파이크로프트가 스스럼없이 말했다.

우리는 모두 생각에 잠겼고 빈 맥주병을 두드렸는데, 선탠을 한, 물기 촉촉하고 모래가 몸에 달라붙은 피크닉 일행이 〈인동덩굴과 꿀벌〉이라는 노래를 부르며 우리의 문 앞을 지나갔다.

"저 보닛을 쓴 아름다운 여자." 파이크로프트가 말했다.

"해군에서 그의 인상착의를 돌리지 않았나?" 프리처드가 물었다.

"나는 두 분이 오시기 전에 이 친구에게 묻고 있었습니다." 후퍼가 내게 말했다. "불라와요 너머 잠베시 산으로 가는 도중에 있는 완키스를 아느냐고."

"그가 거길 지나갔을까요? 그 이름이 뭔지 잘 기억이 안 나는데 그 호수로 가려고?" 프리처드가 말했다.

후퍼가 고개를 흔들더니 계속 말했다. "거기에 기이한 철도 노선이 하나 있습니다. 아주 울창한 티크 숲—실제로는 마호가니입니다—을 곡선 구간 하나 없이 72마일 내달리는 겁니다. 이 노선에서 40마일로 달리던 기차가 탈선하는 것을 스물세 번이나 보았습니다. 나는 한 달 전에 병에 걸린 조사관을 교대해 주러 그곳에 간 적이 있었습니다. 그는 내게 티크 숲에 두 명의 부랑자를 살펴보라고 하더군요."

"두 명?" 파이크로프트가 말했다. "나는 그 나머지 사람은 별로 부럽지가 않은데요. 만약 그가—"

"우리는 전쟁*이후 거기서 많은 부랑자를 발견했습니다. 조사관은 내게 음빈드웨 사이딩에서 북부로 가려고 기다리던 그 두 부랑자를 발견할 거라고 했습니다. 그는 그들에게 약간의 음식물과 키니네를 주었다고 해요. 나는 건설용 기차를 타고 가서 그들을 찾아 나섰습니다. 나는 몇 마일 전에 티크 숲에서 기다리던 그들을 보았습니다. 그 중 한 명은 사이딩의 한쪽 끝에 서 있었고 나머지 한 사람은 그를 올려다보며 쪼그려 앉아 있었습니다."

"그들에게 어떻게 해 주었나요?" 프리처드가 말했다.

"별로 해 줄 게 없었습니다. 매장하는 것 외에. 티크 숲에서 천둥이 쳤는데 그들은 벼락을 맞아 그 자리에서 즉사했고 목탄처럼 새까매졌습니다. 아니, 목탄이 되어 버렸습니다. 내가 그들을 옮기려고 하니 두 시신이 바스러져 내렸습니다. 서 있던 남자는 틀니를 끼고 있었어요. 틀니는 검은 시체에 대비되어 하얗게 반들거리더군요. 그의 시신 또한 바스러져 내렸고, 쪼그려 앉아 그를 쳐다보던 동행인도 역시 바스러졌습니다. 둘 다 비를 맞아 완전히 젖어 있었습니다. 그리고 둘 다 벼락을 맞고 온몸이 불타올라 목탄이 되었습니다. 바로 이것 때문에 제가 아까 그 사람의 인상착의를 물었던 것입니다. 틀니를 낀 사람은 양 겨드랑이와 가슴에 문신이 새겨져 있었어요. 왕관과 줄 감긴 닻과 그 위에 있는 M. V.라는 글자였지요."

"난 그것을 본 적이 있습니다." 파이크로프트가 재빨리 말했다. "꼭 그렇게 생겼어요."

---

* 1899~1902년 사이에 영국과 보어인 사이에 벌어진 전쟁으로 영국이 승전하여 보어인 지역을 남아프리카공화국으로 편입했다.

"하지만 그가 목탄처럼 되었다면?" 프리처드가 몸을 떨며 말했다.

"불타 버린 편지에 글자가 어떻게 나타나는지 아세요? 그 문신은 꼭 그런 식이었습니다. 우리는 그들을 티크 숲에 묻었고 나는 기념으로…… 하지만 그는 두 신사분의 친구였으니까."

후퍼 씨는 조끼 호주머니에서 손을 꺼냈다. 빈손이었다.

프리처드는 양손으로 잠시 얼굴을 가렸다. 마치 보기 흉한 것을 배척하려는 어린아이처럼.

"아, 하우라키 호텔에 있던 그녀를 생각하면!" 그가 중얼거렸다. "그녀의 머리카락 리본으로 내 맥주에 매듭을 묶어 놓고. 에이더, 하고 그녀의 조카에게 말했는데…… 아, 이를 어째!"

> "인동덩굴이 꽃핀 어느 여름날 오후에
> 모든 자연이 휴식을 취하는 것 같던 때에
> 정자 아래서, 꽃들의 향기 속에서
> 한 처녀는 그녀가 가장 사랑하는 사람과 앉아 있네—"

글렌가리프로 가는 기차를 기다리던 피크닉 나온 무리가 노래를 불렀다.

"당신이 그 일에 대해서 어떻게 생각하는지 모르지만," 파이크로프트가 말했다. "그의 얼굴을 닷새 밤 연속해서 보았으므로, 저 맥주 남은 것을 마셔 버리고 그가 죽어서 잘되었다고 하느님께 감사드리고 싶습니다!"

'그들'

"They"

어린아이들의 귀환

하프도 왕관도 즐겁지 않아. 천사들의 비둘기 날개 달린 경주도.
어린아이들이 두 손을 가련하게 붙잡고 천상의 돔 아래에서 방황하네.
지나가는 행인의 빛나는 옷을 부여잡고, 슬픈 표정을 지으면서
왕자들도 권력자들도 거부했던 것을 애원하네.
"아, 제발 우리를 집으로 데려다주시겠어요?"

보석 깔린 방바닥에 눈물 흘리며 성모 마리아가 그들에게 달려오시네.
무릎을 꿇고 그들을 쓰다듬으면서 키스와 함께 약속을 하고서 그들을
천국의 문으로 데려오시네. 그것은 뇌물이 통하지 않는
엄혹한 문지기 베드로가 단단히 지키고 있는 문.

이어 성모는 그녀를 바라보며 미소 짓고 있던 아들에게 말했네.
"내가 그대를 낳던 그날 밤에 그대는 나의 사랑과, 나의 팔이 아닌
천상, 이 둘 중에서 어떤 것을 더 소중히 여겼나요? 오 어린아이여,
그대를 칭송하는 천사들의 말을 듣기 위해 내 젖꼭지에서 입을 떼었나요?
우리가 암소의 입김 아래 누워 있을 때?" 그러자 그분이 말했네.
"어머니께서는 아무런 해되는 일도 하지 않으셨습니다."

그러자 천공을 통해 어린아이들은 손에 손잡고 명랑하게 집으로 달려갔네.
숨결이 없는 하늘들이 조용히 서 있는 그곳을 좌고우면도 하지 않고서.
천공의 문지기들은 칼을 칼집에 도로 넣었네. 명령을 들었으므로.
"어린아이들을 가까이 오라고 했던 내가 아이들의 뜻과 다르게 그들을 잡아 두랴?"

한 광경은 나에게 다른 광경을 돌아보도록 유도했다. 그 카운티 전역에 걸쳐서 하나의 언덕이 또 다른 언덕으로 이어졌다. 나는 자동차 기어의 레버를 바꾸는 수고만 하면 되었으므로 그 카운티가 자동차 바퀴 밑에서 흘러가도록 내버려 두었다. 동부의 난초들이 난만히 꽃 핀 평지는 곧이어 다운스*의 감탕나무, 회색의 풀에 자리를 내주었다. 이것은 다시 풍성한 옥수수 밭과 저지 해안의 무화과나무로 바뀌었는데, 이 지역에 이르면 왼쪽에 파도치는 편평한 해변이 15마일이나 뻗어 있었다. 마침내 내가 일련의 낮은 언덕과 삼림을 통과하여 내륙으로 들어서자, 나는 알고 있는 지형지물을 완전히 벗어나 버렸다는

* 다운스는 영국 남부에 있는, 나무는 없고 풀로 뒤덮인 다수의 낮은 백악 산의 산맥들을 가리키는 이름인데 지역에 따라 북부 다운스, 남부 다운스, 버크셔 다운스로 구분된다.

것을 깨달았다. 미국 수도에 이름을 빌려준 저 자그마한 마을*을 넘어서서 나아가자 나는 감추어진 마을을 발견했다. 그곳에서 깨어 있는 유일한 생물인 벌들이, 회색의 노르만 교회를 부감俯瞰한 80피트 높이의 보리수나무들 사이에서 시끄럽게 떠들어 대고 있었다. 멋진 개울이 실제 수요보다 더 단단하게 지어진 돌다리 밑으로 재잘거리며 흘러갔다. 교회보다 더 규모가 큰 십일조 헛간도 있었고, 한때 성전 기사단의 홀 노릇을 했다고 웅변적으로 주장하는 오래된 대장간도 있었다. 1마일 정도의 로마식 도로를 따라서 가시 금작화, 고사리, 히스 등이 서로 존재감을 뽐내는 마을 광장에서 나는 집시들을 발견했다. 그리고 거기서 조금 더 나아가면서 노골적인 땡볕 아래 개처럼 달리는 붉은 여우 한 마리를 내 자동차가 놀라게 하기도 했다.

  숲이 울창한 언덕들이 내 주위에 가득했고 나는 잠시 차를 멈추고 서서 이 광대무변한 다운**의 방위를 알아내고자 했다. 그 산맥의 머리 부분이 내가 이 저지대를 50마일가량 운전해 올 때 우뚝한 지형지물 노릇을 해 주었다. 나는 이 카운티의 지형으로 보아, 이런 식으로 계속 달리면 카운티의 발치 쪽으로 향하는 서부 도로를 만나게 되리라고 판단했으나, 혼란을 일으키는 숲의 베일들을 미처 감안하지 못했다. 방향을 재빨리 바꾸자 나는 축축한 햇볕이 가장자리까지 가득한 녹색의 통로로 먼저 들어섰고 이어 지난해의 낙엽들이 내 타이어 밑에서 속삭이며 바스러지는 어두운 터널로 연결되었다. 내 머리 위에서 서로 만나고 있는 거친 개암나무 줄기들은 적어도 두 세대 이상은 전지를 하지 않은 것 같았고, 또 도끼질도 해 주지 않아 이끼 가득한

* 잉글랜드의 웨스트 서섹스에는 워싱턴이라는 이름의 마을이 있다.
** the great Down, 워싱턴 마을의 근처에 있는 Chanctonbury Ring을 가리킨다.

참나무와 너도밤나무들이 그 가지 위로 마구 솟아올라 있었다. 여기서 도로는 카펫 깔린 길처럼 되었고, 갈색 벨벳을 연상시키는 앵초 꽃덤불이 지천인 그곳은 비취 같은 색깔을 띠었으며, 비실비실한 하얀 줄기의 블루벨 꽃들이 여러 송이 무더기로 엉겨 있었다. 등성이 길이 서서히 내려가기 시작하자 나는 시동을 끄고 속삭이는 낙엽 더미 위로 굴러가면서 곧 농장의 관리인이 나타날 것이라고 기대했다. 하지만 멀리서 어치가 녹음의 침묵을 상대로 시비를 벌이듯 크게 짖어 대는 소리만 들었을 뿐이다.

유턴을 하여 2단 기어를 넣고 길을 되돌아갈까 하고 생각하다가 어떤 습지에 도달한 순간, 나는 앞쪽에서 숲을 뚫고 들어오는 햇빛을 보고 걸어 놓았던 브레이크를 풀었다.

길은 다시 아래로 내려갔다. 햇빛이 내 얼굴에 가득 비치는 순간, 나의 사륜구동 자동차는 갑자기 커다란 잔디 정원 안으로 들어섰다. 그곳에는 편평한 창을 든 10피트 높이의 기수, 괴상하게 생긴 공작, 암청색으로 반짝거리는 날렵한 둥근 머리의 시녀 따위가 서 있었는데 모두 주목朱木으로 만들어 놓은 조각상이었다. 그 정원 맞은편에—나머지 삼면에는 잘 손질된 숲이 들어서 있었다—는 이끼가 끼고 고색창연한 오래된 석조 가옥이 서 있었다. 그 집의 창문에는 멀리언*이 설치되었으며 지붕은 장미처럼 붉은 타일을 둘렀다. 그 집 역시 장미처럼 붉은 반원형의 벽들을 측면에 두고 있었는데, 그 벽들은 잔디밭을 둘러싼 네 번째 측면을 형성했고, 이 벽들의 발치에는 사람 키 높이의 주목들이 자라고 있었다. 지붕의 날렵한 벽돌 굴뚝 근처에는 비

* 창문의 중간 문설주.

둘기들이 앉아 있었고, 가림벽 뒤에는 팔각형의 비둘기 집이 흘낏 엿보였다.

나는 기사의 녹색 창이 내 가슴을 노리는 지점에서 차를 멈추었고 그런 전원적인 분위기의 보석 같은 아름다움에 매료되었다.

'내가 거주지 무단 침입으로 잡혀가지 않는다면 혹은 저 기사가 나를 향해 돌진해 오지 않는다면,' 하고 나는 생각했다. '셰익스피어나 엘리자베스 여왕이 저 절반쯤 열린 정원 정문을 열고 나와서 나한테 차 한잔하고 가라고 하지 않을까.'

그 집의 2층 창문에서 한 아이가 나타났고, 나는 저 어린 것이 내게 다정하게 손짓을 하는 게 아닐까 생각했다. 하지만 그것은 동무를 부르는 손짓이었고 곧 또 다른 밝은 머리가 등장했다. 이어 나는 주목으로 만든 공작들 사이에서 웃음소리를 들었고, 그것을 확인하기 위해 몸을 돌린(그때까지는 오로지 집만 쳐다보고 있었으므로) 나는 산울타리 뒤에서 분수의 은빛 물줄기가 태양을 향해 시원하게 치솟는 것을 보았다. 지붕 위의 비둘기들은 그 부드러운 물소리에 부드럽게 응답했다. 그리고 이 두 소리 사이에서 나는 어떤 가벼운 장난에 몰두한 아이의 아주 행복한 웃음소리를 들었다.

정원의 문—두터운 벽에 깊숙이 박힌 둔중한 참나무 문—이 조금 더 열렸고, 커다란 정원 모자를 쓴 한 여인이 아주 오래된 돌계단을 느리게 내려와 잔디밭을 가로지르며 내게 천천히 다가왔다. 그녀가 고개를 쳐들었을 때 나는 사죄의 말을 준비 중이었는데 곧 그녀가 맹인이라는 것을 발견했다.

"소리를 들었어요." 그녀가 말했다. "그건 자동차 소리지요?"

"제가 길을 잘못 든 것 같습니다. 저기 저 위쪽에서 방향을 바꾸어야 했는데, 차가 갑자기 이쪽으로 들어설지는 생각도 못 했습니다—"
나는 그렇게 말을 시작했다.

"하지만 아주 기뻐요. 자동차가 정원으로 들어오다니요! 그건 큰 영
광이 될 겁니다." 그녀는 몸을 틀면서 주위를 한번 돌아다보는 시늉을
했다. "당신은—당신은 혹시 누군가 보았나요?"

"아직 말을 걸어 볼 상대는 보지 못했습니다. 하지만 아이들은 멀리
있으면서 흥미를 느끼는 것 같습니다."

"어떤 아이들?"

"방금 창문에서 두 아이를 보았고, 저기 정원 마당에서 한 아이의
움직임 소리를 들은 것 같은데요."

"오, 당신은 정말 운이 좋군요!" 그녀가 얼굴이 환하게 밝아지면서
소리쳤다. "물론 나도 그들의 소리는 들어요. 하지만 그게 전부예요.
당신은 보기도 하고 듣기도 한다고요?"

"예." 내가 말했다. "애들에 대해서 뭔가 얘기를 하자면, 애들 중 하
나는 저기 분수 옆에서 좋은 시간을 보내고 있습니다. 아마도 달아난
거겠지요."

"당신은 아이들을 좋아하나요?"

나는 아이들을 아예 미워하지는 못하는 이유 한두 가지를 그녀에
게 말해 주었다.

"물론, 물론이에요." 그녀가 말했다. "그럼 당신은 이해하겠군요. 내
가 당신에게 저 차를 정원으로 한두 번 천천히 왔다 갔다 해 달라고
요청해도 어리석다고 하지 않으시겠지요. 아이들은 차를 보는 걸 좋
아할 거예요. 애들은 보는 게 별로 없어요, 불쌍한 것들. 우린 아이들
의 삶을 즐겁게 만들려고 애를 써요. 하지만—" 그녀는 양손을 숲 쪽

으로 내뻗었다. "우린 여기서 세상과 너무 떨어져 있어요."

"정말 멋진 요청입니다." 내가 말했다. "하지만 잔디를 해칠 것 같은데요."

그녀는 오른쪽을 쳐다보았다. "잠깐만요." 그녀가 말했다. "우리는 지금 남쪽 문에 있죠? 저기 주목 공작상 뒤에 판석을 깐 길이 있어요. 우린 그걸 공작로라고 부르지요. 사람들이 그러는데 여기서는 안 보인다고 해요. 하지만 저 숲의 가장자리를 따라 비좁게 나아가다가 첫 번째 공작상에서 방향을 틀면 판석 위로 올라설 수 있어요."

자동차의 덜커덕거리는 소리로 그 꿈꾸는 집의 정적을 깨트린다는 것은 신성모독이었으나, 그래도 잔디밭에서 벗어나기 위해 나는 차를 돌려서 숲의 가장자리를 따라가다가 넓은 돌길 위로 들어섰는데, 그곳에는 분수의 바닥이 하나의 거대한 별 모양 사파이어 같은 모습을 드러내고 있었다.

"나도 가도 될까요?" 그녀가 소리쳤다. "아니요, 저를 도우려고 하지 마세요. 그들이 나를 볼 수 있다면 그걸 더 좋아할 거예요."

그녀는 손으로 더듬으며 차 앞쪽으로 가볍게 걸어왔고, 승강 계단에 한 발을 올려놓으며 소리쳤다. "애들아, 오, 애들아! 와서 무슨 일이 벌어질지 구경해 보렴!"

그녀의 목소리는 그리움과 다정함이 담뿍 녹아 있어서 지옥에서 잃어버린 영혼도 불러낼 정도로 아늑했다. 나는 주목 뒤에서 대답 소리를 듣고서 전혀 놀라지 않았다. 그건 분수 옆의 아이였을 텐데, 그 애는 우리가 다가가자 분수 물속에다 자그마한 장난감 배를 남겨 놓고 달아났다. 나는 가만히 서 있는 주목 기사상 사이로 아이의 반짝이는 푸른 블라우스를 보았다.

우리는 즐거운 마음으로 판석 깔린 도로에서 차를 천천히 움직였고 그녀의 요청에 따라 다시 후진했다. 이번에 그 아이는 충격을 극복했으나 그래도 여전히 의심하면서 멀찍이 서 있었다.

"저 어린 친구가 우릴 바라보고 있는데요." 내가 말했다. "아이가 차 타는 걸 좋아하는지 모르겠군요."

"애들은 아주 수줍음이 많지요. 아주 수줍어해요. 하지만 당신이 그들을 볼 수 있다니 얼마나 운이 좋아요! 저들의 소리를 들어 봅시다."

나는 즉시 자동차를 멈추었다. 주목의 향기가 가득한 축축한 정적이 우리를 깊게 둘러쌌다. 정원사가 어디서 가위질을 하는지 나는 가위 소리를 들을 수 있었다. 또 벌들의 쟁쟁거리는 소리와 비둘기일 듯한 웅얼거리는 소리도 들려왔다.

"아, 애들은 심술궂어요!" 그녀가 피곤한 어조로 말했다.

"어쩌면 애들은 자동차 소리에 놀란 건지도 모릅니다. 창문의 어린 소녀는 아주 흥미가 많은 듯한데요."

"그래요?" 그녀가 고개를 쳐들었다. "그럼 그렇게 말한 건 내 잘못이네요. 애들은 정말로 나를 좋아해요. 그건 인생을 살 만한 가치가 있게 만드는 유일한 이유예요. 애들이 당신을 사랑한다면 말이에요. 애들이 없다면 이곳이 어땠을지 상상조차 할 수 없어요. 그런데 이곳은 아름답나요?"

"내가 본 중에서 가장 아름다운 곳이라고 생각합니다."

"다른 사람들도 다 그렇게 말해요. 나는 그걸 느낄 수는 있지만 직접 보는 것과 같지는 않다고 생각해요."

"그럼 당신은 전에 —" 나는 그렇게 말하다가 부끄러워하며 말을 멈추었다.

"내 기억으로는 그래요. 사람들이 그러는데 생후 몇 개월 만에 이렇게 되었다고 해요. 하지만 나는 어떤 것은 기억해요. 그렇지 않다면 어떻게 색깔을 꿈꾸겠어요. 나는 꿈속에서 빛을 보고 또 색깔을 봐요. 하지만 꿈이라도 **그들을** 보지는 못해요. 내가 깨어 있을 때처럼 오로지 그들을 들을 수만 있어요."

"꿈에서는 얼굴을 보기가 어려워요. 어떤 사람은 보기도 한다지만 대부분은 그런 재주가 없지요." 나는 어린아이가 서 있으나 거의 숨어 있는 창문을 올려다보았다.

"나도 그런 얘기를 들었어요." 그녀가 말했다. "사람들이 그러는데 꿈에서는 죽은 사람의 얼굴은 결코 보지 못한다고 해요. 그건 사실인가요?"

"지금 생각해 보니 사실일 것 같은데요."

"하지만 당신 자신은 어떻습니까?" 눈먼 두 눈이 내 쪽으로 돌려졌다.

"꿈속에서 내 죽은 자식의 얼굴을 본 적이 없습니다." 내가 대답했다.

"그럼 그건 눈먼 것만큼이나 나쁘네요."

해는 숲 너머로 넘어갔고 기다란 그림자가 오만한 기사상들을 하나씩 차지했다. 나는 햇빛이 반짝이는 잎사귀 창槍의 끝에서 사라지는 것을 보았고 또 씩씩하고 단단한 녹색이 부드러운 흑색으로 바뀌는 것도 보았다. 그 집은 지난간 수십만 나날들이 그랬던 것처럼 또 하루의 끝을 맞이하며, 그림자들 속에서 더 깊은 평온으로 천천히 가라앉았다.

"당신은 그 얼굴을 보고 싶었던 때가 있었습니까?" 그녀가 한참 뒤에 물었다.

"때때로 아주 보고 싶었지요." 내가 대답했다. 그림자가 창문을 덮치자 아이는 창문에서 사라졌다.

"아! 나도 그랬어요. 하지만 그건 허용이 안 되는 걸로 알아요……
당신은 어디에 사세요?"

"이 카운티의 정반대 쪽에 삽니다.* 60마일 이상 떨어진 곳에요. 이제 그만 돌아가 봐야겠습니다. 나는 커다란 차등車燈을 준비하지 않은 채 이곳까지 왔습니다."

"아직 그렇게 어둡지는 않군요. 나는 그걸 느낄 수 있어요."

"내가 집에 도착할 무렵에는 어두워질 겁니다. 내가 길을 잘 접어들도록 안내해 줄 사람을 붙여 주시겠습니까? 아까 길을 완전히 잃어버려서요."

"매든을 붙여서 당신이 교차로에 도달할 때까지 도와 드리지요. 우리는 세상과 너무 멀리 떨어져 있어서 당신이 길을 잃는 것이 전혀 이상하지 않아요! 먼저 제가 당신을 집 앞까지 안내해 드리지요. 하지만 정원을 벗어날 때까지 천천히 운전해야 돼요. 이게 어리석다고 생각하지 않으시죠?"

"아주 천천히 간다고 약속드리겠습니다." 나는 차를 판석 깐 길로 몰고 가면서 말했다.

우리는 집의 왼쪽 측면을 천천히 지나갔다. 그 집의 정교하게 만들어진 납 홈통 형상들만도 다 구경하려면 하루는 걸릴 것 같았다. 우리는 붉은 벽의 장미가 자란 커다란 문 밑으로 지나가서 집의 앞쪽으로 돌아 나왔는데, 정면의 아름다움과 장엄함도 내가 이미 본 뒤쪽의 그

---

* 이 당시 키플링은 이스트 서섹스의 버워시에서 살았는데 아름다운 집은 웨스트 서섹스에 있으므로 정반대라고 한 것이다.

어떤 것들 못지않게 인상적이었다.

"여기가 정말 그토록 아름답나요?" 그녀는 내 감탄사를 듣더니 아쉬워하는 목소리로 말했다. "당신은 납 홈통 형상들도 마음에 드셨나요? 그 뒤에는 오래된 진달래 정원이 있어요. 여기가 아이들을 위해 만들어진 곳 같다는 말들을 해요. 제가 차에서 내리게 좀 도와주시겠어요? 교차로까지 당신을 바래다주고 싶지만 아이들을 떠날 수가 없어요. 자네인가, 매든? 자네가 이 신사분에게 교차로까지 가는 길을 좀 알려 주게. 저분은 길을 잃었대. 하지만 아이들을 보았다는군."

집사는 육중한 참나무로 만든 현관문 앞까지 소리 없이 다가와서 옆으로 비켜서며 모자를 썼다. 그녀는 빛이 전혀 들어오지 않는 푸른 눈을 크게 뜨며 나를 쳐다보았다. 나는 그때 처음으로 그녀가 아름다운 여자라는 걸 깨달았다.

"기억하세요," 그녀가 차분히 말했다. "만약 당신이 그들을 좋아한다면 여길 다시 찾아오게 될 거예요." 그녀는 곧 집 안으로 들어가 버렸다.

차에 오른 집사는 우리가 저택 정문에 올 때까지 아무 말도 하지 않았다. 나는 그곳에서 숲속에 있는 푸른 블라우스를 얼핏 보고서 급히 차의 방향을 틀었다. 어린아이들에게 장난질을 치게 만드는 악마가 나를 어린이 살해범으로 만드는 걸 예방하기 위해서였다.

"죄송합니다만," 집사가 갑자기 물었다. "선생님은 왜 갑자기 차의 방향을 트셨습니까?"

"저기 아이가 있잖아요."

"푸른 옷을 입은 어린 신사?"

"물론이오."

"그는 상당히 돌아다녀요. 당신은 분수 옆에서 그를 보았습니까?"

"아, 그래요. 여러 번. 우리가 여기서 방향을 틀어야 합니까?"

"예, 선생님. 혹시 2층에 있는 그들도 보았습니까?"

"2층 창문 말입니까? 예."

"그건 여주인께서 밖으로 나와 당신에게 말을 걸기 이전이었습니까, 선생님?"

"그보다 약간 전이었지요. 왜 그걸 알려고 하십니까?"

집사는 잠시 말이 없었다. "그냥 확인하기 위해서입니다. 그들이 차를 보았으니까요, 선생님. 아이들이 주위에 뛰어 돌아다니고 있어서요. 물론 선생님께서 아주 조심스럽게 차를 몰고 계시지만 사고의 염려도 있고. 그게 전부입니다, 선생님. 여기가 교차로입니다. 여기서부터는 길을 잘 아실 겁니다. 감사합니다, 선생님. 하지만 그건 **우리의 관습이 아닙니다. 우리는 여기서 그렇게 안 하는―"

"실례했습니다." 내가 영국 은화 동전을 치우면서 말했다.

"아니, 나머지 사람들은 일반적으로 그렇게 해도 상관없습니다. 안녕히 가십시오, 선생님."

그는 자신의 사회적 지위를 철저하게 인식하는 사람의 근엄한 자세를 유지하면서 물러갔다. 분명 그 저택의 명예를 소중하게 생각하고 또 유모를 통하여 유아실에 대해서도 관심이 많은 집사였다.

나는 교차로의 신호판을 벗어나서 뒤를 돌아다보았으나 숲이 울창한 언덕이 서로 조밀하게 붙어 있어서 그 저택이 있는 곳은 보이지 않았다. 길가의 오두막에서 그 집의 이름을 물어보았을 때, 그곳에서 사탕 과자를 파는 뚱뚱한 여자는 자동차를 가지고 돌아다니는 사람은 그 땅에서 살 권리가 없다는 듯한 인상을 풍겼고, 그러니 '마차를 가지고 다니는 사람들에게 길을 묻는 것은' 더더욱 안 되는 일이라는 느낌을 주었다. 그들은 좋은 매너를 갖춘 사람들이 아니었다.

그날 밤 나는 지도에서 내가 돌아다닌 길을 되짚어 보면서 좀 더 자세히 알게 되었다. 그곳의 토지 측량국 지번地番은 호킨 농장이었으나, 아주 방대한 분량을 담고 있는 카운티 지명 등록부에는 이 농장이 나와 있지 않았다. 그 지역의 가장 큰 저택은 호드닝턴 홀이었고 조지언풍이었으나, 날카로운 쇠 장식이 증명하는 것처럼 초기 빅토리아풍이 약간 가미된 집이었다. 나는 이 난제를 그 지역의 가문 계통도에 해박한 이웃 사람에게 가져가 물어보았으나, 그는 내게 아무런 의미도 전해 주지 못하는 어떤 가문의 이름을 제시했다.

약 한 달 뒤에 나는 다시 그곳에 갔다. 어쩌면 내 자동차가 스스로의 의지로 그곳에 갔다고 하는 게 더 적당하리라. 자동차는 열매 없는 다운스를 과속으로 달려서 언덕 밑의 미로 같은 도로를 누비고 나아가 잎사귀가 무성하여 잘 지나갈 수 없는 높은 담장 같은 숲속을 통과하여 집사가 내게 길 안내를 해 주었던 교차로까지 나아갔다. 그러나 자동차는 그 순간 안에서 고장이 발생해, 나는 여름 정적이 가득한 개암나무 숲으로 이어지는 풀밭에 잠시 차를 멈추어야 했다. 태양의 위치와 시청에서 제작한 1마일을 6인치로 축약한 정밀 도로 교통도를 살펴볼 때, 내가 지난번 언덕 꼭대기에서 처음 탐사해 내려갔던 그 숲의 측면에 있는 도로였다. 나는 자동차 고장 수리가 대단한 일인 척 시늉을 하면서 스패너와 펌프 등의 수리 도구들을 풀밭에 깔아 놓은 양탄자 위에다 질서정연하게 내려놓았다. 그것은 어린아이들의 시선을 끌기 위한 유인책이었다. 이런 날에는 어린아이들이 근처에서 놀고 있을 거라고 짐작했기 때문이다. 나는 수리 작업을 하다가 귀를 기울었다. 하지만 숲은 여름의 소음으로 가득했고(새들은 짝을 지었지만), 그래서 처음에는 떨어진 나뭇잎을 밟으며 살금살금 다가오는 자그마한 발자국 소리와 그 숲속의 소음을 구분할 수가 없었다. 나는 유혹하려는 의도로 경적을 울렸으나 발걸음 소리는 달아나 버렸다. 어린아이에게 갑작스러운 소음은 아주 위험한 공포였기 때문이다. 내가 수리 작업을 한 시간쯤 하고 있을 때, 숲속에서 눈먼 여인이 부르는 소리가 들려왔다. "얘들아, 아, 얘들아, 너희들은 어디에 있니?" 숲속의 정적은 그 완벽한 외침에 보조를 맞추어 잠시 속도를 늦추었다. 그녀는 나무줄기들 사이를 손으로 더듬으면서 내 쪽으로 다가왔다. 그녀의 스커트에 한 아이가 매달려 있는 것처럼 보였으나, 그녀가 가까이 다가오자 그 아이는 토끼처럼 나무 잎사귀들 사이로 들어가 버렸다.

"당신인가요?" 그녀가 말했다. "카운티의 반대편 쪽에서 오신?"

"그렇습니다. 카운티의 반대편에서 온 사람입니다."

"그럼 왜 위쪽 숲을 통과하여 오시지 않았습니까? 그들은 지금 거기에 있습니다."

"그들은 몇 분 전에 여기에 있었습니다. 내 차가 고장 난 걸 알고 구경하러 오리라고 기대했습니다."

"심각한 고장은 아니지요? 차는 어떻게 고장이 나나요?"

"50가지 다른 방식들이 있지요. 하지만 내 차는 51번째 방식을 선택했습니다."

그녀는 작은 농담에 즐겁게 웃었고 상쾌한 웃음소리와 함께 쓰고 있던 모자를 뒤로 젖혔다.

"어디 한번 들어 봐요." 그녀가 말했다.

"잠깐만요." 내가 소리쳤다. "당신에게 방석을 가져다 드리겠습니다.”

그녀는 부품들이 나열된 양탄자 위에 한 발을 내려놓더니 호기심 가득한 표정을 지으며 그 위로 허리를 숙였다. “정말 신기한 물건이네요!” 그녀의 눈이나 다름없는 손이 알록달록한 햇빛 속에서 물건들을 살펴보았다. “여기에 상자가 있네요—저기도 있고. 당신은 이것들을 마치 놀이 가게처럼 진열해 놓았군요!”

“그들을 유혹하기 위해 이렇게 해 놓았다는 걸 고백하겠습니다. 실제로는 이런 것들의 절반도 필요하지 않습니다.”

“정말 자상하시군요! 저기 위쪽 숲에서 당신의 경적 소리를 들었어요. 그들이 당신보다 먼저 여기에 와 있었다고요?”

“확신합니다. 왜 그들은 그토록 수줍어합니까? 방금 당신과 함께 여기에 왔던 파란 옷 입은 어린 친구는 그런 수줍음을 지금쯤 극복했으리라 보는데요. 그는 홍인종 인디언처럼 나를 지켜보기만 했습니다.”

“그건 당신의 경적 때문에 그랬을 거예요.” 그녀가 말했다. “내가 숲에서 내려올 때 그들 중 하나가 당황하며 나를 스쳐 지나가는 소리를 들었어요. 그들은 수줍음이 많아요. 심지어 나한테도 수줍음을 느껴요.” 그녀는 고개를 돌려 다시 한 번 소리쳤다. “얘들아, 아, 얘들아, 여기 와서 한번 봐!”

“그들은 아마 자기들 볼일이 있어서 갔을 겁니다.” 내가 말했다. 우리들 뒤에서 낮은 목소리의 웅얼거림이 어린아이들의 갑작스러운 낄낄거리는 웃음소리에 의해 깨트려졌기 때문이다. 나는 다시 수리 작업으로 돌아갔고 그녀는 손에 턱을 얹은 채 몸을 앞으로 숙이면서 흥미롭다는 듯이 귀를 기울였다.

"그들은 몇 명입니까?" 내가 마침내 말했다. 수리 작업은 끝났지만 나는 어디로 가야 할 이유가 없었다.

그녀가 생각에 잠기면서 이마가 약간 찌푸려졌다. "잘 모르겠어요." 그녀는 간단히 말했다. "때로는 많고—때로는 적어요. 당신도 알다시피, 내가 그들을 사랑하기 때문에 여기 와서 나와 함께 머물러요."

"그건 아주 멋지군요." 내가 도구를 치우면서 말했다. 하지만 내 대답이 어리석다는 느낌이 들었다.

"당신은—당신은 나를 비웃는 게 아니지요?" 그녀가 소리쳤다. "나는—나는 내 자식은 없어요. 나는 결혼을 하지 않았어요. 사람들은 그 아이들 때문에 나를 비웃어요. 왜냐하면—왜냐하면—"

"왜냐하면 그들이 야만인이기 때문이지요." 내가 대신 말했다. "그걸 신경 쓸 필요 없습니다. 그런 부류의 사람들은 자신들의 우둔한 삶에 포함되지 않는 것에는 모두 비웃어 버립니다."

"모르겠어요. 내가 어떻게 알겠어요? 나는 **그들** 때문에 비웃음을 당하는 게 싫을 뿐이에요. 그건 나를 아프게 해요. 그리고 앞을 보지 못하면…… 나는 바보처럼 보이는 게 싫어요." 그녀의 턱은 어린아이의 턱처럼 가볍게 떨렸다. "하지만 우리 맹인들은 하나의 피부만 가지고 있다고 생각해요. 저기 바깥에 있는 모든 것이 우리의 영혼을 곧바로 공격해요. 하지만 당신은 달라요. 당신은 볼 수가 있어서 미리 살핌으로써 좋은 방어책을 세울 수 있고 그래서 그 누구도 쉽사리 당신의 영혼에 고통을 안길 수가 없어요. 사람들은 우리 맹인을 대할 때 그걸 잊어버려요."

나는 잠시 침묵하면서 그 영원히 사라지지 않는 문제를 검토했다. 기독교를 믿는 사람들은 잔인함을 물려받는데 그걸 어릴 때부터 가르치기 때문에 더욱 잔인하며, 여기에 비하면 서부 해안 흑인들의 이교도 주의는 한결 깨끗하고 절제된 것이라 할 수 있다. 그것은 나 자신의 내부를 오랫동안 들여다보게 했다.

"그렇게 하지 마세요!" 그녀가 갑자기 손을 앞으로 내밀며 소리쳤다.

"무엇을요?"

그녀는 가볍게 손짓을 했다.

"그거! 그건 모두 보라색과 검은색이에요. 그렇게 하지 마세요! 그 색깔은 사람을 아프게 해요."

"도대체 당신은 어떻게 색깔에 대해서 알 수가 있습니까?" 나는 감탄했다. 그건 하나의 계시였다.

"색깔을 색깔로 말인가요?" 그녀가 물었다.

"아니요. 당신이 방금 보았다는 그 색깔 말입니다."

"당신은 나만큼 잘 알고 있어요." 그녀가 웃었다. "그렇지 않다면 당신은 그런 질문을 하지 않았을 거예요. 그 색깔들은 세상 속에 있지 않아요. **당신** 속에 있는 거지요. 당신이 아주 크게 화를 낼 때."

"당신은 짙은 보라색을 말하는 겁니까, 레드 와인에다 잉크를 섞은 것 같은?" 내가 말했다.

"나는 잉크나 와인을 보지 못했어요. 하지만 그 색깔들은 서로 뒤섞인 게 아니에요. 다 따로따로예요."

"당신은 검은 줄무늬 혹은 톱날 같은 뾰족한 보라색을 말하는 겁니까?"

그녀는 고개를 끄덕였다. "그래요. 그것들은 이렇게 생겼어요." 그녀가 손가락으로 지그재그 형태를 그려 보였다. "그건 보라색이라기보다 빨간색이에요. 그건 나쁜 색깔이지요."

"그럼 당신이 볼 수 있는 것 중에서 제일 꼭대기에 있는 색깔은 무엇입니까?"

그녀는 천천히 양탄자 위로 몸을 숙이더니 그 위에다 달걀의 모양*을 그려 보였다.

"나는 이런 형태로 색깔들을 봐요." 그녀가 풀줄기로 그 모양을 가리키며 말했다. "하양, 녹색, 노랑, 빨강, 보라 그리고 사람들이 화를 내거나 심기가 사나울 때에는 빨강을 가로질러 검정이 보여요. 방금 전에 당신이 그랬던 것처럼."

"맨 처음에 누가 그걸 당신에게 말해 주었습니까?" 내가 물었다.

"색깔에 대해서? 아무도 말해 주지 않았어요. 나는 어릴 때, 가령 테이블보, 커튼, 카펫 등이 어떤 색깔인지 물어보곤 했어요. 왜냐하면 어떤 색깔은 너무 아프게 하고 어떤 것은 나를 행복하게 했기 때문이지요. 그러면 사람들이 내게 말해 주었어요. 그리고 좀 더 나이가 들면서 이게 사람들을 바라보는 방식이 되었어요." 또다시 그녀는 달걀의 윤곽을 그려 보였는데, 그 달걀은 우리들 중 아주 소수의 사람만 볼 수 있는 것이었다.

"오로지 당신 혼자서 그것을 익혔다고요?" 내가 되물었다.

"오로지 나 혼자서. 다른 사람은 없었어요. 나는 나중이 되어서야 다른 사람들은 그 색깔을 보지 못한다는 것을 알았어요."

그녀는 우연히 뜯은 풀줄기를 꼬았다 풀었다 하면서 나무에 기대어 서 있었다. 숲속의 아이들이 좀 더 가까이 다가와 있었다. 나는 곁

---

* 이것은 세상이 달걀 모양으로 생겼다는 고대의 믿음을 암시하는데 여기서는 초월의 상징으로 사용되었다. 초월은 이 작품의 핵심 모티프이다.

눈길로 다람쥐처럼 깡충대는 그들을 볼 수 있었다.

"이제 당신이 나를 비웃지 않으리라는 걸 확신해요." 그녀가 오랜 침묵 끝에 말했다. "또 **그들에게도** 비웃지 않으리라는 것도."

"무슨 소리! 절대 아닙니다!" 내가 망연히 잠겨 있던 생각에서 벗어나며 말했다. "어린아이를 비웃는—아이도 함께 웃지 않는 한—사람은 이교도입니다!"

"물론, 나는 그 얘기를 하는 게 아닙니다. 당신은 어린아이들을 비웃을 사람이 아닙니다. 하지만 어쩌면 당신이 **그들을** 비웃을지 모른다고 생각했어요. 그래서 실례를 무릅쓰고 묻겠어요…… 당신은 무엇을 비웃을 건가요?"

나는 아무 말도 하지 않았으나 그녀는 내 생각을 알아차렸다.

"실례를 무릅쓴다는 말씀에 생각이 났습니다. 만약 당신이 국가의 기둥으로서 또 여지주로서 의무를 다 수행했다면 지난번 내가 당신의 숲을 무단 침입했을 때 나를 주거 침입죄로 집어넣어야 했겠지요. 그건 나의 잘못이었습니다. 변명의 여지가 없는."

그녀는 나무 기둥에 머리를 기댄 채 아주 오래 찬찬히 나를 쳐다보았다. 알몸의 영혼을 쳐다볼 수 있는 그 여인이.

"참으로 신기해요." 그녀가 속삭이듯 말했다. "정말 신기하다고요."

"제가 뭘 했는데요?"

"당신은 알지 못하고 있어요…… 그런데도 당신은 색깔에 대해서 알고 있어요. 정말 알지 못하겠어요?"

무슨 이유로 그러는지 알 수 없었지만 그녀는 열정적인 어조로 말했고, 나는 나무 기둥에서 일어서는 그녀를 당황하고 놀라며 쳐다보았다. 어린아이들은 관목 숲 뒤에서 원형으로 둘러서 있었다. 한 자그마한 머리가 그보다 작은 다른 머리 위에 기울어져 있었고, 자그마한 어깨 모습을 보아 그들의 손가락을 입술 위에 대고 있는 것 같았다. 그들 또한 어린아이의 엄청난 비밀을 갖고 있었다. 오로지 나 혼자만이 이 훤한 백주 대낮에 형편없이 길을 잃고 있었다.

"아닙니다." 나는 그녀의 죽은 눈이 뭔가를 보기라도 하는 것처럼 고개를 흔들면서 말했다. "그게 무엇이든 나는 아직 깨닫지 못했습니다. 어쩌면 나중에는 알게 되겠지요. 당신이 내게 다시 오라고 해 주신다면."

"당신은 다시 찾아올 거예요." 그녀가 대답했다. "당신은 틀림없이 찾아와서 숲속을 걷게 될 거예요."

"어쩌면 그때가 되면 아이들은 나를 잘 알게 되어 그들과 함께 놀게 해 줄지도 모르지요. 하나의 특혜로서. 당신은 애들이 어떤지 잘 알지 않습니까."

"그건 특혜가 아니라 정당한 권리의 문제입니다." 그녀가 대답했다. 내가 그녀의 말뜻을 이해하려고 궁리하는 동안, 단정치 못하게 생긴 여자가 굽어진 길에서 튀어나왔다. 달려오고 있는 그녀는 머리가 산발이었고, 얼굴은 보라색이었으며, 고뇌로 낮게 울부짖고 있었다. 그녀는 지난번 내가 저택 이름을 물었을 때 무례하게 대답했던 사탕 과자 가게의 뚱뚱한 여자였다. 눈먼 여자가 그 소리를 듣고서 앞으로 나섰다. "무슨 일이에요, 매드허스트 부인?" 그녀가 물었다.

그 여자는 앞치마를 머리 위로 올리고서 글자 그대로 땅 위에 엎드려 기고 있었다. 그녀의 손자가 아파서 죽을 지경인데, 그 마을의 의사는 낚시를 떠나서 현재 없고 그 어머니 제니는 어찌할 바를 모르고 있다면서 울부짖으며 같은 말을 되풀이했다.

"가장 가까운 의사는 어디에 있습니까?" 내가 그 여자의 경련 사이에 물었다.

"매든이 당신에게 말해 줄 거예요. 저기 집으로 내려가서 그와 함께 가세요. 이 분은 내가 돌볼게요. 자, 빨리 가요!" 그녀는 뚱뚱한 여자를 부축하여 그늘로 데려갔다. 2분 뒤에 나는 '아름다운 집'의 현관에서 여리고의 경적*을 울려 댔고 식료품실에 있던 매든은 집사 겸 사나이답게 그 위기에 대응하려고 일어섰다.

과속으로 15분을 달린 후, 우리는 5마일 떨어진 곳에 있는 의사를 찾아냈다. 그리고 30분 만에 자동차에 큰 관심을 보이는 의사를 사탕과자 가게 앞에다 내려놓고 길가에 서서 진단을 기다렸다.

"자동차는 참 유익하군요." 이제 집사 노릇은 잊어버리고 사나이 역할만 하는 매든이 말했다. "내 딸이 아팠을 때 나한테 이런 차가 한 대 있었다면 딸은 죽지 않았을 텐데."

"어떤 병이었는데요?"

"크루프**였습니다. 아내는 잠깐 자리를 비운 상태였어요. 아무도 어떻게 해야 할지 몰랐습니다. 나는 의사를 찾아서 수레를 끌고 8마일을 달려갔습니다. 우리가 돌아오니 딸애는 숨을 제대로 쉬지 못했습니다. 이 차가 있었다면 딸애를 살렸을 겁니다. 살아 있었더라면 지금열 살 가까이 되었을 텐데."

"정말 안됐습니다." 내가 말했다. "지난번에 교차로까지 함께 갈 때한 말로 미루어 당신이 아이들을 좋아한다고 생각했습니다."

---

* 이스라엘군의 사령관인 여호수아는 트럼펫 경적을 울림으로써 여리고의 성벽을 파괴했다.
구약성경 『여호수아기』 6장 20절.
** 후두염증.

"선생님, 오늘 아침에도 그들을 보았습니까?"

"예. 하지만 애들은 이미 차에 익숙해졌나 봐요. 그들 중 누구도 차에서 20야드 이내로 다가오려 하지 않았습니다."

그는 척후병이 낯선 사람을 쳐다보듯이 나를 찬찬히 쳐다보았다. 하급자가 신성한 상급자를 향해 눈을 쳐들며 바라보는 그런 눈빛은 아니었다.

"왜 그랬는지 모르겠군요." 그가 아주 나지막한 목소리로 말했다.

우리는 계속 기다렸다. 바다에서 가벼운 바람이 불어와 숲을 위아래로 흔들어 댔고, 이미 여름 먼지를 뒤집어쓴 길옆의 풀들은 창백한 물결을 이루며 솟아올랐다가 가라앉았다.

한 여인이 팔에서 비누 거품을 닦아 내며 사탕 과자 가게 옆의 오두막에서 나왔다.

"내가 뒤뜰에서 엿들었어요." 그녀가 힘차게 말했다. "의사가 그러는데 아더는 아주 상태가 나쁘대요. 그 애가 방금 비명을 내지르는 걸 들었나요? 아주 나쁘대요. 이제 다음 주에 제니가 숲속에 들어가 걸어야 할 차례인가 봐요, 매든 씨."

"저기, 선생님, 실례합니다. 차에서 쓰는 무릎 덮개가 흘러내렸는데요." 매든이 공손하게 말했다. 여자는 당황하며 인사를 하고서 황급히 사라졌다.

"저 여자가 말한, '숲속을 걷는다'라는 건 무슨 소린가요?" 내가 물었다.

"여기 사람들이 쓰는 관용어인가 봅니다. 나는 노픽 출신입니다." 매든이 말했다. "이 카운티 사람들은 아주 독립심이 강하지요. 그녀는 선생님을 운전사로 본 것 같습니다."

나는 의사가 오두막에서 걸어 나오는 것을 보았다. 그 뒤에는 단정치 못한 여자가 그의 팔에 매달려 나왔는데 마치 의사가 죽음을 상대로 그녀 대신 흥정을 해 줄 수 있다고 믿는 듯했다. "저 아이는," 그녀가 슬프게 소리쳤다. "적법하게 태어난 아이 못지않게 우리에게 소중한 아이입니다. 그에 못지않다고요! 의사 선생님, 저 아이를 살려 주시면 하느님도 기뻐하실 겁니다. 저 아이를 내게서 빼앗아 가지 마세요. 미스 플로렌스도 당신에게 똑같은 말을 할 겁니다. 그를 떠나지 마세요, 의사 선생님!"

"알아요, 알아요." 의사가 말했다. "저 아이는 잠시 진정될 겁니다. 우리는 간호사와 약품을 가능한 한 빨리 확보해야 돼요." 그는 내게 차를 가지고 다가오라고 손짓했다. 나는 그 광경에 노골적인 관심을 보이지 않으려고 무척 애를 썼다. 하지만 슬픔으로 부어오른 여자의 얼굴을 보지 않을 수 없었고, 차가 움직일 때 그녀의 반지 끼지 않은 손이 내 무릎을 꼭 잡는 것을 느낄 수 있었다.

의사는 상당히 개성이 강한 사람이었다. 그는 의학의 신 아스클레피오스의 맹세 아래 나와 내 차를 무자비하게 부려먹었다. 먼저 우리는 매드허스트 부인과 눈먼 여인을 차로 환자의 병상까지 날라 주고서 간호사가 올 때까지 대신 간호하게 했다. 그다음에 처방전을 들고서 카운티 청사 소재지로 달려갔다(의사는 뇌척추막염이라는 진단을 내렸다). 그러나 시장에 팔려고 내놓은 소들이 가득한 카운티 보건소로 가 보니 마침 간호사들이 없었고, 그래서 우리는 카운티 전역을 돌아다니며 간호사를 찾아보아야 했다. 우리는 넓은 길의 막다른 곳에 있는 대저택의 소유주 겸 토호들과 상의했다. 그 저택의 덩치 큰 여주인들은 다탁에서 일어나 의사의 긴급한 상황 설명을 들었다. 마침내 한 백발의 숙녀—레바논 삼나무 아래 앉아, 자동차를 적대시하는 덩치 큰 보르조이 개들의 호위를 받고 있는 숙녀—가 의사에게 서면 지시서를 내려 주었고 의사는 마치 공주에게서 받듯이 그 서류를 접수했다. 우리는 전속력으로 수 마일을 달려서 공원을 통과한 끝에 한 프랑스 수녀원에 도착했고, 그 서류를 내어 주고서 창백한 얼굴에 온몸을 떠는 수녀를 차에 태울 수 있었다. 그녀는 자동차 뒷좌석에 무릎을 꿇고 앉아서 계속 묵주 기도를 바쳤고, 우리는 의사가 발견해 낸 지름길을 통하여 마침내 그 수녀를 사탕 과자 가게 앞에 내려놓을 수 있었다. 그것은 미친 듯한 에피소드들로 가득한 지루한 오후였고, 그 사소한 사건들은 자동차 바퀴에 달라붙는 흙처럼 솟아올랐다가 사라져 갔다. 우리는 멀리 떨어져 있고 이해하기 어려운 인생의 여러 단면들을 직각으로 지나쳤다. 나는 파김치가 되어 석양 무렵에 집으로 돌아왔고 서로 뿔을 부딪치는 소 떼, 무덤이 들어선 정원에서 천천히 걷는 둥그런 눈을 가진 수녀들, 그늘 시원한 나무 아래에서의 다회, 석탄산 냄새가 나고 회색 페인트칠을 한 카운티 보건소의 복도, 숲속에 있던 어린아이들의 수줍어하는 발걸음, 자동차가 움직이는 순간 내 무릎을 꼭 잡던 그 어머니의 양손 따위를 꿈에서 보았다.

나는 하루 이틀 사이에 다시 돌아갈 생각이었다. 그러나 운명은 여러 가지 구실을 들이대며 내가 카운티의 그 지역으로 돌아가는 것을 막았고 마침내 딱총나무와 들장미가 열매를 맺는 계절이 되었다. 남서풍이 불어와 공기가 청명해져서 언덕이 손에 잡힐 듯 가까이 느껴지는 어느 화창한 날이었다. 하지만 공기가 불안정하고 얇은 구름들이 높이 떠 있는 날이기도 했다. 특별히 노력한 것도 없는데 그날 나는 자유로운 몸이었고 그래서 세 번째로 그 잘 알게 된 도로로 내 차를 몰았다. 다운스의 산등성이에 올라서면서 나는 부드러운 공기가 바뀌는 것을 느꼈고 공기가 태양 아래에서 유리처럼 반짝거리는 걸 볼 수 있었다. 바다를 내려다보는 그 순간, 영국해협의 푸른 색깔이 닦아 놓은 은색으로 바뀌더니 이어 둔탁한 쇠 색깔로 변하다가 마지막에는 어둠침침한 백랍으로 변했다. 해안을 따라 천천히 움직이던 석탄 화물선이 난바다 쪽으로 나아갔고, 나는 구리 색깔의 안개를 통해 돛배들이 하나씩 하나씩 모여들어 해안에 정박하여 어선 군단을 형성하는 광경을 볼 수 있었다. 내 뒤의 깊은 해안 모래밭에서는 갑작스러운 바람이 울창한 참나무들을 통과하며 북소리를 내다가, 그 가을에 첫 번째로 생긴 낙엽을 공중으로 들어 올렸다. 내가 해안 도로에 도착하자 바다 안개가 벽돌 공장들 위를 덮었고 조류潮流는 우샨트* 너머의 방파제에 크게 부딪쳐 왔다. 한 시간도 채 되지 않아 여름의 영국은 차가운 회색 속에 사라져 버렸다. 우리는 북쪽에 갇힌 외딴 섬이었고, 세상의 모든 배는 우리의 위험한 문들을 향해 뱃고동을 울려 댔다. 그리고 그 뱃고동 소리들 사이로 놀란 갈매기들의 외침 소리가 뚫고 지나갔다. 나의 모자는 물방울이 뚝뚝 떨어졌고, 모자 윗부분의 움푹 들어간 곳은 물웅덩이가 생겼거나 아니면 작은 실개울을 이루어서 물을 아래로 흘러내렸다. 그러자 내 입술에서 소금기가 느껴졌다.

내륙에서는 나무를 덮은 짙은 안개 위로 가을의 냄새가 물씬 풍겼다. 가는 비는 계속 내리다 굵은 빗줄기가 되었다. 그러나 늦게 핀 꽃들—길가의 아욱, 들판의 체꽃, 정원의 달리아—은 안개 속에서도

---

* Ushant, Ouessant의 영어식 표기로 프랑스 브리타니 해변에서 좀 떨어져 있는 섬.

즐거운 기색을 내보였고 잎사귀에는 바다의 숨결 말고 별다른 조락의 흔적이 보이지 않았다. 마을에는 문들이 모두 열려 있었고, 맨발에 맨머리인 어린아이들은 집 앞의 축축한 계단에 느긋이 앉아서 지나가는 낯선 사람에게 "삐약, 삐약" 하고 소리를 질러 댔다.

나는 용기를 내어 사탕 과자 가게를 방문했다. 그곳에서 뚱뚱한 매드허스트 부인이 눈물을 흘리며 나를 환영했다. 그녀는 제니의 아이가 수녀 간호사가 온 지 이틀 만에 죽었다고 말했다. 비록 보험사에서 이해할 수 없는 이유로 보험을 적극 받아 주려 하지 않았지만 그래도 장례가 잘 치러졌다고 했다. "제니는 아더가 적당한 절차를 거쳐서 1년 만에 이 세상에 태어난 것처럼 그 아이를 돌보았어요. 제니 그 애가 예전에 그랬던 것처럼." 미스 플로렌스 덕분에 아이는 정중한 장례식을 거쳐 매장이 되었고, 매드허스트 부인이 느끼기에 그런 장례식은 아이의 자그마한 불법 출생을 덮고도 남을 만한 것이었다. 그녀는 관의 안팎과 유리 영구차 그리고 무덤의 녹색 안감에 대해서 자세히 말했다.

"그렇지만 그 어머니는 어떻게 지냅니까?" 내가 물었다.

"제니? 아, 그 애는 곧 극복할 겁니다. 나도 우리 애 한두 명과 관련해 그런 걸 겪었거든요. 극복할 겁니다. 그 애는 지금 숲속을 걷고 있어요."

"이 날씨에?"

매드허스트 부인은 눈을 가늘게 뜨고서 카운터 너머로 나를 쳐다보았다.

"나는 잘 모르지만 그게 가슴을 열어 준다고 해요. 그래요, 가슴을 열어 주지요. 숲속에선 잃는 것과 참고 견디는 게 결국 같은 게 되어 버린다고 말들 해요."

늙은 부인들의 지혜는 모든 아버지의 그것보다 더 위대하다. 나는 이 마지막 신탁을 깊이 생각하면서 길 위로 올라가다가 너무 흥분하여 '아름다운 집' 정문 옆 구석의 숲가에 서 있던 모자를 거의 칠 뻔했다.

"빌어먹을 날씨!" 나는 방향을 틀기 위해 차의 속도를 죽이면서 소리쳤다.

"그렇게 나쁘지 않아요." 그녀가 안개 속에서 차분히 말했다. "나는 이런 날씨에 익숙해요. 당신은 아마도 실내에서 당신이 원하는 날씨를 발견할 겁니다."

실내로 들어가니 매든이 정중하게 나를 맞이했고 자동차의 상태를 물은 뒤 덮개를 씌워 주었다.

나는 늦게 핀 꽃들로 아늑하게 장식되고 장작불로 기분 좋게 덥혀진 조용한 갈색 홀에서 기다렸다. 좋은 영향력과 깊은 평화를 가져다주는 곳이었다(남자와 여자는 때때로 엄청난 노력을 기울인 끝에 그럴듯한 거짓말을 할 수가 있다. 하지만 그들의 신전인 집은 그 안에 살고 있는 사람들의 진실 이외에는 그 어떤 것도 말해 주지 못한다). 양탄자를 걷어 놓은 흑백의 방바닥에는 어린아이용 수레와 인형이 놓여 있었다. 나는 아이들이 또 숨으려고 어디론가 갔구나, 하고 생각했다. 홀에서 2층으로 올라가는, 손도끼로 깎아 놓은 나무 계단의 굽이굽이를 돌아갔거나 아니면 저기 2층에 있는 조각된 갤러리*의 사자와 장미 뒤에 숨어서 밖을 내다보고 있을지 몰랐다. 이어 나는 내 위

* 좁고 긴 방.

에서 들려오는 그녀의 목소리를 들었다. 영혼으로부터 직접 노래를 부르는 맹인 방식의 노래였다.

상쾌한 과수원 땅들에서

그리고 그 노래의 부름에 나의 젊을 적 여름들이 다시 회상되었다.

상쾌한 과수원 땅들에서
하느님이 우리의 소득을 축복해 주신다고 우린 말하네.
하지만 하느님이 우리의 손실도 축복해 주시기를.
우리 인간의 분수에 걸맞게.

그녀는 어울리지 않는 5행은 생략해 버리고 4행을 반복했다.*

우리 인간의 분수에 걸맞게.

나는 그녀가 갤러리 위로 몸을 기울이는 것을 보았다. 깍지 낀 그녀의 두 손은 참나무에 비해 진주처럼 희었다.
"당신이세요, 카운티의 정반대 쪽에서 오신?" 그녀가 물었다.
"그렇습니다. 카운티의 정반대 쪽에서 온 사람입니다." 내가 웃으면서 대답했다.
"여기 다시 오는 데 시간이 오래 걸렸네요." 그녀는 한 손으로 넓은

---

* 이 시는 엘리자베스 배럿 브라우닝의 시 「잃어버린 정자」인데 생략된 5행은 이러하다. '들어라, 온유하고 그리고 순수하게! 들어라, 무릎에 있는 어린아이들아.'

난간을 잡으면서 계단을 달려 내려왔다. "두 달하고도 나흘이에요. 여름이 가 버렸어요!"

"그 전에 오려 했는데 운명이 가로막았습니다."

"알아요. 저 벽난로의 불을 좀 어떻게 해 주세요. 사람들은 내가 저걸 건드리지 못하게 해요. 하지만 불 상태가 좋지 않은 거 같아요. 어서 좀 때 주세요!"

나는 깊숙이 들어간 벽난로의 양쪽을 살펴보다가 절반쯤 검게 된 쇠꼬챙이를 발견하고서 그걸로 검은 장작을 난로 속으로 집어넣었다.

"밤이나 낮이나 난로는 꺼지지 않아요." 그녀가 설명하려는 듯이 말했다. "누군가가 발이 시린 상태로 들어올지 몰라서."

"바깥보다 실내가 더 아름답군요." 내가 중얼거렸다. 붉은빛이 오래되고 잘 닦인 검은 패널을 비추자 갤러리의 튜더풍 장미와 사자들이 색깔과 동작을 취하는 것 같았다. 오래되고 꼭대기에 독수리가 장식된 볼록 거울이 그 형상을 신비스러운 중심에 받아들이자 왜곡된 그림자들을 더욱 왜곡시켰고 갤러리의 선線들을 굽어지게 하여 마치 배의 선 같게 만들었다. 안개가 가느다란 빗줄기로 바뀌자 그날은 절반쯤 강풍에 갇히게 되었다. 커튼 달지 않은 창문의 멀리언을 통하여 나는 잔디 정원의 씩씩한 기사들이 일어서면서 그들에게 낙엽을 무수히 뿌려 대며 비난하는 바람에 맞서는 모습을 볼 수 있었다.

"그래요. 아름다울 거예요." 그녀가 말했다. "한번 둘러보시겠어요? 2층에는 아직 빛이 남아 있어요."

나는 그녀를 따라 단단하고 마차만큼 넓은 계단을 올라가 갤러리에 들어섰고 거기서 가느다란 둥근 세로 홈을 새긴 엘리자베스풍 문들을 열었다.

416

"어린아이들을 위해서 문고리를 낮게 설치한 걸 좀 보세요." 그녀가 가벼운 문을 안으로 밀었다.

"그런데, 그들은 어디에 있죠?" 내가 물었다. "나는 오늘은 그들의 소리를 듣지 못했습니다."

그녀는 즉각 대답하지 않았다. "난 그들을 들을 수만 있어요." 그녀가 부드럽게 대답했다. "여긴 그들의 방 중 하나예요. 보다시피 모든 것이 준비되어 있어요."

그녀는 나무로 단장된 방을 가리켰다. 낮은 책상들과 어린이용 의자들이 있었다. 현관문이 절반쯤 열린 인형의 집은 얼룩무늬의 회전목마를 바라보고 있었고, 그 쿠션 달린 안장에서 잔디밭을 내려다보는 넓은 창문까지는 어린아이도 기어갈 수 있는 거리였다. 장난감 총이 도금된 나무 대포 옆의 한구석에 놓여 있었다.

"애들이 또 어디론가 가 버렸구나" 하고 나는 낮게 속삭였다. 점점 희미해지는 빛 속에서 문이 조심스럽게 삐걱거리며 열렸다. 나는 겉옷이 살랑거리는 소리와 발걸음 소리를 들었다. 저쪽 방을 가로질러 가는 빠른 발걸음이었다.

"나는 저 소리를 들었어요." 그녀가 의기양양하게 소리쳤다. "당신도 들었나요? 애들아, 아, 애들아! 너희들은 어디에 있니?"

그 목소리는 사방 벽을 채웠고 벽들은 마지막 한 음절까지 그 소리를 완벽하고 사랑스럽게 보존했다. 하지만 내가 정원에서 들었던 화답하는 외침 소리는 들려오지 않았다. 우리는 그 방에서 참나무 바닥을 댄 방으로 이동했다. 여기서 한 걸음 올라가고, 저기서 세 걸음 내려갔다. 미로 같은 통로들을 헤맸으나 우리의 추적 대상은 우리를 비웃었다. 차라리 단 한 마리의 흰담비를 가지고 제어되지 않는 토끼 사육장을 사냥하려고 하는 게 더 나을 것이었다. 거기에는 빠져나갈 구멍이 무수히 많았다. 벽들의 틈새나, 이제 어두워진 창문의 깊게 찢어진 나팔꽃 모양의 구멍 같은 곳에서 그들은 얼마든지 우리 뒤에 숨을 수 있었다. 방치된 벽난로들, 6피트 깊이의 돌 세공, 미로처럼 얽힌 연결된 방들도 마찬가지였다. 무엇보다도 이 보물찾기 게임에서 그들을 도와주는 석양의 어둠이 있었다. 나는 달아나면서 내지르는 한두 번의 유쾌한 웃음소리를 들었고 또 통로 끝에 있는 어떤 어두워진 창문에 비친 어린아이의 겉옷 실루엣을 보았다. 하지만 우리는 빈손으로 갤러리에 돌아왔고, 그곳에서 한 중년 부인이 벽감에다 램프를 설치하고 있었다.

"아니요. 저도 오늘 저녁에는 그녀를 보지 못했어요, 미스 플로렌스." 나는 그녀가 말하는 것을 들었다. "하지만 저 터핀이 자신의 헛간과 관련하여 당신을 만나고 싶다고 하는군요."

"아, 터핀 씨는 나를 아주 만나고 싶어 해요. 그에게 홀로 오라고 하세요, 매든 부인."

나는 홀 쪽을 내려다보았다. 그곳은 약해진 벽난로 불빛으로 희미하게 밝혀져 있었고, 깊은 그늘 속에서 마침내 나는 그들을 보았다. 그들은 우리가 통로에 있을 때 밑으로 빠져나간 게 틀림없었다. 이제 금빛의 오래된 가죽 가리개 뒤에 숨으면 아주 안전하다고 생각할 터였다. 어린아이의 법칙에 의하면, 나의 무익한 추적은 서론에 해당하는 것이었다. 하지만 내가 이처럼 수고를 많이 했으므로 나는 간단한 술수를 부려서 그들을 앞으로 나오게 해야겠다고 생각했다. 그 술수는 아이들이 싫어하는 것인데, 그들의 존재를 싹 무시해 버리는 것이다. 그들은 자그마한 무리를 이루어 가까이 숨어 있었고, 재빠른 불빛이 그 윤곽을 드러내는 그림자에 지나지 않았다.

"자, 이제 차를 마시도록 해요." 그녀가 말했다. "당신에게 맨 먼저 차를 드려야 했으나, 혼자 살고 있고 또 뭐라고 할까, 특이한 사람이라고 간주될 때에는 매너를 지키기가 어렵지요." 이어 그녀는 약간 자기를 경멸하는 듯한 어조로 말했다. "식사를 하려면 램프를 켜는 게 좋을까요?"

"난로 불빛이 더 아늑할 것 같군요." 우리는 그 아늑한 어둠 속으로 내려갔고 매든이 차를 내왔다.

나는 추적 게임이 진행되는 동안 놀람을 주거나 나 자신이 놀라기 위해 미리 준비를 하고 가리개 쪽의 의자를 잡았다. 그리고 난로는 언제나 신성한 것이므로 그녀의 허락을 받은 다음 벽난로 불빛과 놀이를 하기 위해 몸을 앞으로 숙였다.

"이 예쁘고 짧은 장작들을 대체 어디서 구하십니까?" 내가 천천히 물었다. "아니, 이건 장작이 아니라 부신*이네요!"

"물론이에요." 그녀가 말했다. "내가 읽거나 쓸 수 없기 때문에 나의 회계를 위해 초창기 영국의 부신을 사용하고 있어요. 부신 하나만 줘보세요. 어떻게 읽는지 말씀드릴게요."

그녀에게 불태우지 않은 약 1피트 길이의 개암나무 부신을 하나 건네주자, 그녀는 부신의 새김 눈을 따라 엄지손가락을 훑어 내렸다.

"이건 지난해 4월 달에 우리 농장의 우유 기록표예요. 갤런 단위지요." 그녀가 말했다. "난 부신이 없었다면 어떻게 해야 될지 난감했을 거예요. 우리 농장의 오래된 나무꾼이 이 제도를 내게 가르쳐 주었어

---

* 부신符信은 대차貸借 관계자가 막대기에 금액을 눈금으로 새기고 세로로 둘로 쪼개어 절반씩 나눠 가지고 보관하였다가 뒷날 증거로 삼았다.

요. 물론 다른 모든 사람들에게는 낡은 것이 되어 버렸지요. 하지만 나의 임차인들은 이걸 존중하고 있어요. 그들 중 한 사람이 지금 나를 만나러 와요. 오, 이건 중요하지 않아요. 그는 근무 시간 이외에 여기 올 일이 없어요. 그는 탐욕스럽고 무식한 사람이지요. 아주 탐욕스러워요. 그렇지 않으면 어두워진 후에 여길 찾아오지 않았을 거예요."

"당신은 땅을 많이 소유하고 있습니까?"

"내 손에 있는 건 2백 에이커뿐이에요. 나머지 6백 에이커는 나 이전에 우리 가족을 알던 사람에게 다 세를 주었어요. 터핀은 최근에 온 사람인데 노상강도나 다름없어요."

"혹시 제가 방해가 되지 않을—"

"절대로 방해되지 않아요. 당신은 권리를 갖고 있어요. 그는 아이들이 없어요."

"아, 아이들!" 나는 낮은 의자를 뒤로 밀어서, 그들을 감추고 있는 가리개에 거의 맞닿을 법한 지점까지 밀어냈다. "그들이 나를 보러 올지 모르겠군요."

낮고 어두운 옆문에서 웅얼거리는 목소리—매든의 목소리와 좀 더 저음인 목소리—가 들려왔다. 붉은 머리카락에, 즈크 천 각반을 찬, 영락없는 소작 농부 타입의 거한이 홀 안으로 갑자기 들어섰거나 아니면 밀려서 들어왔다.

"벽난로 쪽으로 오세요, 터핀 씨." 그녀가 말했다.

"미스, 당신만 괜찮다면 나는 문 옆에서도 괜찮습니다." 그는 겁먹은 아이처럼 말하면서 문고리를 잡고 있었다. 갑자기 나는 그가 어떤 압도적인 공포에 사로잡혀 있다는 것을 깨달았다.

"무슨 건이죠?"

"어린 소들을 위한 새 헛간에 관한 것입니다. 그게 전부예요. 그런데 첫가을 폭우가 시작되어…… 미스, 다시 오겠습니다." 그의 이는 문고리 못지않게 덜거덕거리고 있었다.

"그럴 필요 없다고 생각해요." 그녀가 차분한 어조로 말했다. "그 새로운 헛간은—음. 나의 대리인이 당신에게 지난 15일에 뭐라고 써 보냈나요?"

"내가 혹시 당신을 만나러 와서 일대일로 얘기를 하면 혹시라도 해서, 미스. 그러나—"

그는 겁먹은 눈알을 굴리며 방 안을 구석구석 쳐다보았다. 그는 방금 들어온 문을 거의 절반쯤 열려고 했으나 그 문이 밖에서 단단히 닫힌 것을 발견했다.

"그는 내가 말해 준 대로 편지를 써 보냈어요." 그녀가 계속 말했다. "당신은 이미 소 떼가 너무 많아요. 더네트 농장은 50마리 이상의 소를 유지한 적이 없어요. 이건 심지어 라이트 씨 시절에도 마찬가지였어요. 게다가 **그는** 비료를 사용했어요. 당신은 67두나 가지고 있는데 비료를 사용하지 않아요. 당신은 그 점만으로도 임대차 계약을 위반한 거예요. 당신은 농장의 핵심을 다 꺼내어 사용하고 있어요."

"저는 다음 주에 약간의 과인산 비료를 가져올 생각입니다. 나는 한 트럭분을 이미 주문해 놓았습니다. 내일 역사驛舍로 내려가서 이 문제를 알아보겠습니다. 그러면 미스, 나는 훤한 대낮에 당신을 찾아와 일대일로 대화를 나눌 수 있으리라 생각합니다…… 저 신사분은 가지 않을 거지요?" 그는 거의 비명을 내질렀다.

나는 의자를 약간 더 뒤로 밀어냈고 이제 손을 뒤로 내밀면 가리개의 가죽을 만질 수 있을 정도였다.

"아니요. 그리고 내 말을 똑똑히 들으세요, 터핀 씨." 그녀는 의자에서 몸을 돌려 옆문에 등을 대고 있는 그를 똑바로 쳐다보았다. 그것은 오래된 지저분한 술수였고 그녀는 이제 그에게 그런 수작을 솔직히 인정하라고 압박하는 중이었다. 그는 여주인의 비용으로 새 헛간을 지을 수 있게 해 달라고 조르는 것이었다. 그는 그녀가 이미 지적한 것처럼 비옥한 토지를 뼛속까지 다 긁어내서 거기서 나온 비료를 가지고 내년 임대료를 지불하려는 것이었다. 나는 그의 지독한 탐욕에 놀라지 않을 수 없었다. 그가 어떤 공포로 이마에 땀을 줄줄 흘리면서도 그것을 무릅써 가면서 자신의 이득을 챙기려는 것이었다.

나는 가리개의 가죽을 더듬는 동작을 멈추었다. 실은 머릿속으로 그 새로운 헛간의 비용을 계산 중이었다. 그 순간 나의 이완된 손이 어린아이의 부드러운 손에 잡혀서 가볍게 돌려졌다. 곧 나는 몸을 돌려서 그 발 빠른 방랑자들과 대면하게 될 터였다……

그 스쳐 지나가는 자그마한 키스는 내 손바닥 한가운데 떨어졌다. 그것은 하나의 선물이었고 당연히 내 손가락은 꽉 움켜쥘 것으로 기대되었다. 심지어 어른들이 아주 바쁠 때에도 무시당하는 것을 싫어하는, 간절히 기다리는 어린아이의 절반쯤 비난하는 신호였다. 그것은 아주 오래전에 고안된 무언의 법칙 중 하나이기도 했다.

그 순간 나는 깨달았다. 내가 이곳을 처음 방문한 날 잔디 정원을 가로질러 2층 창문을 바라보았던 그 순간에 이미 깨달은 것을 이제야 깨닫는 듯한 느낌도 들었다.

나는 옆문이 닫히는 소리를 들었다. 눈먼 여인은 침묵 속에서 내게 고개를 돌렸고, 나는 그녀가 나의 깨달음을 눈치챘다고 느꼈다.

그 후 시간이 얼마나 지났는지 나는 알지 못한다. 나는 통나무가 떨어지는 소리를 들었고 기계적으로 일어서서 그것을 원위치 시켰다. 이어 가리개 아주 가까이 있는 내 의자로 돌아왔다.

"이제 당신은 알았군요." 그녀가 밀집된 그림자들을 가로질러 속삭였다.

"예, 알았습니다. 이제야. 정말 감사합니다."

"난—난 그들을 들을 수만 있어요." 그녀는 양손 위에 얼굴을 내려놓았다. "당신이 알다시피, 나는 권리가 없어요. 다른 권리도 없어요. 나는 참아 본 적도 없고 잃어 본 적도 없어요!"

"그럼 아주 기쁘실 텐데." 내가 말했다. 내 안에서 나의 영혼이 찢어져 열리고 있었다.

"나를 용서하세요!"

그녀는 아무 말이 없었고 나는 나의 슬픔과 나의 즐거움으로 되돌아갔다.

"그건 내가 그들을 너무나 사랑하기 때문이에요." 그녀가 마침내 갈라진 목소리로 말했다. "그것 때문에 그렇게 된 거예요. 처음서부터, 심지어 그들이 내가 가질 수 있는 것의 전부라는 걸 알기 전부터도. 그리고 나는 그들을 정말로 사랑해요!"

그녀는 그림자들과, 그림자들 가운데의 그림자들을 향해 양팔을 내뻗었다.

"그들은 내가 그들을 사랑하기 때문에 와요. 내가 그들을 필요로 하기 때문에. 나는—나는 그들을 오게 만들어야 했어요. 그게 잘못되었다고 생각하세요?"

"아니요—아니요."

"나는 이 장난감들과 그 모든 것이 난센스라는 걸 인정하겠어요. 하지만 나는 어릴 때 비어 있는 방들을 너무 싫어했어요." 그녀는 갤러리를 가리켰다. "그리고 통로들은 모두 텅 비어서…… 그러니 내가 어떻게 정원 문을 잠가 두겠어요? 가령―"

"제발, 제발 그만하세요!" 내가 소리쳤다. 석양은 거센 바람과 차가운 빗줄기를 가져와 납 창문들을 두드려 댔다.

"그리고 밤새 벽난로 불을 켜 두는 것도 그 때문이에요. 난 그걸 그리 어리석다고 생각하지 않아요. 당신도 그렇지요?"

나는 넓은 벽돌 난로를 쳐다보았고 흘러내리는 눈물로 내 눈이 흥건한 채로 난로 근처에 넘어 다니는 걸 예방하는 쇠창살이 없음을 발견하고서, 고개를 끄덕였다.*

"나는 단지 겉으로 꾸미기 위해서 이 모든 것을 해 놓았어요. 그런데 그들이 왔어요. 나는 그들을 들었어요. 하지만 매든 부인이 내게 말해 주기 전까지는 그들이 권리상으로도 나의 것이 아님을 알지 못했어요."

"집사의 아내 말입니까? 무엇을 말해 주었는데요?"

"그들 중 하나를 그녀가 보았다는 말을 나는 들었어요. 그리고 알았어요. 그녀의 것이로구나! 나를 위해 온 것이 **아니로구나**. 나는 처음엔 몰랐어요. 어쩌면 질투를 했을 수도 있고요. 그 후에 내가 그들을 사랑하니까 온 것이지, 다른 이유 때문은 아니라는 것을 알았어요. 아, 그러자면 당신은 참아 내거나 잃어버려야 해요." 그녀가 슬픈 목소리로 말했다. "그 외에 다른 방법은 없어요. 그렇지만 그들은 나를 사랑해요. 그들은 반드시 그래야 해요. 또 그렇게 하고 있지 않아요?"

---

* 영국 속설에 혼령은 쇠의 존재를 견뎌 내지 못한다고 한다.

장작이 타오르는 소리 이외에 방 안에는 다른 소리는 나지 않았다. 그러나 우리 두 사람은 열심히 귀를 기울였고 그녀는 적어도 자신이 들은 것에서 위로를 얻었다. 그녀는 평정심을 회복하고서 자리에서 일어섰다. 나는 여전히 가리개 옆의 의자에 앉아 있었다.

"나 자신에 대해서 이처럼 칭얼대다니 좀 한심하다는 생각이 들지 않으세요? 그러나 나는 깊은 어둠 속에 있고 **당신은** 볼 수가 있어요."

사실 나는 볼 수가 있었다. 그렇게 볼 수 있는 시력은 나의 깨달음을 더욱 굳건히 확인해 주는 것이었으나, 그 때문에 나의 정신과 육체는 서로 분리되는 느낌이 들었다. 그렇지만 그것이 마지막 방문이었으므로 나는 조금 더 머무를 수 있었다.

"그럼 당신은 그게 잘못이라고 생각하나요?" 비록 내가 아무런 말도 하지 않았지만 그녀가 날카롭게 물었다.

"당신은 잘못이 없습니다. 천 번도 더 잘못이 없지요. 당신에게는 그것이 옳습니다······ 나는 당신에게 말로는 표현하지 못할 고마움을 느낍니다. 그건 나한테는 잘못된 일일 겁니다. 오로지 나한테는······"

"왜요?" 그녀가 말했다. 하지만 그녀는 우리가 숲속에서 만났던 두 번째 만남 때처럼 얼굴 앞으로 손을 내밀었다. "당신에게는 그것이 잘못일 수도 있어요." 이어 그녀는 속으로 기어 들어가는 자그마한 웃음을 웃었다. "혹시 기억하세요? 우리의 처음 만남에서 내가 당신에게—딱 한 번—운이 좋다고 한 말을? 이제 여기를 다시는 오지 말아야 할 당신으로서는!"

그녀는 내가 가리개 옆에 조금 더 오래 앉아 있도록 내버려 두었다. 나는 그녀의 발걸음이 위층의 갤러리를 따라서 멀어져 가는 소리를 들었다.

‘딤처치 야반도주’

"Dymchurch Flit"

비보이Bee Boy의 노래

벌들! 벌들! 너희 벌들의 노래를 들어라!
'너희들 좋을 대로 네 이웃으로부터 숨어라.
하지만 그동안 벌어진 모든 일을 우리에게 말해야 돼.
안 그러면 우리는 너희에게 팔 수 있는 꿀을 주지 않을 거야!'

결혼식 날을 맞이한 영광스러운 신부,
그녀는 벌들에게 그 얘기를 해 주어야 해.
안 그러면 벌들은 날아가서 죽어 버릴 거야.
점점 줄어들면서 너를 떠나 버릴 거야!
그러나 네가 벌들을 속이지 않는다면
벌들도 너를 속이지 않을 거야.

결혼, 출산 혹은 매장, 바다 건너의 소식,
너희들의 슬프고 기쁜 모든 일을
벌들에게 말해 주어야 해, 벌들에게,
부채질하는 사람들의 부채질로 들락날락하는 벌들에게,
왜냐하면 벌들도 인간만큼이나 호기심이 많으므로.

번개가 내리칠 때에는 나무들이
있는 곳에서 기다려서는 안 돼.
또 너희는 벌들이 있는 곳을 미워해서도 안 돼.
왜냐하면 벌들은 괴로워하다가 점점 줄어들 거니까.
너희들을 떠나기 위해서는 뭐든지 할 거야.
그러나 너희가 벌들을 슬프게 하지 않는다면
벌들도 너희를 절대로 슬프게 하지 않을 거야.

석양 무렵에 부드러운 9월의 비가 홉 열매 따는 사람들에게 내리기 시작했다. 어머니들은 잘 튀어 오르는 손수레를 굴려서 마당 밖으로 내놓았다. 홉을 넣은 즈크 부대들은 치워졌고 홉을 얼마나 땄는지 표찰이 만들어졌다. 젊은 부부들은 둘이서 우산 하나를 받치며 집으로 걸어갔고 독신 남자들은 그들 뒤에서 웃으며 따라갔다. 학과 수업이 끝난 후에 홉을 땄던 댄과 우나는 홉 건조실에 감자를 구우러 갔다. 건조실에는 늙은 호브덴이 잡종 개인 푸른 눈의 베스와 함께 한 달 내내 홉을 말리며 살고 있었다.

그들은 전과 마찬가지로 불가마 앞에 있는, 부대 자루들을 놓아둔 간이침대에 앉았다. 호브덴은 덧문을 당겨 올리고 평소와 마찬가지로 불길 없는 석탄이 구석의 둥근 통의 검은 공간 위로 열을 뿜어 올리는 것을 응시했다. 그는 천천히 석탄 덩어리를 더 떼어 내서 결코 움 츠러드는 법이 없는 손으로 다진 다음 가장 열을 잘 뿜어낼 만한 곳 에다 던져 넣었다. 그는 천천히 손을 뒤로 내밀었고 댄은 감자들을 쇠 갈고리 같은 그의 손에 올려놓았다. 그는 감자를 불길 주위에다 잘 배 치한 다음 잠시 일어섰는데 불가마를 배경으로 어두워졌다. 그가 덧 문을 닫자 일몰 직전의 건조실은 어두워졌고, 그는 등의 촛불을 켰다. 아이들은 이런 과정을 아주 잘 알았기 때문에 이를 좋아했다.

호브덴의 아들 비보이가 그늘 속으로 들어왔다. 그는 머리가 온전 치 않았지만 벌들에 대해서는 아주 잘 아는 아이였다. 그들은 베스가 짧게 꼬리를 흔들어 대는 바람에 그가 들어왔다는 것을 짐작했다.

커다란 목소리가 밖에서 이슬비를 맞으며 노래를 불렀다.

"올드 마더 레이딘울은 죽은 지가 거의 열두 달이 되었네.
홉 농사가 잘되었다는 것을 듣고서 그녀는 머리를 내밀었네."

"두 사람이 합창을 해도 저 정도로 크게 부르지는 못할 거야." 올드 호브덴이 몸을 돌리며 말했다.

"내가 젊고 예뻤을 때 함께 놀았던 소년들은
지금쯤 홉을 따고 있겠지. 그리고 나는—'"

한 남자가 문턱에 나타났다.

"그래, 그래! 사람들은 홉 열매 따기가 죽은 사람도 불러일으킨다고 말하지. 이제 나는 그들의 말을 믿어. 자네, 톰인가? 톰 슈스미스?" 호브뎬이 등을 낮추었다.

"그걸 알아내는 데 그리 오래 걸리나, 랠프?" 낯선 사람이 건조실 안으로 들어왔다. 호브뎬보다 키가 3인치는 더 컸고 회색 턱수염, 갈색 얼굴, 푸른 눈동자를 한 거인이었다. 그들은 악수를 했고 아이들은 단단한 손바닥이 마주 잡는 소리를 들었다.

"자네는 예전의 그 악력을 잃지 않았군." 호브뎬이 말했다. "자네가 피어스마시 시장에서 내 머리를 깨 버린 게 30년 전인가 40년 전인가?"

"30년 전이지. 머리에 대해서 말해 보자면 서로 피장파장이지. 자네는 홉 막대기로 내 머리에 반격을 가해 왔으니까. 그날 밤 우리가 어떻게 집으로 돌아왔지? 헤엄쳐서?"

"꿩이 거브의 호주머니에 들어온 것과 비슷한 방식이었지. 행운과 약간의 짐작 덕분이었어." 올드 호브뎬이 두툼한 가슴속에서 웃음을 터트렸다.

"자네가 숲속에서 길을 잃지 않는다는 건 알겠군. 자네는 **이것을** 아직도 사용하나?" 낯선 사람은 엽총을 한 번 쳐다보는 척했다.

호브뎬은 토끼잡이 덫을 약간 내리는 것 같은 손동작을 해 보였다.

"아니. **저건** 내게 남은 유일한 거야. 나이가 들어서 이젠 예전 같지 않아. 이처럼 오랜 세월 동안 자네는 뭘 했나?"

"오, 나는 플리머스에 갔었고, 도버에도 갔지 —
나는 넓은 세상을 방황하며 돌아다녔지."

그 남자는 쾌활하게 대답했다. "그래서 올드 잉글랜드에 대해서 그 누구 못지않게 많이 안다고 생각해." 그는 아이들 쪽으로 고개를 돌리면서 대담하게 윙크를 했다.

"그들이 자네에게 많은 거짓말을 했겠지. 내가 잉글랜드 깊숙이 들어간 건 딱 한 번 월트서까지였어. 산울타리 숲 때문에 길을 잃어버리기도 했지." 호브덴이 말했다.

"어디서나 황당한 말들을 많이 하지. 랠프, 자네는 이 고장에 죽 눌러 붙어 있었군."

"늙은 나무는 죽지 않는 한 어디로 가지 않지." 호브덴이 껄껄 웃었다. "자네가 오늘 밤 홉 건조를 도와줄 것 같지는 않군. 그걸 꼭 바라는 것도 아니지만."

거인은 벽돌로 만든 둥근 건조 통에 기대었다. "나를 고용하게!" 그는 간단히 말했다. 이어 그들은 웃으면서 2층으로 올라갔다.

어린아이들은 두 사람이 불길 위에 놓인 천의 노란 홉들을 삽으로 뒤집는 소리를 들었다. 건조실에는 건조되는 홉의 달콤하고 졸음을 불러오는 냄새가 가득 퍼졌다.

"저 사람 누구야?" 우나가 비보이에게 속삭였다.

"몰라. 너처럼. 만약 네가 모른다면." 그가 미소 지으며 말했다.

건조 층의 두 목소리는 함께 얘기를 나누며 껄껄거렸고, 둔탁한 발걸음이 앞뒤로 움직였다. 곧 홉 주머니가 머리 위 압착기 구멍을 통해 아래로 내려왔고, 두 사람이 삽질을 하여 가득 채우자 뻣뻣해지고 두꺼워졌다. 이어 압착기가 "철썩!" 소리를 내며 누르자 그 느슨한 홉 덩어리가 단단한 케이크로 바뀌었다.

"부드럽게!" 아이들은 소리치는 호브덴의 목소리를 들었다. "그렇게 세게 누르면 홉을 다 망쳐 버려. 톰, 자네는 글리슨네 황소처럼 무지

막지하구먼. 자, 이제 불 옆에 와서 앉아. 이제 기계가 알아서 할 거니까."

두 남자는 내려왔고, 호브덴은 덧문을 열어서 감자가 제대로 구워졌는지 살폈다. 톰 슈스미스는 아이들에게 말했다. "감자에다 소금을 듬뿍 쳐. 그러면 그게 너희들에게 내가 어떤 사람인지 보여 줄 거야." 또다시 그는 윙크를 했고, 비보이는 웃음을 터트렸으며 우나는 댄을 쳐다보았다.

"난 자네가 어떤 종류의 남자인지 알아." 올드 호브덴이 불 주위에 배치한 감자들을 손으로 만지면서 말했다.

"그래?" 톰은 그의 등 뒤로 갔다. "우리들 중 어떤 사람은 편자, 교회 종소리, 수도水道를 별로 좋아하지 않아." 그는 수도 얘기를 하다가 둥근 통에서 뒤로 물러서고 있는 호브덴에게로 고개를 돌렸다. "자네는 방앗간 남자가 거리에서 익사한, 로버츠브리지의 대홍수를 기억하나?"

"잘 알고 있지." 올드 호브덴은 불 문 옆에 쌓아 둔 석탄 더미 위에 앉으며 말했다. "나는 그해에 마시에서 아내에게 구애를 하고 있었어. 당시 나는 플럼 씨의 마차꾼으로 일했지. 주급 10실링을 받고서. 내 아내는 마시 출신 여자야."

"놀라우면서도 기이한 곳이지, 롬니 마시는." 톰 슈스미스가 말했다. "나는 이 세상이 유럽, 아시아, 아프리카, 아메리카, 오스트레일리아 그리고 롬니 마시로 나뉜다는 얘기를 들었어."

"마시에 사는 사람들은 그렇게 생각하지." 호브덴이 말했다. "내 아내를 거기서 데려오느라고 엄청 애를 먹었네."

"그녀의 고향이 어디라고? 잊어버렸네, 랠프."

"방파제 밑의 딤처치야." 호브덴이 감자 한 알을 손에 들고 대답했다.

"그럼 그녀는 페트거나 휘트기프트 사람이겠는데?"

"휘트기프트야." 호브덴은 감자를 쪼개서, 식사를 대부분 바람 부는 한데에서 하는 사람들이 그러하듯이 아주 깨끗하게 먹어 치웠다. "아내는 윌드에서 한동안 살고 나서는 좀 철이 들었지만, 그전에 20년 혹은 22년 동안은 아주 구식이었지. 철저하게. 그리고 아내는 별들을 아주 잘 다뤄." 그는 감자를 한 조각 작게 떼어 내서 문 쪽에다 던졌다.

"아! 난 휘트기프트 사람들이 다른 사람들에 비해서 통찰력이 뛰어나다는 얘기를 들었어." 슈스미스가 말했다. "그녀는 지금도 그런가?"

"그녀는 강신술 같은 것은 전혀 못해." 호브덴이 말했다. "새들이 날아가는 것, 별들이 떨어지는 것, 벌들이 집을 짓는 것 따위를 보고서 징조나 의미를 읽어 내는 것은 해. 그리고 그녀 말로는 잠을 안 자고 깨어 있대. 뭔가 소리를 들으면서."

"그건 아무것도 아니야." 톰이 말했다. "마시 사람들은 아주 오래전부터 밀수꾼으로 일해 왔어. 그러니 밤중에 무슨 소리를 듣는 것은 그 동네 사람들의 오랜 내력이야."

"당연히 그렇겠지." 호브덴이 미소를 지으며 말했다. "밀수가 마시보다 우리 동네 가까운 곳에서 벌어지고 있으니까. 하지만 그건 내 아내의 문제가 아니야. 그건 바리새에 관한 황당한 얘기의 일부야."

"그래. 나도 마시 사람들이 그들을 믿는다는 얘기를 들었어." 톰이 베스 옆에 앉아서 눈을 동그랗게 뜬 아이들을 쳐다보았다.

"바리새?" 우나가 소리쳤다. "정령들 말이에요? 아, 알았어요!"

"언덕의 사람들이야." 비보이가 손에 쥔 감자의 절반을 문 쪽으로 던지며 말했다.

"제대로 말했어!" 호브덴이 그를 가리키며 말했다. "우리 아들은 제 엄마의 눈빛과 괴상한 육감을 갖고 있어. **아내는** 그들을 그렇게 불렀어!"

"그런데 자네는 그 사람들을 어떻게 생각하나?"

"어―어―" 호브덴이 말끝을 흐렸다. "나만큼이나 어두워진 후에 들판과 덤불을 사용하는 사람이지. 그는 삼림 감시인을 위해 일할 때를 제외하고는 길 밖으로 나가는 법이 없어."

"하지만 그것을 떼 놓은 건?" 톰이 강요하듯 말했다. "나는 자네가 방금 좋은 조각을 문밖으로 내던지는 것을 보았어. 자네는 믿고 있는 거지?"

"그 감자에는 커다란 검은 눈이 있었어." 호브덴이 화난 목소리로 말했다.

"하지만 내 눈은 보지 못했는데. 자네는 그걸 필요로 하는 사람을 위해 그렇게 내던진 것 같았어. 그렇게 떼 놓는 걸 보면 자네도 믿고 있는 거지?"

"난 아무 말도 하지 않았어. 내가 아무것도 듣지 못했고 또 보지 못했기 때문이지. 하지만 자네가 어두워진 후에는 들판에 사람, 털, 깃털, 지느러미 이외에 또 다른 무엇이 있다고 말할 거라면, 자네를 거짓말쟁이라고 해야 할지 어떨지 모르겠어. 자, 돌아서게 톰, 자네는 뭘 말하려는 건가?"

"나도 자네와 마찬가지야. 난 아무 말도 하지 않았어. 하지만 자네한테 얘기를 하나 해 주지. 그걸 어떻게 해석할지는 자네 마음대로 하게."

"또 황당한 얘기 한 조각이겠지." 호브덴이 그렇게 말하면서 파이프를 채웠다.

"마시 사람들은 그걸 딤처치 야반도주라고 부른다네." 톰이 천천히 말했다. "자네도 그 얘기를 들어 보았지?"

"내 아내가 그 얘길 수십 번 해 주었지. 결국 그 얘기를 믿게 되는 것 같아. 때때로."

호브덴은 그렇게 말하면서 가까이 다가와 등의 노란 불에 파이프를 대고 입으로 빨아 당겼다. 톰은 석탄 더미 위에 앉아서 커다란 무릎에다 커다란 팔꿈치 하나를 내려놓았다.

"넌 마시에 가 본 적이 있니?" 그가 댄에게 물었다.

"딱 한 번 라이까지 가 보았어요." 댄이 대답했다.

"아, 그건 가장자리지. 그 뒤로 더 들어가면 교회들 옆에 뾰족탑이 있고, 현명한 여자들이 그 문 옆에 앉아 있어. 그리고 그 땅 너머에는 바다가 있고, 도랑에는 야생 오리들이 살지. 마시에는 도랑, 수문, 조문潮門, 배수구 등이 많아. 조수가 밀고 들어올 때, 그리고 바다가 왼쪽에서 넘실대고 오른쪽에 방파제가 버티고 서 있을 때, 그 문들이 일제히 덜컹덜컹 우르릉 우르릉 소리를 내지. 너는 마시가 얼마나 평평한 땅인지 보았니? 그래서 마시를 통과하여 걸어가는 것보다 더 쉬운 일은 없겠다고 생각하게 되지. 하지만 도랑과 수문이 실타래나 물렛가락처럼 얽히고설켜 있어서 훤한 대낮에도 통과하지 못하고 돌아서게 돼."

"그건 사람들이 도랑으로 물을 준설했기 때문에 그래." 호브덴이 말했다. "내가 아내한테 구애할 때에는 골풀이 초록색이었지. 그래, 골풀이 초록색이었어. 그리고 마시의 보안관은 제멋대로 안개처럼 자유롭게 위아래로 돌아다녔지."

"그 보안관이 누구예요?" 댄이 물었다.

"아, 마시에 돌던 열병과 학질을 가리키는 거야. 그가 한두 번 내 어깨를 건드리는 바람에 나도 몸깨나 떨었지. 하지만 이제 그 수로를 준설하면서 열병은 사라졌어. 그래서 그곳 사람들이 이런 농담을 한대. 마시의 보안관이 도랑에서 목이 부러져 죽었다고 말이야. 그곳은 벌들과 오리들을 위해선 아주 좋은 곳이지."

"그리고 아주 오래된 곳이야!" 톰이 말했다. "아주 태곳적부터 피와 살을 가진 사람들이 그곳에서 살아왔어. 그리고 마시 사람들끼리 하는 말인데, 태곳적부터 바리새들은 올드 잉글랜드의 나머지 지역들보다 이 마시 지역을 좋아했어. 나는 마시 사람들도 이 사실을 안다고 생각해. 그들은 양의 등에 양털이 자라던 때로부터 어두워진 뒤에 아버지와 아들이 함께 밖으로 나가서 밀수를 했어. 그들은 마시에는 언제나 약간의 바리새들이 있었다고 말해. 토끼들처럼 뻔뻔하다는 얘기야. 그들은 훤한 대낮에 훤한 도로에서 춤을 추고, 밀수꾼들이 그렇듯이 도랑을 오가면서 초록색 불빛을 비춰. 그리고 때때로 그들은 목사와 일요일의 교회 집사들에 대항하여 교회의 문을 잠가 버려!"

"그들은 마시에서 그것들을 반출할 수 있는 이상 레이스와 브랜디를 밀수할 거야. 나는 아내한테 그렇게 말했어." 호브덴이 말했다.

"그녀가 그 말을 믿지 않을 거라 생각하는데. 만약 그녀가 휘트기프트 사람이라면. 아무튼 마시는 어느 모로 보나 바리새들에게는 아주 좋은 곳이었어. 엘리자베스 여왕의 아버지*가 교회 개혁 조치를 취하기 전까지는."

"그건 의회 법 같은 건가?" 호브덴이 물었다.

"맞았어! 올드 잉글랜드에서는 법, 영장, 소환장이 없으면 아무것도 할 수 없었지. 그는 그런 법을 통과시켜 조치에 나섰고, 사람들 말에 의하면 엘리자베스 여왕의 아버지는 교구 내의 교회들에게 부끄러운 짓을 했다고 해. 그 교회의 재산을 마음대로 약탈해 갔다는 거야. 잉글랜드의 어떤 사람들은 그의 편을 들었으나 어떤 사람들은 그것을 다르게 보았어. 그래서 그들은 서로 편을 갈라 싸우면서, 누가 권력을 잡았느냐에 따라 서로 불태워 죽이고 그랬대. 그건 바리새들을 겁나게 했지. 왜냐하면 피와 살을 가진 사람들의 호의는 그들에게 고기요 술이었지만, 악의는 독약이었기 때문이지."

"벌들하고 똑같네요." 비보이가 말했다. "벌들은 서로 미워하는 집에서는 머물지 않아요."

"그래." 톰이 말했다. "이 종교개혁은 밀밭을 마지막으로 돌아보는 수확꾼이 토끼를 놀라게 하듯이, 바리새들을 겁먹게 했어. 그들은 전 지역에서 마시로 몰려들었지. 그들은 말했어. '날씨가 좋든 나쁘든 우리는 여기에서 도망쳐야 합니다. 즐거운 잉글랜드는 끝났기 때문입니다. 우리는 성상들과 똑같은 취급을 당하고 있어요.'"

"**모든** 사람이 그들을 그런 식으로 보았나?" 호브덴이 말했다.

"로빈이라는 사람을 빼놓고는 모두 그랬대. 혹시 그 사람 이름을 들었는지 모르겠는데. 넌 뭣 때문에 웃니?" 톰이 댄에게 고개를 돌렸다. "바리새의 난관은 로빈에게 아무것도 가르치지 못했어. 그가 그들과 상당히 가까웠기 때문이야. 하지만 그는 올드 잉글랜드에서 탈출할

---

* 헨리 8세(1491~1547)를 가리키는데 이 왕은 로마 교회에서 독립하여 영국 국교회를 창설했고 그 후 국교회에 반대하는 사람들을 박해했다. 여기서 바리새들은 이 반대파를 가리키며, 종교개혁을 추진한 세력들은 성상을 우상이라고 하여 파괴했다.

생각은 없었어. 그래서 그가 마시 사람들의 의사를 타진해 보는 전령
으로 파견되었지. 그러나 마시 사람들은 그들의 이해관계를 생각해야
되었어. 그래서 로빈은 그들의 협조를 얻지 못했어. 그들은 그게 그들
과 무관한 조수의 메아리 정도로 생각했어."

"그, 그 바리새들이 무엇을 원했나요?" 우나가 물었다.

"물론 작은 배였지. 그들의 작은 날개로는 피곤한 나비들처럼 영국
해협을 건너갈 수가 없는 거야. 그들을 프랑스까지 건너가게 해 줄 배
와 선원들이 필요했지. 그 나라에서는 사람들이 성상을 파괴하지 않
았으니까 말이야. 그들은 잔인한 캔터베리의 종소리가 불버하이드까
지 울려 퍼져서 더 많은 불쌍한 남녀가 화형을 당하는 걸 원하지 않
았고 또 왕의 오만한 전령들이 전국을 누비며 성상을 파괴하라고 재
촉하는 것도 못마땅해했어. 그들은 도저히 그걸 못 참았던 거야. 하지
만 그들은 마시 사람들의 허락과 호의가 없으면 마시의 배와 선원들
을 구할 수가 없었어. 마시 사람들이 평소처럼 그들의 일을 충실히 하
고 있는 동안, 잉글랜드 전역에서 바리새들이 모여들었어. 그리고 모
든 수단을 동원하여 마시 사람들에게 그들의 절실한 필요를 납득시
키려 했지…… 바리새들이 병아리와 비슷하다는 말을 들어 본 적이
있나?"

"내 아내도 그렇게 말하곤 했어." 호브덴이 갈색의 양팔로 팔짱을
끼며 말했다.

"그들은 그래. 너무 많은 병아리가 함께 있으면 땅에 병이 돌게 되
지. 또 무단 점거자도 생기고 그러면 병아리가 죽게 돼. 그렇지만 바
리새들을 모두 한군데에다 몰아넣으면 **그들은** 죽지는 않지만, 그들 사
이를 돌아다니는 마시 사람은 병에 걸려서 쇠약해지게 돼. **그들은** 그

럴 생각은 없었고 또 마시 사람들도 그걸 몰랐어. 하지만 그게 사실이야. 내가 듣기로는. 바리새들이 모두 한군데 모여 냄새를 풍기고 또 겁먹은 상태로 그들의 간청을 성사시키려고 하면서, 마시의 좋은 공기와 그곳 사람들의 체액을 바꾸어 놓았어. 그것은 천둥처럼 마시 지역을 뒤덮었어. 사람들은 어두워진 후에 교회의 창문들이 들불로 환히 밝혀지는 것을 보았어. 그들은 소 떼가 흩어져도 아무도 겁먹지 않는 것을 보았어. 양 떼가 모여들어도 아무도 몰아가지 않았고, 말들이 땀투성이가 되어도 아무도 씻어 주지 않았어. 그들은 도랑에서 전보다 더 많은 나지막한 초록 불빛이 떠돌아다니는 것을 보았어. 그들은 집 주위에서 자그마한 발들이 전보다 더 바삐 달리는 소리를 들었어. 그리고 밤이나 낮이나 사람들이 모여들었고, 이런저런 사람들로부터 그들이 그 난관을 제대로 해결하지 못하리라는 소리를 들었어. 그들은 땀을 흘렸어! 남자와 딸, 어머니와 아들, 그들의 자연은 그들에게 여러 주 동안 아무런 도움을 주지 못했고, 마시 지역에는 바리새들이 계속 모여들었어. 하지만 그들은 서로 혈족이었고 무엇보다도 마시 사람들이었어. 그들은 그런 조짐이 마시 지역의 재앙을 예고한다고 생각했어. 아니면 바다가 딥처치 방파제를 삼켜서 올드 윈첼시처럼 모두 익사해 버릴지도 모른다고 생각했어. 아니면 전염병이 들이닥칠 거라고 생각했어. 그래서 그들은 바다와 하늘 높이 떠 있는 구름을 보면서 의미를 찾아내려고 했어. 그들은 가까운 무릎 근처는 아예 보지 않았어. 그곳에서는 아무것도 볼 수가 없었기 때문이지.

그런데 방파제 바로 밑 딥처치에는 불쌍한 과부가 살고 있었어. 남자나 재산이 없었기 때문에 그녀는 뭔가를 느낄 수 있는 시간 여유가 많았어. 그런데 그녀는 지금껏 겪어 본 것보다 더 크고 무거운 어려움이 그녀의 문밖에서 어른거리는 것을 느꼈어. 그녀에게는 두 아들이 있었어. 한 애는 눈이 멀었고, 다른 애는 어릴 때 방파제에서 놀다가 떨어져 귀가 멀었어. 두 아들은 장성했지만, 돈을 벌어들이지는 못했어. 그래서 그녀가 아들들 대신 일을 했는데 벌을 키우고 질문에 대답해 주는 일을 했어."

"어떤 질문이었는데요?" 댄이 물었다.

"잃어버린 물건을 어디서 찾을 수 있나? 비뚤어진 아이의 목을 바로잡으려면 무엇을 해야 하나? 헤어진 애인의 마음을 다시 붙잡으려면 어떻게 해야 하나? 같은 질문들이었지. 그녀는 뱀장어들이 천둥을 느끼듯이 마시의 재난을 느끼고 있었어. 그녀는 점쟁이였어."

"내 아내도 날씨를 기가 막히게 맞혀." 호브덴이 말했다. "천둥이 칠 때면 모루에서 나오는 불꽃 같은 걸 아내가 머리에서 빗질하는 걸 보았다니까. 하지만 아내는 질문에는 대답을 하지 못해."

"이 과부는 구도자였고, 구도자들은 때때로 뭔가를 발견해. 어느 날 밤, 그녀가 몸에 열이 나고 아파서 침대에 누워 있는데 한 '꿈'이 다가와 그녀의 창문을 두드렸어. '휘트기프트 과부,' 그것이 말했어. '휘트기프트 과부!'

처음에, 날갯짓과 딱딱거리는 소리 때문에 그녀는 그게 딱새인 줄 알았어. 마침내 그녀는 침대에서 일어나 옷을 입고 문을 마시 쪽으로 열었어. 그녀는 주위에서 열병이나 학질보다 더 강한 어려움과 신음 소리를 느낄 수 있었어. 그녀가 물었어. '이건 뭐죠? 오, 이건 뭐죠?'

그건 도랑에서 개구리들이 내다보며 소리 지르는 것 같았고, 도랑의 갈대가 이리저리 흔들리는 소리 같았어. 또 방파제를 때리는 파도 소리 같기도 했어. 그래서 그녀는 그걸 제대로 들을 수가 없었어.

그녀가 세 번을 물었지만, 그때마다 파도 소리가 그 질문을 삼켜 버렸어. 그러나 그녀는 소음 사이의 침묵을 파고들면서 소리쳤어. '지난 한 달 동안 내 마음을 짓누르고 내 몸과 함께 일어난 마시의 재난은 무엇인가요?' 그러자 그녀는 자그마한 손이 그녀의 가운 가장자리를 잡는 걸 느꼈어."

톰 슈스미스는 건조기 불 앞에 그의 커다란 주먹을 펴 보이며 미소를 지었어.

"'바다가 마시를 삼켜 버릴 건가요?' 그녀가 물었어. 그녀는 무엇보다도 마시 여자였던 거야.

'아니요.' 작은 목소리가 말했어. '그거라면 편안히 잠을 자세요.'

'마시에 전염병이 돌 건가요?' 그녀가 물었어. 그게 그녀가 알고 있는 재앙의 전부였어.

'아닙니다. 그거라면 편안히 잠을 자세요.' 로빈이 말했어.

그녀는 다시 집으로 들어갈 생각으로 몸을 절반쯤 돌렸어. 하지만 그 작은 목소리들이 너무 슬퍼하며 비명을 지르자 그녀는 다시 돌아섰어. 그리고 그녀가 소리쳤어. '그게 우리 마시 사람들의 재난이 아니라면 내가 무엇을 할 수 있겠어요?'

온 사방에서 몰려온 바리새들이 프랑스로 건너갈 배를 좀 내 달라고 요구했어. 다시는 돌아오지 않겠다면서.

'방파제에 배가 있어요.' 그녀가 말했어. '하지만 나는 배를 바다에까지 밀어 내릴 수가 없고 또 바다에 들어섰다 해도 항해할 기술이 없어요.'

'우리에게 당신의 아들들을 빌려주세요.' 모든 바리새가 말했어. '그들에게 우리를 위해 항해하라는 허락과 호의를 베풀어 주세요. 어머

니—오 어머니!'

'한 애는 벙어리고 다른 애는 장님이에요.' 그녀가 말했어. '하지만 그 때문에 내게는 더욱 소중한 애들이에요. 당신들은 난바다에서 그 애들을 잃어버릴 거예요.' 주위의 목소리들이 그녀의 가슴을 찔러 댔어. 거기에는 어린애들의 목소리도 있었어. 그녀는 있는 힘을 다해 버텼지만 **그 목소리**에는 버틸 수가 없었어. 그래서 그녀는 말했어. '만약 내 아들들을 당신의 일에 차출할 수 있다면, 그걸 말리지는 않겠어요. 어머니인 내게 그 이상의 것은 요구하지 마세요.'

그녀는 작은 초록색 불들이 춤추는 광경을 눈이 어지러울 때까지 쳐다보았어. 그녀는 어린 발들이 수천 번이나 뛰노는 소리를 들었어. 그녀는 잔인한 캔터베리 종소리가 불버하이드까지 울려 퍼지는 소리를 들었고 엄청난 파도가 방파제를 때리는 소리를 들었어. 그러는 동안 바리새들이 '꿈'을 작동시켜 잠자는 두 아들을 깨웠어. 그녀는 손가락을 깨물면서 그녀가 낳은 두 아들이 집에서 나와 그녀에게 아무 말도 하지 않고 지나치는 것을 지켜보았어. 그녀는 슬프게 울면서 방파제에 매여 있는 배까지 그 애들을 따라갔어. 그들은 바다로 나가기 위해 배를 풀었어.

아들들이 돛대를 올리고 돛을 폈을 때, 눈먼 아들이 말했어. '어머니, 우리는 저들을 데리고 바다로 나가라는 어머니의 허락과 호의를 기다리고 있어요.'"

톰 슈스미스는 고개를 뒤로 젖히며 눈을 절반쯤 감았다.

"허, 참!" 그가 말했다. "저 휘트기프트 과부, 그녀는 멋지고 용감한 여자였어. 그녀는 기다란 머리카락 끝부분을 손가락으로 꼬면서 그리고 포플러 나무처럼 떨면서 결심을 하기 위해 마음을 가다듬었어. 주위의 바리새들은 아이들이 울지 못하도록 단속을 시켰고 쥐 죽은 듯이 기다렸어. 그들은 이제 그녀의 혀끝에 매달렸어. 그녀의 허락과 호의가 없으면 그들은 지나갈 수가 없었어. 그녀는 '어머니'였기 때문이지. 그래도 그녀는 결심을 하면서 사시나무처럼 몸을 떨었어. 마침내 그녀는 이 사이로 말을 밀어내며, '가라!'고 했어. '내 허락과 호의 아래 가라!'

그리고 나는 보았어. 아니, 그리고 그들이 말하기를, 그녀는 마치 밀물 속에서 걸어가는 것처럼 온 힘을 다해서 뒤로 물러섰다고 해. 왜냐하면 그녀 주위의 바리새들이 그녀를 지나쳐서 밀물처럼 해변의 배 쪽으로 달려갔기 때문이지. 얼마나 되는지 모르겠어. 아내들과 아이들과 귀중품들과 함께. 잔인한 올드 잉글랜드로부터 도망치는 거였지. 은들이 짤랑거리는 소리가 들렸고, 자그마한 보따리들이 배 바닥에 내려지는 소리가 들렸으며, 자그마한 칼과 방패가 쟁그랑거리는 소리, 두 아들들이 배를 바다로 밀어내는 동안 아이들이 배에 오르면서 손가락과 발가락으로 뱃전을 긁는 소리 등이 들려왔지. 그녀는 그 배가 점점 더 아래쪽으로 밀려 내려가는 것을 보았지만, 그녀 눈에 잡히는 것은 돛을 조종하는 삭구를 제대로 작동시키기 위해 힘들게 움직이는 두 아들뿐이었어. 마침내 그들은 돛을 활짝 펴고 나아갔어. 라이 바지선처럼 깊숙이 물에 잠기면서 저 먼 난바다의 안개 속으로 사라졌어. 휘트기프트 과부는 해변에 주저앉아 새벽 동이 터 올 때까지 슬픔을 달래야 했어."

"그 여자가 **완전** 혼자였다는 얘기는 못 들었는데." 호브덴이 말했다.

"이제 기억이 나네. 로빈이라고 하는 남자가 그녀와 함께 있었다고 하더군. 그녀는 너무 슬퍼서 그의 약속은 제대로 듣지 못했어."

"아! 그녀는 사전에 거래를 한 거로군. 난 아내에게 늘 그랬을 거라고 말했지!" 호브덴이 소리쳤다.

"아니야. 그녀는 순전히 사랑의 마음으로 아들들을 빌려준 것뿐이야. 마시 지역의 재난을 온몸으로 느끼고 그것을 덜어 주려는 호의 때문이었지." 톰이 부드럽게 웃었다. "그녀가 그걸 해냈어. 그녀가 해냈다고! 하이드에서 불버하이드까지 안달하는 남자와 걱정하는 딸, 몸이 아픈 여자와 울어 대는 아들이 그 희박한 공기의 변화를 재빨리 알아차린 거야. 바리새들이 도망을 치자마자. 사람들이 마치 비 온 후의 달팽이처럼 온 마시 지역에 새롭게 들어와서 반짝거리기 시작했어. 그러는 동안 휘트기프트 과부는 한없이 슬퍼하면서 방파제에 앉아 있었어. 그녀는 우리의 말을 믿었어. 그녀는 아들들이 돌아오리라는 말을 믿었어! 두 아들의 배가 사흘 만에 돌아오자 그녀는 한없이 기뻐했어."

"물론 두 아들은 장애가 고쳐졌겠지요?" 우나가 말했다.

"아니. 그건 자연의 법칙을 벗어나는 거잖아. 그녀는 아들을 떠나보냈던 그 상태 그대로 돌려받았어. 장님 아들은 전과 마찬가지로 아무것도 보지 못했고, 벙어리 아들은 당연히 그가 본 것을 말할 수가 없었어. 나는 그 때문에 바리새들이 그들에게 배를 항해하는 일을 해 달라고 요청했다고 봐."

"그럼 당신은—아니, 로빈은 과부에게 뭘 약속했나요?" 댄이 물었다.

"그가 뭘 약속했느냐고?" 톰은 생각하는 척했다. "랠프, 자네 아내는 휘트기프트 사람이잖아. 그녀는 뭐라고 했나?"

"아내는 쟤가 태어났을 때 내게 황당한 얘기를 했어." 호브덴은 그의 아들을 가리켰다. "그들 중에는 다른 사람들보다 미래를 더 멀리 내다볼 수 있는 사람이 반드시 있을 거라고 말이야."

"나! 그게 나예요!" 비보이가 갑자기 말해서 그들은 모두 웃음을 터트렸다.

"이제 알아냈다!" 톰이 무릎을 찰싹 치면서 말했다. "휘트기프트의 피가 지속되는 한, 그녀의 종자가 영원히 이 세상에 있을 거라고 약속했지. 재난이 이 땅에 생기지 않고, 딸이 한숨을 짓지 않고, 밤이 무서움을 안겨 주지 않고, 공포가 피해를 입히지 않고, 피해가 죄악을 만들어 내지 않고, 그 어떤 여자도 바보를 낳지 않게 해 주는 그런 종자."

"그게 바로 나 아니에요?" 비보이가 말했다. 그는 건조실 문을 응시하는 9월의 보름달이 만들어 내는 은빛 네모 그늘에 앉아 있었다.

"우리 애가 다른 애들과 같지 않다는 걸 발견했을 때, 아내는 그와 똑같은 말을 내게 해 주었어. 하지만 자네가 그런 종자를 어떻게 알아보는지 난 이해가 안 돼."

"아하! 내 모자 밑에는 머리카락 이상의 것이 들어 있다네!" 톰이 웃음을 터트리면서 몸을 쭉 폈다. "내가 이 두 어린 친구들을 집까지 바래다준 후에, 랠프, 우리는 옛날 얘기를 하면서 밤을 새워 보세. 그래 너는 어디에 살지?" 그가 댄에게 엄숙하게 말했다. "그리고 딸애야, 내가 너를 집까지 데려다주면 네 아빠가 내게 술 한 잔을 내놓으시겠지?"

두 아이는 그 말에 낄낄거리며 건조실 밖으로 달려 나갔다. 톰은 두 아이를 들어 자신의 널찍한 어깨에 하나씩 올려놓고서 고사리가 많은 초원을 성큼성큼 걸어갔다. 달빛 가득한 초원에서 암소들이 두 아이를 향해 우윳빛 입김을 뿜어냈다.

"오, 작은 요정! 요정! 난 당신이 소금을 말할 때부터 이미 짐작했어요. 어떻게 그리도 천연덕스럽게 해낼 수 있지요?" 우나가 즐겁다는 듯이 발을 대롱거리며 소리쳤다.

"뭘 했다고?" 그가 가지를 짧게 쳐 낸 참나무 옆에 있는, 넘어 다니는 계단을 올라가며 말했다.

"톰 슈스미스인 척한 거." 댄이 말했다. 그들은 개울 위에 놓인 다리 옆에서 자라는 두 그루의 자그마한 물푸레나무를 피하기 위해 몸을 돌렸다. 톰은 거의 달리고 있었다.

"그래. 그게 나의 이름이야. 댄." 그는 정적이 흐르는 달빛 어린 잔디밭을 황급히 걸어갔다. 잔디밭에서는 토끼 한 마리가 크로케 놀이터 근처의 커다란 산사나무 옆에 앉아 있었다. "자, 다 왔다." 그는 마당으로 들어서서 두 아이를 땅에 내려놓았다. 그러자 엘렌이 밖으로 나와 질문을 했다.

"나는 건조실에서 스프레이 씨의 일을 도와주고 있습니다." 톰이 엘렌에게 말했다. "아니요. 나는 타관 사람이 아닙니다. 나는 이 고장을 당신의 어머니가 태어나기 전부터 알고 있어요. 그래요, 홉을 말리는 것은 좀 단조로운 일이지요, 아주머니. 감사합니다."

엘렌은 물 주전자를 가지러 갔고 아이들은 따라 들어갔다. 그 애들은 다시 한 번 참나무, 물푸레나무, 산사나무에 매혹되었다.

세 부분으로 된 노래

나는 이 세 가지 모두를 사랑하네.
삼림, 습지, 다운 지방.
그중 어떤 것을 가장 사랑하는지 모르겠네.
삼림, 습지, 하얀 백악의 해안!

나는 내 마음을 고사리 많은 언덕에 묻었네.
작고 낮은 덤불과 크고 높은 골짜기 사이에.
오, 노란 홉 덩굴과 푸른 장작 연기여,
당신이 이 자연을 아주 멋지게 유지하리라 생각하네.

나는 내 마음을 풀어놓아 멀리 달려가게 하였네.
왕조가 시작될 때만큼이나 오래된 저 습지 위로.
오 롬니 평지와 브렌제트 갈대밭이여.
내 마음이 무엇을 필요로 하는지 그대는 알리라!

나는 내 영혼을 사우스다운 풀밭에 주었네.
그리고 당신이 지나가는 곳에서 양들의 종소리가 울리네.
오 돛을 펴고 수로로 나아가 바다로 항해하라.
당신이 내 영혼과 내 몸을 보존해 주리라 생각하네.

다정한 개울

Friendly Brook

그 계곡은 안개가 너무 짙어서 들판 앞쪽의 암소 한 마리도 내다볼 수가 없었다. 모든 풀잎, 가지, 고사리 잎, 말 발자국은 물을 담고 있었고 공기 중에는 물이 흘러가는 도랑과 밭고랑의 소음이 가득했고 그 물은 저 아래쪽 개울로 흘러들었다. 물에 잠긴 땅에 일주일씩이나 11월의 비가 퍼붓자 계곡 일대는 본격적인 홍수가 질 기세였고 그 일대의 풍경은 그런 기상 변화를 온 사방에 큰 소리로 알리고 있었다.

거친 삼베 앞치마를 두른 두 남자가 손보지 않은 산울타리를 쳐다보고 있었다. 그 울타리는 언덕 등성이로 내려가다가 물 흘러가는 굉음이 나는 곳에 이르자 안개 속으로 사라졌다. 두 남자는 뒤로 물러서서 그 방치된 산울타리를 살펴보다가 여기서 참나무 팔꿈치를 한번 건드려 보고, 저기서 이끼 덮인 너도밤나무 그루터기를 쓰다듬어 보고, 마지막으로 싹이 난 물푸레나무를 앞뒤로 흔들어 보다가 서로 쳐다보았다.

"이 울타리 두께가 2로드*는 되겠는데." 연하인 자베스가 말했다. "한동안 벌채를 하지 않은 것 같아. 제시, 벌채한 게 언제였지?"

"자베스, 25년 전이라고 해도 크게 틀리지는 않을 거야."

"허어!" 자베스가 젖은 벌채용 손칼을 그보다 더 젖은 상의 소매에다 문질렀다. "이건 산울타리가 아니야. 온갖 나무들의 총집합이야. 그러니 우리는 이걸 그냥—" 그는 전문가의 예절을 준수하면서 말을 멈추었다.

"이걸 그냥 옆에서 걸어가면서 어떻게 해야 할지 살펴봐야겠어. 그보다는 우리가—?" 이번에는 제시가 그 나름의 예절을 지키면서 말을 멈추었다. 두 사람은 똑같은 기술자였고 동등한 실력자였던 것이다.

"그보다는 우리가 뚫고 지나갈 틈이 있는지 살펴보자고." 자베스는 산울타리를 위아래로 거닐다가 좀 듬성하고 느슨한 부분을 발견하고서 손칼로 여러 번 내리쳐서 울타리의 원 모습을 드러냈다. 제시는 떨어지는 나뭇가지들을 손으로 단단히 잡고 또 발로 누르면서 그 잔가지들을 둑 위에 질서정연하게 눕혀 놓았다. 나중에 그것들은 나뭇단으로 묶일 터였다.

정오 무렵이 되자 혼잡하고 지저분하던 밀림은 소 떼가 지나다닐수 없는 단단한 방어벽이 되었고, 여기저기에 나무꾼들이 주인의 지시 없이는 손대지 않으려 하는 신성한 감탕나무의 자그마한 가지들이 수북 쌓였다.

* 약 5미터.

"이제 우리는 증언석의 널빤지라고 해도 좋을 놈을 하나 만들어 놓았네!" 제시가 마침내 말했다.

"이 울타리가 앞으로도 이렇게 작업하기 쉽지는 않을 거야." 자베스가 대답했다. "우리가 개울 쪽으로 다가가면 더 많은 말뚝과 묶는 끈이 필요할 거야."

"그래, 정말 많이 필요하겠군." 제시가 언덕을 내려가면서, 안개 속으로 사라지는 그들 앞의 거친 풍경을 가리켰다. "우리가 개울 가까이 다가가기도 전에 장작은 말할 것도 없고 화목과 묶는 줄이 가득할 거야."

"개울은 오전부터 꾸준히 수위가 높아지고 있어." 자베스가 말했다. "저 소리로 보아서는 위켄던의 돌문을 범람할 것 같아."

제시 또한 귀를 기울여 들었다. 개울은 뭔가 심각하게 근심하는 것처럼 그 흘러가는 물소리에는 고함치는 함성이 깃들어 있었다.

"그래. 개울은 위켄던의 돌문을 덮치겠는데." 그가 대답했다. "지금은 개울이 올더 베이를 가로질러 범람하고 있으니 그 지역은 그냥 내버려 둘 거야."

"저런 식으로 수위가 높아지면 짐 위켄던의 건초 더미는 속절없이 홍수에 삼켜질 것 같은데." 자베스가 툴툴거렸다. "나는 짐에게 그의 건초 더미가 초원의 너무 낮은 곳에 있다고 말해 주었어. 그가 건초 더미를 세우려고 터를 잡을 때 이미 **주의를 주었다고**."

"나도 그에게 말해 주었지." 제시가 말했다. "자네가 얘기해 주기 전에 말이야. 그러니까 군청에서 저 위쪽 도로에 타르 작업을 할 무렵이었어." 그는 언덕 위쪽을 가리켰고 그곳에서는 보이지 않는 자동차와 트럭이 계속해서 지나가고 있었다. "타르 작업을 한 도로는 말이야, 기울어진 지붕이 그렇듯이 모든 물방울을 계곡 쪽으로 밀어 내린 다고. 이건 전혀 옛날과는 다른 얘기야. 물이 자연의 이치에 따라 땅에 스며들었던 것처럼 역시 그 땅에서 사라지는 그런 옛날 얘기가 아니라고. 물은 엄청난 수량을 형성하면서 타르 도로에서 밀려 나와 자연히 계곡 속으로 흘러드는 거라고. 이 계곡 양쪽으로 타르 도로가 10마일이나 형성되어 있어. 지난해 군청에서 도로에 타르 작업을 할 때 내가 짐 위켄던에게 다 말해 주었다고. 하지만 그는 계곡의 사람이야. 언덕 위쪽으로는 잘 올라가지 않아."

"그렇게 말해 주니 짐이 뭐라고 하던가?" 자베스가 약간 목소리의 어조를 바꾸면서 물었다.

"뭐? 그렇게 말해주니 짐이 뭐라고 하던가?" 제시가 자베스의 질문을 그대로 따라 하며 언짢은 심기를 표출했다.

"제시, 난 그가 당신에게 한 말을 묻고 있는 거야."

"자베스, 나한테 같은 말을 되풀이시킬 필요는 없지 않아."

"좋아, 그건 알았어. 그런데 그가 내게 한 것과 똑같은 말을 하고 나서는 무엇을 하려고 하던가?" 자베스가 고집했다.

"나는 몰라. 짐이 당신한테 말한 방식을 내게 말해 주지 않는 한."

자베스는 산울타리에서 몸을 빼내어—모든 산울타리는 배신과 엿듣기의 온상이므로—들판 한가운데에 있는 탁 트인 소 방목장으로 이동해 갔다.

"주위를 살필 필요 없어." 제시가 말했다. "아무도 우리가 먼저 보기 전에 우리를 보지 못해."

"그의 건초 더미를 너무 개울 가까운 곳에 설치했다고 내가 말했을 때 짐 위켄던이 무슨 생각을 했느냐고?" 자베스는 목소리를 낮추었다. "그는 제정신이었어."

"내가 알기로 그는 정신 나간 적이 없었어." 제시가 천천히 말했고 그의 차병茶甁에서 코르크를 뽑아냈다.

"하지만 그때 짐은 이렇게 말했어. '난 건초 더미를 단 1야드도 이동시키지 않을 거야. 개울은 내게 좋은 친구였어. 만약 개울이 내 건초를 가져갈 마음이라면 난 거기에 저항하지 않을 생각이야.' 이게 짐 위켄던이 지난 6월 말에 내게 한 말이었어." 자베스가 말했다.

"그래서 그는 건초 더미를 옮기지 않았지." 제시가 대답했다. "그리고 비가 더 많이 온다면 개울이 그를 위해 알아서 다른 데로 비켜 가줄 거라고 했어."

"나한테 말할 필요 없어! 하지만 짐의 **속셈**이 무엇인지 난 알고 싶어."

자베스는 그의 주머니칼을 아주 조심스럽게 열었다. 제시 또한 조심스럽게 마찬가지 동작을 했다. 그들은 점심을 싼 신문지를 벗겨 내고 도시락을 묶은 줄을 제거하여 호주머니에 집어넣은 뒤, 소 방목장 구유의 가장자리에 걸터앉았다. 비는 안개를 뚫고 다시 내리기 시작했고 개울의 목소리는 높아졌다.

"난 메리가 그의 적법한 아이인 줄 알았는데." 제시가 말하고 한참 뒤에 자베스가 말했다.

"그게 아니야…… 짐 위켄던의 마누라는 애를 전혀 낳지 못했어. 그 여자는 루이스 출신인데 스타킹이 언제나 발목에 걸려 있는 칠칠치 못한 마누라였다고. 죽을 때까지 뭐라도 만들어 내거나 고쳐 본 적이 없어. 일요일은 제외하고, **그가** 매일 아침 불을 지피고 아침을 지어야 했어. 그 여자가 침대에 누워서 빈둥거리는 동안에 말이야. 그러다가 그 여자는 병에 걸려 16년인가 17년 전에 죽었어. 아무튼 그 여자는 애가 없었어."

"그들은 계곡 사람이었지." 자베스가 변명하듯 말했다. "나는 그들 사이에 들어갈 일이 없었지만 나는 언제나 메리가—"

"아니야. 메리는 러넌* 아동 복지회 출신이야. 마누라가 죽은 후에 짐은 여동생 집에 가 있던 어머니를 피스마시로 불러들였지. 짐이 결혼할 때 어머니는 여동생 집으로 갔었던 거야. 마누라가 죽은 후에 그 어머니가 짐을 위해 가사를 돌보았지. 사람들 말로는 메리를 입양하게 한 것도 그 어머니라는 거야. 아이를 들여서 집안을 번듯하게 갖추고 또 짐이 더 이상 여자를 얻어 들이지 않게 하기 위해서였지. 그는 대개 어머니가 시키는 대로 했어. 그래서 모자는 러넌 복지회 아이를 입양하고 싶다고 신청했어. 버나도 고아들이 입양된 것과 똑같은 절차였지. 그래서 핏덩이 메리가 양초 상자에 넣어져 짐네 집으로 보내졌다고 해."

"그럼 메리가 우연히 생긴 애인가? 난 그걸 몰랐네." 자베스가 말했다. "언젠가 그런 얘기를 들은 것 같기도 하고……"

"아니야. 우연히 생긴 애가 아니라고. 만약 그랬더라면 어떤 사람들에게는 그게 더 좋았을 테지만. 그 애가 양초 상자에 넣어져 짐의 집에 왔을 때 정식 서류가 딸려 왔어. 러넌 어느 지역에 사는 부부의 정식 소생이었어. 엄마는 죽고 아버지는 술꾼이었다고 해. **그리고** 러넌 복지회에서 매주 그녀의 양육 보조금으로 지급하는 5실링이 있었지.

* 여기서 러넌은 런던을 가리키는 소설상의 허구적 이름이다.

짐의 어머니는 그 주말 보조금을 무시하지 않았어. 나는 짐이 돈을 밝히는 사람이라는 얘기는 들어 본 적이 없어. 사정이 어찌 되었든 두 모자는 메리를 지극 정성으로 키웠어. 그래서 마침내 그들은 메리가 진짜 혈육이 아니라는 사실을 잊어버리기까지 했어. 그래, 메리가 권리상으로는 그들의 자식이 아님을 잊어버린 거야."

"그건 뭐 새로운 얘기도 아니구면." 자베스가 말했다. "버나도 입양아를 포기하지 않으려는 사람들이 우리 교구에도 두서너 명은 돼. 마크 코플리와 그 마누라가 입양한 버나도 장애아에 대해서 한번 물어보라고."

"아마도 그들은 5실링이 필요했던 게지." 제시가 의견을 제시했다.

"그것도 도움이 되지." 제시가 덧붙였다. "하지만 그 아이가 더 소중해. 코플리의 애는 아버지에게는 '아빠'라고 말하고 어머니에게는 '엄무'라고 말했지. 이리저리 흔들리는 그 커다란 머리를 고정시키기 위해 목에는 쇠 목걸이를 채웠다고 해. **그 아이는** 오래 살지 못할 거야. 척추가 상했다고 하더라고. 하지만 코플리 부부는 5실링이 나오든 말든 그 애를 정말 소중히 여긴다고."

"짐과 그 어머니도 마찬가지야." 제시가 계속 말했다. "그렇게 몇 년이 지나가자 모자는 더 이상 메리의 주말 보조금을 받지 말자고 얘기까지 했대. 하지만 짐의 **어머니는** 땡전 한 푼이라도 허투루 쓰는 것을 싫어하는 사람이었고, 짐은 개의치 않았지만 아동 복지회를 찾아가서 수급 중단을 신청하면서 입양 사실을 상기시키는 것이 싫었다는 거야. 그래서 보조금 거부는 성사되지 않았어. 사실 그 보조금은 짐에게 그리 중요한 것도 아니었어. 그의 아저씨가 이스트본에 있는 오두막 집 네 채와 은행 예금을 유언장에다 써서 그에게 남긴 후에는 말이야."

"그럼 그게 사실이야? 나도 흘러 다니는 입소문을 통하여 그런 얘기를 들었는데." 자베스가 말했다.

"나는 그 부동산에 대해서는 자신 있게 말할 수 있어. 짐이 그와 관련된 어떤 문서의 하단에다 내 서명을 요청해 왔거든. 은행 예금에 대해서는 그런 얘기가 온 동네에 퍼지는 게 싫었기 때문에 짐은 타관 사람을 증인으로 세웠지."

"그럼 그게 메리를 좋은 혼처로 만드는 건가?"

"그 애는 그런 게 필요해. 그 애의 창조주는 외적으로나 내적으로 그 애에게 별로 많이 베풀어 주지 않았거든."

"그런 건 문제 되지 않아." 자베스는 머리를 흔들고서 그의 모자에서 물이 빠지기를 기다렸다. "만약 메리가 돈이 있다면 가난한 처녀들보다는 훨씬 먼저 결혼하게 되지. 그 애는 짐을 고맙게 생각해야 돼."

"그 애는 그런 내색을 전혀 하지 않는데." 제시가 말했다. "때로는 메리가 제대로 생각이 박힌 여자애인지 의아할 때가 있어. 그 애는 월요일에도 억지로 강요당하지 않으면 앞치마를 입지 않아. 부엌에서든 닭장에서든. 그 애는 학교 선생이 되겠다고 열심히 공부해. 그 애는 도도한 미녀가 될 거야! 그 애가 누구에게도 상냥한 태도를 보이는 걸 본 적이 없어. 짐의 어머니에게 언어 마비 증세가 왔을 때에도 그랬어. 아니, 뇌졸중은 아니었어. 그 노부인의 목구멍 어딘가가 막혀 버린 거야. 처음에 그 어머니는 말을 제대로 하지 못하다가 그다음에는 꺽꺽거리더니 마지막에 숟가락으로 떠 준 음식을 삼키고 나서는 그 뒤로 말을 아예 못 해. 짐은 그녀를 하딩 의사에게 데려갔고 하딩은 추천장을 써서 브라이턴 병원으로 그녀를 보냈어. 하지만 그 병원

458

에서도 그녀의 병을 치료해 주지 못했어. 그녀는 다시 러넌으로 보내졌고, 그들은 그녀의 내부에다 커다란 낡은 램프를 켜고 들여다보았어. 하지만 짐이 내게 그러는데 그들도 아무런 진단을 내리지 못했다는 거야. 이런저런 온갖 검사를 다 한 끝에 그녀는 발병 직후보다 오히려 더 악화된 상태로 집에 돌아왔어. 짐은 더 이상 입원은 안 하겠다고 말했대. 그는 어머니에게 필기 판을 하나 주어서 손목 끈에다 매달게 했어. 말하고 싶은 것을 거기다 적으라고 말이야."

"야, 그건 몰랐네! 하지만 그들은 계곡 사람이야." 자베스가 했던 말을 되풀이했다.

"그건 별로 알려지지 않았지. 그녀는 발병 이전에 그리 수다스러운 사람이 아니었으니까. 오히려 그들의 딸 메리가 세 사람 몫의 혀를 가지고 있지…… 그런데 이태 전 여름에 말이야, 이제 내가 말해 주려는 일이 발생했어. 그들이 까맣게 잊고 있던 메리의 러넌 아버지가 법률을 내세우면서 딸을 러넌으로 도로 데려가겠다고 주장하고 나섰어. 난 그해 여름에 도켓 씨의 파운즈 농장에서 일하고 있었지. 하지만 그날 저녁엔 짐의 돼지우리를 청소하는 일을 도와주고 있었어. 그래서 어떤 낯선 사람이 위켄던 집의 돌문으로 이어진 다리를 건너오는 걸 보았어. 그건 난간이 달린, 군청에서 지은 새 다리가 아니야. 군청에서는 그 당시 그 다리에 대해서 일반 대중에게 통행권을 제공하지 않았어. 그건 좀 오래된 가느다란 널빤지 다리인데 짐이 자기 편하라고 놓은 것이지. 그 사람은 대취하지는 않았지만 약간 마셨더군. 그래서 길을 오다가 진흙탕에 넘어져서 온 등이 가면처럼 되어 버렸더군. 그는 오리에게 먹이를 주고 있던 짐의 어머니를 지나쳐서 벽돌집으로 들어가 그 안의 식탁에 떡하니 앉더군. 짐은 막 양말을 갈아 신는 중이었어. 그 사내는 메리에 대한 자신의 권리와 목적을 짐에게 말했어. 그래서 한바탕 싸움이 벌어졌느냐고? 짐은 생각 같아서는 그자를 주먹으로 때려서 쫓아 버리고 싶었어. 하지만 짐은 젊은 시절에 어떤 사람을 거꾸로 쓰러트려서 루이스 감옥에서 6개월을 썩은 적이 있었어. 그래서 마른침을 삼키며 그자가 얘기하는 대로 내버려 두었지. 메리에 대한 법적 권리는 처음부터 끝까지 그자에게 **있었어**. 그가 관련 서류를 다 보여 주었다고. 그러자 메리가 아래층으로 내려왔어. 그 애는 교사 임용 시험을 위해 공부를 하던 중이었지. 그자는 메리에게 자신이 누구인지 말해 주었어. 메리는 그자를 상대로 한바탕 설교를 했어. 그자에게 아이가 옆에 있을 때 혈육을 잘 돌보았어야지, 이제 와서 자기 멋대로 권리 주장을 해서는 안 된다고 꾸짖었어. 그는 뭔가 중얼거렸지. 하지만 메리는 그를 위아래로 좌우로 노려보면서 마구 혀를 놀려 대며 문밖으로 사라졌지. 그자는 관련 서류를 모자 속에 집어넣고 욕설을 퍼부으면서 떠나갔어. 그러자 메리가 다시 돌아와서 짐과 그의 어머니에게 자신의 출생 비밀을 미리 알려 주지 않은 것에 대해서 섭섭한 마음을 토로했어. 그러니까 그 애는 그런 얘기를 전혀 알지 못했던 거야. 모자는 딸에게 아무 말도 안 했던 거지. 한 번도 얘기하지 않았나 봐. **나 같으면** 그 애를 데려가겠다는 놈이 있다면 얼른 줘 버리겠어. 어디 한번 이런 애를 데리고 잘해 보라고 말이야!"

"그렇구먼!" 자베스가 대답하면서 파이프를 한 번 빨았다.

"하지만 그게 시작이었어. 그자는 다음 주에 또 왔어. 그자는 이번엔 짐의 어머니를 따돌리고 짐과 일대일 상대를 했지. 서류와 언변으로 짐에게 겁을 주었어. 법이 그의 편에 **있으니까**. 그래서 결국 짐은 돈지갑을 꺼내서 입막음 돈으로 그자에게 10실링을 주었어―짐이 내게 말해 주었어—그자에게 일단 물러가고 메리를 우리에게 놔두라고 말이야."

"그건 사내든 계집이든 협박하는 자를 물리치는 방법이 아닌데." 자베스가 말했다.

"아니지. 나도 짐에게 그리 말했어. '내가 어떻게 하겠나?' 짐이 말하더군. '**법이** 그자 편인데. 나는 낮 동안에 걸어 다니다가도 땀이 나서 속옷을 적시고, 밤중에도 누워서 그 생각을 하면 이불을 땀으로 흠뻑 적신다네. 나는 젊을 때와는 달라졌어. 게다가 나는 가난한 사람도 아니야. 어쩌면 그자는 술을 마시다가 죽어 버릴지도 모르지.' 나는 그 자리에서 짐에게 정말 바보 같은 행동을 하고 있다고 지적해 주었어. 짐도 그런 사실을 잘 알고 있더라고. 다음번에 올 때에는 그자가 15실링을 요구할 거라고 말했으니까. 그리고 다음번에는 정말 그랬어. 딱 15실링을 줬다는 거야!"

"정말 그자가 **아버지야**?" 자베스가 물었다.

"그자는 증거와 관련 서류를 가지고 있어. 메리가 러넌 아동 복지회에다 편지를 써서 이 문제를 따졌을 때 복지회에서 답변해 온 편지를 짐이 내게 보여 주었어. 그녀가 복지회에 그리 공손하게 편지를 보내지 않았던가 봐. 그래서 답변이 아주 짧더군. 그들은 그 문제는 이미 복지회 손을 떠났다고 말했어. 가만있어 봐, 뭐라고 그랬더라, 맞아. 그들은 착오가 있었던 것을 안타깝게 생각한다고 했어. 그들은 메리에게 아버지가 있다는 말은 하지 않고 고아라고 하면서 양초 상자에 담아 보냈나 봐. 그게 착오라는 거야! 아무튼 그자는 돈을 술로 다 마셔 없애고 저번처럼 다시 찾아와 불쌍한 죽은 아내에 대한 의무와, 러넌으로 딸을 데려가서 앞으로 해 줘야 할 일을 계속 나발 불어 대면서 그 지저분한 두 뺨에 눈물이 흘러내릴 때까지 멈추지 않았지. 그러곤 더 많은 돈을 챙겨서 떠나갔어. 짐은 문 뒤에서 그자의 손에 돈을 살짝 찔러주었어. 그런데 이번에는 어머니가 동전이 찰랑거리는 소릴들은 거야. 그녀는 입막음 돈을 참아 줄 수가 없었어. 필기 판에다 그런 심정을 적었고, 짐은 한밤중까지 잠자리에 들지 못하고 어머니에게 법이 그자의 편이라는 걸 말하며 납득시키려 했어."

"그럼 그자는 직업이나 사업 같은 건 없나?"

"짐은 내게 그자가 인쇄공이라고 했어. 하지만 러넌에 사는 다른 많은 자들과 마찬가지로 구빈 보조금을 받아먹고 살 거야."

"메리는 그 일을 어떻게 받아들이고 있어?"

"그자를 따라가느니 수녀가 되겠다고 한대. 메리가 수녀복을 입는 것보다는 귀부인이 식모가 되는 게 훨씬 더 빠를걸. 그 애는 하악~교 선사앙~님이 되겠다고 하는 중이야. 그 애는 도도한 미녀가 될 거야! …… 아무튼 이게 그해 가을에 벌어진 일이었어. 메리의 러넌 아버지는 계속 찾아왔지. 짐이 준 돈을 술로 다 없애 버리는 게 확실한 것처럼. 찾아올 때마다 그자는 메리를 안 데리고 가는 조건으로 돈을 올렸어. 돈과 헤어지는 걸 싫어하는 짐의 어머니는 입으로 시원하게 그걸 표현하지 못하니까 애꿎은 필기 판에다 계속 써 재껴야 했는데 그 어머니도 돌아 버릴 지경이었지. **완전** 돌아 버릴 지경이었다고!

11월이 오자 나는 짐의 집에서 살았는데 닭장에 기대 세운 별채 방을 월세로 얻었어. 월세는 짐의 어머니에게 주었지. 당시 나는 도켓 씨의 파운즈 농장에서 일하고 있었어. 페리 쇼에서 벌목된 밤나무를 밖으로 빼내는 일이었어. 그때도 날씨는 이 모양이었어. 축축한 10월에 뒤이어 비가 줄곧 내리던 시기였어(그리고 지금 기억나는데 그건

그 후에 크리스마스까지 건조한 서리가 내리는 걸로 끝났어). 도켓은
사람을 보내어 페리 쇼에 있던 나를 데려오려 했는데, 그 사람이 숨을
헐떡거리며 직접 나타났더라고. 개울둑의 엄청 큰 구석이 비에 무너
져서 개울로 내려앉아 버린 거라. 그러자 개울은 세븐틴 에이커의 밑
동 부분에서 만곡彎曲을 이루어 휘어지며 흐르게 되었어. 그리고 그
가 농장을 건설할 때 베어 냈어야 마땅한, 그 빌어먹을 오리나무와 버
드나무들이 그 둑의 붕괴와 함께 쓰러졌고 그 위로 흐르려던 개울이
나무 더미에 멈추게 되자 역류하여 도켓이 심어 놓은 가을밀을 다 작
살내게 생겼던 거야. 물이 이미 낮은 곳에는 들어왔다고 하면서. 도
켓이 내게 소리쳤어. '여보게, 제시! 저 빌어먹을 나무 더미들 좀 치워
주게. 나뭇단을 만들 필요는 없어. 개울이 제대로 흘러가게만 해 줘.
안 그러면 내 밀은 다 작살나고 말 거야. 내가 자네를 도와주지는 못
하지만 이번 일을 잘해 준다면 내가 후하게 보수를 줌세.'"

"야, 도켓이 하는 말 그대로네." 자베스가 껄껄 웃었다.

"그래. 그 순간 흥정을 해 볼까 하는 생각도 있었지만 개울이 질 좋
은 옥수수 밭에까지 역류하게 생겼더라고. 그래서 나는 혼잡스러운
현장에 뛰어들어 나무들이 빠져든 허물어진 둑 근처의 물살 빠른 개
울에서 나무 치우기 작업에 돌입한 거야. 그때도 바로 이런 날씨였어.
야, 개울이 말이야, 내 가슴 근처에서 계속 흘러가더군. 그런데 짐이
정오 무렵에 전지용 도끼를 어깨에 메고 걸어오는 거야.

'혹시 그 일에 도움의 손길이 필요하나?' 그가 물었어.

'좀 해 주지 않겠나?' 그 이상 말할 필요가 없었고 짐은 내 옆에서
함께 일했어. 그는 전지용 도끼를 잘 휘두르더군."

"그래? 하지만 그가 숲속에서 벌목 작업을 하는 걸 봤는데 나무의

형체를 제대로 파악하지 못하는 것 같던데." 자베스가 말했다. "그는 어깨도 강하지 못하고 판단력도 그래—내 생각엔 그래—두꺼운 나무를 다룰 때 말이야. 나무의 어느 부분을 쳐야 쓰러트릴 수 있는지 잘 모르더라고."

"그는 벌목을 하는 게 아니야. 우리는 부드러운 오리나무를 벌채해서 그놈들을 둑 위로 끌어올리면 됐어. 그 나무 더미 때문에 개울이 역류하여 밀을 작살내기 전에 말이야. 짐은 별로 말이 없었어. 단지 그 전날 밤 메리의 러넌 아버지로부터 엽서를 받았는데 그날 오전에 찾아오겠다는 내용이었다고 말했어. 짐은 밤새 땀 흘리며 고민했대. 아무래도 그자와 대화하며 그자의 욕설과 눈물에 감당이 안 될 것 같고 또 그 후에 필기 판으로 질책하는 어머니를 마주 대할 용기가 안 나더라는 거야. '그자만 생각하면 하루 종일 기분이 잡쳐 버린다니까.' 우리가 새참을 먹을 때 짐이 말했어. '그래서 나는 한참 울다가 달아났어. 어머니가 혼자서 그자를 상대하라고 말이야. **어머니라면** 그자에게 입막음 돈을 안 줄 거라고 생각했지. 어머니와 이야기를 끝낼 무렵이면 그자도 많이 놀랄 거라고 생각하면서.' 그게 우리가 그 일에 대해서 나눈 대화의 전부야. 하지만 그는 전지용 도끼를 잘 다루더군.

개울은 우리 가슴 높이로 흘러오다가 우리가 계속 작업을 하니까 얕은 곳에서는 무릎 높이로 물이 빠졌어. 우리는 나무 더미를 치우려고 전지하고 찌르고 잡아당겼지. 하류로 많은 표류물이 흘러내려 오더군. 소 울타리목, 홉 덩굴 받침대, 기타 나무 등걸 따위가 서로 뒤엉켜 흘러내려 왔어. 하지만 그런 것들은 우리가 물에 빠진 나무들을 둑 위로 치워 내면서 둑의 만곡을 따라 흘러내려 갔지. 오후 네 시가 되면서 우린 그날 일과를 끝냈다고 생각했어. 개울은 그냥 내버려 두어도 피해를 입힐 것 같지 않았어. 그러니 그 어둡고 축축한 데서 아무 소득도 없이 죽치고 있을 필요가 없어졌어. 짐은 장화에서 물을 쏟아 내고 있었어. 아니, 내가 그렇게 하고 있었어. 짐은 무릎을 꿇고 장화 끈을 풀고 있었지. '젠장, 제시,' 짐이 말했어. '홍수가 내 집 문턱까지 들이닥쳤나 봐. 여기 내 낡은 하얀색 벌 모자가 흘러내려 오는데.'"

"그래, 짐이 벌 모자에 하얀색을 칠한다는 말을 늘 들어 왔지." 자베스가 말했다. "하지만 색칠이 벌을 겁먹게 하는 것도 아니고 또 벌의 독침을 약하게 하는 것도 아니라고 생각해."

"'내가 저걸 건져 올릴게.' 짐이 그렇게 말하고 개울의 만곡을 돌아오는 그 모자에 부지깽이를 갖다 댔어. 물살이 어찌나 빠른지 부지깽이가 그의 손에서 튕겨 나갈 뻔했어. 그가 급히 나를 불렀고 나는 맨발로 달려갔어. 우리는 부지깽이를 함께 잡아당겼고 그러자 빠른 물살 위에 부지깽이 한쪽이 들어 올려졌어. 우리는 그게 뭐라는 걸 곧바로 짐작했어. 우리는 그걸 먼저 얕은 곳으로 끌어당겨서 뒤집어 보았어. 그랬더니 뻣뻣하게 굳은 남자의 팔이 내 눈에 들어오는 거야. 그러자 우리는 확신했지. '이거 그자야.' 짐이 말했어. 하지만 그 얼굴은 전체가 가면 같았어. '이건 메리의 러넌 아버지야.' 그가 곧 말했어. '성냥 좀 빌려줘. 확인하게.' 짐은 담배를 피우지 않아. 우리는 빗속에서 성냥골을 세 번이나 켜 댔고 그는 풀을 한 줌 뜯어서 흙을 닦아 냈어. '맞아,' 그가 말했어. '이건 메리의 러넌 아버지야. 그는 이제 우리를 더 이상 겁주지 못하겠군. 제시, 이 시체 필요하나?' 그가 물었어.

'아니,' 내가 대답했어. '만약 여기가 이스트본 해변이라면 검시관에게 가져가면 시체 하나당 반 크라운*을 받지. 하지만 우리는 조사에 응답하느라고 하루는 좋이 날려 버릴 걸세. 그가 개울에 빠진 것 같

네.'

'정말 그런 것 같군.' 짐이 말했어. '그가 어머니를 만났는지 모르겠네.' 그는 시체를 돌리더니 그의 상의를 열고 조끼 호주머니에 손을 집어넣더니 웃기 시작했어. '이자는 어머니를 만났구먼, 정말.' 그가 말했어. '그리고 어머니를 상대로 최선의 흥정을 했구먼. **어머니는** 이제 더 이상 **내가** 그에게 돈 준 걸 트집 잡지 못할 거야. 나는 그에게 한 소버린** 이상을 준 적이 없어. 그런데 어머니는 그에게 두 소버린을 주었어.' 짐은 그 돈을 바지 주머니에 집어넣고 계속 웃음을 터트렸어. '자 이제 저 친구를 부지깽이로 다시 개울에 쳐 넣자고. 저자와는 용무가 끝났으니까.' 짐이 말했어.

그래서 우리는 그자를 개울 한가운데로 다시 처박았어. 우리는 그자가 아무 막힘없이 만곡을 돌아 내려가는 것을 지켜보았지. 그리고 잘 흘러내려 가는지 살펴보기 위해 개울을 따라 한참을 걸었어. 더 이상 그를 볼 수 없게 되자 우리는 신작로를 걸어 집으로 돌아갔어. 개울이 초원 위로 흘러가고 어둠 속에서 짐의 오래된 낡은 다리를 찾을 수가 없었기 때문이지. 게다가 비가 또 억수로 퍼붓고 있었으니까. 집에 돌아와 불빛과 음식을 보자 아주 기분이 좋더군. 짐은 그의 집 안으로 들어와 술을 한잔하자고 강권했어. 그는 원래 술을 잘 안 마셔. 하지만 그날 저녁은 평생의 고민거리가 사라졌으니 그럴 만도 했지. '어머니,' 그가 문을 열자마자 말했어. '그자를 보았나요?' 그녀는 필기 판을 꺼내서 썼어. '아니.' '안 보셨다고요?' 짐이 말했어. '어머니, 그런 식으로는 빠져나갈 수 없어요. 어머니가 그를 만난 거 다 알아

---

* 영국의 옛 5실링 은화로 뒷면에 왕관이 새겨져 있다.
** 1파운드 금화.

요. 그자는 나를 괴롭혔던 것처럼 어머니를 괴롭혔겠지요. 어머니, 솔직히 말해 보세요.' 그가 말했어. '그자는 어머니도 해 넘겼어요.' 그녀가 필기 판에 다시 쓰려고 하자 짐이 제지했어. '됐어요, 어머니.' 그가 말했어. '어머니가 만난 이후에 내가 그를 만났어요. 그는 더 이상 우리를 괴롭히지 못할 거예요.' 마나님은 깜짝 놀라 고개를 쳐들면서 필기 판에다 썼어. '그가 그렇게 말했니?' '아니요.' 짐이 웃으면서 대답했어. '그는 그렇게 말하지 못했어요. 그냥 내가 알아냈어요. 하지만 그자는 **어머니도** 해 넘겼어요. 그러니 이제 어머니는 내가 너무 마음이 무르다고 **나를** 질책할 수 없어요. 어머니는 나보다 두 배는 더 마음이 무르니까요. 보세요!' 그는 어머니에게 두 소버린을 보여 주었어. '이 돈을 원래 있던 곳에 놔두세요.' 그가 말했어. '그는 이제 더 이상 우리를 찾아오지 못할 거예요. 자 이제 술을 한 잔씩 합시다.' 그가 말했어. '우리가 술값을 벌었으니.'

당연히 그들은 돈을 어디다 두는지 내게 보여 주지 않았어. 그녀는 그 돈을 가지고 2층으로 올라갔고 또 위스키도 꺼내 와야 했어."

"짐이 집에서 술을 마시는 사람인 줄 몰랐는데." 자베스가 말했다.

"그는 집에서는 잘 안 마시지. 하지만 일단 마시게 되면 술을 좋아해. 그는 술집 주인이 바에서 건네주는 값비싼 술은 싫어해. 그는 그 위스키 한 병에 4실링을 주었어. 어떻게 알았느냐면 마나님이 술을 가져왔을 때 병에는 찌꺼기 정도밖에 안 남았어. 손님 앞에 내놓을 만한 게 못 되더라고. 정말이야.

'어머니, 지난주에 절반이나 남아 있었는데요.' 짐이 말했어. '그걸 그자에게 또 주었다는 얘기는 아니겠지요? 절반이면 2실링 어치인데 (그래서 그가 4실링을 지불했다는 걸 알았지).' '글쎄, 어머니는 너무 마음이 물러서 세상 살아 나가기 힘들어요. 하지만 그자에게 주는 걸 아까워하는 건 아니에요. 그자는 이제 더 이상 빼앗아 갈 수 없게 되었으니.' 그래서 우리는 그 남아 있는 찌꺼기를 마셨어."

"그럼 메리의 러넌 아버지는 어떻게 되었어?" 자베스가 한참 동안 말이 없다가 물었다.

"나는 너무 피곤해서 석간신문을 읽지 못했어. 하지만 도켓이 그 주에 내게 말해 주었어. 저 아래쪽 로버츠브리지의 경찰이 시체 하나를 검사했다는 거야. 하지만 너무 많은 다리와 둑에 부딪혀서 신원을 알아내지 못했대."

"메리는 이 모든 일에 대해서 뭐라고 했어?"

"마나님은 그날 러넌 아버지가 찾아오기 전에 메리를 마을로 보내 주말 식품을 사 오게 했어(메리는 그나마 사 와야 할 물건의 절반은 까먹었다는군). 우리가 집에 들어와 보니 메리는 2층에서 교사 임용 시험을 공부하고 있었어. 모자는 이 일에 대해서 그 애한테 말해 주지 않았어. 그건 여자애들이 알 일이 아니었으니까."

"**그 애가** 알고 있으리라 생각해?" 자베스가 물었다.

"그 애? 아마도 상당히 가깝게 추측했으리라 봐. 양육 보조금이 다시 지급되는 걸 보고 말이야. 하지만 내가 알기로 그 애가 편지를 써서 그걸 언급하지는 않았어. 그 애는 그날 밤 닭장의 닭 두세 마리가 물에 빠져 죽은 것을 더 걱정했어. 홍수가 짐의 집 앞을 쓸고 지나가면서 닭장의 기둥을 쳐서 휘어지게 했거든. 다음 날 아침 개울물이 줄어들자 내가 그걸 고쳐 주었어."

"짐네 다리는 어디서 발견했나? 개울 아래쪽으로 한참 내려가 있던가?"

"그냥 그 자리에 있었어. 약간밖에 이동하지 않았더군. 개울이 둑을 치면서 널빤지 한쪽 끝 밑동의 흙을 파헤쳤지. 그래서 건너갈 때 조심하지 않으면 옆으로 기울어지게 되어 있었어. 그래서 내가 그 밑에다 벽돌 서너 장을 괴자 다리가 똑바로 섰어."

"그 다리가 지금 어떻게 **생겼는지** 잘 모르겠는데. 아무튼 그건 그렇고." 자베스가 말했다. "그자는 러넌에서 찾아와 사람을 겁주고, 또 그들이 자기 자식처럼 키운 아이를 데려가겠다고 위협해서는 안 되는 거였어. 설사 그 애가 메리 위켄던이라고 할지라도."

"합법적인 권리는 갖고 있었지. 법률이 그의 편이었으니까. 그걸 그냥 넘기지 못한 거야." 제시가 말했다. "게다가 그는 술꾼이었어. 그가 실패한 지점은 바로 그거였어."

"알았어. 그건 그렇다 치고. 개울은 짐에게 좋은 친구였어. 난 이제 그걸 알겠어. 나는 그가 그렇게 말할 때 속셈이 뭔지 늘 **궁금했어.** 내가 건초 더미를 옮겨야 하지 않겠느냐고 하자 그는 이렇게 말했어. '자네는 모든 걸 알 수는 없어. 개울은 내게 좋은 친구였어. 만약 개울이 내 건초를 가져갈 생각이라면 나는 개울에 맞서서 저항할 생각이 없어.'"

"난 개울이 그것도 약간 피해서 갔다고 생각해." 제시가 껄껄 웃었다. "봐! 개울이 마음을 잡으니까 둑이 흘러내리지 않잖아."

개울은 이제 그 어조를 바꾸었다. 그것은 부드러운 말로 속삭이는 듯한 소리를 내었다.

토지

삼림 지대의 부행정관 율리우스 파브리키우스는
디오클레티아누스 시절에 저지대 강변 지역을 소유하고 있었다.
그는 그 땅의 토착 브리턴 사람인 호브데니우스를 불러서 물었다.
"강변 땅에서 건초를 저장하려면 어떻게 해야 하나?"

그러자 나이 든 호브데니우스가 말했다. "나는 소년 시절에
내 아버지가 당신 아버지에게 한 말을 들었습니다. 그 땅은 준설을
해야 한다고. 그 땅은 내버려 둘수록 더 깨끗이 하기가 어려워집니다.
당신의 뜻대로 하십시오. 하지만 내가 당신이라면 준설하겠습니다."

그래서 그들은 화려한 로마 방식으로 길고 넓게 준설했다.
우리는 아직도 강변의 표류물 중에서 고대의 타일 조각을
발견할 수 있고 초원의 뼈가 드러나는 가뭄 심한 8월의 중순 무렵에는
그들이 1,600년 전에 준설해 놓은 선들을 알아볼 수 있다.

그러자 행정관들이 그러하듯이 율리우스 파브리키우스도 죽었고
몇 세기 뒤에는 로마제국도 죽어 버렸다.
그런 후 대륙 북부에서 도둑들이 브리턴으로 침략해 왔고
우리의 저지대 강변 토지는 데인 사람 오지어가 소유하게 되었다.

오지어는 전함을 잘 지휘하고 칼을 잘 휘둘렀다.
또 물을 건너가는 방법은 잘 알았으나 토지를 경작하는 방법은 잘 몰랐다.
그는 순수 혈통을 자랑하는 오래된 호브덴 사람을 불러서 물었다.
"강변 토지를 어떻게 해야 하나? 별로 좋아 보이지 않는데."

늙은 호브덴은 대답했다. "제가 개입할 일은 아닙니다만,
나는 그 초원 지대를 지난 55년 동안 봐 왔습니다. 이 일은
당신의 뜻대로 처리하십시오. 하지만 내가 되풀이하여 겪은 일인데
토지의 지질을 바꾸려 한다면 그 땅에 석회를 뿌려야 합니다."

오지어는 짐마차들을 스무 시간 걸어가야 하는 루이스로 보내어
서늘하고, 회색에, 땅을 회복시키는 백악을 다량 실어 오게 했다.
늙은 호브덴은 그 안에 무엇이 들었는지 신경 쓰지 않고 널리 뿌렸다.
그 때문에 우리가 오늘날 그 땅을 준설하면 부싯돌을 발견하게 된다.

오지어는 죽었다. 그의 아들들은 잉글랜드인으로 성장했다.
앵글로색슨이 그들의 이름이었고
그러다가 난만한 노르망디로부터 다른 해적이 왔다.
윌리엄 공은 잉글랜드를 정복하고 부하들에게 땅을 나누어 주었는데
저지 강변 토지를 워렌의 윌리엄에게 하사했다.

그러나 개울(당신은 개울의 습관을 안다)은 어느 비 오는 가을밤에
불어나 강변의 비 젖은 좌우 제방을 사정없이 후벼 파서 무너트렸다.
윌리엄은 비 맞으며 현지 순찰 나가는 토지 관리관에게 말했다.
"호브, 강변 토지를 어찌 해야 하지? 개울의 수위가 엄청 솟아올랐는데."

그러자 나이 든 호브덴이 대답했다.
"제가 주제넘게 말씀드릴 처지는 아닙니다만,
물이 불어 오르는 것은 계곡의 지세 때문에 그렇습니다.
물을 물리칠 수 없다면 하상과 표토를 보존해야 하는데,
당신의 뜻대로 하십시오. 하지만 내가 당신이라면 말뚝을 박겠습니다!"

그들은 버드나무 줄기를 가지고 수로의 양옆에 말뚝을 박았다.
그 뒤에는 느릅나무 기둥과 단단한 참나무 기둥으로 받쳤다.
그래서 가을의 호우가 하상의 자갈들을 휩쓸어 갈 때
당신은 단단한 진흙 바닥에서 그 나무의 파편을 발견할 수 있다.

조지 5세의 치세 6년 차에 나는 강변 토지를 소유하게 되었다.
토지 문서는 잘 증명되고, 서명되고, 또 봉인되었다. 그리하여
나와 나의 대리인, 대행자, 후계자 등이 모든 종류의 권리와 혜택을
누릴 수 있으나, 그 어떤 것도 내 것이나 그들의 것이 아니다.

나의 작위가 말해 주듯이 나는 사냥과 수렵의 권리를 가지고 있다.
나는 낚시를 할 수 있다. 하지만 호브덴은 손으로 잡는다. 나는 총을
쏘지만 호브덴은 덫으로 잡는다. 나는 담장을 보수하지만, 호브덴은
그 틈새를 다시 열어 놓고서, 그것을 이용해 산울타리를 넘나든다.

개를 풀어 아침 이슬이 드러내는 그의 행적을 추적할까?
내 꿩이 날아 들어간 그의 점심 바구니를 열어 보라고 할까?
나의 토끼가 달려 들어간 그의 저녁 간 요리를 몰수하고 그를
심판대에다 세울까? 나는 차라리 목신을 부르는 게 나을 것이다.

그의 선조들은 교회 마당에 묻혀 있다. 30대에 걸친 선조들이다.
그들의 이름은 토지대장이 만들어지던 해에 명단에 올랐다.
호브덴 가계의 열정과 경건과 용기는 법률상 나의 것인 땅에서
씨앗을 뿌리고, 뿌리를 내리고, 열매를 맺었다.

땅을 파고드는 짐승이나, 하늘을 날아가는 새들이나
나는 그의 현명한 조언이 필요하고 또 그의 날카로운 눈썰미가 필요하다.
그는 토지 관리관, 삼림 관리인, 바퀴 제작자, 토지 측량사, 토목 기사

그리고 노골적으로 말하면 밀렵꾼이다.
하지만 그건 내가 간섭할 바가 아니다.

"호브, 강변 토지는 어떻게 해야 하나?" 나는 선대의 파브리키우스,
오지어, 위렌의 윌리엄처럼 그에게 조언을 구한다.
"당신의 뜻대로 처리하십시오. 하지만 내가 당신이라면—"
하면서 명령을 내린다.
세금을 내는 주인이 누구든 불문하고,
오래된 호브덴이 그 토지를 소유하고 있다.

'잘 치워지고 정돈된'

"Swept and Garnished"

신열을 동반한 오한이 에버만 부인의 온몸을 덮치자 그녀는 현명하게도 의사에게 전화를 걸어 왕진을 요청했고 침대에 들었다. 의사는 그것이 가벼운 인플루엔자라고 진단을 내린 후 알맞은 치료약을 처방하고서 부인의 하녀가 그녀의 안락한 베를린 주택에서 간호를 하도록 지시를 내렸다. 에버만 부인은 아스피린의 약효가 퍼질 때까지 두꺼운 이불 속에서 온몸을 움츠리고 참을 수 있는 데까지 참아내려고 애썼다. 그동안 안나는 약국에서 포마민트, 암모니아 처리한 키니네, 살균제인 유칼리유, 자그마한 주석 증기 흡입기 등을 구매하여 돌아올 것이었다. 부인은 온몸의 뼈가 아팠다. 머리는 요동쳤고 뜨겁고 메마른 손은 단 한시라도 가만히 있지 못했고, 최대한 자그마하게 웅크린 그녀의 몸은, 따뜻한 이불에도 불구하고 한기 때문에 벌벌 떨었다.

갑자기 부인은 이상을 발견했다. 초록색 플러시 천 소파 뒤의 라디에이터 모조 대리석 상판과 수학적으로 네모꼴을 이루며 놓여 있어야 하는 모조 레이스 덮개의 한쪽 구석이 흘러 내려와, 청동색으로 칠해진 증기 파이프들 위에 걸쳐져 있는 것이었다. 부인은 아까 부츠를 벗을 때 그녀의 머리가 라디에이터 상판을 잠시 눌렀나 보다 하고 생각했다. 그녀는 일어나서 그 덮개를 바로 놓으려 했으나, 라디에이터는 지평선 쪽으로 즉시 물러났다. 그것은 진짜 지평선과는 다르게 사선으로 기울어져 있었고 밑으로 떨어져 내린 덮개의 레이스 가장자리와 정확하게 평행을 이루었다. 에버만 부인은 끈끈한 입술 사이로 신음 소리를 내며 가만히 누워 있었다.

"확실히 내 몸에 열이 있나 봐." 그녀가 말했다. "확실히 높은 열이 있어. 저녁 식사 후에 몸이 떨릴 때 알아봤어야 하는 건데."

그녀는 눈꺼풀이 뜨거운 두 눈을 감으려 하다가, 잠시 두 눈을 뜨고서 저쪽 벽에 덮개가 비대칭으로 내려와 있다는 사실에 괴로워했다. 이어 그녀는 한 아이를 보았다. 열 살쯤 된 지저분하고 수척한 얼굴의 어린 소녀였다. 옆집에서 살짝 들어온 애 같았다. 이것은 부인의 평소 생각을 증명해 주었다. 몸이 아플 때면 세상이 이처럼 산산조각 나 버리는 것이었다. 안나가 약국에 가기 위해 집을 나서면서 바깥문 잠그는 걸 잊어버린 것이었다. 에버만 부인은 자녀가 있었으나 이미 장성했고 그녀는 한평생 아이를 사랑해 본 적이 없었다. 하지만 저 침입자를 현재는 이용해먹을 수 있을 것 같았다.

"애야, 저 하얀 것을," 그녀가 걸걸한 목소리로 중얼거렸다. "저 노란 것 위에다 똑바르게 올려놔."

아이는 그 말을 신경 쓰지 않았고 방 안을 돌아다니면서 만나는 것마다 다 신기하게 들여다보았다. 서랍장의 노란 세공 유리를 박아 넣은 손잡이, 무거운 암갈색 커튼을 고정시키기 위해 형틀로 누른 청동 갈고리, 엷은 자줏빛 에나멜, 문의 손잡이에 붙인 아르누보 지판指板 등이었다. 에버만 부인은 화난 얼굴로 쳐다보았다.

"안 돼! 그건 나쁘고 무례한 짓이야. 어서 나가!" 그녀는 목소리를 높이는 게 힘들었지만 그렇게 소리쳤다. "네가 온 길로 해서 다시 나가!" 아이는 침대 발치 뒤로 지나갔고 부인은 그 아이를 보지 못했다. "가면서 문을 닫도록 해. 내가 안나에게 다시 말하겠지만 저 하얀 것을 똑바로 올려놓도록 해."

그녀는 영육 간에 비참함을 느끼면서 눈을 감았다. 바깥문이 찰칵 열리면서 안나가 안으로 들어왔다. 그녀는 약국에서 그토록 오래 머문 것에 대해 미안해하는 표정이었다. 하지만 적당한 타입의 흡입기를 발견할 수가 없었고 그래서―

"그 아이는 어디로 갔나?" 에버만 부인이 신음 소리를 내질렀다. "여기 있던 그 아이 말이야."

"아이는 없는데요." 안나가 놀라면서 말했다. "제가 외출할 때 겉문을 잠갔는데 어떻게 아이가 들어와요? 주택 열쇠는 다 달라요."

"아니야, 아니야. 넌 이번에 잊어버렸어. 아무튼 허리가 아프고 또 두 다리도 아파. 그 애가 뭘 손대고 또 흩뜨려 놓았는지 좀 살펴봐. 가서 살펴봐."

"손댄 것도 없고 흩뜨려진 것도 없어요." 안나가 종이 상자에서 흡입기를 꺼내며 말했다.

"아니야, 있어. 이제 기억이 나는군. 그 하얀 것―가장자리가 내려

온 레이스 말이야, 그걸 똑바로 올려놔—" 그녀가 가리켰다. 부인의 방식을 잘 아는 안나는 곧 말을 알아듣고 덮개 쪽으로 걸어갔다.

"이제 똑바로 되어 있어?" 에버만 부인이 물었다.

"완벽해요." 안나가 말했다. "실제로 라디에이터의 정중앙에 있어요." 안나는 이 집에 처음 입주할 때 배웠던 대로, 손가락 마디로 덮개의 가장자리가 똑같은 마진을 갖고 있는지 재어 보았다.

"그리고 내 거북딱지 머리빗은?" 에버만 부인은 누워 있는 곳에서 화장대가 보이지 않았다.

"완전히 똑바르게 되어 있어요. 큰 그릇 옆에 나란히 있고 빗은 그 둘에 걸쳐져 있어요. 손목시계는 산호 시계 그릇 속에 있고요. 모든 것이," 그녀는 확인하기 위해 방 안을 한번 둘러보았다—"모든 것이 건강할 때 놓아두신 그대로예요." 에버만 부인은 안도의 한숨을 내쉬었다. 그 방과 그녀의 머리가 갑자기 시원해진 느낌이 들었다.

"좋아!" 그녀가 말했다. "자 이제 주방에 가서 내 잠옷을 말려 놔. 내가 땀을 흘리고 나면 즉시 입을 수 있도록. 타월들도 말려. 흡입기에서 증기가 나오게 하고 유칼리유를 들여놓도록 해. 그건 인후에 좋으니까. 그런 다음 주방에서 대기하고 있다가 내가 벨을 누르면 오도록 해. 그리고 먼저 따뜻한 물병을 가져와."

그 물병은 곧 대령되어 정해진 자리에 놓였다.

"무슨 뉴스 있어?" 에버만 부인이 졸리는 목소리로 물었다. 그녀는 그날 외출을 하지 않았다.

"또 다른 승리 소식이에요." 안나가 말했다. "많은 포로와 대포를 포획했대요."

에버만 부인은 만족스럽다는 듯이 가볍게 툴툴거리는 소리를 냈다.

"그건 좋은 소식이군." 부인이 말했다. 안나는 흡입기 램프를 켜고서 밖으로 나갔다.

에버만 부인은 한 시간 내에 아스피린 약효가 발동할 것이고 그러면 모든 것이 괜찮아지리라고 생각했다. 내일—아니, 모레—이면 그녀는 친구들과 커피를 마시며 한담을 나누는 일상을 재개할 수 있을 것이었다. 그녀가 병에 걸리는 일은 드물었고 모두들 그걸 알고 있었다. 하지만 그렇게 아픈데도 그녀는 일상적인 절차와 의례에서 조금도 벗어나지 않도록 감독했다. 그녀는 친구들에게—그녀는 그 이름을 하나씩 하나씩 점검했다—라디에이터 상부의 레이스 덮개에 어떤 조치를 취했고, 또 두 개의 거북딱지 머리빗이 직각을 이루도록 놓아둔 일 등에 대하여 이야기해 줄 터였다. 그녀가 집 안의 모든 것을 질서정연하게 구비하고 있다는 것도 얘기해 줄 예정이었다. 그녀는 느긋한 마음으로 뜨거운 물병에 발가락을 문지르면서 더 멀리까지 눈을 두리번거렸다. 만약 하느님께서 그녀를 그분 앞으로 데려가실 생각이라면—사실 그녀는 예전처럼 젊지 않았는데 가령 푸른색 의치잔에는 네 개의 아랫니 의치가 놓여 있었다—그분께서 그녀의 모든 물건이 그분이 보시기에 좋게 놓여 있는 것을 발견해야 마땅했다. '잘 치워지고 정돈된'이라는 문구가 그녀의 혼미한 머릿속에 저절로 떠올랐다. "잘 치워지고 정돈된—"

물론 그녀가 주님을 위하여 그처럼 치워 놓은 것은 아니었다. 그녀는 내일 혹은 모레에 그 방을 잘 치우고 그다음에는 정돈할 생각이었다. 그녀의 두 손은 또다시 커다란 베개처럼 부어오르더니 다시 축소되었다. 그녀의 머리 또한 자그마한 점들로 축소되었다. 그러다가 그녀는 어떤 사건, 아주 중요한 사건이 발생하는 걸 기다리고 있다는 생각이 들었다. 그녀는 두 눈을 꼭 감고 한참 동안 그녀의 머리와 손이 정상 크기로 돌아오기를 기다렸다.

그녀는 깜짝 놀라며 눈을 떴다.

"나는 정말 어리석어," 그녀가 큰 소리로 말했다. "지저분한 어린애 무리를 위하여 방 안을 청소할 생각을 했다니!"

그들이 거기 다시 왔다. 총 다섯 명—어린 남자아이 두 명과 세 명의 소녀—이었는데 아까 부인이 보았던 불안한 눈빛의 열 살 소녀가 인솔하고 있었다. 그들은 곁문을 통하여 들어온 게 틀림없었다. 아까 안나가 흡입기를 가지고 돌아올 때 문을 잠그는 걸 잊어버린 모양이었다. 그녀는 눈금을 헤아리는 것처럼 뒤에서 앞으로 그들을 세었다. 하나, 둘, 셋, 넷, 다섯.

아이들은 그녀를 거들떠보지 않았고 방 안을 돌아다녔는데 길 잃은 닭처럼 한 발을 공중에 쳐들고 교대로 내려놓으며 걸었고 작은 애가 큰 애에게 매달려 있었다. 그들은 철도 대합실의 아주 피곤한 승객들의 기색이 역력했고 입고 있는 옷은 아주 지저분했다.

"어서 가!" 에버만 부인은 온 힘을 다해서 그 말을 간신히 쥐어짜는 듯한 목소리로 말했다.

"부르셨어요?" 안나가 거실 문 앞에서 말했다.

"아니." 그녀의 여주인이 말했다. "아까 집으로 들어올 때 곁문을 잠 갔나?"

"그럼요." 안나가 말했다. "게다가 그 문은 저절로 잠겨요."

"그럼 가 봐." 부인은 속삭이는 듯한 어조로 겨우 말했다. 만약 안나가 어린애들을 못 본 척하기로 했다면, 그건 나중에 안나하고 따지면 될 일이었다.

"그래 이제," 그녀가 문이 닫히자 아이들 쪽으로 고개를 돌렸다. 무리 중 가장 작은 아이가 그녀에게 미소를 짓고서 머리를 흔들더니 누나의 스커트에 머리를 처박았다.

"너희들은— 왜— 가지— 않는 거야?" 부인이 아주 진지하게 속삭였다.

또다시 그들은 부인을 거들떠보지도 않고 가장 큰 애의 인솔 아래 신발을 신은 채로 라디에이터 앞에 있는 초록색 플러시 소파 위에 올라갔다. 어린 소년들은 제힘으로 소파에 올라가지 못해서 옆에서 밀어 주어야 했다. 그들은 안도의 한숨을 작게 내쉬며 일렬로 앉았고 부드럽게 플러시 천을 긁어 댔다.

"내가 묻겠는데, 왜 가지 않는 거야? 왜 가지 않는 거냐고?" 에버만 부인은 그 질문을 스무 번이나 했다. 그녀가 보기에 그 질문에 대한 답변에 이 세상 모든 것이 달려 있었다. "초대를 받지 않은 이상 남의 집이나 방에 들어와서는 안 된다는 것을 알 거야. 집이나 침실 말이야."

"안 돼요." 여섯 살짜리가 엄숙한 목소리로 말했다. "집과 침실은 물론이고 식당, 교회 그리고 다른 모든 장소도 안 돼요. 그런 데는 들어가서는 안 돼요. 그건 무례한 거예요."

"그래요. 쟤 말이 맞아요." 어린 소녀가 자랑스럽게 말했다. "저 애가 말을 잘했어요. 쟤는 그들에게 오직 돼지들만이 그런 짓을 한다고 말했어요." 일렬로 앉은 아이들은 고개를 끄덕였고 서로 폭발적인 웃음을 터트리자 뺨에 보조개가 파였다. 마치 어른들을 상대로 아주 대담한 짓을 할 때 짓는 그런 표정이었다.

"그게 잘못된 일이라는 걸 안다면 지금 이런 행동은 더욱 나쁜 거야." 에버만 부인이 말했다.

"아, 그래요. 훨씬 나쁜 거예요." 그들은 쾌활하게 동의했고 그러다가 가장 어린 남자아이의 미소가 피곤함을 호소하는 칭얼거림으로 바뀌었다.

"그들은 언제 우리를 데리러 오지?" 그가 물었다. 대열의 맨 앞에 있는 소녀가 그를 잡아당겨 그녀의 작은 무릎 위에 뉘었다.

"얘는 피곤해요." 그녀가 설명했다. "이제 겨우 네 살이에요. 이번 봄에 처음 바지를 입기 시작했어요. 바지가 거의 저 애의 겨드랑이까지 와서 리넨 천으로 단단히 잡아매야 해요." 아이는 잠시 슬픔을 잊어버리고 그 천을 자랑스럽게 두드려 댔다.

"그래, 얘야, 그렇게 하는 거야." 두 소녀가 말했다.

"어서 가!" 에버만 부인이 말했다. "네 아버지와 어머니가 있는 집으로 가!"

그들의 얼굴은 즉시 심각해졌다.

"쉿! 우리는 **갈 수가 없어요**." 제일 큰 소녀가 말했다. "아무것도 남은 게 없어요."

"모든 게 사라졌어요." 어린 소년이 말했다. 그는 오므린 입술 사이로 말을 내뱉었다. "**그런 식**으로요. 삼촌이 내게 말했어요. 암소 두 마리도 사라졌어요."

"그리고 나의 오리 세 마리도." 소녀의 무릎에 앉아 있는 소년이 말했다.

"그래서 우리는 여기에 온 거예요." 제일 큰 소녀가 몸을 앞으로 약간 숙이면서 그녀가 흔들어 대던 아이의 머리를 쓰다듬었다.

"나는—나는 이해를 못 하겠는데." 에버만 부인이 말했다. "그럼 너희들은 길을 잃은 거냐? 그렇다면 우리 경찰에게 말해야 돼."

"아니에요. 우리는 기다리고 있어요."

"무엇을 기다리는데?"

"우리 사람들이 와서 우리를 데려가기를 기다려요. 우리에게 여기 와서 그들을 기다리라고 했어요. 그래서 그들이 올 때까지 우리는 기다려야 해요." 가장 나이가 많은 소녀가 대답했다.

"그래요. 우리는 우리 사람들이 데리러 올 때까지 기다리고 있어요." 모든 아이가 합창으로 말했다.

"하지만," 에버만 부인은 아주 침착하게 말했다. "하지만 이제 내게 말해 주려무나. 나는 너희들에게 내가 전혀 화나지 않았다는 것을 말해 주마. 자, 너희들은 어디에서 왔니? 어디에서 왔느냐고?"

다섯 아이는 그녀가 신문에서 읽었던 두 마을의 이름을 댔다.

"그건 바보 같은 얘기인데." 에버만 부인이 말했다. "그곳 사람들이 우리에게 포격을 가했고 그래서 우리가 그들을 징벌한 거야. 그 두 곳은 완전 청소되고 완전 짓밟혔다고."

"그래요, 그래요. 완전 청소되고 완전 짓밟혔어요. 그래서 우리가 이렇게—그리고 나는 내 말총머리의 리본을 잃어버렸어요." 어린 소녀가 말했다. 그 아이는 고개를 돌려 소파 뒤쪽을 바라보았다.

"그건 여기 없어." 나이 많은 소녀가 말했다. "그건 전에 이미 잃어버렸어. 넌 기억하지 못하니?"

"자, 너희들이 길을 잃었다면 우리 경찰에 가서 신고해야 돼. 그러면 경찰이 너희들을 돌봐 주고 음식도 줄 거야." 에버만 부인이 말했다. "안나가 그리로 가는 길을 알려 줄 거야."

"아니에요." 여섯 살짜리가 미소를 지으며 말했다. "우리는 우리 사람들이 데리러 올 때까지 기다려야 해요. 안 그래, 누나?"

"물론이지. 우리 사람들이 데리러 올 때까지 기다려야 해. 온 세상이 그걸 알고 있어." 제일 나이 많은 소녀가 말했다.

"그래." 무릎 위에 누워 있던 아이는 다시 잠에서 깨어났다. "어린 아이들도 그건 알고 있어. 앙리처럼 작은 아이도. **그 애는** 아직 바지도 입지 못한 상태야. 그처럼 작은 아이도 알고 있다고."

"이해가 안 되는데." 에버만 부인이 몸을 떨며 말했다. 방 안의 열기와 증기 흡입기의 축축한 숨결에도 불구하고 아스피린은 전혀 약효를 발휘하지 못했다.

소녀는 푸른 눈을 쳐들더니 부인을 잠시 쳐다보았다.

"그러니까," 소녀는 손가락을 꼽으며 자신의 말을 강조했다. "**그들은** 우리에게 **우리의** 사람이 우리를 데리러 올 때까지 **여기에서** 기다리라고 했어요."

"정말 바보 같은 얘기인데," 에버만 부인이 말했다. "너희들이 여기서 기다려 봐야 아무런 소용이 없어. 너희는 이곳이 어디인지 아니? 너희들은 학교는 다녔니? 여긴 독일의 수도인 베를린이야."

"그래요, 그래요." 그들은 모두 소리쳤다. "독일의 수도 베를린. 우리는 그걸 알고 있어요. 그게 여기 온 이유예요."

"그래, 너희는 아무 소용이 없다는 걸 알았구나." 부인이 의기양양하게 말했다. "너희 사람들은 너희를 데리러 여기에 오지 못할 테니까."

"그들은 여기 와서 우리 사람들이 데리러 올 때까지 기다리라고 했어요." 아이들은 그것이 학교의 숙제인 양 말했다. 이어 그들은 양손을 무릎 위에 단정히 올려놓고 조용히 앉아서 아까처럼 미소를 지었다.

"어서 가! 어서 가!" 에버만 부인이 비명을 내질렀다.

"부르셨어요?" 안나가 방 안으로 들어오며 말했다.

"아니야. 어서 가! 어서 가!"

"알았어요. 심술쟁이 노파." 하녀가 안 들리게 혼잣말을 중얼거렸다. "그럼 다음에 불러 줘요." 그녀는 주방에 있는 친구에게로 돌아갔다.

"나는 너희들에게 **제발** 가 달라고 말했어." 에버만 부인이 애원했다. "저 문을 통하여 안나에게로 가. 안나가 너희들에게 케이크와 사탕을 줄 거야. 내 방으로 들어와서 이렇게 무례하게 행동하면 안 되는 거야."

"그럼 이제 우리는 어디로 갈까?" 제일 나이 많은 소녀가 어린이 무리에게 고개를 돌리며 물었다. 그들은 의논했다. 한 애는 나무가 있는 넓은 거리를 선호했고 다른 애는 철도 역사로 가자고 했다. 하지만 제일 나이가 많은 소녀가 황제의 궁전을 제안하자 그들은 동의했다.

"그럼 우리 그리로 가자." 그 소녀가 말했다. 그리고 절반쯤 사죄하는 목소리로 에버만 부인에게 말했다. "애들이 너무 어려서 다른 모든 사람을 만나고 싶어 해요."

"무슨 다른 사람들?" 에버만 부인이 물었다.

"다른 사람들. 수만, 수십만에 달하는 다른 사람들."

"그건 거짓말이야. 천 명은 고사하고 백 명도 없을 거야." 에버만 부인이 소리쳤다.

"그래요?" 소녀가 공손하게 말했다.

"그럼. 내가 말해 주지. 나는 아주 좋은 정보를 가지고 있어. 난 그게 어떻게 벌어졌는지 알고 있어. 너희들은 좀 더 조심스럽게 행동해야 했어. 군마와 대포들이 지나가는 걸 구경하기 위해 밖으로 나왔다가 치여서는 안 되는 거였어. 우리 군대가 지나갈 때 그런 일이 벌어진 거야. 내 아들이 나에게 그렇게 써 보냈다고."

그들은 이제 소파에서 내려와 흥미진진한 눈빛으로 침대 주위에 모였다.

"군마와 대포가 지나간다고요? 얼마나 멋지겠어요!" 누군가가 속삭였다.

"그럼, 그럼, 내 말을 믿어. **그런 식으로** 어린아이들에게 사고가 발생한 거야. 그게 사실이라는 걸 너희들은 알아야 해. 밖으로 구경 나갔다가 치여서—"

"하지만 난 아무것도 구경하지 못했어요." 소년이 슬프게 소리쳤다. "딱 한 번 소음을 들었을 뿐이에요. 그건 에멀린 아주머니의 집이 폭삭 내려앉을 때였어요."

"하지만 내 말을 들어. **내가** 너희들에게 얘기하고 있잖니! 애들은 밖으로 구경을 하러 나간다고. 하지만 애들은 키가 작아 잘 보지 못해요. 그래서 어른들 다리 사이로 내다보게 돼요. 그러다가—너희들은 커다란 군마와 대포가 코너를 돌 때에는 얼마나 커지는지 잘 알 거야—아이의 발이 미끄러져서 치이게 되는 거야. 그렇게 해서 사달이 난 거라고. 그런 일이 여러 번 벌어졌지만 많이 벌어지지는 않았어. 백 번은 결코 아니고 스무 번도 제대로 안 될 거야. 그러니 사고는 너희들이 전부임이 **틀림없어.** 자 이제 너희가 전부라고 내게 말해 줘. 그러면 안 나가 너희들에게 케이크를 줄 거야."

"수천 명이에요." 소년이 단조로운 목소리로 반복했다. "그래서 우리는 모두 여기에 와서 우리 사람들이 우리를 데리러 올 때까지 기다릴 거예요."

"하지만 우리는 이제 여기서 물러가야 해. 저 불쌍한 부인은 피곤해." 제일 나이 많은 소녀가 소년의 소매를 잡아당기며 말했다.

"아, 아파. 아프다고!" 소년이 소리치며 눈물을 터트렸다.

"이게 뭐하는 짓이야?" 에버만 부인이 말했다. "불쌍한 부인이 아파 누워 있는 방에서 울음을 터트리는 건 아주 버릇없는 일이야."

"하지만 보세요, 부인!" 제일 나이 많은 소녀가 말했다.

에버만 부인은 고개를 들어 쳐다보았고 그제야 깨달았다.

"안녕히 계세요, 부인." 그들은 부인의 커다란 비명 소리에 전혀 동요되지 않고 미소를 지으며 고개를 숙이거나 무릎을 구부려 인사를 했다. "안녕히 계세요, 부인. 우리는 우리 사람들이 우리를 데리러 올 때까지 기다려야 해요."

안나가 마침내 방 안으로 달려들어 왔을 때, 그녀는 여주인이 무릎을 꿇고서 라디에이터를 덮은 레이스 덮개로 방바닥을 황급히 닦고 있는 모습을 발견했다. 부인은 방바닥에 다섯 아이들의 피가 흥건하다고 말했다. 부인은 온 세상에서 그런 아이가 다섯 명밖에 안 된다고 지금도 확신했다. 그 아이들은 잠시 물러갔지만 모퉁이에서 기다리고 있으니까, 안나가 그들을 발견해서 케이크를 주면서 지혈을 시켜 주라고 말했다. 그동안 부인은 주님이 찾아오실 때 모든 것이 잘 치워지고 정돈된 것을 발견하시게 방을 열심히 치우고 정돈했다.

메리 포스트게이트

Mary Postgate

미스 메리 포스트게이트에 대하여 맥코슬랜드 경 부인은 이렇게 썼다. "그녀는 아주 꼼꼼하고, 정결하고, 같이 있기가 편안하고, 귀부인 같은 기품을 갖고 있다. 나는 그녀와 헤어지게 되어서 아주 섭섭하며 그녀의 복지에 대해서 늘 관심을 기울일 것이다."

미스 파울러는 이러한 추천을 근거로 하여 그녀를 고용했는데, 과거에 이미 여러 번 간호인 겸 비서를 고용해 본 적이 있는 파울러는 놀랍게도 그 말이 다 사실이라는 것을 알게 됐다. 미스 파울러는 그 당시 쉰이 훨씬 지나 예순 가까운 나이였고 또 여러 가지 보살핌이 필요했지만 간호인의 진을 다 빼 버리는 그런 사람은 아니었다. 오히려 그녀는 재미있는 회고담을 많이 하는 편이었다. 그녀의 아버지는 1851년의 대박람회가 문명을 완성시켰던 시절에 법원의 관리로 일했었다. 그러나 미스 파울러의 얘기 중에 어떤 것은 젊은 사람들을 위한 것이 아니었다. 메리는 젊지 않았고, 그녀의 말은 그녀의 눈빛이나 머리카락처럼 색깔이 없었지만, 그래도 그녀는 충격을 받지 않았다. 그녀는 조금도 위축되는 법이 없이 모든 사람의 얘기를 들었다. "정말 재미있군요!" 혹은 "아, 정말 충격적이에요!" 하고 경우에 따라서 추임새를 넣었지만, 그 후 다시는 그 얘기를 언급하지 않았다. 그녀는 "그런 것들을 오래 담아 두지 않아요"라며 자신이 절제된 마음을 가지고 있다고 자부했다. 그녀는 또한 가계부 작성의 달인이었는데, 그 때문에 주 단위로 청구서를 보내서 마을의 가게 주인들은 그녀를 별로 좋아하지 않았다. 그것 이외에 그녀는 적이 없었다. 아주 평범한 사람들 사이에서조차도 질투심을 일으키는 법이 없었다. 그 어떤 잡담이나 비방이 그녀에게서 나왔다는 소리는 들리지 않았다. 그녀는 30분 전에만 사전 통지를 하면 목사의 집이든 박사의 집이든 만찬장의 빈 좌석을 채워 주었다. 그녀는 마을의 많은 아이들에게 일종의 국민 이모였다. 하지만 그 아이들의 부모는 모든 것을 받아들이면서도 그들이 말하는 '편애'에 대해서는 즉각 분노를 표시했다. 그녀는 미스 파울러가 류머티즘성 관절염으로 고생할 때에는 파울러의 대리인으로 마을 간호 위원회에 참석했는데, 6개월 동안 2주마다 열린 모임에 꼬박꼬박 참석했고, 위원회를 떠나올 때에는 모든 위원의 칭송을 받았다.

그런데 운명의 장난으로, 예쁠 것도 없는 열한 살짜리 미스 파울러의 조카가 파울러의 손에 떨어졌을 때, 메리 포스트게이트는 사립학교와 공립학교에서 실시되는 교육 업무의 상당 부분을 떠맡았다. 그녀는 아이의 복장에 관한 유인물과, 기타 추가 준비 사항들을 점검했다. 학교장, 교감, 기숙사감, 간호사와 의사에게 편지를 썼으며, 중간고사 성적표에 일희일비했다. 어린 윈덤 파울러는 방학 때면 집으로 돌아와 그녀를 '게이트포스트', '포스티', '팩스레드'* 등의 별명으로 부르며 성의에 보답했다. 또 집 마당에서 그녀와 술래잡기 놀이를 하면서 그녀의 비좁은 어깨를 살짝 내리치거나 그녀를 마구 뒤쫓아서 그녀가 커다란 입을 떡 벌리고, 커다란 코를 하늘 높이 쳐들고, 엄마야 소리를 내지르며, 뻣뻣한 목으로 마치 낙타처럼 비틀거리며 달아나게 만들었다. 나중에 그는 자신의 개인적 필요, 호불호, "여성들은 별수 없어"의 한계에 대하여 고함 소리, 논쟁, 주장 등으로 집 안을 가득 채웠다. 그리하여 메리를 신체적 피곤함의 눈물바다에 떨어트리는가 하면, 그가 재미있게 굴기로 마음먹기만 하면 메리를 대책 없는 웃음의 유채꽃 들판으로 내몰았다. 그가 나이 들어가면서 위기 상황이 벌어질 때면, 메리는 젊은이들에 대하여 별 관심이 없는 미스 파울러를 상대로 그의 대사 겸 통역사 역할을 했다. 그의 미래를 논하는 가족회의에서는 그의 이익이 되는 쪽으로 표를 던졌다. 그가 구두를 엉뚱한 곳에다 두면 찾아 주었고 옷이 떨어진 곳은 정성껏 기워 주었다. 언제나 그의 놀림감이면서 그의 노예였다.

그는 변호사가 되기로 결심하고 런던의 한 법률 사무실에 들어갔다. 그의 인사말도 "헬로 포스티, 너 오래된 짐승"에서 "모닝, 팩스레드"로 바뀌었다. 그 무렵에 전쟁이 터졌고, 메리가 기억하는 모든 전쟁과는 다르게, 이 전쟁은 영국 밖이나 신문 안에서만 머무르는 것이 아니라 그녀가 아는 사람들의 삶에 틈입하기 시작했다. 그녀가 미스

---

* '게이트포스트'는 문지기, '포스티'는 지킴이, '팩스레드'는 짐 끈이란 뜻.

파울러에게 말했듯이, 그건 "아주 화가 나는 일"이었다. 전쟁은 형과 함께 사업을 하려 했던 목사의 아들을 데려갔다. 캐나다로 과일 영농을 떠나려던 대령의 조카도 데려갔다. 또 그랜트 부인의 말에 의하면 목사가 되려 했던 그녀의 아들도 데려갔다고 한다. 그리고 아주 초창기에 윈 파울러도 데려갔다. 그는 엽서로 비행단에 입대했으며 카디건 조끼가 필요하다고 소식을 전해 왔었다.

"그 애는 입대해야 돼. 그리고 조끼를 마련해 주어야 해." 미스 파울러가 말했다. 그래서 메리는 필요한 사이즈의 코바늘과 양모를 준비했고, 미스 파울러는 집안의 일하는 남자들—두 명의 정원사와 입대하기에는 어울리지 않는 예순 된 일꾼—에게 군대에 가려는 사람은 그렇게 해도 좋다는 지시를 내렸다. 정원사들은 입대했다. 예순 된 치프는 남았고 승진하여 정원사의 오두막에 거주하게 되었다. 사치 품목의 구입을 제한받는 걸 경멸하던 여자 주방장은 미스 파울러와 열띤 언쟁을 벌인 끝에 주방 보조였던 여자를 데리고 퇴직했다. 미스 파울러는 치프의 열일곱 살짜리 딸 넬리를 그 빈자리에 보임했다. 치프의 아내는 주방장이 되었고 가끔 청소 일도 맡았다. 이런 식으로 인원이 줄어든 집안은 그런대로 잘 굴러갔다.

윈은 용돈의 인상을 요구했다. 객관적 사실들을 늘 정면으로 바라보아 온 미스 파울러는 말했다. "그 아이에게 인상해 주어야 해. 그 아이가 그 돈을 오래 타 가지 못할 가능성이 높아. 그러니 3백이 그 아이를 기쁘게 한다면—"

윈은 고마워했고 단추를 꽉 끼운 제복을 입고서 집을 찾아와 그런 소감을 피력했다. 그의 훈련소는 집에서 30마일 정도 떨어진 곳에 있었고, 그의 말은 너무나 전문적이어서 각종 유형의 기계들을 그려 놓은 차트로 보충 설명되어야 했다. 그는 메리에게 그런 차트를 주었다. "포스티, 그걸 연구해 두는 게 좋을 거야." 그가 말했다. "그런 것들을 앞으로 많이 보게 될 거니까." 그래서 메리는 그 차트를 연구했다. 하지만 윈이 다음번에 외박을 나와 의기양양한 자세로 여자 친척들 앞에 섰을 때, 메리는 반대신문에서 형편없게 실패를 했고 그래서 그는 예전과 같은 등급을 그녀에게 부여했다.

"정말 인간 비슷하게 **보이는** 존재로군." 그가 새로 배운 군대 어투로 말했다. "과거에는 머릿속에 뇌가 있었겠지. 그걸 도대체 어떻게 했어? 그걸 어디다 보관하고 있느냐고? 포스티, 양도 당신보다 더 잘 이해할 거야. 정말 한심해. 빈 깡통도 그보다는 나을 거야. 이 한심하고 멍청한 화상아."

"상급자들이 **너에게** 그런 식으로 말한다는 거지?" 안락의자에 앉은 미스 파울러가 말했다.

"하지만 포스티는 신경 쓰지 않아요." 윈이 대답했다. "그렇지, 팩스레드?"

"네? 윈이 뭐라고 말했어요? 난 다음번에 그가 외박을 나오면 이걸 다 외울 거예요." 메리가 토브, 파만, 체펠린 등의 비행기 도해에 창백한 이맛살을 찌푸리며 중얼거렸다.

아침 식사 후에 미스 파울러에게 읽어 주던 육전과 해전의 소식은 몇 주 사이에 메리에게는 한가한 이야기로 들리기 시작했다. 메리의 마음과 관심은 오로지 윈이 있는 공중에만 집중되었다. 윈은 '빵이 치기'(그게 무슨 뜻인지 모르지만)를 끝내고 '택시'에서 그 자신만의 기계로 옮겨 갔던 것이다. 어느 날 아침 그의 비행기는 집 굴뚝 위로 선회하더니, 정원 문 바로 밖 베그스 히스에 내렸다. 윈은 추위로 얼굴이 새파랗게 된 채 집 안으로 들어와 밥을 달라고 소리쳤다. 그와 메리는 전에도 그랬듯이 미스 파울러의 휠체어를 히스로 들어가는 산책로에 갖다 놓고 그 복엽 비행기를 쳐다보았다. 메리는 "비행기에서 굉장히 나쁜 냄새가 나요"라고 말했다.

"포스티, 당신은 코로 생각을 하는 듯하군." 윈이 말했다. "머리로 생각을 하지는 않는다는 걸 알아. 자, 저게 무슨 타입이지?"

"내가 가서 차트를 가져올게요." 메리가 말했다.

"당신은 정말 대책이 안 서! 당신은 하얀 생쥐만큼의 지적 능력도 없어." 그는 다이얼과 폭탄을 투하하는 구멍 등을 설명해 준 뒤에 다시 돌아갈 시간이 되어 젖은 구름 위로 날아갔다.

"아!" 그 냄새나는 물건이 하늘 높이 솟구쳐 오르자 메리는 말했다. "우리의 비행단이 제대로 일할 때까지만 기다리면 돼! 윈은 하늘에 있는 것이 참호보다 훨씬 안전하다고 했어."

"치프에게 여기 와서 이 의자를 좀 끌어 달라고 해." 미스 파울러가 말했다.

"집까지는 내리막길이에요. 저 혼자 할 수 있어요." 메리가 말했다. "브레이크를 걸기만 하세요." 그녀는 날렵한 몸으로 휠체어를 밀었고 두 사람은 천천히 집으로 향했다.

"너무 열 내서 감기에 걸리지 않도록 해." 옷을 너무 많이 입은 미스 파울러가 말했다.

"어떤 일을 해도 저는 땀이 안 나요." 메리가 말했다. 그녀는 의자를 현관 앞까지 밀고 와서 기다란 허리를 쭉 폈다. 그 운동으로 그녀의 뺨이 불그레해졌고 바람이 불어와 그녀의 머리카락을 이마 위로 한 줌 날려 놓았다. 미스 파울러가 그녀를 쳐다보았다.

"메리, 자네는 무슨 생각을 하고 있나?" 그녀가 갑자기 물었다.

"아, 윈이 양말 세 짝을 추가로 주문했어요. 아주 두꺼운 놈으로."

"그래, 그건 알겠어. 내 말은 여자들이 생각하는 거 말이야. 자네는 이제 마흔이 약간 넘었지—"

"마흔넷입니다." 언제나 정직한 메리가 말했다.

"그런데?"

"그런데 뭘요?" 메리는 평소와 마찬가지로 그녀의 어깨를 들이밀며 미스 파울러가 잡아 주기를 바랐다.

"그럼 자네는 나와 같이 있은 지가 이제 10년이 되었군."

"어디 보자." 메리가 말했다. "윈이 우리 집에 왔을 때 열한 살이었지요. 그가 이제 스무 살이고 내가 그보다 2년 먼저 왔으니 11년이 되었는데요."

"11년! 그런데도 자네는 그동안 정작 중요한 것은 내게 전혀 말하지 않았지. 돌이켜 보니 **나만** 얘기를 했던 것 같아."

"제가 별로 말이 많은 사람이 아니어서요. 윈이 말한 것처럼 저는 생각이 별로 없어요. 제가 모자를 들어 드릴게요."

미스 파울러는 뻣뻣한 고관절로 겨우 움직이면서 끝에 고무를 박은 단장으로 타일 바른 현관 바닥을 짚었다. "메리, 자네는 비서 이외에 **아무것도** 아닌가? 자네는 **정말** 비서 이외에 아무것도 아니었어?"

메리는 정원용 모자를 정해진 걸개에다 걸었다. "그렇습니다." 그녀가 잠시 생각한 후에 말했다. "나는 다른 무엇이 되리라고 생각해 보지 않았어요. 저는 상상력이 없는 것 같습니다."

그녀는 미스 파울러에게 열한 시에 마시는 콩트렉세빌 미네랄워터 한 잔을 가져다주었다.

그것은 월간 강수량이 6인치나 되는 축축한 12월의 일이었고 두 여인은 가능한 한 외출을 하지 않았다. 원의 하늘을 나는 수레는 그들을 여러 번 방문했고 두 번이나 새벽에(그는 엽서로 미리 알려 주었다) 그의 프로펠러가 공중에서 돌아가는 소리를 들었다. 두 번째 새벽에 그녀는 창문으로 달려가서 하얘지는 하늘을 쳐다보았다. 자그마한 하얀 반점 같은 것이 머리 위로 날아갔다. 그녀는 그 점을 향하여 여윈 팔을 쳐들었다.

그날 저녁 여섯 시에 W. 파울러 소위가 시험 비행 도중에 사망했다는 공식 통지가 날아왔다. 현장에서 즉사였다. 그녀는 그 편지를 읽고 나서 미스 파울러에게 가져다주었다.

"난 이렇게 될 걸 알고 있었어." 미스 파울러가 말했다. "하지만 그 애가 뭔가 공을 세우기도 전에 이런 일이 벌어져서 유감이군."

메리 포스트게이트는 방 안이 빙빙 도는 느낌이었으나 그런 와중에도 침착한 자세를 유지했다.

"그래요." 그녀가 말했다. "그가 누군가를 죽인 후에 전사하지 않았다는 건 유감이군요."

"그 애는 즉사했어. 그게 하나의 위안이지." 미스 파울러가 말했다.

"하지만 원은 비행사는 추락의 충격으로 즉사한다고 말했어요. 기름 탱크에 무슨 일이 벌어졌든." 메리가 대답했다.

방 안은 이제 평온을 되찾고 있었다. 그녀는 미스 파울러가 초조하게 말하는 소리를 들었다. "메리, 근데 왜 우리는 울지 않는 거지?" 메리가 대답했다. "울어야 할 이유가 없는 거지요. 그는 그랜트 부인의 아들 못지않게 의무를 다한 것이니까요."

"하지만 그 아들이 죽었을 때 **부인은** 와서 오전 내내 울었어." 미스 파울러가 말했다. "이 소식을 들으니 나는 피곤해. 아주 피곤해. 메리, 나를 침대에 좀 눕혀 주겠어? 그리고 뜨거운 물병도 필요할 것 같아."

그래서 메리는 그녀를 도와주고 침대 옆에 앉아서 소란스럽던 어린 시절의 윈에 대해서 말했다.

"내 생각에," 미스 파울러가 갑자기 말했다. "늙은 사람과 젊은 사람은 이런 충격을 받으면 옆으로 쓰러지는 것 같아. 그래서 중년의 사람들이 이런 충격을 가장 크게 느끼지."

"그 말씀이 사실인 것 같습니다." 메리가 일어서며 말했다. "이제 가서 그의 방에 있는 물건들을 치우겠습니다. 우리가 상복을 입어야 할까요?"

"아니, 그럴 필요 없어." 미스 파울러가 말했다. "장례식에서만 입으면 돼. 나는 갈 수가 없으니 자네가 대신 가 줘. 그 애가 여기에 와서 묻히는 절차를 자네가 좀 조치해 줘. 이런 일이 솔즈베리에서 벌어지지 않았다는 게 얼마나 다행이야!"

비행단의 관계 인사에서부터 목사에 이르기까지 모든 사람이 자상하게 애도를 표시했다. 메리는 시신이 다양한 운송 수단에 의해 다양한 장소로 이동되는 세계에 들어와 있는 자신을 발견했다. 장례식에서 단추를 단단히 채운 제복을 입은 두 젊은이가 무덤 옆에 서 있다가 나중에 그녀에게 말을 걸었다.

"당신이 미스 포스트게이트이시지요?" 한 젊은이가 물었다. "파울러가 당신에 대해서 말해 주었습니다. 그는 좋은 친구였고 일급의 동료였습니다. 정말 큰 손실입니다."

"큰 손실이지요!" 그의 동료가 소리쳤다. "정말 가슴이 아픕니다."

"그가 어느 정도의 높이에서 추락했나요?" 메리가 속삭이듯 말했다.

"거의 4천 피트 정도 되었을 겁니다. 그렇지? 멍키, 자네도 그날 비행했지?"

"그 정도 될 거야." 다른 청년이 대답했다. "나의 고도기는 3천 피트를 가리켰어. 나는 윈보다는 높이 날지 않았어."

"**그 정도면** 됐어요." 메리가 말했다. "정말 고마워요."

묘지 대문 앞에서 그랜트 부인이 메리의 납작한 가슴 위로 쓰러지자 두 청년은 옆으로 비켰다. 부인은 이렇게 소리쳤다. "**나는** 당신이 어떤 느낌인지 알아요! **나는** 그 느낌을 잘 알아요!"

"하지만 그의 부모님은 모두 돌아가셨어요." 메리가 그랜트 부인을 물리치며 말했다. "어쩌면 그들은 지금쯤 서로 만났을지도 몰라요." 그녀는 마차 쪽으로 피해 가면서 막연한 목소리로 말했다.

"나도 그렇게 생각했어요." 그랜트 부인이 슬픈 목소리로 말했다. "하지만 그는 그들에게 낯선 사람이나 다름없어요. 얼마나 당황스럽겠어요!"

메리는 장례식의 모든 상황을 미스 파울러에게 충실하게 보고했다. 파울러는 메리가 그랜트 부인의 마지막 말을 전하자 크게 웃음을 터트렸다.

"윈은 그 만남을 아주 즐겁게 여길 거야! 그 애는 언제나 장례식에서는 도통 믿을 수가 없는 애였으니까. 자네는 혹시 기억하나—" 두 여자는 그에 대해서 얘기했고 서로 빼놓은 부분을 보충해 주었다. "자, 이제," 미스 파울러가 말했다. "저 블라인드를 들어 올리고 일제 청소를 하자고. 그게 늘 우리에게 도움이 되었지. 자네는 윈의 물건들을 다 살펴보았나?"

"그가 이 집에 처음 온 이래 지금까지 모든 물건을 살펴보았습니다." 메리가 대답했다. "그는 잘 버리지 않는 아이였어요. 심지어 장난감까지도."

그들은 그 말끔한 방을 쳐다보았다.

"울지 않는 건 자연스럽지 않아요." 메리가 마침내 말했다. "충격의 여파가 있지 않을까 우려돼요."

"내가 자네에게 말했듯이, 우리 늙은 사람들은 충격을 받으면 쓰러져 버린다니까. 내가 두려워하는 건 자네야. 자네는 아직도 안 울었나?"

"안 울었어요. 생각할수록 독일인들에게 화가 나요."

"그건 에너지 낭비일 뿐이야." 미스 파울러가 말했다. "우리는 전쟁이 끝날 때까지 살아가야 해." 그녀는 옷이 가득한 옷장을 열었다. "내가 좀 생각해 봤는데, 이게 내 계획이야. 그 애의 민간인 옷들은 모두 줘 버리자고. 벨기에 난민들 같은 사람들에게."

메리가 고개를 끄덕였다. "구두, 목걸이, 장갑도요?"

"응. 그 애의 모자와 벨트를 제외하고는 다 줘 버려."

"비행단 사람들이 어제 그의 군복을 가지고 왔어요." 메리가 작은 쇠 침대 위에 말아 놓은 것을 가리켰다.

"아, 그 애의 군복은 간직하자고. 나중에 그 군복을 자랑스럽게 여길 사람이 있을 테니까. 자네는 그 애의 옷 사이즈를 알고 있나?"

"5피트 8.5인치예요. 가슴은 36인치고요. 하지만 최근에 1.5인치 늘었다고 했어요. 그걸 옷깃에다 적어서 침낭에다 묶어 놓았어요."

"그럼 그건 처리가 되었군." 미스 파울러가 오른손 손바닥으로 왼손의 반지 낀 세 번째 손가락을 탁탁 치면서 말했다. "이 모든 게 다 쓸

모없게 되었군! 내일 그 애의 학교 때 가방을 가져다가 민간인 옷을 다 싸 버리자고."

"그럼 나머지는요?" 메리가 물었다. "그의 책이나 그림, 게임, 장난감 그리고 그 나머지 것들은요?"

"내 계획은 그런 것들을 모두 태워 버리는 거야." 미스 파울러가 말했다. "그러면 우리는 그 물건들이 어디로 갔는지 분명하게 알고서 아무도 나중에 신경 쓰지 않아도 돼. 어떻게 생각해?"

"가장 좋은 생각 같아요." 메리가 말했다. "하지만 그런 것들이 너무 많아요."

"그걸 소각기에 넣어서 다 태워 버리자고." 미스 파울러가 말했다.

그건 생활 쓰레기를 태우는 노천 용광로였다. 4피트 높이의 자그마한 둥근 탑인데 쇠격자에 구멍이 숭숭 뚫린 벽돌을 두른 구조물이었다. 미스 파울러가 몇 년 전에 정원용 잡지에서 그 디자인을 발견하고서 정원의 한쪽 구석에 설치하게 한 것이었다. 그녀의 정결한 영혼에 딱 부합하는 물건이었다. 보기 흉한 쓰레기 더미들을 없애 줄 뿐만 아니라 거기서 나오는 재들은 뻣뻣한 진흙 토양을 부드럽게 만들어 주었다.

메리는 잠시 생각한 후 분명한 아이디어를 떠올리고서 또다시 고개를 끄덕였다. 그들은 저녁 내내 민간인 옷들, 메리가 표시를 해 줬던 속옷들, 아주 화려한 양말과 넥타이 등을 정리하며 보냈다. 그러자 두 번째 트렁크가 필요했고, 또 그다음에는 자그마한 포장 상자가 필요했다. 그리하여 다음 날 늦게야 비로소 치프와 현지 운송업자가 그 짐들을 수레에 실을 수 있었다. 다행히도 목사의 친구 아들의 신장이 대략 5피트 8.5인치였고 비행단 군복 일체를 기꺼이 받아들이겠다고 해서 정원사의 아들을 외바퀴 수레와 함께 보내어 그 군복을 가져갔다. 장교 모자는 미스 파울러의 침실에 걸렸고 벨트는 미스 포스트게이트의 방에 보관되었다. 미스 파울러가 말한 것처럼 그들은 그 물건들이 다회의 화제로 오르는 것을 원하지 않았기 때문이다.

"그렇게 하면 **그건** 처리가 되는군." 미스 파울러가 말했다. "나머지는 메리, 자네에게 맡길게. 나는 정원을 오르락내리락 뛰어다닐 수가 없어. 커다란 옷 바구니를 가지고 가서 넬리의 도움을 받게."

"외바퀴 손수레를 가지고 가서 혼자 처리할 수 있습니다." 메리가 말했다. 그리고 생애 딱 한 번 입을 다물었다.

미스 파울러는 짜증이 나는 순간에는 메리가 너무 지나치게 방법론적이라고 말했다. 메리는 오래된 방수 정원 모자를 썼고 언제나 잘 미끄러지는 고무 덧신을 신었다. 날씨가 아무래도 심상치 않아서 좀 더 많은 비가 쏟아질 것 같았기 때문이다. 그녀는 주방에서 불쏘시개, 석탄 반 양동이 그리고 화목 한 묶음을 가져왔다. 그녀는 이것들을 외바퀴 손수레에 싣고서 이끼 낀 길을 내려가 비에 젖은 계수나무 덤불로 다가갔다. 그곳에 있는 소각기는 세 그루 참나무에서 떨어지는 빗방울을 고스란히 맞고 있었다. 그녀는 철사 울타리를 넘어가서 바로 뒤에 있는 목사의 경작지로 들어갔다. 그리고 그의 소작인이 쌓아놓은 건초 더미에서 좋은 건초 두 아름을 가져다가 소각기의 가로막대에다 가지런히 올려놓았다. 그리고 메리는 매번 창문 밖으로 내다보는 미스 파울러의 하얀 얼굴을 지나치면서, 타월이 덮인 옷 바구니와 외바퀴 손수레를 이용하여 원의 물건들을 소각기로 옮겨 왔다. 헨티, 매리아트, 레버, 스티븐슨, 오크지스 백작 부인, 가비스 등 에드워드 시대의 영국 청소년들이 즐겨 읽었던 낡은 모험 소설들,

교과서들, 대형 지도, 서로 관계가 없는《모터 사이클리스트》,《라이트 카》등의 잡지 무더기들, 올림피아 대박람회의 카탈로그들, 9페니 감시선에서 3기니 요트에 이르는 각종 장난감 배들, 예비 학교의 실내복, 3실링 6펜스에서 24실링까지 나가는 각종 크리켓 방망이, 크리켓 공과 테니스 공, 궤도가 비틀어지고 일부 떨어져 나간 시계 달린 증기 기관차, 주석으로 된 회색과 빨간색의 잠수함 모형, 고장 난 전축과 금이 간 레코드, 윈의 단장과 마찬가지로 무릎을 대어서 두 동강 내야 할 골프 클럽, 가느다란 줄루족의 투창 등이었다. 그 외에도 예비 학교와 공립학교의 크리켓 팀과 축구팀의 일원으로 찍은 사진들, 행진하고 있는 예비 장교 훈련대 사진, 코닥 필름과 필름 통, 복싱 대회와 청소년 허들 대회에서 우승하여 탔던 백금 컵과 단 하나의 진짜 은제 컵, 학창 시절에 찍은 사진 묶음, 미스 파울러의 사진, 윈이 메리에게 장난삼아 달라고 했다가 돌려주지 않은(그녀가 돌려 달라는 요구를 하지 않았다!) 메리의 사진, 비밀 서랍이 있는 장난감 박스, 한 묶음의 플란넬, 벨트, 저지 옷감, 다락방에서 찾아낸 스파이크 달린 신발, 미스 파울러와 메리가 윈에게 써 보냈던 편지들(무슨 이유에서 인지 그는 오랜 세월 동안 그 편지들을 다 보관했다), 닷새만 쓰다가 그만둔 일기, 브룩랜즈 자동차 경주 대회에 참가한 선수들을 찍은 액자에 든 사진들, 온갖 도구 상자, 토끼우리, 전기 배터리, 주석 병정, 실톱 장비, 지그소 퍼즐 등의 산더미 같은 잡동사니가 있었다.

미스 파울러는 창문에서 메리가 오가는 것을 쳐다보면서 혼자 중얼거렸다. "메리도 이제 늙은 여자로구나. 지금껏 그걸 몰랐네."

점심 식사 후에 파울러는 그녀에게 휴식을 취하라고 말했다.

"저는 조금도 피곤하지 않습니다." 메리가 말했다. "다 정리했습니

다. 오후 두 시에 마을로 들어가서 파라핀유를 사 가지고 올 생각이에
요. 넬리가 그러는데 집에는 충분히 없다고 해요. 마을까지 걸어갔다
오면 좋은 운동이 될 겁니다."

그녀는 출발하기 전에 마지막으로 집 안의 물건을 살펴보았고 아
무것도 빠트린 것이 없음을 확인했다. 그녀가 윈이 비행기 타고 와 내
렸던 베그스 히스를 우회하여 걸어가는 동안 비가 내리기 시작했다.
그녀는 머리 위 상공에서 프로펠러 돌아가는 소리를 들은 듯한 환청
을 느꼈지만 실제로 하늘에는 아무것도 없었다. 그녀는 우산을 펴 들
고 앞이 잘 안 보이는 축축한 공기 속으로 뛰어들었고 마침내 텅 빈
마을의 대피소에 도착했다. 그녀는 키드 씨의 가게에서 파라핀유 한
통을 사 가지고 그물코 쇼핑백에다 넣고 나오던 길에 마을의 간호사
인 이든을 만나서 평소와 마찬가지로 마을의 아이들에 관한 이야기
를 나누었다. 그들이 술집인 '로열 오크' 맞은편에서 막 헤어지려고
하는데, 집 뒤에서 대포 소리가 들려왔다고 그들은 생각했다. 이어 아
이의 비명이 울부짖음으로 바뀌는 소리가 들려왔다.

"사고인가 봐요!" 간호사 이든이 재빨리 말하며 텅 빈 바를 가로질
러 달려갔고 메리가 그 뒤를 따랐다. 그들은 바의 여주인인 게릿 부인
이 숨이 막혀 제대로 말을 하지 못하면서 마당을 가리키는 것을 보았
다. 마당에는 자그마한 수레 보관소가 한 무더기의 타일에 덮여 옆으
로 쓰러져 있었다. 간호사 이든이 불 앞에서 건조되고 있던 시트를 잡
아당겼고 땅으로부터 뭔가를 건져 올린 다음 그것에다 시트를 덮어
주었다. 이든이 그것을 들고서 주방으로 들어가는 동안, 시트는 주홍
색이 되었고 이든의 제복도 절반쯤 같은 색으로 물들었다. 그건 아홉
살 난 어린 에드나 게릿이었고, 메리는 그 아이를 유모차 시절부터 알

고 있었다.

"내가 심하게 다쳤어요?" 에드나는 그렇게 묻더니 간호사 이든의 피 흘리는 양팔에 안겨 죽었다. 시트는 옆으로 떨어졌고, 메리는 두 눈을 감기 직전에 에드나의 찢겨져 너덜너덜해진 몸을 보았다.

"그 아이가 말을 했다는 게 기적이에요." 이든 간호사가 말했다. "도대체 원인이 뭘까요?"

"폭탄이에요." 메리가 말했다.

"체펠린에서 떨어진?"

"아니, 비행기에서요. 나는 히스에서 그 소리를 들었다고 생각해요. 하지만 우리 비행기인 줄 알았어요. 그 비행기는 하강하면서 엔진을 껐을 거예요. 그 때문에 우리가 그것을 보지 못한 거예요."

"더러운 돼지 새끼들!" 간호사 이든이 온 얼굴이 창백해져 몸을 부들부들 떨면서 말했다. "나는 온몸이 엉망이에요! 미스 포스트게이트, 가서 헤니스 의사에게 좀 말해 주세요." 간호사는 에드나의 어머니를 쳐다보았다. 그녀는 땅바닥에 얼굴을 대고 쓰러져 있었다. "그녀는 기절을 한 거예요. 몸을 좀 돌려 보세요."

메리는 게릿 부인을 오른쪽으로 밀어서 돌려놓았고 의사를 부르러 황급히 달려갔다. 그녀가 얘기를 전하자 의사는 그녀에게 뭔가 지어 줄 테니 수술실에 잠시 앉아 있으라고 말했다.

"하지만 전 그런 약이 필요 없어요." 그녀가 말했다. "하지만 미스 파울러에게 말하는 것은 현명하지 않다고 생각해요. 이런 날씨에는 그녀의 심장이 불안정해요."

헤니스 의사는 왕진 가방을 챙겨 들면서 그녀를 존경하는 눈빛으로 쳐다보았다.

"그렇지요. 우리가 확실한 사실을 알 때까지는 아무에게도 말해서는 안 됩니다." 그는 '로열 오크'로 황급히 갔고 메리는 파라핀유를 들고서 집으로 향했다. 그 소식이 아직 퍼지지 않았기 때문에 그녀 뒤의 마을은 평소와 마찬가지로 조용했다. 그녀는 약간 얼굴을 찌푸렸고 커다란 콧구멍을 더욱 보기 흉하게 벌름거렸다. 그녀는 때때로, 윈이 여자 친척들 앞에서 자제하지 않고 사용하던 문구들을 중얼거렸다. "지랄 같은 야만인 놈들! 너희 놈들은 피 흘리기를 좋아하는 야만인이야! 하지만," 그녀는 오늘날의 그녀를 만든 가르침을 기억하면서 이렇게 말했다. "이런 것들을 오래 생각해서는 안 되는 거야."

그녀가 집에 도착하기 전에 특별 경찰이기도 한 헤니스 박사가 차를 타고 가다가 그녀를 따라잡았다.

"아, 미스 포스트게이트." 그가 말했다. "당신에게 진상을 말해 주고 싶어요. '로열 오크'에서 벌어진 사고는 게릿의 마구간이 갑자기 무너져 내렸기 때문에 발생한 거예요. 그건 이미 오랫동안 위태로웠어요. 오래전에 그 건물을 폐기 처분해야 마땅했어요."

"나는 폭발 소리도 들었다고 생각하는데요." 메리가 말했다.

"기둥들이 부러지는 소리를 오해했을 겁니다. 그 기둥들을 살펴봤는데, 완전히 썩어서 아주 건조한 상태였어요. 그래서 와장창 부서지면서 포탄 같은 소음을 냈던 겁니다."

"그래요?" 메리가 공손하게 말했다.

"불쌍한 어린 에드나는 그 마구간 밑에서 놀고 있었어요." 여전히 시선을 메리에게 고정시킨 채 의사가 말했다. "부서진 기둥과 깨진 타일이 그 아이를 크게 다치게 했던 겁니다. 알겠어요?"

"알겠어요." 메리가 머리를 흔들면서 말했다. "나도 그 소리를 들었어요."

"그래도 아직 확신할 수는 없어요." 헤니스 의사가 어조를 완전히 바꾸며 말했다. "당신과 이든 간호사(지금껏 그녀와 얘기를 나누었어요)는 아주 믿을 만한 사람이라는 거 잘 압니다. 그러니 당신이 이 사고에 대해서 아무 말도 하지 않았으면 좋겠어요. 마을 사람들을 동요시키는 것은 좋지 않아요. 확실한 정보가—"

"아, 절대로 아무 말도 하지 않을 거예요." 메리가 말했다. 헤니스 의사는 카운티 주읍主邑으로 차를 몰고 갔다.

결국 불쌍한 어린 에드나에게 그런 일이 벌어진 건 그 낡은 마구간이 붕괴되었기 때문이군, 하고 메리는 혼잣말을 했다. 그녀는 다른 원인을 말했던 것이 후회되었으나 이든 간호사는 아주 신중한 사람이므로 믿을 수 있었다. 그녀가 집에 도착한 무렵에, 그 사고는 그 괴이함으로 인해 아주 막연한 일이 되어 버렸다. 그녀가 집에 들어서자 미스 파울러는 반 시간 전에 비행기 두 대가 날아갔다고 말해 주었다.

"저도 비행기 소리를 들은 것 같아요." 그녀가 대답했다. "이제 마당 쪽으로 내려가 볼게요. 파라핀유를 사 왔어요."

"그렇게 해. 하지만 자네 부츠에 뭐가 그리 묻었어? 아주 축축하게 젖었는걸. 즉시 갈아 신도록 해."

메리는 그 지시를 따랐을 뿐만 아니라 부츠를 신문지에다 싸서, 파라핀유 병이 든 그물코 쇼핑백에다 넣었다. 그리고 가장 기다란 주방 부지깽이로 무장하고 마당의 소각기로 향했다.

"다시 비가 오는데." 미스 파울러의 마지막 말이었다. "하지만 자네는 그 일을 처리할 때까지 안심이 안 될 테니까."

"오래 걸리지 않을 거예요. 저기다 모든 걸 준비해 뒀고 습기가 들어차지 않게 소각기에 뚜껑을 덮어 두었어요."

모든 준비를 마치고 소각용 파라핀유를 뿌렸을 때에는 덤불에 황혼의 어둠이 밀려오기 시작했다. 그녀가 자신의 마음을 잿더미로 태워 버릴 성냥에 불을 붙이는 순간, 울창한 포르투갈 계수나무 숲 뒤에서 신음 혹은 비명 소리가 들려왔다.

"치프?" 그녀가 초조한 목소리로 소리쳤다. 그러나 오래된 허리 통증으로 정원사 오두막에 편안히 누워 있기를 좋아하는 치프는 그런 조용한 곳을 침범할 위인이 절대 아니었다. "양들이로군." 그녀는 그렇게 결론을 내리고 내풍耐風 성냥을 소각기 안으로 던져 넣었다. 불길이 확 소리를 내며 타올랐고, 그 즉각적인 화염은 그녀 주위의 어둠을 재촉했다.

"윈은 이런 화염을 좋아했을 텐데!" 그녀는 불길에서 한 걸음 뒤로 물러서며 중얼거렸다.

그 불빛으로 그녀는 다섯 걸음 정도 떨어진 참나무 밑동에 맨머리의 남자가 아주 뻣뻣한 자세로 앉아 있는 것을 보았다. 부러진 나뭇가지가 그의 무릎에 걸쳐져 있었고, 장화를 신은 다리 한쪽이 그 가지 밑으로 튀어나와 있었다. 그의 머리는 쉴 새 없이 좌우로 움직였으나, 그의 몸은 나무줄기처럼 미동도 하지 않았다. 그녀는 자세히 보기 위해 옆으로 움직였고 그의 옷은 윈의 것과 비슷한 제복이었는데 단추를 채운 플랩*이 가슴을 가로지르고 있었다. 잠시 그녀는 그가 장례식에서 만났던 젊은 비행사들 같은 사람일지도 모른다고 생각했다. 하지만 그들의 머리는 검고 반짝였다. 이 남자의 머리는 어린아이처럼

* 겉 장식.

창백했고 너무나 짧게 머리카락을 깎아서 그 밑의 혐오스러운 핑크빛 두피가 보일 정도였다. 그는 입술을 움직였다.

"뭐라고 말한 거야?" 메리는 그에게 다가가서 허리를 숙였다.

"Laty! Laty! Laty!"* 그는 양손으로 젖은 낙엽을 거머쥐면서 말했다. 그의 국적은 의심할 나위가 없었다. 그걸 알자 그녀는 화가 치밀어 올랐고, 너무 뜨거워 아직 부지깽이를 사용할 수 없는 소각기 쪽으로 물러났다. 윈의 책들은 불길 속에서 활활 타오르고 있었다. 그녀는 그 남자 뒤의 참나무를 올려다보았다. 위쪽의 가벼운 가지들 몇 개와 아래쪽의 썩은 가지 두세 개가 꺾어져서 그 밑의 관목 숲길에 흩어져 있었다. 가장 아래쪽의 갈라진 가지에는 끈이 달린 헬멧이 걸려 있었는데 긴 혓바닥을 가진 불길이 내쏘는 빛으로 보니 새의 둥지처럼 보였다. 저 사람은 나무 사이로 추락한 것이 분명했다. 윈은 그녀에게 조종사가 비행기 밖으로 추락하는 일이 종종 있다고 말했다. 윈은 또 나무들이 조종사의 추락하는 속도를 늦추어 주는 유익한 물건이며, 이 경우 조종사는 거의 틀림없이 뼈가 부러지는 중상을 입게 되므로 즉시 그런 난처한 상황으로부터 벗어나야 한다고 말했다. 그는 무섭게 흔들거리는 머리를 제외하고는 완전 무기력한 상태였다. 반면에 그녀는 그의 벨트에 달려 있는 권총을 보았다. 메리는 권총을 혐오했다. 여러 달 전에 벨기에의 어떤 보고서를 읽고 나서 그녀와 미스 파울러는 권총을 한번 다루어 보았다. 코끝이 뭉툭한 탄환을 집어넣은 리볼버였는데, 윈은 그런 탄환은 전쟁 규칙에 의하여 문명국의 적들에게는 사용해서는 안 된다고 말해 주었다. "그런 규칙은 좋은 것 같

* 메리는 그가 lady를 독일식으로 발음했다고 오해했다.

군." 미스 파울러가 대답했었다. "메리에게 그 리볼버를 어떻게 사용하는지 가르쳐 줘." 윈은 과연 그 총을 사용할 가능성이 있겠는지 웃음을 터트리면서, 겁먹고 눈을 깜빡거리는 메리를 목사의 폐기 처분된 석산으로 데려가 그 끔찍한 총을 발사하는 방법을 가르쳐 주었다. 그 총은 이제 그녀의 화장대 맨 위 서랍에 들어 있었다. 그것은 불태워 버릴 품목의 리스트에는 들지 않았다. 윈은 그녀가 겁먹지 않은 모습을 보면 좋아할 것이었다.

그녀는 그 총을 가져오기 위해 집 안으로 살짝 들어갔다. 그녀가 빗속으로 다시 나오자 남자의 두 눈은 기대감으로 빛났다. 입은 벌어지면서 미소를 지으려 했다. 그러나 리볼버를 보는 순간 입의 양쪽 구석이 에드나 게릿의 그것처럼 내려갔다. 한쪽 눈에서는 눈물이 흘러 내렸고 머리는 뭔가를 가리키려는 것처럼 이쪽 어깨에서 저쪽 어깨로 크게 흔들거렸다.

"Cassée. Toute cassée."* 그는 우는 목소리로 말했다.

"뭐라고 말했어?" 메리는 혐오스럽다는 듯이 말했다. 비록 그는 머리만 움직이고 있었지만 그녀는 한쪽 곁에 멀찍이 떨어져 섰다.

"Cassée." 그가 되풀이했다. "Che me rends. Le médecin!** Toctor!***"

"Nein!"**** 그녀가 얼마 알지 못하는 독일어 단어를 그 커다란 피스톨과 관련시키며 말했다. "Ich haben der todt Kinder gesehn."*****

그의 머리는 멈추어 섰다. 메리의 손은 아래로 내려갔다. 그녀는 사

* "부상을 입었어요. 온몸에 부상을 입었다고요"라는 뜻의 프랑스어.
** "나는 항복합니다. 의사를 불러 줘요"라는 뜻의 프랑스어.
*** 메리는 그가 doctor를 독일식으로 발음했다고 오해한 것이다.
**** "안 돼!"란 뜻의 독일어.

고를 우려하여 방아쇠에 손가락을 대지 않으려고 무척 조심했다. 잠시의 기다림 끝에 그녀는 소각기로 다시 돌아왔다. 그곳에서 불길은 사위어 가고 있었고 그녀는 부지깽이로 시커멓게 된 원의 책들을 뒤집었다. 또다시 그 머리는 의사를 불러 달라고 신음했다.

"그만두지 못해!" 메리는 발을 구르며 말했다. "그만둬, 이 빌어먹을 야만인 놈아!"

욕설은 아주 부드럽고 자연스럽게 튀어나왔다. 그것은 원의 말이었고, 원은 이 세상에 어떤 일이 있어도 어린 에드나를 그처럼 피 흘리는 살덩어리로 발기발기 찢어 놓을 사람이 아니었다. 하지만 참나무 아래 허리를 수그린 저자는 바로 그런 짓을 했다. 그것은 신문의 끔찍한 기사를 미스 파울러에게 읽어 주는 것과는 전혀 다른 문제였다. 메리는 '로열 오크' 주방 테이블에서 그녀의 눈으로 직접 그런 참사를 목격했다. 그녀는 자신의 마음이 그런 참사에 오래 머물도록 내버려 두어서는 안 되었다. 이제 원은 죽었고, 그와 관련된 모든 것이 바스락거리고 소리 내며 타오르는 한 덩어리 통나무같이 되어 버려 그녀의 바쁜 부지깽이 아래에서 검붉은 먼지와 회색 잿더미로 변하는 중이었다. 그러니 참나무 아래 저자도 죽어야 마땅했다. 메리는 죽음을 여러 번 목격했다. 그녀는 전에 미스 파울러에게 말한 것처럼 '아주 고통스러운 상황에서' 죽는 일에 이골이 난 집안의 출신이었다. 그녀는 현재의 자리에 그대로 머물면서 저자가 죽은 것을 확인할 때까지 떠나지 않을 생각이었다. 누구나 죽는다. 그녀의 아버지는 1880년대 후반에 죽었고, 메리 이모는 1889년에, 어머니는 1891년에, 사촌 딕

***** "나는 어린아이의 죽음을 보았어"란 뜻으로 이것은 독일어를 비문법적으로 말한 것이다. 제대로 된 독일어 표현은 Ich habe den Tod des Kindes gesehen이다.

은 1895년에, 그리고 맥코슬랜드 귀부인의 언니는 1901년에 죽었다. 원은 닷새 전에 매장되었다. 그리고 에드나 게릿은 그녀를 덮어 줄 흙을 현재 기다리고 있다. 그녀는 그런 생각을 하면서—그녀의 힘없는 어금니가 아랫입술을 깨물자 이마를 살짝 찌푸리고 코를 벌름거리면서—거세게 부지깽이를 찔러 댔고 그리하여 바닥의 쇠격자에 부딪히고 그 위의 구멍 뚫린 벽돌을 긁는 소리가 났다. 그녀는 손목시계를 내려다보았다. 오후 네 시 반을 지나고 있었고 비는 억수로 쏟아졌다. 다회는 다섯 시였다. 만약 저자가 그 시간 전에 죽지 않는다면 그녀는 온몸이 비에 젖어 옷을 다시 갈아입어야 할 것이었다. 그녀가 이런 생각을 하고 있는 동안, 원의 물건들은 식식거리는 습기에도 불구하고 잘도 타올랐다. 하지만 가끔씩 저명한 제목을 단 두꺼운 책등이 그 덩어리 속에서 비쭉 밖으로 튀어나왔다. 부지깽이로 찌르는 작업은 그녀에게 도취감을 주었고 그 느낌은 그녀의 골수에까지 스며드는 것 같았다. 전에 자신은 목소리가 없다고 말했던 메리는 혼자서 뭔가를 흥얼거렸다. 그녀는 이 세상에서 여성이 해야 할 일에 대한 저 진보된 견해들을—비록 미스 파울러는 그런 쪽으로 좀 기울어져 있지만—전혀 믿지 않았다. 하지만 그녀는 이제 그런 견해들에 대하여 할 말이 많았다. 가령 이것은 **그녀의** 일이었다. 남자들, 그중에서도 대표적으로 헤니스 박사 같은 사람은 결코 해낼 수 없는 일이었다. 남자는 이런 위기 앞에서 원이 말한 '스포츠맨'이 되려 했을 것이다. 남자는 도와주려고 온갖 일을 다 했을 것이고 저자를 집 안으로 들였을 것이다. 그러나 여자의 일은 남편과 자녀들을 위해 행복한 집을 만드는 것이다. 이런 것을 잘 못한다면, 그건 그녀가 자신의 마음을 오래 거기에 머물도록 내버려 두어서는 안 되는 것이었다. 그러나—

"그만둬!" 메리가 다시 한 번 어둠 속으로 소리를 내질렀다. "Nein! 내가 말했잖아. Ich haben der todt Kinder gesehn."

그러나 그건 사실이었다. 그런 것들을 놓쳐 버린 여자라도 여전히 유용할 수 있다. 어떤 점에서는 남자보다 더 유용하다. 그녀는 도로 포장 인부처럼 재들을 찍어 누르면서 그 은밀한 전율을 느꼈다. 비는 불길을 적시고 있었지만 그녀는 이제 작업이 끝났다는 것을 느낄 수 있었다(너무 어두워서 볼 수는 없었다). 소각기 바닥에 희미한 불빛이 남아 있기는 했지만, 내리치는 빗줄기를 막아 내기 위해 뚜껑을 절반쯤 그 위에 내지른다고 해도 그 뚜껑을 태울 정도의 힘은 없었다. 이렇게 일처리를 하고서 그녀는 부지깽이에 기대어 기다렸고, 그러는 와중에 점점 커지는 환희가 온몸에 퍼지는 것을 느꼈다. 그녀는 더 이상 생각하지 않았다. 그녀는 그 느낌에 온몸을 맡겼다. 그녀의 환희는 그녀가 평생 동안 여러 번 고뇌 속에서 기다렸던 그 소리에 의해서 깨트려졌다. 그녀는 몸을 앞으로 기울이고 미소 지으면서 귀를 기울였다. 그건 틀림이 없었다. 그녀는 두 눈을 감고서 그것을 직감하며 안으로 크게 들이마셨다. 그것은 갑자기 멈추었다.

"이제 가라," 그녀가 중간 크기의 목소리로 중얼거렸다. "하지만 이것이 끝은 아니야."

이어 끝은 억수 같은 빗줄기와 빗줄기 사이의 잠시 잦아드는 때에 아주 분명하게 찾아왔다. 메리 포스트게이트는 이 사이로 짧게 숨을 들이마시며 머리끝에서 발끝까지 몸을 떨었다. "**그건** 잘되었군." 그녀는 만족해하는 어조로 말했고, 집으로 올라갔다. 집 안에서 그녀는 다회 전에 호화스러운 온탕 목욕을 함으로써 오후의 그 모든 지저분한 절차를 깨끗이 털어 냈다. 메리가 아래층으로 내려오니 소파에 편안

한 자세로 누워 있던 미스 파울러가 그녀를 보고서 "아주 예쁘다!"라
고 말했다.

시작들

그것은 그들의 핏속에 들어 있는 한 부분이 아니었다.
그것은 그들에게 아주 늦게 왔다.
오래 묵은 빚을 청산해야 할 때
영국인들이 증오하기 시작할 때.

그들은 쉽게 동요되지 않았다.
그들은 얼음처럼 차갑게 절제하며 기다렸다.
모든 계산이 증명될 때까지.
그다음에 비로소 영국인은 증오하기 시작했다.

그들의 목소리는 고르고 낮았다.
그들의 눈은 수평이고 직선이었다.
아무런 표시도 징후도 없었다.
영국인들이 증오하기 시작할 때.

그것은 일반 대중에서 설교되지 않았고
국가에서 가르쳐 주지도 않았다.
아무도 그것을 크게 말하지 않았다.
영국인들이 증오하기 시작할 때.

그것은 갑자기 생겨난 것이 아니므로
재빨리 감소될 것도 아니다.
앞으로의 차가운 세월 동안
시간은 날짜를 계산할 것이고 비로소
영국인들은 증오하기 시작할 것이다.

정원사

The Gardener

내게 심판의 날까지 지켜야 할
하나의 무덤이 주어졌네. 그리고
하느님은 하늘에서 내려다보시고
그 돌을 치워 주셨네.

그 모든 세월의 어느 날,
그 어느 날의 어느 시간에
그분의 천사가 내 눈물을 보시고
그 돌을 치워 주셨네!

그 마을의 모든 사람은 헬렌 터렐이 이 세상의 의무를 다했다는 것을 아는데, 그것은 바로 죽은 남동생의 불우한 아이를 명예롭게 키운 일이었다. 마을 사람들은 또한 조지 터렐이 청소년 시절부터 집안을 심하게 괴롭혔다는 것도 알았다. 그래서 수많은 새로운 시작과 포기를 반복한 끝에 인도 주재 경찰관이 된 그가 퇴역한 부사관의 딸과 정분을 맺었고 그 여자에게서 그의 아이가 태어나기 몇 주 전에 말에서 떨어져 죽었다는 얘기를 듣고서도 별로 놀라지 않았다. 다행스럽게도 조지의 아버지와 어머니는 모두 사망했고, 당시 서른다섯에 독립된 생활을 하고 있던 헬렌은 그 불명예스러운 일로부터 깨끗이 손을 씻을 수도 있었으나 그녀는 고상하게도 그 아이의 양육을 떠맡았다. 비록 그 당시 헬렌은 폐 질환의 위협으로 프랑스 남부에 휴양을 가 있었지만 말이다. 그녀는 그 아이와 유모가 봄베이에서 여행해 오는 절차를 주선했고 마르세유에서 그들을 만났으며, 유모의 부주의로 유아 이질에 걸린 아이를 정성껏 간호했다. 그녀는 그 유모를 해고했으며, 수척하고 피곤하지만 의기양양한 상태로 어느 늦은 가을날, 완전 회복한 아이를 데리고 그녀의 햄프셔 집으로 돌아왔다.

이러한 세부 사항들은 널리 알려져 있었다. 헬렌은 환한 대낮처럼 분명한 사람이었고 스캔들은 쉬쉬하면 오히려 더 기승을 부린다고 생각하여 공개했기 때문이다. 그녀는 조지가 언제나 집안의 말썽꾸러기였다는 것을 인정하면서도, 생모가 아이를 키우겠다고 고집했다면 일이 더욱 어려워졌을 것이라고 말했다. 다행스럽게도 그 계급의 사람들은 돈이라면 거의 모든 것을 받아들이는 듯했고, 조지는 어려운 상황에 빠졌을 때에는 언제나 그녀에게 도움을 청했으므로, 그녀는 부사관 집안과는 완전히 연을 끊어 버리고 아이에게 모든 혜택을 베풀어 주는 것이 좋겠다고 생각했다. 그녀의 친구들도 그에 동의했다. 먼저 마이클이라는 이름으로 성공회 사제의 세례를 받는 것이 첫 번째 조치였다. 그녀는 자기 자신이 아이를 별로 좋아하는 여자가 아니라고 생각하고 말해 왔다. 하지만 그 많은 결점에도 불구하고 남동생은 아주 좋아했고, 어린 마이클의 입 모양이 아빠를 그대로 닮았다면서 그녀는 우선 그것으로부터 정을 붙여야겠다고 말했다.

물론 마이클은 넓고 낮으면서도 잘생긴 이마와 그 밑의 시원하게 벌어진 두 눈이 터렐 집안의 특징을 그대로 빼다 박은 모습이었다. 그의 입은 집안의 내력보다는 훨씬 더 예쁜 모양이었다. 그러나 좋은 것은 생모 쪽에다 붙이고 싶지 않았던 헬렌은 마이클이 완전 터렐 집안의 판박이 아이라고 강하게 주장했고, 아무도 이의를 제기하지 않았으므로 그 유사성은 잘 확립되었다.

몇 년 사이에 마이클은 헬렌이 늘 그렇게 인정되었던 것처럼 겁 없고, 철학적이고, 꽤 잘생긴 아이로 자랐다. 여섯 살 때 그는 왜 다른 아이들이 어머니를 부르는 것처럼 헬렌을 '엄마'라고 불러서는 안 되는지 알고 싶어 했다. 그녀는 자기는 고모이고 그건 엄마와 똑같은 게 아니라고 설명했다. 그러나 그렇게 부르는 것이 좋다면, 잠들 무렵 침대에서 그들 사이의 별명처럼 그녀를 '엄마'라고 불러도 좋다고 말했다.

마이클은 그 비밀을 아주 충성스럽게 지켰으나, 헬렌은 평소와 마찬가지로 친구들에게 그 사실을 설명했다. 마이클은 그 얘기를 듣고 불같이 화를 냈다.

"왜 말했어? **왜** 말했어?" 그가 화를 벌컥 낸 끝에 물었다.

"왜냐하면 진실을 말하는 게 언제나 가장 좋기 때문이야." 헬렌이 침대에서 몸을 뒤흔드는 아이의 어깨를 팔로 감싸면서 대답했다.

"좋아. 하지만 진실이 미우면 난 그게 멋지다고 생각 안 해."

"그렇게 생각한다고, 얘야?"

"그렇게 생각해. 그리고"—그녀는 아이의 자그마한 몸이 굳어지는 것을 느꼈다—"이제 그렇게 말해 버렸으니 더 이상 '엄마'라고 부르지 않을 거야. 잠잘 때 침대에서도."

"그건 좀 너무하지 않니?" 헬렌이 부드럽게 말했다.

"싫어! 싫어! 내 기분을 상하게 했으니 이제 나도 복수할 거야. 내가 살아 있는 한 기분 나쁘게 할 거야!"

"오, 얘야, 그렇게 말하지 마! 네가 지금 무슨 말을 하는지 너는—"

"난 그렇게 할 거야! 내가 죽으면 더욱 기분 나쁘겠지?"

"맙소사. 난 너보다 훨씬 전에 죽을 거란다, 얘야."

"뭐라고? 엠마가 그러는데 '사람의 운이란 알 수 없대.'" (마이클은 헬렌이 집안에 둔 나이 많고 못생긴 하녀와 말을 주고받는 사이였다.) "많은 어린아이가 일찍 죽는데. 그러니 나도 그럴 거야. **그때** 두고 보자고!"

헬렌은 숨을 잘 쉬지 못하면서 문 쪽으로 걸어갔으나 "엄마! 엄마!" 하는 슬픈 소리에 이끌려 다시 돌아왔다. 그리고 둘은 함께 눈물을 흘렸다.

초등학교에서 두 학기를 보내고 열 살이 되었을 때 뭔가가 혹은 누군가가 그에게 그의 호적 상태가 정상적이지 않다는 것을 일러 주었다. 그는 이 문제에 대하여 헬렌을 공격했고 집안의 내력인 노골적인 태도로 대답이 궁해 말을 더듬는 그녀의 방어벽을 까부수었다.

"그 말을 하나도 믿지 마," 그가 마침내 쾌활하게 말했다. "만약 결혼을 했더라면 그런 식으로 말하지 않았겠지. 하지만 신경 쓰지 마, 고모. 나는 영국사 시간과 셰익스피어 작품에서 나와 같은 경우를 많이 발견했어. 우선 정복왕 윌리엄도 그렇고. 그 외에도 아주 많은 사람이 있는데 다들 일류가 되었다고. 그게 고모한테 아무런 문제가 되는 건 아니지, 나의 그런 **호적 상태**가. 그렇지?"

"그게 무슨 문제나 되는 것처럼 그래―" 그녀가 말했다.

"그럼 좋아. 이제 그 얘기는 그만해. 고모가 자꾸 우니까." 그는 그 후 그 문제에 대해서 자발적으로 거론한 적이 단 한 번도 없었다. 그러나 이태 뒤, 방학 중에 홍역에 걸려서 체온이 화씨 104도까지 올라갔을 때 그는 오로지 그 얘기만 중얼거렸다. 마침내 헬렌의 목소리가 그의 착란상태를 뚫고 들어가 이 지구상의 어떤 것도 그들 사이에 끼어들 수 없다며 안심시켰다.

공립학교에서의 학기들, 멋진 크리스마스, 부활절, 여름 방학이, 마치 멋진 끈 위의 다양한 영광스러운 보석들처럼 이어졌다. 헬렌은 그런 과정을 진정 보석처럼 여겼다. 곧 마이클은 그 나름의 관심사를 찾아냈고 그것이 수명을 다하면 다른 관심사로 옮겨 갔다. 그러나 헬렌에 대한 그의 관심은 꾸준했고 날이 갈수록 더 강해졌다. 그녀도 할수 있는 최대한의 애정과, 내놓을 수 있는 최대한의 조언과 금전으로 보답했다. 마이클은 바보가 아니었지만, 그의 앞에 놓인 창창한 커리어를 향해 달려가기도 전에 전쟁이 그를 사로잡았다.

그는 10월에 장학금을 받고 옥스퍼드 대학으로 진학하게 되어 있었다. 하지만 8월 말에, 그는 전선에 투입되는 공립학교 졸업생의 첫 번째 희생 번제에 가담하게 되었다. 그가 근 1년간 하사로 근무했던 장교 훈련소의 대위는 그를 추천하여 신규 편성된 대대의 장교로 임관시켰다. 그 대대는 완전 신설 부대여서 병력의 절반은 구식 적색 군복을 입었고 나머지 절반은 축축한 천막에서 비좁게 생활하는 바람에 뇌막염에 걸릴 지경이었다. 헬렌은 그가 직접 입대했다는 사실에 충격을 받았다.

"하지만 그건 집안의 내력이에요." 마이클이 웃었다.

"네가 아주 어릴 때 한 얘기를 아직도 믿는다는 뜻은 아니겠지?" 헬렌이 말했다(그녀의 하녀인 엠마는 벌써 여러 해 전에 죽었다). "내가 명예를 걸고 하는 말인데 그 말을 다시 해 줄게. 나는 괜찮아. 정말로 아무렇지도 않아."

"아, **그건** 조금도 걱정하지 않아요. 그건 아예 걱정거리가 아니었어요." 그가 씩씩하게 대답했다. "내 말은 입대하려면 좀 더 일찍 뛰어들어야 한다는 거였어요. 할아버지처럼."

"그렇게 말하지 마! 넌 전쟁이 빨리 끝날까 봐 걱정이니?"

"그럴 일은 없을 거예요. K가 무슨 말을 했는지 잘 알잖아요."

"그래. 하지만 내가 거래하는 은행 사람은 지난 월요일에 **아마도** 크리스마스 때까지는 가지 않을 거라고 하더라. 재정적인 이유 때문에 말이야."

"그분의 말이 맞았으면 좋겠네요. 하지만 우리 대령님―이분은 정규 장교인데―은 전쟁이 오래갈 거라고 했어요."

마이클의 대대는 노퍽 해안의 얕은 참호들 사이에서 해안 방어에 투입되었다는 점에서 행운이었고 또 그건 자주 '휴가'를 갈 수 있다는 뜻이기도 했다. 그러다가 대대는 좀 더 북쪽으로 파견되어 스코틀랜드의 어떤 하구를 경비하는 임무를 맡았다. 그리고 마지막으로 몇 주 동안 해외 파견이 될 거라는 근거 없는 소문이 나돌았다. 그러나 마이클이 북행 철도역에서 헬렌을 네 시간 동안 면회하기로 된 그날, 대대는 루 전투의 병력 손실을 보충하기 위해 급히 대륙으로 파견되었고 그는 헬렌에게 작별 전보만을 보낼 수 있었다.

프랑스에서 또다시 행운이 대대를 도왔다. 부대는 살리앙 근처에 배치되었고 부대원들은 보람 있으면서도 그리 힘들지 않은 생활을 했다. 하지만 솜 전투가 준비되고 있었다. 그 전투가 개시되었을 때 대대는 아르망티에르와 라방티 지구에서 평온을 즐기는 중이었다. 부대가 측면을 보호해야 한다는 건전한 생각을 갖고 있고 또 굴착 능력이 있음을 발견한 신중한 지휘관은 대대를 사단에서 떼어 내어 전신주 작업을 한다는 구실 아래 이프르 근처에다 배치했다.

한 달 뒤 마이클이 헬렌에게 특별한 움직임이 없으니 걱정할 필요 없다고 편지를 보낸 직후, 축축한 새벽에 갑자기 날아온 대포 유탄이 그를 즉석에서 전사시켰다. 그다음 포탄은 헛간 벽의 기초를 완전히 들어내어 그의 시신 위에다 뿌려 놓았다. 그 작업은 너무나 완벽하여 전문가가 아닌 사람이 보면 불상사는 전혀 없었다고 짐작할 정도였다.

이 무렵 마을은 전쟁을 오래 경험해, 영국적 방식에 따라 그것을 맞아들이는 의식을 개발했다. 여자 우체국장이 일곱 살 난 자신의 딸에게 공식 전보를 미스 터렐에게 가져다주라고 건네주면서, 성공회 사제의 정원사에게는 이런 말을 했다. "이제 미스 헬렌의 차례입니다." 그는 자신의 아들을 생각하며 이렇게 대답했다. "그래도 그는 어떤 병사들보다는 오래 버텼네요." 그 딸은 울면서 현관 앞까지 왔는데 죽은 마이클이 종종 그 애에게 과자를 주었기 때문이다. 곧 헬렌은 집 안의 창문 블라인드를 하나씩 하나씩 내리면서 그때마다 진지하게 말했다. "실종은 **언제나** 죽음을 의미하지." 이어 그녀는 볼썽사나운 감정이 펼쳐지는 일련의 가슴 아픈 애도 절차에 참석해야 되었다. 물론 사제는 희망을 설교하면서 곧 포로수용소에서 연락이 올 거라고 예언했다. 여러 친구들이 완벽한 진짜 생환의 얘기를 해 주었으나 여러 달의 정적 이후에 실종되었던 병사가 기적적으로 돌아오는 것은 언제나 다른 여자들의 경우였다. 다른 사람들은 그녀에게 관련 조직의 사무총장들과 빈틈없이 연락해 보라고 권했다. 그들은 자선을 베푸는 중립국 인사들과 연결이 되고 다시 그 인사들은 음흉한 훈* 포로수용소장들로부터 정확한 정보를 알아낸다는 것이었다. 헬렌은 그렇게 했고

---

* 키플링은 독일인들을 증오하여 그들의 선조인 야만족 훈의 이름으로 부르고 있다.

그녀에게 제시된 혹은 요청된 모든 문서를 작성하고 서명했다.

과거에 한번은 마이클이 휴가를 나와서 그녀를 군수 공장에 데려갔었다. 그곳에서 그녀는 대포알이 무쇠 상태에서 완제품으로 만들어지는 과정을 보았다. 그 당시 그 끔찍한 물건이 단 한 순간도 고이 모셔져 있는 순간은 없으리라는 생각이 들었다. "나는 다음번 가족 잃은 사람이 되어 가고 있는 중이야." 그녀는 서류에 서명을 하면서 중얼거렸다.

곧 모든 관련 기관이 추적이 불가능하다는 사실을 진심으로 유감으로 여긴다고 통보해 오자 그녀의 내부에서 뭔가가 내려앉았다. 모든 감각—이제 놓여났다는 고마운 마음을 제외하고—이 축복받은 수동적 상태로 끝나고 말았다. 마이클은 죽었고 그녀의 세계는 조용히 멈춰 섰으며 그녀는 그러한 정지의 충격을 온몸으로 받아들였다. 그녀는 이제 조용히 서 있었고 세상은 앞으로 나아갔지만 그것은 그녀와는 무관했고 그 어떤 방법이나 관계로도 그녀에게 영향을 주지 못했다. 그녀는 얘기 도중 마이클의 이름을 쉽게 끼워 넣는 것이나, 적절한 동정의 중얼거림에 가볍게 고개를 끄덕거리는 것을 보면서 그런 무관심을 깨달았다.

그런 안도를 고맙게 느끼는 동안, 종소리 요란한 휴전 소식이 알려졌고 그녀는 신경 쓰지도 않은 채 지나갔다. 또다시 1년이 지나가자 그녀는 살아서 돌아온 젊은이들에 대한 신체적 혐오감을 극복하고, 그들의 손을 잡아 주면서 정말로 잘 돌아왔다고 거의 진심으로 말하기까지 했다. 그녀는 국가적이든 개인적이든 전쟁의 후유증에 대해서는 관심이 없었다. 그러나 아주 먼 거리를 이동하는 것도 마다하지 않고 각종 구제 위원회에 참석했고 전몰자 추모지로 제시된 마을의 위치에 대하여 강력한 의견을 피력했다. 그녀는 자신의 그런 의견을 스스로 의식했다.

이어 친인척인 그녀에게 공식 통보가 날아왔다. 지워지지 않는 연필로 그녀에게 쓴 편지의 한 페이지, 은제 인식표, 손목시계 등이 동봉된 그 공지문은 마이클 터렐 소위의 시신이 발견되고 인식되어 하겐젤레 제3군인 묘역에 안장되었다는 사실을 알렸다. 또 그 묘지가 있는 열의 해당 알파벳과, 그 열 속의 번호를 정히 알려 주었다.

그리하여 헬렌은 전쟁이 만들어 놓은 절차의 다음 단계로 옮겨 갔다. 그것은 즐거워하거나 혹은 슬퍼하는 친척들이 가득한 세계였고 그들의 사랑을 바칠 수 있는 땅 위의 제단을 확인하는 세계였다. 그런 사람들이 그녀에게 그 묘지를 찾아가서 한번 둘러보는 것이 매우 수월하고 또 일상생활에 아무런 방해도 되지 않는다고 말해 주었다.

"너무나 달라요." 사제의 아내가 말했다. "만약 그가 메소포타미아나 갈리폴리에서 전사했더라면 어쩔 뻔했어요."

잠에서 깨면 일종의 두 번째 삶을 맞는 듯한 고뇌를 겪게 되자 헬렌은 영국해협의 인근으로 갔고, 군부대를 약자로 표기하는 그곳의 새로운 세계에서 이런 사실을 알았다. 하겐젤레 제3묘역은 오전 배와 연결이 되는 오후의 기차를 타면 편안하게 갈 수 있으며, 하겐젤레에서 3킬로미터 떨어진 곳에 편안한 소규모 호텔이 있는데 그곳에서 1박을 하고 그다음 날 오전에 묘지를 둘러보면 된다는 것이었다. 그녀는 이 모든 얘기를 중앙 관리청의 장교로부터 들었는데, 그는 석회석 먼지와 종이 쪼가리들이 휘날리는 파괴된 도시의 외곽에 세워 놓은 판자와 타르 종이로 만든 남루한 집에 살고 있었다.

"그런데," 그가 말했다. "묘지의 위치는 알고 계시지요, 물론?"

"예, 감사합니다." 헬렌은 마이클 소유의 자그마한 타자기로 찍은 알파벳 열과 번호를 보여 주었다. 장교가 여러 권의 기록부 중 하나에서 그 위치를 확인하려는 순간, 어떤 몸집 큰 랭카셔 부인이 그들 사이에 끼어들어 A.S.C*에서 하사로 근무했던 아들을 찾으려면 어디로 가야 하는지 알려 달라고 했다. 그녀는 흐느끼면서 아들의 본명이 앤더슨이었으나 뼈대 있는 가문의 출신이기에 스미스라는 가명으로 입대했으며, 1915년 초에 디키부시에서 전사했다는 것이었다. 그녀는 그의 군번을 알지 못하며 두 개의 세례명 중에 어떤 것을 그 가명과 함께 썼는지도 모르겠다고 말했다. 하지만 그녀가 갖고 있는 쿡 여행사의 관광권이 부활절 주말에는 만료가 되므로, 그때까지 아들을 찾지 못한다면 미쳐 버릴 거라는 말도 했다. 그 직후 그녀는 헬렌의 가슴 쪽으로 쓰러지면서 졸도했다. 그러자 장교의 아내가 사무실 뒤의 작은 침실에서 재빨리 나왔고 세 사람은 그 여자를 들어 올려 침대에 눕혔다.

"자주 이런 사람들이 있죠." 장교의 아내가 졸도한 여자의 빡빡하게 맨 보닛 끈을 느슨하게 풀면서 말했다. "어제 그녀는 아들이 호허에서 전사했다고 말했어요. 정말로 무덤 위치를 알고 계세요? 그게 아주 중요해요."

"알아요, 감사합니다." 헬렌은 침대 위에 누운 여자가 깨어나 탄식하기 전에 재빨리 그 사무실을 나섰다.

엉성한 현관에 엷은 자줏빛과 남색 빗금이 쳐진 목조 가옥에서 차

---

* 육군 지원단.

를 마시는 것은 그녀를 더욱더 악몽으로 몰고 갔다. 그녀는 뚱뚱하고 평범하게 생긴 영국인 여자 옆에서 찻값을 치렀다. 그 여자는 헬렌이 하겐젤레로 가는 기차에 대해서 문의하는 것을 듣고서 함께 가겠다고 자청했다.

"나도 하겐젤레에 가요." 그녀가 말했다. "하겐젤레 제3묘역은 아니고 내가 가려는 곳은 슈가 팩토리예요. 하지만 지금은 그곳을 라 로지에르라고 부르지요. 하겐젤레 제3묘역에서 바로 남쪽에 있어요. 당신은 그곳 호텔에 방을 잡았나요?"

"아, 예. 감사합니다. 전보로 예약을 했어요."

"잘됐군요. 어떤 때는 만원사례이다가 어떤 때는 사람이 거의 없어요. 오래된 리오도르―이건 슈가 팩토리 서쪽에 있는 호텔입니다―가 화장실을 설치하면서 사람들이 그쪽으로 몰려갔지요, 다행스럽게도."

"여긴 모든 게 새로워요. 나는 이번이 초행길입니다."

"그렇군요! 난 휴전 후에 벌써 아홉 번째랍니다. 내 돈 내고 오는 건 아니지요. 나는 다행스럽게도 죽은 사람이 없어요. 하지만 다른 사람들과 마찬가지로, 고향에는 아들이 죽은 친구들이 많아요. 그래서 여길 자주 오지요. 남을 시켜서 이 묘지를 둘러보게 하고 돌아와서 묘지 얘기를 해 주면 그들에게 도움이 되나 봐요. 그래서 여기 오면 사진을 찍어 가지요. 나는 부탁 받은 일이 꽤 됩니다." 그녀는 불안하게 웃으면서 어깨에 둘러멘 코닥 사진기를 툭 쳐 보였다. "이번에는 슈가 팩토리에서 두세 곳을 둘러봐야 해요. 그리고 근처 묘지에도 둘러봐야 할 곳이 많아요. 나는 찾아봐야 할 곳을 모아 두었다가 한꺼번에 해치우는 식으로 일하고 있어요. 그래서 어느 한 지역을 중심으로 심부름 건수가 충분히 쌓이면 이쪽으로 건너와 해치우는 거지요. 이게 **실제로** 사람들에게 위안을 주나 봐요."

"그렇겠지요." 헬렌이 작은 기차 안으로 몸을 떨며 들어가면서 말했다.

"그럼요. 실제로 위안을 줍니다(우리가 창 측에 앉게 되어 다행이군요). 그렇게 위안이 되니까 이런 심부름을 시키는 거 아니겠어요? 나는 여기에 열두 건 내지 열다섯 건의 부탁을 받아 놓고 있습니다." 그녀는 코닥을 다시 한 번 툭 쳤다. "오늘 밤에 부탁 받은 건수들을 정리해야 돼요. 아, 내가 물어보는 걸 잊었군요. 당신은 누굴 찾아볼 예정입니까?"

"나의 조카입니다." 헬렌이 말했다. "나는 그를 아주 좋아했지요."

"아, 그렇군요! 나는 때때로 **그들이** 죽은 후에도 인식이 있는지 궁금해요. 어떻게 생각하세요?"

"아, 저는—저는 그런 문제는 깊이 생각해 보지 않았어요." 헬렌이 그녀를 물리치기 위해 거의 양손을 들어 올릴 뻔하다가 그만두면서 말했다.

"어쩌면 그런 생각은 안 하는 게 더 좋겠지요." 그 여자가 대답했다. "그 죽음을 슬퍼하는 것만으로도 충분하리라 봅니다. 이제 더 이상 당신을 귀찮게 하지 않겠습니다."

헬렌은 고마워했다. 하지만 그들이 호텔에 도착했을 때 스카스워스 부인(그들은 서로 이름을 교환했다)은 그녀에게 같은 식탁에서 저녁 식사를 하자고 고집했다. 식사 후에 두 사람은 낮은 목소리의 친척들로 가득한 살롱에 앉았고 부인은 헬렌에게 자신의 '심부름' 건수들에 대하여 전사한 장병의 인적 사항, 그 부탁한 사람들을 알게 된 경위,

그 친인척들에 대한 간단한 스케치 등을 말해 주었다. 헬렌은 거의 아홉시 반까지 붙잡혀 있다가 도망치듯 그녀의 방으로 들어갔다.

그러자 곧바로 그녀의 방문에 노크 소리가 났고 스카스워스 부인이 들어왔다. 그 지겨운 부탁 건수 종이를 쥔 두 손을 가슴 앞에 모으고 있었다.

"예―예―난 알아요." 그녀가 말을 꺼냈다. "당신이 날 지켜워한다는 걸. 하지만 난 당신에게 뭔가 말하고 싶어요. 당신은―당신은 결혼하지 않았지요? 그렇다면 당신은 이해를 하기가 좀 어렵…… 하지만 그건 중요하지 않아요. 나는 누군가에게 말해야만 **해요**. 나는 이런 식으로는 더 이상 견딜 수가 없어요."

"하지만 제발―" 스카스워스 부인은 닫힌 문 뒤로 물러섰고, 그녀의 입술은 메마르도록 움직였다.

"1분만요." 그녀가 말했다. "내가 방금 전에 아래층에서 말해 준 묘지들 알죠. 그건 **실제로** 부탁 받은 것이에요. 적어도 그중 몇몇은요." 그녀는 객실 안을 한번 둘러보았다. "벨기에에서는 방에다 멋진 벽지를 사용하는군요…… 그래요. 그것은 부탁 건수들이에요. 그런데 그중의 **한 건**은 달라요. 그는 내게 이 세상의 그 무엇보다도 소중했어요. 내 말을 이해하시나요?"

헬렌은 고개를 끄덕였다.

"이 세상의 그 누구보다도. 물론 그는 존재해서는 안 되었어요. 그는 내게 아무것도 아닌 존재여야 했어요. 그는 **예전에도** 중요한 존재였고 **지금도** 그래요. 바로 그것 때문에 내가 심부름을 하는 거예요. 그때문에."

"그런데 그걸 왜 내게 얘기합니까?" 헬렌이 다급하게 물었다.

"왜냐하면 나는 거짓말하는 게 **너무** 피곤해요. 1년 내내 거짓말을 해야 하는 게. 내가 거짓말을 하지 않을 때에는 그것을 연기해야 하고 또 늘 그것을 생각해야 합니다. **당신은** 그게 무슨 뜻인지 잘 모를 거예요. 존재해서는 안 되는 그는 내게 모든 것이었어요. 유일하게 실제적인 것이었고 내 인생에서 벌어진 유일한 것이었습니다. 그런데도 마치 그가 존재하지 않는 척해야 되었어요. 내가 하는 모든 말을 조심해야 되었고, 다음번에는 무슨 거짓말을 해야 하는지 생각해야 되었어요. 여러 해 동안 말이에요!"

"몇 년 동안이나?" 헬렌이 물었다.

"그가 죽기 전에는 6년 4개월이었고 죽은 후에는 2년 9개월이에요. 나는 그동안 그를 여덟 번이나 찾아갔어요. 내일이면 아홉 번이 되겠군요. 그런데 이제 이 세상에서 아무도 그 사실을 아는 이 없이 그를 찾아가는 걸 더 이상은 **못 하겠어요!** 나는 내일 가기 전에 누군가에게 솔직히 털어놓아야겠어요. 이해하시겠어요? **나는** 문제가 되지 않아요. 나는 진실한 적이 없었고 심지어 처녀 때도 그랬어요. 하지만 그에게는 **염치없는** 일이에요. 그래서―그래서―나는 당신에게 말해야만 했어요. 나는 더 이상 비밀을 지키고 싶지 않아요. 오, 그렇게는 못 해요!"

그녀는 모아 쥔 양손을 거의 입 가장자리까지 들어 올렸고 그러다가 다시 그 모아 쥔 손을 갑자기 허리 아래로 길게 늘어트렸다. 헬렌은 앞으로 손을 내뻗어 그녀의 양손을 잡고서 그 모아 쥔 손 쪽으로 고개를 숙이며 속삭였다. "저런! 저런! 얼마나 힘들었겠어요!" 스카스워스 부인은 온 얼굴이 눈물범벅인 채 뒤로 물러섰다.

"어머나!" 그녀가 말했다. "정말 **그렇게** 생각하세요?"

헬렌은 더 이상 말을 할 수 없었고, 그 여자는 방에서 나갔다. 그러나 헬렌은 아주 오랜 시간이 흐른 뒤에야 겨우 잠들 수 있었다.

그다음 날 아침 스카스워스 부인은 심부름 건수를 처리하기 위해 일찍 떠났고 헬렌은 혼자서 하겐젤레 제3묘역으로 갔다. 그곳은 아직도 묘역을 조성 중이었고 철제 도로보다 약 5백~6백 피트 높은 곳에 있었으며, 묘역은 그 옆으로 수백 야드의 측면을 이루고 있었다. 깊은 도랑 위에 놓인 배수로가 미완성인 경계 벽을 통하여 안으로 들어서는 입구 노릇을 했다. 그녀는 가장자리에 나무를 댄 흙 계단을 올라가서 일망무제하게 펼쳐진 그 넓은 묘역을 한눈에 다 살펴보았다. 그녀는 하겐젤레 제3묘역이 이미 2만 1천 명의 전사자를 수용하고 있다는 사실을 알지 못했다. 그녀의 눈에 보이는 것이라고는 검은 십자가의 막막한 바다였다. 그 십자가들의 전면을 가로질러 인장이 찍힌 작은 주석 조각들이 다양한 각도로 걸려 있었다. 그녀는 십자가들이 너무 많아서 그 순서며 배열을 알아볼 수가 없었다. 허리 높이의 죽은 잡초 더미들이 그녀를 향해 달려오는 것 같았다. 그녀는 앞으로 걸어가면서 막연하게 좌로 혹은 우로 움직이며 어떤 도움을 받아야 묘지의 위치를 알아낼 수 있는지 의아했다. 상당히 떨어진 곳에 백색의 줄이 있었다. 그곳은 약 2백~3백 기의 묘가 안치된 구역이었는데 이미 묘석을 세우고, 꽃들을 심어 놓고, 새로 심은 잔디가 푸릇푸릇한 곳이었다. 여기서 그녀는 각 열의 끝에 잘 보이게 파 놓은 알파벳 문자를 볼 수 있었고, 손에 든 쪽지를 참조하면서 이곳은 그녀가 찾는 곳이 아니라는 걸 깨달았다.

한 남자가 묘비 열 뒤에 쪼그려 앉아 있었다. 그는 정원사인 듯했는데 부드러운 땅에다 어린 묘목을 심고 있었다. 그녀는 손에 종이를 든 채로 그에게 다가갔다. 그는 그녀가 다가오자 일어서면서 머리말이나 인사말 없이 물었다. "누굴 찾고 있습니까?"

"마이클 터렐 중위, 나의 조카입니다." 헬렌은 그 말을 천천히 또박또박 말했다. 그건 과거에 이미 수천 번이나 했던 말이었다.

그 남자는 눈을 쳐들어 한없이 연민하는 눈빛으로 그녀를 바라보더니 신선한 잔디가 깔린 그곳에서 황량한 검은 십자가의 바다 쪽으로 시선을 돌렸다.

"나를 따라오세요." 그가 말했다. "내가 당신의 아들이 누워 있는 곳을 알려 드리죠."

헬렌은 묘역을 떠나면서 고개를 돌려 마지막으로 쳐다보았다. 그녀는 저 멀리에서 어린 묘목 위로 허리를 숙이고 있는 남자를 보았다. 그녀는 몸을 돌려 그곳을 나오면서 그가 아까 그 정원사라고 생각했다.

부담

내게 한 가지 슬픔이 놓였네
1년 내내 그 모든 날에.
그건 다른 영혼은 도와줄 수도 없고
또 들어줄 수도 없다네.
그것의 끝은 보이지가 않고
오로지 계속 슬퍼할 뿐.
아, 마리아 막달레나
이보다 더 큰 고통이 어디 있으리오?

그 수치를 계속해서 꿈꾸네
1년 내내 그 모든 날에.
내가 행동하거나 말하는 것에
정직한 얼굴을 보여 줄 수 없네.
아침부터 저녁때까지 거짓말하지만
내 거짓말이 헛되다는 것을 아네.
아, 마리아 막달레나
이보다 더 큰 고통이 어디 있으리오?

나의 영원한 공포가
내 모든 길에 따라오는 것을 보네.
1년 내내 그 모든 날에
하루의 모든 시간에.
불타다가 얼어붙고
떨다가 다시 화를 낸다네.
아, 마리아 막달레나
이보다 더 큰 고통이 어디 있으리오?

내게 심판의 날까지 지켜야 할
하나의 무덤이 주어졌네. 그리고
하느님은 하늘에서 내려다보시고
그 돌을 치워 주셨네.

그 모든 세월의 어느 날,
그 어느 날의 어느 시간에
그분의 천사가 내 눈물을 보시고
그 돌을 치워 주셨네!

참호의 마돈나

A Madonna of the Trenches

집시의 포장마차

당신이 밤낮없이 몰래 다니는 집시의 종족이 아니라면
이중 자물쇠로 당신의 마음을 잠그고 열쇠를 멀리 던져두라.
그것을 당신 아버지 난로 밑의 가장 검은 돌 밑에다 묻어라.
합법적인 당신의 것들을 잘 감시하고, 당신의 발을
올바른 길에다 들여놓으라.
그러면 당신은 당신 문 앞에 서서 비웃을 수 있으리라.
집시의 포장마차가 다가올 때……
비집시족이 집시족처럼 사는 것은
올바른 일이 아니므로.

당신이 일단 잡으면 아끼는 법이 없는 집시의 종족이 아니라면
당신에게 주어진 좋은 것에 만족하고 당신의 일을 충실히 하라.
땅을 갈고 고르며 또 파헤치며 씨를 뿌려야 할 곳에 씨를 뿌려라.
하지만 당신의 가슴이 당신 손에서 떨어지지 않게 하고 또
저 아래 길 쪽으로 흘러내려 가게 하지 마라!
그러면 당신이 사들인 음식을 즐길 수 있으리라.
집시의 포장마차가 다가올 때……
비집시족이 집시족처럼 사랑하는 것은
자연스러운 일이 아니므로.

당신이 보기만 할 뿐 울지는 않는 집시의 눈을 가지지 않았다면
맨 얼굴 하늘로부터 당신의 고개를 돌려라.
안 그러면 별들이 당신의 잠자리를 뒤숭숭하게 만들 것이다.
창문으로 달을 바라보면서 달이 빚어내는 날씨를 그대로 받아들여라.
그렇지만 한밤중 빗속에 밖으로 나가 달리지 말고
또 아침 이슬을 맞으며 집으로 돌아오지도 마라.

그러면 당신은 웅크려 앉아 두 눈을 감을 수 있으리라.
집시의 포장마차가 다가올 때……
비집시족 신사가 집시족처럼 걷는 것은
적당한 일이 아니므로.

당신이 모든 시간이 똑같은 시간이라고 여기는 집시족이 아니라면
시간과 장소, 심판과 좋은 이름에 조심하도록 하라.
당신의 삶을 살기 위해서는 그 삶을 잃어버려라.
그게 당신이 마땅히 해야 할 일이다.
그러면 당신이 끝났을 때, 당신의 하느님, 아내 그리고
집시들은 당신에게 웃음을 터트릴 것이다!
그러면 당신은 매장된 땅에서 썩을 수 있을 것이다.
집시의 포장마차가 다가올 때……
비집시족이 집시족처럼 죽는 것은
합당한 일이 아니므로.

사람의 아들들의 사람이 천상에 계신 주님을 향하여
그가 하고 싶은 말을 뭐든지 했다고 하더라도,
주님은 정말로 거듭 거듭하여 사람에게
놀라운 자비와 무한한 사랑을 보여 주었다.

오 달콤한 사랑이여, 내 삶의 즐거움이여.
여보, 비록 세월이 우리를 갈라놓아
희망이 없게 되었고, 보이지 않는 곳으로 데려갔지만
신들이 두 번 다시 이 세상에서 이렇게 하지 않으리라.

스윈번, 「물에 빠져 죽은 자들」

전쟁 후 몇 년 동안 많은 불안정한 제대 군인들이 지방 집회소('신앙과 노동' E.C. 5837 소속)를 찾아오는 것을 보고서 나는 예전의 전우들과 갑자기 만나게 된 형제들이 아직도 잊지 못하는 그들의 과거를 느닷없이 상기하게 되는 것이 아닌가 걱정되었다.* 그러나 둥그렇게 턱수염을 기른 현지 의사—수석 감독인 키드 형제—는 상황이 걷잡을 수 없게 되기 전에 형제들의 히스테리에 적절히 대처했다. 나는 프리메이슨의 측면에서 신원을 잘 모르거나 불완전하게 보증된 형제를 면접하게 되어 의심스러운 점이 생기면 먼저 그에게로 보냈다. 그

---

* 키플링은 1886년 인도의 라호르에서 프리메이슨 집회소인 '희망과 인내' no. 782에 가입했는데 여기서 말하는 집회소는 프리메이슨의 것을 가리키지만 그 지방과 소속 번호는 키플링이 창작한 것이다.

는 1차 대전의 마지막 2년 동안 남부 런던 대대에서 군의관으로 근무해서 자연스럽게 방문객들 중에서 친구나 친지들을 만났다.

젊고 키가 크고 새로 가입한 C. 스트레인지윅 형제는 런던 남부 집회소 출신이었다. 그의 서류와 면접은 의심할 나위 없이 좋았으나 흰자위가 충혈된 그의 두 눈은 괴이하게 사람을 노려보았고 그래서 신경증이 의심되었다. 나는 그를 특별히 키드에게 인계했는데, 키드는 스트레인지윅이 옛 대대 본부의 전령으로 근무한 청년임을 알아보고는 무사히 고국에 돌아온 것—그는 의병 제대했다—을 축하하면서 솜 전투의 추억에 빠져들었다.

"키드, 내가 제대로 인계했기를 바라네." 집회에 앞서 옷을 갈아입으며 내가 말했다.

"아, 잘했어. 그가 나를 기억하더군. 1918년에 내가 상푸에서 근무할 때 이 친구가 정신을 깜빡 놓아서 내가 진찰했었지. 그는 전령이었어."

"그건 충격 때문이었나?" 내가 물었다.

"뭐 그런 셈이지. 하지만 그는 내가 그런 쪽으로 생각하는 걸 원하지 않았어. 아니, 그가 거짓을 꾸민다는 얘기는 아니야. 그는 극단적인 발작 경련을 일으켰어. 하지만 그런 증상의 원인에 대해서는 내가 다른 쪽으로 생각하도록 유도하려 했지…… 환자의 거짓말을 미리 막을 수 있다면 훨씬 치료하기 쉬울 텐데."

집회소 노동이 끝난 후에 키드는 그 청년에게 우리보다 두 줄 앞에 있는 자리를 배정해 주었다. 그 청년이 솔로몬 왕의 성전 방위方位에 관한 강연을 재미있게 듣도록 하기 위한 배려였다. 진지한 형제라면 그 강연이 근면한 노동과, 우리가 '연회'라고 부르는 다회 사이에서 멋진 간주곡이라고 생각할 것이었다. 그러나 담배의 도움을 받는다고 해도 그것은 지루한 공연이었다. 강연이 절반쯤 진행되었을 때 자리에서 몇 분 동안 불안하게 들썩거리던 스트레인지윅은 장식 술이 달린 바닥 뒤로 의자를 밀어내더니 소리쳤다. "아, 나의 이모님! 난 이걸 더 이상 견딜 수가 없어요." 사람들이 동의하는 뜻으로 다들 웃어 주자 그는 우리 곁을 지나쳐서 문 쪽으로 달려갔다.

"정말 나한테 인계하길 잘했네!" 키드가 내게 속삭였다. "따라오게!" 우리는 그를 통로에서 따라잡았다. 그는 발작적으로 징징거리면서 양손을 비틀어 대고 있었다. 키드는 각종 잡다한 집기와 가구를 보관해 두는 자그마한 사무실인 타일러 실로 데려가서 문을 잠갔다.

"전—전 괜찮습니다." 청년이 비참한 목소리로 말했다.

"물론 자네는 괜찮지." 키드는 자그마한 찬장을 열었다. 나는 전에도 이걸 본 적이 있다. 그는 탄산암모늄*과 물을 눈금 매긴 잔에다 섞어서 스트레인지윅에게 건네주었고 청년이 마시는 동안 그를 부드럽게 낡은 소파 위에 앉혔다. "여보게," 그가 계속 말했다. "그건 뭐 그리 대단한 일이 아니야. 난 자네가 이것보다 열 배나 더 나쁜 상태였을 때도 자넬 진찰한 적이 있어. 우리가 아까 얘기를 나눈 것이 과거의 기억을 되살려 놓았나 보군."

그는 한 발로 뒤에 있던 의자를 끌어당겨 앉으면서 환자의 양손을 잡았다. 의자는 삐걱거리는 소리를 냈다.

"제발!" 스트레인지윅이 칭얼거렸다. "난 그 소리를 견딜 수가 없어요! 그것들처럼 삐걱거리는 건 세상에 없을 거예요. 그리고 해동이

---

* 각성제.

되면 우리는 그것들을 삽으로 때리면서 뒤쪽으로 밀어붙여야 했어요. 참호에 설치한 깔판 밑에 있던 프랑스 군인의 작은 군화들을 기억하세요? …… 나는 어떻게 하면 좋죠? 그걸 어떻게 하면 좋죠?"

누군가가 아무 일 없는지 알아보기 위해 문에 노크를 했다.

"아, 아무 일 없어요. 감사합니다!" 키드가 어깨 너머로 소리쳤다. "하지만 이 방을 잠시 사용해야 될 것 같소. 커튼을 좀 쳐 주세요."

우리는 집회소에서 연회실에 이르는 통로 커튼의 고리가 기둥을 따라 찰랑거리는 소리를 들었고, 그러자 발걸음이나 목소리 등이 우리가 앉아 있는 방으로부터 차단되었다.

스트레인지윅은 마른 욕지기를 하면서, 서리 속에서 삐걱거리는 소리를 내던 얼어붙은 시신들에 대해서 불평했다.

"그는 아직도 연기를 하고 있는 거야." 키드가 속삭였다. "**저건** 그의 진짜 문제가 아니야. 과거 전투 현장에서도 역시 문제가 아니었지."

"하지만," 내가 대답했다. "병사들의 머리에 그런 것들이 아주 나쁜 기억으로 남아 있어. 10월의 일을 기억해 보라고."

"이 친구는 그런 기억을 갖고 있지 않아. 도대체 무엇이 그를 괴롭히는지 의아해. 자네는 무엇을 생각하고 있나?" 키드가 근엄하게 물었다.

"프랑스 구역과 푸줏간 거리." 스트레인지윅이 중얼거렸다.

"그래. 그런 구역들이 있었지. 하지만 그 괴물에게 계속 당하지만 말고 한번 맞서 보는 게 어떻겠나?" 키드가 눈빛을 반짝거리며 나를 돌아다보았고 그건 나에게 자신의 놀이에 따라와 달라는 뜻이었다.

"프랑스 구역에서는 뭐가 문제였나?" 내가 먼저 질문의 운을 뗐다.

"그건 상푸 옆에 있는 작은 땅인데 우리가 프랑스인들로부터 인수한 거였지. 프랑스인은 강인하기는 하지만 깨끗한 민족이라고는 할 수 없어. 그들은 진흙이 그 땅에 밀려드는 걸 막기 위해 구역 양쪽에다 시체들을 1열로 쌓아 올렸어. 그곳에 있는 참호들은 해동이 되면 땅이 녹아서 곤죽이 되어 버렸지. 우리 영국인들도 다른 곳에서는 그렇게 했지만, 프랑스 구역의 푸줏간 거리는 정말 불결함의 대표적인 사례였어. 다행히 우리는 그 당시에 독일 놈들로부터 고지를 하나 빼앗아서 사태를 해결했어. 우리는 11월 이후에는 푸줏간 거리를 사용할 필요가 없게 되었지. 기억나나, 스트레인지윅?"

"그럼요. 기억나고말고요. 참호의 깔판이 사라지면 시체를 직접 밟게 되는데 아주 요란하게 삐걱거리는 소리가 났지요."

"그럴 수밖에 없지. 가죽처럼." 키드가 말했다. "그게 좀 신경에 거슬리기는 하지. 그렇지만—"

"신경? 그건 진짜였어요! 생각과는 아무 상관 없어요!" 스트레인지윅이 껄떡이며 말했다.

"하지만 자네처럼 젊은 나이라면 그런 건 1년 정도만 지나면 다 잊어버린다고. 이제 진정제를 한 모금 더 주지. 그런 다음 그 문제를 침착하게 대면하는 거야. 알았지?"

키드는 찬장을 다시 열고서 조심스럽게 검은 액체를 잔 속에다 한 방울 떨어트렸는데 탄산암모늄은 아니었다. "이걸 마시면 몇 분 안에 진정이 될 거야." 그가 말했다. "조용히 누워 있어. 말하기 싫으면 안 해도 돼."

그는 손가락으로 수염을 쓰다듬으며 나를 쳐다보았다.

"그래. 푸줏간 거리는 그리 멋진 광경은 아니었지." 키드가 먼저 말을 꺼냈다. "여기 스트레인지윅을 보니 옛날 생각이 새롭게 나는구면.

그런데 한 가지 우스운 것이 있었어. 우리 부대에는 상사들 중에 두 번째로 서열이 높은 소대 상사가 있었네. 그 친구 이름이 뭐였더라? 어쨌든 나이 든 친구였는데, 애국심이 투철하여 나이를 속이고서 전선에 배치를 받은 거야. 하지만 그는 1급의 부사관이었고 실수를 거의 하지 않는 꼼꼼한 사람이었어. 어쨌든 그는 1918년 1월에 2주간 휴가를 나가게 되어 있었어. 스트레인지윅, 자네는 당시 대대 본부에 있었나?"

"예. 전령이었습니다. 그날은 1월 21일이었습니다." 스트레인지윅은 걸쭉한 목소리로 말했고 그의 두 눈은 불타오르고 있었다. 투여한 약이 무엇이었든 효과를 발휘하고 있었다.

"그 무렵에 말이야," 키드가 말했다. "이 상사는 어두워진 후에 참호에서 정규 통로를 거쳐 대대로 와서 신고를 하고서 아라스행 휴가 열차를 타지 않았어. 그 친구는 먼저 몸을 좀 덥혀야겠다고 생각했어. 그래서 그는 푸줏간 거리에 있는 움푹 팬 대피호에 들어갔는데, 그건 예전에 프랑스 군의 야전 응급 치료소였어. 그는 목탄을 가득 넣은 소형 화로를 두 손에 들고서 그 비어 있는 공간으로 들어간 거야. 그런데 공교롭게도 그 방에만 유일하게 안으로 열리는 중문이 달려 있었어. 프랑스인들이 가스를 예방하기 위해 그런 문을 달았을 거야. 그런데 우리 추측으로 그가 화로로 몸을 덥히고 있을 때 문이 아마도 안에서 닫혀 버린 것 같아. 아무튼 그는 휴가 열차를 타러 나타나지 않았어. 그래서 즉시 수색이 시작되었지. 소대 상사는 아주 귀중한 인적 자원이니까. 우리는 그를 다음 날 아침에 발견했어. 그는 밤새 목탄 가스를 마시고 죽어 버린 거야. 기관총 사수가 그를 발견하고 신고했어. 그렇지, 스트레인지윅?"

"아닙니다, 선생님. 참호 박격포 담당의 그랜트 하사가 발견했어요."

"그래, 그 친구였지. 그랜트. 목에 작은 혹이 난 친구였지. 아무튼 자네 기억력은 이상이 없군. 상사의 이름은 뭐였지?"

"갓소—존 갓소." 스트레인지윅이 대답했다.

"그래, 그런 이름이었지. 나는 그다음 날 아침에 그 친구를 살펴보아야 했지. 두 화로 사이에서 뻣뻣하게 굳어 있었어. 몸에는 사적인 쪽지 하나 없었어. **그것** 때문에 나는 자살이라기보다는 사고였다고 생각하게 되었네."

스트레인지윅의 느긋하던 얼굴이 굳어졌고 그는 즉시 대대 본부의 전령 같은 자세로 돌아갔다.

"나는 그 당시에 이미 증거를 제출했습니다, 선생님. 그는 지원 부대 쪽에서 내려오다가 나를 지나쳤다기보다—추월했습니다. 난 그 전에 그의 휴가를 이미 알려 주었습니다. 나는 그가 평소처럼 패롯 참호를 통과하여 본부로 내려올 걸로 생각했어요. 하지만 그는 포탄 장애물이 있는 프랑스 구역 쪽으로 방향을 틀었던 게 틀림없어요."

"그래. 이제 기억이 나네. 자네는 살아 있는 그를 마지막으로 본 병사였지. 그게 1월 21일이라고 했나? 그런데 디어러브와 빌링스가 자네를 내게 데려온 건 **언제**였나? 완전히 정신이 돌아 버린 자네를?" 키드는 잡지에 나오는 형사 같은 자세로 스트레인지윅의 어깨에다 손을 내려놓았다. 청년은 흐릿하면서도 의아해하는 표정을 지으며 키드를 쳐다보더니 중얼거렸다. "저는 1월 24일 저녁에 선생님께 인도되었습니다. 하지만 제가 그를 죽였다고 생각하는 건 아니지요?"

나는 키드의 불편해하는 자세에 미소를 금치 못했다. 하지만 그는 곧 정신을 차렸다. "그럼, 그날 저녁 자네 머릿속에는 무슨 생각이 **들어 있었나? 내가 자네에게 피하 주사를 놓아 주기 전에 말이야?**"

"푸줏간 거리에서 벌어진 일들. 그 일들이 자꾸 생각이 났습니다. 선생님은 전에 그런 저를 직접 보셨지요."

"하지만 난 그게 거짓말이라는 걸 알았어. 자네가 지금 시체 생각을 안 하는 것처럼 그때에도 시체 생각은 하지 않았어."

"그걸 어떻게 아십니까, 선생님?" 스트레인지윅이 칭얼거렸다.

"그날 저녁 디어러브와 빌링스가 자네를 양쪽에서 잡고 있을 때, 자네가 내게 한 말을 기억하나?"

"푸줏간 거리에 대해서 말입니까?"

"아, 아니! 자네는 발밑에서 삐걱거리는 시체 얘기를 내게 많이 하기는 했지. 하지만 그러던 중에 자네의 생각을 은근히 드러내고 말았어. 가령 자네가 그 전보를 내게 내밀었을 때 그랬어. 자네는 죽은 자가 다시 살아나지 않는다면 짐승 같은 장교들과 싸우는 게 무슨 이득이 있느냐고 말했는데 그게 무슨 뜻인가?"

"제가 짐승 같은 장교들이라고 했습니까?"

"그랬지. 장례식 때 나온 말이었어."

"그랬다면 아마도 어디선가 들은 말이겠지요. 분명 그랬을 겁니다." 스트레인지윅이 크게 몸을 떨었다.

"그랬겠지. 그리고 한 가지 더 있어. 내가 자네를 진정시킬 때까지 자네는 찬송가를 소리쳐 불렀지. 그건 자비와 사랑에 관한 거였어. 기억나?"

"기억해 보겠습니다." 청년은 온순하게 대답하더니 그것을 기억해 냈는데 대략 다음과 같은 내용이었다. "인간이 그의 마음속에서 주님을 향하여 무슨 말을 했든 간에, 내가 진정으로 너희에게 말하노니—
오, 하느님은 인간에 거듭하여 놀라운 자비와 그리고 또 뭐였는데, 사
랑을 보여 주신다." 그는 눈을 가늘게 뜨더니 머리를 흔들었다.

"**그건** 어디서 들었나?" 키드가 고집스레 물었다.

"갓소에게서요. 1월 21일에…… 그가 무슨 짓을 할지 제가 어떻게
알았겠습니까?" 그는 아주 높은 어조로 불평하듯 말했다. "나는 **그녀**
가 죽었다는 사실도 알 수가 없었습니다."

"누가 죽었다고?" 키드가 물었다.

"나의 아민 이모님."

"상푸에 있던 자네에게 전보로 소식을 알려 왔던 그 이모? 자네가
그 전보를 내게 내밀며 설명해 주기를 바랐던 그 여자지? 방금 암송
한 찬송가에서 내가 다그치자 자네가 '오 이모님' 하고 말했다가 갑자
기 '오 하느님' 하고 바꾼 그 사람이지?"

"바로 그분입니다. 선생님한테는 당할 수가 없네요. **나는** 그 소형 화
로들이 뭐가 문제인지 알지 못했습니다. 내가 어떻게 알 수 있었겠습
니까? 우리는 늘 그 물건을 사용했어요. 정말 하느님 앞에서 솔직하
게 하는 말인데, 그가 휴가 열차를 타기 전에 몸을 좀 덥히려고 대피
호에 들어가는 줄 알았어요. 나는 존 아저씨가 갑자기 살림을 차리려
고 하는 것을 알지 못했어요." 그는 썰렁하게 웃었고 그러자 소리 없
는 눈물이 두 눈에서 솟구쳤다.

키드는 그 눈물이 흐느낌과 기침 속에서 잦아들기를 기다렸다가
계속 물었다. "뭐? 갓소가 자네의 아저씨였나?"

"아니요." 스트레인지윅이 말했다. 그는 양손으로 머리를 잡고 있었
다. "우린 태어난 이후부터 그를 알았어요. 아버지는 그 이전에도 그

를 알았고요. 그는 우리 집에서 한 블록 떨어진 곳에 살았어요. 그와 아버지와 어머니 그리고 나머지 사람들은 친구였어요. 그래서 우리는 애들이 그러는 것처럼 그냥 아저씨라고 불렀어요."

"그는 어떤 사람이었나?"

"가장 훌륭한 사람이었지요, 선생님. 연금 받는 상사였고 약간 물려받은 돈도 있었어요. 아주 독립적인 생활을 했고 정말 뛰어난 사람이었어요. 아저씨네 거실에는 인도 기념품들이 많았는데 아저씨와 부인은 누나와 내가 착하게 굴면 그걸 보여 주었어요."

"그는 입대하기에는 좀 나이가 많지 않았나?"

"그건 그에게 전혀 문제 되지 않았어요. 그는 첫 번째 기회가 생겼을 때 교관 상사로 지원을 했고 대대가 해외로 파견될 때 그도 함께 따라간 거였어요. 내가 해외에 나갈 때 그가 나를 그의 소대로 끌어당겨 주었지요. 1917년 초였어요. 우리 엄마가 그걸 원했기 때문에."

"난 자네가 그를 그토록 잘 아는지 몰랐는데." 키드가 말했다.

"그건 그에게 아무런 지장을 주지 않았어요. 그는 소대에 특별히 좋아하는 병사들이 없었어요. 그는 우리 엄마에게 나에 대해서, 또 나의 동정을 편지로 써서 알려 주었어요." 스트레인지윅은 소파에서 불안하게 몸을 뒤척거렸다. "우리는 그를 평생 동안 알아 왔어요. 우리 집에서 한 블록 떨어진 거리에서 살았고…… 그는 쉰이 훨씬 넘었어요. 아, 이를 어쩌면 좋아! 어쩌면 좋아! 나처럼 어린 사람들에게 그런 사태는 정말 너무나 엄청난 대혼란이었어요." 그는 갑자기 슬퍼하며 울부짖었다.

그러나 키드는 그에게 대화의 요점을 상기시켰다. "그가 자네 어머니에게 자네에 대해서 편지를 썼다고?"

"예. 엄마의 눈이 공습 때문에 나빠졌어요. 지하 대피소에 오래 앉아 있다 보니 망막 뒤의 혈관이 터졌고 그래서 한동안 아팠어요. 엄마는 편지를 이모한테 읽어 달라고 했지요. 이제와 생각해 보니, 그게 유일하게 뭔가 상관이 있는 것이었어요—"

"그 이모가 죽어서 자네가 전보를 받았다는 그분인가?" 키드가 계속 물었다.

"예. 아민 이모님. 우리 엄마의 여동생인데 마흔이 훨씬 넘어 쉰이 다 된 분이었지요. 그런데 그처럼 엮이다니! 만약 누가 내게 묻는다면, 그 이모님에 대해서는 우리 동네 사람들이 속속들이 알고 있다고 장담할 수 있어요. 앞에서도 그렇지만 뒤에서도 자신의 행동을 감출 이유가 전혀 없는 분이었어요. 이모는 누나와 나를 돌보아 주었어요. 기침이나 홍역 같은 병을 앓을 때면 엄마와 똑같이 간호해 주었죠. 우리는 토끼처럼 이모네 집을 들락거렸어요. 아민 이모부는 장롱 만드는 목수였는데 중고 가구도 취급했어요. 그래서 우리는 그 집의 물건들을 가지고 놀았지요. 이모는 아이가 없었고 전쟁이 터지자 무자식이 상팔자라고 했어요. 하지만 이모는 자신의 감정에 대해서는 잘 말하지 않았어요. 늘 자기 생각을 자기 혼자 간직하고 살았어요." 그는 우리의 이해를 구하기 위해 우리를 진지하게 응시했다.

"그녀는 어떻게 생겼나?" 키드가 물었다.

"키가 크고 잘생겼어요. 하지만 우리 남매는 이모한테 익숙해져 있어서 그걸 거의 의식하지 않았어요. 이거 한 가지만 빼고. 엄마는 이모를 벨라라는 본명으로 불렀어요. 하지만 누나와 나는 언제나 이모를 아민 이모라고 불렀지요."

"왜?"

"우린 그게 더 이모에게 어울린다고 생각했어요. 뭔가 갑옷을 입고 천천히 움직이는 사람 같았어요."

"오! 그런데 그녀가 자네 편지를 어머니한테 읽어 주었다고 했지?"

"편지가 올 때마다 이모는 길 건너 맞은편 집에서 우리 집으로 건너와서 읽어 주었대요. 하지만 맹세하건대 그게 **내가** 기억할 수 있는 전부예요. 설사 내가 내일 교수형을 당한다 해도 **그건** 맹세할 수 있어요. 그들이 그걸 나한테 이렇게 다 맡겨 두는 건 공평하지 않아요. 왜냐하면―왜냐하면―만약 죽은 사람이 정말로 다시 살아난다면 나와 그동안 내가 평생 믿어 온 것은 어떻게 되느냐, 이거죠. 난 **그걸** 알고 싶어요. 나는―나는―"

하지만 키드는 간단히 놓아주려 하지 않았다. "상사가 그 편지들 속에서 자네를 배신했나?" 그는 아주 차분하게 물었다.

"배신할 게 뭐가 있겠어요? 우리는 너무 바빴어요. 하지만 그가 나에 대해서 써 보낸 편지는 엄마를 즐겁게 했어요. 나는 글을 잘 못 써요. 나는 하고 싶은 말이 있으면 휴가 때까지 아껴 두었지요. 나는 6개월마다 2주 휴가를 타 먹었고 또 한 번 초과해서 휴가를 다녀왔어요…… 그런 면에서는 다른 병사들보다 운이 좋았어요."

"그럼 집으로 휴가 나갈 때 자네는 상사에 대한 소식도 집에다 전했나?" 키드가 물었다.

"아마 그랬던 거 같아요. 하지만 당시에는 그걸 그리 대단하게 여기지 않았어요. 뭐, 내 일만으로도 너무 바빴기 때문이죠. 존 아저씨는 내가 휴가 나갈 때마다 내게 편지를 썼어요. 잘 지내고 있는지 묻고 또 내가 돌아가게 되면 대면하게 될 부대 상황 등을 적어 보냈지요. 그러면 엄마는 그 편지를 읽어 달라고 했어요. 또 나는 아저씨 부인을 찾아가서 소식을 전하기도 했지요. 그런데 당시에 나는 일이 잘 풀리면 결혼하려고 생각했던 젊은 여자를 사귀고 있었어요. 우리는 결혼하게 되면 사들여야 할 물건들을 가게 진열장에서 가격 조사하는 단계까지 발전했어요."

"그런데 결국 그 여자와 결혼하지 않았단 말인가?"

청년은 다시 한 번 몸을 떨었다. "아니요!" 그가 소리쳤다. "나는 그렇게 하기 전에 정말로 중요한 것이 정말로 어떤 의미인지 알게 되었어요! 나는 이런 것들이 존재하리라고는 생각조차 하지 못했어요…… 그리고 그녀는 마흔이 훨씬 지나 쉰에 가까웠고 또 나의 이모였어요!…… 그런데 처음부터 끝까지 아무런 표시나 전조가 전혀 없었어요. 그러니 내가 어떻게 **알 수** 있었겠어요? 내 말을 이해하시겠어요? 1918년 크리스마스 휴가 때, 내가 귀대하기 위해 인사를 하러 가니까 이모가 내게 해 준 말은 이게 전부였어요. '넌 갓소 씨를 곧 만나게 되겠구나?' '너무 빨리 만날까 봐 걱정이에요.' 내가 말했어요. '그럼 내 말을 좀 전해 주려무나.' 이모가 말했어요. '나는 다음 달 21일까지 나의 작은 문제를 끝내리라 기대해요. 나는 그날 이후 당신을 만나 보고 싶어요.'"

"그건 무슨 문제였는데?" 키드가 다시 한 번 전문가다운 어조로 물었다.

"이모는 가슴에 작은 멍울이 있었다고 해요. 하지만 이모는 다른 사람에게 자신의 몸 상태에 대해서 말하는 법이 없었어요."

"알았어." 키드가 말했다. "그래서 그녀가 자네에게 한 말은?"

스트레인지윅은 같은 말을 되풀이했다. "'존 아저씨에게 나의 장애가 21일까지는 끝날 것 같고 나는 그날 이후 당신을 만나 보고 싶어요, 라고 전해 줘.' 하지만 이모는 웃으면서 다시 말했어요. '하지만 너는 잘 까먹으니 그걸 글로 적어 줄게, 그에게 전해 주렴.' 그래서 이모는 종이에다 그 말을 적었고 나는 작별 키스를 했어요. 이모는 언제나 나를 좋아했죠. 그 후 나는 상푸로 돌아갔어요. 이 문제는 별로 내 머릿속에 남아 있지 않았어요. 그러나 다음번에 내가 전선에 올라갔을 때—나는 전령이었으니까요—우리 소대는 노스 베이 참호에 있었고 나는 그랜트 하사가 담당인 참호 박격포에 메시지를 전달하려고 올라갔지요. 그는 메시지를 받더니 소대에서 두 명 정도에게 박격포 회전시키는 일을 시켰어요. 나는 존 아저씨에게 아민 이모의 쪽지를 건네주었고 그랜트에게는 값싼 담배를 주었지요. 그리고 우리는 화로를 끼고 앉아 약간 몸을 덥혔어요. 근데 그랜트가 내게 말했어요. '영 낌새가 안 좋은데.' 그는 대피호에서 이모의 쪽지를 읽고 있던 존 아저씨를 엄지로 가리켰어요. 선생님도 알다시피, 그랜트가 미래를 예측하는 방식에 대해서는 직접 말씀해 보셨잖아요. 랭킨이 베리 권총으로 자살한 후에 말입니다."

"그랬지." 키드가 말했다. 그는 내게 이런 설명을 했다. "그랜트는 육감 같은 게 있었어, 빌어먹을 친구! 그게 병사들을 당황하게 만들었지. 나는 그가 전사했을 때 오히려 기뻤다네. 스트레인지윅, 그래 그 후에는 어떻게 되었나?"

"그랜트가 내게 속삭였어요. '보라고, 이 빌어먹을 잉글랜드인. 저 자는 거기에 걸려든 거야.' 존 아저씨는 대피호에 기대어서 내가 방금 그 가사를 외어 보인 찬송가를 흥얼거렸어요. 그는 갑자기 사람이 달라졌어요. 마치 금방 면도한 것처럼. **나는** 그런 문제에 대해서는 잘 몰랐기 때문에 그랜트에게 말조심하라고 시켰어요. 만약 장교가 들으면 재미없을 거라고 하면서. 그런 다음 나는 이동했어요. 내가 대피호의 존 아저씨 옆을 지나가자 그는 고개를 끄덕이며 미소를 지었어요. 전에는 별로 하지 않던 동작이었지요. 그는 종이쪽지를 호주머니에 집어넣으며 말했어요. '이건 **내게** 딱 알맞군. 난 21일에 휴가 나가도록 신청할 거야.'"

"그가 자네에게 그렇게 말했다는 거지?" 키드가 말했다.

"예, 날짜를 정확하게 지정하며 바로 그렇게 말했습니다. 나는 그 날짜에 휴가를 얻기를 바란다고 대답했고 곧바로 대대 본부로 돌아왔습니다. 그리고 그 문제는 까맣게 잊어버렸지요. 그게 1월 11일이었습니다. 내가 휴가에서 돌아온 지 사흘째 되는 날이었지요. 의사 선생님도 기억하시겠지만, 상푸에서 1월 전반부에는 별 움직임이 없었습니다. 독일 놈들은 3월 대공세를 준비 중이었고 우리는 놈들이 가만히 있는 한 먼저 찔러 볼 생각은 없었습니다."

"그건 기억나." 키드가 말했다. "그래, 상사는 어떻게 지냈나?"

"나는 그 후 며칠 동안 참호 위아래를 오르내리며 가끔 그를 만났을 겁니다. 하지만 아저씨 생각을 별로 하지 않았어요. 그럴 필요가 뭐가 있었겠습니까? 그리고 1월 21일에 그의 이름이 휴가자 명단에 올라 있었고 나는 휴가자들에게 사전 통지해 주러 갔습니다. 그때는 물론 아저씨 이름을 눈여겨보았지요. 그런데 바로 그날 오후에 독일 놈들이 새로운 참호 박격포를 시험했고 우리의 중포가 그놈들을 물리치기 전에 놈들의 박격포가 참호 격실에 떨어져서 여섯 명이 전사했습니다. 내가 지원 부대로 올라가 보니 사람들이 전사자를 끌어내리고 있더라고요. 그래서 늘 그랬던 것처럼 리틀 패롯 통로가 막혀 버렸습니다. **당신도** 그 통로를 기억하시지요, 선생님?"

"그럼! 거기서 밖으로 나가면 대피소 바로 뒤에 거대한 기관단총이 있었지." 키드가 말했다.

"저는 그것도 기억합니다. 그때 막 어둠이 내려서 운하 쪽에서 안개가 올라왔어요. 나는 리틀 패롯에서 나와서 개활지를 가로질러 워윅 출신 병사 네 명의 시신이 쌓여 있는 곳으로 갔습니다. 그러나 안개 때문에 방향을 잃어버렸고 곧이어 리틀 패롯 서쪽과 나란히 달리는 오래된 참호의 물웅덩이에 무릎까지 빠져서 나아가다가 프랑스 구역으로 들어섰습니다. 그곳은 낡은 보일러와 두 명의 주아브* 사병 시신 바로 옆에 있는, 기관단총 받침대 바로 위였습니다. 그래서 나는 현재 위치를 파악하고서 중간이 많이 빠진 깔판 위를 걸어서 프랑스 구역을 통과하여 푸줏간 거리로 들어섰습니다. 그 열의 양쪽에는 6인치 깊이의 중량물이 설치되어 깔판을 밑에서 받치고 있었어요. 그 열은 단단히 얼어붙어서 물은 흐르지 않았지만 삐걱거리는 소리가 나기 시작했습니다."

"당시 그게 자네를 크게 겁먹게 했나?" 키드가 물었다.

"아닙니다." 청년은 전문가다운 경멸의 어조로 말했다. "전령이 그런 걸 의식하기 시작하면 그만두는 게 좋습니다. 푸줏간 거리의 중간쯤, 그러니까 의사 선생님이 말씀하신 오래된 응급 치료소 바로 직전에 왔는데, 저 앞쪽 깔판 위, 대피호의 문 옆에서 기다리는 것이 아민 이모하고 비슷하다는 느낌이 들었습니다. 그 순간 만약 이모가 바로 이곳에 와 있다면 참으로 웃기겠구나 하는 생각이 들었어요. 순간적으로 나는 주위가 너무 어두워서 가스 장막의 넝마 조각이 널판 위에

---

* 알제리 출신의 프랑스 보병.

걸려서 흔들거리며 내 눈을 속이는 거겠지 하고 생각했어요. 이어 나는 지원 부대로 올라갔고 존 아저씨를 비롯하여 그곳의 휴가 대상자들에게 통지를 했어요. 그리고 레이크 통로로 올라가서 전선에 근무하는 병사들 중에 휴가 대상자도 알려 주려 했지요. 하지만 나는 일을 서두르지 않았어요. 독일 놈들이 좀 잠잠해질 때까지 그곳에 올라가고 싶은 생각이 없었던 거지요. 그러자 중대 지원 물품이 투입되었고 한 장교는 등불이 왜 이렇게 시원치 않아, 하고 짜증을 내면서 측면에 있던 등불을 매듭으로 이어 붙여서 참호 내부를 밝혔어요. 나는 그 등불에 의지하여 전선의 참호를 돌아다니며 휴가 대상자들에게 통보했어요. 이런저런 일을 처리하고 내가 지원 부대로 다시 내려온 것은 저녁 여덟 시 반쯤이었어요. 거기서 나는 존 아저씨를 다시 만났어요. 온몸에서 때 빼고 광내서 아주 신사가 되어 있더라고요. 그는 아라스행 휴가 열차에 대해서 물었고, 독일 놈들이 조용히 있어 준다면 열시에 떠날 거라고 대답했어요. '좋았어!' 그가 말했어요. '같이 가지.' 그래서 우리는 지원 부대 참호의 뒤쪽인 할나커와 나란히 달리는 오래된 참호를 통해 걸어가기 시작했습니다. 선생님도 그곳을 알지요?"

키드가 고개를 끄덕였다.

"그때 존 아저씨가 며칠 사이에 우리 엄마랑 나머지 사람들을 만날 거라고 얘기하더군요. 그러면서 그들에게 전할 말이 없냐고 했어요. 도대체 내가 왜 그런 말을 했는지 모르겠어요. 나는 아저씨에게 이 전방 구석의 참호 속에서 **이모** 비슷한 사람을 만나리라고는 전혀 생각하지 못했다고 아민 이모에게 전해 달라고 했어요. 나는 그렇게 말하면서 웃음을 터트렸어요. 그리고 그게 내가 웃은 마지막 웃음이었어요. '그래, 네가 그녀를 보았단 말이지.' 그가 아주 자연스럽게 말했어요. 그런 다음 나는 그에게 모래주머니와 어둠 속의 넝마 쪼가리가 내 눈을 속인 얘기를 해 주었어요. '아마도 그렇겠지.' 그가 가죽 각반에서 진흙을 털어 내며 말했어요. 그때 우리는 프랑스 구역으로 들어가는 낡은 장애물이 있는 구석까지 왔어요. 독일 놈들이 나중에 포격을 해서 날려 버린 장애물 말입니다, 선생님. 그는 오른쪽으로 돌더니 그 장애물을 올라가는 거예요. '난 싫습니다.' 내가 말했어요. '난 아까 저녁때 거기 이미 들렀어요.' 하지만 그는 내 말을 신경 쓰지 않았습니다. 그는 장애물 안쪽의 쓰레기와 뼈 더미 뒷부분을 손으로 더듬더니 일어섰는데, 양손에 소형 화로를 두 개 들고 있었습니다.

'자, 클렘.' 그는 내 이름을 거의 부르지 않았는데 그때는 내 이름을 불렀어요. '넌 두렵지 않지?' 그가 말했어요. '잠깐이면 돼. 독일 놈들이 다시 포격을 한다 해도 여길 두들기진 않을 거야. 헛수고라는 걸 아니까. 여기가 버려진 땅이라는 걸 다 안다고.' '누가 두려워한다고 그래요?' 내가 말했어요. '우선 내가 두려워하지.' 그가 말했어요. '나는 마지막 순간에 **나의** 휴가가 망쳐지는 걸 원하지 않아.' 이어 그는 몸을 돌리더니 아까 선생님이 장례식에서 나왔다는 그 말을 중얼거렸습니다."

무슨 이유에서인지 키드는 그 말을 모두 천천히 되풀이했다. "내가 사람의 방법으로 에베소에서 맹수와 싸웠다 한들, 죽은 사람이 다시 살아나지 못한다면 그것이 내게 무슨 소용이 있겠는가?"*

"바로 그겁니다." 스트레인지윅이 말했다. "그래서 우리는 함께 프랑스 구역을 걸어 내려갔습니다. 시체들의 삐걱거리는 소리 이외에는

---

* 신약성경 『고린도전서』 15장 32절.

모든 것이 얼어붙어서 조용했습니다. 나는 그때 이런 생각을 한 게 기억—"청년의 눈빛이 흔들리기 시작했다.

"생각하지 마. 벌어진 일만 얘기해." 키드가 명령했다.

"아, 알았습니다. 그는 화로를 양손에 들고 찬송가를 흥얼거리며 푸줏간 거리를 걸어 내려갔습니다. 우리가 예전의 응급 치료소에 도착하기 직전에 그는 걸음을 멈추고 화로를 내려놓으면서 말했어요. '그녀가 어디에 있다고 했지, 클렘? 내 눈은 예전처럼 좋지가 않아.'

'고향 집의 침대에 있겠지요.' 내가 말했어요. '빨리 내려가요. 너무 추워요. 게다가 나는 곧 휴가 나갈 사람도 아니잖아요.'

'나는 곧 휴가를 가지.' 그가 말했어요. '나는……' 정말 맹세할 수 있는데 나는 그 목소리를 알아채지 못했어요. 그는 평소처럼 목을 약간 앞으로 내밀더니 말했어요. '아니, 벨라.' 그가 말했어요. '아니, 벨라, 오 하느님!' 그는 분명 그렇게 말했어요! 그리고 나는 보았어요—나는 당신에게 **보았다고** 말합니다—아민 이모는 내가 처음 그녀를 보았던 바로 그곳, 응급 치료소 문 앞에 서 있었어요. 그는 그녀를 쳐다보았고 그녀도 그를 쳐다보았습니다. 나는 그것을 보았어요. 그래서 나의 영혼은 그 순간 확 뒤집어졌습니다. 왜냐하면—왜냐하면 그건 내가 믿는 모든 것을 뒤집어엎었기 때문입니다. 나는 아무 데도 의지할 데가 없었습니다. 그는 그녀가 바로 옆에 있는 것처럼 계속 쳐다보았고 그녀 또한 똑같은 방식으로 쳐다보았습니다. 이어 그가 말했어요. '아니, 벨라. 여러 해가 지났지만 우리가 이렇게 단둘이 있는 것은 이번이 두 번째로군.' 그리고 나는 그녀가 그 맹추위 속에서 그를 향해 팔을 내뻗는 것을 보았습니다. 마흔을 훨씬 지나 쉰에 가까운 나의 이모가! 당신은 내일 나를 광인으로 잡아가도 좋습니다. 하지만 나는 그것을 보았어요. 그녀가 그의 말에 대답하는 광경을 **보았습니다**…… 그는 어깨를 들썩하면서 소총을 어깨에서 내려놓았습니다. 이어 그는 손사래를 치며 말했습니다. '아니! 벨라, 나를 만류하려 들지 마. 우리는 영원을 우리 앞에 두고 있어. 한두 시간은 아무런 차이도 없어.' 이어 그는 화로를 집어 들더니 예전의 응급 치료소 문으로 걸어갔습니다. 그는 나하고는 끝난 것이었습니다. 그는 화로에 기름을 붓더니 성냥으로 불을 켜고서 목탄이 활활 타오르는 상태로 치료소 안으로 들어갔습니다. 그동안 아민 이모는 양팔을 내뻗고 서 있었습니다. 아, 그녀의 얼굴 표정이라니! 나는 이런 것이 과거에 있었는지 혹은 있을 수 있는지 몰랐습니다! 이어 그가 문밖으로 나와서 말했습니다. '여보, 안으로 들어와.' 이어 그녀는 허리를 숙이면서 그 빈 대피호로 들어갔습니다. 그의 얼굴에는 여전히 방금 전의 그 표정이 남아 있었습니다. 아, 그 얼굴의 그 표정! 이어 그는 안에서 문을 닫더니 문에다 쐐기를 지르기 시작했습니다. 오, 하느님, 도와주소서. 나는 이 모든 것을 내 눈과 귀로 보고 또 들었습니다!"

청년은 그 맹세를 여러 번 되풀이했다. 오랜 침묵이 흐른 후 키드는 청년에게 그다음에 벌어진 일을 기억하느냐고 물었다.

"그때부터 나는 약간의 혼란 상태에 빠졌습니다. 나는 겉으론 병영의 일과를 계속한 것 같습니다. 사람들이 내가 그랬다고 해요. 하지만 선생님께서 이런 느낌을 이해하실지 모르겠는데, 나는 내면으로 깊이 침잠한 것 같습니다. 뭐라고 할까, 나는 현실감각이 흐릿했습니다. 그들은 다음 날 아침에 나를 깨웠습니다. 그가 휴가 열차를 타지 않았기 때문이었지요. 그리고 누군가가 그와 함께 있는 나를 보았어요. 나는 저녁때까지도 계속 이런저런 심문을 받았습니다.

이어 나는 발가락이 아픈 디어러브를 대신하여 전선 전령 업무를 하겠다고 자원했습니다. 나는 이렇다 할 의지처가 없었기 때문에 계속 돌아다녔습니다. 내가 거기 올라가니 그랜트는 문에다 쐐기를 지르고 빈틈에다 모래주머니를 처박고 그 안에 들어 있는 존 아저씨를 발견했다고 말해 주었어요. 나는 그것까지 기다렸다가 보지는 못했어요. 하지만 쐐기를 지르는 소리만으로 충분했어요. 아버지의 관처럼."

"그 문에 쐐기가 질러져 있었다는 말은 아무도 **내게** 하지 않았는데." 키드가 근엄하게 말했다.

"죽은 사람의 이름에 먹칠을 할 필요는 없다고 봅니다, 선생님."

"그랜트는 어떻게 푸줏간 거리에 가게 되었나?"

"왜냐하면 존 아저씨가 지난 일주일 동안 목탄을 예전의 장애물 뒤에다 쌓아 두는 걸 눈치챘기 때문입니다. 그래서 수색이 시작되자 그는 곧바로 거길 가 보았는데 문이 닫혀 있더래요. 그는 누가 오기 전에 틈새를 막은 모래주머니를 빼내고 그 사이로 손을 넣어서 쐐기들을 치웠다고 해요. 그래서 아무 이상이 없었던 것처럼 보였습니다. 선생님은 그 문이 폭파되었을 거라고 말씀하셨죠."

"그럼 그랜트가 갓소의 의중을 알고 있었다는 얘기인가?" 키드가 날카롭게 물었다.

"그랜트는 갓소가 그럴 줄 알았다고 했습니다. 그리고 지상의 그 어떤 것도 그걸 돕거나 막을 수 없다고 했습니다. 그가 내게 그렇게 말했어요."

"그럼 자네는 무엇을 했나?"

"나는 일과를 계속 수행한 것 같습니다. 그러다가 대대 본부에서 우리 엄마가 보낸 전보를 내게 건네주었습니다. 이모의 사망을 알리는 것이었지요."

"자네 이모는 언제 죽었나?"

"21일 아침에요. 바로 21일 아침이었습니다! 그 전보는 내 생각을 엉망으로 만들어 버렸습니다. 생각할수록, 우리가 지하실에서 주둔하고 있을 때 선생님이 아라스에서 강연하신 몽스의 천사들*과 비슷하다는 생각이 자꾸 들었습니다. 하지만 그 전보는 그런 생각을 완전히 죽여 버렸습니다."

"아! 환상 말인가, 기억하네. 그래, 그 전보가 그게 환상일지 모른다는 생각을 접게 했다는 건가?"

"예!" 청년이 절반쯤 소파에서 몸을 일으켰다. "나로서는 여기에서나 혹은 이 이후에나 의지할 수 있는 것이 다 사라져 버렸습니다. 만약 죽은 사람이 다시 살아난다면—나는 그 사람을 직접 보았습니다—그렇다면, **그 어떤 것**도 발생할 수 있습니다. 그렇게 생각하지 않으십니까?"

청년은 이제 일어서서 뻣뻣하게 몸을 움직였다.

"나는 그녀를 보았습니다." 그가 되풀이했다. "나는 그와 그녀를 보았습니다. 그녀는 그날 오전에 이미 사망했고 아저씨는 바로 내 눈앞에서 이모와 함께 영원으로 가기 위해 자살을 했습니다. 그리고 그녀는 영원을 향해 손을 내뻗고 있었어요! 나는 내가 **어디에** 있는지 알고

---

* 1차 대전 당시인 1914년 8월 26~27일, 영국 원정군 산하의 3사단과 4사단은 몽스에서 퇴각하면서 독일군으로부터 엄청난 압박을 받았다. 두 사단의 피해는 엄청났는데 그래도 살아남은 영국군들은 천사들의 개입으로 목숨을 건질 수 있었다고 생각했다. 아더 마첸이라는 작가는 하얀 옷을 입고 불 칼을 든 성 조지와 천사들이 몽스에 나타나, 추격해 오는 독일의 1군을 제지했다는 상상력 넘치는 글을 썼는데, 이것이 널리 전파되어 '몽스의 천사'라는 전설로 정착되었다.

싶습니다. 왜 **우리는** 매 순간 위험 앞에 서 있어야 합니까?"

"그건 하느님만 알지." 키드가 자신을 향해 중얼거렸다.

"벨을 울려 누군가를 부르는 게 좋지 않겠나?" 내가 제안했다. "그는 두 번째로 실신할 것 같은데."

"아니, 그렇지 않을 걸세. 약효가 들기 전에 마지막 반응일세. 난 저약이 어떻게 작용하는지 잘 알아. 자, 자!"

스트레인지윅은 두 손을 등 뒤로 돌리고 두 눈은 똑바로 앞을 쳐다보며 뭔가를 암송하는 듯한 청년의 긴장되고 갈라진 목소리로 말했다. "신들은 이 세상에서 두 번 다시 이런 일을 하지 않을 겁니다." 그는 거듭하여 소리쳤다.

"그런 일이 내게 딱 한 번 벌어진다 해도 나는 이미 저주받은 몸입니다." 그는 갑자기 미친 듯이 분노하여 말했다. "나는 그 처녀와 함께 가게 진열장에서 혼수품 가격을 알아보았다고 하더라도 신경 쓰지 않습니다…… 그 처녀가 원한다면 고소하라고 하세요! 그녀는 이 세상의 진실이 어떤 건지 모릅니다. 나는 알아요. 나는 그것을 직접 보았습니다…… 그녀는 정말 모릅니다, 장담할 수 있어요! 나는 나중에 필요하면 여자들을 만나서 그 문제를 마무리 지을 거예요. 하지만 내가 그 얼굴…… 그 표정을…… 다시 볼 때까지는 여자들과 사귀지 않을 거예요. 인생에서 정말로 중요한 것은 죽음이에요. 삶은 죽음에서 **시작**돼요. **그녀는** 이해하지 못해요…… 아, 당신네 변호사들은 지옥에나 가세요. 난 모든 게 지겨워요. 지겹다고요!"

그는 갑자기 시작한 것처럼 갑자기 말을 멈추었고, 그 긴장된 얼굴은 원래의 우유부단한 윤곽으로 돌아갔다. 키드는 청년의 양손을 잡더니 그를 다시 소파로 데려갔다. 청년은 젖은 타월처럼 소파 위에 쓰러졌고, 키드는 옷장에서 화려한 겉옷을 꺼내어 청년 위에 잘 덮어 주었다.

"그래. **그게** 정말로 진실한 거야." 키드가 말했다. "이제 그는 마음에 있던 것을 다 토해 냈기 때문에 잠이 들 거야. 그런데 누가 그를 소개했나?"

"내가 가서 알아볼까?" 내가 말했다.

"응. 그 사람보고 이리로 좀 오라고 해. 우리가 여기에 밤새 서 있을 필요는 없어."

그래서 나는 분위기가 한창 무르익은 연회로 돌아갔고 남부 런던 집회소에서 온 나이 든 꼼꼼한 형제에게 붙들렸는데, 그는 걱정을 하고 또 미안해하면서 나를 따라왔다. 키드는 곧 그 형제를 안심시켰다.

"이 청년은 문제가 있었어요." 우리의 방문자가 말했다. "그가 여기서 이렇게 갑자기 발작을 일으키다니 정말 부끄럽습니다. 난 그가 옛날 일을 다 잊어버린 줄 알았어요."

"나와 옛날 얘기를 하다 보니 그게 다시 나왔는가 봅니다." 키드가 말했다. "때때로 그런 경우가 있습니다."

"그럼요! 그럼요! 그것 이외에 클렘은 전후 증후군도 않고 있는 것 같아요."

"그가 직장을 잡을 수는 없나요? 저 나이에 과거의 일에 짓눌려서는 안 됩니다." 키드가 쾌활하게 말했다.

"그게 아닙니다. 그는 생계가 충분히 보장되어 있습니다. 그러나—" 그가 마른손 뒤에서 비밀스럽게 기침을 했다. "선생님, 저 청년은 현재 약속 위반으로 소송을 겪고 있습니다."

"아! 그건 다른 문제지요." 키드가 말했다.

"예. 그게 그의 진짜 문제입니다. 아무런 이유를 제시하지 않았어요. 그 젊은 처녀는 모든 면에서 적당한 규수이고 또 그에게 훌륭한 아내가 되어 줄 여자입니다. 내가 보기엔 말입니다. 하지만 저 청년은 그녀가 이상형이 아니라고 하면서 거부하고 있습니다. 요사이 젊은 사람들은 무슨 생각을 하는지 알 수가 없어요. 그렇지 않습니까?"

"정말 그런 것 같군요." 키드가 말했다. "하지만 이제 괜찮아졌습니다. 그는 잠이 들었어요. 당신은 그의 옆에 앉아 있다가 그가 깨어나면 조용히 집으로 데려가십시오…… 우리는 여기서 혼란스러워하는 사람들을 많이 다루어 보았습니다. 그러니 우리에게 그리 고마워하지 않아도 됩니다. 에, 에, 형제님, 성함이……"

"아민입니다." 노신사가 말했다. "그는 제 조카입니다."

"어쨌든 지금 말씀드린 게 전부입니다!"

아민 형제는 약간 당황하는 것처럼 보였다. 키드는 재빨리 설명했다. "제가 금방 말한 것처럼, 그가 지금 필요로 하는 건 잠에서 깨어날 때까지 조용히 정양하는 것입니다."

가우의 밤새우기
5막 3장

전쟁 후에 공주가 반달형 삼각 보루에 꽂은 깃발 옆에 서 있고 가우가 왕국의 왕관을 가지고 들어온다.

가우   여기에 여왕이 항복했다는 증거가 있습니다. 이것이 그녀의 마지막 전령이 황급히 가져온 것입니다.

공주   그건 이미 우리의 것이었소. 그 여자는 어디에 있소?

가우   그녀의 말을 타고 달아났습니다. 그들은 새벽녘에 달아났습니다. 아직 정오가 되지 않았고 당신은 이제 의심할 나위 없는 여왕입니다.

공주   당신에 의하여—당신을 통하여. 내가 당신에게 어떤 영예를 내려야 할까?

가우   저에게? 무엇 때문에?

공주   모든 것, 모든 것, 모든 것을 위하여.
         왕국이 우리 발밑에서 가라앉은 이래로! 그가 말하는 걸 들어 보세요.
         "무엇 때문에?"
         내 가슴과 그녀의 칼 사이에 당신의 몸이 있었고
         그녀가 나보고 죽으라며 내민 컵에 당신의 입술이 있었고
         그날 밤 눈밭에서 당신이 외투를 내게 덮어 주었고,
         그러면서 우리는 바르기 고개를 지켰어요.
         당신은 매시간 새로운 힘을 주었고
         지금 이 믿을 수 없는 마지막 순간에도 그러했어요.
         "그에게 영예를?" 나는 당신에게—영예를 내리겠어요— ······
         이건 당신의 선택이에요.

가우   공주님, 나의 선택은 오래전에 내려졌습니다.
         (퍼디낸드가 말에서 내려서 입장)
         그리고 여기 영예를 받을 만한 사람이 들어옵니다. 어서 오게, 폭스!

퍼디낸드 그리고 자네에게도, 감시자여. 오늘 그 모든 것을 마무리 지었네. 우리는 일을 시도하여 끝을 보았어.

가우 도시를 장악했나?

퍼디낸드 충성스러운 마음으로. 사람들은 충성심에 도취되어 있다네. 아주 덕성스러운 분위기야. 자네의 포격이 일을 해내는 데 도움을 주었어…… 여기 내가 자네에게 해 줄 말이 있어. 레이디 프랜시스가……

공주 난 병든 그녀를 도시에 놔두고 왔는데. 아무 피해가 없기를 빌어요.

퍼디낸드 그녀에게 피해라고 할 만한 것은 없습니다. 사실 너무 없어서 (가우를 바라보며) 난 자네에게 이 말을 해야겠네. 그녀는 곧 여기에 올 거야. 거의 나만큼이나 빨리.

가우 그녀가 그렇게 말했나?

퍼디낸드 이걸 썼네. (그에게 편지를 건네준다.) 어제저녁에. 이 편지는 사제가 내게 건네준 거야. 사제는 그 시간에 그녀와 함께 있었네.

가우 그래? (편지를 읽는다.) 정말 그렇게 쓰여 있군. 그녀는 여기에 올 거야. (퍼디낸드에게) 도시는 모든 것이 안전한가?

퍼디낸드 자네의 긴 칼과 나의 기민한 판단 덕분에 안전하다네. 자네는 더 이상 여기 머무를 일이 없어. 그럼 다시 길 위에 오를 건가?

가우 응. 하지만 이번에는 혼자가 아니야…… 그녀가 여기에 올 걸세.

공주 난 여기 있어요. 당신은 한동안 나를 쳐다보지 않았어요.

가우 자네가 평안하길 바라네, 퍼디낸드…… 또 자유로워지고.

공주 그리고 전보다 더 나에게 봉사해 주기를 바라요. 나는 이제 당신의 여왕임을 선포해요(우리의 전쟁이 그걸 가르쳐 주었어요). 그래서 이제 당신을 온전히 나의 것으로 주장하는 바예요.

가우 또 자유로워지고…… 그녀가 여기에 올 거야! 조금 있으면—

공주 (퍼디낸드에게) 그는 저 너머를 바라보고 있어. 나를 쳐다보지 않아.

퍼디낸드 피곤 때문입니다. 우리는 예전처럼 젊지가 않습니다. 이틀간의 싸움이 있었지요. 근면한 봉사자에게는 약간의 자유가 허용되어야 합니다.

공주 나는 그가 바라는 모든 것을 제안했어요.

퍼디낸드	그는 그가 가져갈 수 있는 만큼만 가져갑니다.
	(프랜시스 귀부인의 혼령이 가우에게 나타난다.)
가우	프랜시스!
공주	정신착란이에요!
퍼디낸드	아마도 오래된 현기증일 겁니다. 그는 저런 걸 여러 번 겪었어요.
가우	(혼령을 향해) 오 나의 사랑이여, 무덤이 우리에게 무슨 위협이 될 수 있습니까? 이 세상의 보이고 보이지 않는 모든 것의 위로, 광명, 합리성이 무슨 소용입니까? 나의 단 하나 신이여? 그대와 함께 있어야 할 내가 사소한 일에 붙들려 보람 없이 보낸 세월이 마침내 끝을 보게 되었소. 프랜시스!
공주	그녀는 늙었는데.
퍼디낸드	그래요. 어떻게 보아도 나이 들었어요. 저들은 다른 나이 계산을 하는 것 같습니다.
공주	그는 공중에다 대고 그의 손에다 키스하는데요!
퍼디낸드	아니, 그보다는 그의 반지에다 키스하고 있습니다. 그래요. 확실히 반지예요.
가우	사랑, 나의 가장 소중한 사랑. 그리고 이제, 양팔을 앞으로. (죽는다.)
공주	아, 보세요! 그는 기절했어요. 서둘러요! 그의 투구를 벗겨요! 도와줘요!
퍼디낸드	필요 없습니다. 저런 독약에는 아무런 도움도 소용이 없어요. 그는 자진했어요.
공주	그 자신의 손으로? 이 시간에? 내가 모든 것을 제안했는데—
퍼디낸드	그는 다른 선택을 했어요. 아주 오래된 선택이지요. 그는 죽음으로부터 벗어난 적이 없었고 이제 명백하게 죽음 속으로 들어갔습니다.
공주	그는 누굴 기다렸는데, 그게 레이디 프랜시스였나요? 무엇 때문에?
퍼디낸드	그녀가 그의 생명이었기 때문이지요. 용서하게, 나의 친구. (가우의 얼굴을 천으로 덮는다.) 모든 믿음, 봉사, 열정에서 하느님은 완전히 나의 이해를 벗어나는 분이네. 만약 내가 마침내 그 비밀의 베일을 벗긴다면. (공주에게) 그의 헌신적인 봉사가 당신 때문인 줄 알았습니다. 오로지 당

신을 위하여 왕관을 다시 납땜하는 줄 알았습니다. 여기저기 두드려 펴고 다시 보수한 것이 오로지 당신을 위한 다면적 헌신인 줄 알았습니다.

공주 내 생각에—내 생각에—그는—

퍼디낸드 그는 저 멀리를 내다보았습니다. 그녀의 소원은 그가 알고 있는 유일한 법이었습니다. 그녀는 당신의 집안이 망해야 하는 쪽으로 선택하지 않았습니다. 그래서 그는 당신의 집안이 그대로 서 있도록 명령한 것입니다. 그녀가 한마디만 하면 그는 그것으로 충분했습니다. 그는 그것을 쇠, 돌, 불로 만들어 그의 앞에서 방해하는 우리 피와 살을 가진 인간들을 내몰았습니다. 마치 바람이 볏짚을 내몰듯이. 그의 외투와 그의 장갑을 들고서 그를 기다리는 그녀의 얼굴, 그것은 그가 영원히 숭배할 신입니다. (밖에서 트럼펫 소리가 울리고 왕자의 깃발이 들어온다.) 그리고 여기서 왕권의 일이 다시 시작됩니다. 이 깃발들은 바르기의 왕자 것입니다. 그의 칼에서 당신은 도움을 얻었고 그는 충분한 도움을 주었다고 생각합니다……그는 혈통으로서는 당신과 동급이고 행운에 있어서는 당신보다 윗길입니다. 가장 총애받는 젊은이이고 또 사랑을 하려는 마음도 있습니다—그러면 두 국가는 균형을 잡게 되겠지요. 당신은 그를 만날 겁니까?

공주 오, 나의 비참함이여! 나는 마침내 진정한 사랑을 보았어요. 그런데 그 이후 그 무엇이 내 마음에 흡족하겠어요?

소원의 집

The Wish House

'하느님은 늦게 왔다'.

먼저 보낸 그분의 선구자들이 무시되었기 때문에 하느님은
늦게 왔다. 분노하면서. 그분은 말했다.
"그녀가 가진 것에 대하여 저질러진 잘못은 대가를 치를 것이고
경멸은 보상을 받을 것이다."
그분은 칼날에 독을 묻혀 급소를 내리쳤다. 그 가슴은
상처와 독을 동시에 받았고 치료와 구완의 가능성은 없다.

그분은 시간이 조용히 서 있도록 협약을 맺었고
그리하여 슬픔은 새롭게 다시 터져 나온다.
그녀의 영혼을 통하여 그녀의 육신에 이르기까지 날마다
새롭게 되고 밤마다 쫓아오는 슬픔이. 그녀에게는
기억의 아침, 고뇌의 대낮, 번민의 한밤중이 따라온다.
그녀가 맞이하는 지옥과 천당의 거리에 있는 돌들이
그녀를 위해 아픔을 느낄 때까지.

그리하여 그녀는 육체가 부패되어 가는 동안 살아 있었다.
그녀는 밤을 상대로 표징을 요구했고 그리하여 표징이 허락되었다.
그녀는 희망의 빛으로 모셔지는 제단을 쌓았다.
혼자서 인정이나 포상도 없이. 그렇지만 위축되지 않고,
단호하고, 이타적이며, 신성한 상태로.
이러한 것들을 그녀는 사랑의 명예를 위하여 해냈다……
여인 옆에서 하느님은 무엇인가? 먼지이며 조롱거리일러라!

새로운 교회 방문자는 20분간의 방문을 마치고 금방 떠났다. 그 방문자와 면담하는 동안에 애슈크로프트 부인은 일찍이 런던에서 사회생활을 했고 이제 나이 들어, 연금을 받는 노련한 요리사가 사용할 법한 그런 영어를 썼다. 그러나 그 상쾌한 3월의 토요일에 30마일 떨어진 곳에 사는 페틀리 부인이 버스에서 내려 방문해 오자 그녀는 재빨리 오래되고 편안한 서섹스 사투리(기분이 좋아지면서 t를 d로 부드럽게 발음하는 사투리)로 전환했다. 두 사람은 어릴 적부터 친구였다. 그러나 최근에는 운명에 의해 서로 장기간 헤어져 살면서 만나지 못했다.

할 말이 많았고 지난번 만남 이래 양측에서 서로 확인할 것이 많았는데, 페틀리 부인은 누비이불 조각보 주머니를 들고서 창문 아래의 소파에 자리를 잡았다. 그 창문으로는 정원이 내다보였고 저 멀리 골짜기 아래에 있는 축구장도 보였다.

"대부분의 사람들이 저 축구장에서 벌어지는 경기를 구경하기 위해 부시 타이에서 내렸어." 그녀가 말했다. "그래서 여기까지 오는 마지막 5마일은 쿠션이 되어 줄 사람이 없었어. 게다가 버스는 **정말** 지독할 정도로 덜컹거렸어."

"그래도 넌 전혀 다치지 않았잖아." 집주인이 말했다. "리즈, 넌 나이가 들어도 여전히 단단하구나."

페틀리 부인은 깔깔 웃더니 두 개의 조각보를 서로 마음에 들게 맞추어 보았다. "안 다쳤지. 아니, 다칠 게 없었어. 이미 20년 전에 완전히 부서져 버렸으니까. 그때 사람들의 입방아에 올랐던 걸 넌 개의치 않지?"

애슈크로프트 부인은 고개를 천천히 가로저으며―그녀는 결코 서두르지 않았다―가장자리 천을 댄 골풀 도구 바구니 안에다 삼베 라이닝을 붙이기 위해 바느질을 계속했다. 페틀리 부인은 창문턱의 제라늄을 통해 들어온 따뜻한 봄빛에 조각보들을 몇 개 더 맞추어 보았다. 두 사람은 잠시 침묵했다.

"새로 온 방문자는 어떤 여자야?" 페틀리 부인이 문 쪽을 고개로 가리키며 물었다. 그녀는 지독한 근시였기 때문에 방 안으로 들어오면서 그 여자 방문자와 거의 부딪칠 뻔했다.

애슈크로프트 부인은 급소를 찌르기 직전에 커다란 돗바늘을 높이 쳐들다가 동작을 멈추었다. "최근 소식을 별로 가져오지 않는다는 것 외에 그 여자에 대해서 특별히 아는 게 없어."

"케인즈레이드의 오언이라는 여자는 말이야," 페틀리 부인이 말했다. "동정심이 많은 데다 수다스러워. 도무지 상대방의 대답을 들으려고 말을 멈추는 법이 없어. 그 여자가 지껄이는 동안에 나는 딴생각을 하지."

"이 여자는 그리 수다스럽지는 않아. 그녀는 고高교회의 수녀가 되겠다는 목표를 갖고 있어."

"오언은 결혼을 했지. 하지만 사람들 말로는 그 여자가 이걸로 큰돈은 못 번대……" 페틀리 부인은 날카로운 턱을 살짝 들어 올렸다. "어머나, 맙소사! 저 인간들은 어찌 이리도 집을 뿌리째 흔들어 놓는 거지!"

측면에 타일을 바른 작은 집은 부시 타이 경기장으로 가는 두 대의 특별 전세 관광버스가 지나가자 크게 흔들렸다. 두 대의 대형 관광버스 뒤에는 카운티의 중심으로 향하는 토요일 정규 '쇼핑' 버스가 따라왔고, 혼잡한 여관에서 나온 네 번째 차량이 천천히 후진하여 그 차량 대열에 끼어들면서 바야흐로 행락 차량의 행진이 장관을 이룰 터였다.

"리즈, 넌 언제나 말을 막 하는구나." 애슈크로프트 부인이 말했다.

"너랑 함께 있을 때만 그래. 딴 때는 호호 할머니야. 그 바구니는 네 손자에게 줄 거니?"

"응. 아더에게 주려고. 내 딸 제인의 큰애."

"그 애가 어디 일하러 가는 거 아니지?"

"응. 이건 피크닉 바구니야."

"넌 그래도 가볍게 면했네. 우리 윌리 놈은 언제나 내게 와서 돈을 달라고 해. 러넌에서 송출하는 음악 방송을 끌어당기기 위해 마당에다 수신기를 세우겠다면서. 그러면 나는 돈을 주지. 한심하게도!"

"그 애는 그런 다음에 네게 키스도 안 해 주지?" 애슈크로프트 부인은 속으로 크게 미소 지었다.

"응. 지금 애들이나 40년 전 애들이나 별로 달라지지 않은 것 같아. 가져가기는 엄청 가져가면서 주는 건 없어. 그런데 그걸 우리가 참기만 해야 하다니! 우리만 불쌍한 거지. 윌리는 내게 한 번에 3실링을 요구했다니까!"

"요새 애들은 돈 무서운 줄 몰라." 애슈크로프트 부인이 말했다.

"그리고 지난주만 해도 말이야," 상대방이 말했다. "내 딸이 정육점에 수이트 4분의 1파운드를 주문했어. 그랬는데 걔가 그걸 다시 잘라 달라고 보냈다는 거야. 그걸 자를 시간이 없다면서."

"그럼 정육점에서 잘라 주는 돈을 달라고 하겠지."

"그랬을 거야. 딸애 말로는 그날 오후에 학교에서 학부모 청소 행사가 있어서 그걸 자르고 있을 여가가 없다는 거야."

"쳇!"

애슈크로프트 부인은 바구니 라이닝에다 단단하게 마지막 손질을 했다. 그녀가 막 마무리하자마자 부인이 언 손에 떠받드는 열여섯 살 손자가 마당으로 달려오면서 물건 다 됐느냐고 소리치더니 바구니를 홱 낚아채고는 고맙다는 말도 없이 사라졌다. 페틀리 부인은 그 소년을 자세히 쳐다보았다.

"어디로 피크닉을 나가는가 봐." 애슈크로프트 부인이 설명했다.

"아," 상대방이 눈을 가늘게 뜨면서 말했다. "저 애는 누굴 만나도 별로 자비심을 보여 줄 것 같지 않은데. 가만. 갑자기 저 애가 누굴 생각나게 하는데, 누구더라?"

"애들은 자기 생각만 해. 우리가 전에 그랬던 것처럼." 애슈크로프트 부인이 찻그릇을 내놓기 시작했다.

"그건 그래, 그레이시."페틀리 부인이 말했다.

"지금 무슨 생각 하는 거야?"

"모르겠어…… 그게 갑자기 생각났어. 저 라이 출신의 여자 말이야. 그 이름이 생각 안 나네. 반슬리였던가?"

"배튼. 네가 생각하는 건 폴리 배튼이야."

"맞았어. 폴리 배튼. 그날 그 여자가 건초 갈퀴를 들고서 네게 달려들었지. 스몰딘에서 다들 건초 작업을 할 때였는데. 네가 그 여자의 남자를 빼앗아 갔다고 말이야."

"하지만 네 남자 전혀 안 빼앗아 갈 테니 걱정 붙들어 매라고 했던 내 말, 너도 들었잖아." 애슈크로프트 부인의 목소리와 미소는 아까보다 더 부드러워졌다.

"들었지. 우린 그 여자가 그런 말을 할 때는 건초 갈퀴로 네 가슴을 찌르는 줄 알았어."

"아니야. 그 여자는 일정한 틀 밖으로 나가지 못해. 폴리는 소리만 크게 질러 댔지 실제 행동은 못 해."

"내가 보기엔 말이야," 페틀리 부인이 잠시 뜸을 들인 뒤 말했다. "서로 싸우는 두 여자 사이에 갇힌 남자처럼 멍청한 놈도 없어. 그건 똥개가 양쪽에서 부름을 받는 것과 똑같아."

"그럴지도 모르지. 리즈, 뭣 때문에 옛날 생각이 났어?"

"네 손자가 머리와 팔을 흔드는 동작을 봐서 그런가 봐. 나는 걔가 자랄 때는 자세히 보지 못했어. 하지만 네 딸 제인은 그런 티가 전혀 없었지. 그렇지만 **저 애는!** 짐 배튼과 그가 하던 수작을 그대로 빼다 박았어! …… 어, 안 그래?"

"어쩌면. 그걸 밖으로 드러내는 남자들이 있어. 별 매력도 없으면 서. 그들의 속이 허해서 그렇지."

"그래! 말 잘했어! 정말 바로 그거야! …… 가만, 짐 배튼은 죽은 지 가—"

"20년하고 7년이나 되었어." 애슈크로프트 부인이 간단히 대답했 다. "리즈, 차를 우려낼 거야?"

페틀리 부인은 차를 우려낸 다음 버터 바른 토스트, 건포도 빵, 씁 쓸한 맛이 나는 끓인 차, 집에서 설탕 조림한 배, 그리고 머핀 빵이 내 려가게 도와주는 차갑게 삶은 돼지 꼬리를 먹었다. 음식을 먹을 때마 다 그녀는 적절히 칭찬을 했다.

"전에 이렇게 많이 먹어 본 적이 없는 것 같은데." 애슈크로프트 부 인이 생각에 잠기며 말했다. "하지만 이 세상은 딱 한 번 사는 거니 까."

"그래도 너무 많이 먹으면 위에 부담이 되지 않아?" 손님이 물었다.

"간호사는 내가 다리보다는 소화불량으로 죽을 가능성이 더 높대." 애슈크로프트 부인은 정강이에 고질적인 궤양으로 오래 고생을 해 왔고 그래서 마을 간호사가 주기적으로 그녀를 방문했다. 간호사는 재임 중에 103회나 그녀를 방문했다고 자랑했다(혹은 남들이 간호사 를 위해 대신 자랑해 주었다).

"너는 언제나 신체가 단단했는데. 아직 때가 되지도 않았는데 이런 게 찾아오다니. 난 네가 어떻게 살아왔는지 알아." 페틀리 부인이 다 정한 어조로 말했다.

"때로는 어떤 일이 느닷없이 들이닥치기도 했지. 그래도 마음은 이 제 평온해." 애슈크로프트 부인이 대답했다.

"너는 3인분이라고 해야 할 정도로 마음이 넓었지. 그래서 인생 말년에 흐뭇하게 되돌아볼 수 있는 것이기도 하고."

"**너 자신도** 이제 되돌아볼 게 있는 걸로 아는데." 애슈크로프트 부인이 대답했다.

"알고 있구나. 그레이시, 난 너와 함께 있을 때를 빼고는 그런 거 별로 생각 안 해. 불을 붙이려면 막대기가 둘이 있어야 한다고."

페틀리 부인은 턱을 절반쯤 벌린 채 벽에 걸린, 물품을 광고하는 알록달록한 식료품 가게 달력을 쳐다보았다. 작은 집은 차량 통행의 소음으로 다시 한 번 흔들렸고 정원 아래쪽의 만원사례 축구장도 거의 비슷하게 함성을 질러 댔다. 마을은 이제 토요일의 유흥을 본격적으로 벌이고 있었다.

페틀리 부인은 몇 분 동안 아무런 제지도 받지 않고 간결하게 얘기를 해 나가더니 마침내 두 눈의 눈물을 닦아 냈다. "그리고," 그녀가 결론을 말했다. "사람들이 지난달에 신문을 가지고 와서 내게 부고 기사를 읽어 주었어. 물론 그건 이제 나랑 상관없었지. 오랫동안 그를 보지 못했으니까. 나는 아무 말도 할 수 없었고 아무 내색도 하지 않았어. 이스트본으로 가서 그의 무덤을 찾아봐야 할 의무 같은 것도 없으니까. 나는 언젠가 버스로 거길 한 번 찾아가 볼까 하고 계획도 세웠어. 하지만 고향 사람들이 지켜울 정도로 질문을 해 올 거야. 그래서 **그것도** 하지 못하고 말았어."

"그래도 만족하지?"

"그럼! 그럼! 지난 4년 동안 그는 우리 마을 근처의 철도에서 일했어. 그래서 다른 기관사들이 그에게 멋진 장례식을 베풀어 주었다고 해."

"그럼 뭐, 이제 더 이상 유감이 없겠네. 차 한 잔 더 할래?"

해가 지면서 방 안의 빛과 공기가 약간 바뀌었고 두 노부인은 한기를 막기 위해 부엌문을 닫았다. 두 마리의 어치가 마당에 덮개를 벗겨 놓은 사과나무들 사이를 날아다니며 짹짹거렸다. 이제는 애슈크로프트 부인이 말할 차례였다. 그녀는 팔꿈치를 다탁에 내려놓고 병든 다리를 받침대 위에 걸쳤다……

"야, 난 그건 전혀 몰랐는데! 그래, 네 남편은 거기에 대해서 뭐라고 하디?" 깊은 울림의 목소리가 잠시 멈추자 페틀리 부인이 물었다.

"그는 자기를 의식하지 말고 내가 가고 싶은 대로 가라고 했어. 하지만 그가 병상에 누웠기 때문에 나는 끝까지 돌보겠다고 했어. 그는 8~9주 더 살았어. 마지막엔 발작을 일으키더니 며칠간 바위처럼 미동도 하지 않았어. 그러다가 침대에 팔꿈치를 기대며 절반쯤 일어나더니 말했어. '당신이 다른 남자들한테 한 것처럼, 다른 남자가 당신에게 똑같이 해 주는 일이 없기를 빌어!' '그러는 당신은요?' 내가 말했어. 리즈, 너도 알다시피, 그는 바람둥이였잖아. '그건 서로에게 책임이 있는 거야.' 그가 말했어. '**나는** 지금 죽어 가는 사람의 지혜로 말하고 있어. 당신에게 무슨 일이 벌어질지 훤히 내다보인다고.' 그는 일요일에 사망하여 목요일에 묻혔어…… 한때 나도 그에게 큰 기대를 걸기도 했는데…… 이런저런 때에…… 아니, 내가 과연 그랬었나?"

"전에는 내게 그런 얘기 안 했잖아?" 페틀리 부인이 물었다.

"네가 방금 얘기해 준 데 대한 보답 차원이야. 그가 죽자 나는 러넌의 마셜 부인에게 편지를 보냈어. 이제 자유의 몸이라고. 마셜 부인은 오래전에 내게 주방 하녀 일을 주었지. 참 오래전이었어! 그녀는 내 제안을 받고 아주 좋아했어. 부부가 사이좋은 데다 내가 그 부부의 일 처리 방식을 잘 알았기 때문이지. 리즈, 난 전에도 그 부부를 위해 가끔 일을 해 주었어. 우리가 돈이 필요할 때 몇 년간 거기서 일했고 또 남편이 한동안 집을 비웠을 때도 부부를 도와주었지."

"네 남편은 치체스터에 6개월 들어가 있었지?" 페틀리 부인이 속삭였다. "왜 그랬는지 진짜 이유는 알 수 없지만."

"그는 형을 더 받을 수도 있었는데 남자가 죽지 않았어."

"그레이시, 너 때문에 벌어진 일은 아니지?"

"응. 이번에는 남편이 사귀던 여자의 남편이 따지고 들었지. 그래, 남편이 죽자 나는 마셜 부부의 요리사로 일하러 갔어. 신사분의 식탁에서 시중을 들고 내 이름 앞에 경칭이 붙는 환경으로 말이야. 그건 네가 포츠머스로 이사 가던 해였어."

"코스햄이야." 페틀리가 고쳐 주었다. "거기선 엄청 많은 건물이 지어지고 있었지. 남편이 거기 먼저 가서 방을 얻었고 내가 뒤에 따라갔어."

"그랬구나. 나는 러넌에 약 1년쯤 있었고 하루에 네 끼를 먹으며 아주 편안하게 숨을 쉬면서 살았지. 그러다가 가을쯤이 되자 마셜 부부는 프랑스로 여행을 떠났어. 나를 그대로 고용한 채. 부부는 내가 없으면 아무것도 못 했으니까. 나는 부부의 집을 아주 깨끗하게 청소해 놓고는 여기 내 동생 베시에게로 살짝 외출했지. 내 월급은 챙긴 채로 말이야. 사람들은 다 나를 고용하려고 했어."

"그럼 그때는 내가 코스햄에 있을 때네." 페틀리 부인이 말했다.

"리즈, 너도 알다시피, 그 당시 사람들에게는 값싼 자부심 같은 건 없었어. 영화나 학교 청소 모임 같은 것도 없었지. 남자나 여자나 가욋돈 1실링이 더 생기면 그 일을 잡으려 했어. 나는 러넌에 오래 있어서 좀 따분했고 신선한 공기가 내게 도움이 되리라 생각했어. 그래서 스몰딘으로 가서 감자 캐기라든가 잡초 뽑기, 닭장 청소 같은 일을 했어. 내가 남자 장화를 신고 바지를 입고서 일하는 모습을 보았더라면, 러넌의 주방 사람들은 나를 비웃었을 거야."

"그게 너한테 무슨 도움이 되었니?" 페틀리 부인이 물었다.

"무슨 도움을 얻자고 간 게 아니었어. 일이라는 게 말이야, 벌어지고 난 다음에야 비로소 이런 일이 벌어졌구나, 하는 생각이 들더라고. 이미 그 길의 끝에 와 있을 때까지 사람의 마음이란 건 그걸 미리 알아채지도 못하고 또 어떤 길로 들어섰는지도 몰라. 우리는 일의 진행에 대하여 뒤돌아보면서 겨우 알 뿐이야."

"그런 일은 누구 때문이었는데?"

"해리 목클러." 애슈크로프트 부인은 병든 다리에 고통이 느껴지자 얼굴이 일그러졌다.

페틀리 부인은 헉 하며 숨을 내쉬었다. "뭐, 해리? 버트 목클러 씨의 아들? 야, 그건 생각조차 못 해 봤네!"

애슈크로프트 부인은 고개를 끄덕였다. "난 들판 일을 나왔을 따름이라고 말하면서 그걸 믿었어."

"그 일로부터 무엇을 얻었는데?"

"모든 것이 평소와 마찬가지였어. 결국 한 푼도 없는 것보다는 몇 푼이라도 있는 게 낫다고 생각했지. 그러나 사전 징조와 경고가 여러 군데에서 나타났는데도 나는 주의하지 않았어. 어느 날 쓰레기를 불태우다가 우리 사이가 뭔지 깨닫게 되었어. '불태우기에는 좀 이른 때 아니에요?' 내가 말했어. '아니! 묵은 것은 빨리 태워 버릴수록 더 좋소' 하고 그가 말했어. 그렇게 말하는 그의 얼굴은 바위보다 더 단단했어. 그때 내가 이제 나의 주인을 만났다는 생각이 들더라고. 전에는 그런 느낌이 든 적이 없었어. 나는 언제나 남자를 부리는 편이었지."

"그래! 그래! 남자는 여자의 것이고, 여자는 남자의 것이 되는 거," 상대방이 한숨을 내쉬었다. "나는 그런 방식을 제일 좋아해."

"나는 소유하지 못했지만, 해리는 그랬어…… 곧 내가 러넌으로 돌아가야 하는 때가 되었어. 나는 돌아갈 수 없었어. 정말 돌아갈 수가 없었다고. 그래서 나는 어느 월요일 아침에 큰 구리 솥을 기울여서 내 왼쪽 손과 팔에다 뜨거운 물을 부었어. 그렇게 해서 있던 곳에서 2주 더 있게 되었어."

"그럴 만한 가치가 있었어?" 페틀리 부인이 주름 잡힌 팔뚝의 은빛 상흔을 바라보며 물었다.

애슈크로프트 부인은 고개를 끄덕였다. "그런 다음에 우리 둘은 서로 짜고서 그가 내게서 별로 멀지 않은 마차 대여소에서 일을 얻어서 러넌으로 오게 했지. 그는 그 일을 얻었어. 내가 그렇게 되도록 조치했지. 그러면 아무 데서도 말이 날 일이 없는 거야. 그의 어머니는 이런 사정을 조금도 눈치채지 못했지. 그는 러넌으로 건너왔고 우리는 그해 겨울을 함께 보냈어. 서로 떨어진 거리가 반 마일도 안 되었지."

"하지만 그의 차비는 네가 내 주었겠지." 페틀리 부인이 자신 있는 목소리로 말했다.

또다시 애슈크로프트 부인은 고개를 끄덕였다. "내가 그를 위해서라면 해 주지 못할 일이 없었어. 그는 나의 주인이었어—오 하느님 우리를 보호하소서!—우리는 어두워진 후에 보도를 함께 걸으면서 즐거운 웃음을 터트렸지. 내 발바닥은 신발에 보리알이 들어가 찔러 대는 것처럼 간질간질했어! 나는 전에 그런 적이 단 한 번도 없었어. 그건 그도 마찬가지였어."

페틀리 부인은 이해한다는 듯이 혀를 찼다.

"그런데 언제 끝나게 되었어?" 그녀가 물었다.

"그가 그 돈을 다 갚았을 때. 나는 그가 떠나리라는 걸 알았지만 모르는 체했지. '당신은 내게 아주 친절하게 대해 주었소.' 그가 말했어. '친절? 우리 사이에?' 내가 말했어. 하지만 그는 계속 내가 친절했다고 말하면서 평생 잊지 못할 거라는 말만 했어. 나는 사흘 밤을 그 사실을 믿을 수가 없었어. 아니, **믿지 않으려** 했지. 그러자 그가 마차 대여소 일이 마음에 안 든다는 얘길 했어. 또 그곳 사람들이 그를 속인다는 말도 했지. 그건 다 남자들이 여자를 떠날 때 하는 거짓말이었어. 나는 그의 말을 거들지도 방해하지도 않으면서 다 들어 주었어. 마침내 나는 그가 내게 준 작은 브로치를 떼어 내면서 말했어. '알았어요. 난 아무것도 요구하지 않아요.' 그리고 나는 몸을 홱 돌려 그를 떠났어. 그리고 나의 고통이 시작되었지. 그는 그 고통을 조금도 덜어 주지 않았어. 그 후에 나를 찾아오지도 않고 편지를 쓰지도 않았어. 그는 여길 떠나 그의 어머니에게로 돌아간 거야."

"그가 돌아오리라고 종종 기대했니?" 페틀리 부인이 사정없이 물었다.

"여러 번 기대했지. 우리가 함께 걸었던 거리를 걸어가면 포석들이 내 발밑에서 꺼지는 느낌이었어."

"그래." 페틀리 부인이 말했다. "잘 모르지만 그것처럼 사람의 마음을 아프게 하는 건 없지. 그걸로 얘기는 끝이야?"

"아니. 아직 끝이 아니야. 이제 좀 기이한 얘기가 펼쳐지는데, 리즈, 네가 믿어 줄지 모르겠어."

"믿어. 그레이시, 네가 평생 가장 어려운 때를 당했다는 생각이 들어."

"그랬지…… 나는 심하게 고통을 받았어. 나의 지독한 적들이 그런 고통을 대신 받았으면 좋겠다는 생각이 들었어. 오, 하느님! 나는 그 해 봄에 엄청난 시련을 겪었어. 그중 하나가 전에는 아예 알지 못했던 심한 두통이었어. **내가** 두통을 앓다니! 하지만 그게 고마운 점도 있었어. 생각을 못 하게 막아 주니까…… "

"그건 치통과 비슷해." 페틀리 부인이 거들었다. "아주 요동을 치면서 심하게 아프다가 스스로 주저앉으며 잠잠해진다고. 그러면, 그러면 아무것도 남아 있지 않아."

"그런데 내게는 평생 지속될 고통이 남아서 나를 기다리고 있었어. 그건 파출부 아주머니의 어린 딸을 통해 생겨난 일이었어. 그 딸애 이름은 소피 엘리스야. 굶어서 눈이 쑥 들어가고 팔꿈치가 비죽 나온 애지. 나는 가끔 그 애에게 음식을 주었어. 그 외에는 그 애에 대해서 특별히 신경을 쓰지 않았고, 해리와의 문제가 생겨난 이후에는 더욱 무심해졌어. 하지만 어린 하녀들은 그런 걸 먼저 느끼나 봐…… 어느 날 오후에, 그러니까 이른 봄이었는데 걔 엄마가 그 애를 보내서 남은 음식을 좀 가져오라고 시켰어. 그 애가 집에 들어왔을 때 나는 벽난로 옆에 앉아서 앞치마를 머리에 뒤집어쓰고 두통으로 제정신이 아니었지. 나는 그 애에게 버럭 신경질을 냈던 것 같아. '어머나!' 그 애가 말했어. '그게 전부예요? 내가 일대일로 그걸 없애 줄 수 있어요!' 나는 그 애가 내 이마를 만지려는 것으로 생각하고 내게 손대지 말라고 경고했어. 난 그게 싫었거든. '만지려는 게 아니에요.' 그 애는 그렇게 말하고 집에서 나갔어. 그 애가 가 버리고 10분 정도가 지나서 마치 축구공을 걷어 차 버린 듯 내 두통이 싹 사라졌어. 그래서 나는 하던 일을 계속했지. 그런데 곧 소피가 다시 우리 집으로 와서 생쥐처럼 내 의자에 슬며시 주저앉았어. 그 애의 눈은 움푹 들어갔고 얼굴은 아주 팽팽하게 당겨졌더라고. 그래, 내가 무슨 일이냐고 물었어. '아무것도 아니에요.' 그 애가 말했어. '단지 내가 대신 가져왔어요.' '뭘 가져갔다고?' 내가 물었어. '아주머니의 두통을.' '말도 안 되는 소리. 네가 나가고 나서 저절로 사라졌어. 조용히 누워 있어. 내가 차를 한 잔 끓여줄 테니.' '그건 아무 소용도 없어요.' 그 애가 말했어. '시간이 다 될 때까지. **아주머니의** 고통은 얼마나 지속되나요?' '바보 같은 소리 하지 마.' 내가 말했어. '자꾸 그러면 의사한테 보낼 거야.' 내가 보기에 그 애는 홍역에 걸린 것 같았어. '아, 애슈크로프트 아주머니,' 그 애가 가느다란 작은 팔을 내밀며 말했어. '나는 아주머니를 **정말로** 사랑해요.' 그건 정말 못 말리겠더군. 나는 그 애를 내 무릎에 앉히고 달래 주었어. '두통이 정말로 사라졌나요?' 그 애가 물었어. '그래. 정말 네가 대신 가져간 거라면 정말로 고마워.' '그건 나 **때문**이에요.' 그 애가 뺨을 내 뺨에다 갖다 대며 말했어. '나 이외에는 아무도 그 방법을 몰라요.' 그러더니 그 애는 소원의 집에서 나의 두통을 대신 가져가겠다고 빌었다는 거야."

"뭐라고?" 페틀리 부인이 날카롭게 말했다.

"소원의 집. 그래, 나도 그런 얘기는 처음 듣는 거였어. 나도 처음에는 무슨 소린지 황당하더라고. 하지만 얘기를 다 종합해 보니 이런 거였어. 소원의 집은 월세가 오랫동안 안 나가서 비어 있다가 '누군가가' 들어와서 살고 있는 집을 말해. 소피 말로는, 해리가 일했던 마차 대여소에서 함께 놀았던 어린 여자애가 소피에게 말해 주었다는 거야. 소피 말로, 그 여자애는 겨울 동안 러넌에서 잠시 묵었다 떠나는 포장마차 애라는 거야. 집시 말이야."

"아! 집시들이 뭘 알고 있는지 알 길이 없지만, 소원의 집이란 얘기는 금시초문인데! 정말 살다 보니 별 얘기가 다 있군." 페틀리 부인이 말했다.

"소피가 그러는데 워드로즈 길에 그 집이 있다는 거야. 거리에서 약간 떨어진 곳인데 야채상 가는 길에 있어. 소피 말로는, 그 집의 초인종을 누르고 우편함의 구멍에다 소원을 말하면 된다는 거야. 나는 소피에게 정령들이 소원을 내려 주느냐고 물었어. '그거 모르세요? 소원의 집에는 정령들은 없어요. 단지 혼령만 있어요.'"

"하느님 맙소사! 도대체 그 애는 그 **단어**를 어떻게 알았대?" 페틀리 부인이 소리쳤다. 혼령은 죽은 자의 유령 혹은 더 심각한 경우는 살아 있는 자의 유령을 가리키는 것이기 때문이다.

"포장마차 소녀 애가 말해 주었다고 소피는 대답했어. 그런데 리즈, 그런 얘기를 듣고 있자니 정말 심란했어. 내 팔에 안겨 누워 있던 그 애는 그것을 느꼈을 거야. '내 두통을 대신 가져가겠다고 소원을 빌다니 넌 정말 마음이 착하구나' 하고 내가 그 애를 꼭 껴안으며 말했어. '하지만 왜 너 자신을 위해서는 좀 좋은 것을 내려 달라고 빌지 않니?' '그건 할 수가 없어요.' 그 애가 말했어. '소원의 집에서 얻어 낼 수 있는 건 다른 사람의 고민을 대신 떠안을 수 있는 허락뿐이에요. 난 엄마가 내게 잘해 줄 때면 엄마의 두통을 대신 떠안았어요. 하지만 이건 내가 아주머니를 위해서 해 준 첫 번째 것이에요.' 그 애는 그런 식으로 말했어. 그런 얘기를 듣고 있자니 머리카락 끝이 거꾸로 서는 느낌이 들더라. 나는 그 애에게 혼령이 어떻게 생겼느냐고 물었어. '몰라요. 하지만 일단 초인종을 누르면 그게 지하실에서 올라와 현관문으로 나오는 소리가 들려요. 그럼 소원을 말하고 그다음에는 가 버리면 되는 거예요.' '그 혼령이 네게 문을 열어 주지는 않니?' 내가 물었어. '아니요.' 그 애가 말했어. '그냥 현관문 뒤에서 낄낄거리는 듯한 소리만 들려요. 그때 사랑하는 사람의 고민을 대신 떠안겠다고 말하기만 하면 되는 거예요. 그러면 소원을 얻어요.' 나는 더 이상 물어보지 않았어. 그 애가 온몸이 뜨거운 데다 열이 펄펄 났기 때문이지. 나는 가스를 틀 시간이 될 때까지 그 애를 돌보았고 잠시 뒤, 그 애의 두통—혹은 나의 두통—이 사라졌어. 그러자 소피는 의자에서 내려와 고양이와 함께 놀았어."

"세상에 이 무슨 소리래?" 페틀리 부인이 말했다. "그래 너는—너는 그 얘기가 납득이 가니?"

"그 애는 한번 시험해 보라고 했어. 하지만 나는 애들 얘기라 대수롭지 않게 생각했어."

"그래, 넌 뭘 **했니?**"

"두통이 찾아오면 주방 대신에 내 방에 앉아서 사라지길 기다렸어. 하지만 그 애의 얘기는 내 마음 한구석에 자리 잡았어."

"그랬겠지. 그 애는 뭔가 더 얘기해 주었니?"

"아니. 집시 소녀가 말해 준 거 외에 소피는 아는 게 없었어. 그 마법이 통한다는 것 이외에는. 그리고 그 후에 아마 5월이었는데 나는 러넌에서 여름을 고생스럽게 보내게 되었어. 여러 주 동안 무덥고 바람이 불었는데 거리에서는 이리저리 바람에 굴러다니다가 보도의 연석緣石에 쌓이는 건조된 말똥 냄새가 났어. 요즘에는 그런 일이 없지. 여주인은 여행 가서 홉 열매 따기* 직전에 돌아왔고 그래서 나는 그동안 이리로 내려와 다시 여동생 베시 집에 머물렀지. 베시는 내가 살이 빠지고 눈 밑에 어두운 주름이 잡혔다고 말했어."

"해리를 만나 보았니?"

애슈크로프트 부인은 고개를 끄덕였다. "네 번째, 아니 다섯 번째 날이었어. 그날은 수요일이었지. 나는 그가 다시 스몰딘에서 일한다는 걸 알았어. 나는 뻔뻔스럽게도 길거리에서 그의 어머니에게 물어 보았어. 하지만 그 여자는 별로 말할 기회가 없었어. 내 동생 베시—너도 그 애의 수다는 잘 알지 않니—가 쉴 새 없이 지껄이는 바람에. 하지만 그 수요일에 나는 베시의 애들을 치맛단에 매달고 챈터스 토트 뒤쪽을 걸어가고 있었어. 나는 그가 내 뒤의 보도에서 걸어오는 걸 느꼈어. 하지만 그의 발걸음 소리로 보아 몸이 많이 상했다는 걸 알 수 있었어. 나는 발걸음을 멈추었고 그도 따라서 멈추더라고. 나는 그를 먼저 지나쳐 가게 하려고 조카애와 가벼운 소동을 벌였지. 그래서 그는 지나쳐 가야 했어. 그는 단지 '안녕하세요'라고 말하고 계속 걸어갔는데 똑바른 자세를 유지하려고 무척 애를 쓰는 것 같더라고."

"그가 술 취했어?" 페틀리 부인이 물었다.

"아니! 쪼그라들고 주름 잡힌 느낌이었어. 옷이 부대 자루같이 그의 몸에 겨우 걸려 있었고 뒷목은 백악보다 더 하얗더라고. 나는 두 팔을

---

* 이 작품의 무대인 영국 동남부 서섹스 지대는 홉 농사를 많이 하며 주로 9월에 홉을 따는데 탁 트인 야외에서 천천히 진행되는 이 작업이 건강 회복에 좋다고 한다. 홉은 맥주에 단맛과 쓴맛을 내는 원료이다.

벌리고 그에게 소리치고 싶은 걸 겨우 참았어. 나는 집으로 돌아와 애를 침대에 누일 때까지 계속 마른침을 삼켰어. 그리고 저녁 식사 후에 여동생에게 말했지. '도대체 해리 목클러는 어떻게 된 거니?' 베시는 말해 주었어. 그는 스몰딘의 오래된 연못에서 준설 작업을 하다가 삽으로 발등을 찍어서 두 달가량 입원해 있었다는 거야. 그 진흙 속에 독이 있어서 그게 그의 다리를 타고 올라가 온몸에 퍼졌대. 그는 2주 이상 그의 일자리―스몰딘의 짐마차꾼―로 돌아가지 못했대. 여동생이 그러는데 의사가 11월 서리가 내리면 그가 세상을 떠나게 될지도 모른다고 했다는 거야. 그의 어머니가 여동생한테 해 준 말에 따르면, 제대로 먹지도 자지도 못하며 주위가 춥든 말든 언제나 땀을 흥건히 흘린다는 거야. 그리고 아침마다 심하게 가래를 뱉는대. '어머나, 그랬구나' 하고 내가 말했어. 그러나 어쩌면 홉 열매 따는 작업이 그를 고쳐 줄지도 모른다고 생각하면서, 실 끝에다 침을 묻히고서 바늘귀를 실에다 갖다 대며 램프 아래에서 실을 꿰었어. 바위처럼 침착하게. 그리고 그날 밤(내 침대는 별채의 세탁장에 있었어) 나는 울고 또 울었어. 그리고 리즈, 너도 알다시피―너는 나와 같은 고통을 겪었으니까―나는 웬만해서는 울지 않아."

"그래. 그 고통에 비하면 애 낳는 것은 아픔도 아니지." 페틀리 부인이 말했다.

"나는 닭이 울 때 다시 돌아와서, 밤새 운 흔적을 지우기 위해 내 눈에다 차가운 차를 찍어 발랐어. 그리고 다음 날 저녁 늦게―나는 남편의 무덤에 꽃을 바치러 간다고 하고서 출발했어―지금 전쟁 기념탑이 들어선 자리에서 해리를 만났어. 그는 마차를 매어 두고 돌아오는 길이어서 나를 보지 않을 수 없었어. 나는 그를 찬찬히 살펴보며 말했어. '해리,' 나는 이를 악물면서 말했어. '러넌으로 돌아와서 쉬면 안 되겠어요?' '그럴 수 없소.' 그가 말했어. '내가 당신에게 아무것도 줄 수 없기 때문이지.' '난 그런 걸 요구하지 않아요. 정말이에요. 난 아무것도 요구하지 않아요! 단지 러넌으로 나와서 의사를 만나 봐요.' 그는 무거운 두 눈을 쳐들고서 나를 보았어. '그레이시, 이미 그 단계는 지나갔어. 난 겨울 몇 달밖에 살지 못해.' '해리, 나의 남자!' 하고 내가 말했어. 나는 더 이상 말을 하지 못했어. 목에 걸려서 더 이상 말이 나오지 않았던 거야. '정말 고마워, 그레이시.' 그가 말했어(하지만 그는 '나의 여인'이라는 말은 하지 않았어). 그는 길 위로 걸어가서 그의 어머니한테로 갔어. 그 빌어먹을 여자! 그 여자는 아들을 지켜보고 있었고, 그가 들어오자 문을 쾅 하고 닫았어."

페틀리 부인은 다탁 위로 팔을 내밀어 애슈크로프트 부인의 손목 근처 소매를 만지려 했으나 부인은 손을 치워 버렸다.

"그래서 나는 화환을 들고 교회 마당으로 갔어. 남편이 죽어 가던 날 밤에 한 말이 기억났어. 그는 죽어 가는 사람의 지혜로 내 앞날을 말한다고 했었는데 정말 그가 말한 대로 되어 가는 것 같았어. 하지만 묘석에다 화환을 내려놓으면서 내가 해리를 위해 해 줄 수 있는 게 하나 있다는 생각이 언뜻 들었어. 의사가 무슨 말을 했든, 나는 그걸 한번 시도해 봐야겠다고 생각했어. 그래서 실천에 옮겼지. 그다음 날 아침에 러넌 야채상이 지불 청구서를 보내왔어. 물론 마셜 부인은 이런 때를 대비하여 내게 작은 돈을 맡겨 두고 있었지. 나는 베시에게 러넌으로 가서 집의 문을 열어야겠다고 말했어. 그러고는 오후 기차를 타고 러넌으로 올라갔어."

"그런데, 혹시 두려움 같은 건 없었어?"

"무엇에 대한? 내 앞에는 나 자신의 수치와 하느님의 잔인함밖에는 없었어. 나는 해리를 내 것으로 차지할 수는 없었어. 어떻게 그리할 수 있겠어? 내 사랑이 계속 불타다가 결국 나를 불태워 버릴 거라는 걸 알았어."

"저런!" 페틀리 부인은 또다시 손목을 향해 팔을 내뻗었고 이번에 애슈크로프트 부인은 가만히 있었다.

"하지만 그를 위해 **이것을** 시도해 본다는 것은 위안이 되었어. 그래서 나는 야채상의 청구서를 지불하고 영수증을 내 핸드백에다 집어넣은 후 이어 엘리스 부인—우리 파출부 아주머니—을 찾아가서 집 열쇠를 받아 집의 문을 열었어. 먼저 나는 드러누울 침대 이불을 정돈했어(정말 오랜만에 누워 보는 침대였지!). 그다음에는 차를 한 잔 만들어서 주방에 앉아 생각에 잠긴 채 해 질 녘이 될 때까지 기다렸어. 그건 아주 용의주도한 준비였어. 이어 옷을 차려입고 세탁소 영수증을 가방 안에 집어넣었어. 그걸로 주소를 찾는 척하려고 말이야. 그 집은 워드로즈 길 14번지였어. 지하실과 주방이 갖추어진 집인데 그런 집이 한 열에 36채가 있었어. 그리고 집 안에는 자그마한 마당이 있었지. 현관문의 페인트는 벗겨져 있었고 오래전부터 전혀 보수를 하지 않은 집이었어. 거리에는 고양이 말고는 인기척이 없었어. 게다가 아주 더웠지! 나는 과감하게 문 앞으로 다가섰어. 문 앞 계단을 올라가서 초인종을 눌렀지. 빈집에 퍼져서인지 종소리가 크게 울리더군. 종소리가 그치자 나는 주방에서 의자를 뒤로 밀어내는 것 같은 소음을 들었어. 이어 주방 계단을 걸어 올라오는 소리가 들렸는데 슬리퍼를 신은 뚱뚱한 여자의 걸음 같았어. 그 발소리는 계단 윗부분까지 올라와서 홀을 가로지르더니—나는 홀의 판자가 발걸음의 무게로 삐걱거리는 소리를 들었어—현관문 앞에서 멈춰 섰어. 나는 우편함 구멍에 허리를 숙이면서 말했어. '나의 남자 해리 목클러에게 벌어진 모든 나쁜 것을 내가 대신 떠안게 해 주세요. 사랑의 이름으로.' 그러자 문 저쪽 편에 있는 그 무엇인지 알 수 없는 존재가 숨을 내쉬었어. 마치 오랫동안 내 말을 잘 알아듣기 위해 숨을 멈추고 있었던 것처럼."

"네게 아무 말도 해 주지 않았어?"페틀리 부인이 물었다.

"아니. 그녀는 그냥 숨을 내쉬었어. 일종의 아-아 하는 소리였어. 이어 발걸음은 계단을 내려가 주방으로 들어갔어. 질질 끄는 발걸음 소리. 그리고 의자 같은 걸 다시 끄는 소리가 났어."

"그럼 내내 문 앞 계단 위에 서 있었다는 말이지, 그레이시?"

애슈크로프트 부인이 고개를 끄덕였다.

"그러고 나서 다시 길에 나섰는데 마침 그 옆을 지나가던 남자가 말했어. '저게 빈집인지 몰랐나요?' '몰랐어요. 엉뚱한 주소를 넘겨받았나 봐요.' 나는 우리 집으로 가서 침대에 들었어. 아주 피곤했거든. 그렇지만 너무 무더워서 쪽잠밖에 자지 못했어. 나는 집 안을 빙빙 돌다가 가끔 침대에 눕기도 하고 그런 식으로 새벽이 올 때까지 시간을 보냈어. 나는 차를 한 잔 만들어 마시려고 주방으로 가다가 회전 꼬치 구이 기계에 발목 윗부분을 쳤어. 그 기계는 엘리스 부인이 지난번에 집 청소를 하고 나서 구석진 곳에서 중앙에다 내놓은 것이었어. 그리고 그다음엔 마셜 부부가 휴가에서 돌아오기를 기다렸어."

"그 집에 혼자 있었어? 빈집이어서 좀 으스스했겠는데."페틀리 부인이 무서워하며 말했다.

"아니야. 내가 돌아오자 엘리스 부인과 소피가 그 집을 들락거렸어. 그리고 우리는 꼭대기에서 바닥까지 집 청소를 철저히 했지. 집은 청소를 하려 들면 언제나 미진한 구석이 나와서 손이 가게 되거든. 그래서 그해 가을과 겨울은 러넌에서 그렇게 보냈어."

"그럼 아무런 일도—네가 그렇게 했는데?"

애슈크로프트 부인은 미소를 지었다. "아니. 그 당시에는 아무 일도 없었어. 11월이 되자 나는 여동생 베시에게 10실링을 보냈어."

"너는 언제나 손이 컸지." 페틀리 부인이 말했다.

"그래서 나는 돈의 대가를 얻었고 또 나머지 소식도 알게 되었어. 여동생은 홉 열매 따는 작업이 멋지게 그를 고쳐 놓았다고 대답해 왔어. 해리는 그 작업을 6주 정도 하다가 병이 나아서 다시 스몰던의 짐 마차꾼 일로 돌아갔다는 거야. 그런 일이 어떻게 벌어졌는지는 그리 중요한 게 아니야. 그런 일이 벌어졌다는 게 중요하지. 하지만 10실링을 주고서 알아낸 그 소식이 내 마음을 크게 편안하게 해 주지는 못했어. 만약 그가 **죽었다면** 그는 심판의 날까지 나의 남자로 남겠지. 그러나 그가 이제 살아났으니 재빨리 다른 여자를 만날 수도 있었어. 나는 그걸 생각하면 화가 났지. 그다음 해 봄이 되자 내게는 또 다른 화병 거리가 생겼어. 여기 신발 끝부분 바로 위의 정강이에 말이야, 고름이 흐르는 부스럼이 생긴 거야. 이건 아무리 해도 낫지를 않았어. 나는 원래 깨끗한 것을 좋아하는 성격이기 때문에 이 종기는 쳐다보기만 해도 구역질이 났어. 내 몸의 다른 부분은 삽으로 내리쳐도 곧 잔디밭처럼 낫는데 말이야. 그러자 마셜 부인이 그녀의 주치의를 내게 붙여 주었어. 의사는 처음 발병하면 곧바로 자기한테 와야 하고, 염색 스타킹 같은 걸로 자가 처방하면서 몇 달을 끌다가 오면 안 된다고 했어. 의사는 내가 일을 하기 위해 너무 오래 서 있어서 그게 부어오른 정맥을 누른다는 거였어. 여기 내 발목 바로 뒤쪽 말이야. '이

596

건 천천히 와서 천천히 갑니다.' 의사가 말했어. '당신의 다리를 높은 곳에다 올려놓고 쉬도록 하세요. 그러면 증세가 완화됩니다. 너무 오래 서 있으면 안 돼요. 당신은 아주 단단한 다리를 가지고 있습니다, 애슈크로프트 부인.' 그러면서 그는 상처에다 젖은 드레싱을 해 주었어."

"잘해 주었네." 페틀리 부인이 자신 있게 말했다. "축축한 상처에는 젖은 드레싱을 하는 거야. 그게 나쁜 체액을 뽑아낸다고. 심지가 기름을 먹듯이 말이야."

"맞아. 그리고 마셜 부인은 늘 내가 좀 더 오래 앉아 있도록 배려했어. 그래서 상처가 거의 다 나았지. 얼마 후 마셜 부부는 나한테 휴가를 주어서 여동생 베시네 집에 가서 아예 완전히 나아서 오라고 했어. 내가 서 있어야 할 때 앉아 있는 사람이 아니라는 걸 알기 때문이었지. 리즈, 넌 그때 마을에 돌아와 있었어."

"그래, 그래. 하지만 그런 사정은 전혀 짐작하지 못했어!"

"난 네가 짐작하기를 바라지 않았어." 애슈크로프트 부인이 미소를 지었다. "나는 거리에서 해리를 한두 번 보았는데 살이 오르고 회복이 되었더라고. 그런데 어느 날 그가 안 보였어. 그의 어머니가 그러는데 그가 부리는 말이 발길질을 해서 고관절을 쳤다는 거야. 그래서 침대에 누워 많이 아파한다는 거였어. 그래서 베시가 그 어머니한테 이렇게 말했어. '해리에게 간호해 줄 아내가 없어서 정말 안되었네요.' 그랬더니 그 노부인이 **미친 듯이** 화를 냈어! 해리는 이 세상에 태어난 이래 여자를 거들떠본 적도 없고, 어머니가 땅 위에 두 발을 딛고 서 있는 한 아들을 위해서 다 해 줄 거라고 소리쳤어. 그 어머니가 죽을 때까지 말이야. 그래서 그 여자가 나를 경계하는 감시견이라는 걸 알았지. 내게 노골적으로 시비를 걸지는 않지만."

페틀리 부인이 가볍게 웃으며 몸을 흔들어 댔다.

"그날," 애슈크로프트 부인이 계속 말했다. "나는 하루 종일 서 있으면서 의사가 해리 집을 들락날락하는 것을 지켜보았어. 그들은 그의 갈비뼈에 문제가 있다고 생각하는 것 같았어. 그런데 그날 내 종기가 처지면서 고름이 줄줄 나왔어. 하지만 그의 갈비뼈는 아무 문제가 없었고 해리는 평온한 밤을 보냈어. 다음 날 그 소식을 듣자 나는 혼자 중얼거렸어. '난 아직 일의 선후를 따져 보지는 않겠어. 하지만 내 다리를 일주일 쉬면서 어떤 일이 벌어지는지 살펴봐야지.' 그날 나는 아프지 않았어. 비록 내 몸에서 힘이 빠져나가는 느낌은 있었지만. 그리고 해리는 또 다른 평온한 밤을 보냈어. 그게 나를 힘내게 했지. 하지만 나는 주말까지는 일의 선후를 따지지 않으려 했어. 주말이 되자 해리는 거의 회복이 된 듯했어. 그의 외부든 내부든 아프지 않았어. 베시가 길 위쪽으로 갔을 때 나는 세탁장에서 무릎을 꿇고 거의 쓰러질 뻔했어. '내가 해냈어요. 나의 남자여.' 내가 말했어. '당신은 그걸 알지도 못한 채 나로부터 좋은 힘을 얻게 될 거야. 내 삶이 끝날 때까지. 오 하느님, 제가 해리를 위해 오래 살게 해 주세요!' 내가 말했어. 하지만 그게 나의 고통을 진정시켜 준다고는 생각하지 않았어."

"영원히?" 페틀리 부인이 물었다.

"고통은 여러 번 되돌아왔어. 하지만 사정이 어찌 되었든 그를 위해 내가 대신 아프다는 걸 깨달았어. 나는 그걸 직감했어. 나는 마치 가스레인지를 조절하듯이 내 고통을 받아들였다가 놓았다가 했어. 마침내 내 마음대로 그것을 조종하게 되었어. 그런데 그게 참 이상해. 리즈, 내 상처가 다 줄어들어서 말라붙는 것 같은 때가 있었어. 그래서 해리가 혼자서 고통을 감당할까 봐 우려가 되어 그 고통을 일부러 내게 가져오려고 했지. 하지만 그게 해리가 한동안 괜찮을 거라는 징조라고 해석하게 되었고 그래서 나는 안심이 되었지."

"그런 기간이 얼마나 지속되었는데?" 페틀리 부인이 깊은 흥미를 느끼면서 물었다.

"한두 번은 근 1년 동안 약간의 종기가 난 것 이외에는 별일 없이 지나갔어. 종기가 모두 줄어들어서 말라붙은 것 같았지. 그러다가 그의 몸에 열이 나고—일종의 경고로서—그러면 내가 그 아픔을 겪는 거야. 내가 더 이상 해 줄 수 없을 때에는—나는 러넌 일을 계속해야 되었어—고통이 완화될 때까지 다리를 의자 위에 올려놓고 있었지. 하지만 재빨리 그렇게 하지는 않았어. 나는 그 무렵 직감으로 해리에게 그런 도움이 필요한 때를 알았어. 이어 나는 베시에게 또다시 5실링이나 애들 선물을 보내면서 그가 나의 게으름 때문에 고통을 받는지 알아보게 했어. 내가 예상한 대로였어! 1년 내내 나는 그런 식으로 해 나갔어. 리즈, 그는 자기도 모르는 사이에 내게서 힘을 받고 있었어. 그것도 아주 여러 해 동안."

"그레이시, 그렇게 해 주고 **너는** 무엇을 얻었는데?" 페틀리 부인은 거의 애원하는 목소리였다. "넌 그를 정기적으로 만났니?"

"여러 번. 휴가를 받아서 여기 내려와 있을 때. 그리고 내가 여기 영구히 내려온 이후에는 더 자주 만났지. 하지만 그는 나를 쳐다본 적이 없고 그의 어머니 이외에 다른 여자는 거들떠보지 않았어. 아, 얼마나 그를 감시하고 또 귀를 기울였던지! 그건 그 여자도 마찬가지였어."

"아주 여러 해 동안!" 페틀리 부인이 같은 말을 반복했다. "그래, 그는 지금 어디에서 일해?"

"그는 오래전에 짐마차꾼 일은 그만두었어. 지금은 대규모 트랙터 회사에서 일해. 때로는 밭을 갈고 때로는 화물 자동차를 멀리 웨일스까지 몰고 나간다고 들었어. 그는 그 중간에 그의 어머니에게로 돌아와. 그렇지만 벌써 몇 주 동안 그를 보지 못했어. 그럴 가능성이 별로 없어. 그는 일 때문에 한군데에서 오래 머물 수가 없어."

"그냥 해 보는 말인데, **만약** 해리가 이미 결혼했다면 어떻게 되는 거야?" 페틀리 부인이 물었다.

애슈크로프트 부인이 아직도 가지런한 자연치自然齒 사이로 날카롭게 숨을 들이쉬었다. "그런 질문은 내게 할 필요 없어." 그녀가 대답했다. "내 고통을 감안하면 그런 일은 없으리라 생각하는데. **넌** 그렇게 생각하지 않니, 리즈?"

"그래야지. 당연히 그래야지."

"상처는 때때로 아파. 간호사가 오면 넌 금방 알아볼 거야. 그녀는 내 상처가 악화된 것을 내가 모른다고 생각해."

페틀리 부인은 그 말을 이해했다. 사람들은 '암'이라는 말을 쓰기를 꺼리는 것이다.

"확실한 거야, 그레이시?"

"늙은 마셜 씨가 나를 서재로 불러서 나의 충실한 근무에 대해서 길게 얘기했을 때 확신했어. 나는 부부에게 상당 기간 간헐적으로 봉사를 해 왔지만 연금을 받을 정도는 아니었다고 생각해. 하지만 부부는 내게 평생 동안 주급을 주기로 했어. 난 그게 무슨 **의미**인지 금방 알아차렸지. 3년 전에 말이야."

"그레이시, 그게 **증명**이 되는 건 아니잖아."

"앞으로 20년을 살 여자에게 주당 15실링을 줄까? 난 그게 충분히 증명이 된다고 봐."

"넌 잘못 안 거야! 잘못 안 거라고!" 페틀리 부인이 고집했다.

"리즈, 종기의 가장자리가 마치 옷깃처럼 크게 일어서고 있어. 앞으로 두고 보면 알 거야. 난 도라 위크우드도 걸렸다고 봐. 그 여자는 겨드랑이에 이런 종기가 있어."

페틀리 부인은 잠시 생각하더니 최종적으로 인정한다는 듯이 고개를 숙였다.

"그럼, 오늘부터 따져서 얼마나 시간이 남아 있다고 생각해?"

"천천히 오면 천천히 가지. 내가 올해 홉 열매 따기 전에 너를 다시 보지 못한다면 이게 우리 사이에 영원한 작별이 아닐까, 리즈."

"나도 다음번 방문까지 버틸 수 있을지 모르겠어. 나를 데리고 다니는 인도견이 있다면 모를까. 아이들은 신경조차 쓰지 않을 거야. 아, 그레이시, 나는 점점 눈이 멀고 있어! 눈이 가고 있다니까!"

"아, 그래서 이불보 조각을 그냥 만지작거리기만 했구나! 나는 그냥 게으름을 부리는…… 하지만 리즈, 고통은 충분히 감안되겠지? 그 고통 덕에 내가 해리를 현재 그 상태로 유지할 수 있겠지? 제발 그게 낭비된 게 아니라고 말해 줘."

"난 그걸 확신해. 그럼, 확신하고말고. 난 네가 보상을 받으리라고 봐."

"난 이거 한 가지만 바라. 그 고통이 심판의 날에 감안되기를 원해."

"꼭 그렇게 될 거야. 그렇고말고, 그레이시."

문에서 노크 소리가 났다.

"내 간호사야. 시간보다 일찍 왔네." 애슈크로프트 부인이 말했다. "문 좀 열어 줘."

젊은 여자는 재빨리 들어왔고 가방에 든 병들이 챙그랑거렸다. "안녕하세요, 애슈크로프트 부인." 그녀가 말했다. "평소보다 조금 일찍 왔어요. 오늘 밤 문화원에서 무도회가 있거든요. 괜찮지요, 부인?"

"그럼. 나는 춤추는 시절이 이미 지나갔지만." 애슈크로프트 부인은 이제 다시 침착한 가정주부로 돌아갔다. "여긴 내 오랜 친구 페틀리 부인인데, 잠시 나와 앉아 얘기를 했어요."

"부인을 피곤하게 만들지 않았기를 바라요." 간호사가 약간 쌀쌀맞게 말했다.

"그 반대였어요. 아주 즐거웠지. 단지―단지―마지막에는 약간 피곤함을 느꼈어요."

"그래요, 그래요." 간호사가 손에 닦아 내는 붕대를 들고서 이미 무릎을 꿇고 앉았다. "노부인들이 함께 만나면 상당히 많은 얘기를 해요. 전에 그런 걸 봤어요."

"어쩌면 우리도 그랬는지 몰라요." 페틀리 부인이 일어서면서 말했다. "그럼, 이제 그만 가 볼게."

"먼저 그걸 한번 봐." 애슈크로프트 부인이 허약한 목소리로 말했다. "네가 상처를 한번 봐 주었으면 좋겠어."

페틀리 부인은 종기를 바라보고서 몸을 부르르 떨었다. 이어 그녀는 허리를 숙여서 애슈크로프트 부인의 왁스 같은 노란 이마에 키스를 했고 이어 흐린 회색 눈의 가장자리에도 입을 맞추었다.

"그건 정말 감안되는 거지, 그 고통 말이야?" 아직도 원래의 선명한 가장자리를 유지하고 있는 입술은 마치 숨을 내뱉듯이 말했다.

페틀리 부인은 다시 입가에 키스를 하고서 문 쪽으로 돌아섰다.

라히어

헨리 왕의 어릿광대인 라히어는 모든 노르만 영주가 두려워했다.
그의 눈은 그들의 가슴을 꿰뚫어 보았고 그의 혀는 그들의 칼을 부끄럽게 했다.
교회 사람들의 아첨과 시중을 받는 바람에—그들은 그가 음울한 헨리 왕의 변덕스러운 생각에서 어떤 중요한 지위를 차지하는지 알았다—그는 사악한 기분에 빠져들었다.

갑자기 그의 앞과 뒤에 있는 날들은 모든 것이 벗겨져 황량해지고,
고정이 되어 과실도 없는 나날처럼 보였다.
마치 몇 리그나 계속되는 모래벌판처럼.
성 미카엘의 썰물이 황량한 수평선 밖으로 밀려 나가고 입을 크게 벌린
물이 눈과 귀가 보거나 듣지 못하는 곳으로 사라져 갈 때,

위대한 어둠의 공포가 그의 정신을 찍어 누를 때, 그리고 곧
(그가 혼자 걸어갈 때 얼굴을 찌푸리고 창백해지는 것을 본)
의사 길버트가 뒤따라가서 그의 귀에다 속삭였다.
"오 형제여, 그것이 찾아왔군요."
"그렇소, 그게 찾아왔소" 하고 라히어는 말했다.
"아, 그거, 인간의 내면에 깃든 번뇌가 찾아왔군요." 길버트가 부드럽게 말했다. "그건 모든 과도함을 혐오하는 영혼의 체액이지요. 그리고 당신이 가진 부, 재치, 권력 혹은 명성 등 모든 과도함을 가져오는 것을, 그 영혼은 물리치려고 애쓰지요."

"그래서 아둔한 자의 눈은 깊은 자기혐오를 내보이고 그의 납빛 이마는 무겁게 느껴지지요. 그래서 이제 당신의 영혼과 신체를 원하는 완호프의 부담이 생겨났지요. 그래요, 가장 명랑한 바보도 그것을 대면해야 하고 가장 현명한 박사도 알아야 해요. 그것이 다시 찾아왔고, 그것이 다시 지나가지만 그건 또다시 찾아오지요." 길버트가 말했다.

그러나 라히어는 여전히 괴로워하며 말없이 멀리까지 방랑하다가, 마침내 악취 나는 스미스필드까지 왔는데 거기에는 교수대가 가득했다. (길버트 의사는 그를 따라왔다.) 그리고 목이 비틀어진 시체들 아래에서 한 문둥이와 여인이 아주 즐겁게 식사하고 있었다.

얼굴도 손가락도 없는 흉측한 문둥이는 턱에서 발목까지 천으로 뒤덮여 있었고 온몸이 부패한 자가 틀림없는데, 그 여인은 온전하고 깨끗했다. 그 여인은 흥얼거리며 그의 시중을 들었는데, 라히어는 서로 함께 있는 걸 즐거워하는 그 남녀를 보고서 발걸음을 멈추고 신음을 했다.

"그래서 그것이 왔습니다—왔어요." 길버트가 말했다. "생명이 시작될 때 왔던 것처럼. 저건 하느님을 인간에게 드러내는 성령의 움직임이지요. 그 어떤 흠결이나 타락도 대수롭지 않게 여기는 과도한 사랑의 형태로 다가온 저 성령! 성경에서 말했듯이 완벽한 사랑에는 과도함이라는 게 없지요."

"그래서 그 눈은 흠결을 보지 않고, 그 시간은 수치를 담지 않으며, 그 영혼은 본질과 실체가 하나라는 것을 알려 줍니다. 아니, 그것은 가장 비천한 필요도 그냥 지나치지 않습니다. 비록 가장 힘센 자는 그걸 그냥 지나쳐 버리지만. 그리하여 그것이 왔습니다—왔어요." 길버트가 말했다. "그리고 당신이 보다시피, 그것은 죽지 않습니다!"

알라의 눈

The Eye of Allah

때 이르게

인생의 그 어떤 것도 인간의 사용을 위해 만들어진 것은 아니네.
그것은 오래전부터 여러 세대를 거쳐서 인간에게 현시되었으나
오로지 그것을 만든 사람의 이름만 전해지지 않을 뿐이라네.

그것을 만든 사람은 그의 노력에 대하여 압박과 조롱을 받았고
일상생활 속에서 증오, 회피, 경멸의 대접을 받았네.
완전 혼란에 빠져 죽음을 맞이할 때까지.

이 사람보다 더 한심한 사람은 소위 현자라는 자들이네.
그들은 탈이 날까 두려워, 때 이른 지식이나 기술의
전파를 사악한 짓이라고 차단하며, 고상한 장치와
정교하게 만들어진 치료책을 거부한다네.

하늘은 이 땅에 결코 좌절시킬 수 없는 시간을 제시하는데,
그 시간은 한 세상이나 영혼의 희생 없이는 전진되지 않네.
그 시간의 예언자는 선봉대의 피를 통하여 오는데, 선봉대는
그 예언의 소리를, 때 이르게 꿈꾸는 사람이라네.

성일로드 수도원의 성가대 합창 지휘자는 너무나 음악에 열중하는 사람이었기에 수도원 내의 도서실 일에는 관심을 두지 않았다. 반면에 부지휘자는 도서실의 모든 업무를 중시하여, 필경실에서 두 시간 동안이나 필경과 구술 작업을 한 후에 그 방을 깨끗이 청소했다. 필경하는 수도사들은 그에게 전지全紙들—이브샴 수도원장이 주문한 삽화 없는 『4복음서』—을 제출하고서 저녁 기도를 하기 위해 방 밖으로 나갔다. '부르고스의 존'이라는 이름으로 더 잘 알려진 존 오토는 그들을 신경 쓰지 않았다. 그는 현재 필경 중인 『성누가복음』 중 수태고지 장면을 장식하는 세밀화에 들어갈 자그마한 황금 장식을 닦아서 광을 내는 중이었다. 그는 화려한 채색 삽화가 들어간 『대大누가복음』 필사본을 교황 대리인인 팔코디 추기경이 나중에 기꺼이 받아 줄 것으로 희망하고 있었다.

"존, 잠시 중단하게." 부지휘자가 나지막한 목소리로 말했다.

"아? 사람들이 가 버렸나? 소리를 듣지 못했네. 잠깐만, 클레멘트."

부지휘자는 침착하게 기다렸다. 그는 성일로드 수도원을 출입하는 존을 벌써 12년 이상 알아 왔다. 존은 해외에 나가면 자신을 늘 이 수도원 소속이라고 주장했다. 그러한 주장은 같은 가문의 다른 사람인 피츠 오토의 주장보다 훨씬 더 기쁜 마음으로 용인되었는데, 존이 각종 재료와 기술을 알아서 구매해 오고 또 그 실제 비용을 대부분 그가 부담하기 때문이었다.

부지휘자는 핀으로 고정시켜 놓은 그 전지를 존의 어깨 너머로 살펴보았다. 거기엔 마리아의 노래*의 첫 몇 단어들이 붉은 랙 염료로 씻어 낸 황금 글자로 새겨져서, 아직 환한 후광을 두르지 않은 성모의 배경을 이루고 있었다. 성모는 놀라는 듯 양손을 모으고서 아주 화려한 아라베스크 무늬의 격자창에 서 있는데, 격자창 가장자리를 장식하는 오렌지 꽃망울들은 무더운 푸른 하늘을 누르고 있었고, 그 하늘은 화폭 뒤쪽의 바싹 마른 건조한 풍경으로 이어지고 있었다.

"자네는 성모를 진짜 유대인 여자처럼 그려 놓았군." 부지휘자가 올리브 빛깔의 뺨과 예지로 빛나는 눈을 찬찬히 살펴보면서 말했다.

"성모가 유대인이 아니라면 누구겠나?" 존이 전지를 걸어 놓은 핀을 빼내며 말했다. "이봐, 클레멘트. 만약 내가 돌아오지 못해서, 누가 이것을 완성하든 이 그림을 반드시 『대누가복음』 필사본의 삽화로 넣도록 하게." 그는 그 그림을 보호용 간지 사이에다 집어넣었다.

* 『누가복음』 1장 46절.

"그럼 자네는 다시 부르고스로 출발할 예정인가, 내가 들은 대로?"

"이틀 안에. 그곳의 새 대성당은—하지만 그곳의 석공들은 신의 분노보다 더 느리다네—영혼에 참 좋아."

"**자네의** 영혼?" 부지휘자는 의심스러운 표정이었다.

"자네가 그렇게 말한다면 나의 영혼에도 좋지. 저기 남쪽에, 정복된 땅들의 가장자리인 그라나다에는 아주 아름다운 무어인의 마름모꼴 무늬 작업이 남아 있어. 그것은 헛된 생각을 진정시켜 주고 또 사람의 생각을 그림 쪽으로 유도하지. 자네가 방금 내 수태고지 그림에 이끌린 것처럼."

"그녀는—그건 아주 아름다웠지. 자네가 그곳에 가려는 건 그리 놀라운 일이 아니야. 하지만 자네의 관면식寬免式은 잊지 않을 거지, 존?"

"그럼." 존은 여행 전야에 삭발식과 함께 관면식을 거르지 않았다. 특히 삭발식은 젊은 시절 겐트 근처에서 한 이후 한 번도 거르지 않았다. 삭발 표시는 위기에 빠졌을 때 성직자의 특혜를 제공해 주고 또 도로 상에서도 여러 가지 배려를 받을 수 있게 해 주었다.

"또 우리 필경실에서 필요로 하는 재료를 잊어서는 안 되네. 이 세상에서는 이제 짙은 남색을 찾아볼 수가 없어. 사람들은 거기다 독일 청색을 섞어 넣지. 그리고 주황색에 대해서 말해 보자면—"

"최선을 다해서 알아보지."

"그리고 토머스 형제(이 사람은 수도원 의무실의 간호사였다)가 원하는 것은—"

"그가 알아서 요구해 올 거야. 나는 지금 그한테로 가서 삭발을 할 거야."

존은 계단을 내려가 통로로 들어섰다. 그 통로는 뒤쪽 회랑으로부터 의무실과 주방을 갈라놓았다. 토머스 형제(온유하지만 아주 끈덕진 성일로드 의무실의 간호사)는 그에게 의약품 리스트를 제시하면서 합법적으로 구매하든 아니면 다른 수를 쓰든 무슨 일이 있어도 구해 와야 한다고 말했다. 그런 대화를 나누고 있는 두 사람에게 놀랍게도 발을 절고 얼굴이 검은 스티븐 수도원장이 털로 안을 댄 야간 장화를 신은 채 나타났다. 스티븐 드 소트레가 스파이라는 얘기는 아니다. 그는 젊은 시절 불운한 십자군 전쟁에 참가했는데 만수라 전투 이후 그 전쟁이 끝나자 사라센인들에게 잡혀서 카이로에서 2년 동안 포로 생활을 했다. 카이로에서 사람들은 부드럽게 걷는 법을 배운다고 한다. 스티븐은 사냥꾼이면서 매 부리는 사람이며 합리적인 규율주의자였으나 무엇보다도 과학을 숭상하는 사람이었다. 세인트 폴 성당의 참사회원인 라눌푸스라는 사람 밑에서 의학 박사를 땄고 그래서 스티븐의 관심은 수도원의 종교적 측면보다는 의무 사업에 더 집중되어 있었다. 그는 약품 구매 리스트를 흥미롭게 점검하면서 그 자신이 원하는 물품을 추가했다. 간호사가 물러가자 수도원장은 길 위에서 만나게 될지 모르는 도덕적 과실에 대하여 존에게 일괄 사면을 내려 주었다. 수도원장은 우연하게 돈 주고 사들인 면죄부는 그리 대단하게 여기지 않았다.

"자네는 **이번** 여행에서 뭘 추구할 건가?" 수도원장은 약품들을 저장해 놓은 그 자그마하고 따뜻한 공간의 회반죽과 저울들 옆의 의자에 앉으면서 물었다.

"대체로 악마들요." 존이 빙그레 웃으며 말했다.

"스페인에서? 아바나와 파르파르가 아니고?"

인간들을 그림의 대상으로만 여기고 또 부유한 집안 출신(그의 어머니는 드 샌포드 집안 출신이었다)인 존은 수도원장의 얼굴을 정면으로 쳐다보며 물었다. "**원장님은** 그렇게 생각하십니까?"

"아니. 악마들은 카이로에도 있다는 얘기지. 자네가 그것들을 특별히 필요로 하는 이유가 있나?"

"『대누가복음』 필사본에 필요합니다. 누가는 악마에 관한 한 4대 복음서 기자의 으뜸이지요."

"당연하지. 그는 의사였으니까. 하지만 자네는 아니잖아."

"아니길 천만다행이죠! 나는 우리 교회가 악마를 묘사하는 패턴이 지겨워요. 악마는 원숭이, 염소, 닭 혹은 이런 것들을 합친 것 정도로 묘사되죠. 붉고 검은 지옥이나 최후 심판의 날을 묘사하는 데에는 이런 정도로 충분하겠죠. 하지만 내가 보기에는 불충분해요."

"자네는 왜 악마를 묘사하는 데 그토록 까다롭나?"

"왜냐하면 지옥에는 다양한 종류의 악마들이 있다고 보는 게 합리적이고 또 예술의 정신에도 부합하기 때문이죠. 가령 막달라 마리아의 몸에서 빠져나간 일곱 마귀를 보세요. 저들은 여자 악마입니다. 부리 달리고, 뿔 달리고, 수염 달린 일반적인 악마들과는 전혀 관계가 없는 겁니다."

수도원장은 웃음을 터트렸다.

"그리고 또 다른 예도 들 수 있어요. 가령 벙어리 남자에게서 빠져나온 악마*가 있는데, 그에게 돼지 주둥이나 부리가 무슨 소용입니까? 그리고—하느님이 축복하셔서 내가 살아생전에 그걸 끝낼 수 있

* 『누가복음』 11장 14절.

기를!—가다라 돼지 떼에 들어간 악마들이 있습니다. 나는 아직도 그 악마들이 어떤 존재인지 잘 모르는데, 그들은 다른 악마들을 능가하는 것들입니다. 나는 그 악마들을 성인들 못지않게 다양하게 묘사해야 한다고 봐요. 그런데 지금은 벽이든 창문이든 그림이든 구분하지 않고 한 가지 무늬만 사용하고 있어요."

"계속 말해 보게, 존. 자네는 나보다 이 신비를 더 깊이 파고들었군."

"무슨 말씀을! 그래서 악마들을 아무리 비난한다고 해도 그들에게 적당한 대접을 해 주어야 한다고 생각합니다."

"위험한 교리야."

"제 말뜻은 이런 겁니다. 어떤 사물의 외양이 채색 삽화가의 생각을 사로잡을 만하다면, 그는 그 외양을 가장 잘 생각해 내야 합니다."

"그렇게 말하는 게 더 안전하겠군. 내가 자네에게 관면식을 베풀어 준 게 잘되었다고 생각하네."

"사물의 외양에만 관심을 쏟는 필사본 채색 장식자는 덜 위험하다고 생각합니다. 모母 교회의 영광이라는 측면에서 보자면."

"그럴지도 모르지. 그런데 존,"—수도원장의 손은 거의 존의 소매를 잡을 뻔했다—"내게 말해 주게. 그 여자 말일세, 그녀는 무어인인가 아니면 히브리인인가?"

"그녀는 제 여자입니다." 존이 대답했다.

"그거면 충분한가?"

"저는 그렇게 생각합니다."

"좋아, 좋아. 그건 내 소관 사항이 아니지. 저기 아래쪽 사람들은 그런 문제를 어떻게 생각하나?"

"아, 스페인에서는 그런 문제를 노골적으로 밀어붙이지 않습니다. 다행스럽게도, 교회도 왕실도! 무어인과 유대인들이 너무 많아서 다 죽일 수도 없습니다. 만약 그들을 모두 국외로 추방해 버린다면 상업이나 농업을 할 사람들이 없게 됩니다. 제 말을 믿어 주세요. 세비야에서 그라나다에 이르기까지, 정복된 고장들에서 우리는 평화롭게 함께 살아가고 있습니다. 스페인 사람, 무어인, 유대인. **우리는** 아무런 질문도 하지 않습니다."

"그래—그래." 스티븐이 한숨을 내쉬었다. "그 여자가 개종을 할 희망은 언제나 있으니까."

"그렇습니다. 언제나 희망이 있는 거지요."

수도원장은 의무실 안으로 들어갔다. 느슨한 시대였고 로마 교황청은 아직 사제들의 친인척 관계에 대하여 단속의 나사를 강하게 죄고 있지 않았다. 만약 사제의 정부情婦가 너무 나대지 않고 그의 아들이 교회의 보직이나 부역에서 지나친 우대를 받지 않는다면, 상당히 너그럽게 눈감아 주었다. 그러나 수도원장이 우려하는 것처럼, 기독교도와 이교도의 동거는 슬픔을 자아내고 있었다. 그렇긴 하지만, 존이 노새, 우편물, 사람과 함께 산간 통로로 내려가 사우샘프턴으로 가서 다시 바다로 나설 때, 스티븐 수도원장은 그를 부러워했다.

그는 20개월 뒤에 현지 토산품들을 가득 들고서 무사히 돌아왔다. 풍요로운 라줄리靑金石 한 덩어리, 오렌지 모양의 주황색 한 뭉치, 멋진 주홍색을 만들어 내는 건조시킨 풍뎅이 한 봉지 등은 부지휘자를 위한 것이었다. 그 외에 분홍색이 감도는, 우유색 대리석 몇 큐브는 잘 갈아서 그림의 배경 물감으로 사용할 수 있었다. 수도원장과 토머스가 요구한 약품은 절반 정도 가져왔고 수도원장의 여인인 노턴의 앤을 위한 기다란 암홍색 홍옥수 목걸이도 있었다. 그녀는 우아하게 선물을 받아들면서 어디서 구했느냐고 물었다.

"그라나다 근처에서요." 그가 대답했다.

"그곳 사람들은 잘 있지요?" 그녀가 물었다(어쩌면 수도원장이 존의 고해성사 중에 들은 얘기를 일부 그녀에게 해 주었을지도 몰랐다).

"그들을 모두 하느님의 손에 맡기고 왔습니다."

"아 저런! 언제부터요?"

"열하루 빠지는 넉 달 전입니다."

"당신은—당신은 그녀와 함께 있었나요?"

"내 품 안에 있었지요. 출산을 하면서."

"그런데요?"

"아들이었는데 그 애도 갔습니다. 이제 아무도 남아 있지 않아요."

노턴의 앤은 놀라며 숨을 멈추었다.

"당신은 차라리 그게 잘되었다고 생각했겠군요." 그녀가 잠시 후 말했다.

"제게 시간을 좀 주십시오. 그러면 그걸 완전히 이해하게 되겠지요. 하지만 지금은 아닙니다."

"당신에게는 채색 삽화 작업이 있고 또 예술이 있어요. 존, 무덤에는 질투심이 없다는 걸 기억하세요."

"그래요! 내게는 예술이 있고 또 내가 그 누구도 질투하지 않는다는 걸 하늘이 알고 있습니다."

"그것만이라도 고마운 일이지요." 노턴의 앤이 말했다. 늘 몸이 아폰 그녀는 푹 꺼진 두 눈으로 수도원장을 쫓았다. "앞으로 이걸 소중하게 여길게요." 그녀는 목걸이를 만졌다. "내가 살아 있는 한."

"저도 그걸 알기 때문에 당신에게 드린 겁니다." 그가 대답하고서 그녀 곁을 떠났다. 그녀가 수도원장에게 그 목걸이를 얻게 된 경위를 말했을 때 그는 아무런 대답도 하지 않았다. 수도원장과 토머스는 존이 넘겨준 의약품들을 의무실의 주방 굴뚝으로 이어지는 공간에다 집어넣었다. 그때 그는 건조시킨 양귀비 액 한 덩어리를 보았다. "이것은 사람의 몸에서 고통을 끊어 내는 힘을 갖고 있지."

"전 그것을 직접 보았습니다." 존이 대답했다.

"그러나 영혼의 고통을 치유하기 위해서는 하느님의 은총 이외에 한 가지 약밖에 없어. 그건 인간의 기술, 학문 혹은 다른 유익한 머릿속 사상의 활용이지."

"저도 곧 갖게 되겠지요." 존이 대답했다.

그다음 날은 화창한 5월의 하루였다. 존은 숲속에서 수도원의 돼지 담당자와 돼지치기들과 함께 시간을 보냈다. 그는 봄의 꽃다발과 가지들을 가지고 필경실의 북쪽 격실에 있는 자신의 소중한 장소로 돌아왔다. 그곳에서 그는 왼쪽 겨드랑이에 여행 스케치북을 낀 채, 모든 잡념을 떨쳐 내고 『대누가복음』의 채색 작업에 몰입했다.

수석 필경사이며 2주에 한 번 정도 입을 떼는 마틴 형제가 나중에 작업이 어떻게 되어 가느냐고 물었다.

"모두 여기에 있지요!" 존이 연필로 이마를 톡톡 치며 말했다. "요 몇 달 동안 탄생하기를 기다리고 있는 중이에요. 마틴, 글자 필사하는 것을 다 끝냈나요?"

마틴 형제는 고개를 끄덕였다. 부르고스의 존이 일흔이 넘은 자신에게 멋진 페이지 채색 작업을 도와 달라고 부탁해 오는 것은 가슴 뿌듯한 일이었다.

"자 보세요!" 존이 얇지만 흠결이 없는 새로운 양피지를 펼쳤다. "여기서 파리까지 이 양피지처럼 좋은 전지는 없어요. 정말이에요! 이 양피지의 냄새를 한번 맡아 보세요. 거기 제도용 컴퍼스 좀 건네주세요. 자간을 알아봐 줄 테니까. 한 글자라도 다음 글자보다 옅거나 짙게 작업하면 혼날 줄 알아요."

"그런 일은 없을 거요, 존." 노인이 행복한 듯이 환한 표정으로 말했다.

"어쨌든 그렇게 할 거예요. 자, 내가 찍은 이곳과 저곳에다 높이는 이 정도에 폭은 머리카락 같은 글자로 『누가복음』 8장 31절과 32절을 필사하도록 해요."

"알았어요. 가다라 돼지 떼. 마귀들은 예수님께 지하로 물러가라는 명령을 내리지 말아 달라고 청하였다. 마침 그 산에는 놓아기르는 많은 돼지 떼가 있었다." 마틴 형제는 당연히 『4복음서』들을 모두 외우고 있었다.

"그래요! 예수께서 허락하시니, 부분까지 필사해 주세요. 천천히 하세요. 나는 먼저 막달라 문제를 내 가슴에서 내려놓아야겠어요."

마틴 형제는 시킨 일을 아주 완벽하게 해냈고 그래서 존은 그에 대한 보상으로 수도원장의 주방에서 부드러운 사탕 과자를 훔쳐서 갖다 주었다. 노인은 사탕을 먹은 뒤에 후회했다. 그러고는 참회하면서 보속을 해야 한다고 고집했다. 그러자 수도원장은 진정한 죄인에게 손을 내미는 길은 한 가지밖에 없음을 알고서 마틴에게 『약초의 미덕에 관하여』라는 책을 깨끗하게 필사하라고 지시했다. 성일로드 수도원은 그 책을 아름다운 걸 대단치 않게 여기는 음울한 시토 수도회에서 빌려 왔었다. 마틴이 그 알아보기 어려운 텍스트의 필사 작업을 하느라고 바쁜데, 갑자기 존이 마틴에게 특별한 자간을 유지해야 하는 작업을 시키려 했다.

"이것 보게," 부지휘자가 타이르는 듯한 목소리로 말했다. "존, 그런 일을 부탁하려고 해서는 안 돼. 여기 마틴 형제는 자네 때문에 보속을 하고 있단 말이야."

"아니, 나 때문이 아니라 『대누가복음』 때문이지. 내가 원장님의 요리사에게 잘 말해 놓았어. 그자를 하도 닦달했더니 심부름꾼들이 다들 웃더군. 그는 앞으로 다시는 얘기하지 않을 거야."

"무슨 그런 짓을! 하지만 자네는 원장님의 눈 밖에 났어. 원장님은 자네가 돌아온 후 아무런 신호도 보내오지 않았잖아. 자네를 만찬에 초대하지도 않고."

"나는 바빴어. 눈이 머리에 달린 원장님은 그걸 알고 있어. 클레멘트, 더럼에서 토르에 이르기까지 자네만큼 필경실을 잘 정리하는 친구도 없지."

부지휘자는 순간 경계했다. 존의 칭찬 다음에 무엇이 나오는지 잘 알기 때문이었다.

"그러나 필경실 밖에서—"

"난 밖으로는 안 나가." 부지휘자는 정원에서 땅을 파는 작업도 면제를 받았다. 멋지게 제본을 하는 그의 두 손이 부상을 당할까 봐 우려해서였다.

"필경실 밖에서 자네는 기독교 왕국의 가장 으뜸가는 바보야. 내 말을 믿게, 클레멘트. 나는 그런 사람 많이 만났어."

"나는 자네 말이라면 뭐든 믿지." 클레멘트가 부드럽게 미소를 지었다. "자네는 나를 합창단 소년보다 못하게 부려먹는군."

그들은 저 아래 회랑에서 벌을 받고 있는 소년의 목소리를 들었다. 합창단 지휘자가 그의 머리카락을 잡아 뽑았기 때문이다.

"하느님은 자네를 사랑하네! 그건 나도 그렇고! 하지만 내가 여행길에서 날마다 거짓말하고 훔쳐야 하며 때로는 살인도 저지를 각오를 해야 한다는 걸 생각해 봤나? 필경실에 좋은 물감과 흙을 가져오기 위해?"

"그렇겠지." 공정하면서도 양심에 찔리는 클레멘트가 말했다. "내가 세상에 나가야 한다면—하느님, 그런 일이 없기를!—어떤 일에는 도둑 노릇을 톡톡히 해야 한다고 생각은 해 보았네."

『약초의 미덕에 관하여』 필사 작업에 코를 박고 있던 마틴조차도 웃음을 터뜨렸다.

한여름 무렵에 간호사 토머스는 그날 저녁 수도원장의 집에서 열리는 만찬에 참석하라는 초대장을 존에게 전했다. 『대누가복음』을 위하여 존이 해 놓은 작업이 있으면 그것도 함께 가지고 오라고 했다.

"무슨 일이지?" 내내 채색 작업에만 몰두해 왔던 존이 물었다.

"원장님의 '지혜' 만찬들 중 하나지요. 성인이 된 이후에 여러 번 참석했잖아요."

"맞아. 대부분 좋은 만남이었지. 원장님은 우리가 어떤 복장을 하기를—?"

"가운과 두건이면 돼요. 살레르노에서 온 박사도 있는데, 로저라는 이름으로 이탈리아 사람이에요. 몸에 칼을 대는 의사로, 현명하면서도 유명하다고 해요. 그분은 여기 의무실에 온 지 한 열흘쯤 되었는데 나를 도와주고 있어요. 심지어 나 같은 사람을!"

"그런 이름은 들어 본 적이 없는데. 하지만 우리 원장님도 사제이기 전에 의사였지."

"그리고 원장님의 숙녀께서 그동안 죽 아팠어요. 로저는 주로 그 부인 때문에 여기에 와 있어요."

"그래? 그러고 보니 레이디 앤을 보지 못한 지가 한참 되었네."

"한동안 못 봤을 거예요. 그녀는 근 한 달 동안 입원을 했어요. 이제 해외로 나가야 할지 모른대요."

"아니, 그 정도로 나쁜가?"

"살레르노의 로저는 어떤 생각을 갖고 있는지 말하지 않아요. 하지만—"

"아, 불쌍한 원장님! …… 만찬에 누가 또 오지?"

"옥스퍼드의 한 수도사예요. 그의 이름 또한 로저죠. 학식 높은 유명한 철학자예요. 그분은 술을 잘 마시지요."

"스티븐까지 치면 세 명의 박사로군. 나는 박사 세 명이면 무신론자 두 명이라고 늘 생각해 왔는데."

토머스는 불안하게 코 아래를 내려다보았다. "그건 사악한 속담이군요." 그는 말을 더듬었다. "그런 속담을 말해서는 안 됩니다."

"하! 당신이 내게 수도자 노릇을 할지는 몰랐는데. 토머스! 당신은 성일로드의 의무실에 11년 근무했고 아직도 재가 형제야. 이렇게 오랜 세월이 지났는데 왜 사제 서품을 받지 않나?"

"난—난 자격이 없어요."

"의무실 미사를 담당하는 헨리 그 뭐라고 하는 새로운 돼지보다는 열 배나 더 자격이 있지. 그자는 당신이 보는 데서 임종 성찬을 황소처럼 밀고 나가더군. 환자가 방혈 때문에 기절한 것뿐인데 말이야. 그 래서 그 환자는 순전히 공포 때문에 죽었어. 당신도 그걸 알잖아! 난 그때 당신의 얼굴을 쳐다보았어. 디디무스 서품을 받으라고. 그러면 당신은 환자들을 상대로 미사를 줄이고 치료에 더 전념할 수 있을 거야. 그러면 환자들도 더 오래 살 거고."

"나는 자격―자격이 없어요." 토머스는 가련한 목소리로 말했다.

"자격 여부는 당신 자신이 아니라 당신 주인에게 달린 거야. 이제 나는 일에서 잠시 놓여나게 되었으니 어떤 학파의 어떤 철학자든 상 관하지 않고 술을 마셔야지. 그리고 토머스," 그가 달래는 어조로 말했다. "저녁 기도 전에 의무실에서 뜨거운 목욕을 좀 하게 해 주게."

완벽하게 요리되어 접대된 수도원장의 만찬이 끝나고 가장자리에 술이 달린 식탁보가 치워지자, 수도원 차장이 수도원 내의 모든 문을 단단하게 걸어 잠갔다는 전갈과 함께 열쇠들을 보내왔고, 이어 그 열 쇠는 "새벽 기도 시간까지 문을 철저히 잠가 놓으라"는 전갈과 함께 다시 돌려보내졌다. 수도원장과 손님들은 더위를 식히기 위해 2층 회 랑으로 나갔다. 그 회랑은 납으로 된 창틀 길을 따라서 그들을 트리포 리움*의 남쪽 성가대 쪽으로 안내했다. 저녁 여섯 시경이어서 아직 여 름 햇살이 남아 있었다. 그러나 수도원 예배당은 평소와 마찬가지로 어둠 속에 잠겨 있었다. 30피트 아래에서는 합창 연습을 위해 불이 켜지고 있었다.

"성가대 지휘자는 사람들에게 쉴 시간을 주지 않는군." 수도원장이

---

* 교회 건축에서 측랑 상부의 아치와 높은 창과의 사이 공간으로서, 위쪽의 큰 아치 한 개와
아래쪽의 작은 아치 세 개로 구성된다.

나지막이 말했다. "여기 이 기둥에 서서 들어 보면 그가 성가대에게 무슨 주문을 하는지 알 수 있소."

"잘 기억하라고!" 지휘자의 엄한 목소리가 위로 올라왔다. "여기가 우리의 사악한 세상을 공격하는 베르나르의 영혼 그 자체라고. 어제보다 좀 더 빨리 불러. 가사를 자네들 이 사이로 내밀라 말이야. 저기 맨 위층부터 시작!"

잠시 오르간 소리가 혼자 터져 나와 교회 내부에 울려 퍼졌다. 이어 합창의 목소리들이 〈세상을 경멸하라〉의 첫 번째 맹렬한 가사를 뿜어냈다.

"최후의 이 시간은—가장 나쁜 시간이도다." 어둠 속에서 흐느끼는 단정적인 '이도다'가 터져 나올 때까지 잠시 침묵이 흘렀다. 그리고 은제 트럼펫보다 더 청량한 어떤 소년의 목소리가 길게 내빼는 "우리는 경계해야 한다"로 되돌아갔다.

"이 회개하는 자에게, 주재자여 임하소서." (오르간과 합창은 공포와 경고 속에서 서로 뒤섞였고 마침내 물 흐르듯이 "저 최고 높으신 분이여"로 이어졌다.) 이어 목소리의 음조는 돌연 서곡풍으로 바뀌어 "임하소서, 임하소서, 그리하여 이 죄악을 끝내 주소서—"로 연결되었다.

"중지! 다시!" 지휘자가 소리쳤다. 그는 성가대 연습에서 통상적으로 하는 것보다 좀 더 자세하게 중지시킨 이유를 말했다.

"아, 가련하구나, 인간의 허영심이여! 그는 우리가 여기에 있다고 짐작하고 있어요. 자 어서 갑시다!" 수도원장이 말했다. 들것 의자에 앉은 노턴의 앤도 어두운 트리포리움의 한쪽 구석에서 살레르노의 로저와 함께 그 합창을 들었다. 존은 그녀의 흐느낌 소리를 들었다.

돌아오는 길에 그는 토머스에게 그녀의 건강이 어떤지 물었다. 토머스가 대답을 하기도 전에 날카로운 용모의 이탈리아인 박사가 그들 사이에 끼어들었다. "우리가 함께 얘기한 대로, 그녀에게 말해 주는 게 가장 좋다고 생각하오." 그가 토머스에게 말했다.

"무엇을?" 존이 간단하게 물었다.

"그녀가 이미 알고 있는 것을." 살레르노의 로저는 모든 여자는 모든 것에 대하여 알고 있다는 취지의 그리스어 인용문을 읊었다.

"나는 그리스어를 모릅니다." 존이 뻣뻣하게 말했다. 살레르노의 로저는 아까 만찬장에서 그런 인용문을 많이 말했었다.

"그럼 라틴어로 말하지요. 오비디우스가 그걸 간결하게 말해 주었어요. Utque malum late solet immedicable cancer*— 물론 그 나머지는 당신도 알고 있겠지요, 선생님!"

"하지만 제가 학교에서 배운 라틴어는 병든 여인을 치료한다고 공언하는 바보들을 통해 배운 것뿐입니다. 가령 호쿠스 포쿠스**—그러니 그 나머지는 당신도 알고 있겠지요, 선생님!"

살레르노의 로저는 그들이 식당에 도착할 때까지 말이 없었다. 식당에는 아늑한 불이 지펴져 있었고 대추나무, 건포도, 생강, 무화과, 계피 등의 냄새가 나는 사탕들이 좋은 와인과 함께 만찬 후 식탁 위에 차려져 있었다. 수도원장은 손가락에서 반지를 빼내어 그것을 빈 은제 컵에 던졌고 그러자 모든 사람이 그 챙그랑 소리를 들었다. 원장은 난로 쪽으로 발을 쭉 뻗으며 원통형 지붕에 조각되고 도금된 커다란 장미를 올려다보았다. 마지막 저녁 기도에서 다음 날 새벽 기도 시

---

* '그래서 치료 불가능한 병인 암은 옆으로 퍼지는 경향이 있다'라는 뜻.
** 마술사가 라틴어를 본떠서 만들어 내는 의미 없는 조어.

간까지 수도원 세계에 정적이 부과된 것이다. 황소 목의 옥스퍼드 수도사는 햇빛이 수정 소금 통의 가장자리에서 분광되는 것을 지켜보았다. 살레르노의 로저는 토머스 형제를 상대로 영국과 해외 지역에서 의사들을 괴롭혀 온 반점 열병의 한 형태에 대해서 토론을 재개했다. 존은 로저의 날카로운 옆모습을 주목하면서―그것이 『대누가복음』의 노트로 쓸모가 있겠다고 생각하여―가슴께로 손을 가져갔다. 수도원장이 그것을 보고서 고개를 끄덕여 승낙의 표시를 했다. 존은 은필銀筆과 스케치북을 꺼냈다.

"자 겸손은 그만 떨고, 당신의 의견을 말해 보시오." 이탈리아인이 간병사에게 재촉했다. 그 외국인을 예우하는 차원에서 거의 모든 대화가 라틴어로 이루어졌다. 그리하여 수도사들의 평소 쓰는 말보다 더 정중하고 더 내용이 풍부했다. 토머스는 온유한 어조로 약간 더듬거리며 말을 시작했다.

"나는 바로가 밝힌 것 이외에는 열병의 원인을 설명할 길이 없다고 봅니다. 바로는 『농촌의 일에 대하여』에서 우리 인간의 눈으로는 볼 수 없는 어떤 자그마한 동물이 코와 입을 통해 신체로 들어가 심각한 질병을 일으킨다고 말했습니다. 반면에 이런 얘기는 성경에 나오지 않습니다."

살레르노의 로저는 화가 난 고양이처럼 머리와 어깨를 앞으로 수그렸다. "늘 **그 얘기**!" 그가 말했다. 존은 비틀어진 얇은 입술을 더욱 꽉 다물었다.

"존, 쉬는 법이 없어." 수도원장이 예술가에게 미소를 지었다. "자네는 우리가 그러는 것처럼 두 시간마다 기도를 하기 위해 일을 중단해야 하네. 성 베네딕트는 바보가 아니었어. 인간이 휴식 없이 눈과 손을 최대한 사용할 수 있는 건 두 시간이라니까."

"필경사는 그렇습니다. 마틴 형제는 한 시간도 버티기 힘들지요. 하지만 인간의 일이 그를 사로잡으면 그는 그 일이 놔줄 때까지 계속해야 하는 겁니다."

"그래요. 그게 소크라테스의 다이몬이라는 거지요." 옥스퍼드 수도사가 컵을 든 채로 우물우물 말했다.

"그 교리는 추정에 가까운 거요." 수도원장이 말했다. "기억하시오. '죽어야 할 인간이 그의 창조주보다 더 공정할 수 있을까?'라는 말을."

"이것은 공정의 문제가 아닙니다." 수도사가 씁쓸하게 말했다. "아무튼 인간은 그의 기술이나 사상에서 앞으로 나아갈 수 있어야 합니다. 그런데 교회는 인간이 그 어떤 쪽으로든 나가려 하면 뭐라고 합니까? '안 돼!' 언제나 '안 돼!'입니다."

"그러나 바로가 말한 그 자그마한 생물이 보이지 않는다면," 살레르노의 로저가 토머스에게 말했다. "우리는 어떻게 치료에 더 가까이 갈 수 있습니까?"

"실험에 의해서죠." 수도사가 갑자기 그 두 사람에게 말을 붙였다. "추론과 실험에 의해서 그렇게 할 수 있어요. 이 둘은 서로 보완하지 않으면 아무 소용이 없습니다. 그러나 교회는—"

"그래요!" 살레르노의 로저가 그 새로운 미끼를 잽싸게 물었다. "들어 보세요, 선생님들. 교회의 주교들—우리의 군주들—은 그들의 비위나 분노에 따라 이탈리아의 길 위에다 많은 시체를 뿌렸습니다. 아름다운 시체들이지요! 그러나 내가—아니 우리 의사들이—그 시체의 피부를 열어서 그 밑에 있는 하느님의 조직을 보려고 하면 교회는 뭐라고 합니까? '신성모독이다! 돼지나 개들만 해부하라. 그렇지 않으면 당신은 화형을 당한다!'"

"그건 교회만이 아니지요!" 수도사가 맞장구를 쳤다. "우리는 **모든** 길에서 저지를 당하고 있어요. 천 년 전에 돌아가신 어떤 사람의 말씀에 의해서 저지를 당한다고요. 말 한마디로 진리로 가는 문을 걸어 잠근 이 아담의 아들은 누구입니까? 나 자신의 위대한 스승인 피터 페레그리누스도 예외가 아니라고 봅니다."

"나의 스승인 아에기나의 폴도 마찬가지지요." 살레르노의 로저가 소리쳤다. "들어 보세요, 선생님들! 여기에 아주 적절한 사례가 있습니다. 만약 단식 중인 사람이 잎을 잘라 낸 미나리아재비—우리는 이 것을 '흉악한'의 뜻으로 스켈레라투스라고 부릅니다만—의 즙을 마시면"—여기서 그는 존을 향하여 알겠느냐는 듯이 고개를 끄덕였다—"그의 영혼은 웃고 있는 그의 몸에서 빠져나가게 됩니다. 그런데 이것은 진실보다 더 위험한 거짓말입니다. 왜냐하면 그 안에 시시한 것이긴 하지만 진실이 들어 있기 때문이죠."

"또 시작이군!" 수도원장이 체념한 듯한 목소리로 속삭였다.

"내가 실험해 봐서 아는데, 이 약초의 즙은 사람의 입을 불태우고, 물집 잡히게 하고, 비틀어지게 합니다. 그리고 이 미나리아재비와 관련된 약초들의 강한 독성으로 인해 죽게 된 사람의 얼굴에 떠오르는 릭투스* 혹은 거짓 웃음의 상태에 대해서도 알고 있습니다. 확실히 그 경련은 웃음을 닮았습니다. 따라서 내가 판단하기에, 이렇게 중독된 사람의 시체를 직접 본 아풀레이우스는 기록을 남겼고 그 환자가 웃으면서 죽었다, 라고 적었습니다."

* 입의 벌어짐.

"하지만 계속 관찰하지도 않았고 또 실험에 의해 그 관찰을 확정하지도 않았습니다." 수도사가 얼굴을 찌푸리며 말했다.

수도원장 스티븐은 존 쪽으로 미간을 찌푸렸다.

"**자네는** 어떻게 생각하나?" 그가 물었다.

"나는 의사가 아닙니다." 존이 대답했다. "하지만 지난 오랜 세월 동안 아풀레이우스는 필경사들에 의해 배신을 당해 왔을 겁니다. 필경사들은 어려움을 줄이기 위해 지름길을 선택했습니다. 아풀레이우스는 이 독초를 먹은 후 영혼이 웃고 있는 신체를 떠나간 **듯하다**, 라고 적었으리라 봅니다. 그런데 이 '듯하다'를 그대로 유지하려는 필경사들은 (**나의** 판단입니다만) 다섯 명 중에 세 명도 안 됩니다. 누가 아풀레이우스를 의심하겠습니까? 만약 그가 그렇게 생각했다면 사실이 틀림없이 그럴 거라고 본 겁니다. 그 외에 어린아이라면 누구나 잎 자른 미나리아재비에 대해서 알고 있습니다."

"당신은 약초들에 대해서 좀 압니까?" 살레르노의 로저가 짧게 물었다.

"조금요. 나는 수도원에 다니던 소년 시절 추운 밤에 기도를 빼먹기 위해 미나리아재비 즙을 입과 목에 발라서 습진을 만든 적이 있습니다."

"아!" 로저가 말했다. "그런 술수가 있는 줄은 몰랐군요." 그가 뻣뻣한 어조로 말하며 고개를 돌렸다.

"상관없는 일이야! 자 존, 이제 자네의 술수를 좀 보여 주게." 요령 좋은 수도원장이 끼어들었다. "여기 박사들에게 자네의 막달라 마리아, 가다라 돼지 떼 그리고 악마들을 좀 보여 드리게."

"악마들! 악마들? 나는 의약품을 수단으로 써서 악마들을 만들어

냈습니다. 그리고 똑같은 수단을 사용하여 그들을 물리쳤습니다. 그러나 악마들이 인간의 내부에 있는지 혹은 외부에 있는지에 대해서는 아직 언명을 하지 않았습니다." 살레르노의 로저는 여전히 화가 나 있었다.

"당신은 언명하지 않는 게 좋을 겁니다." 옥스퍼드 수도사가 말했다. "교회가 그 자신의 악마들을 규정합니다."

"전적으로 그런 건 아닙니다! 여기 존은 새로운 종류의 악마들을 가지고 스페인에서 돌아왔습니다." 스티븐 원장은 그에게 건네진 양피지를 테이블 위에다 부드럽게 내려놓았다. 그들은 함께 모여서 그 그림을 보았다. 막달라는 아주 창백하여 거의 투명한 그리자이*로 그려져 있었고, 그 배경에는 여자 얼굴을 한 악마들이 노호하며 소용돌이치고 있었다. 각 악마는 막달라의 특별한 죄악에 의해 생겨난 것인데, 그녀로 하여금 악마들을 쫓아내게 만든 그 '힘'을 상대로 맹렬하게 투쟁을 벌이고 있었다.

"나는 이런 회색 기법은 처음 보는데." 수도원장이 말했다. "이 기법을 어떻게 알게 되었나?"

"우리에게는 없습니다. 그저 우연히 알게 됐습니다." 존은 그런 기법이 시기적으로 한 세대 앞선 것임을 알지 못했다.

"그녀는 왜 저리도 창백한 거지요?" 수도사가 물었다.

"악마가 그녀의 몸에서 모두 나와서지요. 그래서 그녀는 이제 그 어떤 색깔도 취할 수가 있습니다."

"아, 유리를 통과한 빛처럼. **나는** 알겠습니다."

---

* 회색만으로 돋을새김처럼 그리는 화법.

살레르노의 로저는 아무 말 없이 쳐다보았다. 그의 코는 점점 더 채색 페이지에 가까이 다가갔다. "과연 그렇습니다." 그가 마침내 선언했다. "이건 간질에 가깝습니다. 입, 눈, 이마, 심지어 손목이 축 처진 것 등이 그래요. 모든 게 간질의 징조입니다! 이 여자는 회복제가 필요해요. 그런 다음에는 자연스럽게 잠이 들 겁니다. 양귀비 즙을 주면 안 돼요. 그러면 잠에서 깰 때 토하게 될 겁니다. 그리고 그다음에는—아, 제가 제 학교에 있는 게 아니군요." 그는 몸을 곧추세웠다. "원장님," 그가 말했다. "당신도 우리와 똑같은 직업 출신이잖아요. 아스클레피오스의 뱀들 말입니다!"

두 사람은 동급자로서 악수를 했다.

"그럼 당신은 일곱 악마에 대해서는 어떻게 생각합니까?" 수도원장이 말했다.

일곱 악마들은 소용돌이 형의 꽃 같은 혹은 불꽃 같은 신체들로 녹아들고 있었고 그 색깔은 인광을 띤 녹색에서 오래된 사악함의 짙은 보라색에 이르기까지 다양했으며, 그 심장은 그들의 신체 속에서 펄떡거리는 게 보였다. 그러나 희망의 징조와, 앞으로 회복될 건강한 생명력의 작용을 보여 주기 위해, 짙은 색의 가장자리는 전통적인 문양인 봄꽃과 새들로 장식되었으며, 그 꼭대기 부분은 노란 붓꽃 덤불 너머로 황급히 날아가는 물총새 한 마리로 마감되었다.

살레르노의 로저는 그 약초들을 알아보고 약효에 대해서 대체적으로 말했다.

"자, 이제 가다라 돼지 떼를 보여 주게." 스티븐이 말했다. 존은 그 그림을 테이블 위에 내려놓았다.

여기서 악마들은 집에서 쫓겨나 허공 속으로 사라져 버리는 것을 두려워했다. 악마들은 그들에게 제시된 짐승의 입구 부분에서 거점을 확보하려고 서로 부딪치며 쇄도하고 있었다. 어떤 돼지들은 입에 거품을 물고 몸을 부르르 떨면서 그런 침입에 맞서 싸웠다. 어떤 돼지들은 마치 느긋하게 등을 긁는 것처럼 그런 침입에 졸린 듯이 굴복하고 있었다. 다른 돼지들은 완전히 악마들에게 씌어서 저 아래 호수 쪽으로 무리를 지어 내달리고 있었다. 그림 한쪽 구석에는 자유롭게 된 남자가 이제 온전히 자신의 것으로 회복된 사지를 쭉 펴고 누워 있었다. 그리고 우리 주님이 앉은 채, 그 남자가 이제 자신의 구원을 어떻게 활용할지 물어보려는 것처럼 그를 바라보고 있었다.

"정말 악마들이로군요!" 수도사가 논평했다. "하지만 전혀 다른 종류인데요."

어떤 악마들은 엽편과 돌기투성이의 덩어리였다. 젤리처럼 생긴 벽을 통해 악마의 얼굴을 흘낏 보여 주었다. 그리고 공처럼 생겨 초조한 표정의 소악마들이 한 무리 있었는데 그들은 선웃음 치는 부모의 배를 찢고 나와 희생물을 향하여 필사적으로 빙글빙글 돌고 있었다. 다른 악마들은 혼자서 혹은 여럿이서 막대기, 사슬, 사닥다리 같은 꼴을 취하면서 비명을 내지르는 암돼지의 목덜미와 턱 주변을 공격해 왔고 암돼지의 귀에서는 피난처를 안전하게 확보한 악마의 흔들거리는 생기 없는 꼬랑지가 보였다. 공격이 가장 치열한 곳에서는 게거품과 침들이 마구 뒤섞인 알갱이 모양의 둥글게 뭉쳐진 악마들이 있었다. 이어 관람자의 눈은 아래로 달려 내려가는 돼지의 미친 듯이 펄떡거리는 등과, 돼지치기의 경악하는 얼굴, 그의 개가 느끼는 공포 등으로 옮겨 갔다.

살레르노의 로저가 말했다. "나는 이것이 약품의 효과에서 생겨난 것이라고 선언합니다. 이런 형상들은 약품에서 생겨난 겁니다. 이건 합리적인 정신의 소산이라고 할 수 없습니다."

"그렇지 않습니다." 수도원의 봉사자로서 원장의 발언 허가를 사전에 얻어야 마땅한 간호사 토머스가 불쑥 말했다. "그렇지 않아요. 보세요! 저 가장자리를."

그림의 가장자리에는 불규칙하지만 균형 잡힌, 칸막이 혹은 작은 공간이 있었는데 이런 곳들에 공백 상태의 악마들─그러니까 아직 악의 영감을 받지 않은 존재들─이 앉아 있거나 헤엄치거나 소용돌이 치고 있었다. 그 악마들은 모든 것에 무관심했고 상상할 수 없을 정도로 무법천지였다. 그 형태는 또다시 사닥다리, 사슬, 회초리, 다이아몬드, 짓뭉개진 꽃망울, 불길하게 인광을 발하는 둥근 공 그리고 어떤 것들은 별 같은 모양을 하고 있었다.

살레르노의 로저는 이런 형상들이 교회 신자의 마음속에 든 강박증세들과 비슷하다고 말했다.

"사악한 강박 증세인가요?" 옥스퍼드 수도사가 물었다.

"'미지의 것은 모두 무서운 것으로 간주하라.'" 로저가 경멸하는 어조로 인용문을 말했다.

"나는 그렇게 보지 않습니다. 저건 아주 멋지고 놀라워요. 내 생각에─"

수도사는 뒤로 물러섰다. 토머스는 더 잘 보기 위해 가까이 다가섰고 절반쯤 그의 입을 열었다.

"말하라." 그를 관찰하던 스티븐이 말했다. "여기에 있는 우리는 모두 일종의 박사들이다."

"그렇다면 말씀드리겠습니다." 토머스는 자신의 평생의 신념을 화형대 위에 올려놓는 것처럼 재빨리 말했다. "저 가장자리에 있는 아래쪽 형상들은 존이 저기 한가운데에 있는 돼지들 몸속으로 들어가는 진짜 악마들을 묘사한 형상에 비하여 그리 사악하고 또 지옥 같은 존재라고 생각되지 않습니다!"

"그건 무슨 소리입니까?" 살레르노의 로저가 날카롭게 물었다.

"저의 신통치 못한 판단에 의하면, 존은 실제로 그런 형상들을 보았으리라 생각됩니다. 아무런 약물의 도움 없이."

"누가 과연 누가," 존이 한바탕 아무도 신경 쓰지 않는 욕설을 중얼거린 뒤 말했다. "자네를 그처럼 갑자기 현명하게 만들었는가, 나의 의심꾼이여?"

"내가 현명하다고요? 무슨 말씀을! 존, 6년 전 겨울, 부엌문 앞에서 당신의 소매에 녹던 눈송이를 기억하나요? 당신은 내게 자그마한 수정을 통하여 그걸 보게 해 주었지요. 작은 것들을 크게 보이게 해 주는 그 수정 말이에요."

"그래. 무어인들은 그 유리를 알라의 눈이라고 부르지." 존이 확인해 주었다.

"당신은 녹고 있는 눈송이가 육면이라는 걸 보여 주었어요. 그러면서 그걸 당신의 문양이라고 말했지요."

"사실이야. 눈송이는 육면으로 녹지. 나는 그걸 무늬를 짜 넣는 가장자리 천 작업을 할 때 실제로 사용하기도 했어."

"유리를 통해서 본, 녹는 눈송이? 그러니까 시각적 장치를 통하여?" 수도사가 물었다.

"시각적 장치? 난 그런 얘기는 들어 본 적이 없는걸!" 살레르노의 로저가 소리쳤다.

"존," 성일로드 수도원장이 명령하는 어조로 물었다. "정말 그랬나?"

"어떻게 보면," 존이 대답했다. "토머스는 옳은 말을 하고 있습니다. 그림 가장자리에 있는 형상들은 저기 위쪽의 악마들을 그리기 위한 나의 작업실 무늬들입니다. 살레르노, 채색 삽화 작업에서 감히 약물을 사용하지는 않습니다. 그것은 손과 눈을 무디게 만들어요. 나의 형상들은 자연 중에서 맨눈으로 본 것들입니다."

수도원장은 장미 향수 그릇을 그 자신 쪽으로 끌어당겼다. "내가 만수라 전투에서 사라센인들에게 패하여 포로로 잡혔을 때," 그가 기다란 소매의 주름을 들어 올리며 말했다. "거기에는 뭔가를 보여 주는 마법사 혹은 의사들이 있었어." 수도원장은 세 번째 손가락을 천천히 장미 향수에 담갔다. "말하자면, 지옥의 모든 하늘을 이런 물 한 방울을 통하여 다 보여 주더란 말이야." 수도원장은 장미 향수 한 방울을 잘 다듬은 세 번째 손가락 끝에서 역시 잘 닦아 놓은 테이블 위로 떨어뜨렸다.

"그건 깨끗한 물이 아니라 지저분한 물이었을 겁니다." 존이 말했다.

"우리에게 그 모든—모든 것을 보여 주게." 스티븐이 말했다. "나는 다시 한 번 확인해 보고 싶어." 수도원장의 목소리는 사무적이었다.

존은 그의 가슴에서 틀로 찍어 낸 길이 6~8인치의 가죽 상자를 꺼냈다. 그 상자 안의 낡은 벨벳 천 위에는 은으로 장식된 주목 컴퍼스 같이 생긴 물건이 놓여 있었다. 컴퍼스 위에는 나사가 있어서 그 기계 밑의 두 다리를 미세하게 조정할 수가 있었다. 두 다리는 날카로운 점으로 끝나는 게 아니라 숟가락 모양으로 끝났다. 한쪽 다리에는 직경이 4분의 1인치도 되지 않는 금속 구멍이 뚫려 있었고, 다른 다리 역시 2분의 1인치 직경의 금속 구멍이 뚫려 있었다. 존은 후자의 금속 구멍을 비단 천으로 조심스럽게 닦아 낸 후, 양끝에 수정 혹은 유리가 달려 있는 금속 실린더를 집어넣었다.

"아! 시각적 장치로군요!" 수도사가 말했다. "그 아래에는 무엇이 있습니까?"

그 아래 있는 것은 잘 닦아 놓은 소형 은판이었는데 크기가 플로린 동전보다 크지 않았다. 그것은 빛을 포착하여 더 작은 금속 구멍에 집중시키는 역할을 했다. 존이 도와주겠다는 수도사의 손길을 마다하고 혼자서 그 은판을 조정했다.

"이제 물 한 방울을 발견하면 됩니다." 그가 작은 솔을 집어 들면서 말했다.

"2층 회랑으로 갑시다. 거기는 아직도 납으로 만든 창틀에 햇볕이 남아 있습니다." 수도원장이 일어서면서 말했다.

그들은 원장을 따라서 그곳에 갔다. 절반쯤 걸어가는데, 배수구에서 흘러내린 물이 낡은 돌 위에서 초록의 물웅덩이를 이루고 있었다. 존은 아주 조심스럽게 그 물 한 방울을 컴퍼스 다리의 자그마한 구멍에다 집어넣었다. 이어 그 기계를 갓돌 위에다 고정시키고 기계 윗부분의 나사를 조정하면서 실린더를 비틀었고 또 유리알을 이리저리 조정하여 마침내 만족한 듯이 눈을 뗐다.

"좋았어!" 그는 그 기계를 통하여 내려다보았다. "제 형상들이 모두 저기에 있습니다. 자 보세요, 원장님! 만약 처음에 분명히 보이지 않는다면 여기 홈 패인 부분을 좌우로 흔드세요."

"난 잊어버리지 않았어." 수도원장이 그의 자리를 잡으며 말했다. "그래! 그것들이 여기에 있군. 내가 과거에 본 것과 똑같아. 이런 형상들은 끝이 없다는 얘기를 들었지…… 그래, 끝이 없어!"

"곧 햇빛이 사라지겠군. 나도 좀 보게 해주세요! 제발 보게 해 줘
요." 수도사가 애원하면서 스티븐을 그 접안경으로부터 어깨로 밀어
내다시피 했다. 수도원장이 양보했다. 그의 눈빛은 과거를 회상하고
있었다. 그러나 수도사는 보지는 않고 그 기계를 두 손에 움켜잡았다.

"아니, 아닙니다." 수도사가 나사를 만지작거리고 있었기 때문에 존
이 끼어들었다. "박사님이 좀 보게 해 주세요."

살레르노의 로저는 아주 세밀하게 살펴보았다. 존은 그의 광대뼈
정맥이 하얗게 변하는 것을 보았다. 그는 마치 한 방 먹은 사람처럼
뒤로 물러섰다.

"이건 새로운 세계야. 완전 새로운 세계야! 오, 불공정하신 하느님!
이제 나는 늙었어!"

"자 이제 토머스가 보도록 해." 스티븐이 명령했다.

존은 간호사를 위해 기계를 조정해 주었고 토머스는 손을 흔들면
서 오랫동안 내려다보았다. "이것은 생명이야." 그가 곧 갈라지는 목
소리로 말했다. "지옥이 아닙니다! 창조되어 약동하는 생명입니다. 창
조주의 작품입니다. 내가 살아서 꿈을 꾸는 것처럼 저들은 살아 있습
니다. 그리고 내가 꿈을 꾸는 것은 죄악이 아닙니다. 죄악이 아니에
요. 오 하느님, 죄악이 아닙니다!"

그는 무릎을 꿇더니 발작적으로 〈주님의 모든 작품을 찬송하라〉는
노래를 부르기 시작했다.

"그것을 안으로 가지고 들어가자. 이곳은 눈과 귀가 너무 많아." 스
티븐이 말했다.

그들은 납으로 된 창틀을 따라 조용히 걸어서 되돌아갔고 그들 주

위에는 저녁 햇살을 받은 잉글랜드의 세 개 카운티가 펼쳐져 있었다. 교회 위에 교회, 수도원 위에 수도원, 암자 위에 암자 그리고 거대한 대성당이 석양 무렵의 첩첩산중 가장자리에 들어서 있었다.

그들은 아까 앉았던 식후 테이블로 되돌아와서 다시 앉았고, 단지 수도사만이 창문으로 걸어가서 그 기계 주위를 박쥐처럼 맴돌았다. "나는 보았어! 나는 보았어!" 그는 같은 말을 혼자 중얼거렸다.

"그는 기계를 손상시키지는 않을 겁니다." 존이 말했다. 그러나 수도원장은 살레르노의 로저와 마찬가지로 정면을 응시하면서 그 말을 듣지 않았다. 간호사의 머리는 테이블 위에 내려와 있었고 그 머리를 감싼 두 팔은 떨고 있었다.

존은 와인 컵 쪽으로 손을 뻗었다.

"카이로에 있을 때 그들은 내게 보여 주었어." 수도원장은 혼잣말을 중얼거렸다. "인간은 두 개의 무한—엄청나게 큰 것과 아주 미세하게 작은 것—사이에 서 있는 거야. 그래서 끝이 없는 거야. 삶이든 또 는—"

"그리고 **나는** 무덤의 가장자리에 서 있지요." 살레르노의 로저가 으르렁거렸다. "누가 **나를** 불쌍히 여깁니까?"

"조용히 하세요!" 간호사 토머스가 말했다. "저 작은 생물들을 신성하게 하면 창조주의 병자들을 치료하는 데 도움을 줄 수 있습니다."

"그럴 필요가 있을까?" 부르고스의 존이 입술을 닦았다. "저건 사물의 형상을 보여 줄 뿐이야. 좋은 그림들을 보여 주지. 난 저걸 그라나다에서 입수했어. 사람들이 그러는데 동방에서 건너온 것이라고 하더군."

살레르노의 로저는 노인다운 악의를 드러내며 웃음을 터뜨렸다.

"교회는 어떻게 되겠는가? 거룩한 교회는? 교회의 허가 없이 우리가 교회의 지옥을 들여다보았다는 것이 교회의 귀에 들어간다면, 우리의 입장은 어떻게 되겠는가?"

"화형대에 가게 되겠지." 성일로드 수도원장이 약간 언성을 높이며 말했다. "자네는 저 말을 들었나, 로저 베이컨*, 저 말을?"

수도사는 그 컴퍼스를 더욱 세게 잡으며 창 측에서 돌아섰다.

"아니, 아니!" 그가 대답했다. "팔코디 추기경은 그렇게 하지 않을 겁니다. 또 영국인의 마음을 이해하는 푸크스는 이제 교황이 되었는데 그도 그걸 바라지 않을 거예요.** 그분은 현명하고— 학식이 높습니다. 그는 내가 쓴 글들을 읽습니다. 푸크스는 그렇게 하지 않을 겁니다."

"'거룩한 교황과 거룩한 교회는 별개입니다.'" 로저가 인용문을 말했다.

"하지만 나, **나는** 이것이 마법의 장치가 아니라고 증언할 수 있습니다." 수도사가 계속 말했다. "이것은 단지 시각적 장치일 뿐입니다. 시행착오와 실험 끝에 얻은 지혜입니다. 나는 이것을 증명할 수 있습니다. 나의 이름은 스스로 생각하는 사람들에게 무게감이 있습니다."

"그런 사람들을 한번 찾아보시오." 살레르노의 로저가 소리쳤다. "온 세상을 통틀어서 대여섯 명쯤 될 거요. 그들이 화형식에서 불태워지고 난 다음의 재 무게는 50파운드도 안 될 겁니다. 나는 그런 사람들을 보았습니다. 잿더미가 된."

"나는 이것을 포기하지 않겠습니다!" 수도사의 목소리는 열정과 절

* 로저 베이컨(1214~1294), 영국의 철학자. 교황 클레멘트 4세를 위해 과학에 관한 논문을 써서 헌정했다. 과학을 옹호하는 논문 때문에 14년간 감옥 생활을 했다.
** 여기서 말하는 교황은 클레멘트 4세(?~1268)로서 프랑스인인데, 1265년 2월 5일 영국에 외교 사절로 나왔다가 교황으로 선출되었다.

망으로 갈라지고 있었다. "그것은 '빛'에 대한 죄악이 될 겁니다."

"아닙니다, 아닙니다. 우리는 바로의 작은 생물들을 축성해야 합니다." 토머스가 말했다.

스티븐은 허리를 숙여서 컵에서 그의 반지를 찾아내 다시 손가락에 꼈다. "여러분," 그가 말했다. "우리는 이미 본 것을 보았습니다."

"그것은 마술이 아니라 간단한 기술일 뿐입니다." 수도사가 고집했다.

"이건 아무 소용이 없어요. 교회의 눈으로 보면, 우리는 인간에게 허용된 것 이상을 본 겁니다."

"하지만 그것은 창조되어 약동하는 생명입니다." 토머스가 말했다.

"지옥을 들여다보는 것—우리는 그것을 들여다보았다고 판단되고 또 증명이 될 터인데—은 사제들만 할 수 있는 것입니다."

"혹은 성인의 길에 들어선 아주 병든 처녀들만이, 산파가 말하는 그런 이유 때문에—"

수도원장은 손을 절반쯤 들어 살레르노의 로저의 발언을 가로막았다.

"사제들이라고 해서 교회가 알고 있는 것 이상으로 지옥을 들여다볼 수 있는 건 아닙니다. 존, 자네가 악마들을 대접해 주어야 한다고 한 것처럼 교회에도 정당한 대접을 해 주어야 해."

"나의 일은 사물의 외양에만 집중되어 있습니다." 존이 조용히 말했다. "나는 나의 무늬들을 확보했습니다."

"하지만 당신은 더 많은 것을 얻기 위해 자세히 들여다볼 수 있습니다." 수도사가 말했다.

"나의 일에서, 일단 끝난 일은 끝난 겁니다. 우리는 그다음에는 새로운 형상들을 찾아 나섭니다."

"그리고 우리가 어떤 한계를 벗어난다면, 비록 그것이 머릿속 생각일지라도, 우리는 교회의 심판을 받게 되네." 수도원장이 말했다.

"하지만 당신은 압니다—**알고 있어요.**" 살레르노의 로저가 다시 공격에 나섰다. "사물의 원인에 대하여 온 세상이 어둠에 휩싸여 있습니다. 비좁은 통로로 퍼지는 열병에서 당신의 여인이 고통을 겪고 있는 섭식 장애에 이르기까지. 생각해 보십시오!"

"살레르노, 나도 생각해 보았습니다! 깊이 생각해 보았지요."

간호사 토머스는 다시 고개를 쳐들었다. 이번에 그는 말을 더듬지 않았다. "물속에서와 마찬가지로, 피 속에서도 생물들은 서로 화를 내고 싸웁니다! 나는 이것들을 10년 동안 꿈꾸어 왔어요. 나는 그것이 죄악이라고 생각합니다. 하지만 나의 꿈과 바로의 꿈은 진실이에요! 그것을 다시 한 번 생각해 보십시오! 여기 우리의 손 밑에 '빛'이 있습니다!"

"그만두라! 다른 사람들과 마찬가지로 자네도 화형을 당해서는 안 돼. 나는 교회가—그리고 나 자신이—보는 입장을 한번 말해 보겠네. 여기 우리의 존은 무어인들로부터 돌아와서 컴퍼스 속에 떨어트린 한 방울의 물속에서 쟁투하는 악마들의 지옥을 보여 주었습니다. 이것은 허가 범위를 넘어서는 마술입니다. 당신은 화형장의 화목이 불타는 소리를 들을 겁니다."

"하지만 당신은 알고 있습니다! 당신은 이미 전에 그것을 보았습니다! 불쌍한 사람을 위하여, 오래된 우정을 위하여—스티븐!" 수도사는 그렇게 애원하면서 그 기계를 가슴속에 집어넣으려 했다.

"소트레의 스티븐이 알고 있는 것을, 여러 친구분들도 알고 있습니다. 이제 당신들이 성일로드 수도원장의 뜻에 따라 주기 바랍니다. 그걸 내게 주시오!" 그는 반지 낀 손을 내밀었다.

"나나—여기 존이—그 기계의 그림을 그려 놓으면 안 될까요?" 풀죽은 수도사가 자기도 모르게 소리쳤다.

"안 돼요!" 스티븐이 그것을 건네받았다. "존, 자네의 단검을 좀 주게. 칼집에 든 상태로."

그는 금속 실린더의 나사를 풀어서 테이블 뒤에 놓았고, 단검의 자루로 수정을 두드려서 박살을 낸 후, 그것들을 손으로 집어서 벽난로 속에 집어 던졌다.

"선택은 다음 두 가지 죄악 사이에 있는 것 같소." 수도원장이 말했다. "우리의 손 안에 있는 '빛'을 세상에 알려 주지 않는 것과, 아직 때가 되지 않았는데 세상에 '빛'을 알려 주는 것. 당신들이 방금 본 것을 나는 오래전에 카이로에서 의사들 사이에서 보았소. 그리고 그들이 그로부터 어떤 교리를 이끌어 내는지도 보았소. 토머스 **자네는** 꿈을 꾸어 왔다고? 나 또한 자네보다 더 많은 지식을 갖추고 꿈을 꾸어 왔지. 하지만 여러분, 이 기계의 탄생은 아직 시기상조입니다. 그것은 이 어두운 시대에 더 많은 죽음, 더 많은 고문, 더 많은 분열, 그 큰 어둠의 어머니가 될 뿐입니다. 그래서 나의 세상과 교회를 잘 아는 나는 내 양심을 걸고 이런 선택을 했습니다. 가십시오! 이제 끝났습니다."

그는 컴퍼스의 나무틀 부분을 벽난로의 너도밤나무 장작들 사이로 던져 넣어 모두 불태워 버렸다.

마지막 노래
(기원전 8년 11월 27일)
호라티우스, 서정시 31, 제5권

참나무 아래 누워서 새벽의 바람 소리를 듣는 파수꾼들은
현재의 밤의 힘이 곧 분쇄되리라는 것을 아네.
비록 정해진 시간이 될 때까지는 새벽이
그녀를 위협하지는 못할지라도. 그렇게 베르길리우스는 죽었네.
변화가 가까이 왔다는 것을 깨닫고,

영원한 신들이 만들어 놓은 모든 것과, 신들 그 자신에게
변화가 오리라고 예언했네. 그것은 새벽과 똑같은 운명.
비록 정해진 시간이 올 때까지 지체되기는 해도 새벽은 오네.

살아 있는 자와 죽은 자 위에 새로이 떠오르는 별,
우리의 사랑이었던 잃어버린 그림자들은 사랑하는 사람이 되어
영원히 회복이 되네. 그리하여 그는 말했다네.
말씀을 받아 들었으므로……

마에케나스는 에스퀼리네 언덕에서 나를 기다려.
나는 오늘 밤 거기에 갈 것이니……
나의 베르길리우스여, 이 새벽이 우리를 다시 회복시켜 줄까?
이 새벽에? 어떤 하늘 아래에서?

키플링, 20세기 영국의 가장 위대한 단편소설 작가

정치적 문제로 저평가된 위대한 작가

러디어드 키플링(1865~1936)은 우리나라 일반 독자에게는 『정글북』의 저자로 널리 알려져 있다. 그래서 『보물섬』을 쓴 루이스 스티븐슨과 마찬가지로 20세기 영국의 대표적 아동작가로 잘못 이해되고 있다.

이번에 현대문학 출판사에서 세계문학 단편선을 펴내면서 이 키플링을 본격 조명하기 위해 수백 편에 달하는 키플링 단편들 중에서 가장 문학성이 높은 25편을 선정하여 출간하게 되었다. 키플링은 열한 권의 단편집과 일곱 권의 어린이용 단편집을 발간하여 근 4백 편에 가까운 단편소설을 써 냈는데, 이 중에서 선별 빈도가 높은 단편은 대략 75편 정도이다. 본 번역서는 모던 라이브러리, 에브리맨 라이브러리, 펭귄 북스에 실린 키플링 단편 선집 중에서 중복 소개되는 빈도가 높은 40편을 먼저 추린 다음, 거기서 지나치게 군대 이야기나 종교 이야기에 편중된 것들을 제외하고 최종적으로 가장 핵심이 되는 25편을 선정했다. 이처럼 많은 작품을 수록한 키플링 단편집은 이 번역서가 국내 최초의 것이다.

영국의 시인 겸 비평가인 크레이그 레인과 영국 켄트 대학 영문과 교수인 잰 몬테피오레는 키플링을 가리켜 20세기 영국의 가장 위대한 단편소설 작가라고 평가했다. 이것은 이 두 사람만의 의견이 아니고 그전에 T. S. 엘리엇, 조지 오웰, 에드먼드 윌슨, 랜들 자렐, 보르헤스, 킹즐리 에이미스, 앵거스 윌슨, 그리고 가장 뛰어난 키플링 비평가로 평가되는 미스 조이스, M. S. 톰킨스 등이 모두 유사한 평가를 내린 바 있다.

그런데 시중에 나와 있는 영미 단편소설 번역 책들을 찾아보면 키플링의 단편이 하나라도 소개된 단편 선집은 거의 없다. 있다고 해도 『정글북』에 들어 있는 모글리 단편 하나를 소개하는 게 전부이다. 이런 사정은 국내뿐만 아니라 영미권에서도 마찬가지이다. 역자는 열 권도 넘는 영미 단편소설집을 갖고 있으나 그중에 키플링이 소개된 선집은 겨우 하나뿐이다.

왜 이렇게 되었을까? 그것은 영국의 인도 지배와 보어전쟁 그리고 1차 대전을 거치면서 키플링이 영국의 식민 지배를 옹호하는 정치적 견해를 피력함으로써 제국주의자, 인종차별주의자, 호전적 국수주의자로 낙인이 찍혔기 때문이다. 그는 독일인을 가리켜 "야만적인 훈족의 후예"라고 비난했고 러시아인을 가리켜 "인간의 모습을 하고서 걸어 다니는 곰"이라고 혹평했다. 또한 "전쟁은 우리 시대의 로맨스이고 대영제국의 확장은 우리의 의무이며 또 영국의 자비로운 제국주의를 널리 확대하는 것이 백인이 걸머지고 가야 할 부담"이라고 주장했다. 2차 대전 종전 이후 이런 제국주의와 인종차별주의는 지식인 사회에서 철저한 금기 사항이 되었으므로 다들 키플링을 경이원지하게 되었다. 속으로는 키플링이 위대한 작가라는 것을 인정하면서도 대놓고 그를 칭송하지는 못했던 것이다. 사실 젊은 시절의 헤밍웨이는 키플링의 소설을 모두 읽었다고 하며 그 자신의 단편집 제목을 선정할 때에는 키플링이 이미 좋은 제목을 다 써먹어서 이제 사용할 만한 제목이 없다고 한탄했을 정도였다. 조지 오웰은 『위건 부두로 가는 길』에서 "어린 시절 키플링의 책을 읽을 때마다 내 주위의 변화와 부패를 의식하게 되었다"고 말하고 있다. 또한 1942년에 T. S. 엘리엇이 『키플링 시 선집』을, 그리고 1952년에 서머싯 몸이 『키플링 산문 선집』을 펴내면서 지식인 사회의 정당한 평가를 호소했으나 큰 반향을 일으키지는 못했다.

이렇게 하여 키플링은 그 정치적 견해 때문에 여전히 저평가되고 있다. 그의 작품에서 제국주의적/인종차별적 특징이 일부 발견되는 것도 사실이지만(다음의 작품 소개에서 그런 점이 발견될 때마다 언급할 것이다), 그것은 여기에 소개된 단편 25편을 전반적으로 살펴볼 때, 5퍼센트도 안 되는 부분이며, 비유적으로 말해서 잘 지어진 대리석 저택의 어느 한 부분에 콘크리트가 들어가 있다고 그 집 전체를 콘크리트 집으로 말할 수 없는 것과 같다. 따라서 이 글은 키플링 단편의 높은 문학적 성취와 그 발전 단계를 면밀히 살펴보는 것을 주된 목적으로 삼는다.

키플링 단편소설의 3대 특징

키플링의 단편소설을 읽기 전에 다음 세 가지 특징을 알아 두면 큰 도움이 된다.

첫째, 별유천지別有天地이다. 키플링이 식민지 인도에 기자로 나가 있던 시절에 쓴 단편소설에서는 주로 현지 인도인 혹은 인도에 나와 있는 영국인들의 이야기를 많이 다루고 있는데, 작품의 배경이 인도인 만큼 영국과는 다른 세계를 묘사하고 있다. 키플링은 자서전『나 자신의 어떤 것』에서 인도인 중에서도 무슬림에 대하여 관심이 깊었다고 토로하고 있는데, 그래서인지 그의 단편에는 북인도의 무슬림 다문화 사회에 대한 관심이 자주 표시된다. 이 때문에 초기작은 기괴하고 파천황적인 이야기들이 많다. 별유천지라는 말은 원래 이백의 시「산중문답山中問答」의 시 구절에 나온 것인데 그다음은 비인간非人間이라는 구절로 이어진다. 키플링 초기작의 비인간이라고 하면 인종적인 측면에서 백인이 아닌 모든 유색 인종을 비하하는 말이지만, 더 나아가서는 문명인과는 다른 동물적 분노, 파괴적 증오, 살인적 보복, 유혈적 사랑 등 인간의 격정적인 정서와 감정을 망라한다. 이 별유천지의 주제는 보편적 인간에 대한 통찰과 인식이 깊어지는 키플링의 중·후기 단편으로 가면 동서양를 가리지 않고 적용되며 또한 이승과 저승의 연결이라는 아주 독특한 주제로까지 확대된다.

둘째, 메아리 효과이다. 별유천지와 비인간은 비단 인도에만 국한되는 얘기가 아니고 본국의 영국인에게서도 발견되는데 그 양상이 좀 다를 뿐이다. 메아리가 들려오려면 두 산이 서로 마주 보고 있어야 하는데, '내게서 발견되는 것은 너에게서도 발견된다'라는 상황이 바로 그것이다. 또한 메아리가 잘 전달되려면 두 산 사이에 있는 골짜기는 텅 비고 넓을수록 좋은데, 키플링은 이것을 과감한 생략과 함축에 의하여 성취하고 있다. 소설 속의 어떤 사건이 핵심적 순간에 이르면 키플링은 그것을 설명하는 것이 아니라 단언하고 나선다. 가령 "죽은 사람이 살아 돌아온 것을 내 눈으로 직접 보았다"라고 서술하고 그것에 대한 자세한 설명은 모두 생략해 버린다. 헤밍웨이는 "빙산의 움직임이 위엄을 획득하는 것은 8분의 1만이 수면 밖으로 나와 있고 나머지는 물속에 잠겨 있기 때문인데, 이와 마찬가지로 소설가가 자신이 잘 알고 있는 것을 상당 부분 작품 속에서 생략해도 독자는 그 생략된 부분이 마치 명백하게 진술되어 있는 것처럼 읽어 낸다"라는 빙산 이론을 말했다. 이러한 생략 효과는 실은 헤밍웨이가 키플링으로부터 배워 온 것으로 보인다. 이처럼 함축과 생략이 많은 것은 키플링이 성인용 장편소설 분야에서는 성공하지 못한 측면과도 관련이 된다. 장편소설로 써야 할 소재를 단편으로 녹여 내다 보니, 전해야 할 메시지는 많고 할 말은 제한되어 있어, 그런 기법에 의존하게 된 것이다. 메아리가 잘 전달되는 효과를 천자문에서는 공곡전성空谷傳聲, '빈 계곡이 소리를 잘 전한다'라고 했는데, 이 생략된 부분을 읽어 내는 것이 키플링 읽기의 두 번째 과제이다.

셋째, 화양연화花樣年華의 효과이다. 화양연화는 왕가위 감독이 연출한 홍콩 영화(2000)의 제목이기도 한데, 이 영화의 끝부분에서 유부녀 장만옥을 사랑하는 유부남 양조위가 시엠 립의 앙코르와트로 가서 사원 벽의 벌어진 틈새에다 대고 자신의 사랑을 고백하는 장면이 나온다. 나는 이 은밀한 사랑의 고백이 키플링의 단편소설 「소원의 집」에서 영감을 얻은 것이라고 확신한다. 화양연화는 성숙한 여인의 인생에서 가장 아름다운 한 시절을 뜻하는 화양적 연화를 줄여 말한 것이다. 그러나 연年을 부사로 새기면 '꽃모습이 해가 갈수록 더 화려해진다'라고 해석할 수도 있다. 이 후자의 뜻을 키플링의 단편소설에 적용하여 말해 보면, 작품 속 주인공들의 정신적, 정서적 상태가 해가 갈수록(후기작으로 갈수록) 더 깊어진다는 것이다. 가령 사랑의 감정일 경우, 그 대상은 남녀 간, 부자간, 사회적 계급, 등장인물의 신념, 초자연적 현상 등에 널리 확산되어 있고, 증오와 복수의 감정일 경우, 남자를 배신한 여자, 소중한 자식을 빼앗아 간 전쟁 등에 투사되어 있으며, 화해와 치유의 경우는 일찍 죽은 어린 딸, 자신이 낳은 사생아 자식에 대한 사랑 등으로 점점 더 꽃모습(감정의 상태)이 화려해진다(깊어지고 아파진다). 마지막으로 단편에 따라서는 작품의 앞뒤에 시나 희곡의 부분적 인용이 제시되어 있는데, 독자들은 이런 인용을 생소하게 여겨서 건너뛰고 싶은 유혹을 느낄지 모르나, 작품의 해석에 아주 중요한 단서가 되므로 세심하게 읽어 주기 바란다. 그러면 25편의 단편에서 이런 세 가지 특징이 어떻게 구현되는지 살펴보자.

각 단편의 해설

백 가지 슬픔의 문 : 1884년 9월 24일에 인도에서 발행되는 인도 주재 영국인들을 상대로 하는《민간 및 군인 가제트》에 처음 실린 작품이며 후에 단편집『언덕으로부터의 평범한 이야기들』(1888)에 들어갔다. 우선 19세의 키플링이 삶을 체념하고 달관하는 인생 부적격자를 이처럼 생생하게 묘사했다니 그 조숙한 천재성에 감탄하지 않을 수 없다. 1882년에 고등학교를 졸업한 키플링은 인도로 건너가 7년 동안 신문기자로 활약하면서 그곳의 특수한 상황을 깊이 관찰하였는데, 최초의 단편이라고 할 수 있는 이 작품에서 이미 별유천지 비인간에 대한 관심을 보여 준다. 인생의 고초에 대응하는 방법은 싸우거나 도망치거나 둘 중 하나이다. 이 도망치는 사람의 전형은 호메로스의 서사시 『오딧세이아』에 나오는 로토스蓮를 먹는 사람이다. 이 로토스의 열매를 먹으면 황홀경에 들어가 집이나 친구를 아예 잊어버리고 비몽사몽 중에 살아가게 된다. 아편 흡연자는 인생의 백 가지 슬픔을 이기지 못해 검은 연기(아편)의 망각을 얻으려고 '백 가지 슬픔의 문(백수당)'에 들어간다. 일찍이 헤밍웨이는 소설가와 신문기자의 차이를 논하면서 기자는 사건을 보도하는 사람이지만, 소설가는 사건을 실제 현장에 있는 것처럼 느끼게 해 주는 사람이라고 말했다. 이 소설은 인생의 무거운 부담을 견디지 못하여 그 어떤 모욕도 다 감내하면서 아편을 받아 피우며 다가오는 죽음을 기다리는 무기력한 인간을 아주 생생하게 느끼게 해 준다. 아편 흡연자 혹은 인생 부적격자에 대하여 아주 독특한 실감의 깊이를 전달한다. 이 소설의 제목을 「백수당기百愁堂記」라고 고쳐 쓰고서 당송 8대가의 산문, 가령 세속을 멀리 아득하게 벗어나고 싶다는 뜻을 서산의 아름다움에 의탁하여 서술한 유종원의 「시득서산연유기始得西山宴遊記」나, "기氣는 하늘로 올라가면 별이 되고 땅에 내려오면 산과 바다가 되며, 그윽하면 귀신이 되고 밝으면 사람이 된다"면서 한유의 인물됨을 흠모하는 소동파의 「조주한문공묘비潮州韓文公墓碑」 등과 비교해 봐도 조금도 손색이 없는 훌륭한 문장이다.

'무서운 밤의 도시' : 1885년 9월 10일의 작품으로 나중에 단편집 『언덕으로부터의 평범한 이야기들』에 들어갔다. 인도 북부 무슬림 도시의 음산한 밤 풍경을 아주 생생하게 전달하는 묘사적 글쓰기의 전범이 되는 작품이다. 「백 가지 슬픔의 문」이 어떤 사람에 대한 것이라면 이 소설은 어떤 도시, 즉 기이한 공동체에 대한 서술을 담고 있다. 이 작품에서 이미 생중사生中死라는 별유천지에 대한 키플링 특유의 감각이 드러난다. 무더운 열기, 여름밤 그리고 그 무더움을 더욱 답답하게 만드는 음산한 달빛. 그 달빛 아래 도로변에 나와 시체처럼 누워 잠들어 있거나 잠을 청하는 사람들. 그리고 실제로 소설의 끝부분에 가면 어떤 여자가 밤새 무더위를 견디지 못해 죽어 버려서 사람들이 시체를 떠메고 강가에 화장을 하러 나간다. 모스크의 작은 탑 꼭대기 부분에서 잠들어 있는 수십 마리의 솔개는 사람처럼 코를 곤다. 사람이나 동물이나 존재의 부담은 별반 다를 것이 없는 무더운 여름밤의 달빛 음산한 모습인데, 삶의 부정적 측면의 치열함이 아주 생생하게 부각되어 있다. 일본 시인 바쇼는 한여름 날 온 산이 떠나갈 듯이 울어 대는 매미 소리를 생에 대한 집착으로 노래한 바 있는데, 키플링의 이 달밤은 그 생에 대한 부정적 이미지를 아주 강렬하게 전한다. 소설가 이병주는 "햇볕에 쪼이면 역사가 되고 달빛에 물들면 신화가 된다"고 했는데, 이 음산한 달밤의 신화는 초기 키플링 작품의 주된 분위기를 형성한다. 달밤의 이미지는 백수당과 마찬가지로 신산한 삶의 알레고리이다. 이러한 분위기는 바로 이어지는 모로비 주크스의 사구砂丘에 의해 더욱 생생하게 묘사된다. 키플링이 「무서운 밤의 도시」를 더욱 생생하게 만들기 위해 화가 구스타브 도레와 소설가 에밀 졸라를 언급한 것은 이 소설의 옥에 티이다. 작가는 자신의 힘으로 어떤 상황이나 사건을 묘사해야지, 다른 예술가의 이름을 거명하여 도움을 받으려 하는 것은 문학청년 티를 아직 못 벗은 것이다. 이것은 「수두의 집에서」에서 한 번 더 반복되는데 그 후 키플링의 기법이 점점 성숙해지면서 사라졌다.

모로비 주크스의 기이한 사건 : 1885년 12월의 작품. 키플링 가족이 크리스마스 보유편으로 발간한 『작은 사중주』에 처음 발표되었다. 「인도 철도 라이브러리」 시리즈의 제5편으로 『인력거 유령』(1888)에 수록되었다가 나중에 단편집 『위 윌리 윙키』(1895)에 들어갔다. 주크스는 몸에 신열이 있는 데다 개 짖는 소리가 괴로워서 말 포르닉을 타고 사구 지대를 달리다가 분화구같이 생긴 마을로 굴러떨어진다. 그 마을은 삼면이 U 자형 사구로 되어 있고 나머지 한 면은 앞에 강이 흐르는데, 강과 U 자형 분화구 사이에는 유사가 빠르게 흐르는 사주가 있다. 마을을 둘러싼 사구는 너무 높은 데다 모래가 흘러내려 등반할 수 없고, 앞의 강에는 배에 올라타 경비하는 사람들이 탈출자에게 총을 쏘아 댄다. 그 배가 철수하는 밤에 탈출을 시도하는 자는 유사의 소용돌이 속에 빨려 들어가 죽게 된다. 한마디로 모로비 주크스는 죽음의 땅에 떨어진 것이다. 여기서 주크스는 힌두인 궁가 다스를 만나게 되는데, 이 두 사람은 그처럼 극한의 상황에서 만났으나, 주크스는 자신이 우월한 백인이라는 의식을 그대로 드러낸다. 주크스가 더욱 인종차별주의를 드러내는 부분은 그가 그 분화구로부터 탈출하기 위해 필사의 노력을 한다는 것이다. 반면에 궁가 다스는 그런 탈출을 말리며 주크스를 살해하려 한다. 이것은 재앙을 대하는 동양인과 서양인의 서로 다른 태도를 잘 보여 준다. 그런 모래 구덩이에 떨어졌으면 까마귀나 잡아먹으며 살아야 한다는 것이 궁가 다스의 체념적, 수동적 태도라면, 어떻게 하든 총알 세례와 유사의 흐름을 이겨 내고 탈출해야 한다는 긍정적, 진취적 모험 정신이 모로비 주크스의 태도이다. 이 작품은 T. S. 엘리엇이 「소원의 집」을 설명하면서 말한 "객관적이면서도 애매모호한 작품"이라는 평가를 그대로 적용할 수 있다. 그 분화구의 묘사는 아주 객관적이지만 분화구의 의미가 무엇인지는 애매모호한 것이다. 키플링은 지상에 있는 괴상한 어떤 곳(별유천지)을 묘사하지만 그곳은 명백하게 인생의 알레고리이다. 이 작품은 카프카의 짧은 단편 「법 앞에서」(1913)를 생각나게 한다. 작품의 발표 시기를 보아 카프카가 키플링의 영향을 받았을 가능성이 있다. 카프카 소설은 '법'이라는 문 앞에 서 있는 문지기와 그 문을 통과하려는 시골 사람의 이야기인데 시골 사람이 아무리 기다려도 문지기는 통과시켜 주지 않는다. 그리하여 시골 사람이 늙어 죽게 되자, 문지기는 그를 안쓰럽게 여기며 여기선 당신 외에는 아무도 통과가 되지 않고 또 이 문은 오로지 당신만을 위해 있었으며 이제 이 문을 닫아야겠다고 말한다. 인생의 암울한 상황에 우연히 빠져들어 그로부터 필사적으로 탈출하려는 모로비 주크스는 문(은총 혹은 구원) 속으로 어떻게든 들어가려는 시골 사람이고, 그 문의 통과를 말리는 문지기는 나쁜 운명에 체념하는 것이 옳다고 생각하는 궁가 다스이다. 카프카 단편은 기승전결이 자연스러운 데 반하여 키플링의 단편은 초반의 웅장한 알레고리의 제시에 비해 결말 부분은 좀 허약하다는 느낌이 든다. 주크스가 그 죽음의 땅에서 탈출하는 방식은 초·중반부의 그로테스크한 분위기와는 달리 좀 평범하고 상식적이어서 작품의 전반적 균형을 성취하지 못했다는 느낌을 준다.

수두의 집에서 : 1886년 4월의 작품으로 나중에 단편집 『언덕으로부터의 평범한 이야기들』에 들어갔다. 심약한 사람의 돈을 빼앗으려

는 사기꾼이 벌이는 엉터리 무당 쇼에 참관한 이야기이다. '나'는 서양인의 눈으로 보면 도저히 사람을 속일 수 없을 것 같은 놀이가 버젓이 백주 대낮에 저질러지고 있는 데 대하여 '인식의 충격'을 받는다. '나'는 서양인의 관점에 입각하여, 합리주의와 산업혁명이 만개한 19세기 후반에 어떻게 이런 초자연적 무당 놀이가 사람을 기만하고 더 나아가 그 사람의 돈을 빼앗을 수 있는가 하고 경악한다. 소설의 끝에 가면 그것이 사기극인 줄 알면서도 '나'는 아무것도 할 수 없다는 고백이 나온다. 이러한 사정은 "경찰에 신고할 수도 없었다. 어떤 증인이 나의 진술을 뒷받침해 주겠는가?"라는 문장에서 확인된다. 이 작품에서 '너는 너, 나는 나'라는 별개의 인식이 제시되어 있다. 그러나 이처럼 인종을 구별하려는 인식은 키플링의 인간에 대한 이해가 깊어지면서 점점 사라지고 '나는 곧 너다'라는 인식으로 확대되어 나간다. 인식의 충격이 인식의 확산으로 이어지는 것이다. 이러한 경향은 이미 초기 단편들 중 비교적 뒤에 발표되는 작품에서 발견된다. 키플링은 무당 쇼의 초자연적 장면을 강조하려고 에드거 앨런 포의 단편을 언급하고 있는데, 이는 아직 키플링이 문학청년의 티를 다 벗어버리지 못한 흔적이다. 참고로 포의 단편소설은 「발데마르 씨의 사례에 관련된 사실들」(1845)이다.

무하마드 딘의 이야기 : 1886년 9월의 작품으로 나중에 단편집 『언덕으로부터의 평범한 이야기들』에 들어갔다. 모든 단편소설 속의 핵심적 행동 양식은 '싸우다', '사랑하다', '울다' 그리고 '죽다'이다. 특히 죽음의 효과는 강력하여 스토리를 일시 정지시키고 또 스토리에 극적인 반전을 가져온다. 무한히 큰 건축물을 구상하던 어린 소년이 죽지 않고 살아남아 그가 나중에 거두었을 커다란 성공과 삶의 즐거움을 생각하면 그의 때 이른 죽음은 우리를 슬프게 한다. 키플링이 이 작품을 쓸 당시에는 아직 자기 자식의 죽음을 당하지 않은 상태였다. 그러나 그 후 어린 맏딸을 잃고서 그 죽음을 애도하는 작품 「그들」을 썼는데, 슬픔의 깊이가 이 작품에서 느껴지는 것과는 비교가 안 될 정도로 깊고 심오하다. 서머싯 몸은 문학적 자서전 『서밍 업』에서 죄 없는 어린아이의 죽음을 언급하면서 이런 발언을 했다. "철학자들이 박사 학위를 따서 젊은이들에게 지혜를 가르치기 전에, 대도시의 빈민가에서 사회봉사를 하면서 혹은 육체노동으로 생계를 벌면서 1년을 보낸 다음에 학위를 주면 어떨까? 만약 그들이 뇌막염으로 죽어가는 아이를 보았다면 그들은 다른 시선으로 악의 문제를 바라보게 될 것이다." 서머싯은 이어서 이런 악을 해결하지 못하는 신의 무능함에 좌절하여 결국 자신이 무신론자가 되었다고 말한다. 우리는 이 소설에서 아이의 죽음을 읽으면서 이런 형이상학적 생각을 하지는 않지만 우리가 실제로 알고 있는 혹은 책을 읽어서 알게 된 아이의 죽음을 떠올리게 된다. 과거 1960년대 후반의 국정교과서 국어 고1 과정에 이광수의 「산거일기」라는 글이 실렸는데, 어린 아들 형근이 일찍 병사했다는 내용이다. 병든 형근에게 아버지가 드롭스 사탕 네다섯 알을 쥐여 주며 먹지는 말고 갖고 있으라고 했는데, 형근은 한 알을 남겨 놓고 다 먹어 버렸고, 그 직후에 일곱 살 어린 나이에 세상을 떠났다. 내가 이광수의 글을 읽은 지 50년이 지났는데도 그 내용을 기억하고 있는 걸 보면 어린아이의 죽음은 참으로 긴 여운을 남긴다.

경계 너머로 : 1888년의 작품으로 나중에 단편집 『언덕으로부터의

평범한 이야기들』에 들어갔다. 제목에서 말하는 경계는 문명과 야만의 분기점을 말하기도 하고, 알 수 있는 것과 알 수 없는 것의 경계를 의미하기도 한다. 이 작품을 읽으면 충격, 무기력 그리고 극복할 수 없는 어떤 절벽과 맞서는 느낌을 받는다. 트레자고는 어린 비세사를 발견한 집의 문이 어디에 있는지조차도 모른다. 그는 예전의 익숙한 길로 돌아와 비틀거리는 걸음으로 그의 관리 일을 계속해 나간다. 이 소설의 마지막 문장은 키플링 진술의 특징을 잘 보여 준다. "트레자고는 정기적으로 그 통행로를 방문하며, 아주 예의 바른 사람으로 인정되고 있다. 그에게는 특별한 점이 없다. 승마 부작용으로 오른쪽 다리가 약간 뻣뻣한 것 이외에는." 키플링의 이야기는 비극적인 결말로 완전히 끝나 버리는 것이 아니다. 삶의 부담은 여전히 지속되고, 쓸쓸한 음식은 계속 삼켜야만 한다. 삶에 대한 키플링의 비극적 인식은 이런 식으로 계속 발전해 나간다. 그 인식은 주인공 개인의 비극에 집중되는 것이 아니라 많은 등장인물에게 확산되어 있고 또 여러 에피소드를 통하여 표현된다. 초기 단편들에서는 이런 상호 연계된 비극적 인식이 잘 제시되어 있다. 그러니까 인간들에게는 끔찍한 일이 언제나 발생하고 살아남은 자는 그 슬픈 체험을 그들 내부에 감추면서 살아간다는 것이다. 이 소설에서 막다른 통행로는 독특한 의미 작용을 한다. 비세사에게 비극이 벌어지고 난 다음에도 키플링은 우리에게 그런 비극이 벌어진 장소를 구체적으로 알려 주지 않는다. 남녀의 사랑이야기는 아주 구체적이지만 그 사랑이 벌어지는 비좁은 통행로는 구체적으로 어디인지 모르게 처리되어 있다. 그리하여 이 소설은 독자에게 한편으로는 알 것 같기도 하고 다른 한편으로는 잘 모르는 것 같은 애매모호함의 분위기를 풍긴다. 이 초기작은 「'그들'」이나 「소원의 집」 같은 객관적이면서도 심층적으로는 애매모호한 키플링의 중·후기 작품 분위기를 예고하고 있다.

드라이 와라 요우 디 : 1888년 4월 28일의 작품. 처음에 알라하바드의 《금주의 뉴스》에 발표되었다가 「인도 철도 라이브러리」 제3편인 『흑과 백 안에서』(1888)에 다시 수록되었고 그 후 단편집 『세 명의 병사』(1888)에 수록되었다. 별유천지 비인간의 특징 중 하나로 파괴적 사랑을 들 수 있는데, 그런 사랑의 집념이 광포한 강박증으로 변한 남자를 잘 묘사하고 있다. 제목의 뜻은 '셋이 하나'인데, 머리 없는 시체, 빛이 없는 영혼, 나 자신의 어두운 심장/불, 재, 나의 잠자리/태양의 눈, 달의 눈, 내 불안한 눈 등이 모두 삼위일체라는 것이다. 아내의 배신으로 오쟁이 진 남자가 느끼는 복수심을 잘 표현하는 이런 문구들은 작품 중에 "증오처럼 깊은 사랑이 있을까요?"라는 표현과 상통한다. 오델로는 왜 데스데모나를 목 졸라 죽였고, 『천일야화』의 샤푸리 아르 왕은 왜 세에라자드를 만나기 전에 그토록 많은 여자를 죽였나? 두 사람은 여자의 배신에 치를 떨었기 때문에 그런 행동을 했다. 이 단편을 읽으면 우리는 소설의 대상적 위안을 생각하게 된다. 여자가 배신했다고 하여 모든 남자가 「드라이 와라 요우 디」 내용처럼 되는 것은 아니다. 파괴적 감정을 가진 비인간의 모습을 작품 속에서 만남으로써 우리가 혹시 앞으로 만나게 될지도 모르는 이런 파괴적 감정에 미리 예방주사를 놓는다. 다시 말해 우리의 상상력은 주변의 신산한 현실을 충분히 감싸 안을 수 있는 것이다.

슈샨의 유대인들 : 1888년의 작품으로 나중에 단편집 『인생의 핸디

캡』(1891)에 수록되었다. 인도 북부에 있는 인구 1만의 슈샨에 사는 여덟 명의 유대인에 대한 스케치이다. "슬픔은 언제나 나의 것입니다"라고 에프라임은 말하는데, 유대인의 장구한 피압박의 역사를 아주 간결하게 요약한다. 가장 작은 것으로 가장 큰 것을 보여 주는 키플링의 수법을 이 작품은 이미 예고하고 있다. 키플링은 단편 속에서 많은 것을 말하려고 과감한 생략과 함축을 도입하는데, 이런 이야기하기의 특징은 중·후기의 키플링에게서 점점 더 강하게 드러난다. 중기의 키플링은 본격적인 장편소설을 써 보려고 무척 노력했으나 어린이용 장편소설 『킴』을 빼놓고는 이렇다 할 성인용 장편소설을 써 내는 데 실패했다. 그런 실패를 겪고 난 후에 자신이 하고 싶은 장편소설 급의 이야기를 단편소설의 틀 속에 집어넣는 쪽으로 방향 전환을 했다. 그러다 보니 선택과 집중, 생략과 함축이 주된 창작 기법으로 등장했다. 그리하여 키플링은 산만한 에피소드들의 느슨한 연결은 과감히 결별하고 '잘 짜여진 이야기well-built story'가 되는 쪽으로 나아갔고 그 대표적인 작품이 후기작 「소원의 집」이다. 「슈샨의 유대인들」은 초기작으로 원고지 22매에 불과한 짧은 소설이지만, 이미 중·후기에 드러나게 될 키플링의 모습을 보여 주고 있다.

왕이 되려 한 남자 : 1888년의 작품. 처음에 「인도 철도 라이브러리」 제5편 『인력거 유령』에 발표되었다가, 후에 단편집 『위 윌리 윙키』에 수록되었다. 키플링 23세 때의 작품이지만, 일반 독자들이 갖고 있는 '키플링 초기 작품-단순, 후기 작품-복잡'이라는 이분법적 구도를 완전히 뒤흔들어 놓는 아주 복잡한 작품이다. 이 소설은 제국주의 찬양과, 백인이 기타 인종들을 통치해야 한다는 백인의 부담 이론이 노골적으로 드러난다. 영국인들만이 알고 있는 영국에 대해서 현지인들은 알지 못한다, 이 부족들의 여성은 남성보다 더 치명적이다, 수에즈의 동쪽인 이곳은 야만이다, 그들은 우리가 대신 통치해 주는 것에 대하여 대금을 지불해야 한다, 등의 백인 위주의 인종차별주의가 작품의 전편에 깔려 있다. 단편 「짐승의 표시」 앞부분에 나오는 다음과 같은 말이 이 작품에 그대로 적용된다. "수에즈의 동쪽으로 가면 섭리의 직접적인 통제는 중단된다고 한다. 그곳에 사는 사람은 아시아의 신들과 악마들의 힘에 넘겨지게 되고, 영국 국교의 섭리는 영국인의 경우에만 한하여 산발적이고 제한적인 감독권을 행사하게 된다는 것이다." 그러나 이런 제국주의적 오만함에 자발적인 불신不信의 정지停止를 가동하고, 작품을 계속 읽어 나가면 또 다른 의미의 측면이 발견된다. '불신의 자발적 정지willing suspension of disbelief'는 영국 낭만파 시인 새뮤얼 콜리지가 『문학 평전』에서 쓴 말로, 문학작품의 독자는 작품 속의 어떤 상황을 불신하더라도 그것을 정지하면서, 그러니까 그 상황을 '일단 그렇다 치고' 받아들이면서 읽어 나가야 한다는 뜻인데, 이럴 경우에 드러나는 또 다른 측면은 드래벗이 예수 그리스도의 패러디라는 것이다. 이것은 작품의 맨 끝부분에서 드래벗을 가리켜 "사람의 아들"이라고 지칭한 부분에서 추론할 수 있다. 그러나 양자 사이에는 다음과 같은 네 가지 결정적 차이가 있다. 1) 예수는 천상의 왕국에 대해서 말했으나 드래벗과 카네한은 지상의 왕국을 건설하려 했다. 2) 예수는 처음부터 신이었으나 유대인들은 그가 인간이며 동료 유대인을 혹세무민하는 거짓 예언자라고 생각한 반면, 드래벗 등은 현지인들에 의하여 신이라고 인정되어 숭배되었으나 결국 인간임이 판명되어 처형되었다. 3) 예수는 인간의 몸을 잠시 입은 신이어서 인간의 여자를 취할 필요가 없었으나, 드래벗은 부족 통치에 결정적으로 장애와 난관이 될지도 모르는데 여자를 취하려 했다. 4) 예수는 십자가에 못 박혀 죽었다가 사흘 만에 다시 살아났으나, 카네한은 십자가에서 죽지 않고 목숨을 부지하다가 현지 부족에 의해서 구제되었다. 키플링 작품 속에 빈번히 등장하는 성경 구절의 인용을 감안하면 이 패러디는 작품에 아주 독특한 분위기를 부여한다. 카피리스탄으로 들어갈 때 드래벗이 공중에 날리던 어린아이들의 종이 팔랑개비도 심상치 않은 상징이다. 팔랑팔랑 공중에 돌아가는 이 장난감은 밧줄 다리에서 떨어져 2만 마일의 허공에서 빙글빙글 돌다가 계곡 바닥에 추락하여 죽게 되는 드래벗 죽음의 예표이다. 이 팔랑개비 상징은 지상의 왕이 되려는 것이 얼마나 아이들 장난 같은 놀이인가를 냉소적으로 보여 준다. 이런 여러 가지 감추어진 모티프를 생각하면 이 작품의 복잡성을 실감할 수 있다.

짐승의 표시 : 1888년의 작품으로 후에 단편집 『인생의 핸디캡』에 수록되었다. 『동물 농장』과 『1984』의 작가 조지 오웰은 1936년 키플링이 사망했을 때 그의 조사를 쓰면서 이 작품과 「모로비 주크스의 기이한 사건」의 줄거리를 지금껏 기억하고 있다고 말했다. 그만큼 젊은 시절의 오웰에게 강력한 인상을 주었다는 것이다. 여기서 짐승은 중의적 의미를 갖는다. 표면적으로는 하누만 신전의 신상이 짐승이나 다름없고 그래서 플리트가 거기다가 짐승의 표시를 한 것으로 되어 있다. 그러나 실버맨의 공격을 받은 플리트는 가슴에 표범의 반점이 새겨져서 짐승으로 변해 버린다. 그런데 그 짐승을 다시 문명으로 돌려놓는 데 또다시 짐승의 짓이 필요하다는 것은 참으로 아이러니하

다. 텍스트의 끝부분에서 "이 부분은 여기에 기록하지 않는다"라고 했는데 문둥이를 빨갛게 달군 총신으로 고문하여 플리트를 낫게 하도록 강요한 것이다. 그렇다면 최종적으로 누가 짐승인가? 철저한 반식민주의자였던 오웰이 "키플링의 책을 읽을 때마다 내 주위의 변화와 부패를 의식하게 되었다"라고 말한 것은 문명의 야만성을 지적한 것이었다. 별유천지 비인간의 상태가 소위 미개지인 동양에만 있는 것이 아니라, 합리주의와 산업혁명으로 문명화되었다고 자부하는 서양에서도 그 문명의 이름으로 저질러지는 무수한 야만이 있다는 것을 보여 준다. 문제는 이런 이야기를 믿을 수 있느냐는 것이다. 우리는 세상에는 우리의 상식으로 이해할 수 없는 일이 벌어진다는 것을 안다. 그래서 남의 나라의 신상을 존중하지 않는 플리트의 짐승 같은 짓이 그를 짐승으로 만들었다는 얘기가 그럴듯하다는 생각을 하게 된다. 그러나 그 짐승에서 다시 인간으로 돌아오는 과정에서 폭력을 사용하여 그렇게 되었다는 이야기는 여전히 백인 우월주의가 남아 있다는 인상을 준다. 키플링은 주로 초기작에서 이런 인종 우월적인 자세를 보이지만 중·후기 작품으로 가면서 인간이 때로 짐승이 되는 사례는 양의 동서를 구분하지 않는다는 폭넓은 인식을 보여 준다.

길가의 코미디 : 1888년 1월의 작품으로 후에 단편집 『위 윌리 윙키』에 수록되었다. 사랑의 비극은 서로 동시에 사랑을 주고 또 받을 수 없고, 또 어느 한 대상에게 너무 많은 사람이 몰리는 것임을 아주 코믹한 터치로 그린 작품이다. 여기에서 남자들은 너나 나나 다 똑같은 자라는 메아리 효과도 느껴진다. 작품 속에서 화자는 "여론이 형성되지 않는 감추어진 소공동체에서는 모든 법률이 약화된다는…… 인

구가 배심원 숫자인 열두 명으로 늘어날…… 후에는 공포와 그에 따르는 절제가 시작되고 인간의 행동은 덜 괴기하고 덜 불안정하게 된다"라고 말하고 있으나, 남녀 간의 사랑은 인구의 적고 많음이나 도시의 크고 작음과는 무관한 것이다. 작품 속에서 말하고 있듯이, 사랑의 성취 여부는 행운의 소관 사항이기 때문이다. 단지 그 사랑을 멀리서 보아 코미디로 인식하느냐 아니면 가까이서 보아 비극으로 인식하느냐의 차이만 있을 뿐이다. 실제로 자신이 좋아하는 여자를 다른 남자도 좋아하고 있다는 것을 발견한 어떤 남자의 심정은 얼마나 참담하겠는가. 결코 코미디일 수가 없는 상황인데도 키플링이 코미디란 제목을 붙인 것은 다소 초연한 관점에서 남녀 간의 엇나간 사랑을 관찰했다는 뜻이다. 그러나 똑같이 엇나간 사랑이라도 아주 가까이서 밝고 깊은 눈으로 관찰하면 비극적으로 보이는데 이것은 후기작 「소원의 집」이나 「참호의 마돈나」에서 잘 드러난다.

매애, 매애, 검은 양 : 1888년 12월 21일 《금주의 뉴스》에 크리스마스 보유편으로 처음 발표되었다가 나중에 단편집 『위 윌리 윙키』에 수록되었다. 이 작품은 키플링의 성격을 알아볼 수 있는 아주 중요한 소설이다. 에드먼드 윌슨은 키플링의 호전적이고 공격적인 태도가 어린 시절의 증오와 보복의 트라우마에서 유래했다고 진단했다. 증오와 보복을 하려면 먼저 아이가 엄청 기가 세고 도전적이며 공격적이어야 하는데 그런 심리 상태가 이 열 살짜리 소년에게서 이미 드러난다. 우리가 주인공 펀치의 관점에서 이 이야기를 읽는다면, 하숙집 여주인과 그 아들의 횡포에 대하여 분노하게 된다. 그러나 펀치의 관점이 아닌 제3자의 관점에서 이 소설을 다시 읽어 보면, 펀치가 아주 고집 세고 다루기 어려운 아이라는 것을 알 수 있다. 그것은 '어리석다'라고 말해야 할 정도의 고집스러움이다. 실제로 인도에서 돌아온 펀치의 어머니는 펀치에게 그가 한 짓이 좀 "어리석지 않니?" 하고 말한다. 우리가 펀치의 공격적이면서도 철저한 성격을 키플링 자신의 것이라고 가정할 수 있다면 이 성격은 그에게 마이너스로 작용하기도 하고 정반대로 플러스로 작용하기도 한다. 가령 대영제국의 식민지 지배나 1차 대전 이후의 국수적 호전주의(마이너스 측면)를 만들어 낸 것도, 또 후일 「메리 포스트게이트」나 「'잘 치워지고 정돈된'」, 「'그들'」 같은 명편(플러스 측면)을 만들어 낸 것도 모두 이 기질에서 유래하는 것이기 때문이다. 이런 점에서 이 소설은 작가 키플링을 이해하는 데 아주 중요한 단편이다.

그린하우 언덕의 추억 : 1890년 9월에 맥밀런 출판사의 《매거진》에 처음 발표되었다가 단편집 『인생의 핸디캡』에 수록되었다. 첫사랑의 추억을 아주 아름답게 서술한 작품이다. 현지인 연대에서 탈영한 병사와 애인 때문에 입대한 존 리어로이드 사이에서 메아리 효과를 발견할 수 있다. 그것은 작품의 끝부분에서 리어로이드가 "아마 저 친구 문제에도 여자가 개입되어 있을 거야"라고 말한 것에서 확인된다. 이 작품 속에 등장하는 탈영병 이야기는 중기의 키플링 단편, 가령 「배서스트 부인」에서 등장하는 탈영도 두려워하지 않는 사랑의 주제를 미리 보여 주고 있다. 헤밍웨이는 키플링의 단편소설을 아주 좋아했고 특히 키플링 작품의 인상적인 제목들을 극찬했다. 그는 1927년에 미국 소설가 스콧 피츠제럴드에게 보낸 편지에서, 단편집 『여자 없는 남자』는 키플링이 묘사한 식민지 병사들에 대하여 그 자신이 느끼는 친근성과, 그 자신의 남성적 가치들을 표현하고 있다고 말했다. 이 소설에 등장하는 멀배니, 오더리스, 리어로이드는 헤밍웨이가 좋아했다는 바로 그 식민지 병사들이다. 헤밍웨이가 키플링에게서 받은 영향은 여러 문장에서도 확인된다. 가령 이 단편에서 오더리스가 솔밭 위에 엎드려 탈영병을 노리며 총을 겨냥하는 부분이나, 맨 마지막 부분에서 총을 쏘려고 겨냥하는 부분은 헤밍웨이의 『누구를 위하여 종은 울리나』의 맨 처음 부분과 마지막 부분에 영향을 준 것으로 보인다.

그는 갈색 솔잎이 깔린 산 중턱에 엎드려 포개어 놓은 양팔 위에 턱을 괴고 계곡 아래를 내려다보고 있었다.

—『누구를 위하여 종은 울리나』 첫 시작 부분

마침내 그는 만족스러운 지점을 찾아냈고, 부드러운 솔잎 등성이에 엎드렸다.

—「그린하우 언덕의 추억」

로버트 조던은 나무 뒤에 숨어 몸가짐을 바르게 잡으면서 손이 떨리지 않게 하려고 애썼다. 그는 그 장교가 해가 비치는 곳까지 오기를 기다렸다. 그곳은 소나무 숲이 목초지의 푸른 등성이와 연결되는 바로 그 지점이었다.

—『누구를 위하여 종은 울리나』 맨 마지막 부분

오더리스가 갑자기 무릎을 세우고 일어서면서 어깨에 소총을 걸쳐 메더니 오후의 햇빛을 받고 있는 계곡 아래쪽을 노려보았다. 그는 턱으로

개머리판을 누르면서 가늠자로 조준했는데 그 순간 오른쪽 뺨의 근육이
씰룩거렸다.

—「그린하우 언덕의 추억」

또한 헤밍웨이의 단편 「다른 나라」의 시작 부분에는 "상점 밖엔 사
냥에서 잡아 온 많은 동물이 걸려 있었다…… 작은 새들은 바람에 흔
들렸고 바람은 그 깃털을 뒤집었다"라는 묘사가 있는데, 이 문장은 키
플링의 단편소설 「무선」(이 단편집에는 들어 있지 않은 작품)에 나오
는 "갈고리에 걸린 깃털 달린 새들과 사냥감들은 바람에 흔들렸다"를
약간 바꾸어서 그대로 가져다 쓴 것이다.

교회의 승인 없이 : 1890년 6월의 작품으로 맥밀런 출판사의 《매거
진》에 먼저 발표되었다가 단편집 『인생의 핸디캡』에 수록되었다. 이
것은 사랑과 내밀한 비밀의 이야기인데, 그 비밀은 무슬림 여인과 영
국인 관리라는 사회적 조건이 부과한 것이다. 소설의 중심에는 아미
라와 홀든이 살고 있는 집이 있고, 그 외곽에는 홀든이 근무하는 영국
관리들의 세계가 있다. 그리고 그보다 더 큰 외곽에는 인도인들의 혼
잡스러운 삶과, 위협과 죽음을 가져오는 더 큰 세계가 있다. 이 세 개
의 동심원을 연결해 주는 것은 아미라의 작은 방이다. 대부분의 장면
들은 아미라의 집에서 밤중에 벌어진다. 이것은 존 홀든이라는 사람
의 이중적 삶을 보여 준다. 존 홀든이 아미라에게서 얻은 아들을 잃
고 깊은 고뇌 속에서 자신을 가리켜 "너, 짐승"이라고 말하지만 소설
속에서 벌어지는 비극은 야만적이라기보다는 몰개성적인 것이다. 악
의나 냉정함 같은 것은 찾아보기 어렵다. 인간이 누리는 행복이란 얼

마나 덧없고 짧은 것인가 하는 주제가 두 남녀의 신분상의 차이에 의해 더욱 분명하게 드러나고, 또 그런 차이에서 나오는 은밀함과 아이러니는 그런 불행의 주제를 더욱 강조하고 심화시킨다. 이 소설에서도 키플링 초기의 단편에서 가끔 나타나는 불완전함이 발견된다. 키플링이 객관적 사실과 강력한 흥분(가령 영국인 클럽과 콜레라의 묘사 등)에 너무 몰두하여 콜레라를 두려워하는 대중들 쪽으로 주의를 분산시키다 보니 아미라와 홀든의 비극적 사랑이라는 주제에 강력한 초점을 맞추지 못하고 있다. 그렇지만 사랑, 아름다움, 죽음, 인간 조건의 가혹함에 집중하는 키플링의 매력은 이 초기작에서도 발견된다. 똑같은 사랑과 비밀의 주제를 다룬 후기 단편 「정원사」와 비교해 보면, 이 작품은 사건들이 표층 구조에서만 전개된다는 느낌을 주고, 심층 구조를 추구하지 않아서 메시지의 메아리가 빈 들을 돌아오며 소용돌이칠 공간이 없다는 느낌을 준다. 이 작품과 「정원사」를 같이 읽어 볼 것을 권한다.

덩컨 패러니스의 꿈 : 1891년의 작품으로 단편집 『인생의 핸디캡』에 수록되었다. 이 소설은 맨 마지막에 나오는 빵 한 조각으로 이야기가 집결된다. 악마의 학교인 인도에서 세속적인 출세를 하려면, 인간과 여자에 대한 믿음을 모두 취소하고 자신의 영혼과 양심을 팔아야만 하고 그 보상이 마른 빵 한 조각으로 돌아온다는 것이다. 그러나 빵만을 위해 살아가는 삶은 무서운 악몽 같은 삶이다. 이 마른 빵은 "사람은 빵만으로 살지 않는다"(『누가복음』 4장 4절)라는 성경에서 영감을 얻은 듯하다. 이 물질의 빵과 대비되는 것은 생명의 빵인데, 곧 악마가 덩컨 패러니스에게 부정하라고 가르친 것들의 총합이다. 키플링의 단편에서는 성경의 구절이 아무 표시 없이 제시되어 있으므로, 그것을 알아 두는 것이 작품 이해에 도움이 된다. 이 작품의 중간쯤에 나오는 '잘 치워지고 정돈된'이라는 성경 구절은 귀신 나오는 집을 가리키는 것인데, 세속의 출세를 지향하는 사람이 아무리 정교하게 변명을 늘어놓아도 바로 그 출세욕 때문에 더욱더 귀신에 붙들리게 된다는 뜻이다. 후기의 단편에서는 '잘 치워지고 정돈된'이라는 성경 구절이 아예 작품의 제목으로 등장한다. 세속과 물질에 대비되는 귀신과 정령 등 초자연적인 것들에 대한 관심이 이미 이 초기작에서 드러나고 있다.

배서스트 부인 : 1904년 9월 《윈저 매거진》에 발표되었다가 단편집 『차량들과 발견 사항들』(1904)에 수록되었다. 등장인물 네 명의 대화로만 구성된, 남녀의 파괴적 사랑을 다룬 작품인데 헤밍웨이의 걸작 단편 「하얀 코끼리 같은 산」에 결정적 영향을 미친 작품이다. 이 작품은 먼저 메아리 효과를 도입하면서 전개된다. 탈영병 보이 니븐 사건과 빅커리의 탈영 사건은 서로 메아리 관계이며, 또 보이 니븐 사건 때 여덟 명의 탈영병에게 번개와 천둥이 쳤다는 것은 나중에 나오는 작품의 결말인 두 남녀의 벼락 맞아 죽은 사건을 미리 예고하는 것이다. 빅커리는 자신의 아내가 죽은 다음에 배서스트 부인과 결혼했다고 파이크로프트에게 말하지만, 실은 이중 결혼을 한 듯하다. 이 작품의 끝부분에 나오는 〈인동덩굴과 꿀벌〉은 앨버트 피츠(1864~1922)가 작곡한 후기 빅토리아 시대의 인기 많았던 대중가요인데, 노래에 이런 유명한 후렴이 들어 있다.

> 당신은 나의 꿀, 나의 인동덩굴
>
> 나는 꿀벌
>
> 나는 달콤한 꿀을 맛보고 싶네
>
> 그 붉은 입술에서

그리고 작품 속에 인용된 〈인동덩굴과 꿀벌〉 노래의 뒷부분은 이렇게 이어진다.

> 그는 그녀에게 그의 신부가 되어 달라고 요구했네
>
> 그녀는 '네'라고 대답했고, 그것을 키스로 봉인했다네

여기서 우리는 빅커리가 소설 속의 또 다른 탈영 인물인 문Moon처럼 중혼의 범죄를 저지르고 배서스트 부인을 농락한 다음, 그녀가 그를 찾아 나서니까, 사태를 해결하기 위해 탈영을 한 것으로 읽어 볼 수 있다. 또 이렇게 읽어야 영사막의 배서스트 부인을 보고 빅커리가 그처럼 당황하고 겁먹는 이유가 설명이 된다. 남녀의 이런 파괴적 사랑은 화양연화의 또 다른 모습이라고 할 수 있는데, 이 작품과 관련하여 한 가지 흥미로운 해석이 있다. 평론가 크레이그 레인은 맨 마지막의 무릎을 꿇은 여자를 보통 배서스트 부인으로 보는데, 소설 속의 여러 배서스트 부인 관련 묘사를 살펴볼 때, 결코 부인이 그런 맥없는 죽임을 당할 여자가 아니라고 판단하여, 그것은 다른 여자일 것이라는 해석을 하고 있다. 키플링 소설은 생략과 함축이 많기 때문에 읽는 사람에 따라서 이런 튀는 해석이 얼마든지 가능하다. 그러나 체호프는 "단편소설의 어딘가에서 권총이 도입되면 그 권총은 소설이 끝나

기 전에 반드시 발사되어야 한다"는 말을 했다. 만약 죽은 여자가 배서스트 부인이 아니라고 한다면 왜 그 여자가 소설의 결말 부분에서, 그것도 느닷없이 등장하고 있는가? 이 두 가지 해석을 놓고서 독자들이 작품을 한번 면밀히 검토해 보기 바란다.

'그들' : 1904년 8월 《스크리브너 매거진》에 처음 발표되었다가 단편집 『차량들과 발견 사항들』에 수록되었다. 화자인 내가 숲속의 '아름다운 집'을 세 번 방문한 회상기이다. '아름다운 집'은 버니언의 『천로역정』에 나오는 말인데, 순례자들을 위한 대피소 혹은 성소의 뜻을 가지고 있다. 그는 첫 번째 방문에서 아이들의 소리를 듣고 보지만 그들을 만나지는 못한다. 두 번째 방문에서 그 집의 여주인이며 맹인인 미스 플로렌스는 화자인 나에게 "당신은 알지 못한다"라고 말한다. 그는 무엇을 알지 못하는 것일까? 우리는 이때까지도 화자인 내가 알지 (깨닫지) 못하는 것이 무엇인지 알지 못한다. 그리고 마지막 세 번째 방문에서 화자는 "그 순간 나는 깨달았다"라고 말한다. 그가 깨달은 것은 무엇이었을까? 제목에 인용 부호로 처리된 '그들'은 살아 있는 아이들이 아니라 지상에 돌아온 그 아이들의 영혼인데, 그것을 깨달은 것이다. 화자가 그것을 깨닫는 순간은 미스 플로렌스가 소작농 터핀을 만나서 인생의 복잡한 손익 관계의 상담을 할 때이다. 바로 그런 순간에 화자는 '그들'의 내방을 자신의 손바닥으로 깨닫게 되는데, 그것은 "어른들이 아주 바쁠 때에도 무시당하는 것을 싫어하는, 간절히 기다리는 어린아이의 절반쯤 비난하는 신호"인 것이다. '아름다운 집'에서 터핀이라는 소작농과의 금전적인 이야기가 소개되는 것은, 곧 화자가 다시는 이 집을 찾아오지 않게 되는 이유를 설명하는 배경이

기도 하다. 죽은 아이의 혼령을 느끼는 데에는 숲속의 그림 같은 집이든 복잡한 계산이 오가는 도시의 혼잡한 거리이든 구분이 없다는 뜻이다.

이처럼 화자가 '그들'의 존재를 깨달아 가는 과정을 세 번의 단계를 통하여 보여 줌으로써 영혼의 귀환이라는 신비가 조금씩 펼쳐지는 가운데 설득력을 획득하여 우리는 마침내 그것을 화자와 함께 깨닫게 된다. 그러나 이야기의 전개가 너무나 은밀하여 우리 독자는 이 소설을 두 번 읽어야 할 필요를 느낀다. 키플링이 자신의 7세 된 맏딸 조세핀을 병으로 잃고서 5년 후에 쓴 이 소설은 '숲속을 걷는다'라는 상징적인 행위로 인해.아이를 잃어버리고 그것을 참고 견디며 마침내 그 영혼을 듣고 느낄 뿐만 아니라 거기서 더 나아가 손바닥으로 느끼게 되는 단계까지 발전적으로 보여 주고 있다. 초자연적인 내용을 이처럼 신비하면서도 생생하게 전개한다는 점이 이 소설의 가장 큰 매력이다. 이 작품을 읽으면 죽은 딸아이를 그리워하는 윌리엄 반스의 「어머니의 꿈」이라는 시가 생각난다. 이 시의 후반 2연은 이러하다.

꿈속에서 나는 하늘 높은 곳에 올라가 내 아이를 찾았어요. 거기에서 예쁘고 온유한 아이들이 줄을 이루며 걸어왔어요. 불 켜진 램프를 든 그 애들은 모두 하얀 백합꽃 같았지요. 아주 선명하게 보였지만, 그 애들은 말이 없었어요.

그때 약간 슬퍼 보이는 내 아이가 앞쪽으로 나섰어요. 하지만, 그 애가 든 램프는, 오! 불이 꺼져 있었어요. 그 애는 내 의문을 눈치챘는지 고개를 반쯤 돌리며 말했어요. '엄마의 눈물이 촛불을 꺼 버렸어요. 엄마, 그러니, 더 이상 울지 마세요.

'딤처치 야반도주' : 1906년의 작품으로 단편집 『푸크 언덕의 요정』(1906)에 수록되어 있다. 작품의 주인공으로 심령술사 휘트게이트 과부가 등장하고 또 초자연적인 현상을 다루고 있다는 점, 그리고 발라드譚詩 전통에 입각하여 작품이 서술된다는 점에서 로버트 프로스트의 시 「쿠스의 마녀」에 비교되기도 한다. 「쿠스의 마녀」는 지하에 묻혀 있던 죽은 자의 뼈가 농가의 다락으로 올라가는 바람에 그 다락을 완전 봉쇄해 버리고 밖으로 나오지 못하게 한다는 얘기이다. 이에 비하여 「'딤처치 야반도주'」는 비록 초자연적 얘기를 다루고 있으나 훨씬 더 현실감이 있고 감동의 폭도 크다. 과부의 눈먼 아들과 귀 먼 아들 두 사람이 갈 곳 없는 종교적 피해자들을 배에 태워 프랑스로 데려다주고 무사히 돌아온다는 얘기나, 자신의 아들이 소중한 만큼 바리새의 어린아이들도 소중하다는 인도적인 생각 아래, 자신의 불구자 두 아들이 바리새들의 탈출을 돕도록 허락한 어머니의 넓고도 큰 사랑이 아주 잘 묘사되어 있다. 화양연화의 감동적이고도 아름다운 모습이 잘 제시된 키플링 최고 수준의 단편이다.

다정한 개울 : 1914년 3월의 작품으로 후에 단편집 『존재들의 다양성』(1917)에 수록되었다. 이 소설에서 짐 위켄던의 양녀인 메리는 산울타리 작업 일꾼들인 자베스와 제시가 볼 때 그리 칭찬받을 만한 처녀가 되지 못한다. 이 평범하고 심술 맞은 처녀를 지키기 위하여 그녀의 양아버지이며 골짜기의 사람인 짐 위켄던은 뭐든지 할 준비가 되

어 있다. 물이 불어난 어느 날 오후에, 양아버지는 협박범이 찾아오는 다리의 널빤지를 손도끼로 느슨하게 풀어놓아 그 협박범의 익사를 유도한다. T. S. 엘리엇은 전쟁 시기인 1914년에 이 소설을 읽고서 개울을 일종의 수호신으로 보아 영국의 저항 정신을 이교도적 목가 정신으로 칭송한 작품이라고 평가했다. 하지만 이 작품은 그것 말고도 다르게 볼 수 있는 점이 많다. 짐 위켄던과 개울과의 관계는 키플링이 이 소설을 끝내는 부분의 암묵적인 말장난으로 미루어 짐작해 볼 수 있다. 위켄던은 개울의 홍수가 그의 건초 더미를 쓸어 가도 괜찮다고 생각한다. 왜냐하면 건초 더미는 협박범에게 주는 입막음 돈의 상징이기 때문이다. 이렇게 볼 때 개울은 짐의 적인가 하면 친구도 된다. 작품의 끝에 가서 개울은 다시 그 노래 소리를 바꾸며 부드러운 말로 속삭이는 듯한 소리를 냄으로써 비로소 다정한 개울로 변모한다. 짐의 비밀은 이 다정한 개울 덕분에 이제 안전하게 된 것이다. 작품의 뒤에 붙어 있는 시 「토지」는 이런 해석을 뒷받침한다. 짐은 곧 그 계곡의 땅에서 오래 살아온 호브덴 사람이고, 설사 그가 밀렵(익사의 유도)을 했다고 해도 정식 소유주(관가의 법률)는 그를 건드리지 못하는 것이다. 그런데 작품은 전지용 도끼를 들고 개울 하류에 나타난 짐이 협박범의 익사를 유도했다는 언급을 전혀 하지 않는다. 앞뒤의 문맥을 꼼꼼히 읽어야만 비로소 그 함축된 뜻을 알 수 있다. 여기에서도 키플링은 진술할 뿐 설명하지 않는다. 비밀은 침묵 속에 감추어져 있고 메아리는 계곡이 넓고 깊을수록 더 잘 전달되는 것이다. 키플링을 그토록 존경했다는 헤밍웨이의 빙산 이론이 어디서 나온 것인지 짐작해 볼 수 있다.

'잘 치워지고 정돈된' : 1915년 1월의 작품으로 단편집 『존재들의 다양성』에 수록되었다. 한 해 전인 1914년에 독일의 책동으로 1차 대전이 발발했고 아들 존 키플링이 입대하게 되는데, 독일에 대한 증오심이 독일 부인의 환상에 투사되어 있는 작품이다. 「메리 포스트게이트」와 함께, 독일에 대한 지독한 분노를 표출한 작품으로 평가된다. 소설 제목은 『마태복음』 12장 44절과 『누가복음』 11장 24절에 나오는 귀신 들기 좋은 집에서 취해 온 것이다. 이교도가 아무리 자기의 집을 아름답게 꾸며도 오히려 그 이유(이교도의 아름답게 꾸민 변명) 때문에 더 귀신이 들기 좋다는 우화이다. 키플링은 이 성경 구절을 이미 「덩컨 패러니스의 꿈」(1891)에서 언급한 바 있다. 독일이 전쟁을 일으켜 놓고 그것을 구구하게 변명하는 것은 결국 불결한 귀신들이나 하는 짓이라는 지독한 비난과 독설의 이야기이다. 영국 문학평론가 조이스 톰킨스는 이 작품에 대하여 이렇게 해석한다. "어린아이들의 혼령이 독일의 수도에서 그들을 구해 줄 사람을 기다린다는 것은, 늙은 에버만 부인의 환상이라기보다, 키플링 자신의 독일에 대한 지독한 증오심이 투사된 것이다." 유령(귀신)은 이승과 저승을 이어 주는 초자연적 존재인데, 이 주제는 죽은 사람이 다시 살아나서 애인을 만나러 온다는 「참호의 마돈나」, 죽은 아들이 자신의 거짓과 위선을 비난하지 않을까 두려워하는 스카스워스 부인이 등장하는 「정원사」, 그리고 귀신의 존재를 과학과 종교의 관점에서 다룬 「알라의 눈」 등에서 다시 등장한다.

메리 포스트게이트 : 1915년 9월의 작품으로 단편집 『존재들의 다양성』에 수록되었다. 키플링이 1차 대전 때 외아들 존을 독일군의 포

격에 잃고서 독일에 대한 극도의 증오와 보복 심리를 형상화한 작품이다. 비정상적인 복수심을 병적일 정도로 세밀하게 묘사하는데, 모파상의 단편 「라 메르 소바주(야만적인 어머니)」의 영향을 받은 것으로 보인다. 이 작품은 복수심에 불타는 메리가 비행기에서 추락한 독일 비행사를 돕지 않고 그대로 내버려 두어 죽게 한 다음, 그런 조치에 기쁨을 느끼고 집 안에 들어와 목욕을 한 후 "예쁘다"라는 소리를 듣는다는, 다소 야만적인 얘기를 하고 있다. 그러나 이 작품을 면밀히 읽어 보면, 추락한 독일 비행사가 실제 인물인가 하고 의심나게 만드는 서술이 들어 있다. 소녀 에드나 게릿은 헛간이 무너져서 죽은 것으로 헤니스 박사는 말하는데, 원의 유품을 불태우며 그 불길에 도취하면서 복수심에 불타던 메리는 참나무 숲에 추락하여 부상당한 독일 비행사의 모습을 본다. 그리고 그 비행사를 가리키며, "참나무 아래 허리를 수그린 저자는 바로 그런 짓(어린 에드나를 죽였다)을 했다"라고 말한다. 여기서 우리는 이것이 현실 속에서 실제로 벌어지는 사건인지, 메리의 머릿속에서 벌어지는 환상인지 일단 의심을 품게 된다. 만약 의사인 헤니스 박사의 말을 믿는다면, 추락하여 부상당한 독일 비행사는 원인 무효의 인물이 된다. 이런 점에서 이 작품은 헨리 제임스의 중편소설 『나사의 회전』을 연상시킨다. 스무 살인 여자 가정교사는 대부호의 조카 남매 마일스(10세)와 플로라(8세)를 돌보기 위해 그의 호수 딸린 시골 별장에 내려간다. 그 별장에서 전에 각각 시종장과 여자 가정교사로 근무했던 피터 퀸트와 미스 제셀이 사망했다. 남녀는 서로 연인 사이였는데 제셀은 퀸트의 아이를 임신하여 출산 중에 사망했고, 퀸트는 어느 겨울날 아침 죽은 채로 발견되었다. 이 퀸트와 제셀의 귀신이 현재의 여자 가정교사와 두 남매 앞에 자꾸 나타난다. 주로 밤에 창문에 나타나는데 아이들도 가정교사도 그 귀신을 보는 것이다. 제임스 소설을 읽으면 아이들 앞에 나타난 귀신이 실제냐 아니면 환상이냐는 의문을 품게 된다. 소설 속에서 10세인 마일스가 학교에서 '성적인' 말을 친구들에게 했다가 잠시 정학을 받아 집으로 돌아왔다는 암시가 나오고, 여자 가정교사도 대부호에게 연정을 느끼는 것으로 암시되어 있다. 그래서 성적 불만족을 느끼는 여자 가정교사가 과거 두 남녀(퀸트와 제셀)의 성적 좌절에 감정 이입하여 그들의 유령을 보게 되었고, 또 아이들에게도 유령을 본 것으로 종용 혹은 설득했다고 해석된다. 앞에서 키플링은 설명하지 않고 단언한다는 말을 했는데, 우리는 「메리 포스트게이트」에서도 키플링이 환상을 사실처럼 단언하여 이중적 의미를 추구하고 있는 것이 아닐까, 하고 의문을 품어 볼 수 있다. 만약 이 장면을 메리의 환상으로 읽는다면, 지금까지 마흔네 살에 노처녀로 늙어 온 메리의 억압된 성적 욕구가 윈의 죽음에 대한 복수의 욕망과 겹쳐져서 성욕의 상징인 모닥불 앞에서 그런 환상을 일으킨 것으로 볼 수 있다. 이런 의미에서 이 단편은 열린 해석을 유도하면서 더욱 꼼꼼한 읽기를 요구하고 있다.

정원사 : 1924년 4월의 작품으로 단편집 『차변과 대변』(1926)에 수록되었다. 이 소설의 서두에서 키플링은 이렇게 말한다. "그 마을의 모든 사람은 헬렌 터렐이…… 죽은 남동생의 불우한 아이(마이클)를 명예롭게 키운" 것으로 알고 있다. 그리하여 우리는 전사한 마이클을 헬렌의 조카로만 이해하다가, 헬렌이 정원사를 만나는 장면에서 그 조카가 실은 헬렌의 사생아 아들이라는 것을 알게 된다. 이렇게 하여 우리는 이 작품을 처음부터 재독해야 할 필요를 느끼게 된다. 이때 우

리의 관심은 헬렌의 비밀 애인은 누구였는지(키플링 작품의 메아리 효과와, 남동생이 신분 낮은 여자와 맺어진 사실 등을 미루어 볼 때, 그녀의 애인 역시 신분 낮은 남자일 가능성이 있다), 헬렌이 그 위선의 가면을 유지하기 위해 어떻게 행동했으며, 마이클이 실은 자기가 헬렌의 조카가 아니라 아들이라는 점을 알고 있었는지 등에 대하여 관심을 집중하며 읽게 된다. 이 두 번째 읽기에서 헬렌이 사생아를 낳은 사실을 감추고 가면의 삶을 살아오면서 그것을 얼마나 큰 심리적 부담으로 느꼈겠는지 짐작하게 된다. 헬렌의 위선은 그녀가 하겐젤레 근처의 호텔에서 스카스워스 부인과 대면하는 장면에서 메아리 효과를 일으키며 나선형으로 증폭된다. 두 여자는 불법적인 자식을 낳았다는 점에서 서로 같은 입장이었으나, 스카스워스 부인은 위선의 삶을 극복하려고 뒤늦게라도 노력하는 반면, 헬렌은 그 위선을 심지어 자기 자신에게도 속이려 드는 것이다. 이런 사정은 두 사람의 다음과 같은 대화에서 분명하게 드러난다. 스카스워스 부인이 "나는 때때로 그들이 죽은 후에도 인식이 있는지 궁금해요"라고 말하자 헬렌은 "아, 저는—저는 그런 문제는 깊이 생각해 보지 않았어요"라고 답한다. 이 대화는 이승과 저승을 연결시키는 별유천지를 보여 주고 있다. 스카스워스 부인이 말하는 '인식'은 친척들의 묘지 방문을 망자들이 알까, 하고 묻는 것이지만 그 속뜻은 다시 이렇게 메아리친다. 죽은 사람들이 인식이 있어서 자신(스카스워스 부인)이 사후에도 자기 아들을 아들이라고 부르지 못한다는 것을 안다면 그건 얼마나 큰 수치이면서 죄악이 될 것인가, 하고 자책하는 것이다. 그 자책 때문에 부인은 생면부지의 헬렌에게 눈물을 흘리며 그 진실을 말하려 하는 것이다. 반면에 위선적인 삶을 연기하고 그렇지 않을 때는 그 위선을 들키지 않으려고 늘 경계하며 대비하는 헬렌은 이승이든 저승이든 망자가 알든 말든 그 허위가 진실이나 다름없게 된 것이다. 이것은 두 산 사이의 빈 계곡을 건너오는 메아리 소리가 정말로 크게 울려 퍼지는 순간이기도 하다.

이 소설에는 헬렌의 숨겨진 비행과 사생아 자식에 대한 가면 뒤의 사랑, 소속된 사회적 계급의 압력에 의한 위선적 생활, 스카스워스 부인과 헬렌의 비밀에 대한 생략적 서술, 위선의 삶을 살아가는 사람과 그 위선을 괴로워하면서 이겨 내려 하는 사람, 그리고 그 모든 것을 자비의 눈으로 바라보는 정원사의 시선 등이 참으로 멋지게 조화되어 있다. 이 정원사가 하느님이라는 것은 작품의 앞뒤에 포진되어 있는 시에서도 알 수 있고, 또 신약성경 『요한복음』 20장 15절로도 미루어 짐작할 수 있다. "마리아가 울고 있자 예수님께서 마리아에게 말했다. '여인아, 왜 우느냐? 누구를 찾느냐?' 마리아는 그분을 정원사라고 생각하고……" 이 정원사 부분을 읽고 있으면 같은 『요한복음』 8장 11절에 나오는 예수의 말씀이 들려오는 듯하다. "나도 너를 단죄하지 않는다. 가거라. 그리고 이제부터 다시는 죄짓지 마라." 이 소설의 과감한 생략과 함축은 독자로 하여금 많은 생각과 깊은 감동에 잠기게 한다. 또한 때로는 어쩔 수 없이 허위의 삶을 살면서도 그것을 깊이 성찰하지 못하고 감추려고만 했던 우리의 삶이 정밀하게 복제되는 듯한 인식의 충격을 준다. 그럴듯함–그럴듯하지 않음–다시 그럴듯함의 3단계를 거쳐 가면서 주제의 메아리가 점점 더 크게 울려 퍼지는 아주 신비한 작품이다. 만년의 키플링이 써 낸 최고의 단편으로 별유천지, 공곡전성, 화양연화의 세 특징이 아주 잘 구현되어 있다.

참호의 마돈나 : 1924년 8월의 작품으로 단편집『차변과 대변』에 수록되었다. 이 소설은 지상과 천상이 이어져 있다는 느낌을 준다. 아마도 이 때문에 보르헤스는 이 소설을 읽으면 단테의『신곡』중「지옥-5곡」이 생각난다고 했을 것이다.「지옥-5곡」에서는 형수(프란체스카)를 사랑한 파올로가 그 징벌로 그녀와 함께 지옥에 내려와 있으면서도 여전히 서로 사랑한다는 이야기가 소개되어 있다. 아민 이모와 갓소 아저씨의 사랑이 그처럼 깊고 깊다는 뜻이다. 화양연화의 진수를 보는 듯하다. 두 사람이 만난 날인 1월 21일은 성 아그네스의 날인데, 이날에 주기도문을 외우고 옷소매에 핀을 꽂으면 결혼하게 될 남자 혹은 여자를 만나게 된다는 속설이 전해져 내려온다. 그런데 갓소는 참호에 나타난 마돈나(ma donna, 나의 여인)가 이미 죽어서 천상으로 가고 있는 중이라는 것을 단번에 알아차린다. 여기에서도 키플링은 일절 설명을 하지 않는다. 또 이것이 환상이 아니라는 것을 몽스의 천사들 전설을 제시하면서 강조한다. 죽은 사람이 살아났다고 이야기하는 것에 그치지 않고, 그 부활한 사람을 지상의 남자가 만났다고 하면서 그것을 클렘이 직접 옆에서 보고 들었다고 단언한다. 그러면서『고린도전서』15장 32절을 인용한다. 현실에서 부활한 사람을 직접 본 친척의 이야기를 그대로 전하는 자세를 취하면서, 많은 사람이 이미 영혼의 부활을 믿고 있는데 이렇게 진술하는 것이 하나도 이상할 게 없다는 것이다. 아민Armine 이모의 이름이 갑옷armour을 연상시킨다고 한 것은『로마서』13장 12절에 나오는 빛의 갑옷을 암시하며, 갓소Godsoe 아저씨의 이름도 범상치 않아서 하느님이 그렇게 의도하셨다, 라는 인상을 준다. 이 작품의 앞에 나오는「집시의 포장마차」는 키플링의 시이고, 뒤에 나오는『가우의 밤새우기』는 키플

링이 쓰다가 미완성으로 남긴 브라우닝풍의 희곡인데, 숨겨진 애인에 대한 가우의 평생에 걸친 사랑과 헌신이 이 단편을 위하여 탁월한 그리스 코러스 역할을 한다.

소원의 집 : 1924년 10월의 작품으로 단편집 『차변과 대변』에 수록되었다. 일찍이 키플링 단편소설의 진가를 알아본 T. S. 엘리엇은 이 소설을 가리켜 "객관적이면서도 애매모호한 작품hard and obscure story"이라고 평가했다. 소원의 집에 이르는 모든 과정이 객관적으로 제시되어 있으되, 정작 그 집에서 벌어지는 일의 효과는 초자연적인 것이기 때문이다. 객관적 과정은 소피 엘리스라는 이웃집 파출부의 딸로 인해 먼저 사랑의 메아리 효과를 일으킨다. 그리고 그 힘에 기대어 그레이시 애슈크로프트는 애인의 고통을 대신 떠안으려고 소원의 집에 소원을 빌러 간다. 그녀가 사랑을 고백하며 소원을 말하는 장면은 영화 〈화양연화〉의 끝부분에서 양조위가 앙코르와트 사원의 빈 벽에다 대고 사랑을 고백하는 장면과 너무나 흡사하다. 이러한 방문과 고백을 결심하게 만드는 배경은 그레이시의 은밀하면서도 열정적인 사랑이다. 그 사랑은 "계속 불타다가 결국 그녀를 불태워 버릴 만한" 힘이다. 소원의 집이 일으키는 효과에 대하여 키플링은 자세히 설명하는 것이 아니라 그런 일이 벌어졌다고 일방적으로 진술한다. 이러한 기술 방식은 엄청난 생략과 함축의 효과를 가져온다. 우리가 키플링 초기 단편들의 별유천지와 공곡전성의 특징을 알지 못했더라면, 이런 진술은 선뜻 받아들이기가 어려웠을 것이다. 그러나 소설을 다 읽고 나면 염력念力의 힘이 얼마나 큰지 공감하게 되고 또 이 믿기 어려운 얘기가 상당히 그럴듯하다는 느낌을 갖게 된다. 그럴듯

하지 않음이 그럴듯함으로 바뀌어 가는 이 과정은 키플링 단편소설의 결정적 신비이다. 우리는 그의 소설을 읽을 때만큼은 이 애매모호한 얘기가 명료한 얘기인 것처럼 설득당하는 것이다. 사랑하는 사람의 고통을 대신하고 또 그의 목숨을 연장시키기 위해 자신의 몸을 내놓겠다는 구이신대求以身代의 사상은 이미 고대 로마에서도 데보티오devotio 의식으로 알려져 있었다. 데보티오는 전쟁이 로마군에게 불리하게 돌아갈 때 로마군 장군이 지하의 두 신인 텔루스와 마네스에게 구이신대로 그 자신의 목숨을 바침으로써 적의 군사를 모두 몰살시켜 달라고 기원하는 의식인데, 데보티오를 맹세한 장군은 일부러 혈혈단신 적진으로 뛰어들어 싸우다가 죽는다. 우리 동양에서도 구이신대는 오래된 믿음으로 많은 열녀와 효자가 이것을 실천해 왔다. 가령 『남사南史』의 「유검루庾黔婁 열전」을 보면, 검루는 아버지의 병이 심해질 때, "병이 차도가 있는지 알고자 하면 다만 환자의 똥이 단지 쓴지를 맛보면 된다"라고 하자, 곧 가져와 맛보니 그 맛이 달고 미끄러워서 더욱 근심하고 괴로워하였다. 그리하여 저녁이 되면 매양 북극성에 머리를 조아리고 아버지 대신 자신을 데려가 달라고 빌었다. 이 지극한 정성에 검루의 아버지는 병환에 차도가 있었다고 한다. 이 소설을 읽으면 우리는 구이신대와 데보티오를 생각하면서, "호레이쇼, 이 세상에는 우리의 철학으로는 도저히 상상조차 하지 못할 별별 일이 다 있다네" 하고 지적한 햄릿의 말을 수긍하게 된다. 이 말은 「짐승의 표시」 끝부분에서 '나'가 인용한 명언이기도 하다.

알라의 눈 : 1926년의 작품으로 단편집 『차변과 대변』에 수록되었다. 신앙과 과학의 대립적인 관계를 귀신과 현미경의 관점에서 다룬

작품이다. 기독교에서는 귀신(악령)은 보이지 않는 것, 하느님과 단절된 인간의 잘못된 생각이 만들어 내는 것으로 본다. 그리하여 신약 성경의 여러 곳에서 귀신이 인간의 내부에서 나오는 것으로 묘사되어 있고 예수가 악령들을 쫓아내고 앓는 사람들을 고쳐 주었다(『마태복음』 8:16). 또 입으로 들어가는 것이 아니라 입에서 나오는 것이 사람을 더럽힌다는 예수의 말씀도 있다(『마태복음』 15:11). 이에 대하여 과학은 다르게 말한다. 귀신 혹은 귀신이 만들어 내는 질병은 세균의 작용에 의한 것이며, 그 세균은 육안으로는 보이지 않으나 현미경으로 들여다보면 볼 수 있다는 것이다. 현미경을 가리켜 알라의 눈이라고 한 것은 보이지 않는 것 혹은 보지 말아야 할 것을 굳이 바라보려는 고집을 이단시하는 태도를 보여 준다. 사도 바울은 『히브리서』 11장 1절에서 "믿음은 우리가 바라는 것들의 보증이며 보이지 않는 실체들의 확증입니다"라고 말하여 보지 않고서도 믿을 수 있어야 그게 진정한 신앙이라고 설파한 반면, 과학은 눈에 보이고 또 객관적으로 확증되어야 비로소 실체로 인정할 수 있다고 주장한다. 평생 동안 초자연적인 것과 과학의 발전에 관심이 많았던 키플링이 그 자신이 평생 읽어 온 성경의 가르침을 초자연적인 것과 과학에 적용하면서 그 둘 사이에 조화와 타협이 이루어져야 한다는 것을 보여 준 작품이다. 그러나 작품 속의 수도원장은 그것을 외면하는 미봉책을 추구한다. 이 작품의 앞과 뒤에 포진된 시들을 읽어 보면 키플링의 조화를 바라는 마음을 읽을 수 있다. 만년의 키플링의 관심사가 어디에 있는지 알게 해 주는 작품이며 신앙과 과학의 대립은 아직도 현재 진행형이다.

작가의 개인사로 작품 평가는 곤란

이상과 같이, 키플링의 단편들이 시기적으로 초기-중기-후기로 나누어지면서 그 수법과 주제가 더욱 심화되는 과정을 살펴보았다. 초기는 인도에서 기자로 활약하던 7년 동안에 주로 발표된 것들로서 인도에 주재하는 영국인들을 독자로 삼았기 때문에 인도 이야기들이 많다. 그러나 이때에도 인도인 얘기가 영국인에게도 그대로 적용될 수 있다는 인식이 이미 드러나고 이 점은 1889년 인도를 떠나 미국과 영국에서 발표된 중기의 단편들에서 두드러지게 나타난다. 그리고 1914년 이후 1차 대전을 거치고 아들 존을 전쟁터에서 잃고 난 이후의 후기 단편에서는 시時의 고금古今, 양洋의 동서東西를 가리지 않는 인간의 보편적 모습을 더욱 심오하게 통찰하고 있다. 이러한 초기-중기-후기를 관통하는 키플링 단편소설의 핵심 주제는 인간은 저마다 복잡하고 알 수 없는 존재이며 어떤 특별한 계기를 통하여 그 신비한 측면이 반드시 드러난다는 것이다.

그런데 작가 개인과 그의 작품 사이의 상호 관계를 서로 분리해 볼 수 있겠는가 하는 문제는 예전부터 일반 독자들의 관심사 중 하나였다. 가령 가족을 모두 내팽개치고 타히티 섬으로 건너가서 남태평양의 멋진 섬 세계를 화폭에 옮긴 화가 폴 고갱은 그 개인의 행실로 보면 문제가 있는 사람이나, 누구나 고갱 하면 이제 그의 그림을 먼저 생각하지 그의 신산한 개인사는 별로 생각하지 않는다. 이것은 고흐도 피카소도 마티스도 그리고 유명한 건축가 프랭크 로이드 라이트도 다 마찬가지이다.

키플링이 대영제국의 입김이 가장 강한 인도 식민지에서 태어나 17세부터 24세까지의 인격 형성기에 제국의 그늘에서 성장한 탓으로 대영제국을 로마제국과 동일시하고 나아가 백인이 다른 인종을 지배하는 것을 당연시하는 '백인의 부담'론을 제기한 것이나, 1차 대전 시에 아들이 독일군의 포격에 전사하면서 독일에 대한 증오심과 복수심에서 호전적 국수주의를 지향하게 된 것 또한 사실이다. 그러나 제국주의가 사라진 21세기에서는 그런 사상은 더 이상 수용될 수 없는 것이고 호전적 국수주의도 국제 질서만 혼란시킬 뿐이다. 하지만 누구나 자신이 태어나 성장한 시대의 그늘에서 완전히 벗어나지는 못한다는 점을 감안한다면 키플링의 그런 생각이나 신념을 나름 이해할 수 없는 것도 아니다. 작가는 어디까지나 작품으로 말하는 사람이지, 그 이외의 다른 것은 부차적 참고 사항에 지나지 않는다. 위의 많은 예술가의 사례들이 그것을 증명한다. 그래서 독자들은 이 단편소설들을 읽으면서 키플링 신상의 부정적 평가보다는, 이 단편들이 얼마나 높은 문학적 성취를 이루고 있는지 그 점을 더 신경 쓰며 읽어 주기 바란다. 키플링 자신도 그 점을 의식하여 「호소」라는 제목의 시를 남겼다.

> 내가 해 놓은 것들이 당신에게 즐거움을 주었다면
> 이 밤에 내가 조용히 누워 있게 해 주십시오.
> 당신에게도 곧 그 밤이 찾아올 것이니.
> 죽은 자를 기억해 주는 작고, 작은 공간이 있다면
> 내가 뒤에 남긴 책들 이외에 다른 것에
> 대해서는 더 이상 묻지 말아 주십시오.

조지프 러디어드 키플링 노벨문학상 시상 연설

올해의 노벨문학상 수상자 후보로 여러 명이 추천되었고 이 명예롭고 인기 높은 상에 대하여 늘 그러하듯이 아주 훌륭한 자격을 갖춘 후보들이 추천되었습니다.

이런 후보들로부터 스웨덴 한림원은 올해 수상자로 영국 작가를 선정했습니다. 지난 여러 세기 동안 영국 문학은 그 훌륭한 정채를 뽐내면서 아주 번성하고 또 만개해 왔습니다. 테니슨의 불후의 리라가 영원히 침묵을 지키게 되자 문학적 거인의 서거에는 늘 있는 한탄의 외침 소리가 들려왔습니다. '그와 함께 영광스러운 시의 통치는 지나갔고 이제 아무도 그 뒤를 이을 사람이 없구나.' 이 나라에서도 텡네르가 사망하자 그와 비슷한 절망의 외침이 들려온 적이 있었습니다. 하지만 아름다운 여신인 시는 서거하지 않습니다. 그녀는 죽지 않고 그 높은 옥좌로부터 폐위되는 일도 없습니다. 그녀는 새로운 시대의 변화된 감각에 맞추어 새로운 옷으로 갈아입고 다시 등장합니다.

테니슨의 시에는 이상주의가 널리 스며들어 있어서 아주 생생하고 직접적인 형태로 독자들의 눈을 즐겁게 합니다. 그러나 이상주의의 특징은 테니슨과는 아주 다른 작가들의 사상과 재주에서도 발견될 수 있습니다. 그런 작가들은 일차적으로 외부적인 사건들에 대하여 관심을 표명하면서도 우리 시대의 힘차게 박동 치는 삶의 여러 단계들을 생생한 언어로 표현하려고 애씁니다. 그들이 그려 내는 삶은 살아남기 위한 힘겨운 투쟁과 그에 따르는 온갖 걱정과 근심이 교차하지만 그래도 이상적인 목표를 향하여 줄기차게 나아갑니다. 이러한 작가의 모습은 올해 노벨문학상 수상자로 결정된 러디어드 키플링에게 그대로 적용됩니다. 그에 대하여 영문학을 오랫동안 연구해 온 한 프랑스 작가는 6년 전에 이렇게 말했습니다. "키플링은 의심할 나위 없이 근년에 영문학계에 나타난 가장 주목할 만한 작가이다."

키플링은 1865년 12월 30일 봄베이에서 태어났습니다. 여섯 살 때에 영국의 친척 집에 맡겨졌지만 열일곱 살이 되자 인도로 다시 건너갔습니다. 그는 라호르에서 발간되는 《민간 및 군인 가제트》의 직원으로 취직했고 20대 초반에는 알라하바드에서 《파이오니어》라는 신문을 편집했습니다. 기자 자격으로서 또 글을 쓰려는 목적에서 그는 인도 전역을 폭넓게 여행했습니다. 이런 여행길에서 그는 힌두교의 사상과 정서를 깊이 있게 파악했고 또 여러 관습과 제도를 갖춘 다양한 힌두인 그룹을 친밀하게 알게 되었으며, 인도에 나와 있는 영국 군인들의 여러 가지 특징도 꿰뚫어 보게 되었습니다. 현지에서 인도 풍물을 깊이 있게 통찰하여 얻게 된 지혜는 키플링의 저작에 폭넓게 반영되어 있습니다. 그런 만큼 키플링의 저작이 수에즈 운하의 건설보다 더 인도를 영국인에게 가까운 나라로 만들었다고 말들 하고 있습니다. 그의 초기 시들 중에는 『분야별 소곡』(1886)이 그 대담한 비유와 독창적인 목소리로 독자들의 주목을 받았습니다. 또한 초기 단편소설집으로는 『언덕으로부터의 평범한 이야기들』(1888)과 『세 명의 병사』(1888)가 있는데 후자는 멀배니, 오더리스, 리어로이드라는 세 명의 멋진 병사들의 이야기를 전해 줍니다. 같은 범주의 작품들로는 『개즈비 가족의 이야기』(1888), 『흑과 백 안에서』(1888), 『개잎갈나무 아래에서』(1889) 등이 있는데 모두 인도 북서부 심라 주의 사회생활을 다룬 것입니다. 이 단편소설들은 비슷한 주제의 다른 이야기들과 함께 묶여 1891년에 『인생의 핸디캡』이라는 제목으로 출판되었습니다. 같은 해 장편소설 『꺼져 버린 불빛』이 나왔는데 서술의 스타일은 좀 거칠지만 아주 멋진 효과를 발휘하는 인상적인 문장들이 곳곳에서 발견됩니다.

시인으로 키플링은 『병영의 노래』(1892)라는 시집을 발간하면서 그 본격적인 면모를 드러냈습니다. 이 작품은 남성적 유머가 가득한 멋진 군인의 노래입니다. 시집에서 토미 애트킨스라는 군인의 여러 모습이 아주 사실적으로 묘사되어 있는데 그는 '윈저의 과부' 혹은 그 후계 군주가 가라고 명령하는 곳이면 어디든지 과감하게 행군하여 위험과 고난에 적극적으로 맞서는 군인입니다. 영국 군대는 키플링에게서 그들을 대변하는 시인을 발견했습니다. 키플링은 새롭고 독창적이고 희비극적인 방식으로 영국 군대가 겪는 노고와 난관을 노래했고 또 영국군의 위대한 품성을 잘 통찰하면서 그 군대의 생활과 일과를 꾸밈없이 새로운 시각으로 묘사했습니다. 육군과 해군을 노래한 키플링의 시들은 종종 군인들이 사용하는 언어를 써서 그들의 생각을 멋지게 표현해 놓았기 때문에 군인들은 키플링을 자신들의 시인이라고 높이 평가하면서, 일과 중의 휴식 시간이면 그의 시를 즐겨 암송한다는 것입니다. 시인의 명예에 대해서 말들을 많이 하지만, 더 낮은 계층의 사람들로부터 사랑받는 일만큼 그 명예를 높여 주는 일은 다시없을 것입니다.

『일곱 바다』라는 시집에서 키플링은 자신을 제국주의자, 범세계적 제국의 시민이라고 선언합니다. 그는 순수문학 작가들 중에서는 가장 과감하게 영국과 그 식민지들의 단단한 결속을 옹호하고 지지해 온 작가입니다.

다른 나라에서도 그렇지만 스웨덴에서도 『정글북』(1894)은 널리 평가되고 또 사랑받고 있습니다. 작가는 엄청난 원시적 상상력에 힘입어 뛰어난 영감을 발휘하면서 이 신화적인 이야기들을 창조했습니다. 주인공 모글리는 검은 표범 바기라, 곰 발루, 교활하고 힘센 거대한 파이톤 뱀 카아, 하얀 코브라 나그, 말이 많고 어리석은 원숭이 등의 동물들 사이에서 점점 더 힘이 세어지고 강인한 인물로 성장합니다. 이 소설 중 어떤 장면들은 아주 장엄합니다. 가령 모글리가 '살아 있는 안락의자'인 카아의 품 안에서 쉴 때, 여러 세대의 나무와 동물들을 목격해 온 카아가 지나간 세월을 몽상하는 장면, 또 모글리가 코끼리 하티를 '정글로 불러들여' 인간들의 땅을 차지하게 하는 장면 등이 그러합니다. 이러한 장면 묘사는 아주 아름다운 자연의 시정을 본능적으로 파악하는 작가의 능력을 보여 줍니다. 키플링은 이런 정글 이야기를 쓸 때 원시적 장엄함을 더 잘 드러내며, 이것은 기계 장치를 흥미롭게 의인화한 단편소설인 「자기 자신을 건조한 배」(단편집 『하루의 일』[1898]에 수록)보다 더 뛰어난 상상력을 발휘한 경우입니다. 『정글북』은 키플링을 많은 나라의 아동들 사이에서 사랑받는 작가로 만들었습니다. 성인 독자들도 아동들 못지않게 이 책 속의 아주 재미있고 상상력 넘치는 동물 얘기를 즐기면서 그들의 유년 시절을 회상합니다.

키플링의 많은 작품 중에서 『킴』(1901)은 특별히 주목해 볼 만한 장편소설입니다. 그중에서도 자신의 죄를 씻기 위해 강독으로 순례를 떠나는 불교 승려의 묘사는 아주 인상적입니다. 이 장면은 숭고한 느낌과 부드러움과 매력을 동시에 발산하는데 작가의 평소 공격적인 스타일과는 아주 배치됩니다. 또 승려의 제자이고 어린 악당이며 선량한 의도를 가진 장난기 많은 인물 킴의 묘사도 매력적입니다.

키플링에 대하여 그의 언어가 때때로 조잡하며 시와 노래 속에 도입한 군인들의 속어가 너무 저속하다는 비판이 제기되어 왔습니다. 이런 비판에도 나름대로 일리가 있으나 키플링 스타일의 힘찬 기상과 윤리적 격려는 그런 단점을 완전히 뒤덮고도 남음이 있습니다. 그는 자신의 문학적 고향인 영국-인도 세계뿐만 아니라 광대한 대영제국 이외의 지역에서도 엄청난 인기를 누리고 있는 작가입니다. 1899년 미국에 체류할 때 키플링이 중병에 걸렸는데, 당시 미국 신문들은 날마다 그의 용태를 보도했고 또 독일 황제는 그의 아내에게 위문 전보를 보내 조속한 쾌유를 빌기도 했습니다.

그렇다면 키플링이 누리는 이런 범세계적인 인기의 원인은 무엇일까요? 혹은 키플링은 어떤 업적을 내놓았기에 이런 인기를 얻게 되었을까요? 그는 어떤 가치를 지녔기에, 예술적으로 이상주의를 현양해 온 작가에게 시상되는 노벨문학상을 받게 되었을까요? 그 대답은 다음과 같습니다.

키플링은 심오한 사상이나 뛰어난 지혜 덕분에 높은 명성을 얻게 된 작가는 아닙니다. 그러나 인생의 세부 사항들을 하나도 놓치지 않고 꿰뚫어 보는 그의 뛰어난 관찰력과 정밀한 표현력에 대해서는 모두들 입을 모아 동의하고 있습니다. 그렇지만 아무리 자연을 정밀하게 관찰한다고 하더라도 그런 능력 하나만으로는 이 상을 받을 만한 자격이 되지는 않습니다. 그의 시적인 재주를 약여하게 보여 준 또 다른 능력이 있는 것입니다. 그는 멋진 상상력의 소유자인데 그 덕분에 자연을 아주 섬세하게 묘사할 뿐만 아니라 인간의 내면 깊숙한 곳에 자리 잡고 있는 비전도 겉으로 끄집어내어 멋지게 표현합니다. 그 자연 풍경은 인간의 내면과 적절히 조응함으로써 황홀한 신비를 불현 듯 우리 눈앞에 드러내 보이는 것입니다. 인물을 묘사할 때에는 그 인물의 성격과 기질을 독자가 직접 목격하는 것처럼 생생하고 분명하게 묘사합니다. 사물의 외관을 사진처럼 촬영할 뿐만 아니라 그 내부의 핵심과 영혼마저도 파고들어 가는 창조적 투시력은 키플링 문학의 뛰어난 성취 중 하나입니다. 그래서 키플링 자신은 이렇게 말했습니다. "그는 사물을 있는 그대로 묘사하는데, 그것은 마치 사물을 만들어 낸 신이 그 사물의 본질을 환히 꿰뚫어 보는 모습과 비슷하다."

키플링의 남성적이고 투박한 에너지는 부드러움과 은근함의 터치도 배제하지 않습니다. 물론 이런 점이 그의 작품에서 아주 두드러지게 드러나지는 않지만 말입니다. 가령 「무하마드 딘의 이야기」에는 진정한 부드러움과 은근함의 시정이 어려 있습니다. 또 「룽툼펜의 점령」(『언덕으로부터의 평범한 이야기들』에 수록)에 나오는 어린 북 치는 소년들도 한번 읽은 후에는 그 누가 잊어버릴 수 있겠습니까?

인생과 인간의 본성을 줄기차게 관찰해 온 이 작가의 내면 깊숙한 곳에는 높은 이상에 대한 동경이 맥박 치고 있습니다. 그의 시 「진정한 로맨스에게」는 모든 진정한 시인의 가슴속에 생생한 형태로 깃들어 있는, 저 도달하기 어려운 이상에 대한 동경이 여실하게 드러나 있습니다. 속세의 소란스러운 사건과 인상들이 아무리 그의 가슴을 뒤흔들어도 그 이상은 결코 그의 가슴을 떠나지 않는 것입니다.

꿈에서라도 그대 옷자락의
가장자리라도 만질 수 있다면.
그대의 발걸음은 하느님에게
너무 가까이 있어 따라갈 수가 없구나!

이 작가의 인생철학은 구약성경의 경건함 혹은 청교도 시대의 엄숙함으로 가득 차 있어서 허세나 말장난 같은 것을 전면적으로 배격합니다. '하느님에 대한 공포가 지혜의 시작'이라는 확신 아래 이렇게 노래합니다.

아주 오래전부터 알려져 온
우리 아버지들의 하느님,
그분의 무서운 손 아래에서
우리는 제국을 운영하느니……

키플링은 시적 직관의 미학적 관점에서 볼 때 철저한 이상주의자이지만 동시에 윤리적, 종교적 관점에서도 이상주의의 확고한 신봉자입니다. 그의 투철한 의무감은 확고한 신앙에 뿌리를 둔 영감에서 나오는 것입니다. 그는 또한 다음과 같은 진실을 자신의 목숨처럼 아끼는 사람입니다. 아무리 강대한 나라일지라도 그 시민들이 법률의 준수를 철저하게 신봉하고 또 합리적인 자기 절제를 실천하지 않는다면 그 나라는 곧 망해 버린다는 것입니다. 키플링은 하느님이 지고 지엄한 최고의 섭리라고 생각하며 그래서 『인생의 핸디캡』에서 그분을 '위대한 감독자'라고 명명했습니다. 영국 국민들은 이러한 이상을 높이 평가했고 그리하여 키플링은 그 나라의 국민 시인이 되었습니다. 이렇게 된 데에는 그가 써 낸 걸작 군인들의 노래 때문이지만, 1897년 빅토리아 여왕 즉위 60주년에 그가 쓴 짧은 찬양 노래(「퇴장 찬미가」)의 몇 줄 덕분이기도 합니다. 특히 다음과 같은 연은 진솔하고 겸허한 종교적 느낌을 표현하고 있습니다.

> 소란과 외침은 사라지고
> 선장과 왕들은 떠나네.
> 그러나 겸손하고 참회하는 마음,
> 당신의 저 오래된 희생은 그대로 있네.

「퇴장 찬미가」는 국가적 자부심을 노래하고 있지만 동시에 위압적인 오만함의 위험을 경고하고 있습니다.

아주 당연한 일이지만 보어전쟁 중에 키플링은 영국 국인 편을 들었습니다. 그러나 그는 보어족의 영웅적인 용기에 대해서도 찬사를 보냈습니다. 왜냐하면 그의 제국주의는 상대방의 감정을 신경 쓰지 않는 비타협적인 사상은 아니었기 때문입니다.

영국 문학에서는 사람들의 사랑을 받아 온 다양한 운동들이 있었습니다. 영국 문학은 유례없을 정도로 풍성한 작가와 작품들을 배출했고 또 셰익스피어라는 불후의 문호를 뛰어넘는 작가는 지금껏 있어 본 적이 없습니다. 키플링은 스펜서, 키츠, 셸리, 테니슨의 계열이라기보다는 스위프트와 디포의 계열이라고 보아야 할 것입니다. 그는 스윈번같이 세련되고 감각적이고 아름다운 스타일을 갖추지는 못했지만, 쾌락을 위한 쾌락을 지향하는 이교도적인 쾌락주의는 철저히 거부했습니다. 그는, 주제는 병적인 감상주의를 배격했고 문체는 현학적인 췌사 번문을 멀리했습니다.

키플링은 구체적 사물에 대한 집중과 선택을 선호했습니다. 공허한 개념이나 췌사 번문은 그의 작품에서는 찾아보기 어렵습니다. 그는 효과적인 문구와 특징적인 형용사를 구사하는 재주가 있었고 거기에 더하여 기민한 정확성과 확실성을 갖추었습니다. 그는 어떤 때는 브렛 하트, 어떤 때는 피에르 로티, 어떤 때는 찰스 디킨스에 비견됩니다. 그러나 그는 언제나 독창적이었고 그의 창작 능력은 화수분 같습니다. 그렇지만 위에서 말한 바, 이 상상력의 사도는 법치주의와 극기심의 깃발을 높이 쳐든 사람입니다. 정글의 법칙은 세상의 법칙이기도 합니다. 우리가 그 세상의 주된 목적이 무엇이냐고 물으면 '투쟁, 의무, 복종'이라는 대답이 돌아올 것입니다. 그래서 키플링은 용기, 자기희생, 충성심을 옹호합니다. 비겁함과 무절제함은 그에게 아주 혐오스러운 것이었습니다. 그는 세계 질서를 어지럽히는 천적을 끊임없이 경계했고 그 천적에게 항복하겠다는 생각을 품는 것은 절대 안 된다고 여겼습니다.

키플링이 아주 독립적인 작가이기는 하지만 그렇다고 해서 그가 다른 작가들로부터 전혀 영향을 받지 않았다고 할 수는 없습니다. 아주 뛰어난 대가도 누군가에게서 배우는 법입니다. 키플링은 브렛 하트에게서 방랑자 생활을 그림처럼 묘사하는 기법을 취해 왔고, 대니얼 디포에게서는 세부 사항을 생생하게 묘사하고 또 용어와 문구를 아주 정확하게 사용하는 방법을 취해 왔습니다. 또 찰스 디킨스처럼 공동체의 하층민들에 대하여 깊은 동정심을 느꼈고 등장인물들의 사소한 특징과 행위들에서 유머를 발견했습니다. 하지만 그의 문체는 아주 독창적이고 또 개성적인 것입니다. 그의 문체는 직접적인 묘사보다는 은근한 암시로써 그 효과를 성취합니다. 『바다에서 바다로』(1899)는 정밀한 묘사의 모범이 되는 작품집입니다. 해당 장면이 게으름의 신성이 다스리는 코끼리 시市든 팜 아일랜드든 싱가포르든, 혹은 일본의 풍습과 관습이든 정밀한 묘사가 그 장면을 생생하게 살려 냅니다. 키플링은 아주 신랄한 풍자를 많이 구사하지만 동시에 엄청난 동정심을 발휘하기도 합니다. 그 동정심은 대부분 먼 오지에서 영국의 명예를 드높이기 위해 열심히 복무하는 육군과 해군의 병사들을 향한 것입니다. 그는 그 병사들에게 다음과 같은 말을 할 자격과 이유가 충분한 사람입니다. "나는 너희들의 빵과 소금을 먹었고, 너희들의 물과 술을 마셨으며, 너희들의 죽음의 침상을 보살폈노라."

키플링은 약관의 나이에 엄청난 명성과 성공을 이루었으나 거기에 자만하지 않고 그때 이래 계속하여 발전해 왔습니다. 그의 전기 작가는 그의 작품에서 세 가지 뚜렷한 목소리를 발견할 수 있다고 말했습니다. 첫째, 풍자의 목소리입니다. 『분야별 소곡』, 『언덕으로부터의 평범한 이야기들』, 『개즈비 가족의 이야기』, 그리고 많이 논의된 장편소설 『꺼져 버린 불빛』 등에서 그런 목소리를 들을 수 있습니다. 둘째, 동정심과 인간적 자상함의 목소리입니다. 「무하마드 딘의 이야기」와 「교회의 승인 없이」(『인생의 핸디캡』에 수록) 등에서 그는 진정한 인간적 배려와 관심을 표현하고 있습니다. 셋째, 윤리를 강조하는 목소리입니다. 이 목소리는 『인생의 핸디캡』에서 뚜렷하게 들을 수 있습니다. 이런 분류가 아무리 가치 있는 것이라 할지라도 분류가 늘 그러하듯이, 그의 전 작품에 일관되게 적용할 수는 없습니다. 그렇지만 한 가지 사실은 분명합니다. 키플링은 일관되게 신의를 지키는 노동, 의무의 성취, 조국에 대한 사랑을 노래하고 또 썼습니다. 키플링의 경우 조국에 대한 사랑은 단지 섬나라 영국에만 국한되는 것이 아니라 대영제국 전체에 대한 사랑이었습니다. 제국 산하의 여러 나라들 사이의 긴밀한 통합은 이 작가가 오랫동안 열렬히 지지하고 옹호해 온 목표였습니다. 그것은 다음과 같은 그의 말에서 잘 알 수 있습니다. "오로지 영국만 안다고 하면 그들은 도대체 영국에 대해서 무엇을 안단 말인가?"

키플링은 우리를 위해 다른 많은 나라들의 문물을 생생하게 묘사했습니다. 하지만 사물의 외양만 열심히 묘사하는 것이 그의 주된 목적은 아니었습니다. 그는 여러 곳에서 줄기차게 그가 옹호해 온 남자다운 이상을 강조했습니다. "의무의 부름을 예상하면서 준비하고 또 준비하라" 그런 다음 정해진 시간이 오면 "군인답게 하느님 앞으로 가라".

스웨덴 한림원은 올해의 노벨문학상을 러디어드 키플링에게 수여하면서 오랜 세월 무수한 영광을 성취해 온 영국 문학과, 우리 시대에 영국이 배출한 이 위대한 천재 이야기꾼에게 심심한 경의를 표하는 바입니다.

1907년 12월 10일
스웨덴 한림원 사무총장
C. D. 아프 비르센

조지프 러디어드 키플링 연보

1865   12월 30일 인도 봄베이에서 록우드 키플링과 앨리스 키플링의 장
남으로 태어남. 아버지 존은 봄베이의 '서 제임스터지 제지보이'
공예 산업 학교의 예술 및 공예 담당 교사였음. 이모부는 유명한
화가인 에드워드 번존스임. 그의 사촌 스탠리 볼드윈은 훗날 영국
의 총리가 되었음. 키플링의 아래로는 3년 터울의 여동생 앨리스
가 있음.

1871~77   러디어드와 앨리스는 인도의 부모와 헤어져 영국으로 가서 사우
스 시, 론 로지의 핼로웨이 가정에 맡겨짐.

1878~82   데번의 웨스트워드 호!의 유나이티드 서비시즈 칼리지에 다님.

이 학교는 식민지 공무원을 육성하는 것을 목표로 하는 학교인데 키플링은 시력이 약해 공무원 자리를 선택하지 못함.

1882   고등학교를 졸업하고 라호르에 있는 가족과 합류함. 이 무렵 아버지는 1875년 이래 라호르 예술 학교의 교장으로 근무하고 있었음.

1882~83   라호르의 《민간 및 군인 가제트》의 하급 기자로 활약함. 초임은 월 150루피였고, 여섯 달 후 2백 루피로 올랐으며 1년 뒤에는 4백 루피가 되었음. 키플링의 초기 시와 단편소설은 대부분 현지의 신문들이나 「인도 철도 라이브러리」에 발표되었음.

1884   인도 국민회의가 창당됨. 여동생 앨리스와 함께 쓴 풍자시들을 묶은 『메아리』를 사비 출판함.

1885~86   라호르에서 《민간 및 군인 가제트》의 보유편인 『분야별 소곡』과 『작은 사중주』가 키플링 가족에 의해 집필됨. 여기에 「모로비 주크스의 기이한 사건」이 실림.

1887   알라하바드로 이동하여 《파이오니어》 신문의 기자가 되어 월 6백 루피의 봉급을 받음.

1888~89   대커 스핑크 출판사가 단편집 『언덕으로부터의 평범한 이야기들』을 봄베이와 런던에서 발간. 『세 명의 병사』, 『개잎갈나무 아래에서』, 『흑과 백 안에서』, 『인력거 유령』 등의 단편 선집이 「인도 철

도 라이브러리」의 시리즈로 A. D. 휠러에 의해 출판됨.

1889 전업 작가가 되기로 결심하고 인도를 떠나서 중국, 일본, 미국 등
을 여행함. 영국에 도착하여 런던의 채링크로스에 자리를 잡았는
데 엄청난 초창기 문학적 성공을 거둠. 맥밀런 출판사가 그의 전
담 출판사가 되었음.

1890 맥밀런 출판사의 잡지를 위시하여 여러 잡지에 시와 단편소설을
발표함. 이때 너무 과로하여 신경쇠약을 앓음. 예전의 애인 플로
개러드를 만나 다시 사랑에 빠졌으나 역시 그녀로부터 거절당함.
이 실연의 경험이 장편소설 『꺼져 버린 불빛』의 소재가 됨. 단편
집 『위 윌리 윙키』 발간.

1891 『꺼져 버린 불빛』 발표. 10월에 배편으로 남아프리카, 뉴질랜드,
오스트레일리아 등을 둘러보고 마지막으로 인도를 방문함. 단편
집 『인생의 핸디캡』 발간.

1892 미국 여자 캐리 밸러스티어와 결혼함. 아내의 오빠는 미국 내에
서 키플링의 문학 대리인 겸 출판사 사장으로 활약하던 찰스 밸러
스티어였음. 신혼부부는 밸러스티어 가문을 만나기 위하여 미국
의 버몬트 주 브래틀보로로 건너감. 그들은 신혼여행을 계속하여
밴쿠버를 거쳐 일본에 감. 키플링은 돈을 맡겨 둔 은행이 파산함
으로써 2천 파운드의 돈을 잃음. 미국으로 돌아와 브래틀보로에
정착함. 첫딸 조세핀이 12월 29일에 태어남. 이해에 발간된 시집

『병영의 노래』는 첫해에 7천 부가 팔림.

1893   단편집 『많은 발명품들』 발간.

1894   『정글북』이 출간됨. 키플링의 부모는 인도에서 은퇴하고 영국으
       로 돌아와 윌트셔의 티스버리에 정착함.

1895   『정글북』 제2부 출간. 사망한 테니슨의 뒤를 이어 계관 시인의 제
       안을 받았으나 거절함.

1896   둘째 딸 엘시가 2월 3일에 태어남. 처남인 찰스 밸러스티어와 저
       작권료 문제로 법정 소송에 이르는 등 관계가 악화되어 키플링은
       영국으로 돌아옴. 9월에 데번에 정착함.

1897   이스트 서섹스의 로팅딘으로 이사함. 장남 존 키플링이 8월 17일
       에 태어남.

1899   단편집 『스텔키 사』가 출간됨. 미국이 필리핀을 합병해야 한다는
       내용의 시 「백인의 부담」을 발표함. 이해에 미국을 방문했다가 심
       한 폐렴에 걸려 거의 사망 일보 직전까지 갔으나 회복됨. 3월 6일
       그의 첫째 딸 조세핀 사망. 그의 여동생 앨리스가 처음으로 신경
       쇠약에 걸림. 보어전쟁이 시작되자 키플링은 영국 정부를 강력하
       게 지지하는 시를 발표.

1900	키플링 가족은 1월~4월에 남아프리카를 방문하여 케이프타운에 머묾. 키플링은 군인들의 사기를 진작하기 위해 영국군 부대를 방문. 1900년에서 8년 동안 키플링 가족은 친구인 세실 로즈가 마련해 준 케이프타운의 집에서 겨울을 보냄.
1901	장편소설 『킴』 발간.
1902	보어전쟁이 종식됨. 이스트 서섹스의 버워시로 이사함. 단편집 『그냥 그런 이야기들』 출간.
1904	단편집 『차량들과 발견 사항들』 출간.
1906	단편집 『푸크 언덕의 요정』 출간.
1907	키플링, 영국인으로는 처음으로 노벨문학상 수상함. 이해에 옥스퍼드 대학과 다럼 대학에서 명예박사를 받음.
1910	어머니 앨리스 키플링 사망.
1911	아버지 록우드 키플링 사망. 여성 참정권 운동이 활발하게 전개되었는데, 키플링은 그런 운동에 반대하는 글을 발표.
1914	8월 4일 영국이 독일에 선전포고하여 1차 세계대전이 시작됨. 키플링의 아들 존 키플링이 아이리시 근위대에 입대.

1915	「메리 포스트게이트」 등의 전쟁 소설을 집필함. 아들 존 키플링의 대대는 프랑스로 이동하여 루 전투에 참가(9월 25~28일). 9월 27일 "존 키플링 소위가 부상 후 실종되었다"는 보고가 전해짐. 아들의 시신은 그 후 발견되지 않음. 키플링은 이때부터 19년 동안 심각한 위장 장애를 겪었고 결국 이것이 화근이 되어 사망 원인인 십이지장 궤양으로 발전했음.
1917	아이리시 근위대의 부대 역사를 집필해 달라는 요청을 받고 수락함. 단편집 『존재들의 다양성』 출간.
1918	1차 세계대전 종식됨.
1920	에든버러 대학에서 명예박사 학위 받음.
1922	심각한 위장 장애를 일으킴. 이때 암으로 오진되기도 함.
1923	논픽션 『대전에 참가한 아일랜드 근위대의 역사』와 단편집 『땅과 바다 이야기』 출간.
1924	유일하게 남은 딸, 엘시 키플링이 조지 뱀브리지 대위와 결혼함.
1925	프랑스와 영국 서부를 자동차로 여행함. 폐렴을 심하게 앓음.
1926	단편집 『차변과 대변』 발간.

1927	1월에서 4월까지 브라질을 여행하고, 프랑스의 인도 전쟁 기념비 제막식에 참석함.
1928	키플링, 소설가 토머스 하디의 운구 담당자로 선발됨.
1929	이집트와 팔레스타인의 전쟁 무덤들을 방문함.
1930	서인도제도로 여행함. 루의 더드 코너에 있는 실종자 기념비 제막식에 참석함. 『그대의 하인 개』 출간.
1931	신체검사를 위해 요양원에 들어감. 의사는 수술하지 말라고 권함.
1932	새로 산 롤스로이스 자동차로 영국 미들랜드 지방을 여행함. 케임브리지 대학 모들린 칼리지의 명예 펠로로 선임됨. 단편집 『한계와 갱신』 발간.
1934	키플링의 위장 장애가 십이지장 궤양으로 판명되어 그에 알맞은 치료를 받음. 건강이 좋아짐.
1935	키플링, 자서전인 『나 자신의 어떤 것』 집필 시작.
1936	1월 18일, 십이지장 궤양이 악화되어 사망함. 그의 유해는 웨스트민스터 사원의 시인 코너에 안장됨. 그의 관을 운구한 사람들 중에는 사촌이며 총리인 스탠리 볼드윈도 있었음.

세계문학 단편선을 펴내며

세상의 모든 이야기는 단편으로 시작되었다. 성서와 그리스 신화를 비롯해 인류의 많은 신화와 설화는 단편의 형식으로 사물의 기원, 제도와 금기의 탄생, 운명이라는 이름의 삶의 보편적 형식을 설명했다.

〈세계문학 단편선〉은 모든 산문의 형식 중 가장 응축적이고 예술성이 높은 단편 소설에 포커스를 맞추어 세계문학을 바라보는 새로운 관점을 제시하고자 한다. 단편 소설을 언급할 때 빼놓을 수 없는 작가들의 작품들은 물론이고, 한두 편의 장편 소설로만 우리에게 알려진 세계적 작가들이 남긴 주옥같은 단편들을 통해 대가의 진면모를 총체적으로 바라볼 수 있게 할 것이다. 또한 우리에게 문학의 변방으로 여겨져 왔던 나라들의 대표적 단편 작가들도 활발히 소개할 것이며 이미 순문학과의 경계가 불분명해진 장르문학의 형성과 발전에 크게 기여한 작가들의 작품 역시 새롭게 조명해 나갈 것이다.

에드거 앨런 포는 문학작품은 독자가 앉은자리에서 다 읽을 수 있을 정도로 짧아야 한다고 했다. 바쁜 일상의 삶을 사는 현대인들에게 〈세계문학 단편선〉은 삶과 사회, 나아가 세계를 바라볼 수 있게 하는 더할 나위 없이 좋은 친구가 될 것이라 확신한다.

21세기인 현재에 이르기까지 단편 소설은 그리스 신화가 그러했듯이 삶의 불변하는 조건들을 응축된 예술적 형식으로 꾸준히 생산해 왔다. 그리고 새로운 문학적 기법과 실험적 시도를 통해 단편 소설은 현재도 계속 진화, 확장되고 있다. 작가의 치열한 예술적 열정이 가장 뜨겁게 반영된 다양한 개성으로 빛나는 정교한 단편들을 통해 문학의 진정한 존재 이유를 독자들이 느낄 수 있기를 소망하며 이번 〈세계문학 단편선〉을 펴낸다.

현대문학 편집부

조지프 러디어드 키플링

초판 1쇄 펴낸날 2017년 7월 1일

지은이 조지프 러디어드 키플링
옮긴이 이종인
펴낸이 김영정

펴낸곳 (주) 현대문학
등록번호 제1-452호
주소 06532 서울시 서초구 신반포로 321(잠원동, 미래엔)
전화 02-2017-0280
팩스 02-516-5433
홈페이지 www.hdmh.co.kr

ISBN 978-89-7275-808-2 04840
세트 978-89-7275-672-9

* 책값은 뒤표지에 있습니다.

한국출판문화산업진흥원의
출판콘텐츠 창작자금을 지원받아 제작되었습니다.